루미너리스

루미너리스 ₁

엘리너 캐턴 장편소설 ★ 김지원 옮김

다산
책방

별을 보는 팝,
그리고 별들의 노래를 듣는 주드에게

독자들에게 드리는 글

이 책에 나오는 별들과 행성의 위치는 천문학적으로 정해진 것입니다. 이것은 말하자면 천문학적인 본초자오선이라 할 수 있는 춘분점을 지나는 운동인 세차운동이라는 천체 현상을 인정하는 것입니다. 춘분점(남반구에서는 추분점)은 예전에는 태양이 첫번째 궁인 양자리에 있을 때 지났습니다만, 지금은 태양이 열두번째 궁인 물고기자리에 있을 때에 지나게 됩니다. 그 결과, 이 책의 독자들이 곧 알게 되겠지만, 각각의 황도 12궁이 흔히 사람들이 아는 것보다 약 한 달 후에 '나타나게' 되었습니다. 이런 오류를 지적해서 대중의 지식을 폄하하려는 의도는 아닙니다. 하지만 이 오류는 19세기 천체에 관한 확고한 사실을 무시하고 유지되어 왔습니다. 또한 조금 더 추측을 해보자면, 오류에 대한 그런 고집이 물고기자리 사람들의 특성이라고 할 수 있습니다. 거울에 비견되는 물고기자리에 태어난 사람들을 상징하는 특성이 실제로 고집, 직관, 유사함, 감추어진 것들입니다. 우리는 이런 의견에 만족합니다. 이는 또한 끝없는 하늘이 미치는 광범위하고 전지한 영향력에 대한 우리의 믿음을 공고히 해줍니다.

등 장 인 물

별:
테 라우 타우웨어, 녹암 채집가
찰리 프로스트, 은행원
벤저민 뢰벤탈, 신문사 운영자
에드거 클린치, 호텔 경영인
딕 매너링, 금광촌 거물
퀴 롱, 금 제련사
하랄 닐슨, 중개상
조지프 프리처드, 약제사
토머스 발퍼, 해운업자
오베르 개스코인, 법원 서기
숙 용승, 모자장수
코웰 데블린, 목사

관련된 집:
웰스 오두막(아라후라 골짜기)
준비은행(레벨가)
『웨스트 코스트 타임스』 사무실(웰드가)
그리디론 호텔(레벨가)
오로라 금광(카니에레)
'차이나타운 제련소'(카니에레)
닐슨 & 컴퍼니(깁슨 부두)
아편굴(카니에레)
갓스피드 호(포트 찰머스에 등록된 바크선)
호키티카 법원(치안판사 재판소)
여행자의 운수(레벨가)
호키티카 감옥(시뷰)

행성:
월터 무디
리디아 (웰스) 카버, 결혼 전 성 그린웨이
프랜시스 카버
알리스테어 로더백
조지 셰퍼드
안나 웨더렐
에머리 스테인스

관련된 영향력:
이성
욕망
힘
권위
속박
외향성(이전에 내향성)
내향성(이전에 외향성)

육지:
크로스비 웰스

(고인)

차 례

* 마오리 달력 열한 번째 달로 '4월'을 이르는 말.

1부

구 안의 구

1866년 1월 27일

남위 42° 43′ 0″ / 동경 170° 58′ 0″

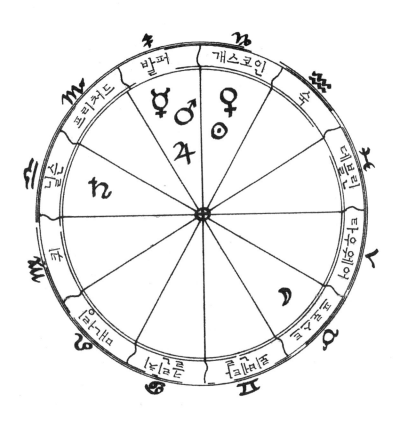

궁수자리의 수성

C⁺

낯선 남자가 호키티카에 도착한다. 비밀 모임은 방해를 받는다. 월터 무디는 최근 기억을 감추고 토머스 발퍼는 이야기를 시작한다.

크라운 호텔 흡연실에 모인 열두 남자는 마치 우연히 그 자리에 함께하게 된 무리인 듯 보였다. 뿔단추가 달리고 노란 무명, 삼베, 능직으로 만든 프록코트와 연미복, 노퍽재킷 같은 각양각색의 옷차림과 행동거지를 보면, 서로 오갈 수 없을 만큼 안개가 자욱하고 조수가 뚜렷한 도시의 각기 다른 지역에서 사는 열두 명의 사람이 어쩌다 한 객차에 올라탄 것 같은 분위기였다. 실제로 누구는 신문에 몰두하고 있고, 누구는 몸을 기울여 벽난로에 담뱃재를 털고 있고, 또 누구는 당구대의 초록색 천 위에 한 손을 대고 공을 치려 하는 등 제각기 떨어져 있었다. 그 모습은 늦은 저녁 일반 기차를 타고 갈 때 느낄 수 있는 고요함을 자아냈다. 다만 이곳은 열차의 철커덕거리는 소리 대신 요란한 빗소리로 둘러싸여 있었다.

이것이 문틀에 손을 대고 서서 월터 무디가 받은 인상이었다. 그는 자신이 은밀한 회의 같은 것을 방해했다는 사실은 전혀 몰랐다. 그가 복도를 걸어오는 소리가 들리자마자 말을 하던 사람들이 모두 입을 다물었으니까. 그가 문을 열 무렵 열두 남자들은 제각기 자신이 하던 일을 도로 하고 있었고(당구대 앞의 남자들은 자기 자리를 잊어버려서 대충 아무렇게나 서 있었지만), 거기에 푹 빠져 있는 것처럼 그가 들어와도 누구 하나 시선을 들지 않았다.

심신이 온전할 때였다면, 남자들이 보이는 한결같이 그를 무시하는 태도가 무디의 관심을 끌었을 것이다. 하지만 그는 속이 메슥거리고 불안한 상태였다. 웨스트 캔터베리까지의 항해가 최악의 경우에는 목숨도 앗아갈 수 있다는 건 알고 있었다. 끊임없이 굽이쳐 와 호키티카 모래톱의 난파선 묘지에서 부서지는 하얀 파도와 물거품의 골은 대단히 위험하니까. 하지만 여행 중의 끔찍한 사건에는 마음의 준비가 되어 있지 않았고, 아직까지 자기 자신에게조차 그 얘기는 할 수가 없었다. 무디는 천성적으로 자신의 결점을 용납하지 못하는 사람이었기 때문에 두려움과 걱정으로 내향적으로 변했고, 그래서 그답지 않게 방금 들어온 방 안의 분위기를 파악하지 못했던 것이다.

무디는 남의 얘기에 흔쾌히 귀를 기울일 것 같은 인상을 타고났다. 잘 깜박이지 않는 커다란 회색 눈, 보드랍고 소년 같은 입술은 상대의 말을 공손하게 경청하는 분위기를 자아냈다. 머리카락은 심한 곱슬이었다. 어렸을 때는 어깨까지 내려왔는데 지금은 바짝 짧게 자르고 옆가르마를 탄 후 금빛 머리카락을 진한 갈색으로 만드는 달콤한 향의 머릿기름을 발라 매끄럽게 넘겼다. 이마와 뺨은 각이 졌고 코는 곧았으며 피붓결은 부드러웠다. 스물여덟 살 생일을 앞둔 그는 동작이 재빠르고 꼼꼼했으며, 장난꾸러기 같은 면과 순수한 활력을 지니고 있었고, 무조건 남을 믿지도 남을 간교하게 속이지도 않았다. 남들 앞에서는 신중하고 눈치 빠른 집사 같은 태도로 행동했기 때문에 말수 적은 사람들의 신뢰를 얻는 편이었고, 만난 지 얼마 안 된 사람들 사이에서 거래를 중개하는 일을 종종 맡기도 했다. 한마디로 실제 성격을 거의 드러내지 않는 외모, 그러면서도 곧바로 남들의 신임을 얻는 그런 외모였다.

무디도 묘하게 품위 있는 분위기로 자신이 어떤 이득을 보는지 모르지 않았다. 극도로 아름다운 사람들이 대부분 그렇듯이 그도 자신의 모습을 끊임없이 관찰했고, 자신이 외적으로 어떻게 비치는지 누구보다도 잘 알았다. 그는 마음 한쪽으로 언제나 자신의 외면이 어떤 모습인지 감시했다. 그는 정면, 측면, 그 중간 각도로 자신의 모습을 비춰주는 거울이 달린 개인 옷방 안쪽에서 많은 시간을 보냈다. 그의 모습은 반다이크의 찰스 1세 초상화 같으면서도 훨씬 더 근사했다. 이렇게 하는 건 그의 개인적인 습관이었지만 누가 물어보면 아마도 부인할 것이다. 이 시대의 도덕군자들은 자신의 외모를 세세하게 살피는 것을 가차 없이 비난하니까! 외적 자아가 내적 자아와 전혀 무관하다는 듯이, 거울 한번 쳐다보는 게 오만함의 증거라는 듯이. 자신을 살피는 행위가 난해하고, 위험하고, 계속해서 변하는 쌍둥이 영혼 사이의 유대 관계 같은 것임을 모른다는 듯이. 어두워진 뒤 가게 진열창이나 유리창에 비친 자신의 모습을 볼 때마다 그는 짜릿한 만족감을 느꼈다. 하지만 그건 수리공이 자신이 고안한 기계 장치가 예상대로 근사하고, 멋지고, 매끄럽게 움직이며 제 역할을 다하는 것을 보고 느낄 법한 기분과 같았다.

그는 지금도 흡연실 문가에 서 있는 자신의 모습을 머릿속에 그려볼 수 있다. 아마도 완벽하게 침착한 모습일 것이다. 사실은 피로로 몸이 후들거리기 직전인데다가 납덩이 같은 공포감이 뱃속을 짓누르고 있으며 우울과 괴로움과 두려움이 가슴에 가득했지만 말이다. 그는 정중한 초연함과 존중의 빛이 담긴 얼굴로 방 안을 둘러보았다. 그곳은 오랜 시간이 지난 뒤 기억을 더듬어 재현해놓은 것 같은 장소였다. 많은 것을 잊었지만(난로의 장식 받침, 커튼, 난로 주위를 둘러싼 제대로 된 벽로 선반) 소소한 부분은 기억하고 있는 것처럼, 잡지에서 잘라내 정원을 바라보는 벽에 구두못으로 박아놓은 승하한 여왕의 남편 사진이나 항해에 더 잘 견디도록 두 개로 나눠 가져와 시드니 부두에서 한데 이어 생긴 당구대 한가운데의 이음매, 수많은 손을 거친 듯 종이가 얇아지고 글자가 흐려진 접이식 책상 위의 오래된 신문 더미 같은 것들이 방을 장식하고 있었다. 벽난로 양옆의 작은 창문 두 개 너머로 호텔의 뒤뜰이 보였다. 뒤뜰은 상자와 녹슨 드럼통 들이 널려 있는 습지로, 이웃한 땅들과는 관목과 키 작은 양치식물 들 몇 그루로 구분되어 있었다. 북쪽으로는 도둑을 막기 위해 문에 사슬을 걸어놓은 동물 우리들이 줄줄이 있고, 이 모호한 경계를 넘어 동쪽으로 한 블록 가면 주택가의 집집마다 앞뒤로 느슨하게 빨랫줄이 매여 있었다. 그 주변으로 격자 형태로 쌓여 있는 가공하지 않은 목재, 돼지우리, 쓰레기와 철판, 부서진 요람과 홈통 더미 등은 전부 다 버려졌거나 꽤 많이 파손된 것 같았다. 시계는 세상이 갑자기 모든 선명한 빛깔을 잃는 늦은 저녁 시간을 가리켰고, 비가 세차게 내렸다. 물이 줄줄 흘러내리는 창문으로 뒤뜰이 빛바랜 것처럼 흐릿하게 보였다. 방 안에서는 알코올램프가 저물어가는 하루의 바다 빛깔 어둠을 다 몰아내지 못해 그 어둑어둑함이 실내의 음울한 분위기를 강조하는 것 같았다.

무디는 에든버러의 클럽에 익숙했다. 그곳은 사방이 붉은색과 황금색으로 빛나고, 장식 단추가 달린 소파에는 그 소파를 애용하는 신사들의 허리둘레만큼이나 기름진 윤기가 흘렀다. 안으로 들어가면 기분 좋은 아니스 향 혹은 박하 향이 풍기는 부드러운 재킷을 건네받고, 그다음에는 손가락으로 설렁줄만 살짝 잡아당기면 은쟁반에 클라레 와인이 병째로 나왔다. 그런 클럽과 비교하면 여기는 대단히 조잡했다. 하지만 무디는 자신의 기준에 맞지 않는다고 해서 부루퉁하는 타입이 아니었다. 부자가 길거리에서 거지를 마주치면 재빨리 옆으로 비켜나서 아무것도 안 보이는 척하는 것처럼 그는 이곳의 조악함을 속으로만 삼켰다. 방 안을 둘러보는 그의 온화한 표정은 전혀 흔들리지 않았지만, 촛불 아래 쌓인 더러운 촛농이나 유리창에 서리처럼 앉은 먼지와 같이 새로운 것을 발견할 때마다 마음은 점점 더 깊숙이 움츠러들었고 몸은 이 상황에 맞서 더더욱 꼿꼿해졌다.

무의식적이긴 하지만 무디의 이런 거부감은 부유한 사람들이 일반적으로 갖는 편견 때문이라기보다는 그가 지금 현재 속으로 극복하려고 노력 중인 개인적인 불안감 때문일 뿐이었다. 사실 그는 그저 적당히 부유했고, 종종 거지들에게 동전을 던져주며 자신의 관대함을 즐기기도 했다. 어쨌든 여기는 문명 세계의 남쪽 끝단, 정글과 바다 사이에 새로 생긴 금광촌이니만큼 딱히 사치스러운 걸 기대한 것도 아니었다.

실은 여섯 시간쯤 전에 포트 찰머스에서 해안의 불모지로 그를 실어 나르던 바크선에서 무디는 다른 모든 현실까지 의심스럽게 만들 정도로 특이한 사건을 목격했다. 그 장면이 여전히 눈앞에 생생했다. 마음 한구석에서 문이 살짝 열리고 회색 빛 한 줄기가 들어오는데, 그 문을 다시 닫을 수 없는 것 같은 느낌이었다. 문이 더 열리지 않게 잡고 있는 것조차 엄청나게 힘들었다. 이처럼 마음이 불안정한 상태라 비정통적이거나 불편한 풍경마저도 눈에 거슬리는 것이었다. 눈앞에 펼쳐진 울적한 풍경이 최근에 겪은 시련의 총합인 것 같아서, 마음이 이 풍경과 그 시련을 연결 지어 과거를 떠올리게 할까봐 자꾸만 움츠러드는 것이 었다. 이럴 땐 경멸하는 게 상책이었다. 그래야 평형을 유지하고, 자신의 정당성에 의지하고, 안정감을 느낄 수 있었다.

흡연실은 빈약하고, 변변찮고, 을씨년스럽다고 그는 결론을 내렸다. 끔찍한 가구들을 이겨내고 그는 열두 명의 손님에게로 시선을 돌렸다. 거꾸로 된 공중 오락장 같다는 생각이 들면서 그 기발한 비유에 마음이 좀더 차분해졌다.

남자들은 개척자들이 으레 그렇듯 피부가 거칠고 구릿빛을 띠었으며, 입술은 허옇게 텄고, 궁핍하고 고생에 찌든 인상이었다. 그중 두 명은 중국인이었는데 똑같이 헝겊으로 만든 신발을 신고 원피스처럼 생긴 면으로 된 회색 옷을 입었다. 그들 뒤에는 얼굴에 녹청색 소용돌이 문신을 새긴 마오리 원주민이 서 있었다. 나머지 사람들은 어디 출신인지 짐작할 수가 없었다. 채광이 어떻게 사람들을 몇 달 만에 저렇게 폭삭 늙게 만드는지 무디는 아직 이해가 되지 않았다. 방 안을 둘러보던 그는 어쩌면 여기서 자기가 제일 나이가 어릴 수도 있겠다고 생각했다. 실제로는 그보다 어린 사람들이나 동년배가 여럿 있었지만 말이다. 그들에게는 젊음의 생기가 하나도 남아 있지 않았다. 그들은 온몸이 흙먼지로 뒤덮인 채 주름진 갈색 손바닥 위에 먼지를 토해내며, 평생 초조하게 옆 걸음질 치며 채광 일만 하고 살 것이다. 그들은 상스럽고 심지어는 기묘해 보였다. 무디는 그들이 별로 대단한 사람들이 아닐 거라고 생각했고, 왜 이리 말이 없는지도 궁금하지 않았다. 그저 브랜디나 한 잔하며 어디 앉아 눈을 감고 쉬고 싶을 뿐이었다.

그는 안으로 들어온 다음 누군가가 맞아주기를 바라며 잠시 기다렸다. 하지만 아무도 환영하거나 쫓아내려고 하지 않자 한 걸음 더 들어와서 등 뒤로 조용히 문을 닫았다. 창문 쪽으로 한 번, 난롯가 쪽으로 또 한 번 슬쩍 고개를 숙여 막연히 인사하는 것으로 자기소개를 대신하고는 보조 탁자 쪽으로 걸음을 옮긴 뒤 테이블 위에 차려진 술병들을 기울여 잔에 술을 섞었다. 그런 다음 시가를 하나 골라 들고 끝을 자른 뒤 잇새에 물고 몸을 돌려 다시 한 번 사람들의 얼굴을 훑었다. 그가 들어온 것에 신경 쓰는 이는 아무도 없는 듯했다. 마음에 들었다. 그는 유일하게 비어 있는 안락의자에 앉아 시가에 불을 붙이고 뒤로 기대 지금만큼은 이 일상적인 안락함을 누려 마땅하다고 생각하는 사람 특유의 한숨을 조용히 내쉬었다.

그러나 안락함은 그리 오래가지 못했다. 다리를 쭉 펴고 발목을 교차하자마자(짜증스럽게도 물거품이 튀었던 바짓단에 소금기가 말라붙어 있었다) 바로 오른쪽에 앉아 있던 남자가 그에게로 몸을 기울이더니 시가 끝을 허공에다 털며 말을 걸었다.

"이보게. 이 크라운 호텔에는 일 때문에 오셨나?"

난데없는 질문이었지만 무디는 놀란 기색을 내비치지 않았다. 점잖게 고개를 살짝 숙여 보이고는 그날 저녁에 이 동네에 도착해 이 호텔 위층에 방을 잡았다고 대답했다.

"배에서 내린 지 얼마 안 되었다고?"

무디는 고개를 살짝 숙여 그렇다는 의미를 전했다. 고개만 까딱했다고 무례하다 여길까봐 금이나 좀 캐볼까 해서 포트 찰머스에서 이리로 왔다고 덧붙였다.

"잘했네, 잘했어. 신참은 해변에 많아. 거기 금이 많거든. '검은 모래'*

---
* 사금을 함유한 모래.

소리를 귀에 못이 박히게 듣게 될 거야. 찰스턴까지 검은 모래가 쭉 깔렸어. 찰스턴은 여기서 북쪽으로 가면 나오지. 협곡에 들어가려면 수수료를 내야 되지만. 동료가 있나, 아니면 혼자 왔나?"

"혼자 왔습니다."

"동료가 없다고!"

무디는 남자의 말투에 다시 한 번 놀랐다.

"그게, 제 손으로 재산을 모을 생각이라서 말입니다."

남자는 같은 말을 되풀이했다.

"동료가 없다니. 게다가 일이 있는 것도 아니고. 이 크라운 호텔에 따로 볼일이 있어 온 건 아닌 게지?"

같은 질문을 두 번씩이나 하는 건 무례한 행동이었다. 하지만 남자의 인상은 친절해 보였다. 얘기를 하면서도 조끼의 옷깃을 손가락으로 톡톡 치는 것이 다소 산만해 보이기는 했지만, 그저 단순히 머리가 둔한 탓일 수도 있겠다 싶었다.

"이 호텔엔 그저 쉬러 온 겁니다. 앞으로 며칠간은 금 채굴에 관해 여기저기 묻고 다닐 생각입니다. 어떤 강에서 금이 많이 나오는지, 어떤 골짜기가 다 말라버렸는지 파악하면서 광부의 삶에 대해 좀 알아보려고요. 크라운 호텔에 일주일간 머물다가 내륙으로 들어갈 겁니다."

"전에는 금을 캐본 적이 없나보구먼."

"예, 없습니다."

"어떤 색인지 본 적도 없고?"

"귀금속상에서 시계나 쇠에 들어간 걸 본 게 고작입니다. 제련하지 않은 금은 본 적이 없습니다."

"하지만 금 꿈은 꿔봤겠지! 물속에 무릎 꿇고 앉아 모래 속에서 금속을 걸러내는 꿈 말이야!"

"그런 건…… 음, 실은 없습니다만."

이 남자의 활발한 말투가 무디에게는 기묘하게 들렸다. 행동거지는 산만한데도 절박하다 싶을 정도로 강하고 열렬하게 말하는 탓이었다. 무디는 자신에게 동조하는 눈길이 없는지 확인코자 주변을 슬쩍 훑어보았으나 아무도 그와 눈을 마주치지 않았다. 무디는 헛기침을 하며 말을 이었다.

"그 이후에 대해서는 꿈을 꿔봤습니다. 그러니까 그 금으로 무엇을 하느냐, 그 금을 어떻게 쓸 거냐 하는 것 말입니다."

남자는 이 대답에 만족하는 기색이었다.

"난 그런 걸 역연금술이라고 부르지. 그것도 전체 과정의 일부야. 기대하는 것 말이야. 역연금술. 알겠어? 금을 만드는 게 아니라 금으로 다른 걸 만드는 거니까……."

나중에 생각해보니 남자의 말은 거꾸로 된 공중 오락장에 관한 무디의 공상과 꽤나 일치하는 부분이 있었다.

"기발한 비유군요."

"그리고 자네의 질문 말이야. 앞으로 여기저기 묻고 다닐 거라고 했던 그 질문들. 아마 어떤 삽을 쓰고 어떤 선광대를 쓰냐, 지도 같은 건 어디서 구하냐, 이런 질문들이겠구먼."

"예, 그렇습니다. 제대로 일을 하고 싶으니까요."

남자는 무척 즐거워하는 표정으로 안락의자 등받이에 몸을 기댔다.

"겨우 그런 질문이나 하자고 크라운 호텔에 일주일이나 묵다니!"

남자는 실소를 하며 말을 이었다.

"그 돈을 되찾으려면 진흙 속에서 2주는 보내야 할 거야!"

무디는 두 다리를 반대로 교차했다. 이 남자처럼 열정적으로 말하고 싶은 기분은 아니었지만 엄한 교육을 받고 자란 탓에 누구에게든 무례하게 굴고 싶지도 않았다. 당황스럽게 했다면 죄송하다고 사과를 하고, 자신이 갖고 있는 전반적인 불안감을 털어놓는 것도 나쁘지 않을 듯했다. 손가락으로 옷깃을 톡톡 치면서 말하는 품이 꽤 인정이 있어 보이는데다가 시원하게 잘 웃기까지 하니까. 그렇지만 무디는 원래 낯선 이에게 속내를 잘 드러내는 편이 아니었고, 걱정거리까지 털어놓는 건 더더욱 있을 수 없는 일이었다. 무디는 속으로 절레절레 고개를 저으며 좀 더 밝은 목소리로 물었다.

"그러는 선생께선 어떠십니까? 여기서 자리를 잘 잡으셨나보지요?"

"아, 물론이지. 발퍼 해운이라고, 자네도 오는 길에 봤을 걸세. 임시 가축 수용장을 지나서 바로 옆에, 위치가 아주 끝내주는 데에 자리를 잡고 있어. 워프가에 말이지. 내가 바로 발퍼고 말이야. 이름은 토머스라네. 자네도 채금 일을 할 거면 이름으로 통성명하는 게 좋아. 협곡에서는 아무도 누구 씨, 누구 씨 하고 부르지 않거든."

"그렇다면 저도 이름을 말하는 습관을 들여야겠군요. 월터라고 합니다. 월터 무디."

"그래. 앞으로 사람들은 자네를 그냥 월터라고 부를 게야."

발퍼는 손으로 무릎을 툭툭 치며 덧붙였다.

"스코틀랜드 월트라든가, 양손잡이 월트, 금덩이 월리, 뭐 그렇게 부를 수도 있지. 하하!"

"금덩이 월리라는 이름은 꼭 얻고 싶은데요."

발퍼가 웃음을 터뜨렸다.

"그건 얻으려고 해서 얻는 게 아니야. 내가 본 것 중에는 여자들 권총만 한 것도 있었어. 여자들의 다른 부분만 한 것도 있고…… 하지만 그런 것에 손대는 것보단 여자한테 손대는 게 훨씬 더 쉽지."

토너스 발퍼는 쉰 살 정도 돼 보이고 체격이 탄탄하고 다부졌다. 이마 뒤로 빗어 넘긴 머리는 거의 반백이고 귀 언저리 정도 되는 길이였다. 그는 기분이 좋으면 삽 모양으로 기른 턱수염을 손으로 쓸어내리곤 했다. 지금도 자신이 한 농담에 흥이 나 턱수염을 쓰다듬고 있었다. 부유한 분위기가 잘 어울리는 사람이라고 무디는 생각했다. 발퍼에게는 자신의 낙천적인 태도가 성공을 불러왔다고 믿는 사람 특유의 여유로운 분위기가 있었다. 와이셔츠 차림이었고 크라바트는 실크로 된 고급품이었지만 그레이비소스가 점점이 묻은 채 목에 늘어져 있었다. 무디는 그를 남에게 해를 끼치지 않고, 이단적인 성향이 있고, 쾌활한 사람으로, 즉 자유론자 정도로 구분 지었다.

"선생께 신세를 지는군요. 이곳에도 여러 가지 관습이 있을 텐데 전 아직 아는 게 아무것도 없습니다. 덕분에 하나 알게 되었네요. 하마터면 협곡에서 제 성을 댈 뻔했군요."

뉴질랜드 채광에 관한 무디의 지식은 사실 부정확하기 이를 데 없었다. 주로 캘리포니아 금광에 대해 들은 것을 바탕으로 통나무집과 바닥이 평평한 골짜기, 흙먼지가 쌓인 수레 같은 것들이 있으려니 했다. 그리고 왠지 모르게 영국 제도의 영향을 받고 있지만 대영제국의 중심부와는 정반대로 미개하고 야만적인 곳일 거라고 어렴풋이 생각했다. 그러다 2주 전쯤, 오타고 반도의 머리 부분을 둘러보면서 언덕 위에 우뚝 서 있는 대저택들, 부두, 잘 닦인 길, 계획 정원을 보고 깜짝 놀랐다. 지금도 그는 잘 차려입은 신사가 중국인에게 황린 성냥을 건네준 뒤 건너편으로 몸을 기울여 술잔을 도로 집어드는 모습을 보고 놀라는 참이었다.

월터 무디는 케임브리지 졸업생으로 영국 에든버러에서 하인 셋을 거느린 적당히 부유한 집안에서 태어났다. 그후에 들어간 트리니티 대학과 이너 템플 법학원에서 그가 어울렸던 사람들은 살아온 과거나 현재 상황이 서로 별반 다르지 않은 완고한 귀족들로만 이루어져 있지는 않았다. 그럼에도 공부를 하면서 그는 배타적인 성향을 갖게 되었다. 사회체계를 이해하려면 위에서 아래로 내려다보는 방식이 적절하다고 배웠기 때문일 것이다. 어깨에 망토를 걸치고 라인산 와인을 들이켜는 대학 친구들과 있을 때면 그는 젊은이다운 고뇌와 활력을 담아 계급 통합을 옹호했지만, 실제로 그런 일과 마주하면 언제나 깜짝 놀랐다. 그는 아직까지 금광촌이 온갖 오물과 위험으로 얼룩진 곳이고, 세계 곳곳에서 모여든 낯선 사람들로 가득하다는 사실, 식료품상의 금고에는 돈이 가득하지만 변호사는 쫄쫄 굶는 곳이라는 사실, 계급의 구분이 없는 곳이라는 사실도 알지 못했다. 무디는 자기보다 20년은 더 많아 보이는 발퍼의 나잇값을 존중하는 의미로 존대를 하고 있었지만, 그가 자기보다 한미한 집안 출신임은 이미 알아챘다. 또한 이 방 안에 어떤 신분이고 어디 출신인지 짐작조차 가지 않는 기묘하게 다양한 사람들이 모여 있다는 사실도 의식하고 있었다. 그러다보니 어린아이들과 자주 어울리지 않는 사람이 아이들을 볼 때 아무리 친절하게 대하고 싶어도 어떻게 행동해야 할지 몰라서 거리를 두는 것처럼, 무디의 예의 바른 태도에도 어딘지 경직된 구석이 있었다.

토머스 발퍼는 이런 생색내는 태도를 알아채고, 속으로 재미있어했다. 그는 그 자신의 말을 빌리자면, '지나치게 말이 번드르르한 사람'을 싫어하는 편이라 그런 사람을 만나면 상스러운 쪽으로 자극하곤 했다. 그렇다고 상대를 화나게 만들지는 않았다. 그건 재미가 없으니까. 발퍼에게 무디의 뻣뻣한 태도는 귀족 스타일로 만들어져서 한창 유행하고 있지만 착용자의 목을 숨도 못 쉬게 조이는 목깃처럼 보였다. 그에게 점잖은 사교계의 관습은 전부 이런 쓸모없는 장식과 마찬가지였다. 무디의 품위 있는 태도가 결국 이런 불안한 분위기를 자아낸다는 사실이 발퍼는 참으로 재미있었다.

무디의 추측대로 발퍼는 변변찮은 집안 출신이었다. 발퍼의 아버지는 영국 켄트 주의 마구점에서 일을 했다. 열한 살 때 화마가 아버지와 마구간을 휩쓸어가버리지 않았다면 발퍼도 그 뒤를 이었을 것이다. 하지만 그는 습관적으로 짓는 꿈꾸듯 멍한 표정과는 달리 소매 끝동이 늘 닳아 있는, 조급하고 활동적인 소년이었다. 그리고 마구점의 억센 노동은 그의 적성에도 맞지 않았을 것이다. 그가 늘 말하듯 기차가 나오며 말은 시대에 뒤떨어지게 되었지만, 시대가 바뀌어도 무역업은 쇠퇴하지 않는 법이었다. 발퍼는 시대의 선구자로 살고 싶은 마음이 강했다. 발퍼가 과거에 대해 얘기할 때면, 겨우 10년 전 일이라고 해도 마치 다 타서 없어진 불량 양초 이야기를 하는 것 같았다. 통에 담긴 시커먼 무두질용 액체, 가죽들이 쌓여 있는 선반, 아버지가 바늘과 송곳을 담아두던 송아지 가죽 주머니 같은 소년 시절에 대한 향수 따위는 전혀 없었고, 새 시대의 산업과 비교할 때를 제외하면 거의 떠올리지도 않았다. 돈을 만들어내는 것은 광석이었다. 탄광, 철광, 금광.

발퍼는 유리 제조업에서 일을 시작했다. 몇 년 수습생으로 일하다가 적당한 규모의 유리 제조 공장을 차렸고 몇 년이 더 지나선 그것을 팔아 탄광 소유권을 샀다. 그 광산은 갱도를 따라 점점 커졌고, 발퍼는 나중에 광산을 런던의 투자자들에게 비싼 값에 팔았다. 결혼은 하지 않았다. 서른 살 생일에 멕시코 동부의 베라크루스로 향하는 쾌속 범선의 편도 승선권을 끊었다. 그것을 시작으로 9개월에 걸쳐 육로를 통해 캘리포니아의 금광까지 이동했다. 광부의 삶 자체에 대한 갈망은 얼마 안 있어 사라졌지만 금광에 대한 끝없는 욕망과 희망은 사라지지 않았다. 처음 채취한 사금으로 은행의 주식을 샀고 4년 동안 호텔 세 개를 지어 크게 번창했다. 캘리포니아의 금이 마를 즈음 호텔들을 팔고 새로운 기회가 펼쳐진 미지의 땅, 오스트레일리아의 빅토리아 주로 향했고, 거기서 바람결에 실려오는 요정의 피리 소리처럼 바다 건너에서 들려오는 이야기를 따라 뉴질랜드로 넘어왔다.

개발되지 않은 매장지에서 16년을 보내며 토머스 발퍼는 월터 무디 같은 사람들을 숱하게 만났다. 채금 일을 해본 적도 없고 그 능력도 알 수 없는 초보자들에게 그가 수년 동안 깊은 애정과 관심을 가져온 것이 그의 성격을 대변해주었다. 발퍼는 천성이 관대했고, 자수성가한 사람답게 야망과 비정통적인 행동에 호의적인 편이었다. 그들의 모험심이 그를 즐겁게 했고 그들의 욕망이 그를 유쾌하게 해주었다. 무디가 잘 알지도 못하는 길에 뛰어들었고, 거기서 큰돈을 벌기를 바란다는 사실만으로도 그는 무디를 좋아하기로 마음먹었다.

그러나 오늘밤 발퍼는 다른 의도를 숨기고 있었다. 흡연실에 모인 열두 명의 남자에게 무디의 출현은 전혀 예상치 못한 일이었다. 그들은 아무에게도 방해받지 않도록 사전에 조치를 취해두었다. 크라운 호텔 전면 응접실은 그날 밤 사적인 행사로 폐쇄되었고, 혹시라도 이 호텔에서 술이나 한잔하자고 생각하는 사람이 있을 경우에 대비해 호텔 문 앞 차양 아래에 소년 하나를 세워두었다. 하지만 크라운 호텔의 흡연실은 딱히 사람들이 많이 모이거나 멋지기로 유명한 곳이 아니라, 실제로 거의 항상 비어 있었다. 광부들이 마을의 선술집에서 사금을 탕진하러 언덕을 우르르 내려오는 주말 밤에도 마찬가지였다. 차양 아래서 감시를 맡은 소년은 매너링의 사환이었고, 공짜로 뿌릴 수 있는 극장 티켓 한 뭉치를 갖고 있었다. 〈동양의 센세이션!〉이라는 새 연극은 재미를 보장한다고 광고했고, 초연일을 기념해서 매너링이 직접 오페라 하우스 입구에 샴페인도 궤짝으로 준비해두었다. 관심을 분산시킬 이런 준비를 해둔데다가 이렇게 날씨가 흐리고 거친 저녁에 배가 들어오지는 못할 거라고 생각해서(그 시간쯤 『웨스트 코스트 타임스』의 해운 소식란에 기재된 도착 예정 배들은 모두 들어온 상태였다) 모인 사람들은 해가 지기 30분쯤 전에 이미 호텔에 체크인을 한 낯선 남자가 우연히 들를 경우에 어떻게 대처할지 생각조차 해보지 않았다. 매너링의 사환이 비가 주룩주룩 내리는 현관 차양 아래 경비를 섰을 무렵 그는 이미 호텔 안에 들어와 있었을 것이다.

마음을 편안하게 만드는 외모나 정중하고 초연한 행동거지에도 불구하고 월터 무디는 어쨌든 침입자였다. 하지만 남자들은 그가 비밀 모임에 침입했다는 사실을 밝히지 않고, 그들이 모인 중대한 이유를 드러내지 않고 어떻게 그를 내보낼 수 있을지 알 수가 없었다. 토머스 발퍼는 자신과 낯선 남자가 난롯불 바로 옆에 나란히 앉았기 때문에 우연찮게 그 임무가 자신에게 떨어졌다고 생각했다. 행운의 결합이었다. 발퍼는 끈질기고, 호통과 칭찬을 적절하게 사용할 줄 아는데다가, 자신에게 유리하게 상황을 바꿔놓는 데 선수였기 때문이다.

발퍼가 입을 열었다.

"그래, 뭐, 관습은 금방 익히게 마련이고 모두들 밑바닥부터 시작을 해야 하는 법이니까. 그러니까 아무것도 모르는 초심자부터 말이지. 이런 걸 물어봐도 될까 모르겠는데 이 일에 뛰어들게 된 계기는 뭔가? 이

건 내 개인적인 관심사야. 사람들이, 뭐랄까, 이런 지구 끝까지 오게 된 이유가 뭘까, 어디에서 영감을 받았나 하는 거 말일세."

무디는 시가를 한 모금 쭉 빨고 나서 대답했다.

"제 동기는 좀 복잡합니다. 얘기하기 힘든 가족 간의 다툼도 있고 말입니다. 그래서 제가 혼자서 여기까지 오게 된 거죠."

"아, 그런 사람은 자네 혼자가 아니야. 여기 있는 남자들은 다 뭔가로부터 도망쳐온 거지. 그거 하나는 확실해!"

발퍼가 유쾌하게 말했다.

"그렇군요."

무디는 꽤 불안한 사실이라고 생각하며 대답했다.

"다들 여기저기서 왔지. 그래, 그게 가장 중요한 점이야. 우리 모두 고향을 떠나온 거야. 그리고 가족에 관해서라면 말이야, 협곡에 형제들이나 아버지들은 널려 있다네."

"위로의 말씀 감사합니다."

발퍼가 활짝 웃으며 시가를 신나게 흔들어대는 바람에 조끼 위로 온통 재가 떨어졌다.

"그거 참 대단한 말이군. 위로라니! 이걸 위로라고 여긴다면 자넨 그야말로 청교도적인 사람이로군, 청년."

무디는 그 말에 적당한 대답이 도저히 생각나지 않아서 다시 고개만 까딱였다. 그리고 청교도라는 말에 반박하려는 듯 술을 크게 한 모금 마셨다. 바깥에서는 바람 한 줄기가 꾸준히 내리는 비를 휩쓸어 서쪽 창문에 뿌렸다. 발퍼는 여전히 낄낄거리며 시가 끄트머리를 바라보았다. 무디는 자신의 시가를 잇새에 물고 고개를 반대편으로 돌리고선 천천히 빨았다.

그때 침묵을 지키고 있던 열한 명의 남자 중 한 명이 일어나서 신문을 두 번 접고는 다른 신문과 바꾸기 위해 접이식 책상 앞으로 걸어왔나. 목깃이 없는 검은 코트를 입고 하얀 넥타이를 매고 있었다. 무디는 그것이 성직자복이라는 것을 깨닫고 조금 놀랐다. 기묘했다. 왜 성직자가 토요일 밤 늦은 시간에 일반 호텔의 흡연실에서 신문을 읽는단 말인가? 그리고 왜 신문을 읽으면서 이렇게 입을 꾹 다물고 있는 거지? 무디는 성직자가 신문 더미를 뒤적이며 여러 날짜의 『콜로니스트』를 옆으로 제쳐놓다가 반가운 소리를 내며 『그레이 리버 아르고스』를 집어들고는 앞으로 쭉 내밀어 빛이 있는 쪽으로 기울이며 살피는 것을 보았다. 어쩌면 그리 기묘한 일은 아닐지도 모른다. 비가 쏟아지는 밤이라 마을회관과 술집들엔 사람이 꽉 찼을 것이다. 이유는 모르겠지만 성직자도 잠깐 비를 피해야 하는 상황이었을 수도 있겠지.

"그래서, 좀 다퉜단 말이지?"

발퍼는 무디가 근사한 이야기를 해주기로 약속하고는 그것을 잊어버리기라도 한 것처럼 다시 말했다.

"다툼에 끌려들어간 겁니다. 그러니까 제가 다툼을 시작한 게 아니었다는 거죠."

"아마도 부친이 상대였겠구먼."

"설명하기가 좀 괴롭습니다."

무디는 발퍼가 그만 캐묻게 하려는 생각에 엄숙한 얼굴로 그렇게 말했지만, 발퍼는 그의 근엄한 표정이 이 이야기를 더욱 흥미진진하게 만들기라도 한다는 듯 몸을 앞으로 기울였다.

"그러지 말고! 마음의 짐을 내려놔보게."

"쉽게 내려놓을 수 있는 짐이 아닙니다, 발퍼 씨."

"이보게, 평생 그런 소리는 들어본 적이 없네."

"실례지만 이만 주제를 바꾸었으면……."

"자네가 내 흥미를 돋웠잖나! 내 관심을 끌어놓고선!"

발퍼가 씩 웃으며 말했다.

"죄송하지만 말씀드릴 수가 없습니다. 저는 제 사생활을 지키고 싶습니다. 선생께 안 좋은 인상을 남기고 싶지는 않으니까 말입니다."

무디는 방 안의 다른 사람들에게는 이야기가 들리지 않도록 조용히 말하려고 노력했다.

"하지만 부당한 대우를 받은 사람은 자네라고 그랬잖나. 자네가 다툼을 시작한 게 아니었다고."

"그렇습니다."

"그럼 됐구먼! 그런 일에 관해서는 비밀을 지킬 필요가 없는 거야. 내 말이 틀린 것 같은가? 다른 사람의 잘못에 대한 비밀을 지켜줄 필요는 없지 않나! 다른 사람의…… 행동을 대신 부끄러워해야 할 이유도 없고!"

그가 쩌렁쩌렁한 목소리로 소리쳤다.

"선생이 말씀하시는 건 개인적인 수치입니다. 제가 말하려는 건 저희 가족 이름에 따라오게 될 수치고요. 제 아버지의 이름을 더럽히고 싶지는 않습니다. 결국 그게 제 이름이기도 하니까요."

무디가 낮은 목소리로 대답했다.

"자네 아버지라고! 방금 내가 한 말 못 들었나? 협곡에는 아버지가 널렸다니까! 말만 그런 게 아니라 그게 관습이자 필수 불가결한 일이라네. 여기서는 원래 그런 거야! 광산에서 뭐가 부끄러운 일로 여겨지는지 내가 알려주지. 텅 빈 광산인 척하는 거, 그건 부끄러워해야 마땅해. 광산의 소유권을 놓고 싸우는 거, 그건 당연히 부끄러운 짓이지. 돈을 훔치고, 남을 속이고, 사람을 죽이는 거, 그것도 부끄러워할 만한 짓이야. 하지만 가족의 수치라니! 야경꾼에게 호키티카 길거리에서 그런 얘기를 외쳐보라고 하게. 다들 그걸 새로운 소식이라고 생각할 걸세! 가족도 없는데 가족의 수치가 다 뭔가?"

발퍼는 의자 팔걸이에 빈 잔을 내리치는 것으로 이 일장 훈계를 마무리했다. 그런 다음 무디를 보고 씩 웃으며 자신의 말이 굉장히 논리정연해서 더 뭐라고 덧붙일 필요도 없다는 것처럼 손바닥을 들어 올렸다. 하지만 그래도 그의 말에 동의는 해주는 게 좋을 것 같아서 무디는 다시 한 번 기계적으로 고개를 끄덕이고 처음으로 피로가 배어 나오는 어조로 대답을 했다.

"선생은 굉장히 설득력 있게 말씀하시는군요."

여전히 웃으면서 발퍼는 손을 흔들었다.

"설득이라는 건 사람을 교활하게 속이는 걸세. 나는 솔직하게 말하는 것뿐이야."

"그 점에 대해서는 감사드립니다."

"그래, 그래. 하지만 이제 가족의 다툼에 대해 말을 해달라고, 무디 군. 그래야 자네의 이름이 더럽혀졌는지 어떤지 내가 판단을 하지 않겠나?"

발퍼는 굉장히 즐거운 듯한 기색으로 말했다.

"죄송합니다."

무디는 그렇게 말하며 주위를 슬쩍 둘러보고 성직자가 제자리로 돌아가서 이제는 신문을 열심히 들여다보고 있다는 것을 알아차렸다. 그 옆에 황제 수염에 머리가 붉은 혈색 좋은 남자는 자는 것 같았다.

토머스 발퍼는 포기하지 않고 다시 팔을 휘저으며 외쳤다.

"자유와 안정! 결국 문제는 그거 아니겠나? 이보게, 어떤 문제일지 난 이미 알고 있다네! 대강 어떤 걸지는 알아! 자유를 우선할 것이냐, 안정을 우선할 것이냐…… 아버지는 아들을 미래에 대비시키고 싶어 하고, 아들은 자유를 갈망하는 법이지. 아버지가 지나치게 아들을 쥐고 흔들려고 하는 경우도 있지만, 그런 일은 흔해. 그리고 아들이 사치스럽고…… 방탕할 수도 있어…… 하지만 항상 다툼이 일어나는 이유는 결국에 똑같아. 애인들 사이도 마찬가지지."

무디가 끼어들지 않자 발퍼는 말을 이었다.

"애인 사이도 똑같아. 따지고 보면 결국엔 항상 같은 이유로 다투지."

하지만 무디는 그의 말을 듣고 있지 않았다. 잠깐 동안 타들어가는 시가 끄트머리도, 잔 아래 고여 있는 따스한 브랜디도 잊었다. 자신이 여기, 생긴 지 5년도 채 안 된 세상 끝에 있는 마을의 호텔 흡연실에 있다는 것도 잊었다. 정신이 몸에서 빠져나가 그곳으로 돌아가버렸다. 피투성이 크라바트, 움켜쥔 은색 손, 어둠 속에서 계속해서 나직하게 반복되는 그 이름. 막달레나, 막달레나, 막달레나. 태양 위를 차갑게 지나가는 그림자처럼 그 장면이 예고도 없이 갑자기 그의 머릿속에 떠올랐다.

무디는 포트 찰머스에서 바크선 갓스피드 호를 타고 왔다. 멋지게 경사진 이물에 사도 요한을 상징하는 떡갈나무로 된 독수리 장식이 달린 작고 튼튼한 배였다. 지도상으로 여행 경로는 U자형을 띠고 있었다. 바크선이 북쪽을 향해 출발해서 두 바다 사이의 좁은 해협을 가로질러 다시 남쪽의 광산촌으로 돌아오는 경로였다. 무디는 갑판 아래 화물칸 자리를 샀지만, 워낙 좁고 악취가 심해서 여행 내내 상갑판에 머무를 수밖에 없었다. 가죽 가방을 가슴에 꼭 끌어안고, 물보라를 막기 위해

목깃은 세우고 뱃전 아래 웅크리고 앉아 시간을 보냈다. 풍경에는 등을 돌리고 있어서 해안은 거의 보지도 못했다. 뱃전 바깥으로는 이스트코스트를 따라 노란 평원이 펼쳐져 있었다. 평원은 점차 완만하고 푸른 구릉으로 변했고, 곧 파랗게 보이는 높다란 산이 나타났다. 북쪽으로는 잔잔하게 물결이 치는 푸른 피오르드 해안이 있었고, 웨스트 코스트 쪽으로는 해변과 맞닿는 곳에 망류 하천이 모래 위로 물줄기를 흘렸다.

갓스피드 호가 북쪽 곶을 빙 돌아 남쪽을 향할 무렵에 기압이 내려가기 시작했다. 무디가 지독한 뱃멀미에 시달리지 않았다면 겁을 먹고 기도를 했을지도 모른다. 선창가의 일꾼들이 말한 것처럼 물에 빠져 죽는 것은 웨스트 코스트의 고질병 같은 것이었다. 금광에 도착하기 한참 전에, 처음으로 무릎을 꿇고 앉아 채금 접시를 들어보기도 전에 운수가 좋은지 아닌지 결정이 난다. 무사히 도착한 사람만큼 중간에 물에 빠져 죽은 사람도 허다했다. 그가 탄 배의 우두머리인 카버 선장은 후갑판의 자기 자리에서 수많은 풋내기 선원들이 죽는 것을 보았다. 워낙 많이들 죽어서 배를 묘지라고 부르는 사람들도 있었다. 물론 눈을 크게 뜨고 엄숙한 어조로 말이다.

폭풍은 푸르스름한 바람으로부터 시작되었다. 바람에서는 쇠 맛이 느껴졌고, 그 쓴맛은 구름이 어두워지고 점점 피어오르면서 더 강해졌다. 마침내 불어닥친 폭풍은 화가 나서 펄펄 뛰며 손바닥으로 내리치는 것 같았다. 갑판이 흔들리고 그 위로 구겨졌다 펴졌다 하는 돛에 기묘한 빛과 그림자가 번갈아 스쳤다. 바크선이 진로에서 벗어나지 않도록 분투하는 선원들의 얼굴에는 두려운 표정이 역력했다. 그야말로 악몽 같았고 무디는 배가 금광에 가까워질수록 끔찍한 폭풍을 일부러 소환하는 게 아닐까 하는 무시무시한 생각이 들었다.

월터 무디는 다른 사람이 미신을 믿는 것을 굉장히 재미있어했지만 본인은 미신을 믿지 않았다. 또한 자신의 이미지에 굉장히 공을 들이고 있음에도 다른 사람의 인상에 쉽게 속지 않았다. 그가 영리하기 때문이라기보다는 경험이 많기 때문이었다. 뉴질랜드로 떠나오기 전에는 그의 경험이 딱히 넓다거나 다양하다고는 할 수 없었다. 지금껏 살면서 그는 계산된 확고한 의혹만을 알았다. 의심, 냉소, 가망성 같은 것만을 알았다. 사람을 더이상 신뢰하지 않게 되었을 때 깨닫게 되는 무시무시한 사건의 원인, 그런 원인을 밝혀내고 나서 느끼게 되는 끔찍한 공포, 그리고 마지막으로 오는 공허함 같은 것은 전혀 알지 못했다. 이런 뭔지 모를 경험들에 관해서 비교적 최근까지 다행스럽게도 의식하지 못하고 살아왔다. 그는 공상 같은 것을 하는 성격이 아니었고, 실용적인 목적이 있지 않은 한 가설을 세우지도 않았기 때문이다. 그 자신이 언젠가는 죽을 거라는 사실은 지식적인 면에서만 흥미로운, 하찮은 소재일 뿐이었다. 그리고 종교가 없기 때문에 유령도 믿지 않았다.

여행의 이 마지막 구간에서 밝혀진 모든 것은 오로지 무디의 공로였다는 것을 인정해야 할 것이다. 이쯤에서 갓스피드 호가 더니든 항구를 출발할 무렵에는 승객이 여덟 명 타고 있었고, 코스트에 당도할 무렵에는 아홉 명이 타고 있었다는 사실을 밝혀도 될 것 같다. 아홉번째 승객은 오는 동안에 태어난 아기가 아니었다. 밀항자도 아니고, 배의 보초가 난파 화물을 붙잡고 물에 떠 있는 사람을 발견해 끌어올리라고 소리쳐서 구한 것도 아니었다. 하지만 이 이야기를 지금 여기서 해버리면 월터 무디가 직접 말할 기회를 빼앗는 셈이 될 것이다. 그가 제3자에게 흥미진진한 이야기를 해주는 것은 고사하고 그 우연한 사건을 머릿속에 떠올리는 것조차 아직 힘들어하고 있는데 그러는 것은 부당한 일이리라.

호키티카에는 2주째 잠시도 멈추지 않고 비가 내리고 있었다. 안개
가 밀려갔다 밀려오기를 반복해서 누디가 처음으로 본 마을의 모습은
나타났다 사라졌다 하는 얼룩 같았다. 해안선과 갑자기 나타나는 높은
산맥 사이에는 좁고 평평한 땅이 있었고, 끊임없이 파도가 몰려와 산에
부딪쳤다가 모래사장 위로 연기처럼 흩어졌다. 산중턱을 낮게 가로질
러 마을의 건물들 지붕 위로 회색 천장처럼 깔린 구름 때문에 동네가
더 납작하고 폐쇄된 것처럼 보였다. 항구는 남쪽에, 굽은 강어귀 안쪽
에 있었다. 강에는 금이 가득했고, 염분기 있는 바다와 만나는 부분에
서는 거품이 일었다. 해안의 물은 갈색빛을 띠고 아무것도 살지 않았지
만, 상류 쪽의 물은 차갑고 맑았으며 어렴풋이 빛났다. 강어귀는 물이
잔잔한 조그만 호수에 가까웠다. 돛단배와 증기선들이 호수 가득 정박
해 날이 맑아지기만을 기다리고 있었다. 강 아래 숨어 조수 때마다 모
양이 달라지는 모래톱에 걸리는 위험을 감수할 수는 없기 때문이었다.
모래톱에 걸려 침몰한 셀 수 없이 많은 배가 해저의 위험을 몸소 증명
하듯 여기저기 널려 있었다. 도합 서른 척가량의 배가 침몰했고, 그중
다수가 최근에 가라앉은 것들이었다. 부서진 폐선들은 망망대해로부터
마을을 보호하는 것처럼 음울하고 기이한 바리케이드를 이루었다.

바크선의 선장은 날씨가 갤 때까지 배를 항구에 댈 수가 없어서 대
신 출렁거리는 파도를 넘어 뭍까지 승객들을 실어나를 거룻배를 요청
하는 신호를 보냈다. 거룻배 선원은 여섯 명이었다. 그들은 위아래로
흔들리는 갓스피드 호의 측면으로 승객들이 앉은 의자가 내려오는 것
을 말없이 바라보는 음울한 저승의 뱃사공 카론처럼 보였다. 조그만 배
에 쪼그리고 앉아서 위쪽에 있는 배의 쓸모없는 삭구를 올려다보는 것

은 끔찍한 일이었다. 갓스피드 호는 흔들거리며 짙은 그림자를 드리웠고, 마침내 줄이 풀리고 탁 트인 물 위로 나오자 무디는 마음이 가벼워지는 것을 느꼈다. 다른 승객들도 즐거운 기색이었다. 그들은 날씨에 관해서, 폭풍을 뚫고 나오는 것이 얼마나 굉장한 일이었는지에 관해서 떠들어댔다. 그들은 지나치는 난파선 하나하나마다 이름을 읽으며 무슨 일이 있었던 걸까 궁금해했고, 금광과 그곳에서 벌게 될 재산에 관해 이야기했다. 그들의 흥겨움이 혐오스러웠다. 한 여자가 "다른 사람들도 달라고 하지 않게 조용히 받아요"라고 말하며 냄새로 정신이 번쩍 들게 만드는 약병을 무디의 엉덩이뼈 아래로 밀어넣었지만 그는 여자의 손을 밀어냈다. 여자는 그가 본 것을 보지 못했으니까.

거룻배가 해안에 가까워질수록 비는 더욱 격하게 쏟아지는 것 같았다. 파도가 부서지며 뱃전 너머로 짠물이 너무 많이 넘어와서 무디는 가죽 들통을 들고 선원들과 함께 배에서 물을 퍼내야 했다. 어금니만 남고 이가 다 빠진 사람처럼 그는 말없이 움직였다. 주춤거릴 기운조차 없었다. 모래톱을 넘어 그들은 하얀 파도가 넘실거리는 잔잔한 강어귀로 들어섰다. 무디는 눈을 감지 않았다. 거룻배가 정박장에 도착하자 그는 옷 속까지 흠뻑 젖은 채 제일 먼저 배에서 내렸다. 현기증이 나서 사다리에서 비틀거리는 바람에 배가 거칠게 반대편으로 밀려났다. 쫓기는 사람처럼 그는 반쯤 다리를 절며 비척비척 선창을 내려와 단단한 땅에 올라섰다.

몸을 돌리니 선창 끝 정박장에서 조그만 거룻배가 위아래로 흔들리는 모습이 희미하게 보였다. 바크선은 오래전에 안개 속으로 사라졌다. 안개가 젖빛 유리창처럼 자욱하게 끼어 난파선과 정박지의 증기선들, 그 너머의 대양까지 하나도 보이지 않았다. 무디는 휘청거리며 걸어갔다. 선원들이 배에서 짐과 손가방을 꺼내고, 다른 승객들이 주변을 돌아다니고, 짐꾼과 부두 일꾼 들이 빗속에서 서로 고함을 질러대며 일하는 게 서의 눈에 들어오지 않았다. 주변이 베일로 가려진 것 같고 사람들은 천으로 덮인 것만 같았다. 여기까지 오는 여정에서 겪은 모든 일들 역시 마찬가지로 그의 몽롱한 머릿속에서 회색 안개로 뒤덮여버렸다. 움츠러든 그의 기억이 정반대되는 존재인 망각을 만나서 최근에 겪은 일에 대한 기억을 일종의 천 같은 걸로 덮어 감추기 위해 안개와 퍼붓는 비를 불러낸 것만 같았다.

무디는 거기서 우물쭈물하지 않았다. 몸을 돌려 도살장과 변소, 해안의 모래밭 앞을 따라 서 있는 방풍 오두막, 2주간 내린 비로 물이 가득 고여 늘어진 천막들을 지나 해변가로 향했다. 고개를 숙이고, 가방을 단단히 움켜쥐고, 아무것도 쳐다보지 않았다. 임시 가축 수용장도, 창고의 높다란 박공도, 워프가를 따라 있는 사무실 창문의 방사상 창살도, 그 뒤에서 불 켜진 방 안을 돌아다니는 흐릿한 사람들 모습도 보지 않고 정강이까지 오는 진흙탕을 힘겹게 걸어갔고, 겉만 그럴싸한 크라운 호텔의 입구가 눈앞에 나타나자 곧장 달려가서 가방을 내려놓고 양손으로 문을 붙잡아 열었다.

크라운 호텔은 실용적이고 간소한 타입의 숙박 시설로 오로지 부두와 가깝기 때문에 사람들이 묵는 거였다. 부두와 가깝다는 사실이 편리하기는 해도 딱히 장점이라고는 할 수 없었다. 임시 가축 수용장과 너무 가까워서 도살된 짐승들의 피 냄새가 짜고 시큼한 바다 냄새와 뒤섞여 마치 아무도 신경 쓰지 않아 아이스박스 안에서 고기가 썩어가는 것 같은 냄새가 났기 때문이다. 이런 이유로 무디는 당장에 이 호텔에 혐오감을 느끼고 북쪽의 레벨가를 따라 올라가서 더 크고, 색깔도 밝고, 주랑 현관이 있는 호텔들을 찾을 법도 했다. 높은 창문과 섬세한 세공 장식이 있는 그런 호텔들은 부유한 귀족인 그에게 익숙한 사치스럽고 편안한 분위기를 제공했을 것이다. 하지만 무디는 모든 분별력을 바크선 갓스피드 호의 흔들리는 화물칸 속에 놔두고 온 것 같았다. 그냥 혼자서 쉴 곳만 있으면 충분했다.

등 뒤로 문을 닫자 빗소리가 낮아지면서 텅 빈 로비의 적막함이 거의 즉시 그에게 물리적인 영향을 미쳤다. 무디가 외모에서 개인적으로 상당히 득을 본다는 이야기는 이미 했고, 이는 그가 대단히 분별 있는 사람이기 때문이라는 이야기도 이미 했다. 유령 붙은 사람 같은 꼴로 낯선 마을에서 처음으로 친구를 사귀고 싶지는 않았다. 그는 모자에서 물을 털어내고, 손으로 머리카락을 쓸어 넘긴 다음, 무릎이 후들거리는 것을 멈추기 위해 발을 몇 번 굴렀다. 그리고 탄력성을 시험하듯이 입을 이쪽저쪽으로 크게 움직였다. 그는 전혀 부끄러워하지 않고 재빨리 이런 동작을 했고, 하녀가 다가올 무렵에는 습관에 가까운 온화하지만 무심한 표정을 짓고 프런트 데스크 귀퉁이의 열장이음 부분을 관찰하고 있었다.

하녀는 특색 없는 빛깔의 머리에 피부만큼 누런 이를 지닌, 굼떠 보이는 여자였다. 그녀는 식사 및 숙박 조건을 열거한 뒤 무디에게 10실링을 받고(하녀는 이것을 책상 뒤쪽에 있는 자물쇠 달린 서랍 안에 둔탁한 챙강챙강 소리가 나게 떨어뜨렸다) 느릿느릿 위층으로 안내했다. 그는 자신이 물을 줄줄 흘리며 걷고 있고, 로비 바닥에도 꽤 커다란 물웅덩이를 만들어놨다는 사실을 잘 알고 있었다. 그래서 하녀에게 6펜스 동전을 내밀었고, 하녀는 마뜩찮은 표정으로 그것을 받고 돌아서다가 문득 좀더 친절하게 대할걸 그랬나 하는 기색으로 얼굴을 붉혔다. 잠깐 머뭇거리다가 하녀는 주방에서 저녁 식사를 갖다줄 수 있다고 말했다.

"속을 좀 따뜻하게 데우시라고요."

하녀가 그렇게 말하고서 누런 이를 드러내고 웃었다.

크라운 호텔은 최근에 지어진 곳이라 아직까지 갓 대패질한 목재의 먼지 같은 금빛 가루들이 날아다니고, 벽에는 여전히 홈마다 수액이 방울방울 맺혀 있는데다가 벽난로는 아직 재와 검댕 자국 하나 없었다. 무디의 방은 의자 하나를 놓고 화려한 대가족인 척하는 연극 무대처럼 가구가 별로 없이 휑했다. 매트리스 위의 덧베개는 가는 모슬린을 꼬아 속을 채운 것처럼 두께가 얄팍했고, 이불은 너무 커서 끄트머리가 바닥에 늘어져 마치 침대가 기울어진 처마 아래 움츠리고 있는 것 같은 분위기를 연출했다. 쇠쇠 달린 유리창 밖으로 보이는 풍경이 다른 시기, 다른 거리였다면 살풍경한 방은 다 마무리되지 않은 듯한, 유령이라도 나올 듯한 분위기로 느껴졌을 법했다. 하지만 무디에게는 그 텅 빈 방이 마음에 위안이 되었다. 그는 흠뻑 젖은 가방을 침대 옆 장식 선반 위에 내려놓고, 옷을 벗어 최대한 꼭 짠 뒤 차 한 주전자를 마시면서 햄을 얹은 곡물 빵 네 조각을 먹었다. 그런 다음 창문으로 한치 앞도 보이지 않을 만큼 비가 쏟아지는 길거리를 내다본 끝에 마을에서 볼일은 내일로 미루자고 결론을 내렸다.

하녀는 찻주전자 아래 어제 자 신문을 놔두었다. 6펜스짜리치고는 참으로 얇았다! 무디는 미소를 띠고 그것을 집었다. 그는 싸구려 신문에 애정을 갖고 있었고, 이 동네 최고로 매혹적인 댄서가 이 동네 최고로 신중한 산파 일을 해준다는 광고를 유쾌한 기분으로 읽었다. 신문의 한 난 전체가 실종된 탐광자들에 관한 내용으로 가득했고(에머리 스테인스가 혹시 이 글을 본다면, 혹은 그가 어디 있는지 아는 분이 있으면……) 한 페이지 전체가 "술집 여종업원 구함"으로 채워져 있었다. 무디는 해운 소식 및 간단한 식사를 제공하는 하숙집 광고, 전문이 실려 있는 지루한 사회운동 관련 연설문 등의 기사를 전부 다 두 번씩 읽었다. 그리고 실망했다. 『웨스트 코스트 타임스』는 마치 교구 신문 같았다. 하긴, 뭘 기대했는가? 금광지가 반짝이는 보물과 약속으로 이루어진 이국적인 환영 같을 거라고 생각했나? 광부들이 교활한 악당들이고 모두가 살인자에 도둑놈일 거라고?

무디는 천천히 신문을 접었다. 머릿속은 다시 갓스피드 호로, 화물 칸의 피투성이 관으로 되돌아갔다. 심장이 쿵쾅거리기 시작했다.

"그만."

그는 큰 소리로 말하고서는 곧장 바보가 된 것 같은 기분을 느꼈다. 무디는 일어나서 접은 신문을 옆으로 던졌다. 어차피 해가 저물고 있었고 그는 흐린 불빛 속에서 글자를 읽는 것을 좋아하지 않았다.

하녀는 이제 좀더 빠릿빠릿했다. 6펜스씩 받는 일은 거의 없는 모양이었다. 나중에 하녀를 부를 일이 있을 때 유용하게 써먹을 수 있는 정보였다. 하녀는 크라운 호텔의 응접실이 개인적인 파티 때문에 오늘 하룻밤은 출입이 통제된다고 알려주었다.

"가톨릭 우호자들 모임이죠."

하녀는 다시금 웃으면서 덧붙인 뒤 그가 원한다면 흡연실로 안내할 수 있다고 말했다.

무디는 번쩍 정신을 차리고 현재로 돌아와서 토머스 발퍼가 여전히 기대감 가득한 얼굴로 자신을 보고 있는 것을 발견했다.

"죄송합니다. 제가 잠깐 혼자만의 생각에 빠져 있던 모양입니다."

"무슨 생각을 했는데?"

무슨 생각을 했느냐고? 크라바트, 은색 손, 어둠 속에서 나직하게 헐떡이던 그 이름. 그 장면이 다른 차원에 존재하는 작은 세계 같았다. 정신이 거기 머무르는 동안 원래 세상의 시간이 순식간에 흘러가버리는 것이다. 한편에는 시간이 흐르고 공간이 변화하는 커다란 세계가 있고, 또 한편에는 공포와 불안으로 이루어진 작고 정적인 세계가 있다. 두 세계는 구 안의 구처럼 서로 꼭 맞아들어간다. 발퍼가 계속 그를 쳐다보고 있었다는 것이, 실제 세계의 시간이 그의 주위로 계속해서 흘러갔다는 사실이 참으로 희한했다. 그동안 그는 계속…….

"딱히 특별한 걸 생각했던 건 아닙니다. 여행이 꽤 힘들었던 모양인지 굉장히 피곤하군요."

그의 뒤에서 당구대 앞의 남자들 중 한 명이 공을 때렸다. 딱 부딪치는 소리가 두 번 들리고, 공이 구멍에 들어가고, 다른 사람들이 찬사를 보냈다. 성직자는 시끄럽게 신문을 털었고, 또 다른 남자가 기침을 했다. 어떤 사람은 셔츠 소매에 묻은 먼지를 떨어내고 의자에서 자세를 바꾸었다.

"자네의 다툼에 대해서 물어보지 않았나."

"다툼은……."

무디는 말을 하려다가 돌연 멈추었다. 갑자기 말을 하는 것조차 피곤하게 느껴졌다.

"자네와 자네 부친 사이의 싸움 말일세."

"죄송합니다. 그 내용은 민감한 사항이라서요."

"돈 문제로구먼! 내 말이 맞지?"

"죄송합니다만, 그렇지 않습니다."

무디가 손으로 얼굴을 문질렀다.

"돈 문제가 아니라! 그러면…… 사랑 문제로군! 자네가 사랑에 빠졌는데…… 자네 부친이 그 여자를 못마땅해한 게지……."

"아뇨, 전 사랑에 빠지지 않았습니다."

"그거 참 안타깝구먼. 좋아! 그럼 결론은 자네가 이미 유부남이라는 건데!"

"전 독신입니다."

"그럼 젊은 홀아비인가?"

"결혼한 적도 없습니다."

발퍼는 웃음을 터뜨리고서 양손을 들어올려 무디의 과묵한 태도가 유쾌하게 화를 돋우는 동시에 상당히 우스꽝스럽다는 뜻을 드러냈다.

발퍼가 웃는 동안 무디는 몸을 조금 일으키고 고개를 돌려 안락의자 등받이 너머로 뒤쪽을 쳐다보았다. 다른 사람을 어떻게든 대화에 끌어들여 발퍼가 자신이 여기 온 이유 대신 다른 데에 정신을 팔게 만들 생각이었다. 하지만 아무도 그와 눈을 마주치지 않았다. 모두들 일부러 그를 피하는 것 같다는 생각이 들었다. 기묘한 일이었다. 하지만 이렇게 몸을 돌린 자세는 어색하기도 하고 무례한 행동이었기 때문에 그는 결국 어쩔 수 없이 다시 원래 자세로 돌아가서 다리를 꼬았다.

"실망시켜드리려는 건 아닙니다."

발퍼의 웃음이 잦아들자 무디가 말했다.

"실망이라니, 그럴 리가! 아냐, 아닐세. 자네도 비밀을 지킬 권리가 있지!"

발퍼가 외쳤다.

"제 말을 착각하셨군요. 전 뭔가를 숨기려는 게 아닙니다. 그 이야기가 개인적으로 저한테 좀 괴로운 것일 뿐이죠."

"아. 하지만 젊은 사람들에게는 항상 그런 거라네, 무디 군. 자신의 과거로 고통받는 것 말이지. 과거를 되돌리고 싶고, 다른 사람에게 이야기하고 싶지 않고 말이야."

"현명한 말씀이십니다."

"현명하다! 다른 건 더 없나?"

"무슨 말씀이신지 이해가 안 갑니다만."

"내 호기심을 채워주지 않기로 아주 작정을 했구먼!"

"그렇게 말씀하시니 솔직히 좀 놀랍습니다."

"여기는 금광 지역이야, 이 친구야! 동료들이 어떤 사람인지 알고 그 사람들을 믿어야 하는 거라고!"

상황이 점점 더 기묘해지는 느낌이었다. 이 방에 들어오고 처음으로 무디는 호기심이 꿈틀거리는 것을 느꼈다. 아마도 점점 더 마음이 답답해져서 눈앞의 광경에 좀더 집중하게 되었기 때문일 것이다. 방 안을 감도는 이 기묘한 침묵은 모든 것을 공유하고 마음을 편하게 만들어주는 형제애의 표상이라고 말하기는 어려웠다…… 게다가 발퍼는 자신의 성격이나 마을에서의 평판 같은 이야기는 단 하나도 털어놓지 않았다. 그러니 무디가 어떻게 그를 마음 놓고 믿을 수 있겠는가! 그의 시선이 옆으로 돌아가서 난로 앞에 앉아 있는 뚱뚱한 남자에게 고정되었다. 자는 척하느라 감고 있는 눈꺼풀이 떨리는 게 보였다. 그 뒤에 있는 금발 남자는 이 손에서 저 손으로 당구공을 주고받고 있었으나 게임에 대해서는 전혀 흥미가 없어 보였다.

뭔가가 진행되고 있다는 확신이 갑자기 들었다. 발퍼는 그 성격으로 보건대 다른 사람들을 대신해서 뭔가 역할을 맡은 것 같았다. 하지만 무슨 이유로? 이 쏟아지는 질문들에는 어떤 체계가 있었다. 발퍼의 행동거지와 넘쳐나는 호의, 매력 속에 감춰진 의도가 있는 게 분명했다. 다른 남자들도 태연하게 신문을 넘기거나 졸고 있는 척하면서 다들 귀를 기울이고 있었다. 이 사실을 깨닫자 흩어져 있던 별들이 눈앞에서 별자리를 이루는 것처럼 갑자기 방 안이 또렷하게 눈에 들어오는 느낌이었다. 발퍼는 더이상 무디가 처음 생각했던 것처럼 유쾌하고 과장된 성품을 가진 사람이 아니라 바싹 긴장한 것처럼 보였고, 심지어는 절박해 보이기까지 했다. 무슨 일인지 알아내려면 그의 재촉을 들어주는 게 계속 거절하는 것보단 더 낫지 않을까 하는 생각이 들었다.

월터 무디는 비밀을 털어놓는 기술에 아주 능숙했다. 비밀을 이야기함으로써 상대방의 비밀에 대해서 물어볼 수 있는 권리가 생긴다는 것을 알았다. 비밀에는 비밀로 상응해야 하는 법이고, 이야기는 이야기로 갚아야 하는 법이니까. 그는 점잖게 응답이란 것을 요구하는 방법을 잘 알았다. 발퍼를 노골적으로 의심하는 기색을 드러내기보다는 비밀을 이야기하는 척하는 것이 더 많은 것을 알아낼 수 있을 것이다. 무디가 주저하지 않고 기꺼이 발퍼에게 비밀을 털어놓으면, 발퍼 역시 그 대가로 자신의 비밀을 털어놔야만 할 테니까. 발퍼의 신뢰를 얻기 위해서라면 아무리 가족과의 일을 떠올리는 것이 짜증 난다 해도 딱히 이야기하지 않을 이유가 없었다. 갓스피드 호에서 일어났던 일, 그것만큼은 털어놓을 생각이 없지만 말이다. 하지만 토머스 발퍼가 듣고 싶어 하는 이야기는 그게 아니니까 구태여 시치미를 뗄 필요도 없었다.

이렇게 쭉 생각한 뒤에 무디는 방침을 바꾸었다.

"그렇다면 선생의 신뢰를 우선 얻어야 할 것 같군요. 전 숨길 게 전혀 없습니다. 이야기를 해드리지요."

발퍼가 대단히 만족한 얼굴로 안락의자에 몸을 푹 기댔다.

"이야기라 이거지! 하지만 사랑 문제도, 돈 문제도 아니라니 난 좀 놀랍구먼!"

"죄송하지만 둘 다 결여되어 있습니다."

"결여라······ 그렇군."

발퍼는 여전히 웃으며 말하고는 무디에게 계속하라고 손짓을 했다.

"우선은 제 가족사부터 몇 가지 말씀드려야 할 것 같습니다."

무디는 그렇게 말하고 잠시 침묵에 잠겼다. 눈은 가늘어지고 입술은 동그랗게 오므려졌다.

그가 앉아 있는 안락의자는 벽난로를 마주보고 있어서 방 안의 남자들 절반 정도가 그의 뒤에서 제각기 뭔가 하는 척하며 앉아 있거나 서 있었다. 몇 초 동안 생각을 정리하는 척하면서 무디는 은밀하게 왼쪽 오른쪽을 쳐다보며 근처 불가에 앉아 있는 남자들이 다들 듣고 있는지를 확인했다.

벽난로에서 가장 가까운 사람은 조는 척하는 뚱뚱한 남자였다. 남자는 이 방 안의 사람들 중에서 가장 화려하게 차리고 있었다. 그 토실토실한 손가락만큼 두꺼운 시곗줄이 벨벳 조끼의 주머니와 삼베 셔츠 가슴 사이로 늘어져 있고, 시곗줄 중간중간에는 손가락 한 마디만 한 크기의 금덩이들이 매달려 있었다. 그 옆, 발퍼의 반대편에 앉아 있는 남자는 안락의자 등받이에 가려서 번뜩거리는 이마와 반짝이는 코끝밖에는 보이지 않았다. 코트는 모직 천으로 두툼하게 짠 헤링본이라 불가에 그렇게 가까이 앉아 있으면 꽤나 더울 것 같았다. 실제로 의자에 편안히 앉아 있는 척하고 있지만 얼굴에서는 땀이 흘렀다. 시가는 피우지 않았고 은제 담뱃갑을 계속해서 이리 뒤집었다 저리 뒤집었다 할 뿐이었다. 무디의 왼쪽에는 등받이가 큰 안락의자가 또 하나 있었다. 그의 자리에서 워낙 가까이 있어 거기 앉은 사람이 숨쉬는 소리까지 들릴 정도였다. 이 남자는 검은 머리에 몸매는 날씬하고 키가 하도 커서 무릎을 90도로 구부려 딱 붙이고 바닥에 구두 밑창을 판판히 대고 앉아 있었다. 남자는 신문을 읽고 있었는데, 전반적으로 다른 사람들보다 무관심한 척하는 연기가 훨씬 뛰어났다. 하지만 그럼에도 활자에 집중하고 있지 않은 것처럼 눈이 멍했고, 몇 분째 페이지를 전혀 넘기지 않았다.

무디가 마침내 이야기를 시작했다.

"전 두 형제 중 차남입니다. 형 프레더릭은 저보다 다섯 살이 많지요. 어머니는 제가 학교를 거의 졸업할 무렵에 돌아가셨고, 저는 초상을 치르러 잠깐 동안만 집에 다녀왔습니다. 그 직후에 아버지는 재혼을 하셨습니다. 저는 당시에 계모에 대해서 전혀 아는 바가 없었습니다. 그분은 지금도 그렇지만 조용하고 예민한 분이셨고, 쉽게 놀라고, 자주 아프셨습니다. 그런 연약한 면에서 행동거지가 거칠고 약주를 지나치게 많이 드시는 아버지와는 굉장히 다르셨죠.

처음부터 전혀 안 어울리는 결합이었던 겁니다. 두 분 다 결혼이 실수였다고 생각하셨던 것 같고, 유감스럽게도 아버지는 계모를 굉장히 형편없이 대하셨죠. 3년 전에 아버지는 먹고살 방도조차 마련해주지 않고 계모를 에든버러에 놔두고 사라지셨습니다. 갑자기 그런 곤궁한 입장에 처하면 거지로 전락하거나 그보다 더 안 좋게 될 수도 있지 않겠습니까? 그래서 계모는 제게 부탁을 하셨습니다. 편지로요. 저는 그때 해외에 있었거든요. 저는 곧장 집으로 돌아가서 온당한 의미에서 계모의 보호자가 되었습니다. 저는 계모를 위해서 몇 가지 합의를 했고, 계모는 경제 상황이 대단히 많이 바뀐 탓에 달가워하지는 않으셨지만 받아들이셨습니다."

무디는 어색하게 마른기침을 하고서 말을 이었다.

"전 계모에게 적게나마 살 방도를 마련해드렸습니다. 일자리를 찾아드렸다는 뜻이죠. 그런 다음 아버지를 찾기 위해서 런던으로 갔습니다. 아버지를 찾으려고 온갖 방법을 다 쓰고 엄청난 돈을 허비했지요. 결국에는 제 학력을 이용해서 어떻게 돈을 벌 수 없을까 생각하게 되었습니다. 더이상은 유산에 기대 살 수도 없었고, 외상도 너무 많아졌거든요.

형은 계모가 버림받은 일을 전혀 모르고 있었습니다. 아버지가 사라지시기 몇 주 전에 돈을 벌기 위해서 오타고 광산으로 떠났기 때문이죠. 형은 이런 식으로 충동적으로 행동하는 경향이 있었습니다. 모험가적인 기질이라고 할 수도 있겠지요. 하지만 사실 저희는 어릴 때 이후로 별로 가깝지 않았고, 솔직히 말해서 저는 형을 잘 모릅니다. 몇 달이 몇 년이 되도록 형은 돌아오지 않았고, 편지 한 통 없었죠. 제가 형에게 보낸 편지에 답장도 오지 않았고요. 형이 그 편지를 받기나 했는지도 잘 모르겠습니다. 결국 저도 뉴질랜드로 가는 배표를 샀습니다. 제 목적은, 물론 형이 살아 있다면 말입니다만, 형에게 가족 상황이 바뀐 것을 알리고 한동안 형과 함께 금광을 찾아보는 거였습니다. 재산도 다 탕진해버렸고, 종신 연금도 오래전에 고갈되었고, 빚도 굉장히 많아서요. 런던에 있을 때 전 이너 템플에서 공부했습니다. 거기 남아서 변호사로 선임될 날을 기다리는 방법도 생각해봤지만…… 그 정도로 법을 사랑하진 않아서요. 그러고 싶은 생각이 안 들더군요. 그래서 대신 뉴질랜드행 배에 올랐습니다.

2주 전쯤 더니든에 도착해보니 오타고 금광은 여기 코스트가 새롭게 발견되고서 인기가 한물갔더군요. 어디부터 찾아봐야 하나 고민을 하다가 전혀 예상치도 못했던 방법으로 고민에 대한 해답을 얻었습니다. 아버지를 만났거든요."

발퍼는 음음 소리를 냈지만 끼어들지는 않았다. 그는 입술을 동그랗게 오므려 시가를 물고 술잔을 느슨하게 쥔 채 난롯불을 바라보고 있었다. 열한 명의 다른 남자 역시 똑같이 조용했다. 더이상 등 뒤에서 공부딪치는 소리가 들리지 않는 걸로 보아 당구도 그만둔 모양이었다. 침묵에선 강렬한 기대 같은 것이 느껴졌다. 마치 듣고 있는 사람들이 그가 뭔가 특별한 것을 고백하기를 기다리거나…… 또는 그럴까봐 두려워하는 것만 같았다.

"저희의 재회는 그리 즐거운 건 아니었습니다."

무디는 계속되는 빗소리 때문에 조금 크게 말을 했다. 방 안의 모든 사람이 그의 이야기를 들을 수는 있지만, 그들의 관심을 알고 있다는 게 드러나지는 않을 정도의 목소리였다.

"아버지는 취해 계셨고, 제가 찾아냈다는 사실에 극도로 분노하셨죠. 아버지는 굉장한 부자가 되셨더군요. 그리고 아버지의 과거에 대해서는 전혀 모르거나 최소한 법적으로 다른 아내가 있다는 사실은 모르는 여자와 또 결혼을 하셨고요. 인정하기 면구합니다만, 전 놀라지 않았습니다. 저는 아버지와 친밀했던 적이 한 번도 없고, 아버지가 수상한 상황에 계신 걸 처음 보는 것도 아니었거든요…… 물론 이렇게 범죄 수준의 일을 하신 건 본 적이 없지만 말입니다.

제가 정말로 놀란 건 형에 관해 물은 다음이었습니다. 알고 보니 형은 처음부터 아버지의 대리인 노릇을 하고 있었더군요. 계모를 버린 것도 두 사람이 같이 계획한 일이었고, 동료로서 함께 남쪽으로 내려왔던 거였습니다. 저는 두 사람이 같이 있는 걸 차마 보고 있을 수 없어서 당장 떠나려고 했습니다만, 아버지는 사납게 저를 붙잡으려고 하셨죠. 저는 도망쳐서 즉시 여기로 올 계획을 세웠습니다. 런던으로 곧장 돌아갈 만큼의 돈이 있기는 했습니다만, 제가 느낀 슬픔은……."

무디는 말을 멈추고 손가락으로 무력하게 손짓을 했다. 그리고 한참 만에 말했다.

"잘 모르겠습니다. 금을 캐는 힘든 노동이 한동안은 마음을 돌릴 수 있게 해줄 것 같았습니다. 그리고 변호사가 되고 싶지는 않고요."

침묵이 흘렀다. 무디는 고개를 흔들고 의자 앞쪽으로 몸을 기울였다.

"비극적인 이야기요. 저는 저희 집안이 부끄럽습니다, 발퍼 씨. 하지만 그 사실에 집착하지는 않으려 합니다. 새로운 삶을 살고 싶습니다."

"실로 비극적이군!"

발퍼가 마침내 입에서 시가를 빼 흔들며 외쳤다.

"참으로 유감이야, 무디 군. 하지만 동시에 자네에게 감탄했다네. 금광에 오는 사람들은 다들 그런 식이지. 재창조를 위해서! 감히 말하자면, 변혁이랄까! 사람은 새로워질 수 있다네. 정말로 자신을 새롭게 바꿀 수 있지!"

"격려가 되는 말이군요."

"자네 부친은, 그분 성도 무디겠구먼?"

"그렇습니다. 성함은 애드리언이고요. 혹시 들어보셨습니까?"

"들어본 적 없네."

발퍼는 무디가 실망한 것을 알아채고서 말을 이었다.

"그게 뭐 그리 의미가 있는 건 아니야. 말했듯이 난 해운업에 종사하고 있다보니, 요즘엔 광산에서 다른 사람들과 함께하질 않거든. 그리고 더니든에 3년 가까이 머물렀고. 하지만 자네 부친이 금광에서 돈을 벌었다면 내륙 오지에 있었을 걸세. 고지대 쪽에. 투아페카, 클라이드, 어디 있었을지는 아무도 모르지. 하지만 지금은 여기 문제에 집중해보자고. 부친이 따라올까봐 걱정되지는 않나?"

"아뇨. 떠나던 날 저는 공들여 즉시 영국으로 돌아간다는 인상을 심어드렸습니다. 선착장에서 리버풀에 가는 배를 찾는 사람을 발견하고 그 사람에게 제 상황을 설명했죠. 잠깐 협상을 한 뒤에 저희는 서로 표를 맞바꿨습니다. 그 사람은 검표원에게 제 이름을 말했고 저는 그 사람 이름을 말했죠. 아버지가 세관에 물어본다면 관리들은 제가 이 섬을 이미 떠나 집으로 돌아가고 있다는 확실한 증거를 보여줄 겁니다."

"하지만 자네 아버지나 형도 자진해서 코스트로 올 수 있지 않겠나? 금을 캐러 말이야."

"그건 저도 알 수 없는 노릇이지요. 하지만 두 사람의 현재 상황으로 보아 오타고에서 금을 어지간히 찾은 것 같았습니다."

"어지간한 금이라니!"

발퍼는 다시 웃고 싶은 것 같은 얼굴이었다. 무디는 어깨를 으쓱이고 냉정하게 말했다.

"물론 두 사람이 올 경우에 대비는 하고 있어야겠죠. 하지만 그럴 것 같지는 않습니다."

"그래, 물론 그럴 거야."

발퍼가 커다란 손으로 무디의 소매를 두드렸다.

"그럼 이제 좀더 희망적인 이야기를 해보자고. 적당히 금을 찾고 나면 그걸 갖고 뭘 할 생각인가? 스코틀랜드로 돌아가서 거기서 돈을 쓸 건가?"

"그러고 싶습니다. 적당히 돈을 버는 데 대충 넉 달쯤 걸린다고들 하던데, 그러면 한겨울이 오기 전에 여기서 떠날 수 있을 테니까요. 선생께서 보시기엔 가능할 것 같습니까?"

"충분하지. 충분하고도 남아. 그래, 그 정도는 바라도 될 거야. 그러면 이 마을에 동료는 없는 건가? 선창으로 마중을 나와 함께할 사람이라든지, 동향에서 온 친구라든지?"

발퍼가 난로의 석탄을 바라보며 물었다.

"없습니다. 전 여기 혼자 왔고, 이미 말씀드린 것처럼 다른 사람의 도움을 받지 않고 혼자서 돈을 벌어볼 계획입니다."

무디는 오늘 저녁에 세번째로 이 말을 했다.

"아, 그래. 돈을 번다고 했지. 요즘 말로 하자면 돈을 따라다닌다고 해야겠지만. 하나 광부의 동료라는 건 자신의 그림자 같은 거라네. 이것도 자네가 알아둬야 하는 지식이야. 동료는 자신의 그림자나 마누라 같은 존재야……."

그 말에 방 안에 즐거운 기색이 번졌다. 여러 방향에서 동시에 너털웃음은 아니지만 낮게 풋 하는 소리가 들렸다. 무디는 주변을 둘러보았다. 그의 이야기가 끝나자 방 안의 분위기가 조금 누그러지는 게, 모두들 긴장을 푸는 게 느껴졌다. 이 남자들은 뭔가를 두려워하고 있던 것 같았다. 하지만 그의 이야기를 듣고 두려움을 내려놓을 수 있었던 것이다. 처음으로 무디는 그들의 불안이 자신이 갓스피드 호에서 목격했던 그 끔찍한 일과 어떤 식으로든 연관이 있지 않을까 고민했다. 생각만으로도 기분이 안 좋아졌다. 자신의 개인적인 기억을 다른 사람에게 설명할 수 있을 것 같지도 않고, 다른 사람이 그 기억을 공유하고 있다는 생각도 하고 싶지 않았다. (괴로움은 다른 사람에게 감정을 이입하지 못하게 하고, 사람을 이기적으로 바꿔놔 다른 괴로움에 찬 사람들을 얕잡아보게 만드는 것이라고 그는 나중에 깨달았다. 그리고 이 사실에 깜짝 놀랐다.)

발퍼가 씩 웃었다.

"그래, 그림자나 마누라 같은 거지."

그가 마치 자신이 아니라 무디가 한 농담인 것처럼 다시 말하며 훌륭하다는 듯 고개를 끄덕였다. 그리고 손을 오므려 수염을 몇 번 쓰다듬으며 계속 웃었다.

실제로 발퍼는 안도한 참이었다. 재산을 잃고, 남편에게 학대받은 귀족 출신 여자가 일을 하게 되는 것, 이런 종류의 배신은 그가 사는 곳과는 전혀 다른 세상에서나 일어나는 일이다. 응접실에서 방문객용 명함이 오가고, 예복을 입는 그런 세상. 경제적 상황이 바뀌었다는 사실을 비극으로 여긴다는 것이 참으로 재미있게 느껴졌다. 태어나면서부터 자신의 계급이 절대로 바뀌지 않을 거라는 가르침을 받고 자라온 젊은 남자가 부끄러움을 억누르고서 그런 이야기를 고백해야 한다는 사실이 흥미로웠다. 여기, 문명 세계의 선봉에서! 호키티카는 샌프란시스코보다 빠르게 성장하고 있다고 신문들은 말했다. 무에서…… 정글의 오래된 썩은 시체들로부터…… 조수가 밀려오는 습지와 변화하는 골짜기와 안개로부터…… 광석이 가득한 교활한 강물로부터. 여기 사람들은 자수성가한 부자들이 아니라 진흙탕에 쪼그리고 앉아 흙을 씻으며 자수성가의 길을 걷고 있는 사람들이었다. 발퍼는 옷깃을 쓰다듬었다. 무디의 이야기는 좀스러운 사연이었고, 그는 관대한 부성애 같은 감정이 솟구치는 것을 느꼈다. 발퍼는 다른 사람들은 아직도 케케묵은 시절의 행동거지에 사로잡혀 있는 반면 자신은 현대적인 사람이라고(사업가적이고, 연줄에 연연하지 않는) 생각할 수 있는 일들을 좋아했기 때문이다.

물론 이것은 죄수보다는 판사에 관해 더 많은 것을 알려주는 평결이었다. 발퍼는 철학이 확실하게 경험주의적인 것이 아닌 경우에는 의지력이 너무 강해 철학을 인정하려 하지 않았다. 그는 대단히 관대해서 절망이라는 것을 이해하지 못했다. 그에게 절망은 좁고 깊은 갱도와 같아서 그 안에 혼자 갇혀 오로지 손으로 더듬기만 해서 방향을 찾아야 하고, 어떤 호기심도 채우지 못하는 그런 상태를 의미했다. 발퍼는 사실 영혼에는 별로 관심이 없었다. 그것은 더 활발하게 약동하는 유머와 모험으로 이루어진 커다란 미스터리로 향하는 구실일 뿐이라고 생각했다. 영혼의 어두운 밤에 대해서는 생각도 해본 적이 없었다. 그는 종종 자신이 관심을 기울이는 유일한 공허함은 뱃속이 빈 공허함뿐이라고 말하곤 했고, 아주 즐거운 것처럼 웃으며 그런 말을 했지만 여느 사람들이 동정심을 느낄 법한 상황에는 실제로 거의 동정심을 느끼지 못했다. 그는 다른 사람들의 미래라는 넓은 세상에 대해서는 관대했지만, 과거라는 닫힌 공간에 대해서는 그다지 여유롭지 못했다.

　"어쨌든 말일세, 이걸 두번째 충고로 새겨듣게. 친구를 만들어. 손이 하나 느는 걸 반길 만한 무리들은 많아. 알겠나? 동료를 찾고, 그다음에 무리를 만드는 거야. 혼자서 성공한 사람 이야기는 들어본 적도 없다네. 의복과 짐 보따리는 다 준비해왔겠지?"

　발퍼가 다시금 물었다.

　"그건 날씨에 달려 있습니다. 제 트렁크가 아직 배에 있거든요. 오늘 밤은 배가 모래톱을 넘어오기에 날씨가 너무 거칠어서, 내일 오후에 세관으로 짐을 찾으러 오라고 하더군요. 저는 거룻배를 타고 들어왔습니다. 선원 몇 명이 승객들을 나르기 위해 대단히 용감하게 노를 저었지요."

"아, 그렇구먼. 지난달에만 배가 모래톱을 넘어오다가 좌초되는 걸 세 번이나 봤지. 무시무시한 일이고, 성공해도 보수는 짜지. 배가 들어올 때에는 사람들이 별로 관심을 갖지 않아. 하지만 배가 나갈 때는 다르지. 거기 금이 실려 있으니까 말이야."

"여기 호키티카에 배를 정박하는 게 위험하기로 악명이 높다는 이야기는 들었습니다만."

"악명이 높다…… 아, 그렇지. 그리고 배 길이가 30미터를 넘으면 어떻게 할 도리가 없어. 증기를 최대한으로 내뿜어도 모래톱을 넘어오기에는 부족하거든. 불꽃놀이처럼 사방으로 불길이 치솟고 아주 볼만하지. 하지만 증기선만 그런 건 아니야. 큰 배만 그런 것도 아니고. 호키티카 모래톱을 넘어오는 건 누구에게나 어려운 일이라네, 월터. 그놈의 모래는 조수가 안 맞을 때에는 스쿠너선도 꼼짝달싹 못하게 만들거든."

"말씀하신 게 이해가 갑니다. 저희 배는 그리 크지도 않고, 빠르고, 끔찍한 폭풍도 견딜 만큼 튼튼한 바크선이었습니다만 그래도 선장은 모험을 하려고 하지 않고 바다 위에서 닻을 내리고 아침까지 기다리는 쪽을 택하더군요."

"워털루 호라고 했던가? 그 배는 찰머스에서 정기적으로 오가는 배야."

"실은 갓스피드 호라는 전세선이었습니다."

그가 주머니에서 권총을 꺼내기라도 한 것처럼 그 이름은 엄청난 충격을 불러왔다. 무디는 주위를 둘러보고(그의 표정은 여전히 온화했다) 방 안의 모든 사람이 이제 대놓고 그를 쳐다보고 있는 것을 발견했다. 몇 명은 신문을 내려놓았고, 졸고 있던 사람들은 눈을 떴으며 당구 치던 사람 중 한 명은 그를 향해 한 걸음 걸어와 밝은 램프 불빛이 비치는 자리에 섰다.

발퍼 역시 바크선의 이름에 흠칫했지만 그의 회색 눈은 냉정하게 무디의 눈길을 마주보았다.

"그렇구먼."

그는 이 순간까지 그의 행동이 지닌 특징이라고 할 수 있었던 격한 감정 표현과 호방한 태도를 순식간에 버린 것 같았다.

"나도 그 배 이름을 들어본 적은 있다네. 들어본 적이 있기는 하지만, 그래도 자네만 괜찮다면 선장 이름까지 확인을 했으면 하는데."

무디는 그의 얼굴에서 특정한 기색을, 뭔가 압박을 받으면 당황해서 이름을 말하지 않을까 하는 그런 기색을 찾아보려 했다. 발퍼가 불안해하는지 확인해보려 했다. 만약 무디가 갓스피드 호에서 목격한 것 같은 불가사의한 공포가 머릿속에 떠오른다면 그 영향이 분명히 얼굴에 나타날 테니까. 하지만 발퍼는 채권자 한 명이 돌아왔다는 이야기를 듣고 머릿속으로 변명거리나 도망칠 방법을 구상하는 사람처럼 그저 경계하는 표정일 뿐, 불안해하거나 두려워하는 것 같지는 않았다. 무디는 자신이 겪은 것과 같은 것을 목격한 사람이라면 분명히 그 흔적이 남아 있을 거라고 자신했다. 하지만 발퍼의 태도가 변한 것도 사실이었다. 그의 얼굴에는 신중한 표정이 떠올랐고 눈빛은 예리해졌다. 무디는 이런 변화에 기운이 샘솟는 것 같았다. 자신이 그를 과소평가했다는 사실을 깨닫자 가슴속에서 흥분이 솟구쳤다.

"선장의 이름은 카버였던 걸로 기억합니다. 아마 프랜시스 카버였을 겁니다. 부루퉁한 표정에 뺨에는 하얀색 흉터가 있고 꽤 튼튼해 보이는 사람이었지요. 선생이 아는 사람이 맞습니까?"

무디가 천천히 말했다.

"맞구먼."

발퍼는 다시 한 번 무디의 얼굴을 살폈다.

"자네와 카버 선장이 어떻게 서로 알게 되었는지가 굉장히 궁금한데. 물론 이런 걸 캐물어도 된다면 말일세."

"죄송합니다. 저희는 아는 사이가 아닙니다. 그러니까, 다시 만나도 선장은 저를 알아보지 못할 겁니다."

무디는 머릿속의 전략대로 발퍼의 질문에 정중하게, 전혀 주저하지 않고 침착하게 대답했다. 그러면 나중에 그가 질문을 할 수 있는 자격이 생기는 거니까. 무디는 권모술수에 있어서 절대 하수가 아니었다. 어려서부터 그는 방어적인 태도로 진실을 전부 말하는 것보다 기꺼운 태도로 일부만 털어놓는 것이 훨씬 낫다는 것을 본능적으로 알았다. 협조적인 척하면 가는 게 있으면 오는 것도 있어야 한다는 호혜적 관계라는 훨씬 큰 이득을 볼 수 있는 법이었다. 그는 다시 주변을 둘러보는 대신에 눈을 커다랗게 뜨고 솔직한 표정으로 발퍼에게만 계속해서 이야기를 했다. 그를 쳐다보고 있는 눈가의 열한 명의 남자에게 전혀 신경 쓰지 않는 것처럼.

"그렇다면 배표를 배의 항해사에게서 산 모양이구먼?"

"그에게 돈을 좀 쥐어줬지요."

"항해사와 따로 밀약을 맺은 건가?"

"그쪽에서 먼저 생각해낸 방법이었고, 선장의 승인도 받았습니다. 쉽게 가욋돈을 벌 수 있는 방법이라고 생각했겠지요. 중간에 다른 곳에 정박할 필요도 없고, 자리도 갑판 아래였던데다 정신 바싹 차리고 걸리적거리지 말라는 지시를 받았습니다. 상황이 아주 마음에 들지는 않았습니다만, 말씀드렸다시피 저는 더니든을 당장 떠나야만 하는 상황이었고 제가 떠나고자 하던 날짜에 출항하는 배는 갓스피드 호뿐이었습니다. 거래를 하기 전까지는 항해사도 알지 못했고, 다른 승객이나 선원들 중에도 아는 사람은 없었습니다."

"그런 밀약을 맺고 탄 승객이 몇 명이었지?"

무디는 발퍼의 눈을 차분하게 맞받았다.

"여덟 명이었습니다."

대답을 한 다음 그는 다시 시가를 물었다. 발퍼는 그의 말에 곧장 달려들듯이 질문했다.

"자네 말고 일곱 명이 더 있었던 건가? 총 여덟 명?"

무디는 그 질문에 똑바로 답을 할 마음이 없었다.

"승객 명단이 월요일 신문에 실릴 겁니다. 그걸 보시면 아시게 되겠지요."

그는 발퍼가 계속해서 캐묻는 것이 불필요한 정보일뿐더러 무례하다는 뜻을 전하려는 듯 약간 의심스러운 표정을 짓고서 덧붙였다.

"물론 제 진짜 이름은 거기에 실리지 않을 겁니다. 저는 더니든에서 서류를 판 남자인 필립 드 레이시의 이름으로 승선했으니까요. 당국에 제출한 서류에 따르면 월터 무디는 현재 남태평양 어디쯤에서 동쪽의 혼 곶으로 가고 있을 겁니다."

발퍼의 표정은 여전히 냉담했다.

"한 가지만 질문을 더 해도 되겠는가? 자네가 그 사람을 좋게 생각하는지 나쁘게 생각하는지를 조금 알고 싶군. 카버 선장 말일세."

"제가 제대로 대답할 수 있을지 모르겠습니다. 제게 남은 거라고는 막연한 인상뿐이니까요. 선장은 더니든을 빨리 떠나고 싶은 마음에 사로잡혀 있는 것 같았습니다. 폭풍이 올 거라는 예보에도 불구하고 서둘러 닻을 올렸거든요. 하지만 왜 그렇게 서둘러 출발을 해야 했는지 그 이유에 대해서는 전혀 모릅니다. 공식적으로 만난 적 없이 항해 도중에 먼발치에서 봤을 뿐이니까요. 거의 내내 선장실에만 있어서 그나마도 몇 번 보지 못했습니다. 그러니까 제 의견은 별로 귀담아들으실 만한 게 못 됩니다. 다만……."

"다만?"

무디가 말을 잇지 않자 발퍼가 재촉했다.

"솔직히 말하자면, 배에 타고 있는 동안 화물 가운데 그 배의 임무가 정당한 일이 아니라는 느낌을 주는 기묘한 것을 발견했습니다. 제가 확실히 말씀드릴 수 있는 것 하나는, 제 힘이 닿는 한 결단코 카버 선장을 적으로 돌리고 싶지 않다는 것입니다."

무디의 왼편에 있는 검은 머리 남자의 몸이 굳어졌다.

"화물에서 뭔가 이상한 걸 찾았다는 말이오?"

남자가 몸을 앞으로 기울이며 끼어들었다.

바로 이거야! 이제 내 특권을 이용할 차례로군, 무디는 그렇게 생각하며 새로운 남자 쪽으로 몸을 돌리고 말했다.

"제가 상세하게 설명을 못 했나보군요. 죄송합니다. 무례하게 굴려는 것은 아닙니다만, 저희는 서로 낯선 사이가 아닙니까. 아니, 선생이 저에게 낯선 분이지요. 오늘밤 발퍼 씨와 저의 대화가 다른 분들 귀에까지 들어간 것 같으니 말입니다. 이런 면에서 저는 불리한 입장에 있는 셈입니다. 저는 솔직하게 제 이야기를 모두 하지 않았습니까? 선생은 소개도 없이 저를 알게 되셨고, 초대나 응답 한번 없이 제 이야기를 들으셨지요. 저는 이 여행이나 다른 어떤 여행에 관해서도 숨길 것이 없습니다만, 이 말씀만은 드려야겠습니다."

그가 발퍼 쪽으로 다시 몸을 돌렸다.

"이유를 전혀 드러내지 않고 계속해서 취조를 당하는 건 마땅치가 않습니다."

이것은 무디의 평소 말투보다 훨씬 공격적인 연설이었지만, 그는 차분하고 위엄 있게 말을 했고 자신에게 그럴 만한 권리가 있다는 것도 알고 있었다. 그는 눈도 깜박이지 않고 발퍼를 쳐다보며 온화한 눈으로 상대방의 반응을 기다렸다. 발퍼의 눈이 이야기에 끼어들었던 검은 머리 남자 쪽으로 힐끗 갔다가 다시 무디에게로 돌아왔다. 그가 한숨을 내쉬고 의자에서 일어나 시가 꽁초를 불에 던진 뒤 손을 내밀었다.

"자네 잔을 채워야겠구먼. 부디 내가 하도록 해주게."

그는 말없이 찬장 쪽으로 걸어갔고, 검은 머리 남자가 그 뒤를 따라갔다. 몸을 쭉 펴니 남자는 천장 낮은 부분에 머리가 닿을락 말락 했다. 그가 발퍼에게 몸을 기울이고 다급하게 그의 귀에 뭔가를 속삭였다. 발퍼는 고개를 끄덕이고 중얼중얼 대답을 했다. 키 큰 남자가 곧 당구대 쪽으로 가서 금발 남자에게 오라고 손짓을 하는 걸로 보아 뭔가를 지시한 것 같았다. 키 큰 남자는 금발에게 속삭이며 말을 전했다. 금발은 즉시 열렬하게 고개를 끄덕였다. 그들을 보면서 무디는 평소처럼 예리하게 상황을 파악하기 시작했다. 브랜디 덕택에 정신이 맑아지고, 몸도 따뜻하게 말랐기 때문이다. 그리고 얘깃거리가 있을 거라는 기대만큼 그의 활력을 확실히 되살리는 방법도 없었다.

고민이 있는 사람이 또 다른 문젯거리를 마주하는 경우, 이 문제가 그와 전혀 관련이 없다면 오히려 첫번째 문제에 대한 치료제가 될 수도 있는 법이다. 무디는 지금 그런 기분이었다. 거룻배에서 내린 이래 처음으로 그는 최근의 불운을 명료하게 되짚어볼 수가 있었다. 새로운 비밀이라는 이 상황 덕택에 그의 개인적인 기억으로부터 해방된 기분이었다. 일어서는 시체, 피투성이 목, 그 울부짖음이 여전히 머릿속에서 그를 괴롭혔고, 아무리 생각해도 기괴하고 놀랍고 무시무시했지만 이제는 그게 좀더 납득이 되었다. 이야기는 나름의 가치를 얻었다. 이것을 다른 사람에게 들려주고서 그 대가로 다른 이야기를 들을 수도 있을 것이다.

그는 남자들에게 차례차례 말이 전달되는 것을 보았다. 낯선 억양으로 웅얼거리는 말투 때문에 제대로 된 단어는 하나도 알아들을 수가 없었지만, 지금 이 문제가 방 안의 모든 사람을 걱정시키고 있다는 건 분명했다. 그는 억지로 머리를 굴려 상황을 신중하게, 합리적으로 평가해보았다. 그날 저녁에 방심해서 이미 한번 상황을 오판했다. 다시 그런 실수는 하지 않을 것이다. 앞바다에 해적이 출몰하고 있다든지, 아니면 누군가를 상대로 동맹을 맺고 있는 걸지도 모른다. 카버 선장일까? 남자들의 숫자가 열두 명이니 배심원단일 수도 있다…… 하지만 중국인과 마오리 원주민 때문에 그 가능성은 지워버렸다. 그가 일종의 비밀 모임을 방해한 걸까? 하지만 무슨 모임이 이렇게 다양한 인종과 소득 수준, 계급으로 조직된단 말인가?

물론 월터 무디의 표정에는 이런 일련의 생각들이 전혀 드러나지 않았다. 그는 자신이 문제를 일으켰다는 사실을 잘 알고 있지만 그게 어떤 문제인지 전혀 모르겠고, 이제 어떻게 대처해야 할지 다른 사람의 조언을 기꺼이 듣고 싶다는 듯 당혹스러움과 사과의 빛이 적절히 조화된 표정을 연출했다.

바깥에서는 바람이 방향을 바꿔 빗줄기를 굴뚝 안으로 몰아넣어서 깜부기불이 자홍색으로 타올랐다. 잠시 바다의 짠내가 느껴졌다. 난롯

불이 타오르자 불에 가장 가까이 있던 뚱뚱한 남자가 정신을 차린 모양이었다. 그는 힘겹게 신음하며 안락의자에서 일어나 찬장 앞에 있는 다른 사람들에게로 느릿느릿 걸어갔다. 그가 사라지자 무디는 헤링본 외투를 입은 남자와 불 앞에 단둘이 남았다. 남자가 그제야 몸을 앞으로 기울이고 말했다.

"거리끼지 않는다면 내 소개를 하고 싶군."

남자는 처음으로 은제 담뱃갑 뚜껑을 열고 담배를 골랐다. 그는 뚜렷한 프랑스 억양으로 말했고, 깔끔하고 정중한 태도였다.

"내 이름은 오베르 개스코인이오. 자네 이름은 이미 알고 있는 것을 이해해주시게."

"뭐, 어쩔 수 없는 노릇이지요. 그리고 저 역시 선생의 이름을 아는 것 같습니다만."

무디는 조금 놀라서 말했다.

"그렇다면 이렇게 만나서 다행이군."

오베르 개스코인은 성냥을 찾는 것 같았다. 그가 가슴주머니에 손을 올린 채 동작을 멈추자 마치 초상화 모델을 서고 있는 멋진 군인처럼 보였다.

"하지만 좀 당혹스러운데, 나를 어떻게 아는 거요?"

"오늘 저녁에 금요일 자 『웨스트 코스트 타임스』에서 선생의 글을 읽었습니다. 선생이 맞지요? 제가 제대로 기억하고 있다면, 치안판사 재판소에 관한 의견을 개진하셨던 것 같은데요."

개스코인이 미소를 지으며 성냥을 꺼냈다.

"이제 알겠군. 내가 어제의 뉴스거리였단 말이지."

그는 성냥을 흔들고서 무릎 위에 부츠 발을 올리고 구두굽에 성냥을 그어 불을 댕겼다.

"죄송합니다."

무디는 자신이 상대방을 모욕한 게 아닐까 싶어 말했지만, 개스코인은 고개를 저었다.

"기분 상하지 않았소."

그가 담배에 불을 붙이고 말을 이었다.

"자, 자네는 낯선 도시에 아무것도 모른 채 도착해서는 제일 먼저 뭘 했을까? 하루 전 신문을 찾아 법원 관련 글을 읽었지. 덕택에 범죄자들의 이름과 법 집행관들의 이름을 알게 되었고. 상당한 전략일세."

"의도적이었던 건 아닙니다."

무디가 겸손하게 말했다.

개스코인의 이름은 신문 3페이지에 나왔다. 짧은 설교 아래 한 단락 정도, 범죄의 사악함에 대한 논한 글이었다. 논설 앞에는 그달에 체포된 범죄자들의 이름이 실려 있었다. (그 이름들은 하나도 기억나지 않았고, 사실 개스코인의 이름을 기억한 것도 단지 그의 예전 라틴어 선생의 이름이 개스코옌이었기 때문이다. 비슷한 이름이라 눈길을 끌었던 것이다.)

"그럴 수도 있겠지. 하지만 그 덕택에 자네는 우리를 불안하게 만드는 문제의 핵심인물을 알게 되었을 거요. 지난 2주 동안 모든 사람의 입에 오르내렸던 주인공 말이지."

무디는 인상을 찌푸렸다.

"잡범들 말씀이십니까?"

"그중 한 사람이오."

"제가 알면 안 되는 건가요?"

개스코인이 더이상 말을 하지 않자 무디가 가볍게 물었다. 그는 어깨를 으쓱였다.

"별 상관 없소. 창녀지."

무디는 눈썹을 치켜들었다. 머릿속으로 체포된 사람들 목록을 떠올려보다가…… 그래, 실린 이름 중에 여자 이름이 하나 있었다. 창녀가 체포된 것에 대해 호키티카의 남자들은 다들 뭐라고 했을지 궁금했다. 적당한 대답을 찾느라 고심하고 있는데, 놀랍게도 개스코인이 웃음을 터뜨렸다.

"그냥 장난친 거요. 너무 심각하게 받아들이지 마시게. 그 여자의 범죄가 거기 실리지는 않았지만, 약간 상상력을 발휘하면 금방 알 수 있지. 그 여자 이름은 안나 웨더렐이었소."

"상상력을 발휘해서 읽는 게 어떤 건지 저는 잘 모르겠습니다만."

개스코인이 연기를 뿜어내며 다시 웃었다.

"변호사라고 하지 않았소?"

"교육만 받았을 뿐입니다. 아직 자격을 얻지는 못했습니다."

무디가 딱딱한 어조로 말했다.

"흠, 치안판사의 연설에는 항상 의미심장한 내용이 있지. 서부의 신사들, 이게 첫번째 실마리요. 수치스럽고 타락한 범죄, 이게 두번째 실마리고."

"그렇군요."

무디는 그렇게 대답했지만 실은 전혀 이해가 가지 않았다. 그의 시선이 개스코인의 어깨 너머로 힐끗 움직였다. 뚱뚱한 남자는 이제 중국인 두 명에게로 가서 수첩에 뭔가를 적어 보여주고 있었다.

"그 여자가 부당하게 고발을 당한 겁니까? 그래서 모든 사람의 주목을 끈 건가요?"

"오, 그 여자는 매춘 때문에 체포된 게 아니었소. 경관들은 그런 일에는 손톱만큼도 신경 쓰지 않지! 남자가 신중하게 행동만 한다면 경관들은 얼마든지 모른 척해준다오."

무디는 개스코인이 마저 말하기를 기다렸다. 경계하는 것 같으면서도 동시에 비밀을 털어놓는 것 같은 그의 말투는 마음을 불안하게 만들었다. 무디는 이 남자를 믿고 싶지 않았다. 법원 서기인 개스코인은 30대 중반 정도로 보였다. 밝은 색깔의 머리는 귀 위쪽부터 은색으로 물들어가고 있었고, 밝은 색깔의 수염은 가운데서 갈라 양옆으로 빗어 넘겼다. 헤링본 외투는 그의 몸에 딱 맞게 지은 물건이었다.

"사실, 그 여자가 투옥되자마자 곧장 경관이 그 여자에게 제안을 했을 정도요."

개스코인이 잠시 후에 말했다.

"투옥요?"

무디는 바보가 된 것 같은 기분으로 그 말을 따라했다. 이 남자가 이렇게 수수께끼처럼 길고 장황하게 말하지 않으면 좋을 텐데. 개스코인에게서는 세련된 분위기가 흘렀지만(그에 비하면 토머스 밸퍼는 문 버팀대처럼 둔해 보였다) 슬픔에 잠긴 정중함에 가까웠다. 완벽이라는 것이 오로지 과거에만 존재하기에 그 상실을 애도하는, 그런 낙담한 사람처럼 말했다.

"그 여자는 자살을 시도하려고 시험해보았소. 묘하게 이 말이 대구가 된다고 생각하지 않소? 시도하려고 시험하다니."

그 말에 동의하는 건 부적절할 것 같았고, 어떻게 그런 생각을 하게 되었는지 파악할 마음도 없었다. 그래서 주제를 바꿨다.

"그리고 제가 타고 온 배의 선장인 카버 씨가 이 여자와 아마도 모종의 관계가 있는 모양이지요?"

"아, 그렇다오. 카버가 관계가 있지."

개스코인은 손에 든 담배를 보고서 갑자기 혐오감을 느낀 것처럼 불 속에 던져버렸다.

"그자는 자기 자식을 죽였소."

무디는 충격을 받아 헉 하고 숨을 들이켰다.

"뭐라고 하셨죠?"

"물론 증명은 하지 못했지. 하지만 그자는 짐승이오. 그자를 피하고 싶다는 자네 말이 옳아."

무디는 다시금 대답할 말이 없어서 그를 쳐다만 보았다.

"매수할 수 없는 사람은 없소. 어떤 사람에게는 금을 쥐여주면 되고, 어떤 사람에게는 여자를 붙여주면 그만이지. 안나 웨더렐은 그 둘 다에 해당했지."

개스코인이 다시 말을 했고, 이 무렵 뚱뚱한 남자가 술잔을 도로 채워서 돌아왔다. 그는 자리에 앉아 우선 개스코인을 쳐다보고 그다음에 무디를 보다가 뒤늦게 자기소개를 해야 한다는 사교적 의무를 깨달은 모양이었다. 남자가 몸을 앞으로 기울이고 손을 내밀었다.

"난 딕 매너링이라네."

"만나 뵈어 반갑습니다."

무디는 기계적인 어조로 말했다. 조금 혼란스러웠다. 남자가 지금 끼어들지만 않았어도 개스코인에게 창녀 이야기를 좀더 캐물을 수 있었을 텐데. 지금 와서 그 얘기를 다시 꺼내는 건 무례한 행동일 것이다. 어차피 개스코인은 도로 안락의자에 몸을 기대고 무심한 표정을 지은 채 담뱃갑만 빙글빙글 돌리고 있었다.

"프린스 오브 웨일스 오페라 하우스, 그게 내 거라네."

매너링이 도로 의자에 앉으면서 말했다.

"훌륭하시군요."

"이 동네 유일의 볼거리지."

매너링은 손가락 관절로 의자 팔걸이를 두드리며 이야기를 계속할 방법을 생각하는 것 같았다. 무디는 개스코인을 힐끗 보았지만 그는 시무룩한 얼굴로 자신의 무릎만 빤히 쳐다보고 있었다. 뚱뚱한 남자가 다시 돌아온 것이 꽤나 마음에 들지 않는 모양이었다. 또한 그런 불쾌감을 구태여 숨기려고 하지도 않았다. 뚱뚱한 남자의 얼굴이 짙은 붉은색으로 달아올라 있어서 무디는 조금 거북스러웠다.

"아까 전에 선생의 시곗줄을 보고서 꽤나 감탄했습니다. 호키티카산 금으로 만든 건가요?"

무디가 마침내 매너링을 향해 말했다.

"멋진 물건 아닌가?"

매너링은 자신의 가슴을 내려다보거나 문제의 물건을 손가락으로 쓰다듬으려 하지 않았다. 그저 다시 한 번 의자 팔걸이만 두드릴 뿐이었다.

"사실 클루타산 금이지. 난 카와라우와 던스탄, 그다음에는 클루타에 있었거든."

"저는 사실 지명에 아직 익숙하지가 않습니다. 아마 오타고의 광산 지역이겠지요?"

매너링은 맞다고 말하고서 광산회사의 채굴과 준설기의 귀중함에 대해 자세하게 늘어놓기 시작했다.

"여기 계신 분들은 다 광부이신가요?"

매너링이 말을 마치자 무디는 이 방 전체를 의미한다는 뜻으로 허공에 조그만 원을 그리면서 물었다.

"한 명 빼고는 아니라네. 물론 저기 중국인들은 제외하고 말이지. 우린 남광촌을 따라다니는 사람들이야. 대부분은 협곡에서부터 일을 시작하긴 했지만. 금광에서 찾아낸 금 대부분이 결국 어디로 가는지 아나? 호텔이야. 선술집이랑. 광부들은 금을 찾아내자마자 탕진하지. 자네도 광산으로 들어가는 것보다는 가게를 여는 편이 훨씬 더 나을 거야. 허가증을 받아서 술이나 팔라고."

"본인이 그렇게 성공하셨으니 굉장히 현명하신 조언이군요."

매너링은 칭찬에 대단히 만족한 것처럼 의자에 몸을 기댔다. 그렇다, 그는 채금을 그만두었고 이제 다른 사람들에게 일부를 떼어주는 조건으로 일을 시키고 있었다. 그는 서섹스 출신이었다. 호키티카는 좋은 곳이었지만 이만한 크기의 동네치고는 여자의 숫자가 적었다. 그는 합창이라면 뭐든 좋아했다. 그의 오페라 하우스는 웨스트 엔드의 아델피 극장을 본떠서 지은 것이었다. 공연을 보며 저녁을 먹는 구식 극장은 절대로 실패할 리 없다고 생각했기 때문이다. 매너링은 여인숙에 묵는 것을 좋아하지 않았고, 싱거운 맥주를 먹으면 속이 울렁거렸다. 던스탄의 홍수는 정말이지 끔찍하기 짝이 없었고, 호키티카의 비도 영 견디기가 어려웠다. 비단실을 엮는 것처럼 목소리가 조화되는 4부 화음보다 더 근사한 건 세상에 없다고 그는 언제나 주장했다.

"굉장하십니다."

무디가 중얼거렸다. 개스코인은 이 기나긴 독백이 흐를 동안 길고 창백한 손으로 무릎 위의 은제 담뱃갑을 강박적으로 빙글빙글 돌리는 것 말고는 꼼짝도 하지 않았다. 매너링 쪽은 개스코인의 존재를 아예 인식도 못하는 같았고, 사실 무디에게도 별로 신경 쓰지 않는 것처럼 무디의 머리에서 1미터쯤 위를 보고서 이야기를 했다.

눈가에서 진행 중이던 속삭임의 드라마가 마침내 어떤 결론에 이른 것 같았다. 매너링의 이야기도 드디어 끝났다. 검은 머리 남자가 돌아와서 무디의 왼쪽, 원래 자리에 도로 앉았다. 발퍼가 브랜디를 듬뿍 따른 잔 두 개를 들고 그 뒤를 따라와 무디에게 잔 하나를 건네고 손을 흔들어 고맙다는 인사를 사양한 뒤 자리에 앉았다.

"자네한테 지금까지 무례하게 질문을 해댔으니 나도 설명을 해야 할 의무가 있겠지, 무디 군. 사양할 필요 없네, 그러는 게 옳은 일이니까. 사실을 말하자면 말이지, 사실은, 음, 꽤 이야기가 길어. 최대한 짧게 한다 해도 말이지."

"자네가 친절하게 우리의 비밀을 지켜준다면 좋겠군."

개스코인이 발퍼의 반대편에서 짐짓 정중한 체하는 가식을 부리며 말했다.

검은 머리 남자가 갑자기 의자 앞으로 몸을 기울이고서 말했다.

"여기 있는 사람들 중에서 이에 거부하는 사람이 있소?"

무디는 눈을 깜박이며 주위를 둘러보았지만, 아무도 입을 열지 않았다.

발퍼가 고개를 끄덕이고서 마치 상대의 정중함에 맞추려는 듯이 조금 기다렸다가 마침내 말했다.

"내 곧장 이야기를 하지. 어떤 남자가 살해되었다네. 자네가 이야기한 그 악당, 그러니까 카버 말이야. 나는 그 작자를 선장이라고 부르지 않을 걸세. 그자는 살인범이야. 이유가 뭔지 말하면 내 목숨도 위태로워질 거라 곤란하지만. 자네 손의 술잔처럼 내 눈에는 분명하게 보여. 자, 괜찮다면 내가 이 악당놈의 이야기를 해주겠네. 듣고 나면 자네도…… 자네 입장에서는 우리를 기꺼이 돕고 싶어질 걸세."

"실례지만 말입니다, 제가 어떤 입장인가요?"

살인이라는 말에 무디의 심장이 빠르게 뛰기 시작했다. 어쩌면 이 일이 갓스피드 호의 그 환영과 정말로 관계가 있을지도 몰랐다.

"자네 트렁크가 아직 바크선에 실려 있는 상황이라는 말일세. 내일 오후 세관으로 찾으러 가야 하는 입장이고."

검은 머리 남자가 말했다. 발퍼는 약간 짜증 난 표정으로 손을 흔들 었다.

"그 이야기는 조금 이따가 하지. 우선은 이야기부터 들어주게나."

"물론 듣겠습니다."

무디는 발퍼가 더 많은 것을 기대하거나 요구할까봐 주의를 주듯이 듣겠다는 부분을 살짝 강조해서 말했다. 개스코인의 창백한 얼굴에 능 글맞은 웃음이 스치는 게 보였으나 순식간에 다시 시무룩한 표정으로 돌아갔다.

"그래, 물론일세."

발퍼는 요지를 이해한 듯 대답하고 나서 브랜디 잔을 내려놓고 손가 락을 깍지 낀 다음 우두둑 소리를 내며 꺾었다.

"자, 그럼 우리가 여기 모인 이유에 대해서 자네에게 설명을 해보겠 네, 무디 군."

궁수자리의 목성

C☽★

구빈원의 이점을 논의한다. 성(姓)이 의문에 오른다. 알리스테어 로더백
은 당황하고, 해운업자는 거짓말을 한다.

중간중간 끼어드는 사람들 때문에 이야기가 이리저리 늘어진데다가
발퍼가 특유의 감정적인 방식으로 떠드는 통에 굉장히 이해하기가 힘
들었다. 몇 시간이 지난 다음에야 무디는 이 호텔 흡연실에서 비밀 모
임이 열리게 된 사건의 순서를 정확하게 이해할 수 있었다.

사람들이 성가실 정도로 계속 끼어들고 발퍼의 이야기는 지나치게
자주 엉뚱한 방향으로 흘러가서 여기에 그 이야기를 고스란히 실어봐야
믿을 만한 기록이라고 하기는 어려울 것이다. 그러니 쓸데없는 부분은
삭제하고, 이 해운업자의 산만한 정신세계에서 나온 중구난방의 이야기
를 좀 정리하고, 구멍이 숭숭 뚫린 기억에 모르타르를 좀 칠해 기억 속
에서 폐허로 존재하는 곳에 새것 같은 건물을 되살려내볼까 한다.

발퍼가 시작했던 것과 마찬가지로 그날 아침 호키티카에서의 만남
부터 이야기를 시작하도록 하겠다.

Φ

웨스트 코스트에 금광 열풍이 시작되기 전, 호키티카가 대양으로 나가는 갈색 어귀일 뿐이고 해변의 금이 사람들 눈에 띄지 않고 조용히 잠자고 있던 시절에 토머스 발퍼는 오타고 주에 살며 더니든 항구 앞의 작은 널지붕 건물에 '해운업자 발퍼&하넷'이라고 쓴 옥양목 현수막을 걸어놓고 사업을 했다. (하넷 씨는 그후 3분의 1만 소유하고 있던 이 공동사업을 그만두고, 새벽이 오기 전 쌀쌀할 때면 골짜기에 안개가 하얗게 고이고 서리가 내리는 오타고를 떠나 멀리 오클랜드에서 은퇴 생활을 즐기고 있다.) 회사는 부두 정중앙을 마주보고 있어서 멀리 항구의 끝까지 잘 보였다. 이런 유리한 위치 덕택에 유명인사들이 종종 찾아들었고, 그 많은 고객들 중에서는 손이 크고 거인 같은 전직 캔터베리 주지사도 있었다. 이 남자는 자신만만하고 열정적이라고 소문이 파다했다.

이 정치인의 이름은 알리스테어 로더백이었다. 그는 자신의 경력이 계속해서 빠르게 발전하는 것을 즐겼다. 그는 런던에서 태어나서 변호사 교육을 받다가 1851년에 뉴질랜드행 배를 탔다. 배에 오른 목적은 두 가지였다. 첫째는 재산을 축적하는 것이고, 둘째는 그것을 불리는 것이었다. 그의 야심은 신생 국가의 정치계에 특히 더 잘 어울렸다. 로더백은 빠르게 승승장구했다. 법조계에서 그는 어떤 일을 하겠다고 마음먹으면 그 프로젝트가 끝장을 볼 때까지 쉬지 않는 사람으로 대단한 존경을 받았다. 이런 훌륭한 성격 덕택에 그는 캔터베리 주 의회에 자리를 얻었고, 주지사 선거에 나가보라는 제안까지 받았다. 그리고 압도적인 표차로 선출되었다. 뉴질랜드에 발을 디딘 지 5년 만에 그의 연줄은 스태퍼드 내각과 수상 본인에게까지 이르렀다. 처음으로 토머스 발퍼의 사무실 문을 두드릴 무렵 그는 더이상 개척자라고 불릴 만한 입장이 아니었다. 신선한 코와이 꽃을 단춧구멍에 꽂고, 넓은 끄트머리에 여자가 풀을 먹인 게 분명한(발퍼는 확실히 알 수 있었다) 스탠딩 칼라를 한 그는 영원히 변하지 않을 것 같은, 평생 가는 영향력을 지닌 그런 분위기를 풍겼다.

생김새와 태도 면에서 로더백은 세련되었다기보다는 위압적이었다. 발퍼의 수염처럼 사방으로 덥수룩한 그의 수염은 턱에서 거의 수평으로 뻗어서 제왕 같은 인상을 주었다. 눈썹 아래로는 검은 눈이 빛났고, 키가 굉장히 큰데 몸매가 아래로 갈수록 날씬해져서 더 커 보이는 효과가 있었다. 목소리가 크고, 자신의 야망과 견해를 (회의적인 사람들은) 오만하다거나 (그렇지 않은 사람들은) 용감하다고 평할 만큼 노골적으로 드러냈다. 청력은 약간 떨어졌는데 그 이유 때문에 다른 사람의 말을 들을 때에는 고개를 숙이고 몸을 구부정하게 기울이곤 해서 상대방에게 언제나 온전히 모든 관심을 기울이는 것 같은 인상을 주었다. 이것은 정치계에서 아주 유용했다.

처음 만났을 때 발퍼는 로더백이 자신이 말하는 것에 열정과 자신감을 갖고 있는 사람이라는 인상을 받았다. 로더백이 자기 입으로 말했듯이 그의 열정은 정치적 영역에만 한정되어 있는 것이 아니었다. 그는 선박 소유주이기도 했고 자기 배를 대단히 아꼈다. 어릴 때부터 바다에 대해 열렬한 사랑을 품고 있었다. 그는 클리퍼선 두 척과 스쿠너선, 바크선을 갖고 있었는데 그중 두 척에는 선장이 필요했다. 지금까지는 전세선으로 빌려주었지만, 그런 항해는 위험 요인이 너무 높아서 적절한 보증금을 지불할 수 있는 안정된 해운회사에 빌려주고 싶었던 것이다. 그는 자식의 이름처럼 배 이름을 완벽하게 암기하고 있었다. 클리퍼선 버추(Virtue) 호와 남쪽 왕관자리(Corona Australis) 호, 스쿠너선 무도장의 여인(Lady of the Ballroom) 호, 그리고 바크선 갓스피드(Godspeed) 호였다.

사실 발퍼 & 하넷사는 당시에 로더백이 설명했던 바로 그 크기와 기능을 지닌 클리퍼선 한 척만 필요했다. 바크선 갓스피드 호는 발퍼의 목적에는 너무 작아서 전혀 필요하지 않았지만, 검사와 시운전을 아직 거치지 않은 버추 호라면 포트 찰머스와 포트 필립 사이를 매달 아주 수월하게 오갈 수 있을 것이다. 그래서 그는 로더백에게 버추 호의 선장을 찾아보겠다고 말했다. 공정한 금액의 보증금을 지불하고 그는 1년 동안 배를 빌리기로 했다.

로더백은 발퍼와 동년배였지만, 그 첫 만남 이후로 발퍼는 거의 아들이 아버지를 따르듯이 그를 대했다. 로더백에게서 발퍼가 가장 존경하는 부분이 자신 역시 키우고자 하는 부분이었기 때문에 약간은 허영심을 드러내는 행동이었는지도 모른다. 두 사람 사이에는 일종의 우정이 형성되었고(발퍼가 그를 지나치게 존경해서 그 이상 친밀한 관계로 발전하기는 어려웠다) 이후 2년 동안 버추 호는 아무 문제 없이 더니든과 멜버른 사이를 오갔다. 애초에 대단히 꼼꼼하게 정해졌던 보증금 조항은 이후 다시 논의에 오르지 않았다.

1865년 1월, 로버트 하넷이 은퇴하고 싶다고 말하며 자신의 소유권을 동업자에게 팔고 날씨가 더 온화한 북쪽으로 떠났다. 감상적인 구석이라고는 원래 없는 발퍼는 즉시 항구 앞 건물을 팔았다. 오타고의 붐은 이미 절정을 넘어섰다는 걸 알아챘기 때문이다. 골짜기란 골짜기는 다 파헤쳤고, 강줄기도 곧 마를 것이다. 그는 코스트로 가서 호키티카 강어귀 근처의 황무지 한 뙈기를 사서 천막을 치고 창고를 짓기 시작했다. 발퍼&하넷사는 발퍼 해운이 되었고, 그는 자수 장식 조끼와 중산모자를 사들였고, 그 주위로 호키티카는 번창하기 시작했다.

바크선 갓스피드 호가 몇 달 뒤 호키티카 앞바다에 정박하자 발퍼는 그 이름에서 배가 알리스테어 로더백의 것임을 알아보았다. 예의상 그는 배의 선장인 프랜시스 카버에게 자기소개를 하고, 그 이후로 공통으로 아는 사람이 있다는 명목상의 유대 관계 덕택에 친근한 관계를 유지했다. 사실 속으로 발퍼는 카버 선장이 좀 깡패 같은 구석이 있다고 생각해서 그를 악당일 거라고 점찍었다. 그렇다고 그런 생각에 주눅이 들지는 않았다. 발퍼는 로더백이 보여주는 것 같은 카리스마 넘치는 매력이 아닌 이상 거친 태도에 위압되지 않았고, 악한을 좋아하지도 않았다. 카버 선장에 관한 소문 때문에 겁을 먹거나 마음속에 어린애들이나 지닐 법한 존경심을 품지도 않았다. 카버는 그에게 별로 관심이 없었기 때문에 그를 쫓아내자고 구태여 나서지 않았다.

1865년 말에 발퍼는 신문에서 알리스테어 로더백이 국회에서 웨스트랜드 주 의원직에 출마한다는 기사를 읽었고, 그로부터 몇 주 뒤에 다시 한 번 발퍼의 협력을 요구하는 로더백의 편지를 받았다. 그는 웨스트랜드 주 의원으로 뽑히기 위해서는 웨스트랜드 사람으로 보여야 하기 때문에, 발퍼에게 호키티카 중심부에 숙소를 하나 구해서 적당하게 방을 꾸미고, 유세 기간 동안 그에게 꼭 필요한 법률 서적과 서류와 기타 등등 개인적인 물건이 든 트렁크를 배편으로 보낼 테니 갖다놓아 달라고 부탁했다. 필요한 물품 하나하나가 굉장히 대범하고 화려한 장식체로 쓰여 있어서 발퍼는 속으로 이런 글자에 잉크를 낭비할 돈이 있는 모양이라고 생각했다. (그 생각에 그는 미소를 지었다. 로더백의 수많은 사치스러운 행동쯤이야 얼마든지 눈감아줄 수 있었다.) 로더백 자신은 배를 타고 오는 게 아니라 육로를 통해 말을 타고 산맥을 넘어 당당하게 아라후라 골짜기 입구에 도착할 생각이었다. 그는 안락한 일등석 침대칸을 타고 오는 부유하고 물정 모르는 정치인이 아니라 안장에 쓸리고, 흙투성이에, 얼굴은 땀으로 얼룩진 민중의 대표라는 인상을 심어주려 했다.

발퍼는 지시대로 준비를 해두었다. 호키티카 해안이 보이는 스위트룸을 잡고, 주사위 게임과 미국식 볼링을 할 수 있다고 광고하는 온갖 클럽들에 그를 회원으로 등록했다. 그리고 잡화점에 배와 겉껍질을 벗긴 치즈, 자메이카산 생강절임을 주문했다. 이발사도 구하고, 2월과 3월 동안 오페라 하우스의 개인 박스석도 빌려두었다. 『웨스트 코스트 타임스』 편집자에게 로더백이 캔터베리에서 산길을 타고 올 거라고 말하며 이 용감한 여정을 호의적으로 쓰면 앞으로 로더백의 정권에서 신문사가 순조롭게 번창할 수 있을 거라고 귀띔했다. 어차피 로더백이 당선될 가능성이 높으니까. 그런 다음 발퍼는 포트 찰머스에 전갈을 보내 버추 호 선장에게 로더백의 트렁크가 리틀턴에서 도착하면 그걸 싣고 배가 다음번에 코스트를 한 바퀴 돌 때 호키티카로 가져오라고 지시했다. 모든 일을 마친 뒤 그는 그리디온 호텔에서 흑맥주를 한 통 사서 발을 올려놓고 벌컥벌컥 들이켜며 자신이 한 일을 돌이켜보았다. 어쩌면 그 자신도 정치 일을 좋아하게 될지 모른다는 생각이 들었다. 연설, 선거운동, 그런 것들. 그래, 분명히 잘해낼 수 있을 것 같았다.

하지만 알리스테어 로더백은 처음 계획을 세웠을 때 예상했던 것처럼 화려한 팡파르를 받으며 호키티카에 도착하지 못했다. 산맥을 넘어오는 여정이 코스트 광부들의 눈길을 끌었고, 그의 이름이 모든 간행물과 마을 신문에 눈에 띄게 실렸지만 그가 바라던 이유 때문은 아니었다.

당직 경관이 진술하고 나서 다음 날 아침 『웨스트 코스트 타임스』에 실린 내용은 다음과 같았다. 최종 목적지까지 두 시간 정도 남았을 때 로더백과 보좌관들은 은둔자의 집을 지나치게 되었다. 마지막으로 쉬어간 지 몇 시간이 되었고 밤이 오고 있었기 때문에, 그들은 멈춰서 물한 잔과 (집주인이 괜찮다면) 따뜻한 식사를 얻어먹을 수 있는지 물어보려 했다. 오두막 문을 두드려도 아무 대답이 들리지 않았지만, 불빛이 보이고 굴뚝에서는 연기가 피어오르는 게 분명히 누가 안에 있었다. 문에 빗장이 걸려 있지 않아서 로더백은 안으로 들어갔다. 그리고 집주인이 식탁에 엎어진 채 죽어 있는 것을 발견했다. 그는 나중에 경관에게 방금 전에 죽은 듯이 레인지 위에서 주전자가 계속 끓고 있었고 물이 아직 다 날아가지 않은 상태였다고 말했다. 은둔자는 술을 마시다 죽은 것처럼 보였다. 한 손은 아직도 식탁 위에 있는 술병 아랫부분을 쥐고 있고, 병은 거의 빈 상태였다. 방 안에서는 알코올 냄새가 코를 찔렀다. 로더백은 그러고 나서 세 남자가 다시 출발하기 전에 은둔자의 스토브 위에 있던 차를 마시고 음식을 먹었다는 사실을 인정했다. 방 안의 시체 때문에 그들은 겨우 30분 정도만 머물렀다. 다행스럽게도 시체는 팔에 고개를 묻고 눈을 감고 있긴 했지만 말이다.

호키티카 외곽에서 일행은 다시금 지체했다. 읍 경계로 가고 있는데 웬 여자가 도로 한가운데 흠뻑 젖은 채 전혀 살아 있는 기미가 없이 누워 있는 것이었다. 여자는 아주 간신히 목숨만 부지하고 있었다. 로더백은 여자가 약을 한 모양이라고 생각했지만 여자는 신음 소리 외에는 제대로 된 말을 한마디도 하지 못했다. 그는 당직 경관을 불러오라고 보좌관들을 보내고, 여자를 진흙탕에서 들어올린 뒤 보좌관들을 기다리며 자신의 선거운동이 뭔가 섬뜩하게 시작되었다는 생각을 했다. 마을에 들어서자마자 그가 가장 먼저 만나게 될 사람은 치안판사와 검시관, 『웨스트 코스트 타임스』 편집자가 될 것이다.

이후 2주 동안 이 운 나쁜 도착으로 인해 호키티카 사람들은 다가오는 선거에는 별로 관심을 기울이지 않았다. 은둔자의 죽음과 창녀의 운명이(로더백은 길에 쓰러져 있던 여자의 직업을 나중에 알게 되었다) 선거 후보는 명함도 내밀 수 없을 정도로 짜릿한 화제였다. 로더백이 산을 넘어온 일은 『웨스트 코스트 타임스』에 아주 간략하게만 언급되었고, 대신에 죽은 남자, 크로스비 웰스에 대한 그의 설명이 기사 난 두 개를 차지했다. 로더백은 이런 상황에 당황하지 않았다. 그는 하늘의 섭리를 기다리는 사람처럼 편안하고 침착한 태도로 의원 선거를 기다렸다. 그는 이길 생각이었고, 그러니까 이기는 것이 당연했다.

월터 무디가 호키티카에 도착하던 날 아침, 그러니까 발퍼의 이야기가 본격적으로 시작되는 그날 아침에 이 해운업자는 레벨가에 있는 팰리스 호텔 식당에 오랜 지인과 앉아 의장(擬裝)에 관한 이야기를 나누고 있었다. 로더백은 젖으면 티가 확 나는 아주 엷은 황갈색 모직 양복을 입고 있었다. 어깨 위의 빗방울이 아직 다 마르지 않아서 견장을 달고 있는 것처럼 보였고, 옷깃은 짙은 색 모피처럼 보였다. 하지만 로더백은 차림새가 조금 흉하다고 해서 태도가 달라지는 타입이 아니었다. 오히려 그 반대로 젖은 양복이 그를 더욱 세련되어 보이게 만들 뿐이었다. 그는 그날 아침에 진짜 비누로 손을 씻었고 머리에는 기름을 발랐다. 가죽 각반은 윤을 낸 청동처럼 반짝거렸다. 단춧구멍에는 발퍼가 이름을 잘 모르는 하얀 빛의 이 동네 자생 꽃을 꽂았고, 남부 산맥을 넘어온 여행 덕택에 뺨에는 건강하게 혈색이 돌았다. 전체적으로 굉장히 보기가 좋았다.

발퍼는 탁자 너머로 친구를 쳐다보며 열렬하게 전열함(戰列艦)을 옹호하는 전직 주지사의 이야기를 반쯤 건성으로 들었다. 양손으로 주돛과 세로돛을 표시하고, 소금통으로 이물을 표시하고서 그는 이야기를 늘어놓았다. 대체로 발퍼는 이런 이야기에 푹 빠지곤 했지만, 오늘 그의 얼굴은 불안하고 영 관심이 없어 보였다. 그는 잔 바닥으로 탁자를 톡톡 치면서 자세를 바꾸었고, 몇 분마다 자신의 코를 세게 잡아당겼다. 이 배 이야기가 머지않아 끝나고 나면 버추 호 이야기와 배에 실려 코스트에 와야 하는 짐 이야기로 넘어갈 것이기 때문이었다.

알리스테어 로더백의 트렁크가 실린 화물은 로더백이 도착하기 이틀 전, 1월 12일 아침에 호키티카에 도착했다. 발퍼는 하역이 끝나는 것을 확인하고 화물 상자를 부두에 있는 자신의 창고로 옮기라고 지시했다. 그가 아는 한 직원들은 그의 지시에 따랐다. 하지만 불운한 운명의 장난으로(발퍼가 로더백을 대단히 존경한다는 사실 때문에 더더욱 불운하다고 할 수 있었다) 화물 상자가 통째로 사라져버렸다.

상자가 사라진 것을 알고서 발퍼는 기가 막혔다. 그는 직접 상자를 찾으려고 부두 이쪽저쪽을 돌면서 모든 입구를 조사하고 하역 인부, 운반꾼, 선원, 세관원을 하나하나 추궁했지만 아무 소용이 없었다. 상자는 발견되지 않았다.

로더백은 팰리스 호텔 위층의 스위트룸에서 아직 이틀 밤도 지내지 않았다. 지난 2주 동안 그는 예비 선거운동을 하느라 코스트를 따라 광산촌과 정착촌들에 인사를 하고 다녔고 그날 아침에야 자유로워진 터였다. 다른 일로 바쁘기도 했고 버추 호가 아직 더니든에서 오고 있는 중이라고 생각해서 자신의 짐에 관해 묻지 않았었다. 하지만 곧 그 질문이 나올 것이고 그렇게 되면 그는 로더백에게 진실을 말해야 할 것이다. 발퍼는 와인을 한 모금 들이켰다.

그들 사이의 탁자에는 먹다 남은 '요깃거리'들이 널려 있었다. 로더백은 아침에든 저녁에든 식사 시간이 아닐 때 먹는 음식을 그렇게 불렀다. 그는 자기 몫을 다 먹고 발퍼에게도 마저 먹으라고 재촉했지만, 발퍼는 계속해서 사양했다. 배가 고프지 않은데다가 양파절임과 튀긴 양고기 냄새는 항상 식욕을 떨어뜨렸다. 식사를 사는 사람에 대한 예의상 그는 와인 한 주전자에다가 맥주까지 한 조끼 마셨다. '술김의 허세'를 돋우기 위해 마신 거지만, 술을 마셔도 공포를 누그러뜨리는 데에는 별 도움이 되지 않았고 이제는 기분만 지독하게 안 좋아졌다.

"간 한 조각만 더 먹지 그러나."

로더백이 말했다.

"훌륭한 음식입니다. 정말 훌륭해요. 하지만 저는 배가 불러서요…… 배가 꽉 찼습니다. 괜찮습니다."

"하지만 이건 캔터베리산 양이야."

"캔터베리산이라, 아 예, 아주 훌륭하군요."

"고지의 캐비어라고도 한다네, 톰."

"감사하지만, 이만하면 됐습니다."

로더백은 잠시 간을 내려다보다가 주제를 바꾸었다.

"양떼를 몰고 왔어야 했는데. 고개를 넘어서 말이야. 한 마리당 5파운드나 10파운드쯤 받았으면, 그래, 엄청난 재산을 모을 수 있었을 거야. 이 동네의 모든 고기는 소금에 절였거나 훈제된 거라고 말을 해주지 그랬나? 한 달 치 저녁 식사 거리를 가져올 수도 있었을 텐데. 개 두어 마리만 있으면 쉽게 할 수 있었을 거야."

"그렇게 쉽지는 않았을 겁니다."

발퍼가 말했다.

"재미는 있었을 걸세."

"급류에서 양들 목이 부러지지 않게 구출해야 하고, 길을 잃거나 제대로 따라오지 못하는 놈들을 찾아와야 하죠. 게다가 놈들의 숫자를 세고, 길을 따라 몰고, 쫓아다니는 그 끔찍한 수고를 생각해보십시오. 저는 별로 하고 싶지 않군요."

"위험이 없이는 수익도 없는 법이야. 그리고 그냥 오는 것도 끔찍했다네. 양을 끌고 왔으면 최소한 돈이라도 벌었을 텐데 말이지. 그랬으면 나도 좀더 환영받을 수 있었을 거고."

"소떼라면 괜찮았을지도요. 소떼는 얌전하니까요."

"살 사람이 아마 없었을 거야."

로더백은 간이 담긴 접시를 발퍼 쪽으로 밀었다.

"못 먹겠습니다. 도저히 안 되겠어요."

"그럼 자네가 마저 먹게, 자크."

로더백이 보좌관 쪽으로 몸을 돌리며 말했다. (그는 두 명의 보좌관들을 이름으로 불렀다. 둘 다 성이 스미스였기 때문이다. 그들의 이름은 재밌다 할 만큼 서로 안 어울렸다. 한 명은 자크고 또 한 명은 어거스터스였다.)

"양파나 좀 먹어. 그러면 축복받은 브리간틴에 관한 쓸데없는 소리는 더 못하겠지…… 어, 톰? 이 친구가 입 좀 다물어야 하지 않겠나?"

그리고 미소를 지으며 발퍼 쪽으로 고개를 다시 돌렸다.

발퍼는 다시 코를 잡아당겼다. 로더백은 항상 이런 식이었다. 아주 사소한 것에 관해 동조를 구하고, 여론이 마음에 들지 않으면 슬슬 다른 쪽으로 몰아갔다. 그러다보면 어느새 다들 그의 편이 되어 선거운동을 하고 있는 거였다.

"아, 양파 말이죠."

발퍼는 이야기를 다른 방향으로 돌렸다.

"어제 자 『타임스』에 길에서 발견된 의원님의 여자 이야기가 조금 실렸더군요."

"내 여자라니! 게다가 절대로 조금이라곤 할 수 없는 양이더군."

로더백이 말했다.

"글 쓴 사람이 꽤나 뻔뻔하더군요. 마치 그 여자 때문에 온 마을이 비난을 받아야 한다는 듯이 글을 썼던데요. 모든 남자에게 잘못이 있다는 듯이 말입니다."

"그런 작자 의견에 누가 관심을 갖겠나?"

로더백은 별거 아니라는 듯이 손을 흔들었다.

"손바닥만한 법정에서 일하는 별 볼일 없는 서기가 불만을 토로한 걸세!"

(로더백이 그렇게 속 좁게 깎아내린 서기는 물론 오베르 개스코인이었고, 『웨스트 코스트 타임스』에 실린 그 짧은 설교문은 열 시간쯤 뒤에 월터 무디의 관심을 끌게 된다.)

발퍼가 고개를 흔들었다.

"그걸 마치 우리 마을 전체의 잘못인 것처럼 썼더군요. 우리 모두가 좀더 잘했어야 했다는 듯이요."

"별 볼일 없는 서기일 뿐일세. 하루 종일 다른 사람 이름으로 수표나 쓰고 앉아서, 아무도 듣고 싶어 하지 않는 의견이나 내뱉는 작자야."

"그래도……."

"그래도 같은 건 필요 없어. 그건 하찮은 글이고 형편없는 주장이었어. 그렇게 신경 쓸 거 없네."

로더백은 판사가 의사봉을 두드려 자신의 인내심이 다 닳았다는 것을 보여주는 것처럼 손가락 관절로 탁자를 두드렸다. 이전 대화로 돌아가는 것만은 원치 않아서 발퍼는 전직 주지사가 입을 열기 전에 다시 말했다.

"그 여자를 보신 적이 있습니까?"

로더백이 인상을 찌푸렸다.

"누구…… 길에 있던 여자 말인가? 그 창녀? 아니, 그날 밤 이후로는 없네. 그 여자가 살아났다는 이야기는 들었지만 말이야. 자네 내가 그 여자를 찾아가봐야 한다고 생각하는 게로군. 그래서 계속 묻는 게지?"

"아뇨, 아닙니다."

발퍼가 대답했다.

"나 정도 지위의 사람은 그렇게까지 할 수가 없어."

"물론이지요. 그러실 수 없죠. 물론 압니다."

"그러면 다시 그 설교문 이야기로 돌아오는군."

로더백은 다시 생각에 잠긴 듯한 어조로 말했다.

"그 서기가 하려던 말의 핵심은 사실 이거야. 사설 구빈원이나 수녀원 등등이 생기기 전까지는 누가 이런 상황에서 책임을 질 것인가 하는 것 말이야. 이런 마을에서 가족이라고는 없는 그런 여자를 누가 책임져야 할까?"

로더백은 철학적인 의도로 말한 것이었으나 발퍼는 이야기를 계속 이어가기 위해서 대답을 했다.

"누구에게도 책임은 없지요."

"누구에게도 없다니! 자네의 기독교적 정신은 어디로 간 겐가?"

로더백이 깜짝 놀란 표정을 지었다.

"안나는 자기 목숨을 끊으려고 했습니다. 죽으려고 말입니다! 그런 행동을 책임질 사람은 그 여자 본인 말고는 없지요."

"그 여자를 안나라고 부르는군! 그 여자와 이름을 부르는 관계가 됐어. 그 여자에게 그 정도로 관심을 쏟는다면 그만한 책임도 져야 하는 것 아니겠나!"

로더백이 비난조로 말했다.

"이름을 부른다고 해서 그 여자에게 약을 쥐여줬다는 뜻은 아니죠."

"그 여자가 약쟁이라고 마음의 문까지 닫는 건가?"

"전 아무 문도 닫지 않았습니다. 제가 도로에서 그 여자를 발견했다면 저도 의원님처럼 했을 겁니다. 정확히 똑같이 했겠죠."

"그 여자 목숨을 구했을 거라고?"

"신고했을 거라는 의미입니다!"

로더백이 그의 정정에 손을 내저었다.

"하지만 그다음에는? 감옥에서 하룻밤을 보내겠지. 그런 다음에는? 그 여자가 다시 약을 하기 시작했을 땐 누가 옆에서 지켜주겠나?"

"스스로 그런 짓을 하는 사람은, 자기 손으로 그러는 사람은 지켜줄 수가 없지요. 아시잖습니까!"

발퍼는 화가 났다. 그는 이런 종류의 논쟁을 좋아하지 않았다. 이것은 가로돛을 달거나 돛이 용골과 직각을 이루는 상대적인 장점에 관한 이야기보다 눈곱만큼 더 나을 뿐이었다. (하지만 로더백은 지난 2주 동안 말상대로는 형편없었다. 고압적인 말투에, 주제를 회피했다가 사람을 다그치기를 번갈아 해댔다. 발퍼는 완전히 질려버린 상태였다.)

"의원님은 영적 위안을 의미하시는 겁니다. 영적인 보호 말이죠."

자크 스미스가 도와주려는 듯이 끼어들었지만 로더백이 손을 들어올려 그의 입을 막았다.

"자살에 관한 건 잊게! 그건 전혀 다른 이야기고 우울하기 짝이 없으니까. 하지만 누가 그 여자 옆에서 새로운 기회를 주겠나, 토머스? 그게 내가 묻고자 하는 바야. 누가 이 불쌍한 여자에게 다른 인생을 살 수 있는 새 출발의 기회를 주겠나?"

발퍼는 어깨를 으쓱였다.

"어떤 사람들은 날 때부터 운이 없는 법입니다. 하지만 다른 사람의 양심을 자극해서 원하는 삶을 살 기회를 얻을 순 없는 겁니다. 자기 손에 있는 걸로 노력하고 애를 쓰는 수밖에요."

이 말에서 토머스 발퍼의 무정한 성격이, 겉보기에는 대단히 관대한 그의 태도 아래 자리한 정반대의 완고함이 드러났다. 대부분의 사업가들이 그렇듯이 그는 자신의 자유를 굉장히 신중하게 지켰고, 다른 사람들도 그러기를 바랐다.

로더백은 의자에 기대 코 아래로 발퍼를 평가하듯이 보았다.

"그 여자는 창녀일세. 그렇게 말하고 싶은 게지? 그저 창녀일 뿐이라고."

"오해하지 마십시오. 저는 창녀에게 어떤 반감도 없습니다. 하지만 구빈원을 좋아하지 않고, 수녀원도 별로입니다. 딱 봐도 음산하거든요."

"나를 도발하는 게로군! 문명화되었다는 확실한 증거가 바로 복지야. 그게 바로 최고의 증거라고! 이 동네를 문명화하려면 말일세, 길과 다리를 놓으려면 말이야, 이 나라의 미래의 기반을 다지려면 말이지⋯⋯."

"그러려면 도로 건설업자들에게 밤에 침대를 데울 만한 상대를 안겨

쥐야겠지요. 자갈을 푸는 건 힘든 노동이니까요."

발퍼가 그의 말을 마무리했다. 자크와 어거스터스가 그 말에 웃음을 터뜨렸지만 로더백은 웃지 않았다.

"창녀는 도덕적 질병이라네. 그 본질을 밝혀내야 하는 법이야. 미개 척지에 서 있다면 우선 기준을 세워야 하는 법이야!"

(이 마지막 말은 그가 가장 최근 선거 유세에서 했던 말을 고스란히 인용한 것이다.)

로더백이 말을 이었다.

"창녀란 도덕적 질병이지. 그게 결론이야. 좋은 자원을 형편없이 낭비하는 짓이지."

"그래서 의원님의 해결책은 좋은 자원을 좋은 데에 허비하자는 건가요? 그래봐야 낭비는 낭비일 뿐이고, 돈은 없어지는 겁니다. 구빈원은 그만두고, 이 동네 여자들을 수녀로 만들지도 말죠. 여자도 몇 명 안 되는데 그렇게 되면 빌어먹게 안타까운 일이죠."

로더백이 코웃음을 쳤다.

"몇 명 안 되는데다가 대우도 형편없지."

"창녀에 대한 책임을 지라니! 다음번엔 창녀들이 의회까지 진출하겠습니다요."

발퍼가 고개를 흔들며 말했다. 어거스터스 스미스가 상스러운 농담으로 그 말에 대꾸했고, 모두들 웃음을 터뜨렸다.

웃음이 잦아들자 로더백이 말했다.

"이런 기분으로는 더이상 얘기하지 말자고. 그날 일을 모든 각도에서 전부 다 살펴보지 않았나! 정말 피곤해."

그는 원래 이야기로 돌아가고 싶다는 듯이 손으로 원을 그리고서 말을 이었다.

"배의 의장에 관해서는 말일세, 사람마다 전적으로 자기 입장에서 유리한 점을 생각한다는 게 내가 하려던 말이라네. 자크는 유능한 전직 선원으로서의 관점을 갖고 있지. 나는 배의 소유주이자 신사로서의 관점을 갖고 있고. 나는 항해 계획을 머릿속으로 그리는 반면에 저 친구는 타르와 뱃밥, 바람을 생각하는 거야."

자크 스미스가 이런 조롱에 대해서 상투적으로, 하지만 유쾌한 어조로 대답을 했고, 다시 논쟁에 불이 붙었다.

토머스 발퍼의 짜증 역시 순식간에 되살아났다. 그는 자신이 구빈원 문제에 대해서 재치 있게 이야기했다고 생각했고, 로더백 역시 그의 대답에 칭찬을 하지 않았던가! 그래서 그 이야기를 계속하면서 다시 재치 있는 말을 던질 만한 기회를 노리고 싶었는데. 배의 의장이나 그 이점에 대해서는 어떤 그럴듯한 이야기도 할 게 없었다. 자크나 어거스터스, 로더백 역시 딱히 재치 있는 이야기는 못하지 않느냐고 그는 부루퉁하게 생각했다. 하지만 자기 기분 내키는 대로 이야기하다 그 주제에 질렸거나 다른 사람이 더 많이 안다 싶으면 훌쩍 주제를 바꿔버리는 것이 로더백의 성격이었다. 그날 아침에 이미 세번째로 전직 주지사는 새로운 주제를 받아들이지 않고서 배에 관한 이야기로 돌아가 혼자 떠들었다. 매번 발퍼가 이 지역 소식을 꺼낼 때마다 로더백은 은둔자와 창녀에 관한 쓸데없는 이야기가 죽도록 지겹다고 대꾸했다. 솔직히 그들은 두 사건에 관해서 상세하게 이야기를 나눈 적도 없고, 모든 각도에서 전부 다 살펴본 적도 전혀 없지 않느냐고 발퍼는 짜증이 난 가운데 생각했다.

발퍼는 인정하지 않겠지만, 이런 내적인 감정 표현에는 경향성이 있었다. 발퍼는 로더백을 굉장히 존경해서 두 사람이 어떤 문제에 동의하지 않는 경우에 설령 속으로라도 로더백을 비난하기보다는 차라리 스스로를 비난했다. 하지만 서로 동의하지 않으면 논쟁을 해야 하는 법인데 이런 논쟁을 하지 않게 되면 토라지게 마련이다. 지난 2주 동안 발퍼는 로더백이 죽은 남자 크로스비 웰스와 만난 일에 관해서 침묵을 지켰다. 은둔자의 죽음에 굉장히 호기심이 일었지만 말이다. 도로의 창녀 안나 웨더렐의 일에 대해서도 이야기를 꺼내지 않았다. 그는 로더백이 바라는 대로 행동하면서 자신의 바람이 이루어질 차례를 기다렸다. 하지만 그러자면 로더백이 좀더 배려심을 갖고 있어야 하는데, 이 정치인에게는 그런 배려심이 없었다. 하지만 발퍼는 자신이 존경하는 남자에게 그런 결점이 있다는 것을 깨닫지 못해서 계속 기다렸다. 그리고점차 조급해지고 퉁명스러워졌다.

(여기서 살짝 덧붙이자면, 그의 부루퉁한 태도는 대단히 피상적인 것이었다. 로더백이 상냥하게 말 한마디만 했어도 그의 유쾌한 기분은 되살아났을 것이다.)

발퍼는 자신이 지루하다는 것을 이 모임의 주도자가 알아주기를 바라는 어린애 같은 마음으로 의자를 조금 밀어내고 식당 안을 둘러보았다.

식당은 식사 시간에서 한참 벗어난 탓에 거의 비어 있었고, 음식이 나오는 출입구를 통해 요리사가 앞치마를 벗고 탁자에 양쪽 팔꿈치를 대고 앉아서 솔리테어 게임을 하는 게 보였다. 난로 앞에는 귀가 커다란 소년이 앉아 육포를 빨고 있었다. 석탄 위 받침대에서 달궈지고 있는 다리미를 지켜보라는 명령을 받았는지 30초에 한 번씩 손가락에 침을 묻혀 받침대 앞에 대고 온도를 확인했다. 그들의 자리 바로 옆에는 성직자가 앉아 있었다. 사자코에 아랫입술이 순진한 어린애처럼 축 늘어진데다 주근깨가 있는, 별로 잘생기지는 않은 남자였다. 그는 혼자 아침을 먹고서 이제는 커피를 마시며 작은 책자를 읽고 있었다. 분명히 다음 날에 할 설교 내용을 연습하고 있는 것이리라고 발퍼는 생각했다. 소리 없는 연설에 박자를 맞추는 것처럼 책자를 읽으며 천천히 고개를 끄덕이고 있었기 때문이다.

귀가 큰 소년은 다시 손가락을 적셔서 다리미에 가까이 가져다댔다. 성직자는 책장을 넘겼다. 요리사는 도마 가장자리에 트럼프 카드를 내려놓았고, 발퍼는 포크를 만지작거렸다. 마침내 로더백이 통렬한 비판을 멈추고 와인을 들이켜자 발퍼는 기회를 놓치지 않고 끼어들었다.

"바크선 이야기가 나와서 말입니다만, (그들은 브리간틴 이야기를 하던 중이었다) 지난 한 해 동안 갓스피드 호가 몇 차례 모래톱을 넘어오는 걸 봤습니다. 갓스피드 호가 의원님 배 맞지요?"

하지만 놀랍게도 이 말에 로더백은 침묵을 지켰다. 발퍼가 심각한 철학적 의미를 지닌 문제를 꺼내기라도 한 것처럼 그는 고개만 한 번 끄덕였고, 발퍼는 분위기를 누그러뜨리기 위해서 덧붙였다.

"그 배야말로 의장이 굉장하죠. 아주 훌륭하지 않습니까?"

보좌관들이 서로 시선을 주고받았다.

"그게 바로 저희 말을 증명해주는 겁니다, 의원님."

어거스터스 스미스가 마침내 침묵의 주문을 깨고서 말했다.

"바크선조차도 브리간틴보다는 낫지 않습니까? 절반의 선원에 절반의 힘만 들이고도 다룰 수 있으니까요. 저 친구도 그걸 부인하진 못할 겁니다."

"그래. 그건 부인 못하지 않겠나?"

로더백이 다시 기운을 내서 자크를 쳐다보며 말했다.

자크는 한참 생각에 잠겨 있다가 씩 웃으며 말을 늘어놓았다.

"물론 부인할 수 있습니다. 선원이 절반인 것보다야 의장이 절반의 무게인 게 훨씬 낫지요. 그건 쓸데없는 짓입니다. 저라면 다루기 쉬운 것보다는 당연히 속도를 택할 겁니다."

"절충하는 건 어때? 바컨틴 말일세."

어거스터스의 말에 자크는 고개를 흔들었다.

"다시 말하지만, 돛대 세 개는 너무 많아."

"하지만 바크선보다는 빠르지."

어거스터스가 로더백의 팔꿈치를 건드리고서 말했다.

"의원님의 공상의 비행(Flight of Fancy) 호는 어떤가요? 큰 돛대가 종범장* 식이지 않던가요?"

발퍼는 보좌관들이 왜 이러는지 전혀 알아채지 못했다. 그들은 그가 꺼낸 화제로부터 이야기를 돌리려 하고 있었으나 발퍼는 로더백이 자신의 말을 제대로 못 들었나보다 생각하고 목소리를 높여 다시 말했다.

"갓스피드 호 말입니다, 그 배가 이 동네에 정기적으로 드나듭니다. 의장이 아주 훌륭하죠. 몇 번이나 모래톱을 거뜬히 넘어오는 걸 봤습니다. 그 배는 다루기도 쉬우면서 속도까지 지녔죠. 그거야말로 최고의 배라고 말할 수 있을 것 같습니다."

알리스테어 로더백이 한숨을 쉬고 고개를 뒤로 젖혀 눈을 가늘게 뜨더니 서까래를 바라보았다. 그의 입가에 바보 같은 미소가 떠올랐다. 무안한 상황에 익숙하지 않은 남자 특유의 미소라는 것을 발퍼는 나중에 깨달았다. (그날 이전까지 그는 로더백이 어떤 종류든 약점을 고백하는

---

* 용골에 평행하게 단 범장

걸 들어본 적이 없었다.)

마침내 로더백이 여전히 위를 올려다보면서 말했다.

"그 바크선은 더이상 내 소유가 아닐세."

그의 목소리는 미소를 짓느라 힘든 것처럼 긴장되어 있었다.

"그런가요! 뭔가, 에, 더 좋은 것과 바꾸시기라도 하셨습니까?"

발퍼가 깜짝 놀라서 물었다.

"아니. 그냥 팔았네."

"금을 받고서요?"

로더백은 머뭇거리다가 대답했다.

"그래."

"그렇군요! 그렇게 쉽게 팔아버리셨단 말입니까? 누가 샀습니까?"

"그 배 선장이 샀지."

"호오. 그건 별로 부럽지 않군요. 이 근방에서는 그 남자에 대한 소문이 좀 많이 들리거든요."

로더백은 대답하지 않았다. 여전히 미소를 띤 채 천장의 대들보와 지붕널 사이의 틈새만 빤히 쳐다볼 뿐이었다.

발퍼는 의자에 몸을 기대고 옷깃 아래로 엄지손가락을 밀어넣었다.

"이 근방에서 떠도는 이야기가 좀 많죠. 프랜시스 카버! 별로 척을 지고 싶은 남자는 아니죠."

로더백이 놀란 것처럼 쳐다보고는 인상을 찌푸렸다.

"카버라니? 웰스 말이겠지."

"갓스피드 호의 선장 이야기 아니었습니까?"

"그래. 그걸 다른 사람에게 팔았다면 모르겠지만."

"덩치 좋은 친구 아닙니까? 검은 눈썹에 검은 머리, 코가 부러진 적이 있는 것 같은 얼굴이고요."

"맞네. 프랜시스 웰스야."

"음, 의원님의 말을 반박하려는 건 아닙니다만, 그 친구 이름은 카버입니다. 아마 의원님께서 2주 전에 보신 죽은 남자……."

"아닐세."

로더백이 대꾸했다.

"그 은둔자……."

"아니라네."

"노인과 착각하신 걸 겁니다. 그 죽은 사람 이름이 웰스였죠. 크로스비 웰스."

발퍼가 끈질기게 말했고 로더백이 세번째로, 좀더 목소리를 높여서 대답했다.

"아니야. 난 이름을 착각하지 않아. 내가 바크선 소유권 이전 서류에 서명할 때 서류에 적혀 있던 이름은 웰스였어. 계속 웰스라고 그랬고."

그들은 서로를 쳐다보았다.

"이해가 안 가는군요. 의원님께서 사기를 당하신 게 아니기만을 바랄 뿐입니다. 기묘한 우연 아닌가요? 프랭크 웰스, 크로스비 웰스."

로더백은 머뭇거리다가 신중하게 말했다.

"그리 우연은 아니야. 두 사람은 아마도 형제일 걸세."

발퍼가 웃음을 터뜨렸다.

"크로스비 웰스와 프랭크 카버가 형제라고요? 어떻게 그럴 수 있는지 상상조차 안 갑니다. 결혼으로 이어진 의붓형제라도 된답니까?"

로더백이 다시 멍한 미소를 짓고서 부스러기를 손가락으로 꾹꾹 눌렀다.

"누가 그런 말을 하던가요?"

로더백이 대답하지 않자 발퍼가 물었다.

"잘 모르겠네."

"카버가 서류에 서명할 때 뭔가 말을 했습니까?"

"아마 그랬던 것 같네."

"아하! 뭐 그렇다면야…… 하지만 두 사람을 보면 도저히 믿기지가 않는군요. 한 명은 그렇게 키가 크고 인상적인데, 다른 한 명은 그야말로 비루먹었으니…… 완전히 땅꼬마고!"

로더백이 몸을 떨었다. 뭔가를 붙잡으려는 듯이 그의 손이 탁자 위에서 발작적으로 움직였다.

"크로스비 웰스가 비루먹은 생김새였나?"

발퍼가 손을 흔들었다.

"죽은 걸 직접 보셨잖습니까?"

"죽은 것만 봤지, 산 모습은 본 적이 없지 않나. 희한한 걸 하나 알려줄까? 사람이 정말로 어떻게 생겼는지는 말이야, 움직이는 걸 보지 않고서는 알 수가 없어. 영혼이 없는 상태로는 말이야."

"오."

발퍼는 그 말을 곱씹었다.

"죽은 사람은 반죽을 빚어놓은 것처럼 보이지. 조각상이 빚어놓은 것처럼 보이는 것과 비슷하게 말일세. 그 모양새에 감탄하고, 누가 만든 건지를 궁금하게 돼. 피부도 매끄럽고 아주 좋아 보이고. 밀랍이나 대리석으로 만든 것 같으면서도 어느 쪽도 아니지. 밀랍 인형처럼 빛을 품고 있지 않으면서, 돌로 만든 것처럼 빛을 반사하지도 않아. 화가라면 윤을 없애는 처리를 했다고 말하지 않을까. 반짝이지 않거든."

로더백은 갑자기 굉장히 당황한 것 같은 기색이었다. 그러더니 꽤나 무례하게 질문을 툭 던졌다.

"자네는 갓 죽은 사람을 본 적이 있나?"

발퍼는 쾌활하게 대답을 할까 했지만("광산 지역에서는 위험한 질문이지요······") 로더백이 대답을 기다리고 있는 것 같아서 결국에는 본 적 없다고 대답해야 했다.

"'본' 적이 있느냐고 묻지 말았어야 했는데. '목격'한 적이 있느냐고 했어야 했어."

로더백이 혼잣말을 하듯 덧붙였다. 어거스터스 스미스가 끼어들었다.

"자크가 그 남자 목에 손을 댔었죠······ 안 그랬나, 자크?"

"응."

"처음 들어갔을 때 말이죠."

어거스터스가 다시 발퍼 쪽을 향해 말했다. 자크가 설명을 이었다.

"그 남자를 깨우려고 그랬던 거죠. 이미 죽은 줄은 몰랐어요. 자고 있는 것처럼 보였거든요. 하지만 기묘했던 건 그 남자의 목깃이 젖어 있었다는 겁니다. 땀으로 말이죠. 채 마르지 않은 상태였어요. 우린 그 남자가 죽은 지 채 30분도 지나지 않았을 거라고 결론 내렸죠."

그가 뭔가 더 말하려는 것 같았지만 로더백이 날카롭게 턱짓을 해서 입을 다물게 만들었다.

"이해가 안 가는군요. 웰스라는 이름으로 서명을 하다니!"

발퍼가 말했다.

"우리가 서로 다른 사람 얘기를 하고 있는 게 분명하네."

로더백이 대꾸했다.

"카버는 뺨에, 바로 여기에 흉터가 있지요. 색은 하얗고, 모양은······

낫처럼 생겼고 말입니다."

로더백이 입술을 동그랗게 오므리고 있다가 고개를 흔들었다.

"흉터는 기억이 안 나는군."

"하지만 검은 머리죠? 덩치가 좋고? 꽤나 사나워 보이고?"

"그래."

"이해가 안 갑니다. 왜 자기 이름을 바꾸었을까요? 게다가 형제라니!
프랭크 카버와…… 크로스비 웰스가!"

로더백의 콧수염 아래서 입술을 잘근잘근 깨무는 것처럼 입이 움직
였다. 그러다가 전혀 다른 목소리로 그가 말했다.

"자네는 그 사람을 알았나?"

"크로스비 웰스 말입니까? 전혀요."

발퍼는 자신을 향한 질문이 반가워서 의자에 몸을 기대고 말했다.

"그 사람은 아라후라 쪽에서 제재소를 짓고 있었죠. 음, 오두막 보셨
죠? 들어가보기도 하셨으니 말입니다. 그 친구는 자재랑 뭐 그런 것들
을 저를 통해서 운송했습니다. 그러니 만나본 적은 있지요. 그 친구 영
혼이 편히 쉬기를. 마오리족 동료가 있었어요. 둘이 같이 제재소에서
일을 했었죠."

"그 사람이 자네한테는, 음, 그런 타입으로 보이던가?"

"어떤 타입 말씀이십니까?"

"어떤 타입이든 말일세."

로더백의 손이 다시 움찔했다. 얼굴을 붉히며 그가 질문을 고쳤다.

"내가 하려던 말은, 그 사람이 어때 보이던가 하는 거였네."

"불평이 없는 사람이었죠. 자기 문제를 남에게 떠들지 않는 사람 말
입니다. 말투로 보건대 런던 태생인 것 같았습니다."

그는 말을 멈추었다가 몸을 앞으로 기울이고 은밀하게 속삭였다.

"물론 이제 그 친구가 죽었으니 사람들은 온갖 이야기를 떠들고 있습니다만."

다시금 로더백은 대답하지 않았다. 굉장히 기묘하게 행동하고 있다고 발퍼는 생각했다. 입은 꾹 다물고, 심지어 얼굴은 벌겠다. 마치 발퍼가 특정한 질문에 대답을 해주기를 바라면서도 아예 입을 다물어주기를 바라는 것 같은 분위기였다. 두 명의 보좌관은 흥미를 잃은 것처럼 자크는 접시 위에서 간을 이쪽저쪽으로 밀고 있고, 어거스터스는 고개를 돌리고 창밖에 쏟아지는 비를 보고 있었다.

눈가로 발퍼는 그들을 살폈다. 두 남자는 로더백 주위를 도는 위성 같았다. 그들은 로더백의 방에서 덧베개를 베고 자고, 어디든 따라다니고, 이름뿐 아니라 정체성까지도 공유하는 것처럼 항상 한 쌍으로 말하고 행동했다. 그날 아침까지 발퍼는 그들이 명랑하고 재치 넘치는 유쾌한 친구들이라고 생각했다. 항상 붙어 있어서 가끔 좀 신경에 거슬리기는 하지만 그래도 로더백에 대한 그런 헌신은 훌륭한 거라고도 생각했고. 하지만 지금, 그들을 번갈아 보면서 갑자기 그 생각에 대한 확신이 사라졌다.

로더백은 2주 전 산맥을 넘어온 여정의 마지막 부분에 대해서 발퍼에게 거의 말하지 않았다. 로더백이 도착한 날 밤에 관해 발퍼가 아는 것 대부분은 로더백이 당국에 서면으로 이야기한 내용을 축약해서 실은 『웨스트 코스트 타임스』 기사 내용이었다. 하나는 미수고 하나는 실제로 죽은 두 사건에 관해 로더백은 아무런 혐의도 없는 것으로 결론이 났다. 검시관의 보고서를 통해서 크로스비 웰스가 그저 자연사 했을지도 모른다는 의심 역시 무너졌고, 의사는 안나 웨더렐이 목숨을 잃을 뻔했던 이유가 아편이라는 것을 밝혀냈다. 하지만 발퍼는 이제 신문에 실린 내용이 과연 사실이었을까 의문이 들었다.

그는 자크 스미스가 간 조각을 이리저리 밀어놓는 것을 보았다. 로더백이 갑자기, 살아 있을 때 크로스비 웰스가 어떤 사람이었는지 굉장히 궁금해한다는 사실은 참으로 이상했다. 그리고 온화하고 평범하고 딱히 영향력도 없던 크로스비 웰스가 실은 악명 높은 프랜시스 카버와 가족 관계였다는 사실이, 아니, 그 사람과 관계가 있었다는 것 자체가 더더욱 희한했다. 믿어지지가 않았다. 그리고 도로 위의 창녀 일도 이상하기는 마찬가지였다. 그 사건이 그저 우연일까, 아니면 크로스비 웰스의 때 이른 죽음과 어떤 식으로든 관계가 있는 것일까? 왜 로더백은, 최소한 조금 전까지는, 두 사건 모두에 관해서 그렇게 얘기하기 싫어했던 걸까?

부분적으로는 대화를 되살리기 위해서, 그리고 부분적으로는 친구에 관해 증거도 없는 비난 쪽으로 흐르고 있는 상상력을 다잡기 위해서 그가 다시 말했다.

"그러니까 의원님께서 바크선을 카버에게 파셨고, 그 사람은 자기 이름이 웰스라고 했고, 그리고서는 자기한테 숨어 사는 크로스비라는 형제가 있다고 말을 했다 이건가요?"

"잘 기억이 안 나네. 거의 1년 전 일이야. 벌써 다 잊었지."

"하지만 그후에, 1년이나 지나서는 바로 그 남자의 형제를 만났단 말이죠. 갓 죽은 상태로! 그것도 산맥 너머에서…… 한 번도 발을 들인 적 없는 곳에서 말입니다! 정말이지 기묘한 우연이라고 생각하지 않으십니까?"

로더백이 꽤 거만한 어조로 대답했다.

"좀 모자라는 사람들만이 우연이라는 걸 믿는 법이라네."

그는 난처한 입장에 처하면 오히려 잘난 척하는 습관이 있었다. 발퍼는 그가 말한 격언을 무시했다.

"카버가 가명일까요, 아니면 웰스가 가명일까요?"

혼잣말 같았지만 그는 전직 주지사를 빤히 쳐다보고 있었다.

"술 한 주전자 더 가져올까요, 의원님?"

어거스터스 스미스가 말했다. 로더백이 탁자를 두드렸다.

"그래, 한 주전자 더 가져오게. 잘 생각했어."

"갓스피드 호는 2주쯤 전에 정박을 했었습니다. 중국 광저우를 오가면서 차 무역을 하고 있지 않던가요? 그래서 이 동네에서는 카버를 한동안은 못 보지 않을까 싶습니다만."

"이 얘기는 그만하지. 내가 이름을 착각했어. 분명히 착각을 했던 거야. 딱히 대수로운 일도 아니지 않나."

"잠깐 기다려보시죠."

갑자기 발퍼의 머리에 새로운 생각이 떠올랐다.

"왜?"

"중요한 일일 수도 있습니다. 그의 소유지를 팔겠다는 요청이 들어왔으니까요. 만약에 크로스비 웰스에게 숨겨놓은 형제가 있었다면 그 미망인에게는 중요한 일일 수 있지요."

로더백은 신경질적인 웃음을 지었다.

"미망인?"

"예."

발퍼가 음울하게 대답하고 말을 이으려고 했지만, 로더백이 갑자기 다급하게 말했다.

"오두막에 부인이 있다는 기미는 없었네. 전혀 없었지. 겉보기에 그는, 그 친구는 혼자 사는 것 같았어."

"그렇군요."

다시금 발퍼가 부연 설명을 하려고 했지만, 로더백이 끼어들었다.

"형제가 있다는 이야기가 중요할 수도 있다고 자네는 말했지만, 남자의 돈은 언제나 부인에게 가는 법이야. 유언장에 달리 적혀 있지 않은 한은. 법적으로 그래! 왜 형제가 있다는 사실이 중요하다는 건지 모르겠군. 난 전혀 이해가 안 가."

그가 발퍼 쪽으로 고개를 기울였다.

"유언장은 실제로 없습니다. 그게 문제죠. 크로스비 웰스는 유언장을 작성한 적이 없습니다. 아무도 그에게 가족이 있는지 없는지 모릅니다. 심지어는 그가 죽었다는 소식을 누구한테 보내야 하는지조차 모르고 있지요. 아는 거라고는 그의 이름뿐, 고향의 집 주소도 모르고 심지어는 출생증명서 같은 것도 없습니다. 아무것도 없어요. 그래서 그의 땅과 오두막은 정부에 귀속되었습니다. 그리고 정부에서는 그걸 팔 권리가 있으니, 당연히 시장에 내놓았고 바로 다음 날 팔렸죠. 이 근방 시장에서는 오래 남아나는 게 없거든요. 하지만 판매 서류에 서명한 잉크가 채 마르기도 전에, 부인이 나타난 겁니다! 그날 이전까지는 부인의 부 자도 들어본 사람이 없었죠. 하지만 여자는 결혼 서류를 갖고 있었고, 서명에 쓰는 이름은 리디아 웰스더군요."

로더백은 눈이 튀어나오기 직전이었다. 마침내 토머스 발퍼가 그의 관심을 온전히 사로잡았다.

"리디아 웰스?"

그가 거의 속삭이듯이 말했다. 어거스터스 스미스는 자크를 쳐다보았다가 다시 시선을 돌렸다.

"이게 목요일 일이었습니다. 법원에서는 여자가 가져온 서류에서 흠을 잡을 수가 없었죠. 물론 확인하기 위해서 더니든으로 사람을 보내긴 했습니다. 하지만 뭔가가 이상해요. 그 여자가 그렇게 급작스럽게 나타난 거며, 토지를 원한다는 거며…… 크로스비는 그 여자에 관해 한마디도 한 적이 없는데 말입니다. 그리고 수상쩍은 건 또 있습니다. 이 여자는 상류계급처럼 무진장 고상하게 행동하거든요. 크로스비 웰스가 어떻게 그런 숙녀와 결혼을 했는지, 허! 답을 알 수만 있다면 돈이라도 주고 싶을 정도의 수수께끼예요."

"자네는 여기서 그 여자, 리디아를 봤나? 여기 있나?"

로더백은 그 이름을 익숙한 투로 불렀다. 그 여자를 아시는구먼, 발퍼는 생각했다. 그렇다면 분명히 죽은 남자도 알았을 것이다.

"예."

그는 자신의 의심이 드러나지 않게 신중을 기하며 대답했다.

"목요일에 정기선을 타고 왔지요. 완전히 성장을 하고, 배를 타고 내리는 데에 익숙한 것처럼 사다리를 내려오더군요. 치맛자락을 어깨 위로 올려서 묶고, 속바지는 손으로 걷어올려 쥐고, 치마 버팀테와 버클이 죄다 드러난 상태로요. 크로스비 웰스가 어떻게 그런 굉장한 여자를 만났는지 정말 놀랍습니다. 정말로 놀라워요."

로더백은 여전히 충격을 받은 얼굴이었다.

"리디아 웰스가 크로스비 웰스의 부인이란 말이지."

"예. 그 여자 말로는 그렇습니다."

발퍼는 친구를 쳐다보다가 불현듯 술잔을 내려놓고 몸을 앞으로 기울였다.

"저기 말입니다, 로더백 의원님, 뭔가 지금 속으로만 끙끙 앓고 계시는 게 있는 것 같습니다만. 솔직히 말씀해보시죠?"

이 단순한 말에 알리스테어 로더백의 심장을 둘러싸고 있던 둑이 무너졌다. 최고급 서비스를 받는 데 익숙하고, 혼자 있을 일이 거의 없는 수많은 지배층 남자가 그렇듯이 로더백은 자신의 주변 사람들을 실용적인 면으로 따지는 편이었다. 발퍼가 괜찮은 친구이긴 하지만, 그의 값어치란 그가 수행하는 역할의 값어치와 같을 뿐이었다. 즉, 로더백의 머릿속에서 그는 얼마든지 대체 가능한 인물이었다. 겉으로 보이는 자질 이상에 대해서 로더백은 구태여 알려고 하지 않았다.

하인이나 다름없던 사람을 한 인간으로 인지하게 되는 순간은 언제나 은밀한 깨달음을 얻는 것 같은 느낌을 주었다. 상대방이 설령 동등한 수준은 아니라 해도 최소한 축소할 수 없고, 단점과 열정, 진짜 과거와 불확실한 미래를 갖고 있는 하나의 존재로 여겨진다는 건 놀라웠다. 알리스테어 로더백은 지금 그런 감정을 느꼈고, 자신이 부끄러워졌다. 발퍼는 우정을 주었는데 그는 오로지 도움만을 받아들였을 뿐이었다. 발퍼는 친절을 발휘했고, 그는 그 이점만을 이용했다. 그는 보좌관들을 돌아보았다.

"이보게들, 발퍼와 일대일로 이야기를 하고 싶네. 잠깐 자리 좀 비켜주겠나?"

어거스터스와 자크는 자리에서 일어나(발퍼는 두 사람 다 깜짝 놀란 것처럼 보인다는 사실에 그에겐 드문 일인, 경쟁에서 승리한 것 같은 기분을 느꼈다) 말없이 식당을 나갔다. 그들이 사라지자 로더백은 길게 숨을 내쉬었다. 그가 와인을 한 잔 더 따랐지만, 들이켜는 대신 손바닥 사이에 잔을 쥔 채 물끄러미 쳐다만 보았다.

"영국이 그립지 않나, 톰?"

"영국이요? 햇살이 끝내주게 화창한 영국에 발을 들여본 지가 그러니까…… 흐음. 흰머리가 생긴 이래로는 없군요!"

발퍼는 눈썹을 치켜들고서 대꾸했다.

"그렇군. 자네는 캘리포니아에 있었지. 잊었구먼."

그는 감정을 억누르는 듯 침묵에 잠겼다.

"이 동네에서는 다들 고향 이야기만 하죠. 아마도 떠나 있으니까 더 좋아 보이는 게 아닌가 싶습니다."

"그래. 아마도 그럴 거야."

로더백이 아주 조용하게 말했다. 상대방의 동의에 기운이 나서 발퍼가 말을 이었다.

"그러니까, 대부분의 남자들은 항상 마음만은 절반쯤 배를 타고 있지요. 사금을 좀 캐자마자 곧장 집으로 돌아가서는 그 친구들이 뭘 할까요? 집을 사고, 여자를 찾고, 정착을 하죠. 그러고는 무슨 꿈을 꿀까요? 뭘 바랄까요? 금을 캐는 꿈을 꾸는 겁니다! 손에 금을 쥘 수 있는 여기로 돌아오는 꿈을요. 여기 있을 때에는 집 이야기, 어머니 이야기, 요크셔푸딩, 제대로 된 베이컨, 뭐 그런 이야기들만 내내 해댔었는데 말입니다."

그는 술잔 바닥으로 식탁을 톡톡 두드렸다.

"영국이라, 구세계죠. 의원님도 구세계가 그리우신 겁니다. 당연한 일이에요. 하지만 돌아가지는 못하실 겁니다."

전직 주지사가 말을 하기를 기다리면서 발퍼는 주위를 둘러보았다. 아침 10시가 한참 넘었고 식사 손님들은 아직 몰려들지 않았다. 하지만 곧 나타날 것이다. 오늘은 토요일이고, 일주일 내내 비가 내린 끝의 주말이니까. 난롯가의 소년은 뜨거운 다리미 거치대를 들고 사라졌다. 요리사는 트럼프 카드를 치우고 고기가 붙은 뼈를 자르고 있고, 설거지하는 소년들이 숙소에서 나와 접시를 시끄럽게 쌓아올렸다. 옆자리의 성직자는 여전히 자리에 앉아서 오래전에 식었을 커피를 마시고 있었다. 손에 들고 있는 소책자의 글자만을 바라보며 집중하느라 입술을 오므리고 있었다. 주변 사람들에게는 조금도 신경을 쓰지 않는 게 분명했지만, 그렇다고 해도 발퍼는 로더백이 큰 소리로 말할 필요가 없도록 의자를 좀더 가까이 당겼다.

"리디아 웰스는 더니든에 있는 어떤 시설의 주인이라네. 자네가 양해해준다면 이름은 딱 한 번만 말하겠네. '수많은 소원의 집'이라는 곳이지. 정말 웃기는 이름이야. 아마 자네도 들어봤겠지만 말이야."

발퍼는 잘 안다는 것도, 전혀 모른다는 것도 아니라는 듯이 살짝만 고개를 끄덕였다. 로더백이 언급한 가게는 아주 퇴폐적인 도박장으로, 판돈이 높고 춤추는 아가씨들로 악명 높은 곳이었다.

"리디아는 그 시설에서 나와…… 좀 친밀한 사이였지. 돈이 관련되지는 않았어. 한 푼도 오가지 않았지. 그건 알아두게. 정말이니까."

로더백은 발퍼를 노려보려고 했지만, 해운업자는 눈을 내리깔고 있었다.

"어쨌든, 더니든에 갈 때마다 나는 그 여자에게 들렀다네."

로더백은 뭔가 말을 해보라는 듯이 기다렸지만 발퍼는 여전히 침묵을 지켰다. 잠시 뒤 그가 다시 말을 이었다.

"자, 내가 처음 자네 사무실에 들렀을 때 갓스피드 호에 선장이 필요하다고 했던 걸 기억하겠지? 자네는 그 배를 원하지 않았고, 그후로도 몇 달 동안 믿고 계약할 만한 사람을 찾을 수가 없었지. 당시에 갓스피드 호는 더니든에 정박하고 있었네. 무도장의 여인 호에 코킹 작업*이 필요해서 버추 호까지 수리할 만한 돈이 없었거든. 아마 자네도 기억할 거야. 청구서가 가득 쌓여 있었어. 결국에 난 성급하게 결정을 내리고 오스트레일리아와 오타고 광산 사이를 정기적으로 오갈 계획이었던 랙스워시라는 친구한테 갓스피드 호를 개인 대여 해줬지. 그 친구는 해군이었어. 물론 퇴역했고. 크림 전쟁 때 발트 해에서 코르벳 함을 지휘했다고 하더군. 그걸 증명하는 빅토리아 훈장도 갖고 있었지. 안 가본 데가 없어서 자기가 등 뒤로 로프를 늘어뜨리고 다녔다면 지금쯤 전 세계를 꽁꽁 묶을 수 있었을 거라고 종종 그랬지. 해군에서 나온 이유는 통풍 때문이었어. 어차피 때가 되기도 했고 통풍도 심해서 나와야만 했지만, 그렇다고 다시는 배를 타지 못할 정도는 또 아니었던 거야. 갓스피드 호가 그 친구 마음에 쏙 들었지. 그 친구는 구식을 선호하는 타입이었고, 갓스피드 호는 구식이었으니까.

난 그 뒤 아카로아로 돌아갔고 한동안 랙스워시 이야기는 못 들었다네. 하지만 섬을 꽤 자주 오갔고, 다음 번에 더니든에 들렀을 때 내가 곤란한 입장에 처했다는 걸 알았네. 남편이 있더군. 리디아에게 말이야. 내가 없는 사이에 그 남자가 돌아왔던 거야."

발퍼의 눈이 가늘어졌다.

"크로스비 웰스 말입니까?"

로더백은 고개를 흔들었다.

"그 사람이 아니었네. 이 남자는 자네가 카버라고 알고 있는 그 악한이었지. 나한테는 웰스라고 하더군. 프랜시스 웰스."

---

* 뱃널 등의 틈새를 메우는 작업.

발퍼가 천천히 고개를 끄덕였다.

"하지만 이제는 바로 그 여자가 자신이 **크로스비 웰스**의 부인이라고 주장하는 거군요. 누군가가 거짓말을 하고 있는 게 분명합니다."

"어쨌든 간에……."

"결혼에 관해 거짓말을 하는 거든지, 아니면 이름이 가짜인 거겠죠."

"어쨌든 간에 말이야."

로더백이 짜증스럽게 다시 말했다.

"그건 중요한 게 아니야…… 최소한 아직은. 순서대로 우선 얘기를 들어보게. 당시에 나는 리디아가 결혼한 줄도 몰랐어. 도박장에서는 리디아 그린웨이라고, 처녀 적 이름을 썼거든. 리디아 웰스라는 이름은 들어본 적도 없네. 물론 남편이 나타난 뒤에야 내가 속았다는 걸 알게 됐지. 난 당장에 관계를 끊고 상황을 적절하게 정리하려고 했어. 하지만 남편이라는 작자가 나를 궁지로 몰더군. 난 당시에 막 주지사가 된 참이었어. 의회 의원이었고, 갓 결혼도 했었지. 내 평판을 생각해야 했어."

발퍼는 고개를 끄덕였다.

"오쟁이 진 남편 역할을 했겠군요. 그 김에 몇 푼 건져보려는 생각이었겠죠."

로더백의 입가가 비틀렸다.

"그렇게 간단한 게 아니었네."

"아, 그런 속임수에는 오래된 절차가 있죠. 그 사람이 가장 두려워하는 걸 바로 찔러서 결국에 상대가 돈을 요구하면 차라리 마음이 놓이게 만들죠. 돈만 내놓으면 다시는 나를 볼 일이 없을 거다, 뭐 이런 식으로 말입니다. 대체로 여자들도 한 패예요. 여자가 임신을 했다고 그랬죠?"

발퍼는 딱하다는 투로 말하려고 노력했지만, 로더백은 고개를 흔들었다.

"아니."

그는 다시 손에 쥐고 있는 술잔을 바라보았다.

"그 친구는 훨씬 더 영리하더군. 돈이나 뭐 그런 걸 달라고는 한마디도 하지 않아. 최소한 당장은. 다만 자기가 살인범이라고 그러더군."

벽난로 위의 휴대용 시계가 45분을 가리켰다. 옆자리의 성직자가 고개를 들고 자신의 허벅지를 더듬어 바지 주머니에서 주머니 시계를 꺼냈다. 시간을 맞추려는 모양이었다. 그는 나사를 감고, 바늘을 돌리고, 냅킨으로 시계 표면을 닦은 뒤에 도로 주머니에 넣었다. 그런 다음 시야를 좁혀 집중하려는 듯 눈가에 손을 오므려 대고 다시 소책자에 열중했다.

"그 얘기를 굉장히 차분하게 하더군. 심지어는 아주 정중하게 말이야. 자기가 죽인 남자의 동료였던 사람이 자기 뒤를 쫓고 있다고 하더군. 누구를 죽였는지, 왜 그랬는지는 말하지 않았어…… 살인 때문에 쫓기고 있다고만 그랬지."

"이름을 하나도 말하지 않았습니까?"

"그래. 전혀."

로더백이 대답했다. 발퍼는 인상을 찌푸렸다.

"이게 의원님하고 무슨 상관이 있는 거죠? 그 남자 문제 아닙니까? 심지어 허풍일 수도 있고요. 어느 쪽이든 간에 의원님과는 상관없는 문제잖습니까?"

로더백이 몸을 앞으로 당겼다.

"핵심은 이거라네. 그 친구는 내가 자기 동료로 각인이 새겨졌다는 거야. 자기랑 한 패라고. 복수를 하려는 남자가 그 친구를 찾아내 목숨을 빼앗고 나면…… 에, 그다음에는 나를 찾아올 거라는 거야."

"각인을 새겨요? 어떻게 각인을 새겼다는 거죠?"

로더백은 어깨를 으쓱이고 의자에 몸을 기댔다.

"나도 정확히는 모르겠네. 물론 난 도박장에 꽤 자주 들렀어. 그리고 여기저기 리디아와 함께 나다녔지. 누군가가 나를 감시했던 모양이야."

"감시는 할 수 있습니다만, 어떻게 당사자가 모르게 각인을 새기죠? 당사자가 모르게, 무슨 문신처럼, 각인을 새기다니! 자, 자, 이게 전부가 아니잖습니까, 로더백 의원님! 제일 중요한 부분을 털어놔보세요."

로더백은 당혹스러운 표정이었다.

"음, 자네 트윙클이라는 거 아나?"

"트 뭐요?"

"트윙클. 유리 조각이나 보석, 조그만 거울 같은 건데 시가 끝에 집어넣게 되어 있다네. 그걸 끼우고서도 시가를 피울 수 있고, 시가를 입에 물고 있을 때에는 당연히 안 보여. 도박꾼들이 쓰지. 게임을 하는 동안에는 시가를 피우고 있다가, 이런 식으로 입에서 빼고 특정한 방향으로 들면 트윙클에 다른 사람의 카드가 비치는 거야. 아니면 2인 팀으로 게임을 할 때 파트너에게 자기 카드를 보여주는 데 사용하기도 하지. 일종의 사기 행위야."

발퍼는 손가락 두 개를 벌려 상상 속의 시가를 손에 들고 탁자 너머로 팔을 내밀었다.

"이건 빌어먹게 쓸모없는 사기 방법인 것 같은데요. 실패할 가능성이 너무 높아요! 상대방이 카드를 몸 가까이 들고 있으면 어쩔 겁니까?

탁자에 엎어놓으면? 보십쇼, 제가 팔을 이렇게 탁자 위로 길게 뻗으면…… 당연히 상대방은 카드를 가슴 쪽으로 끌어당기지 않겠습니까? 그거 보십쇼! 의원님도 뒤로 물러나시지 않습니까!"

"세세한 건 신경 쓰지 말게. 중요한 건……."

"멍청한 짓거립니다. 무슨 이유를 대고서 시가 끝에 조그만 거울을 박아넣을 건데요?"

"세세한 건 신경 쓰지 말라니까. 중요한 건 웰스, 그러니까 카버가 그 남자가 나를 트윙클로 보고 있다고 말했다는 거야."

발퍼는 여전히 손목을 구부리고 팔꿈치를 접은 채 손에 든 상상 속의 시가를 보듯 눈살을 찌푸리고 있었다. 하지만 곧 그만두고 주먹을 쥐었다.

"그건 의원님이 쥔 카드를 다 알고 있다는 뜻인가요?"

"난 그게 무슨 소린지 모르겠네. 지금도 모르겠어. 그래서 돌아버릴 지경이야."

로더백이 와인 주전자를 집었다.

발퍼는 회의적인 표정이었다. 대체 무슨 수작을 부리려는 거지? 복수가 있을 거라는 은근한 암시는 했지만 제대로 누군가의 이름을 댄 것도 아니고, 상황 설명도 없고, 거기다 쓸모라고는 없는 도박꾼의 사기 방법이라니? 이것만으로는 전혀 협박거리가 되지 않았다. 그러니 로더백이 여전히 뭔가를 숨기고 있는 게 분명했다. 발퍼는 로더백에게 잔을 채워달라는 의미로 고갯짓을 했다.

로더백은 주전자를 탁자 위에 도로 내려놓고 말했다.

"떠나기 전에 그 친구는 하나를, 딱 하나를 요청했네. 랙스워시가 갓스피드 호에 일손이 부족해서 신문에 광고를 냈고, 웰스가 그 얘기를 들은 모양이더군."

"카버 말이죠?"

"그래, 카버가 그 얘기를 들은 모양이었어. 나한테 자기 얘기를 좀 잘해달라고 하더군. 아침에 부두로 가서 지원을 할 생각이라고, 남자 대 남자로 호의를 좀 보여달라면서."

"그래서 그대로 하셨습니까?"

"했지."

로더백이 무거운 어조로 말했다.

"의원님을 보는 트윙클이 하나 늘었군요."

발퍼가 말했다.

"무슨 뜻인가?"

"이제 카버와 의원님 사이에 또 다른 연결점, 그러니까 배라는 공통 점이 생겼다는 얘깁니다."

로더백은 잠깐 그 말을 생각해보고는 굉장히 낙담한 기색이었다.

"그렇군. 하지만 내가 뭘 어떻게 해야 했겠나? 나를 꼼짝달싹 못하 게 궁지로 몰아놨는데."

갑자기 전직 주지사에 대한 동정심이 치솟아서 발퍼는 자신의 형편 없는 우스갯소리를 조금 후회했다.

"예, 그 작자가 의원님을 완전히 궁지에 몬 탓이죠."

그가 좀더 부드럽게 말했다.

"그 뒤로는 아무 일도 없었다네. 전혀. 난 캔터베리로 돌아와서 기다 렸지. 그러면서 그 망할 트윙클에 관해서 지쳐 떨어질 때까지 고민했 어. 난 차라리 카버가 살해되었으면 하고 바랐다네…… 그 추적자 놈이 카버를 쫓아오기를 바랐네. 그러면 그 작자가 나에게 오기 전에 이름이라도 알 테니까. 천벌 받을 일이지만, 난 매일 『오타고 위트니스』를 읽으면서 사망자 명단에 그 깡패 놈이 오르기만을 바랐다네. 하지만 아무일도 없었지.

거의 1년쯤 뒤에, 이때가 그러니까 약 1년 전일세. 아마 작년 2월이나 3월경이었을 거야. 난 편지를 한 통 받았어. 댄포스 해운에서 날아온 연간 영수증이었지. 거기에 내 이름이 쓰여 있더군."

"댄포스요? 젬 댄포스 말입니까?"

"바로 그 사람이지. 난 댄포스와 내 물건에 관한 한 운송 거래를 한적이 없지만, 누군지는 당연히 알고 있었네. 그 친구가 화물을 나르기위해서 갓스피드 호의 화물칸을 일부 임대했거든."

"그리고 버추 호도 가끔 빌리죠."

"그렇다네. 가끔은 버추 호도 빌리지. 여하튼 그래서 난 영수증을 살펴봤지. 갓스피드 호의 타스만 지역 여정에 로더백이라는 이름으로 여러 차례 화물이 운송되었더라고. 내 이름으로. 타스만을 거쳐 서쪽으로가는 항해 때마다 매번 올라 있었어. 운송업자 댄포스, 운반선 갓스피드 호, 선장 제임스 랙스워시, 개인 물품 한 상자, 표준 규격, 지불자 알리스테어 로더백. 바로 나 말이야. 그야말로 피가 얼어붙는 것 같았네.내 이름이 깔끔하게 쓰여 있고, 금액란은 아래로 계속 이어지더군.

총액은 0파운드였네. 눈에 띄는 건 아무것도 없었지. 기록에 나와 있듯이 매달 현금으로 지불됐어. 누군가가 내 이름으로 이 모든 일을 꾸미고, 상당한 액수의 돈까지 지불했던 거야. 난 내 계좌를 황급히 확인해봤네. 없어진 돈은 전혀 없었지. 운송료 80파운드, 90파운드나 되는돈이 나 모르게 사라졌을 리가 없지. 그런 돈이 천천히 빠져나갔다면그게 어디로 갔든 내가 알았을 거야. 뭔가 음모가 있었던 거지.

나는 최대한 빨리 이 문제를 직접 처리하기 위해서 더니든으로 갔다네. 이게 아마…… 4월이었을 거야. 어쩌면 5월일 수도 있고. 어쨌든 초가을쯤이었지. 더니든에 도착해서 육지에는 거의 발도 안 들이고 곧장 갓스피드 호로 갔어. 배는 정박 중이었고, 현문에 부교를 대부두까지 연결해놨더군. 배에 올랐지만 아무도 없었네. 물론 나는 랙스워시와 이야기를 할 생각이었어. 하지만 아무 데도 없더군. 선수루*에서 나는 웰스를 발견했네."

"카버 말이죠."

"그래, 그래, 카버. 그 친구는 혼자 있더군. 한 손에는 경찰 호루라기를 들고, 다른 손에는 권총을 들고서. 그러고는 꼼짝이라도 하면 호루라기를 불겠다고 했어. 항만관리소가 우리가 서 있는 곳에서 겨우 50미터밖에 떨어지지 않은데다가 승강구 문은 열려 있었어. 나는 조용히 있었지. 그 친구는 갓스피드 호의 화물칸에 내 이름이 달린 화물 상자가 있고, 작년에 매달 운반된 물건들이 전부 내 이름으로 운송된 거라는 서류 기록도 있다고 그랬지. 전부 다 합법적으로 기록된 거라면서. 법적인 면에서는 내가 1년 동안 멜버른을 오가고, 오가고, 또 오간 물건들에 대한 돈을 지불한 셈인 거야. 그렇지 않다는 증거는 단 하나도 없었지. 그래서 그 안에 뭐가 있는 거냐고 물었어. 그 친구는 여자 옷이라고 하더군. 드레스. 파티복 한 무더기.

왜 드레스냐고 나는 물었지. 그 친구는 나를 보고 끔찍한 미소를 지으면서 그러더군. '이보쇼, 로더백 주지사 나리, 댁은 1년 동안 매달 멜버른에서 최신 유행하는 옷을 주문한 거요! 사랑스러운 정부 리디아

---

* 앞 갑판 밑 선원실.

웰스를 예쁘게 꾸며주고 싶었던 거지. 그리고 이 모든 건 장부에 남아 있고. 매번 멜버른에서 트렁크가 도착할 때마다 버크의 의상실로 운반되었고—물론 최고급 의상실이지—매번 거기를 떠날 때에는 이 동네에서 돈으로 살 수 있는 최고급 섬유가 꽉꽉 차 있었지. 정말 관대하신 양반이야, 로더백 나리는.'"

로더백의 목소리는 씁쓸함으로 가득했다.

"그런데 운송장을 어떻게 내 이름으로 등록한 거냐고 물었더니 그 친구는 껄껄거리며 웃더군. 그러고는 더니든의 쥐새끼들까지도 리디아 웰스가 누군지, 그 여자가 뭘 해서 먹고사는지 안다고 하더군. 그 여자가 젬 댄포스한테 가서 내가 자신에게 온갖 의상들을 사주기로 했는데, 내 불쌍한 집사람을 존중하는 의미에서 자기 이름은 빼줄 수 있겠느냐고 그런 거야. 내 이름으로 운송장을 써달라고. 그러고는 내 돈이라고 하면서 현금으로 지불을 했지. 아무도 나한테는 한번 물어보지도 않고서! 자기들이 신중하게 일을 처리하는 거라고 생각했겠지. 자신들의 기독교적 판단 기준을 들이대지 않고 나한테 빌어먹을 호의를 베푼다고 생각하면서 말이야.

하지만 이건 새 발의 필세. 여자 옷은 끔찍하게도 새 발의 피였어. 이번에는 트렁크에 옷 말고 다른 게 들어 있다고 그 친구가 그러더군. 뭐냐고 물었지. 훔친 금덩어리라고 하더군. 전부 제련하지 않은 금광석이라고. 누구한테 훔친 거냐고 물었더니 '내 것이지. 훔친 사람은 바로 내 아내고'라고 하고서는 웃어대는 거야. 당연히 그것도 거짓말의 일부였지. 그 둘은 한 패였거든. 그 많은 금광석을 갖고서 뭘 할 거냐고 물었더니 던스탄에 금광을 갖고 있다더군. 관청에 신고는 했느냐고 물었더니 아니라고 대답했네. 신고를 안 했다는 의미는 세금도 안 낸다는 거고, 그 말은 이 운송이 배임 행위라는 거였지. 정확히 말해서 갓스피드 호가 다음 조수 때 예정대로 출항을 한다면 그렇게 되는 셈이었지.

자, 그 선수루에서 카버는 내가 그 모든 걸 생각해볼 시간을 잠깐 주었지. 난 밖에서 보면 이게 어떻게 보일지를 생각했어. 아마도 내가 남자가 모르는 사이에 한참이나 그 아내를 정부로 삼아 데리고 돌아다닌 걸로 보일 테지. 그런 증거도 있고. 그러고는 그 남자에게서 돈까지 상당액 훔치고서 이제 그 금을 배에 싣고 출항하려고 하는 셈인 거야. 내가 이 사내를 파산시키고 망치기 위해서 모략을 꾸민 걸로 보이겠지. 간통에 도둑질에 심지어는 음모까지 전부 다 저지른 거야. 하지만 결정적인 건 그 금이 신고되지 않은 물건이라는 걸세. 난 관세법 위반에 의무 회피, 불법 운송까지 모든 혐의를 다 뒤집어쓰기 직전이었어. 평생을 감옥에서 보내야 할 터였지. 그리고 난 평생을 그렇게 허비할 수는 없었어, 토머스. 평생을 그렇게 보낼 순 없지. 그래서 뭘 원하느냐고 물었고, 그는 그제야 자기 카드를 내놓더군. 그 작자는 배를 원했어."

"그즈음에는 쓸 만한 선원이 되어 있던가요?"

"그랬네. 랙스워시 밑에서 일하고 있었지만 그자가 없어지길 바랐지. 모든 걸 다 계획해뒀더군. 나한테 바로 그날 밤에 랙스워시를 해고하고, 선원들과의 계약도 전부 해지하고, 배를 깨끗한 상태로 자신에게 넘기라는 거야. 완전히 모욕이었어. 난 웃음을 터뜨리며 싫다고 말했지. 그랬더니 그 망할 놈의 호루라기를 들고는 항만관리인을 부르려는 시늉을 하는 거야."

"상자 안에 금이 있는지 확인은 해보셨습니까? 그자가 허풍을 떠는 건지 어떻게 압니까?"

로더백이 대답했다.

"물론 보자고 했지. 다 확인했어. 아, 그 작자는 아주 신중하게 준비를 했더군. 그거 하나는 인정해줘야 할 거야! 트렁크 안에는 드레스가 다섯 벌 있었고, 그의 이야기를 뒷받침하듯이 전부 다 멜버른의 의상실로 갈 준비가 딱 된 최신 시즌 패션이었다네. 하지만 내 얘기 잘 듣게! 금은 상자 안에, 드레스 아래 그냥 깔려 있는 게 아니었어. 드레스의 솔기 안쪽에 넣고 꿰매놨더군. 분명히 리디아가 직접 했겠지. 그 여자는 바늘과 실을 아주 능숙하게 놀리거든. 치마를 집어들어 그 무게를 느끼기 전까지는 짐작도 못할 일이었어. 하지만 세관원은 아마 그렇게까지는 하지 않을 테지. 누가 어디를 봐야 하는지 미리 찔러주지 않는 한은 말이야. 상자를 열고 안을 뒤진다고 해도 거긴 여자 옷 말고는 아무것도 없는 거야. 아주 영리한 계획이었지."

"잠깐 정리 좀 해보죠. 배가 일정대로 출항을 했으면……."

"그러면 카버는 화물칸에서 트렁크를 찾아내고는 처음 보는 척했겠지. 그리고 곧장 랙스워시에게 가서 화를 내고 괴로운 척 연기를 했을 거야. 어쨌든 그건 그의 아내의 드레스였으니까. 서류에는 내 이름이 있고, 도둑질, 간통, 관세법 위반, 그 모든 혐의로 경관들에게 나를 체포하라고 요구했겠지. 갓스피드 호는 항구를 떠나지도 못했을 거야. 항만 입구까지 가기도 전에 방향을 돌렸겠지. 그러고 나면 경관들이 나를 찾아와서는 당장에 수갑을 채울 거고."

"하지만 그러면…… 만약 그런 일이 생겨서 법적 고발을 당하게 된다면…… 의원님은 그저 리디아 웰스에게 모두 떠넘기면 되지 않습니까? 분명히 감옥에 가는 건 그 여자 쪽이 될 텐데……."

로더백이 발퍼의 말을 자르고 끼어들었다.

"아, 물론 그 여자도 감옥에 가게 되겠지. 하지만 그 여자가 벌을 받는 꼴을 보자고 나 자신의 자유를 희생할 수는 없는 노릇 아닌가! 이 말도 안 되는 사건이 재판까지 가게 되면 그 둘은 나를 상대로 서로 편들 거고, 그렇게 되면 그 여자가 상당한 동정표를 얻을 거야. 이제야 정신을 차렸다, 후회한다, 법적인 남편을 지지하겠다, 뭐 이런 헛소리를 해대겠지.”

“그자가 정말로 그 여자의 합법적 남편이라면 말이지요. 아무래도 크로스비 웰스 문제가…….”

“그래, 그래.”

발퍼의 지적에 로더백이 날카롭게 쏘아붙였다.

“하지만 나는 당시에 그걸 몰랐지, 안 그런가? 내가 어째야 했다느니 저째야 했다느니 하는 소리는 하지 말게. 참을 수 없으니까. 게임이라는 건 그 나름대로 흘러가는 법이야.”

“음, 좀 놀랐을 뿐입니다.”

발퍼는 의자에 기대며 말했다.

“그 작자는 나를 완전히 지치게 만들었지. 결국 나는 배를 넘기는 서류에 서명을 했어.”

로더백은 좌절감에 차서 양손을 들어올렸다. 발퍼는 잠시 생각에 잠겼다.

“그날 밤에 랙스워시는 어디에 있었습니까?”

“망할 놈의 도박장에. 분명 인생 최고의 밤이었을 걸세. 리디아 웰스를 옆에 끼고 주사위를 굴리고 있었을 테니!”

“그 사람도 은밀하게 한 패였습니까?”

“그렇진 않았을 거야. 그날 밤에 상륙 허가를 받았었거든. 해군의 공식 행사 같은 게 있었어. 수상쩍은 건 없었지. 그리고 이후로도 이상한 느낌은 받지 못했고."

"그 사람은 지금 뭐 하고 있습니까?"

"랙스워시? 망할 템스의 영혼(Spirit of the Thames) 호 선장을 맡아 우리에 갇힌 호랑이처럼 지켜워하고 있지. 그 남자는 증기선은 질색하거든. 나한테 굉장히 화가 났고."

"그 사람도 압니까?"

로더백은 성난 표정을 지었다.

"나는 공인일세. 다른 사람이 이 일에 대해 알고 있다면 자네도 이미 들었을 거야. 난 몰락했을 거고. 그 친구가 아느냐고? 당연히 모르지!"

발퍼는 로더백이 갑자기 이야기를 하는 걸 끔찍해한다는 사실을 깨달았다. 사건을 이야기하면서 바보가 되었다는 수치심이 다시금 불붙었기 때문일 것이다.

"하지만 배를 파는 건 모든 사람이 알 수 있는 거잖습니까. 신문에 실리니까요."

발퍼가 잠시 후에 말했다. 로더백이 욕설을 내뱉었다.

"아, 그렇지. 신문에 따르면 난 그 망할 놈의 배를 대단히 합리적인 가격에 팔았더군. 금광석으로 돈을 받았고. 물론 실제로는 1페니도 구경 못했네. 금은 그 망할 트렁크 안에 계속 있었고, 다음 날 갓스피드 호가 멜버른으로 출항했으니 도착해서 누군가가 챙겼겠지. 작년에 매달 그랬던 것처럼 말이야. 그러고는 당연히 사라졌을 거고. 나는 그 끔찍한 이야기를 듣고 서 있는 거 말고는 아무것도 할 수가 없었다네. 금이 지금 어디 있는지는 하늘만 알 일이지. 그리고 전리품으로 그 작자는 이제 배까지 가졌고."

로더백은 화난 듯이 양념통 거치대를 만지작거렸다.

"트렁크 안의 금이 실제로 얼마어치쯤 되어 보였습니까? 의원님 눈에는요."

"난 탐광자가 아니라서. 하지만 드레스 무게로 보아 최소한 2천 파운드어치는 되었을 거야."

"그리고 다시는 그 금을 못 보셨단 말이죠?"

"그렇다네."

"그런 얘기도 못 들어보셨고요?"

"그래."

"그 아가씨를 다시 만난 적 있으십니까? 리디아 웰스 말입니다."

로더백이 귀에 거슬리는 소리로 웃음을 터뜨렸다.

"리디아 웰스는 아가씨가 아니야. 그 여자가 뭔지는 모르겠지만, 아가씨는 절대로 아니라네, 토머스. 아가씨는 아니지."

하지만 그는 발퍼의 질문에 대답하지 않았다.

"그 여자가 여기, 호키티카에 있다는 건 아셔야 합니다."

발퍼가 상기시켰다.

"자네가 이미 말했지."

로더백은 음울하게 말하고서 더이상 아무 말도 하지 않았다.

과도한 애정이라는 것은 참으로 기묘하고 길들여지지 않는 짐승 같은 것이다. 제멋대로 고개를 쳐들고, 제 자신을 위해 씌워놓은 굴레를 벗으려고 법석을 떤다! 로더백에 대한 발퍼의 존경심은—너무도 쉽게 앵돌아졌던 그 감정은—이제 엄청난 혐오로 변해버렸다. 이렇게 많은 것들을, 겨우 정부 때문에 잃다니! 다른 남자의 부인 때문에!

혐오감이 유발하는 비판적인 시각이 때로는 생각을 명료하게 만들어준다. 토머스 발퍼는 친구가 술잔을 비우고 한 잔 더 달라고 손가락

116

으로 딱 소리를 내는 것을 보며 비웃음을 지었다. 하지만 곧 그의 비웃음은 불신으로, 그리고 불신은 통찰력으로 변했다. 로더백의 이야기에는 여전히 딱 맞아들어가지 않는 조각들이 있었다. 때마침 죽은 크로스비 웰스는 어떻지? 로더백은 아직까지 그 우연에 대해서는 설명하지 않았다. 왜 카버와 웰스가 다른 사이도 아닌 형제라고 생각하는 건지에 대해서도 설명하지 않았고! 자신의 정당한 유산을 되찾기 위해서 호키티카로 달려온 리디아 웰스는 또 어떻고? 크로스비 웰스가 죽고 하도 빨리 도착해서 항만관리인이 반쯤 농담으로 호키티카 우편국에 전신기가 설치되었느냐고 물을 정도가 아니었는가. 발퍼는 자신이 진실을 전체 다 들은 게 아니라고 확신할 수 있었다. 하지만 그가 알 수 없는 것은 이런 식으로 감추는 이유였다. 로더백이 누구를 보호하고 있는 걸까? 그냥 자기 자신인가? 아니면 다른 사람?

로더백의 눈이 날카로워졌다. 그가 몸을 앞으로 기울이고 검지로 탁자를 찔렀다.

"있잖나, 방금 뭔가 생각이 났다네. 카버에 관해서 말일세. 그자의 이름이 '정말로' 카버라면, 배의 매매증서는 무효야. 다른 사람 이름으로 증서에 서명을 할 수는 없는 거니까."

발퍼는 대답하지 않았다. 상대방에 대해 느끼는 새로운 감정, 그리고 갑자기 두 사람 사이에 의심의 쐐기를 박아넣은 이 거리감에 정신이 팔린 탓이었다.

"그리고 그자의 이름이 정말로 웰스라면…… 설령 그게 사실이라고 해도, 리디아가 두 남자와 동시에 결혼할 수는 없는 것 아니겠나? 자네 말대로야. 결혼에 대해 거짓말을 했거나, 아니면 이름이 가짜인 거지!"

로디백이 훨씬 밝아진 말투로 말했다.

소년이 와인이 담긴 새 주전자를 가져왔다. 발퍼는 주전자를 들어 술잔 두 개를 채웠다.

"두 개가 **동시에** 벌어진 것만 아니면 되죠. 그 여자가 한쪽과 이혼한 뒤에 그 형제와 결혼을 했을 수도 있습니다."

그는 '형제'라는 단어를 신중하게 말했지만, 새로운 가능성에 흥분한 로더백은 알아채지 못했다.

"설령 그렇다고 해도, 카버의 이름이 진짜 카버라면 서명은 가짜가 되는 셈이고 그러면 배의 매매증서는 무효가 돼. 내 확신하는데 말이야, 토머스, 어느 쪽이든 그 자식을 잡아낸 거야. 어느 쪽이든 말이지. 우리가 카버의 거짓말을 잡아낸 거라고."

안도감에 무모해진 모양이었다. 발퍼가 말했다.

"그러면…… 이제 나가서 그 사람을 잡으실 겁니까?"

로더백의 눈이 빛났다.

"그 자식의 정체를 폭로해야지. 프랜시스 카버의 정체를 폭로하고, 갓스피드 호를 되찾을 거야."

"복수하러 온다는 사람은요?"

"누구?"

"카버를 뒤쫓고 있다는 사람 말입니다. 의원님께 트윙클을 붙여놨다는 사람요."

"단 한마디도 들어본 적이 없네. 그 작자가 지어낸 이야기가 분명해."

로더백이 대답했다.

"카버가 사람을 안 죽였다고 생각하신다는 겁니까? 살인범이 아니라고요?"

발퍼가 가볍게 물었다.

"그 작자는 깡패야. 그게 그 작자의 정체지. 깡패이자 거짓말쟁이! 거기다 도둑이기까지 하고! 하지만 그 작자를 잡고 말 거야. 대가를 치르게 하겠어."

"선거는 어쩌고요? 캐롤린은요?"(로더백 부인의 이름이었다.)

"그 모든 게 다 위험해지지는 않을 거야. 은밀하게 하면 돼. 계약서에 관한 확증을 잡고, 협박을 하는 거지. 그 작자가 나한테 그랬던 것처럼. 제가 했던 짓을 고스란히 돌려주는 거야."

로더백은 경멸하는 어조로 말했다. 발퍼는 그를 바라보며 수염을 쓸었다.

"음, 그런 건가요."

"카버는 매매증서 사본이 거짓말의 증거가 되는 경우라면 분명히 파기했을 거야…… 안전을 위해서 내 사본을 공증받아둬야겠군."

"음, 자, 좀 차근차근히 진행하는 게 좋을 것 같은데요."

발퍼가 말했지만 로더백은 흥분해서 몸을 앞으로 기울였다.

"그럴 필요가 없어. 당장 시작하면 돼! 계약서가 어디 있는지 정확히 알고 있거든. 자네가 날 위해 운송해준 그 화물 상자 안 내 트렁크에 들어 있어."

발퍼의 뱃속이 조여들었다. 얼굴이 벌겋게 달아올랐다. 그는 대답을 하려고 입을 열었다가 비겁하게 도로 다물고 말았다.

"버추 호는 벌써 들렀다 떠났나? 분명히 지난주에 도착할 예정이었을 텐데."

발퍼의 귀에서 요란한 소리가 울리는 것 같았다. 단둘이 남자마자 짐이 사라진 것부터 솔직히 털어놨어야 했다. 멍청이, 그는 속으로 소리쳤다. 이 멍청아! 하지만 그냥 로더백에게 사실대로 말하면 안 될까? 화물 상자가 사라진 것은 누구의 잘못도 아니었고 ─ 그저 우연한 사고였을 뿐이다. 아마도 서류가 뒤섞였던 거겠지 ─ 조만간 예상치 못했던 상황에 다시 나타날 것이다…… 겉이 조금 닳긴 했겠지만 딱히 엉망이 되지는 않은 상태로. 아마 로더백도 이해할 것이다! 그가 침착하고 솔직하게 고백하기만 하면…… 실수를 인정하기만 하면…….

다음 순간 발퍼의 심장이 덜커덩 뛰었다. 로더백의 이야기에 나온 트렁크, ─ 여성용 드레스가 들어 있고, 1년 동안 매달 타스만을 가로지르던 그 트렁크 ─ 와 부정 계약서를 포함한 로더백의 물건들이 들어 있고 아주 최근에 호키티카 부두에서 사라진 트렁크 사이에는 분명히 상관관계가 있었다. 분명히 있을 것이다! 해운업을 해온 수년 동안 발퍼는 단 한 번도 화물 상자를 도둑맞거나 엉뚱한 곳으로 보낸 적이 없으니까. 심장이 쿵쿵 뛰기 시작했다. 프랜시스 카버는 전에도 전직 주지사를 협박한 일이 있다. 그러니 두번째도 얼마든지 할 수 있을 것이다! 어쩌면 카버가 그 화물 상자를 훔쳐갔는지도 모른다! 어쨌든 그 남자는 호키티카 선창 지리에 익숙하니까…….

로더백은 탁자 너머를 쳐다보며 차가운 요깃거리를 찾고 있었다. 발퍼가 이 새로운 가능성에 관해 고심하고 있었던 탓에 태도가 바뀐 것은 알아채지 못한 모양이었다.

"버추 호 말이야, 들어왔나?"

로더백이 별로 조급하지 않은 어조로 다시 물었다.

"아뇨."

거짓말에 식당 안이 쪼그라드는 느낌이었다.

"아직 안 왔다고?"

로더백은 자크 스미스가 남겨놓고 간 접시에서 허연 양파를 집어 입에 넣었다.

"그럼 난 내 클리퍼선을 제친 거로군! 그것도 말을 타고서. 그건 예상도 못했는데! 바다에서 전복된 건 아닐 테지?"

그의 유쾌한 기분이 되살아난 모양이었다. 심지어는 들떠 보였다. 복수하겠다는 생각만으로 저렇게 활기차게 변할 수 있다니!

"아닙니다."

발퍼가 다시 대답했다.

"아직 횡단 중이라는 건가?"

발퍼는 아주 잠깐 머뭇거리다가 곧 대답했다.

"예, 아직 횡단 중입니다. 그렇죠."

"더니든에서 웨스트로 오고 있는 건가, 아니면 해협을 통과하고 있는 건가?"

발퍼는 진땀을 흘렸다. 그는 로더백이 양파를 씹으며 턱을 움직이는 것을 쳐다보다가 결국엔 조금 더 오래 걸리는 쪽을 택하기로 했다.

"해협을 지나고 있습니다."

"아, 그렇군. 이런 건 어쩔 수가 없는 노릇이겠지. 해운업에서는 말이야. 하지만 배가 여기 도착하자마자 알려주게, 알겠지?"

로더백이 양파를 삼키고 말했다.

"예…… 물론이죠. 그럼요."

"도착이 기다려지는군."

로더백이 잠깐 머뭇거리다가 말했다.

"아, 톰, 할 말이 하나 더 있는데. 내가 오늘 아침에 말한 거 말이야, 이건……."

"일급비밀이지요. 아무한테도 말하지 않겠습니다."

발퍼가 재빨리 말했다.

"내 선거운동이 지금 한창……."

"그러실 필요 없습니다. 말씀 안 하셔도 됩니다. 침묵은 금이죠."

"자넨 훌륭한 친구야."

로더백은 의자를 뒤로 밀고 양손으로 무릎을 내리쳤다.

"자, 불쌍한 자크와 불쌍한 어거스터스를 구해줘야지. 내가 말로 다 할 수 없을 정도로 무례를 저질렀군."

"그렇죠, 불쌍한 자크, 불쌍한 어거스터스."

발퍼는 로더백에게 가보라는 의미로 손짓을 했다. 하지만 로더백은 잇새로 허밍을 하면서 이미 코트를 집어들던 참이었다.

토머스 발퍼의 심장이 대단히 빠르게 뛰었다. 그는 거짓말을 한 사람이 그 거짓말에 완전히 속박되었다는 사실을 깨달았을 때 느끼는 가슴이 조여드는 이런 끔찍한 감각에 익숙하지 않았다. 이제는 계속해서 거짓말을 해야 하고, 처음 거짓말에 조그만 거짓말을 계속 더하며 혼자 자신의 실수를 계속해서 곱씹어야 한다는 사실을 깨달았을 때 느끼는 그런 감각. 발퍼는 이제 화물 상자를 찾을 때까지 자신의 거짓말에 발목이 묶인 셈이었다. 빨리 찾아내야 했다. 로더백의 도움은 꿈도 꿀 수 없고, 그가 이 일에 대해서 알아내기 전에 서둘러야 했다.

"의원님, 가서서 정치인 노릇을 좀 하시는 편이 좋을 것 같습니다. 사람들이랑 악수도 좀 나누고, 주사위도 좀 던지고, 볼링도 좀 치십시오. 이 모든 일은 제쳐두고, 저녁엔 극장에도 가시고요."

"자네는 어쩔 건가?"

"전 부두로 가서 이것저것 좀 알아볼까 합니다. 카버가 무슨 계획을 갖고 있는지, 어디로 갔는지 말입니다."

로더백의 얼굴에 은근한 경계의 빛이 스쳤다.

"그 친구 광저우에 갔다고 그러지 않았나? 그랬던 것 같은데. 뭔가 차 무역 같은 걸 한다면서?"

"하지만 확실히 알아봐야죠. 대비를 해야 하니까요."

발퍼는 사라진 화물 상자와 프랜시스 카버가 그것을 훔쳤을 새로운 가능성에 대해서 생각 중이었다. (하지만 알리스테어 로더백에 대한 첫번째 협박이 거침없이 술술 진행된 판국에 두 번씩이나 그럴 이유가 뭐 있을까?)

"신중하게 하게. 질문을 할 때는 아주 신중해야 해."

로더백이 말했다.

"걱정하지 마십쇼. 깁슨 부두의 사람들은 절 잘 알고, 전 갓스피드 호에 여러 번 운송도 맡겨봤으니까요. 어쨌든 의원님보단 제가 낫겠죠."

"그래, 낫겠지. 좋아, 알겠네. 그럼 그렇게 하게."

로더백이 고개를 끄덕였다.

사실 이것은 자산가로서 알리스테어 로더백에게 지극히 익숙한 위임 방식이었다. 그에게는 발퍼가 다른 사람의 일을 바로잡기 위해서 토요일을 희생한다는 게 전혀 이상하게 여겨지지 않았다. 발퍼가 간통과 협박, 살인, 복수가 어우러진 이야기와 얽혀 발퍼 자신의 평판을 위태롭게 할 수 있다는 사실도, 발퍼에게 어떻게 보상을 할 건지에 대해서도 일말의 관심조차 없었다. 그저 안도감만 느낄 뿐이었다. 보이지 않는 체계가 복구되었다. 이것은 매일 아침 그의 삶은 계란을 날라오고, 더러운 접시를 치우는 것과 같은 종류의 체계였다. 그는 손가락으로 넥타이 매듭을 부풀리고 상쾌한 기분으로 탁자에서 일어섰다.

발퍼가 가볍게 말했다.

"그리고 리디아 웰스 근처에는 가지 않으시는 게 좋을 겁니다. 혹시 모르니……."

"그래, 그래, 당연하지."

로더백은 왼손으로 장갑을 들고 발퍼와 악수를 하기 위해 오른손을
내밀었다.

"그 망할 자식을 잡자고. 알겠지?"

갑자기 발퍼는 로더백이 프랭크 카버가 자신에게 붙여놓은 트윙클
이 어떤 건지 아는 게 분명하다는 사실을 깨달았다. 어떻게 갑자기 이런
결론이 나온 건지 설명은 못하겠지만, 그냥 순간적으로 알 수 있었다.

그가 로더백의 손을 단단히 잡고 흔들며 말했다.

"예, 어떻게든 그 망할 자식을 잡죠."

궁수자리의 화성

C☪

코웰 데블린은 첫인상이 불쾌하다. 테 라우 타우웨어는 돈을 받고 정보를 팔려 한다. 찰리 프로스트는 의심하고, 우리는 프랜시스 카버가 수년 전에 저지른 범죄를 알게 된다.

활동적인 사람이 다른 사람의 수수께끼를 해결해주는 임무를 맡으면 처음에는 기꺼이 전심전력을 다해 몰두하는 법이다. 하지만 토머스 발퍼의 에너지는 자신이 맡은 프로젝트가 스스로 계획했던 것이 아닌 경우에는 오래가지 않는 경향이 있었다. 그의 상상력은 조급함으로 바뀌고, 낙관주의는 넘치는 게으름으로 변해버렸다. 그는 아이디어를 떠올렸다가 그것이 더이상 새롭지 않다는 이유만으로 곧장 머릿속에서 지워버리고, 모든 일을 한꺼번에 시작하는 타입이었다. 이는 변덕스러운 성격을 드러내는 것이 아니라 대단히 순수하고 호기심 가득한 열정에 익숙해서 어떤 형태의 허위도 용납하지 않는 그런 성격을 의미했다. 하지만 어쨌든 간에 일을 진행하는 데는 장애가 되었다.

발퍼는 탁자에서 일어나서 팰리스 호텔을 나가려고 하다가 갑자기 주전자에 반이나 남은 아주 훌륭한 와인을 그냥 두고 가는 건 안타까운 일이라는 생각을 했다. 그는 나머지를 잔에 따르고 입가로 들어올렸다…… 그러다 잔 테두리 너머로 옆자리의 성직자가 책자를 내려놓고 손을 겹치는 것을 보았다. 성직자는 발퍼를 똑바로 쳐다보고 있었다.

도둑질을 하다가 들킨 아이처럼 발퍼는 잔을 내려놓았다.

"안녕하시오, 신부 양반."

(생각해보니 술에 취하기에는 좀 이른 시각이기도 했다.)

"안녕하십니까."

성직자가 인사를 건넸고, 그 억양으로 발퍼는 그가 아일랜드인임을 곧장 알 수 있었다. 그는 긴장을 풀고 좀 무례해도 된다는 생각에 다시 잔을 들어올려 술을 꿀꺽 마셨다.

"친구분은 꽤나 운 좋은 분이시더군요."

성직자는 얼굴이 정말이지 유감스러웠다. 툭 튀어나온 아랫입술에 작은 알갱이처럼 박혀 있는 이가 영원히 소년기에 머무를 듯한 인상을 주었다. 그가 반바지에 장화 차림으로 소고기 샌드위치를 우적거리는 동안 아버지의 낡은 벨트로 동여맨 책보가 달랑거리며 다리에 부딪치는 모습을 얼마든지 상상할 수 있을 것 같았다. 하지만 실제로는 서른 살이나 마흔 살쯤은 되었을 것이다.

발퍼가 눈을 가늘게 떴다.

"자네 자신을 위해서 우리가 나눈 이야기는 떠올리지 않는 편이 좋을 걸세."

성직자는 그 말을 인정하듯이 고개를 끄덕였다.

"그럼요, 물론이죠. 어떤 사람도 거기서 이득은 얻지 못할 겁니다."

"그게 정확히 무슨 뜻인가?"

"그저 어떤 사람도 나쁜 소식을 엿들어 득을 보진 못한다는 거죠. 성직에 있는 사람은 더더욱 그렇고 말입니다."

"나쁜 소식이라? 조금 전엔 친구분이 운이 좋다고 그러지 않았던가?"

"선생이 계셔서 운이 좋다는 겁니다."

성직자의 말에 발퍼는 얼굴이 붉어졌다.

"비밀 이야기 같다고 해서 그걸 고해성사로 칠 수는 없는 거야. 자네는 교활하게 엿들은 거라고."

"선생의 말씀이 참으로 옳습니다. 하지만 저는 고의로 엿들은 게 아닙니다."

성직자는 여전히 온화한 어조로 말했다.

"고의성에 관해서라면 말이야, 뭐가 고의로 한 일이고 뭐가 아닌지 그걸 누가 알겠나?"

"두 분이 워낙 큰 소리로 말씀을 하셔서 말입니다."

"내 말은 자네의 의도를 누가 알겠느냐 하는 거야."

"제 의도에 관해서라면, 제 말씀을 믿어주시는 수밖에 없습니다. 제 말로 부족하다면 제 옷을 봐서 믿어주시죠."

"자네 말과 옷을 봐서 믿으라고? 뭘 믿으라는 건데?"

"제가 엿들을 생각이 없었다는 사실을 믿어주시라는 겁니다. 요청만 하신다면 저 역시 비밀을 지킬 거라는 것도요."

성직자가 끈기 있게 말했다.

"음, 그럼 요청하지. 요청하겠어. 그리고 운이 좋다느니 나쁜 소식이라느니 하는 소리는 하지 말게. 그건 자네 의견일 뿐이고, 그런 내용의 이야기도 아니었어."

"그 말씀이 옳으십니다. 사과드리지요."

"그럴 필요 없네. 달갑지도 않고."

"그래도 사과드리겠습니다. 저는 침묵을 지킬 겁니다."

발퍼는 손가락을 흔들었다.

"하지만 그 침묵은 내가 요청했기 때문인 거지, 고해성사에 대한 규약 때문은 아닌 걸세. 왜냐하면 이건 고해성사가 아니니까."

"물론입니다. 저도 동의합니다. 그리고 고해성사는 가톨릭의 관습이라서요."

성직자가 다른 어조로 덧붙였다.

"하지만 자네도 가톨릭 아닌가?"

갑자기 발퍼는 자신이 너무 취했나 하는 생각이 들었다.

"자유감리교입니다."

성직자는 별로 불쾌하지 않은 어조로 대답했지만, 살짝 꾸짖는 투로 덧붙였다.

"억양만 갖고서 사람을 판단하셔서는 안 됩니다."

"하지만 아일랜드 사람이잖나."

발퍼가 바보가 된 듯한 기분으로 말했다.

"저희 아버지가 아일랜드 티론 주에서 오셨지요. 저는 여기 오기 전에 더니든에 있었습니다. 그전에는 뉴욕에 있었고요."

"뉴욕이라, 굉장한 곳에 있었구먼!"

목사는 고개를 흔들었다.

"모든 곳이 다 굉장한 곳이지요."

발퍼는 머뭇거렸다. 이 충고의 말 때문에 뉴욕에 관해 더 이야기를 하면 안 될 것만 같았다. 하지만 자신이 이미 목사에게 생각도 하지 말라고 말한 주제 말고 달리 이야기할 만한 것이 떠오르지 않았다. 그는 잠시 인상을 찌푸리고 있다가 말했다.

"여기는 잠깐 들른 건가?"

"이 호텔에 말씀이십니까?"

"응."

"아닙니다. 실은 저희 천막에 물이 들어찼는데 아침식사는 비를 좀 피해서 먹고 싶었습니다."

성직자는 자기 앞에 쌓여 있는 오래전에 식어버린 음식의 잔해를 향해 손짓을 했다.

"보시다시피 피신을 가능한 한 오래하느라 꽤 한참 동안 식사를 했지요."

"교회에 가야 하는 것 아닌가?"

상당히 무례한 질문이었고, 사실 발퍼는 이미 답을 알고 있었다. 호키티카에는 현재 교회가 세 개밖에 없으니까. 하지만 딱 집어 설명은 할 수 없지만 성직자가 그의 계획을 방해한 것 같은 기분에 우위를 되찾고 싶었다. 성직자에게 창피를 주려던 건 아니었다. 그냥 콧대를 조금 꺾어주고 싶을 뿐이었다.

성직자는 조그만 이를 드러내며 그저 미소를 지었다.

"아직은 아닙니다."

"자유감리교라는 건 들어본 적이 없는데. 새로 생긴 덴가보지?"

"새로운 예배, 새로운 방침이지만 교리는 옛것 그대로지요."

성직자가 다시 미소를 지었다. 발퍼는 이 남자가 꽤나 젠체하는 작자라고 생각했다.

"선교하러 온 모양이군. 이교도들을 교화하러 말이야."

"추측을 굉장히 많이 하시는 분이군요. 항상 질문을 하면서 답을 먼저 정해놓으시니 말입니다."

토머스 발퍼는 이런 종류의 의견을 기분 좋게 받아들이는 사람이 아니었다. 자기가 무슨 생각을 하든 남이 왜 이래라저래라 한단 말인가? 그가 자리를 뜨겠다는 기색으로 의자를 뒤로 밀쳤다.

발퍼가 막 코트를 집으려는데 성직자가 말을 이었다.

"답을 드리자면, 저는 시뷰의 새 교도소 전임 목사가 될 예정입니다. 하지만 감옥이 완공될 때까지는 그저 신학생일 뿐이지요."

그가 소책자를 집어 이걸로 모두 다 설명이 된다는 듯이 반대편 손바닥에 툭툭 내리쳤다.

"신학이라!"

발퍼는 코트 소매에 팔을 집어넣으며 말했다.

"그거보다 더 중요한 내용을 좀 읽지 그러나? 자네가 온 곳은 아주 대단한 교구니 말이야."

"그렇다 해도 모두 하나님의 자식이지요."

발퍼는 멍하니 고개를 끄덕이고 나가려고 했다. 그때 갑자기 새로운 생각이 떠올랐다.

"그 얘기를 나쁜 소식이라고 한 걸 보니까 꽤 한참 듣고 있던 게지?"

"그렇습니다. 관심 있는 이름이 들려서 말입니다."

교목이 조심스럽게 말했다.

"카버 말인가?"

"아뇨. 웰스 쪽입니다. 크로스비 웰스요."

발퍼의 눈이 가늘어졌다.

"크로스비 웰스와 무슨 관계지?"

교목은 망설였다. 사실을 말하자면 그는 크로스비 웰스를 전혀 알지 못했다. 하지만 그 남자가 죽은 뒤 2주 동안 계속해서 그 남자 생각을 하며 그의 죽음과 얽힌 상황에 대해서 심사숙고했다. 잠시 후 그는 자신이 웰스의 무덤을 파는 동안 참관했으며, 관이 무덤으로 들어가는 동안 마지막 예식을 집전했다고 말했다. 하지만 토머스 발퍼는 그 답에 만족하지 않았다. 해운업자는 새로 알게 된 교목을 여전히 못 미더운 빛이 역력한 표정으로 쳐다보았다. (의심스러운 눈길 앞에서 평소 지극히 잘 처신하는) 교목이 갑자기 움찔하고 시선을 내리깔자 발퍼의 눈이 더욱 가늘어졌다.

월터 무디는 아홉 시간 뒤에 알게 되지만, 교목의 이름은 코웰 데블린이었다. 그는 발퍼 해운이 대여해서 운항하고 있는 클리퍼선 버추 호를 타고 호키티카에 도착했다. 배에는 잡다한 승객들과 자재, 철광석, 잠금장치, 페인트 여러 통, 다양한 건조식품들, 가축우리 여러 개, 옥양목 다량, 그리고 지금은 사라진 바크선 갓스피드 호 판매 계약서 사본이 들어 있는 알리스테어 로더백의 트렁크가 든 화물 상자 등이 실려 있었다. 버추 호는 알리스테어 로더백이 도착하기 이틀 전에 호키티카에 도착했다. 그러니까 코웰 데블린 목사는 크로스비 웰스가 죽기 이틀 전에 호키티카에 처음 도착한 것이다.

상륙하자마자 그는 경찰서로 가서 도착 신고를 했고, 교도소 소장 조지 셰퍼드는 조금도 망설이지 않고 그에게 일을 시켰다. 데블린의 공식적인 임무는 시뷰 해안단구 위에 짓고 있는 새 호키티카 교도소가 완공되기 전엔 시작되지 않지만, 그때까지 데블린은 경찰서에서 이런 저런 일을 처리하고 임시 감옥의 운영을 도울 생각이었다. 임시 감옥에는 당시에 여자 두 명과 남자 열아홉 명이 있었다. 데블린은 그들 한 명한 명에게 창조주의 두려움을 가르치고, 그들의 엇나가기 쉬운 마음속에 법의 엄격함을 존중하는 마음을 심어주어야 했다. 최소한 교도소장은 그렇게 주장했다. (데블린은 곧 자신과 교도소장이 죄수의 교화에 관해 전혀 다른 관점을 지녔다는 사실을 알게 된다.) 경찰서를 잠시 둘러보고 그 운영 방식을 칭찬한 뒤 데블린은 자신이 매일 밤 감옥에서 죄수들과 함께 잠을 자고 식사를 해도 되겠느냐고 물었다. 교도소장은 이 제안에 혐오감을 드러냈다. 데블린의 요청을 노골적으로 거부하지는 않았지만, 머뭇거리면서 창백하고 마른 혀로 입술을 핥은 다음 호키티카의 수많은 호텔 중 한 곳에 숙소를 정하는 편이 더 나을 거라고 말했다. 덧붙여 교목에게 그의 아일랜드 억양이 영국인들로부터 반감을 살 수도 있고, 같은 아일랜드 출신들이 가톨릭 신자로서 예민하게 굴 수도 있다는 점을 주지시켰다. 그러고는 마지막으로 친구를 고를 때 주의해야 하고, 말을 할 때에는 더더욱 주의해야 한다는 충고를 했다. 이런 설교가 끝난 뒤에야 그는 호키티카에 잘 왔다고 데블린을 환영하고는 즉시 좋은 아침 보내라고 말하며 사라졌다.

하지만 코웰 데블린은 몇 달이나 호텔에서 머무를 수 있을 만큼 돈이 없었고, 마을 사람들의 반응에 관해서 교도소장의 비관주의적 태도를 고스란히 받아들이는 성격도 아니었다. 그는 셰퍼드의 충고를 진지하게 받아들이지 않았고 경고를 따르지도 않았다. 그는 표준 규격의 광부용 천막을 사 호키티카 해안가에서 50미터쯤 떨어진 곳에 세우고는 옥양목 귀퉁이를 돌로 눌러놓았다. 그러고는 레벨가로 가서 가장 사람 많은 호텔에 들어가 맥주 작은 컵을 주문한 뒤 영국인들과 아일랜드인들 모두에게 자기소개를 했다.

코웰 데블린은 어떤 면으로 봐도 자수성가한 사람이었다. 물론 성직에 있는 사람에게 이런 식의 말은 잘 쓰지 않으니 이 단어부터 정의하고 넘어가자. 데블린은 자신이 되겠다고 마음먹은 미래의 차분한 자기 모습을 머릿속에 항상 떠올리곤 했다. 그의 신학도 이런 방식을 따랐다. 그는 미래를 희망적으로 생각하는 사람이었고, 자신의 많은 신도들에게 가난이 없는 유토피아적인 미래 세계에 관해 이야기했다. 이야기를 할 때면 그는 찬조금이 꿈을 후원하는 것이라고 아무렇지 않게 대치하곤 했다. 그의 마음속에서 자신이 인지하고 싶은 현실과 실제로 존재하는 현실 사이에는 어떠한 대립도 없기 때문이었다. 이러한 성격은 다른 사람의 경우였다면 야망이 있다고 설명할 수도 있겠지만, 데블린 자신이 생각하는 스스로의 이미지는 확고부동해서 거의 신화급이었다. 그는 오래전에 자신은 야심이 큰 사람이 아니라고 결정한 터였다. 그리고 당연하게도 자신이 원치 않는 부분은 고의적으로 무시하는 경향이 있었고, 인간 본성의 냉혹한 진실보다는 변덕과 공상을 발휘해 낭만적으로 바꿔 생각하곤 했다. 이런 낭만화라는 면에 관한 한 데블린은 달인이었다. 그는 뛰어난 이야기꾼이었고, 그렇기 때문에 유능한 성직자였다. 그의 자기 이미지처럼 그는 신념도 완벽하고, 한결같고, 미래를 이미 본 듯이 말했다. 발퍼가 이미 알아챈 것처럼 이러한 특성은 종종 그가 젠체하는 양 보이게 하기도 했다.

1월 14일 밤 11시—알리스테어 로더백이 호키티카에 도착하던 밤—에 코웰 데블린은 호키티카 감옥소 바닥에 책상다리를 하고 앉아서 재소자들과 함께 사도 바울에 대해 이야기하던 중이었다. 해가 질 무렵쯤 비가 오기 시작했고, 교목은 비가 그냥 지나가는 것이기를 바라며 조금 더 오래 눌러 있기로 했다. 호키티카에 처음 와서 코스트의 날씨가 얼마나 끈질긴지 아직 모르고 있었던 것이다. 교도소장은 개인 서재에서 일하고 있고 그의 부인은 잠자리에 들었다. 죄수들은 대부분 깨어 있었다. 그들은 처음에는 예의상 데블린의 설교를 들었으나 점차 진짜로 관심을 갖게 되었다. 그리고 이제는 교목의 부추김에 힘입어 자신들의 신앙과 철학에 대해서 이야기를 하기 시작했다.

데블린이 이만 작별 인사를 하고 빗속을 뚫고 돌아가야 할까 생각하고 있을 때 앞뜰에서 고함 소리가 들리더니 누군가가 문을 쿵쿵 두드렸다. 놀란 교도소장이 머리에 리넨 모자를 눌러쓰고 손에는 소총을 들고 서재에서 뛰어나왔다. 이 부조화가 우스울 만도 했지만 실제로는 전혀 그렇지 않았다. 데블린도 일어나서 셰퍼드를 따라 문으로 나갔다. 빗속을 내다보니 교도소장의 랜턴 불빛이 드리운 곳 바로 뒤에서 당직 경관 엘리스 드레이크가 웬 여자를 안고 서 있었다.

셰퍼드는 문을 활짝 열고 경관에게 들어오라고 말했다. 드레이크는 머리가 좀 둔하고 얼굴에는 기름기가 번들거리고 콧소리를 내는 남자였다. 그의 이름을 들으면 사람들은 영국 해군 영웅을 떠올리는 것이 아니라 평범한 오리를 떠올렸다. 실제로도 그는 오리와 꽤 닮은 얼굴이었다. 그는 여자를 소방관처럼 어깨에 아무렇게나 짊어진 채 감옥소로 가서 바닥에 대충 내려놓았다. 그런 다음 콧소리 섞인 말투로 이 창녀가 사회적 죄악을 저질렀거나 아니면 신에 대한 불경죄를 저지른 것 같다고 보고했다. 여자는 추잡한 아편 중독 상태인지 자해를 한 건지 알 수 없는 무의식 상태로 발견되었고, 감옥소에 몇 시간 있으면 어느 쪽인지 확실해지기를 바란다고 그는 (모자를 기울이며) 말했다. 그가 말을 증명하려는 듯이 부츠 끝으로 여자의 늘어진 몸을 쿡 찌르고서 여자의 범죄 도구는 아마도 아편인 것 같다고 덧붙였다. 이 창녀는 아편 중독자였고 종종 취한 상태로 길가에서 목격되곤 했다는 것이다.

교도소장 셰퍼드는 안나 웨더렐을 내려다보다가 뭔가를 쥐고 있던 것처럼 주먹을 꼭 쥔 손을 보았다. 경솔하게 나서고 싶지 않아서 데블린은 교도소장이 결정을 내리기를 기다렸지만, 실은 무릎을 구부리고 앉아서 여자를 만져보고 다친 건 아닌지 확인하고 싶었다. 그는 자살이라는 것을 굉장히 슬픈 일이라고 여겼고, 사람이 저지를 수 있는 가장 끔찍한 일이라고 생각했다. 세 남자는 창녀를 내려다보며 잠시 침묵을 지켰다. 그러다가 드레이크가 명확한 증거는 없지만 이 여자가 더욱 흉악한 범죄를 저지른 것 같다고 털어놓았다. 하지만 여자가 정신을 차릴 때까지 기다렸다가 직접 물어봐야 할 거라고 말했다.

드레이크가 말을 하는 동안 셰퍼드는 웨더렐 양의 몸을 끌어당겨 벽에 기대 앉힌 뒤 수갑을 채웠다. 여자가 숨을 쉬는지 확인해보니 간신히 쉬고는 있었다. 교도소장은 주머니 시계를 꺼내 시간이 굉장히 늦었다고 중얼거렸다. 데블린은 그 암시를 알아채고 모자와 코트를 챙겼다. 하지만 감옥을 나가면서도 어깨 너머로 연신 아쉬운 눈길을 던졌다. 여자를 좀더 편안하게 챙겨줄 수 있으면 좋을 텐데. 하지만 교도소장은 그에게 잘 가라고 말하고서 곧장 문을 닫고 잠가버렸다.

다음 날 아침 일찍 데블린이 경찰서로 돌아와보니 안나 웨더렐은 여전히 정신을 차리지 못한 상태였다. 고개를 옆으로 기울이고 입은 살짝 벌어져 있었다. 관자놀이에는 퍼렇고 자줏빛이 도는 멍이 있고 광대뼈도 끔찍하게 부었다. 넘어진 걸까, 아니면 누구에게 맞았을까? 하지만 직접 조사를 해볼 시간도, 교도소장에게 여자가 체포된 상황에 대해 더 물어볼 만한 시간도 없었다. 밤사이에 어떤 남자가 죽었다는 사실이 알려졌고, 데블린도 남자의 시체를 수습하러 의사와 함께 아라후라 골짜기에 가달라는 요청을 받았기 때문이다. 그리고 시체 앞에서 기도라도 좀 해주라고 했다. 죽은 남자의 이름은 크로스비 웰스라고 셰퍼드가 말했다. 셰퍼드의 이야기에 따르면 남자는 나이와 질병, 술로 인해 평화롭게 죽었고, 지금 시점에서는 딱히 살인을 의심할 이유가 없다고 했다. 살아생전에 웰스는 은둔자였고, 딱히 착한 사람도, 나쁜 사람도 아니었으며 친구도 거의 없고 가족도 없다고 했다.

교목과 의사는 해안을 따라 북쪽으로 올라가서 아라후라 강어귀에 도착해 내륙으로 방향을 돌렸다. 강 상류 5, 6킬로미터 지점쯤 위치한 크로스비 웰스의 오두막은 판자를 두르고 얇은 철제 지붕을 얹은 단순한 구조물이었지만, 집 북쪽 면에 사치스럽고 근사한 유리창을 사서 끼워놓았다. 오두막은 강둑 위로 6미터쯤 솟아 있고 공터로 둘러싸여 있어서 크라이스트처치로에서 잘 보였다.

전반적으로 그 집은 굉장히 외로운 인상을 주었다. 남자의 시신이 담요에 싸여 집밖으로 실려 나오자 더욱 그래 보였다. 모든 것이 겉이 끈끈하고 먼지가 잔뜩 덮여 있었다. 덧베개는 누렇게 얼룩이 졌고 베개에는 곰팡이가 가득했다. 서까래에 매달아놓은 베이컨 한 덩이는 기름기 하나 없이 바싹 말라서 갈라졌다. 텅 빈 술 항아리 여러 개가 방 안 여기저기 굴러다녔다. 죽은 남자의 식탁 위에 있는 술병도 비어 있어서 이 은둔자의 살아생전 마지막 행동이 술병을 비우고, 손에 얼굴을 묻고 잠이 든 거라는 사실을 보여주었다. 집 안에서는 짐승 냄새가 났다. 외로움의 냄새라고 데블린은 딱한 기분으로 생각했다. 그는 레인지 앞에 무릎을 구부리고 앉아서 서랍식 재통을 꺼냈다가 — 집 안의 시체 냄새 같은 것을 없애려 화덕에 불을 피울 생각에 — 창살과 재통 사이에 끼어 있던 종잇조각을 발견했다.

누군가가(아마도 웰스이리라) 서류를 태우려 했지만 종이에 불이 붙기 전에 레인지 문을 닫은 모양이었다. 서류는 한쪽 귀퉁이만 타고 재통 아래 있는 부싯상자 틈새로 떨어져서 거의 그을리지도 않았다. 데블린은 그것을 집어 재를 털어냈다. 아직 읽을 만했다.

이번 1865년 10월 11일, 증인 크로스비 웰스(남)가 동석한 자리에서 뉴 사우스 웨일스 출신 에머리 스테인스(남)가 뉴 사우스 웨일스 출신인 안나 웨더렐(여)에게 2천 파운드의 돈을 증여한다.

웰스의 이름 옆에는 떨리는 글씨로 쓴 서명이 있었지만, 다른 남자의 이름 옆은 공란이었다. 데블린은 눈썹을 치켜들었다. 그러면 이 증서는 무효인 셈이다. 주요 관계자가 서명하기 전에 증인이 먼저 서명한 데다가, 관계자의 서명은 아예 없으니까.

안나 웨더렐이라는 이름이 머릿속에 떠올랐다. 어젯밤에 아편에 취해 감옥소에 업혀온 창녀의 이름이었다. 그는 잠깐 그대로 서서 인상을 찌푸리고 있다가, 갑자기 증서를 반으로 접어 셔츠 단추 사이, 맨살 위로 집어넣었다. 그런 다음 불을 지폈다. 곧 의사가 안으로 들어왔고(말에 먹이를 주고 왔다) 두 남자는 앉아서 차를 마시며 강과 그 너머 구름 낀 산이 내다보이는 판유리창을 바라보았다. 바깥에서 말들이 꼴 자루에 머리를 집어넣고 먹이를 먹으며 발을 굴렀다. 손수레에 실린 웰스의 시체에 덮어놓은 담요가 비에 젖어 은빛으로 반짝였다.

코웰 데블린은 왜 자신이 충동적으로 증여 서류를 길리스 의사에게 감춘 건지 알 수가 없었다. 어쩌면 죽은 남자의 집에서 풍기는 이 고요한 분위기에 영향을 받은 걸지도 모른다. 아니면 그 남자를 존중하는 의미로 서류를 은폐하려고 했던 걸지도 모른다. 혹은 안나 웨더렐─지살을 시도하고 의식을 잃은 채 크라이스트처치로에서 발견된―이라는 이름에 호기심이 치솟았고 그 여자를 보호하고자 하는 의도로 서류를 감춘 것일 수도 있다. 교목은 차를 마시면서 이런 여러 가지 가능성을 곱씹었다. 똑같이 침묵을 지키는 의사에게 구태여 말을 걸지는 않았다. 차를 다 마신 뒤 그들은 컵을 씻고, 불을 끄고, 문을 닫고, 손수레에 실린 그들의 불쌍한 화물을 검시할 호키티카 경찰서로 도로 갖고 내려왔다.

자신이 별로 정직하지 못한 행동을 한 정확한 이유를 고민하는 것은 코웰 데블린의 성격에 맞지 않았고, 그래서 그는 대신 자신의 동기를 좀 알 수 없는 것으로 여기기로 했다. 이런 행동을 당시든, 혹은 이후 2주 동안이든 간에 누구한테 고백해야 하는 것도 아니라고 생각하는 것이 딱 데블린다웠다. 2주 뒤인 1월 27일 밤이 되어서야 그는 절취한 이 증여 서류를 다른 사람에게 보여주게 된다. 데블린은 자신이 고결한 사람이라고 믿었고, 아무리 모순되는 일을 한다 해도 그의 자기 이미지는 절대로 흔들리지 않았다. 나쁜 행동이나 의심스러운 행동을 할 때마다 그는 그 일을 그저 기억에서 지우고, 생각을 다른 곳으로 돌렸다. 호키티카로 돌아오는 동안 그는 서류를 손바닥으로 가슴에 판판히 누르고 있었다. 그들 옆으로 해안에서 파도가 하얗게 부서지는 것을 보며 암초의 강력함에 대해서만 몇 마디 했을 뿐이다. 의사는 전혀 입을 열지 않았다. 경찰서로 돌아와서 크로스비 웰스의 시체를 안으로 옮기고 데블린은 서류를 셰퍼드 교도소장에게 보여줄까 별로 열의 없이 잠깐 생각했지만, 새로운 소동이 일어나는 바람에 기회는 사라졌다. 안나 웨더렐이 정신을 차리기 시작했던 것이다.

눈꺼풀이 움찔거리고 입안에서 혀가 움직이며 웅얼거리는 소리를 냈다. 열이 내리는지 미간과 코 위에 땀방울이 맺히고 오렌지색 실크 드레스의 목깃과 팔 아래쪽이 갈색으로 물들었다. 데블린은 여자 옆에 무릎을 꿇고 앉아 부드럽고 차가운 손을 쥐고 셰퍼드의 부인에게 물을 갖다달라고 말했다.

마침내 여자는 마치 죽음에서 깨어나는 것처럼 정신을 차렸다. 머리가 뒤로 넘어가고 눈동자가 앞쪽으로 돌아왔다. 여자는 헐떡거리며 자신이 어디 있는지 깨닫는 것 같았으나 아편의 후유증으로 피폐한 상태였다. 놀란 표정을 지을 힘조차 없는지 가냘프게 데블린에게서 손을 빼냈고, 그는 뒤로 물러났다. 여자의 팔이 즉시 코르셋 위로 감겼다. 배에 구멍이 나서 그 상처를 막으려는 사람 같다고 그는 생각했다. 그가 말을 걸어봤으나 여자는 대답하지 않고 도로 눈을 감더니 다시 잠이 들었다. 감옥소 다른 수감실에서 말다툼이 벌어지는 바람에 데블린은 그것을 중재하러 가야 했다. 남은 오후 시간 동안에는 이 일을 비롯해서 교목이 해야 하는 일들 때문에 한눈을 팔 새가 없었다.

저녁 무렵 치안판사 재판소 서기가 돈이 있는 범죄자들에게서 보석금을 받기 위해 왔다. 새로 온 사람의 목소리에 웨더렐 양은 땀에 젖은 검은 머리를 들고서 손짓을 했다. (서기 역시 이 동네에 온 지 얼마 안 된, 날씬하고 굉장히 단정하게 차려입은 사람이었다. 이름은 개스코인이었다.) 창녀는 빈약한 코르셋 뼈대 사이에서 동전을 몇 개 꺼내 하나씩 서기의 손바닥 위에 놓았다. 여자는 몸을 심하게 떨고 있었고 굉장히 수치스러운 표정이었다. 보석금 금액을 채우자 셰퍼드 교도소장은 여자를 풀어줘야 했다. 그는 지체 없이 여자를 내보냈고, 데블린은 은둔자인 크로스비 웰스의 무덤을 만드는 것을 감독해야 해서 다음 날 치안판사 재판소에서 있었던 여자의 공판에는 참석하지 못했다. 나중에 여자가 변호를 거부했고, 자신에게 부과된 벌금을 군말 없이 냈다는 이야기를 들었다.

　매장 다음 날 크로스비 웰스의 오두막에서 4천 파운드의 재산이 발견되었다. 데블린이 자신의 성경에서 구약이 끝나고 신약이 시작되는 부분에 끼워놓은 그을린 증여 서류에 쓰인 금액의 정확히 두 배였다. 여전히 데블린은 증서 이야기를 털어놓지 않았고, 아무한테도 보여주지 않았다. 안나 웨더렐이 좀더 건강해지면, 자살할 뻔했던 일이 어느 정도 잊히고 나면 털어놓자고, 지금은 자신만 알고 있는 것이 신중한 행동이라고 혼자 결정을 내렸다.

　이제, 펠리스 호텔의 식당에서 데블린은 가죽 표지에 금색으로 새겨진 조그만 캔터베리 십자가를 제외하면 아무 표시도 없는 낡은 성경 위에 손을 얹었다. 그것은 방어적인 행동이었다. 아직은 말라기서와 마태복음 사이에 납작하게 긴 정체불명의 증서가 토머스 발퍼나 다른 사람들에게 대단히 중요해질 것임을 알지 못했지만, 어쨌든 자신의 가까이에 두고 싶었다. 그는 그 증서가―준 적 없는 증여에 대한 영수증이자 만들지도 않은 유언장에 대한 추가 조항―분명히 귀중하다는 것을 알았고, 그 정확한 가치를 알 때까지는 떼어놓고 싶지 않았다.

　"매장이라."

　발퍼는 갈고리에서 중산모자를 집어들어 손가락으로 테두리를 쓸었다.

　"그거야말로 미리 읽어두어야 할 내용이지."

　"그 주제에 관한 책이 있는 줄은 몰랐습니다만."

　"자네의 새 교구에는 말이야, 교수대가 있다네."

　발퍼는 데블린의 말을 무시하고서 모자를 쓴 뒤 엄지손가락으로 이마 위로 젖히고 몸을 돌렸다. 문가에서 그가 멈추었다.

　"난 아직 자네 이름을 모르는데, 목사 양반."

"저도 선생의 이름을 모르지요."

데블린이 대답했다. 잠시 침묵이 흐르다가, 갑자기 발퍼가 웃음을 터뜨리며 모자를 기울여 유쾌하게 인사를 하고 식당을 나갔다.

Φ

호키티카에서 토요일은 소란스럽고 여기저기서 회합이 이루어지는 날이다. 광부들은 떼를 지어 마을로 몰려 내려와 인구를 4천 명 선으로 부풀리고, 레벨가에 있는 싸구려 여인숙과 호텔 들을 꽉 채우고서 시끄럽게 떠들었다. 치안판사 재판소의 서기들은 소액 벌금과 채굴허가증을 처리하느라 바쁘고, 전당포 주인들은 담보물을 받고, 상인들은 부자가 주문한 것을 갖다 나르고, 가난한 사람들은 변제 기간을 늘려달라고 탄원했다. 깁슨 부두는 산업의 중심지였다. 매 시간마다 새로운 건물이 들어서고, 새로운 문짝이 달리고, 새로운 가게가 내건 현수막이 타스만 바람에 펄럭거렸다. 토요일에는 운세가 뒤바뀌는 이야기도 넘쳐났고 ― 승승장구하는 사람, 꼭대기에 오른 사람, 추락하는 사람, 바닥까지 떨어진 사람, 저세상으로 간 사람 ― 밤에는 모든 광부가 슬픔에 취해, 또는 기쁨에 취해 술을 마셨다.

하지만 오늘밤에는 거센 비가 내려 아주 급한 일로 길거리를 지나가는 사람 말고는 휑했고, 호키티카도 평소처럼 사람들로 넘쳐나지 않았다. 발퍼는 옷이 축축하게 젖은 채 호텔 차양 아래 구부정하게 서서 담뱃불이 꺼지지 않게 손으로 감싸고 있는 사람 몇 명을 지나쳤다. 말들도 음울한 게 다 포기한 듯한 분위기였다. 녀석들은 젖은 꼴 자루를 목에 걸고서 진창이 된 도로에 서 있었다. 그가 옆으로 지나가도 말들은 반쯤 내리뜬 눈을 한번 깜박이지도 않았다.

레벨가로 접어들자 비바람이 거세게 불어오는 바람에 발퍼는 어쩔 수 없이 손으로 모자를 눌러야만 했다. 매일 『웨스트 코스트 타임스』에 실리는 의심스러운 미래 예언인 색스비의 날씨예보에 따르면 이번 비는 하루나 사흘쯤 이어질 거라고 했다. 색스비는 이렇게 기간을 넓게 잡곤 해서 어느 쪽으로든 자신의 예측이 맞을 가능성을 높였다. 사실 그의 칼럼 내용은 거의 바뀌지 않았다. 오타고가 서리와 햇빛 화상으로 유명하고, 빅토리아 언덕에 항상 붉은 먼지가 이는 것처럼, 호우는 호키티카의 일부나 다름없었다. 발퍼는 자유로운 손으로 코트를 더 바싹 여미고 걷는 속도를 높였다.

준비은행의 지붕이 덮인 베란다에는 열 명 정도의 사람이 서넛씩 무리지어 서 있었다. 그들 뒤로 창문에 은회색으로 김이 서렸다. 발퍼는 빗속에서 눈을 가늘게 뜨고 사람들을 살폈지만 아는 사람은 한 명도 없었다. 모락모락 피어오르는 연기에 그는 시선을 내리고서 혼자 앉아 있는 사람을 발견했다. 마오리족 남자가 처마 아래 말뚝에 등을 기대고 쪼그리고 앉아 시가를 피우고 있었다.

얼굴에는 지도의 바람 표시를 생각나게 만드는 문신이 있었다. 커다란 소용돌이 모양 두 개가 뺨을 가득 채웠고, 방사형 선이 눈썹에서 머리선까지 뻗었다. 콧구멍 양옆으로 깊게 나선형으로 파인 부분이 그럭저럭 코라는 것을 알아볼 수 있게 해주었다. 입술은 파란색으로 칠했고, 서지 바지에 능직 셔츠를 입고 넥타이 없이 가슴 한복판까지 단추를 풀어놓았다. 평평한 가슴의 갈색 피부 위로 까뀌 모양인 듯한 커다란 초록색 목걸이가 매달려 있었다. 시가를 거의 다 피운 터라 발퍼가 다가가자 남자는 꽁초를 길에 던졌다. 꽁초는 도로의 경사를 따라 굴러

내려가다가 젖은 풀 가장자리에 걸려 계속 연기를 냈다.

"댁이 그 마오리족 친구로군. 크로스비 웰스의 동료라는 친구."

발퍼가 말했다. 남사는 발퍼의 눈을 마주보았지만, 말은 하지 않았다.

"이름 좀 다시 말해주겠나? 자네 이름."

"코 테 라우 타우웨어 토쿠 인고아."

"이거 원. 그냥 이름만 말해주게나."

발퍼는 양손을 가까이 가져가서 조금만이라는 뜻을 강조하고 덧붙였다.

"그냥 이름만."

"테 라우 타우웨어."

"그것도 못 따라하겠는데."

발퍼가 고개를 흔들고서 다시 말했다.

"음…… 그럼 말이야, 자네 친구들은 자네를 뭐라고 부르나? 자네의 백인 친구들. 크로스비는 자네를 뭐라고 불렀지?"

"테 라우."

"그것도 별 차이 없구먼. 시도해봤자 머저리처럼 보이겠지, 안 그런가? 그냥 자네를 테드라고 부르면 어떨까? 훌륭한 영국 이름이야. 테오도어나 에드워드를 줄여서 그렇게 부르지. 어느 쪽이든 자네가 정하면 돼. 에드워드도 좋은 이름이야."

타우웨어는 대답하지 않았다.

"나는 토머스라네."

발퍼가 자신의 가슴에 손을 올리고서 말했다.

"그리고 자네는 테드고."

그가 몸을 기울여 타우웨어의 정수리를 톡톡 두드렸다. 남자가 움찔했고, 발퍼는 깜짝 놀라 재빨리 손을 빼내고 한 걸음 뒤로 물러섰다. 멍청한 짓을 한 것 같은 기분으로 그는 한쪽 다리를 내밀고 양손을 조끼 호주머니에 밀어넣었다.

"타마티."

타우웨어가 말했다.

"뭐라고 했나?"

"우리말로 당신 이름은 타마티다."

"호오."

발퍼는 크게 안심하고는 주머니에서 손을 빼 짝짝 박수를 친 다음 팔짱을 꼈다.

"자네 영어를 좀 하는군. 잘됐어!"

"나는 영어 단어 아주 많이 안다. 당신 나라 말 아주 잘한다고 그랬다."

"크로스비가 자네한테 영어를 좀 가르친 모양이지, 테드?"

"내가 그에게 가르쳤다. 내가 그에게 코레로 마오리* 가르쳤다! 당신은 토머스라고 한다. 나는 타마티라고 한다. 당신은 크로스비라고 한다. 나는 코레로 마이라고 한다!"

그가 씩 웃자 대단히 하얗고 대단히 네모난 치아가 드러났다. 분명히 뭔가 농담을 한 모양이라 발퍼는 마주 웃었다.

"외국어를 잘하는 재주는 없어서 말이지."

발퍼가 코트를 꼭 조이면서 말했다.

"영어가 아니면 분명히 스페인어라고, 우리 아버지는 항상 그러셨지. 그나저나 말일세, 테드, 자네 동료 일은 유감이야. 크로스비 웰스는

---

* 마오리어로 말하는 법.

참 안타깝게 됐어."

타우웨어의 표정이 즉시 냉정해졌다.

"헤이 마우마하라탕가."

"그래, 그렇지."

발퍼는 남자가 자기 나라 말로 그만 좀 떠들었으면 좋겠다고 생각하며 말을 이었다.

"정말이지 안타까운 일이야. 게다가 이제 와서는 온갖 소동이며 재산에 기타 등등에 거기다가 부인까지 등장했으니."

그는 비 사이로 기대하는 눈으로 타우웨어를 보았다.

"그는 포우나무 카카노 루아였다."

테 라우 타우웨어가 검지와 중지로 목에 걸고 있는 목걸이를 건드렸다. 어쩌면 일종의 부적일지도 모르겠다고 발퍼는 생각했다. 마오리족 출신들은 다들 그런 걸 갖고 있었다. 타우웨어의 것은 거의 손바닥만했고, 잘 닦아놔서 광이 났다. 짙은 초록색 돌로 된데다 좀더 밝은 초록색 띠가 드문드문 들어가 있고 노끈을 꿰어 목에 걸었다. 그래서 까뀌의 좁은 끝부분이 쇄골의 V자 모양 위에 위치했다.

발퍼는 막연하게 상대를 찔러보기로 했다.

"이봐, 그런데 말이야, 자네는 그때 어디에 있었나? 크로스비가 죽을 때 어디 있었지?"

(어쩌면 이 마오리족 남자가 뭔가 시작이 될 만한 걸 던져줄지도 모른다. 뭔가를 알고 있을지도 모르지. 의심의 눈길을 살 수도 있으니 마을에서는 별로 많은 질문을 할 수 없지만, 이 마오리족 남자는 다른 사람들보다 훨씬 안전한 선택이었다. 이 남자가 아는 사람은 당연하게도 굉장히 한정되어 있을 테니까.)

테 라우 타우웨어는 검은 눈을 발퍼에게로 돌리고서 그를 빤히 쳐다보았다.

"질문을 이해는 했나?"

"질문을 이해한다."

타우웨어가 대답했다. 그는 발퍼가 크로스비 웰스의 죽음에 관해 묻는다는 걸 이해했지만, 발퍼가 그의 장례식에는 참석하지 않았다는 것도 알고 있었다. 그런 형편없는 것도 장례식이라고 부를 수 있을지 모르겠지만. 그 생각에 타우웨어는 분노와 혐오감을 느꼈다. 그는 발퍼가 대단히 피상적으로 유감을 표했다는 것을 잘 알고 있었다. 심지어는 모자도 벗지 않았다! 발퍼는 어떤 식으로든 자신이 이득을 볼 수 있는 것을 찾고 있었다. 그는 아무것도 내놓지 않고 뭔가를 챙길 수 있는 기회를 발견한 사람들 특유의 탐욕스러운 표정을 짓고 있었으니까. 그래, 타우웨어는 질문을 잘 이해했다.

테 라우 타우웨어는 아직 채 서른 살도 되지 않았다. 그는 근사하게 근육이 잡힌 몸에 젊은 사람 특유의 꽉 들어찬 에너지와 자신감을 지녔다. 노골적으로 오만하게 굴지는 않지만, 다른 사람에게 감탄하거나 겁을 먹은 티를 내본 적은 한 번도 없었다. 그는 마음 깊은 곳에 증거나 설명이 필요치 않은 공고한 자기 확신을, 오만함을 지니고 있었다. 물론 그가 부족 내에서 전사로서의 명성과 명예로운 입지를 갖고 있기는 하지만, 그의 스스로에 대한 확신은 그런 성과로 이루어진 것이 아니었다. 그저 자신의 아름다움과 강함은 비길 데가 없다는 걸 잘 알고 있을 뿐이었다. 자신이 다른 어떤 남자보다도 낫다는 것이 그에게는 확고한 사실이었다.

하지만 이런 평가는 타우웨어를 초조하게 했다. 그는 이것이 영적인 결핍을 의미한다고 느꼈다. 스스로를 그렇게 평가하는 건 경박하다는 증거이고, 그런 평가는 진정한 가치가 전혀 없기 때문이다. 그럼에도 불구하고 그는 자신에 대한 확신을 떨칠 수가 없었다. 그 사실이 걱정스러웠다. 자신이 내실이 없는 껍데기, 텅 빈 조개껍데기 같은 장식에 불과한 게 아닌가 걱정스러웠다. 스스로에 대한 자기 평가가 허영이 아닐까 고민스러웠다. 그래서 그는 영적인 삶을 배우기 위해서 나섰다. 자신을 의심하는 법을 배우기 위해서 선조들의 지혜를 찾아 나섰다. 육체라는 좀더 저급한 활동을 초월하는 방법을 찾는 수도승처럼 테 라우 타우웨어는 의지력이라는 저급한 기능을 초월하는 방법을 탐색했다. 하지만 의지력을 발휘하지 않고서는 그것을 지배할 수도 없는 법이다. 타우웨어는 충동에 항복하는 것과 충동에 맞서 싸우는 것 사이의 균형을 결코 찾지 못했다.

타우웨어가 속한 이위는 한때 남쪽의 가파르게 경사진 피오르드 해안부터 북쪽 끝의 야자수와 돌 해변에 이르기까지 남섬 서부 해안 전체를 통솔하던 포우티니 음가이 타후족이었다. 6년 전 정부가 이 넓은 땅을 3백 파운드라는 금액에 사들였고, 포우티니 음가이 타후족에게는 아라후라 강과 주변 강둑, 마훼라 일부 지역과 그레이 강어귀만 남았다. 당시에도 포우티니 음가이 타후족은 협상이 불공평한 것임을 알고 있었지만, 6년이 지난 지금은 거의 날강도를 당한 거나 다름없다는 것을 알게 되었다. 그 이래로 금을 찾는 수천 명의 광부들이 코스트로 몰려와서 채굴허가증을 장당 1파운드에 구입하고 땅은 에이커당 10실링에 구매했던 것이다. 그 이윤만 해도 상당했지만, 강바닥의 모래 속에 숨겨져 있던 금 자체의 가치에 비하면 별것도 아니었다. 거기에 자리한 금의 총 합계액은 너무나 어마어마해서 추측도 할 수가 없었다. 매번 그의 부족민들이 쥐었어야 하는 부를 생각할 때마다 타우웨어는 가슴 속에서 분노가 부푸는 것을 느꼈다. 너무나 비통하고 괴로워서 고통 그 자체 같은 강렬한 분노가 솟구치곤 했다.

그렇기 때문에 크로스비 웰스가 아라후라 골짜기 동쪽 끄트머리에 펼쳐진 백 에이커의 땅을 사고서 50파운드를 지불한 상대는 포우티니 음가이 타후족이 아니라 정부였다. 그 땅에는 소금기나 태풍에 잘 견디고, 나뭇결이 아주 훌륭하고 칼로 자르기 쉬운 토타라 나무가 빼곡했다. 웰스는 이 땅에 대단히 만족했다. 그는 힘든 노동과 그 노동에 대한 보상을 대단히 사랑했다. 그리고 돈이 있을 때에는 위스키를 즐기고, 없을 때에는 진을 마셨다. 그는 강이 내려다보이는 방 하나짜리 오두막을 직접 짓고, 정원을 만들기 위해 풀을 뽑고, 제재소를 짓기 시작했다.

테 라우 타우웨어는 아라후라 골짜기에 꽤 정기적으로 오곤 했다. 그가 포우나무(pounamu) 채집자이기 때문이었고, 아라후라 강에는 포우나무가 가득했다. 매끄러운 연한 회색 돌은 반으로 가르면 강철보다도 단단하고 유리처럼 투명한 초록색 속살을 드러냈다. 그는 조각을 꽤 잘했다. 어떤 사람들은 뛰어나다고 말할 정도였다. 하지만 그가 정말로 남과 다르게 뛰어난 재능을 가진 분야는 바로 강바닥에서 돌을 찾아내는 것이었다. 포우나무는 속은 환한 무지갯빛으로 반짝이지만 겉은 우중충하고 평범했다. 타우웨어의 숙련된 눈은 강둑의 돌을 긁어보거나 쪼개지 않고도 포우나무를 찾아낼 수 있어서, 이것을 고스란히 마우헤라로 가져가 의례에 맞게 축복을 내린 뒤 쪼갤 수 있었다.

크로스비 웰스가 사들인 토지는 포우티니 음가이 타후족의 땅과 맞닿아 있었다. 아니, 더 정확하게 말하자면 포우티니 음가이 타후족이 아주 최근에 갇혀버린 소규모의 땅과 맞닿아 있었다. 그랬기 때문에 얼마 지나지 않아 테 라우 타우웨어는 크로스비 웰스와 만나게 되었다. 불을 지필 땔감을 자르느라 크로스비 웰스의 도끼 소리가 골짜기에 메아리치는 것을 궁금하게 여긴 타우웨어가 그를 찾아갔던 것이다. 그들의 관계는 점차 진짜 우정으로 발전했고, 횟수도 늘어났다. 얼마 지난 다음부터는 근처에 갈 때마다 크로스비 웰스의 오두막에 들르게 되었다. 알고 보니 웰스는 마오리족의 삶과 지식에 열렬한 관심을 가진 학생이었다. 그래서 타우웨어의 방문은 하나의 관례가 되었다.

테 라우 타우웨어는 사람들에게 자신의 특별한 자질에 대해서 알릴 수 있는 기회를 대단히 좋아했고, 특히 그가 마음 깊은 곳에서 회의를 느끼는 성격적 측면을 사람들이 추켜주는 것을 좋아했다. 말하자면 그의 마우리(mauri), 영혼, 종교, 깊이 같은 것들이었다. 크로스비 웰스는 이후 몇 달 동안 타우웨어에게 계속해서 인간으로서, 마오리족으로서, 음가이 타후족의 남자로서의 믿음에 관해 의문을 던졌다. 그는 타우웨어가 자신이 처음 이야기를 나누어본 비유럽인이라고 털어놓았다. 노골적인 그의 호기심은 지식에 대한 갈망으로 가득했다. 이 기간 동안 타우웨어 쪽은 크로스비 웰스에 대해서 별로 많은 것을 알아내지 못했다. 이 남자는 자신의 과거에 대해 거의 말을 하지 않았고, 타우웨어 역시 캐묻는 성격이 아니었기 때문이다. 하지만 그는 크로스비 웰스를 자신과 비슷한 영혼이라 여기고 종종 그렇게 말했다. 기본적으로 자신감 넘치는 사람들이 다 그렇듯이 타우웨어도 다른 사람과 자신을 비교하는 것을 아주 좋아했다. 그러한 비교가 진심 어린 칭찬이라고 생각했기 때문이다.

크로스비 웰스가 죽은 다음 날 아침, 타우웨어는 그들의 관습에 따라 선물로 음식을 들고 그의 오두막을 찾았다. 그는 고기를 가져오고 웰스는 술을 내놓는 것이 두 사람 다 만족하는 협정이었다. 웰스의 오두막 앞 공터에서 그는 떠나는 수레를 보았다. 고삐를 잡은 것은 호키티카의 의사인 길리스였고 그의 옆에 앉아 있던 사람은 교도소 목사 코웰 데블린이었다. 타우웨어는 두 남자 다 알지 못했지만, 손수레에서 낯익은 부츠 한 쌍과 담요에 덮인 형체를 볼 수 있었다. 타우웨어는 충격으로 고함을 지르며 바닥에 선물을 떨어뜨렸다. 그를 불쌍하게 여긴 교목은 친구의 시신을 장례를 치른 뒤 매장할 호키티카까지 함께 가져가겠느냐고 물었다. 마부석에는 타우웨어가 탈 자리가 없었지만, 원한다면 손수레 뒤쪽에 발이 땅에 닿지 않도록 조심하며 앉아서 가도 된다고 말했다.

수레가 덜커덕거리며 호키티카로 들어와 주도로로 접어들자 레벨가를 따라 호텔 지배인들과 가게 주인들이 고개를 내밀었고, 몇몇은 좀더 잘 보기 위해서 앞으로 다가와 테 라우 타우웨어를 힐끔거렸다. 타우웨어 역시 무표정한 얼굴로 그들을 마주보았다. 그의 한 손은 웰스의 발목을 느슨하게 쥐고 있었다. 수레가 덜커덩거릴 때마다 시체가 이쪽저쪽으로 흔들렸다. 경찰서에 도착해서도 타우웨어는 꼼짝하지 않았다. 그는 다른 남자들이 의논을 하는 동안 여전히 웰스의 발목을 잡은 채 가만히 앉아서 기다렸다.

호키티카의 통 제조업자는 장례식을 위해서 급하게 소나무 관을 짜고 둥근 나무 묘비를 만들어 크로스비 웰스의 이름과 그의 인생에서 중요한 날짜 두 개를 적어주기로 했다. (아무도 그의 실제 생일은 알지 못했지만, 그의 성경 면지에 1809년이라는 연도가 잉크로 쓰여 있어서 아마도 태어난 연도일 거라고 추측했다. 그러면 크로스비 웰스는 쉰일곱 살이 되는 셈이라 통 제조업자는 그 날짜를 무덤의 나무 묘비에 적었다.) 이 두 가지 일이 끝나고 무덤을 팔 때까지 교도소장은 크로스비 웰스의 시체를 경찰서 안에 있는 자신의 개인 서재 바닥에 모슬린 침대보를 깔고 놔두라고 지시했다.

시체는 가슴 위로 손을 포갠 자세로 바닥에 놓였고, 교도소장은 모든 사람을 방에서 쫓아내고 복도가 울릴 정도로 문을 쾅 닫았다. 교도소장의 집 안쪽 벽에는 건물의 골조에 딱 붙여서 무늬가 있는 옥양목을 팽팽하게 씌워 고정시켜놓았고, 바람이 불거나 무거운 발소리가 나거나 문을 갑자기 쾅 닫으면 목재가 삐걱거리고 벽이 물웅덩이 표면처럼 온통 바르르 떨렸다. 그래서 벽이 떨리는 것을 보면, 옆방 사람들이 움직이는 그림자가 비치는 천 사이에 먼지 가득한 5센티미터 정도의 쓸모없는 공간이 존재한다는 것을 의식하게 되곤 했다.

누군가가 웰스와 함께 있어야만 한다고 타우웨어는 주장했다. 방 안에 등불 하나 켜놓지 않고, 그를 지켜보고, 쓰다듬고, 그의 몸과 영혼을 위해 기도하거나 노래해줄 사람 하나 없이 바닥에 혼자 뉘어둘 수는 없었다. 타우웨어는 탕기(tangi)라는 주의에 대해서 설명하려고 했지만, 사실 그건 주의가 아니라 의식이었고, 설명하거나 심지어는 말을 꺼낼 수도 없을 만큼 신성한 것이었다. 그것은 당연히 그렇게 해야만 하는, 꼭 해야만 하는 행동일 뿐이었다. 몸이 땅속에 묻힐 때까지 영혼은 완전히 떠나지 못한다고 그는 말했다. 노래를 하고, 기도를 해야만 한다…… 교도소장은 그를 이교도라고 부르며 비난했다. 타우웨어는 화가 났다. 누군가가 그와 함께 있어야만 한다고 그는 다시 말했다. 내가 매장 때까지 그와 함께 있겠다, 크로스비 웰스는 내 친구이고 내 형제니까, 그는 그렇게 말했지만 교도소장은 크로스비 웰스가 백인이며 지나가는 그림자에 눈이 가물거리는 게 아닌 이상 절대로 네놈의 형제일

리 없다고 대꾸했다. 장례식은 화요일 아침에 치를 거고, 옆에서 쓸모 있는 일이라도 좀 하려면 무덤을 파는 거나 도우라면서.

그래도 타우웨어는 머물렀다. 현관에서 불침번을 서다가 그다음에는 정원에서, 그 뒤에는 교도소장의 오두막과 경찰서 사이의 골목에서 밤을 지샜다. 그리고 어디에 서 있든 계속해서 쫓겨났다. 결국에는 교도소장이 감옥소에서 기다란 권총을 손에 들고 나왔다. 그러고는 크로스비 웰스의 시체를 땅에 묻기 전에 경찰서에서 50미터 이내로 들어와서 쏘아버릴 거라고 으름장을 놓았다. 그래서 타우웨어는 걸음 수를 일일이 세며 50걸음 물러난 다음 그레이 앤드 불러 은행의 나무로 된 건물 앞에 기대앉았다. 거기서 오랜 친구의 시체를 보며 영혼이 떠나가는 마지막 밤까지 애정이 담긴 말을 해주었다.

"크로스비가 죽을 때 나는 아라후라에 있었다."

타우웨어가 말했다.

"골짜기에 있었다고? 그 친구가 죽을 때 거기 있었나?"

"케레루 잡는 덫을 놓았다. 케레루를 알아?"

"무슨 새 같은 거지?"

"그렇다. 아주 맛있다. 스튜에 좋다."

"그렇구먼."

발퍼의 중산모자에서 물이 떨어지기 시작했다. 그는 그것을 벗어 다리에 내리쳤다. 이미 양복은 회색에서 물에 젖은 짙은 검은색으로 변했다. 셔츠는 반투명해져서 분홍색 피부가 비쳐 보였다.

"아침에 새를 잡으려고 밤이 오기 전에 덫을 놓았다. 산마루에서 크로스비의 집이 보인다. 아래로. 그날 밤에 네 명이 왔다."

"넷?"

발퍼가 모자를 도로 쓰면서 말했다.

"세 명이겠지. 검은 종마를 탄 키 큰 남자 한 명과 좀더 작고, 적갈색 암말을 탄 남자 두 명 아니야? 알리스테어 로더백과 자크, 어거스터스야. 시체를 발견하고서 경찰에 알린 사람들이지."

"말을 탄 남자는 세 명을 봤다. 하지만 그들이 오기 전에 걸어온 남자 한 명 봤다."

타우웨어가 천천히 고개를 끄덕이고서는 말했다.

"남자 혼자 왔다니, 이거 참! 자네 정말 확신하나, 테드? 그래, 맙소사, 당연히 확신하겠지!"

갑자기 발퍼가 흥분했다. 타우웨어는 그저 말을 이었다.

"나는 경계하지 않았다. 크로스비 웰스가 그날 밤에 죽은 걸 몰랐다. 아침이 된 다음에 그가 죽은 걸 알았다."

"남자 한 명이 오두막에 들어갔단 말이지, 혼자서!"

발퍼는 서성거리면서 말했다.

"그것도 로더백이 오기 전에! 로더백이 거기 오기 전에 말이야!"

"그 사람 이름을 알고 싶은가?"

발퍼가 홱 돌아서서 거의 고함을 지르다시피 했다.

"누군지 안다는 거야? 그래, 맙소사! 당장 말하게!"

타우웨어가 즉시 말했다.

"거래를 한다. 내가 가격을 말한다. 당신이 가격을 말한다. 1파운드."

"거래?"

"1파운드."

"잠깐 기다려보게. 자네는 어떤 남자가 웰스가 죽던 날 밤에 오두막에 들어가는 걸 봤어. 2주 전, 그 친구가 죽은 바로 그날 밤에, 맞지? 정말로 누군가가 들어가는 걸 본 거지? 그리고 한 점의 의심 없이 이 남자가 누군지도 아는 거고?"

"나는 이름 안다. 그 남자 안다. 속임수 없다."

"속임수는 없어야지. 하지만 돈을 내기 전에 말이야, 정말로 자네가 그 사람을 아는 건지 확실히 해야겠어. 자네가 날 속이는 게 아닌지 알아야겠다고. 덩치 큰 남자였나? 머리 색깔이 아주 검고?"

타우웨어는 팔짱을 꼈다.

"정당한 행동. 속임수 없다."

"당연히 정당해야지. 그렇고말고."

"거래한다. 나는 1파운드 말했다. 이제 당신이 말한다."

"덩치가 좋은 남자였나, 응? 땅딸막하고? 난 그냥 확실히 하려는 것뿐이야. 자네를 신뢰할 수 있는지 알아보려는 것뿐이라고. 그다음에 거래를 할 거야. 자네가 나를 속일 수도 있는 거잖아, 안 그런가?"

"1파운드."

타우웨어가 고집스럽게 말했다.

"프랜시스 카버였지, 응? 내 말이 맞지? 프랜시스 카버 말이야, 배의 선장. 카버 선장, 응?"

발퍼는 그저 어림짐작을 한 거였지만, 그럴듯한 추측이었다. 타우웨어의 얼굴에 기분 상한 표정이 스치면서 그가 후 하고 숨을 내쉬었다.

"속임수 없다고 말했었다."

그가 비난하는 어조로 말했다.

"속인 게 아니야, 테드. 난 이미 누군지 알고 있었다고. 그저 잊어버렸던 것뿐이지. 당연히 카버가 그날 밤에 크로스비 웰스의 오두막으로 갔던 거겠지. 그 사람이었던 거야, 그렇지? 자네가 본 사람 말이야, 카버 선장이었지? 말해보라고. 비밀도 아니잖아, 내가 이미 알고 있으니."

발퍼는 확인하기 위해 남자의 얼굴을 살폈다.

타우웨어의 턱에 힘이 들어가더니 그가 나지막하게 혼잣말을 중얼거렸다.

"키 테 투오후 코에, 메 카웅가 테이테이."

"자, 자, 테드. 자넨 나한테 정말이지 좋은 걸 알려줬어. 잊지 않겠네."

이제 그는 완전히 만족한 상태였다.

"그리고 말이야, 내가 뭔가 처리할 일이 생기면 자네를 찾아오겠네. 알겠지? 그때 가서 다른 방법으로 나한테서 돈을 얻을 수 있을 거야."

타우웨어가 턱을 들어올렸다.

"당신은 마오리가 필요하다."

그는 그것을 질문이 아니라 확신을 하듯이 말했다.

"당신은 마오리가 필요하다, 그러면 나한테 온다. 나는 이상한 일 하지 않는다. 하지만 말을 알고 싶다. 그러면 내가 가르쳐준다."

그는 자신이 조각가로서 뛰어나다는 이야기는 하지 않았다. 포우나무는 절대로 팔지 않으니까. 앞으로도 절대로 팔지 않을 것이다. 마나를 돈 주고 살 수 없는 것처럼, 보물에 가격을 매길 수는 없는 법이다. 그리고 신과 거래를 할 수도 없는 거고. 금은 보물이 아니다. 타우웨어는 이것을 잘 알았다. 금은 온갖 자재들과 같아서 기억을 갖고 있지 않았다. 금은 과거로부터 앞으로 앞으로 흘러갈 뿐이다.

"좋아. 하지만 악수는 해주겠지, 응?"

발퍼는 자신의 젖은 손으로 타우웨어의 마른 손을 잡고 격렬하게 흔들었다.

"자넨 훌륭한 친구야, 테드. 훌륭한 친구지."

하지만 타우웨어는 여전히 굉장히 불쾌한 얼굴로 발퍼에게서 최대한 빨리 손을 잡아 뺐다. 발퍼는 다소 유감이었다. 이 친구를 적으로 돌리는 것은 별로 좋은 일이 아닐 것이다. 특히나 이 문제의 여러 부분이 아직도 해결되지 않은 상태이니만큼, 나중에 타우웨어의 증언이 필요해질 수도 있다. 크로스비 웰스와 프랜시스 카버가 어떤 관계인지는 모르겠지만, 이 친구가 뭔가를 알고 있을 수도 있다. 아니면 혹시 그 두 남자와 로더백 사이에 관계가 있을지도 모른다. 그래, 이 친구를 기분 좋게 만들어두면 나중에 유용할 수도 있을 것이다. 발퍼는 주머니에 손을 넣었다. 뭔가 기념품으로 줄 만한 작은 게 없을까? 이 친구들은 기념품을 좋아하니까. 그의 손가락에 1실링 동전과 6펜스 동전이 닿았다. 그는 6펜스를 꺼냈다.

"자, 나한테 마오리족 말을 몇 개 가르쳐주면 이걸 주겠네. 크로스비 웰스에게 가르쳐준 것처럼 말이야. 음, 테드? 그러면 자네가 원한 것처럼 거래를 하는 셈이 되는 거지. 그렇지? 그러면 우리는 친구가 되는 거야. 자네도 불평할 일이 없을 거고."

그가 타우웨어의 손바닥에 6펜스 동전을 올려놓고는 꾹 눌렀다. 타우웨어는 그것을 쳐다보았다.

"자, 이제 얘기해보게."

발퍼가 양손을 비비면서 말했다.

"그러니까, 어…… 호키티카가 무슨 뜻이지? 호키티카 말이야. 딱 그거 하나만 가르쳐주면 되네. 사실 말이지, 그 정도면 꽤나 적당한 가격 아닌가? 단어 한 개에 6펜스! 나라면 그 돈에 노래라도 부르겠네!"

테 라우 타우웨어는 한숨을 쉬었다. 호키티카. 그 단어의 의미는 알았지만, 번역을 하기는 어려웠다. 영어와 마오리어 사이에서는 종종 그런 경우가 생겼다. 한쪽 언어의 단어가 다른 언어에 정확히 대치되는 것이 없는 경우다. 백인의 약초 중에는 푸하에 완벽하게 들어맞는 것이 없고, 백인의 빵 중에서 정확히 레웨나 파라로아를 생각나게 하는 것이 없는 것과 비슷하다. 아무리 맛이 비슷하다 해도 언제나 뭔가 한없이 근사치에만 가까운 부분이, 뭔가 상상에 가까운 부분이, 뭔가 빠진 부분이 있었다. 크로스비 웰스는 그것을 이해했다. 테 라우 타우웨어는 어떤 영어도 사용하지 않고서 그에게 코레로 마오리를 가르쳤다. 손가락으로 가리키고, 얼굴 표정으로 흉내내서 의미를 전했고, 크로스비 웰스는 테 라우의 말을 이해하지 못하면 기도처럼 그 소리가 자신을 스쳐가게 놔두었다. 그 의미가 분명해지면서 단어의 내부를 들여다볼 수 있게 될 때까지.

"호키티카 말이야. 자, 친구, 어서."

발퍼가 얼굴에서 빗물을 닦아내며 말했다.

마침내 타우웨어는 손가락을 들어올려 허공에 원을 그렸다. 손가락 끝이 처음 시작했던 자리로 오자 그는 날카롭게 돌아온 자리를 손가락으로 찔렀다. 하지만 원에서 어떤 지점을 특정할 수는 없는 법이라고 그는 생각했다. 원에서 자리를 점찍는 경우는 원을 부수기 위해서이고, 그렇게 되면 더이상 원이 아니니까.

"이런 식으로 생각해라."

그는 영어로 말을 해서 이 단어를 어딘가 부족하게 만들어야 한다는 사실이 아쉬웠다.

"한 바퀴. 그리고 다시 시작으로 돌아온다."

Φ

준비은행은 토요일 정오면 항상 붐볐다. 광부들이 금을 가득 들고 서 있고, 광석을 매달고 기록하느라 천칭이 계속 위아래로 흔들렸다. 은행의 하급 직원들은 서고 이쪽저쪽으로 뛰어다니며 금값 서류를 확인하고, 세금을 냈는지 기록하고, 수수료를 받았다. 길거리가 내다보이는 벽 쪽으로는 창살로 분리해놓은 네 개의 칸막이 공간 안에 은행원들이 앉아 있었다. 그들의 위로 금테를 두른 칠판이 걸려 있고 거기에는 그 주에 들어온 금광석 수량과 각 지역의 소계, 그리고 호키티카 지역 전체의 총량이 적혀 있었다. 금광석이 전부 저장되거나 팔리면 칠판 위의 숫자를 지우고 새롭게 합산을 했다. 종종 방 안에 있는 사람들이 감탄사를 중얼거렸고, 총액이 엄청난 숫자면 박수가 일기도 했다.

발퍼가 은행에 들어섰을 때 사람들의 관심은 이 칠판이 아니라 금 구매자들이 구매를 위해서 금광석을 검사하고 있는 맞은편의 긴 탁자에 쏠려 있었다. 금 구매인들은 벨트에 밝은 구리색 가방을 매달고 있어서 알아보기가 쉬웠다. 그 사람들은 금덩이를 하나하나 손으로 들어보고, 긁어서 금의 순도를 확인하고, 보석 세공용 확대경으로 살펴보았다. 체로 걸러서 건진 사금은 왕모래나 자갈에 부딪쳐 가루가 나지 않았는지 확인하기 위해 망에 다시 한 번 거르고, 가끔은 금속이 당연히 그래야 하듯 서로 달라붙는지 확인하기 위해서 수은 접시에 한 움큼 놓고 흔들어보았다. 구매인이 순금이고 가치가 있다고 선언하면 금을 내놓은 광부가 앞으로 나오고, 구매인이 이름을 묻는다. 그다음에 책상 위의 천칭에 올리고 팔이 평행해질 때까지 조정을 한 다음 광부의 금덩이를 왼쪽 접시에 쏟는다. 오른쪽 접시에 무게추를 하나씩 올리면 마침내 저울이 움직이고 남자의 전 재산이 담긴 접시가 부르르 떨다가 위로 올라가기 시작한다.

그날 아침에는 구매자가 딱 한 사람뿐이었다. 매끄럽게 머리를 넘긴 거부(巨富)는 밝은 초록색 사냥용 재킷에 노란 넥타이 차림이었다. 눈에 확 띄는 복장이라 경호원이 없이 혼자 일을 하고 있어도 부자라는 걸 누구나 알 수 있었을 것이다. 하지만 호키티카 금 호송단이 함께 있었다. 제복을 입은 열 명의 보병들로 이루어진 이 작은 부대는 온갖 판매와 구매를 총괄했고, 나중에 금괴를 무장 포장마차로 옮겨 안전하게 앞바다로 나르는 것을 감독했다. 그들은 구매자 뒤에, 그가 앉아 있는 책상 양옆에 서 있었다. 한 명 한 명이 커다랗고 반짝이는 최신식 디자인의 .577구경 스나이더 - 엔필드 소총으로 무장했다. 남자의 검지만한 길이의 총알을 사용해 상대의 머리를 가루가 되게 날려버릴 수 있었다. 발퍼는 스나이더 - 엔필드의 모형이 처음 운송되어왔을 때 감탄했지만, 이 좁은 공간에서 열 명의 무장한 남자들을 보자 초조한 기분이 들었다. 은행 안에 사람이 하도 많아서 경비병이 쏘는 건 고사하고 총을 어깨 위에 올릴 만한 공간이나 있을까 의문이었다.

그는 광부들을 헤집고서 은행원들의 칸막이 자리까지 나아갔다. 은행 안에 있는 남자들 대부분은 그저 구경꾼이라서 그가 지나갈 수 있게 비켜섰다. 그 덕에 발퍼가 창살로 막힌 칸막이 앞까지 가는 데에는 별로 시간이 걸리지 않았고, 줄무늬 조끼를 입고 깔끔하게 크라바트에 핀을 꽂은 젊은 남자가 그를 맞이했다.

"안녕하십니까."

"프랜시스 카버라는 이름의 남자가 뉴질랜드에 채광권을 갖고 있는 게 있는지 확인하고 싶네."

발퍼는 모자를 벗어 젖은 머리카락을 쓸어 넘겼지만, 그의 손 역시 흠뻑 젖어 있어서 별 의미는 없는 행동이었다.

"프랜시스 카버라, 카버 선장님 말입니까?"

"바로 그 사람이지."

"선생님이 누구시고 왜 이런 정보를 요청하시는 건지 여쭈어야겠습니다만."

은행원은 별다른 감정 없이 그저 온화한 어조로 말했다.

"그 남자는 배를 소유하고 있고, 난 해운업을 하지."

발퍼가 다시 매끄러운 동작으로 모자를 쓰면서 말했다.

"내 이름은 톰 발퍼일세. 난 부수적인 투자란 걸 해볼까 하는 중이야. 광둥을 오가는 차 무역에 말이지. 지금으로서는 생각만 해보고 있네만, 사업상의 제안을 하기 전에 카버에 대해 좀더 알고 싶어서. 그 친구 돈이 어디에 분산되어 있는지, 혹시 파산한 적은 없는지, 뭐 그런 거 말일세."

"그냥 카버 선장님에게 물어보지 그러십니까?"

은행원은 똑같이 무심한 어조로 대꾸해 무례하다기보다는 그저 대수롭지 않게 들렸다. 길거리에서 부서진 짐마차를 마주치고서 관찰한 다음 굴대를 수리하는 아주 간단한 방법이 있다고 사근사근하게 알려주는 듯한 말투였다.

발퍼는 카버가 바다에 나가 있어서 연락을 할 수가 없다고 설명했다. 은행원은 이런 해명에 만족하지 못하는 얼굴이었다. 아랫입술에 손가락을 대고 발퍼를 빤히 쳐다보았다. 하지만 발퍼의 요청을 거부할 만한 이유가 달리 더 생각나지 않는 모양이었다. 고개를 끄덕이고 장부를 끌어당겨 가늘고 정확한 글씨체로 뭔가를 적었다. 그런 다음 글자 위의 잉크를 찍어내고(장부를 덮지도 않는데 쓸데없는 짓이라고 발퍼는 생각했다) 펜 끝을 부드럽고 네모난 가죽에 닦았다.

"여기서 잠깐 기다리시죠."

남자가 낮은 문 안쪽으로 사라졌다. 그 뒤로는 작은 방 같은 것이 있었다. 남자는 곧 가죽으로 장정하고 등에 C라는 글자를 박아넣은 커다란 접이책을 갖고서 돌아왔다.

발퍼는 은행원이 접이책의 걸쇠를 풀고 펼치는 동안 손가락을 두드리며 창살 사이로 남자를 유심히 보았다.

이 젊은 남자와 길거리의 마오리족이 얼마나 대조적인지! 둘 다 나이는 비슷해 보였지만, 타우웨어가 근육질에 강인하고 단단한 자세인 반면 이 남자는 고양이처럼 께느른했다. 자신의 힘을 빠르게 움직이는 데 소모할 필요가 전혀 없다는 듯이, 그렇다고 해서 아껴둘 이유도 없다는 듯이 어딘지 호사스럽게 움직였다. 몸매는 날씬했고 머리는 갈색 빛에 길고 끝부분이 곱슬거렸으며 고래잡이들 같은 스타일로 목덜미에서 끈으로 묶었다. 얼굴은 크고 눈 사이가 널찍하게 벌어져 있었다. 입술은 통통하고, 이는 굉장히 굽었고, 코는 꽤 큰 편이었다. 이런 특징들이 모여서 정직하면서도 무관심해 보이는 표정을 자아냈다. 무언가를 요구하거나 출처를 드러내기를 거부할 때 그 무관심한 표정은 우아하게 보였다. 발퍼는 그가 굉장히 우아한 청년이라고 생각했다.

"찾았습니다. 자, 카스웰, 그다음엔 캐시디. 선생님이 찾는 분은 여기 없습니다."

그가 마침내 어느 부분을 짚으며 말했다.

"그러면 프랜시스 카버는 채광권이 없는 거구먼?"

"캔터베리에는 없습니다."

그가 부드럽게 텅 소리를 내며 접이책을 덮었다.

"오타고에는 등록이 되어 있나?"

"그건 더니든에 가서 알아보셔야 할 것 같습니다."

막다른 골목이었다. 로더백의 이야기에 나온 상자 안의 금은 오타고의 금광인 던스탄에서 나온 것일 수도 있었다. (물론 증거는 없었다.)

"오타고 광부들의 기록은 여기 없나?"

발퍼가 실망해서 물었다.

"없습니다."

"오타고 서류를 들고 오는 사람은 어떻게 하지? 처음 도착했을 때의 기록이 세관에 있을까?"

"세관에는 없습니다만, 금을 조금이라도 찾았다면 떠나기 전에 집계해서 무게를 달았어야 합니다. 우선 신고를 해야 그다음에 다른 주나 나라 밖으로 실어갈 수 있습니다. 그러니까 누군가가 여기에 오면 저희는 채광권을 보자고 하지요. 그런 다음 이 책에 오타고 면허를 갖고 호키티카 금광에서 일을 한다고 적습니다. 그런데 이 책에 아무것도 없으니까, 방금 말씀드린 것처럼 찾는 분이 이 근방에서는 채광을 하지 않았다는 겁니다. 오타고에서 채광을 했는지 어떤지까지는 저도 모르지요."

은행원은 자신이 한 축을 담당하고 있는 관료주의의 일반적인 특징을 설명해달라는 요청을 받은 관료 특유의 통제된 불안감이 담긴 어조로 말했다. 공무원은 항상 손쉽게 자신의 전문지식을 보여줄 수 있기 때문에 통제되어 있지만, 설명이 필요하다는 그 자체가 어떤 면에서 그에게 전문지식을 제공하는 체제 자체를 손상시키는 것이기 때문에 불안감이 담겨 있는 것이다.

"알겠네. 자, 그럼 하나만 더 물어봅세. 카버가 어디든 간에 광산회사에 주식이 있는지, 아니면 개인 소유 광산에서 자기 배당 몫을 받아간 적이 있는지 알고 싶은데."

은행원의 온화한 표정에 의심의 빛이 스쳤다. 잠깐 동안 그는 아무 대답도 하지 않았고, 속으로 다시금 발퍼의 요청을 거부할 이유를 찾는 것 같았다. 일반적이지 않은 요청이라고 거부하거나 아니면 이유를 알아야겠다고 말을 하려는 것처럼 말이다. 그는 온화하기는 하지만 뚫어질 듯한 눈빛으로 발퍼를 쳐다보았고, 남이 자신을 관찰하는 듯한 눈빛을 언제나 불편해하는 발퍼는 험악하게 인상을 찌푸렸다. 하지만 조금 전처럼 은행원은 자신이 맡은 바 임무에 충실하게 장부에 다시 글을 적고, 잉크를 닦아낸 뒤, 정중하게 실례의 말을 하고서 새로운 요청을 해결하러 갔다.

하지만 배당 몫 기록을 갖고 돌아온 그의 표정은 굉장히 불편해 보였다.

"프랜시스 카버는 이 분야에서는 기록된 게 있군요. 명부라고까지 하기는 어렵고, 광산이 딱 하나 있습니다. 개인적인 계약 같군요. 카버는 매 분기마다 광산 순이익의 50퍼센트에 해당하는 금액을 받도록 되어 있습니다."

"50퍼센트라고! 게다가 광산이 딱 하나란 말이지. 꽤나 자신만만했던 모양이구먼! 언제 산 건가?"

"기록에 따르면 날짜는 1865년 7월입니다."

"그렇게 오래전에!"

발퍼가 말했다. (6개월 전에 말이지! 하지만 그건 갓스피드 호의 매매 이후일 텐데, 그렇지 않나?)

"어디 광산이지? 누가 소유한 건가?"

"오로라라는 이름의 광산입니다."

은행원이 한마디 한마디 신중하게 발음했다.

"그리고 그곳을 소유하고 운영하는 사람은······."

"에머리 스테인스지."

발퍼가 그의 말을 받으며 고개를 끄덕였다.

"그래, 나도 거기가 어딘지 안다네. 카니에레 위쪽에 있지. 참 대단한 소식이군. 스테인스는 나와는 막역한 친구야. 내가 가서 그 친구와 직접 얘기를 해보겠네. 정말로 고맙구먼, 이름이······."

"프로스트입니다."

"정말로 고맙네, 프로스트 군. 정말이지 굉장한 도움이 되었어."

하지만 은행원은 묘한 표정을 띠고서 발퍼를 쳐다보기만 했다.

"발퍼 씨, 아직 못 들으신 모양입니다만······."

"스테인스에 대해서 말인가?"

"네."

발퍼의 몸이 굳었다.

"그 친구가 죽었나?"

"아뇨. 사라졌습니다."

"뭐? 언제?"

"2주 전에요."

발퍼의 눈이 커졌다.

"이런 소식을 전해드리게 되어서 유감입니다. 정말로 그분과 막역한 친구시라면 말입니다."

발퍼는 은행원의 말투에 돋친 가시를 알아채지 못했다.

"사라졌다니, 2주나 전에! 그런데 아무도 이야기를 안 하는 건가? 왜

난 이 이야기를 못 들었지?"

"많은 사람들이 이야기하고 있습니다. 이번 주에 매일같이 실종자란에 공고가 실렸고요."

"난 개인소식란은 안 읽는다네."

(하지만 모르는 것도 당연했다. 그는 지난 2주 동안 로더백과 함께 코스트 여기저기를 오가며 소개를 시키느라 바빴으니까. 그 탓에 평소라면 저녁마다 습관적으로 코린티안에 들러서 맥주를 시켜놓고 다른 광산 주변 상인들과 지역 소식을 교환했을 텐데, 최근에는 그러지 못했던 것이다.)

"어쩌면 노다지를 발견했는지도 몰라. 그래, 그런 게지. 어디 산골짜기 깊은 데서 광맥을 발견하고는 그 땅의 소유권을 확보할 때까지 조용히 몸을 숨기고 있는 걸 게야."

"그럴 수도 있겠죠."

은행원은 예의상 그렇게 대답하고는 더이상 아무 말도 하지 않았다. 발퍼는 입술을 잘근잘근 깨물었다.

"사라지다니! 이해가 안 되는군!"

"저는 이 소식이 선생님의 동업자분께 어떤 의미일지가 더 궁금하군요."

프로스트는 펼쳐놓은 장부를 손바닥으로 쓰다듬으면서 말했다.

"내 동업자라니?"

발퍼는 은행원이 자신이 일부러 이름을 한 번도 꺼내지 않은 알리스테어 로더백을 지칭하는 거라고 생각하고는 불안한 눈으로 쳐다보았다.

"카버 씨 말입니다. 장차 사업상 동업자로 삼을까 한다고 아까 전에 말씀하지 않으셨습니까? 카버 씨는 스테인스 씨와 공동 투자를 하셨습니다. 그러니까 스테인스 씨가 죽었다면……."

그는 말끝을 흐리고 어깨를 으쓱였다.

발퍼는 눈을 가늘게 떴다. 은행원은, 아주 막연하긴 하지만, 카버가 에머리 스테인스가 사라진 데에 어떤 식으로든 일조했다고 암시하는 것 같았다…… 물론 증거는 전혀 없을 테지만 말이다. 프로스트의 태도는 아주 명확했지만, 그러면서도 혹시나 비난을 받을 수 있을 법한 의견은 하나도 드러내지 않았다. 청년은 카버의 손실에 대해 동정을 표하는 것처럼 말하면서도 말투에서 카버를 좋아하지 않는다는 사실을 은근슬쩍 드러냈다. 이런 다의적인 말이 비겁하다고 생각해서 발퍼는 화가 날 지경이었지만, 자신이 거짓말을 하고 있다는 사실을 떠올렸다. 그는 카버와 사업을 할 생각이 없으니 구태여 논쟁을 벌일 이유도 없었다.

하지만 젊은 은행원 프로스트가 미소를 억누르는 것을 발견하고 발퍼는 이 젊은이가 실은 자신을 조롱하고 있었음을 깨닫고 격분했다. 프로스트는 그가 지어낸 이야기를 전혀 믿지 않았던 것이다! 그는 발퍼가 카버와 사업을 할 계획이 없다는 것, 뭔가 다른 목적 때문에 이런 속임수를 쓴 거라는 것을 알고 있었다. 그리고 그걸 안다는 사실에 더해 발퍼를 비웃기까지 해서 그를 두 배로 모욕했다! 자신의 행동을 상대가 이미 파악했다는 것도 화가 나지만, 1제곱미터의 칸막이 공간 안에서 다른 남자 이름의 수표에 서명이나 하며 하루를 보내는 남자가 자신을 비웃었다는 사실이 더더욱 괘씸했다. (두번째 부분은 로더백이 그날 아침에 한 말이었지만, 발퍼는 자신이 떠올린 말이라고 생각했다.) 갑자기 화가 치민 그는 몸을 앞으로 기울이고 창살을 손으로 거머쥐었다.

"좋아, 잘 듣게. 난 자네와 마찬가지로 카버와 사업을 할 생각이 전혀 없어. 난 그자가 악당에 도둑에 사기꾼을 다 합쳐놓은 존재라고 생각해. 난 그자에게 대적할 생각이라고, 제기랄. 그 작자를 들여다볼 트윙클이 필요해. 내가 이용할 만한 게."

"트윙클이 뭡니까?"

은행원이 물었다.

"그건 멍청한…… 신경 쓰지 말게. 중요한 건 그자를 체포할 만한 건수를 찾고 있다는 거야. 그 작자를 법의 손에 넘길 만한 걸 말이지. 난 그자가 다른 사람의 금광에서 한재산 챙겼다고 생각한다네. 수천 파운드쯤. 하지만 이건 그냥 감일 뿐이고, 확실한 증거가 필요해. 뭔가 시작으로 삼을 만한 게 필요하다고. 알겠나? 내가 이야기한 투자 건은 그냥 핑계였을 뿐이야. 지어낸 얘기지."

그는 창살 사이로 은행원을 노려보다가 잠시 후에 말했다.

"왜? 이번엔 또 뭐지?"

"아무것도 아닙니다."

프로스트는 책상 위에 서류를 펼치고서 입을 다문 채 수수께끼 같은 미소를 지었다.

"선생님의 사업은 선생님 일이죠. 행운을 빌겠습니다, 발퍼 씨."

Φ

에머리 스테인스에 대한 소식에 발퍼는 진심으로 놀랐다. 화물 상자와 협박 같은 건 있을 수도 있는 일이지만, 사람이 사라지는 건 전혀 다른 문제다. 이것은 심각한 일이었다. 에머리 스테인스는 훌륭한 광부였고, 죽기에는 너무 젊었다.

법원 앞에서 발퍼는 멈춰 서서 잠시 깊게 숨을 들이켰다. 은행 바깥에 몰려 있던 사람들은 점심을 먹으러 흩어졌고, 마오리족 청년도 사라졌다. 비는 가늘어져서 가벼운 이슬비로 변했다. 발퍼는 이제 어디로 가야 할지 결정하지 못하고서 눈으로 길가를 훑었다. 완전히 기운이 빠진 느낌이었다. 사라지다니. 사람이 그냥 사라질 리가 없지 않은가! 살해된 것이 분명하다. 2주 동안이나 나타나지 않았다면, 달리 설명할 방법이 없다.

에머리 스테인스는 남쪽 금광 지대에서 가장 부자라고 할 만한 사람이었다. 그는 열댓 개가량의 광산 소유권을 갖고 있었고, 그중 여러 개에 최소한 깊이 9미터가량의 수갱이 뚫려 있었다. 스테인스를 대단히 존경하는 발퍼는 젊은이의 나이가 스물서너 살 정도일 거라고 추측했다. 그런 행운을 거머쥐어도 이상하지 않을 정도의 나이였고, 정직하지 못한 수단으로 그런 재산을 획득했다는 의심이 들 정도로 나이가 많지도 않았다. 사실 발퍼는 그런 생각은 해본 적도 없었다. 스테인스는 천성적으로 굉장히 성실하고 전도유망한 청년이었고, 그런 것을 과하게 자랑하지도 않았다. 성격 면에서 그는 붙임성 있고, 낙관적이고, 굉장히 눈치가 빠른 사람이었다. 그가 죽었다는 건 생각만으로도 끔찍했다. 살해당했다는 건 더더욱 끔찍했고.

그때 웨슬리 교회의 종이 12시 30분을 알리며 울렸고, 새들이 우르르 날아올랐다. 새들은 임시 종루에서 날아올라 하늘 위로 검은 그림자처럼 흩어졌다. 발퍼는 소리가 나는 쪽으로 고개를 돌리다 갑자기 관자놀이가 욱신거리는 것을 느꼈다. 감각이 몽롱하다가 예리해지고 — 아침에 마신 술의 영향일 것이다 — 이 상황에 대한 책임감이 무겁게 그를 짓눌렀다. 더이상 로더백을 위해서 탐문하러 다니고 싶은 기분이 아니었다.

그는 코트를 여미고 돌아서서 호키티카 곶을 향해 걷기 시작했다. 곶은 그에게 은신처 같은 곳이었다. 날씨가 궂은 날 모래 위에 서서 코트를 단단히 쥐고 옹기종기 모여 있는 정박한 배들의 돛대 너머를 보는 것이 그의 취미였다. 배들이 강의 흐름과 파도, 바람에 단체로 이리저리 흔들리는 모습, 해안가 나무의 껍질을 벗기고 관목을 옹송그린 모양으로 만드는 거친 타스만 바람도 좋았다. 발퍼는 폭풍의 그 강렬한 냉혹함을 좋아했고, 외로운 장소를 좋아했다. 그 자신은 한 번도 혼자라고 느껴본 적이 없었기 때문이다.

진창이 된 강둑을 따라 부두로 가는 동안 갑자기 바람이 멈추었다. 발퍼는 미소를 띠고 안개 속을 보았다. 널따란 강어귀에는 비 때문에 수면 위로 그림자가 전혀 비치지 않았고, 물은 백랍 접시처럼 불투명한 회색이었다. 바람이 잦아들며 위아래로 들썩거리던 돛대의 움직임이 느려졌다. 발퍼는 말아놓은 묵직한 돛 때문에 돛대의 움직임이 앞뒤로 점차 느려지는 것을 바라보았다. 그러다가 결국에는 거의 움직임이 멈추었다.

부두는 강어귀를 빙 돌아서 곶과 만났다. 대양에서 밀려오는 하얀 파도가 좁은 모래사장 한쪽을 후려쳤고, 다른 한쪽은 금이 다 빠져버린 강물이 느릿하게 들락거리며 소금물과 뒤섞였다. 곶의 조용한 쪽으로 부두에서 튀어나온 짧은 선창이 있었다. 발퍼가 그 위로 올라가자 그 무게에 골조가 삐걱거렸다. 발퍼만큼 흠뻑 젖은 하역 인부 두 명이 6미터쯤 떨어진 선창에 앉아 있다가 깜짝 놀라며 돌아보았다.

"괜찮네, 이 친구들아."

발퍼가 말했다.

"알겠습니다, 사장님."

한 명이 끝을 청동으로 씌운 갈고리 장대를 들고 있었다. 그걸로 저녁거리를 잡기 위해 아래쪽 바위 위로 뛰어드는 갈매기들을 후려치고 있었는지 다시 느긋하게 하던 일로 돌아갔다. 다른 한 명은 점수를 기록하는 중이었다.

발퍼는 그들 뒤로 걸어갔고, 잠시 동안 아무도 입을 열지 않았다. 그들은 앞뒤로 흔들거리며 정박하고 있는 배들을 빗속에서 눈을 가늘게 뜨고 바라볼 뿐이었다.

"자네들은 문제가 뭔지 아나? 이 동네에서는 누구든 자신을 새롭게 만들어낼 수가 있다는 거야. 새롭게 창조하는 거지. 가명을 쓴들 어떤가? 이름이 뭐 그리 중요해서? 금덩이를 줍듯이 이름도 아무 데서나 주워오는 거야. 웰스라고 부른다든지, 아니면 카버라고 부른다든지……."

인부 한 명이 힐끔 돌아보았다.

"프랜시스 카버와 말다툼이라도 하셨습니까?"

"아니, 아니야."

발퍼가 고개를 흔들었다.

"그럼 웰스라는 남자와 다투신 겁니까?"

발퍼는 한숨을 쉬었다.

"아니, 말다툼 같은 건 없었네. 그저 한두 가지 좀 알아내고 싶은 것뿐이라네. 조용하게, 은밀하게 말이지."

갈매기가 다시 돌아왔다. 인부가 장대를 휘둘렀으나 놓쳤다.

"날개에 거의 걸릴 뻔했어. 그러니까 5점이야."

두번째 남자가 말했다.

발퍼는 그들이 아래쪽 자갈밭에 비스킷 조각을 떨어뜨리는 것을 보왔다.

처음 말했던 인부가 발퍼 쪽으로 고개를 돌리고 물었다.

"카버를 뒤쫓고 계신 겁니까, 아니면 다른 쪽을 쫓고 계신 겁니까?"

"둘 다 아닐세. 신경 쓰지 마. 잊어버려. 난 프랜시스 카버와 말다툼한 적이 없는 거야. 알겠지? 그렇게 기억해두라고."

"알겠습니다."

인부는 대답을 한 다음 덧붙였다.

"하지만 하나 말씀드리자면, 뒷이야기를 은밀하게 듣고 싶으시다면 말입니다, 그럼 교도소장에게 물어보셔야 할 겁니다."

갈매기가 좀더 가까이 다가와 원을 그리며 맴돌았다.

"교도소장? 셰퍼드 말인가? 왜지?"

"왜냐고요? 카버가 셰퍼드의 감옥에서 형을 살았으니까요. 코카투 섬에서, 10년 살았죠. 카버는 거기서 셰퍼드의 감시를 받으면서 죄수노동으로 건선거(乾船渠)를 만들었습니다. 카버에 대해 뒷조사를 하고 싶으시거든 셰퍼드 교도소장과 꼭 얘기를 해보셔야 할 겁니다."

"코카투에서? 셰퍼드가 코카투에서 교도관으로 근무했는 줄은 몰랐군."

발퍼의 흥미가 동했다.

"그랬습니다. 그러다가 카버가 석방된 바로 다음 해에 셰퍼드도 뉴질랜드로 전근을 오게 됐습니다. 카버를 따라서 말이죠! 지지리 운도 없지 않습니까?"

"최악이지."

그의 동료가 동의했다.

"자네는 이걸 다 어떻게 아나?"

발퍼가 물었지만, 인부는 동료 쪽을 향해 말을 이었다.

"나 같으면 그 사람 얼굴을 다시는 보고 싶지 않을 거야. 10년 동안 매일같이 교도관으로 얼굴을 봤는데, 이제 자유의 몸이 되고 나서 또……."

"자네는 이걸 다 어떻게 아나?"

발퍼가 끈질기게 물었다.

"전 거기 건선거에서 일을 배웠거든요. 어이, 이거 봐…… 완전 끝내주지!"

인부가 장대로 갈매기의 등을 후려치고서는 소리쳤다.

"자네 혹시 카버가 무슨 죄로 형을 살았는지까지는 모르겠지, 음?"

"밀수였습니다."

인부는 대뜸 대답했다.

"뭘 밀수했는데?"

"아편요."

"그런…… 중국으로, 아니면 중국에서?"

"거기까지는 모르겠습니다."

"하지만 누가 그자를 체포했지? 정부는 아닐 테고."

인부는 잠시 생각해보다가 어깨를 으쓱였다.

"잘 모르겠습니다. 아마 아편이랑 관계가 있었던 것 같긴 하지만, 그냥 제가 엉뚱한 얘기를 들은 걸 수도 있겠죠."

발퍼는 이쯤에서 두 사람에게 작별 인사를 하고 곶을 따라 내려왔다. 완전히 혼자가 되자 그는 양발을 벌리고 주머니에 손을 밀어넣은 채 바다의 하얀 파도를 바라보았다. 나사 잭과 기름칠한 회전기 너머, 곶의 가장 끝에 있는 목조 등대 너머, 모래톱에 침수된 배들의 검은 그

립자 너머를.

"자, 생각해봐! 이건 확실해, 이건 뭔가 확실한 거라고! 카버가 그자의 진짜 이름인 게 분명해! 호키티카에서, 교도관의 코앞에서 가명을 쓰지는 못하겠지. 그 사람 밑에서 형을 살았는데 말이야!"

발퍼는 엄지와 검지로 콧수염을 쓰다듬으며 혼잣말을 중얼거렸다.

"하지만 문제는 이거야. 대체 무슨 생각으로 그 작자가 프랜시스 웰스라는 이름으로, 서면 증거까지 남겨가면서 배를 요구한 거지?"

천칭자리의 토성

C☾˙⋆

조지프 프리처드는 자신의 음모론을 설명한다. 조지 세퍼드는 계획적인
제안을 하고, 하랄 닐슨은 마지못해서 아 퀴를 방문하기로 한다.

이 시점에서 발퍼는 화자 역할을 빼앗기게 되었다. 해운업자가 새
시가에 불을 붙이고, 술잔을 새로 채우고, "자, 내가 틀렸으면 고쳐주게,
친구들!"이라고 열의에 차서 말하면서 역할이 넘어갔다.

이 권유는 정확하게는 두 명을 향한 것이었다. 무디의 왼쪽에 앉아
있는 검은 머리 남자 조지프 프리처드는 무거운 침묵을 지키고 있던
사람이었고, 무디가 나중에 알게 되듯이 서두르지 않는 말투까지 대단
히 묵직했다. 그리고 또 한 명의 존재는 우리가 아직까지 주목해서 이
야기한 바가 없었다. 이 두번째 남자는 무디가 처음 흡연실에 들어왔
을 때 당구를 치고 있던 사람이었고, 발퍼는 이제 시가로 손짓을 하면
서 그가 오슬로에서 태어나 바스에서 자란 하랄 닐슨이라고 소개했다.
그리고 3카드 브래그 게임에 무적의 제왕이고, 끝내주게 훌륭한 사수
라고 덧붙였다. 닐슨은 자신에 관한 칭찬을 좀더 보강하고 싶은 것처
럼, 대영제국 최고의 물건인 총구 장전식 엔필드 소총을 갖고 다니며

다른 무기에는 손댈 마음이 전혀 없다고 말했다. 이 두 남자는 발퍼의 권유를 문자 그대로 덥석 받아들였다. 닐슨의 경우에는 허영 때문이었다. 그는 자신이 이 엄청난 이야기를 풀어놓는 데 선구적인 역할을 하지 못했고, 심지어는 이야기 속에서 주연도 아니었다는 사실을 참을 수가 없었다. 반면 프리처드는 정확하게 설명하고 싶은 마음 때문이었다.

그러니 이제 토머스 발퍼는 선창에 서서 주머니에 손을 꽂고 눈을 가늘게 뜨고 빗속을 쳐다보는 상태로 내버려두고, 우리의 시선을 북쪽으로 2백 미터 떨어진 곳으로, 깁슨 부두의 경매장으로 옮겨보도록 하자. 연단 뒤쪽으로 '닐슨&컴퍼니, 중개상'이라는 명패가 달린 개인 사무실로 이어지는, 페인트칠도 하지 않은 문이 있었다.

시간의 흐름을 조화시키기 위해서 우리의 이야기를 정확히 발퍼가 끝낸 그 시점에서부터 시작해보겠다. 1월 27일 토요일, 호키티카, 오후 1시 5분 전에서부터.

Φ

토요일 정오에 하랄 닐슨은 대체로 자신의 사무실에서 계약서와 유언장, 화물 영수증 무더기를 쌓아놓고 앉아 10분마다 가슴을 더듬어 은제 주머니 시계를 꺼내 점심 먹으러 나갈 시간을 확인하곤 했다. 그리고 매일같이 논파렐에서 규칙적으로 식사를 했다. 닐슨은 짙은 색 그레이비소스와 페이스트리, 에일 맥주가 건강에 좋다고 확고하게 믿어서 주변 사람들 모두에게 이런 일과를 추천하곤 했다. 사실 그는 추천을 굉장히 많이 했고, 자신의 습관이 목표의식이 부족한 다른 사람들에게 득이 된 경우를 예로 들곤 했다. 그는 상식을 벗어난, 가설에 가까운 내용에 대한 논쟁을 특히 좋아했고, 그 자신의 취향에 맞는 몇 안 되는 헌신적인 사람들 무리 속에서 이런 말도 안 되는 추상적 이론을 설명하는 것을 아주 좋아했다. 이런 태도는 그가 유쾌하고 굉장히 재미있다고 생각하는 친구들에게는 애정으로 받아들여졌고, 그가 젠체하고 자기중심적이라고 생각하는 비방자들에게는 비웃음을 샀다. 하지만 후자의 목소리는 닐슨의 귀에는 거의 들리지 않았기 때문에 그는 그들의 마음을 얻으려는 노력 같은 것은 아예 하지 않았다.

하랄 닐슨은 고급스러운 옷차림으로 호키티카에서 유명했다. 그날 오후에 그는 짙은 회색빛이 도는 실크 옷깃이 달린 무릎길이의 프록코트에 짙은 빨간색 조끼, 회색 보타이, 줄무늬 캐시미어 정장 바지를 입고 있었다. 그의 책상 뒤쪽 모자걸이에 걸려 있는 실크 모자는 코트와 똑같은 짙은 회색이었다. 그 아래에는 곡선형 손잡이가 달리고 끝에 은을 댄 지팡이가 서 있었다. 이 의상을 완벽하게 마무리하기 위해서(그래야 일상복을 완벽하게 자신의 계급에 어울리는 의상으로 탈바꿈시킬 수 있으니까) 그는 두툼한 호리병박 모양에 잇자국이 난 부리가 달린 파이프를 피웠다. 사실 그가 파이프를 좋아하는 건 담배를 피우는 것을 좋아해서가 아니라 파이프가 발휘하는 강조의 효과 때문이었다. 그는 종종 파이프에 불을 붙이지 않은 채 잇새에 물고, 방백으로 말하는 희극 배우처럼 입가로 말을 하곤 했다. 이런 비유는 그에게 잘 어울렸다. 닐슨은 자신이 연출하는 인상에 우쭐해하곤 했는데, 실제로 남들에게 아주 훌륭한 인상을 심어주기 때문이었다. 하지만 오늘은 마호가니 파이프가 따뜻했고, 그는 초조하게 부리를 통해 연기를 빨아들였다. 점심시간이 이미 지나갔지만 그는 식사나, 그를 해리라고 부르며 항상 그를 위해 파이 껍질을 챙겨두곤 하는 논파렐의 뺨이 붉은 여종업원을 생각하고 있지 않았다. 그는 책상 위에 놓인 노란 영수증을 보면서 인상을 찌푸렸고, 다른 사람이 함께 있었다.

마침내 그가 파이프를 입에서 빼고 시선을 들어 맞은편에 앉은 남자를 쳐다보았다. 그리고 낮은 목소리로 말했다.

"난 아무 잘못도 하지 않았네. 법을 어기는 짓은 전혀 한 적이 없어."

그의 말투에는 노르웨이 억양이 아주 희미하게 남아 있을 뿐이었다. 바스에서 30년을 산 터라 억양이 완전히 영국식이었다.

"누가 이득을 보느냐의 문제지. 재판소에서 주목하는 건 바로 그 부분이야. 그리고 이 남자의 죽음으로 자네가 꽤 큰 이득을 봤잖아."

조지프 프리처드가 말했다.

"합법적으로 그 사람의 재산을 팔아서 그런 거지! 그 사람이 이미 땅에 묻힌 다음에 나한테 넘어온 거였고!"

"땅에 묻히긴 했지만, 시체가 식기도 전이었겠지."

"크로스비 웰스는 술을 마시다 죽었어. 검시 요청도 없었고, 이상한 점도 없었어. 그 친구는 주정뱅이였고 은둔자였네. 난 이 서류를 받고서 그 친구가 가진 재산이 별거 없을 거라고 생각했었어. '귀향금'에 대해서는 전혀 몰랐다고."

"이게 그저 운 좋은 일이었다는 식으로 말하는군."

"난 법을 어기는 일은 하지 않았다고 말하는 것뿐이야."

"하지만 누군가는 했어. 누군가가 이 일을 꾸몄어. '귀향금'에 대해 아는 사람이 누구지? 크로스비 웰스가 땅에 묻힐 때까지 기다렸다가 조용히, 빠르게, 경매에도 내놓지 않고 그의 땅을 팔아치운 사람이 누굴까? 누가 서류를 보낸 거지? 그리고 누가 내 아편 팅크를 그 사람 침상 아래 심어둔 거고?"

"지금 심어놨다고······."

"누군가가 심어놓은 거야. 맹세할 수 있어. 난 그 남자에게 한 방울도 판 적이 없어. 난 내 고객들 얼굴을 알아. 크로스비 웰스에게는 정말로 단 한 방울도 판 적이 없어."

"자, 그럼 됐잖나! 자네가 증명하면 되겠네! 자네 기록이랑 영수증 같은 것들을 보여주고······."

"이 음모에서 우리의 역할 말고 그 이상을 봐야 해!"

프리처드는 화가 나서 말할 때면 목소리를 높이는 것이 아니라 오히려 낮추었다.

"우린 이 일에 관련되었어. 계속해서 추적하다보면 시작한 사람을 찾을 수 있을 거야. 전부 다 큰 그림의 일부인 거지."

"이 모든 게······ 미리 계획된 거라고 말하는 건가?"

프리처드는 어깨를 으쓱였다.

"내가 보기엔 살인 같거든."

"살인 모의지."

닐슨이 정정했다.

"뭐가 다르지?"

"차이점은 형기에 있어. 살인 모의라고 하면, 행위 그 자체가 아니라 의도만 갖고서 판결을 받지. 크로스비는 다른 사람의 손에 의해 죽은 건 아니지 않나."

"그렇다고들 하더군. 자네는 검시관의 말을 믿나? 아니면 직접 손에 삽을 들고서 그 은둔자의 시체를 파헤쳐볼 텐가?"

"그런 소름끼치는 소리는 하지도 말게."

"내 이거 하나는 보장하지. 분명히 그 무덤에는 시체가 한 구 이상 있을 거야."

"그만하라니까!"

프리처드는 가차 없이 말을 이었다.

"에머리 스테인스. 그 친구가 살해된 게 아니라면 대체 무슨 일이 있는 거겠나? 하늘로 솟았겠나?"

"물론 아니겠지."

"웰스는 죽었고, 스테인스는 사라졌어. 전부 다 몇 시간 사이에 말이지. 웰스는 이틀 후에 묻혔고…… 다른 사람의 무덤만큼 시체를 숨기기 좋은 곳이 또 어디 있겠나?"

조지프 프리처드는 언제나 숨겨진 동기를, 은밀한 진실을 찾곤 했다. 음모는 그를 매혹했다. 그는 다른 사람들이 부속 건물을 세우듯이 확신을 계속해서 덧붙였고 ― 그에게 믿음이라는 것은 목마름과 같았다 ― 자신의 확신을 기꺼이 세례를 받는 종교인과 같은 열정으로 키워나갔다. 이런 희열은 그의 자존감에까지 영향을 미쳤다. 마음속의 수면이 흔들릴 때마다 그는 항상 안으로, 더 깊은 곳으로 헤엄쳐 들어가려고 했다. 마치 자신만의 암울한 환상의 바닥을 만지고 싶은 것처럼, 익사하고 싶은 것처럼 강하게, 단호하게 발을 움직여 헤엄을 쳤다.

닐슨이 말했다.

"그건 쓸데없는 추측이야."

"같이 묻혔다는 데 내 전부를 걸겠어."

프리처드가 의자에 기대며 말했다.

"자네가 뭘 추측하든, 뭘 걸든 그런 게 뭐가 중요하지? 자네가 죽이지 않았어. 자네는 아무도 살해하지 않았다고. 다른 사람이 저지른 거야."

닐슨이 고함을 질렀다.

"하지만 그걸 내가 한 짓으로 보이게 만들고 싶어 하는 사람이 분명히 있어. 그리고 그 작자는 확실하게 자네를 엉뚱한 것만 쫓아다니는 머저리로 보이게 만들었다고!"

"죄다 상황 증거야."

"배심원들은 상황 증거에 신경을 써."

"그만 좀 하게."

닐슨이 기운이 빠진 것처럼 말을 이었다.

"자네 정말로 배심원이 필요할 거라고 생각하는 건……."

"……아닐 거라고? 정신 좀 차려. 에머리 스테인스는 호키티카에선 왕족이야. 좀 이상한 말 같지만, 줄지어 세워놓은 주정뱅이들 사이에서 주지사도 골라내지 못하는 작자들조차도 스테인스의 이름은 안다고. 검시가 있을 게 분명해. 그 친구가 수십 명의 증인 앞에서 계단에서 넘어져 목이 부러졌다고 해도 검시를 할걸. 그 친구를 크로스비 웰스 사건과 연결시키는 증거가 딱 하나만 나오면, 그 친구 시체를 언제든 간에 찾기만 하면, 그럼 자네는 끌려들어가는 거야. 공모자로 재판에 회부되는 거지. 그렇게 되면 뭐라고 변명을 할 생각인가?"

"난 절대로…… 우리는 절대…… 모의 같은 건……."

하지만 그 무익함이 가슴 깊이 닿자 그는 입을 다물었다.

프리처드는 침묵을 깨뜨리지 않았다. 그저 중개상을 빤히 쳐다보며 기다릴 뿐이었다. 결국에 닐슨은 차분하고 실리적인 어조를 유지하려고 노력하면서 다시 말을 이었다.

"우린 아무것도 숨겨놔서는 안 돼. 재판소에 직접 가서……."

"혐의를 뒤집어쓸 위험을 무릅쓰자고?"

프리처드가 더더욱 낮아진 목소리로 말을 이었다.

"우린 이 일에 관계된 사람을 반도 몰라, 이 친구야! 스테인스가 살해되었다면…… 설령 자네가 내가 한 말의 나머지는 믿지 않는다고 해도, 그 친구가 그 시점에 사라진 게 우연치고는 빌어먹을 일이라는 건 인정해야 돼. 그 친구가 살해된 거라면, 만약에 그렇다고 치면, 이 동네의 누군가가 그 일에 대해서 알고 있어야 하겠지."

닐슨은 오만한 어조로 말하려고 노력했다.

"나는 말일세, 가만히 서서 목에 교수대 밧줄이 걸리기를 기다리고 있을 생각은 없네……."

"가만히 서서 기다리자고 하는 게 아니야."

중개상의 어깨가 조금 처졌다.

"그럼 뭔가?"

프리처드가 씩 웃었다.

"밧줄이라고 했나? 그래, 좋아. 줄을 따라가자고."

"다시 은행원에게 돌아가자는 뜻인가?"

"찰리 프로스트? 그럴지도."

닐슨은 회의적인 표정이었다.

"찰리는 배신자가 아니야. 그 친구도 '귀향금'이 나타났을 때 다른 사람들만큼 놀랐다고."

"놀라는 척하는 건 아주 쉬워. 그리고 그 토지를 산 사람 쪽은 어떤가? 그리디론 호텔의…… 클린치라고 했나? 그쪽도 분명히 어디서 이야기를 주워들었을 텐데."

닐슨은 고개를 흔들었다.

"난 믿을 수가 없네."

"노력해보는 게 좋을지도 몰라."

"어쨌든 간에 이제 미망인이 나타나 자기 권리를 청구했으니까 클린치는 한 푼도 얻지 못할 거야. 자네가 걱정해야 할 사람은 바로 그 여자야."

하지만 프리처드는 미망인에 관해서는 별다른 의견이 없었다.

"클린치가 크로스비 웰스로부터는 한 푼도 얻지 못할지도 모르지. 하지만 이렇게 생각해보라고. 스테인스가 클린치에게 그리디론을 임대해주고 있지 않았나?"

"무슨 얘기를 하려는 건가?"

"채권자가 죽은 게 그 친구에게는 유감스러울 게 전혀 없는 일이라는 거지."

닐슨의 얼굴이 벌게졌다.

"클린치는 다른 사람을 죽이지 않았네. 아무도 그런 짓은 하지 않아. 찰리 프로스트? 정신 차리게, 조! 그 녀석은 생쥐 같은 놈이야."

"겉만 보고는 그 사람이 무슨 짓을 할 수 있는지 모르는 법이야. 그 친구가 뭘 하고 다니는지 자네가 어떻게 알겠나?"

"이런 종류의 추측은……."

닐슨은 말을 하려고 했지만, 어떤 식으로 반박을 해야 할지 알 수가 없어서 다시 입을 다물고 말았다.

닐슨은 사라진 탐광자 에머리 스테인스에 대해서 전혀 알지 못했다. 물론 누가 물어보면 그는 정반대로 대답할 것이다. 닐슨은 자신을 돋보이게 하고 싶을 때면 유명인사들을 안다고 주장하곤 했고, 스테인스는 딱 닐슨이 친밀한 관계를 맺고 싶어 할 만한 종류의 사람이었으니까. 닐슨은 상대방에게 감탄하는 것을 좋아했고, 자신이 존경하는 사람의 특성에 특히 감탄하곤 했다. 젊음과 확신, 그 모두를 지닌 에머리 스테인스는 당연하게도 모두가 부러워할 만한 타입이었다. 지금 와서 생각

해보니 스테인스가 자진해서 한밤중에 몰래 호키티카를 떠난다는 것
은 거의 말도 안 되는 일이라는 프리처드의 말을 인정할 수밖에 없었
다. 그의 광구는 계속해서 보수하고 관리해야 했고, 그가 고용한 사람
만도 50명이 넘었다. 그가 없으니 광구를 유지하는 데 돈이 한두 푼 들
어가는 게 아닌 정도가 아니라 매일 빚이 쌓이고 있을 거라고 닐슨은
생각했다. 그래, 프리처드가 옳았다. 스테인스는 납치되었거나 — 더 그
럴듯한 추측을 하자면 — 살해되었고, 그의 시체는 머리카락 하나 보이
지 않게 감추어진 게 분명했다.

현재 알려진 정보로는 에머리 스테인스가 1월 14일 해질녘쯤 레벨
가를 따라 자기 집이 있는 남쪽으로 걸어가는 모습이 마지막으로 목격
되었다. 그 이후에 무슨 일이 생긴 건지는 아무도 몰랐다. 그의 이발사
가 다음 날 아침 8시에 들렀고, 현관문은 열려 있었다. 이발사는 침대
가 누군가가 막 자다 일어난 것처럼 헝클어져 있었지만 난로는 차가웠
다고 말했다. 귀중품은 모두 누구도 손대지 않은 채 그 자리에 있었다.

닐슨이 아는 한, 에머리 스테인스에게는 적이 없었다. 그는 성격이
밝고 굉장히 솔직했으며, 관대한 동시에 겸손하게 행동할 수 있는 드문
재능을 갖고 있었다. 스테인스는 굉장히 부자였지만 호키티카에는 부
자가 아주 많았고, 그들 대다수가 스테인스보다 훨씬 더 불쾌한 사람들
이었다. 물론 그가 젊다는 사실이 좀 특이하긴 했고, 그래서 나이 많고
더 운이 나쁜 사람들에게 시기의 대상이 될 수도 있었다. 하지만 시기
라는 것은 살인의 동기로는 너무 약하다고 닐슨은 생각했다. 실제로 그
젊은이가 살해된 거라면 말이지만.

"누가 스테인스와 다투겠나? 그 청년은 온몸으로 행운을 발산하는
데 말이야. 미다스의 손을 가진 친구라고."

닐슨이 큰 소리로 말했다.

"행운은 미덕이 아니지."

"그럼 돈 때문에 죽였다는 건가?"

"우선 스테인스 문제는 제쳐두지. 자네는 크로스비 웰스의 재산으로 한몫 챙겼지?"

프리처드가 몸을 앞으로 기울이고 말했다.

"그래. 말했잖나, 10퍼센트라고."

닐슨은 책상 위의 노란 판매 영수증을 다시 쳐다보며 대답했다.

"그의 재산을 처분하는 데 따른 수수료지. 하지만 이제 유언에 시비가 생겼으니 수수료는 무효가 됐어. 전부 다 다시 내놔야 된다고. 토지 판매도 취소되어야 하고."

그는 손가락으로 영수증 가장자리를 건드렸다. 그는 2주 전에 바로 이 책상 위에서 이 서류와 사본에 서명을 했었다. 자신의 이름을 쓰면서 심장이 얼마나 내려앉았었는지! 호키티카에서 죽은 사람의 재산을 처분하는 일은 절대로 수지맞는 장사가 아니었지만, 사업이 번창일로가 아니라서 그는 다급한 상태였다. 세상을 절반이나 돌아와서는 재산이 점점 줄어드는 꼴만 보다니, 얼마나 수치스러운 일인지(라고 그는 생각했다)! 더 부유하고 행운아인 사람들의 탁자 아래서 찌꺼기나 줍고 다니니 말이다. 영수증에 쓰인 이름은—크로스비 웰스—그에게 아무 의미도 없었다. 그가 아는 것이라고는 웰스가 혼자 살던 사람으로 매일 밤 꿈도 꾸지 않을 만큼 인사불성이 되게 술을 마셔대는 비참한 인생이었다는 것뿐이었다. 닐슨은 지친 채 비참한 기분으로 서명을 했다. 그런 다음 말 한 마리를 빌려 하루치 일을 미뤄놓고 버려진 땅 아라후라로 올라가서, 먹을 것을 찾아 배수구를 주낙으로 훑듯이 이 죽은 남자의 재산을 골라냈다.

그런데 거기서, 밀가루통과 파우더 상자, 고기 저장고, 풀무, 오래된 변기의 깨진 통 안에 깊이 들어가 있던 것들을 찾아냈다. 전부 다 짙고 부드러운 금빛으로 반짝이고 있었다. 그의 수수료만도 4백 파운드가 넘어갔다. 평생 처음으로 그는 눈물이 솟았다. 짐을 싸서 시드니로 가도 될 것이다. 고향으로 돌아갈 수도 있었다. 새롭게 시작할 수도 있을 것이다. 어쩌면 결혼도 할 수 있으리라. 하지만 그걸 즐길 여유도 없었다. 그의 수수료가 마침내 손에 들어온 바로 그날, 웰스 부인이 도착했던 것이다. 몇 시간 만에 그의 재산 판매 건은 항소를 당했고, 유산에는 시비가 붙었고, 은행이 모든 것을 압류했다. 항소가 받아들여지면 — 당연히 그렇게 되겠지만 — 닐슨은 수수료를 전부 다 도로 내놓아야만 할 것이다. 4백 파운드를! 그것은 그가 1년 동안 번 돈보다도 많은 금액이었다. 그는 영수증 가장자리를 손가락으로 쓰다듬으며 갑자기 분노가 치솟는 것을 느꼈다. 지난 한 주 동안 여러 번 바랐던 것처럼, 누군가 비난할 만한 사람이 있으면 싶었다.

하지만 프리처드는 고개를 흔들 뿐이었다. 그는 죽은 사람의 유언이나 그 다툼으로 인한 법적인 결과에 관심이 없었다.

"지금은 우선 그런 것들에는 신경을 끊게. 오두막을 다시 떠올려봐. 자네 눈으로 그 현물을 봤나?"

"그걸 발견한 사람이 나였네."

닐슨은 자부심이 섞인 어조로 말했다. 그 기억에 긴장이 조금 풀렸다.

"아, 자네가 그걸 봤더라면 말이지. 그걸 금박으로 바꿀 수 있었다면 아마 당구대를 다리까지 전부 뒤덮을 수 있었을 거야. 묵직한데다가 정말이지 눈부시게 반짝였다네."

프리처드는 웃지 않았다.

"사금도 아니고 덩어리 금도 아니었다고 그랬었지? 내가 제대로 기억하는 게 맞나?"

닐슨은 한숨을 쉬었다.

"그래, 맞네. 전부 다 사각형으로 꽉꽉 압축해놓은 거였지."

"제련을 했단 말이지…… 그러면 장비와 기술이 필요할 텐데. 제련사가 누구였을까? 웰스 자신은 아니었을 텐데."

닐슨이 머뭇거렸다. 이것은 그가 생각해본 적이 없는 문제였다. 프리처드가 자신만만하게, 거만하게 의견을 늘어놓는 건 좀 불쾌했지만, 그래도 이 약제사가 자신이 빠뜨렸던 많은 연결 고리를 찾아냈다는 것만은 인정해야 했다. 그는 다시 파이프를 빨았다.

닐슨은 금광 일에 대해서 별로 지식이 없었다. 딱 한 번 금 알갱이를 찾으려고 채취를 해보았는데, 정말이지 비참한 일이라는 결론을 내렸다. 강에서 물을 수십 통 떠다가 돌을 씻어야 하고, 미치고 팔짝 뛸 정도로 계속해서 재킷 안으로 기어들어오는 눈에놀이를 때려잡아야 했다. 일이 끝나고 나니 등은 욱신거리고 손가락은 따끔거리고 발은 퉁퉁 부어 며칠이나 가라앉지 않았다. 그가 손수건 가장자리에 싸서 집에 가져온 한 숟가락 정도의 금가루엔 0.1온스도 안 되는 주제에 세금이 붙고 또 붙어서 결국에는 달랑 5실링밖에 받지 못했다. 그걸로는 골짜기에 들어갔다 나오기 위해 빌린 말의 대여료나 될까 말까 했다. 그 이래로 닐슨은 다시는 자신의 운을 시험하지 않았다. 그는 자신이 뛰어든 분야에서 즉각 뭔가를 이뤄내는 데에 익숙한, 천성적으로 혼자 힘으로 자기 재능을 꽃피우는 르네상스식 남자였다. 첫 시도에 기술을 익히지 못하면 그는 그 일을 포기했다. (이 경험을 유쾌하게 여기지 않은 것은 아니었다. 그는 종종 호키티카 골짜기에서 겪은 실패담을 불편했던 부분들 위주로 과장해서 이야기하곤 했다. 자신의 체질적 예민함을 가볍게 비하하며 얘기하긴 했지만, 이것은 오로지 그 자신만이 건드릴 수 있는 부분이었다. 다른 사람이 같은 관점을 가졌거나, 혹시라도 그의 말에 동의하면 그는 굉장히 당황했다.)

조지프 프리처드가 그에게 설명한 가설은 지금까지는 논리적이었다. 누군가가, 어쩌면 한 명 이상의 사람이 크로스비 웰스의 물건들 사이에 숨겨진 재산에 대해서 알았던 거다. 그 금액이 너무 크고, 그의 자산 매매가 그런 가능성을 부인하기 어려울 정도로 은밀하고 빠르게 이루어졌기 때문이다. 게다가 남자의 시체 근처에서 발견된 아편 팅크 병은 누군가가 ─ 아마도 동일인물이 ─ 은둔자가 죽기 전이나 죽은 직후에, 그에게 해를 입힐 의도로 오두막 안에 있었다는 의미였다. 약병은 프리처드의 것으로, 거기엔 그의 가게에서 팔고 그가 직접 서명한 라벨이 붙어 있었다. 그러니 그걸 가져간 사람은 분명히 남쪽으로 오던 이방인이 아니라 북쪽으로 올라간 호키티카 사람일 것이다. 그러니 처음 크로스비의 시체를 발견하고 그가 죽었다는 소식을 마을로 가져온 정치인 일행은 제외되었다.

속으로 닐슨은 프리처드가 자산을 구매한 사람, 에드거 클린치를 의심하는 것도 그럴 만하다고 생각했다. 물론 은행원인 프로스트도 마찬가지였다. 프리처드는 그들이 에머리 스테인스의 살인에 가담했다고 생각하는 모양이지만, 그는 그렇게 생각하지 않았다. 다만 클린치가 비밀 정보와 같은 것을 듣고서 그렇게 서둘러 크로스비 웰스의 오두막과 토지를 사러 나선 것은 분명해 보였다. 그리고 그 비밀 정보가 뭔지는 모르시만, 찰리 프로스트도 아는 것 같았다. 또한 아무리 순수하게 떠

맡은 거라고 해도 자신이 연루된 것 역시 편견 없는 외부인이 보기에는 수상해 보일 수 있다는 점을 인정했다. 어쨌든 숨겨진 재산을 발견한 사람이 닐슨 자신이니까. 그는 자신의 장부에 다른 모든 것과 함께 유리 약병도 기록해두었다. (그는 판매하기 위해서 모든 동산 목록을 만들어두었다.) 그리고 이 거래를 통해서 4백 파운드를 벌었다.

하지만 이 정도는 시인한다 해도(어차피 이것은 정황상 의심스럽기는 하다고 동의하는 정도니까) 닐슨은 영 확신이 없었다. 프리처드는 에머리 스테인스가 사라진 것이 우연이 아닐 수도 있다고 이유를 댔지만, 그것은 가설일 뿐이었다. 그 남자가 살해당했다는 주장도 그저 추측일 뿐이다. 그의 시체가 웰스의 무덤에 같이 묻혔다는 것은 억측이었다. 그리고 웰스의 자산에 대한 법적 공방이 일종의 미끼 같은 것으로 미리 계획된 것이라는 의견은 닐슨이 보기에는 허무맹랑한 소리였다. 프리처드는 아편 병에 대해 설명하지 못했다. 그리고 동기나 그럴듯한 용의자를 점찍지도 못했다...... 하지만 아무리 프리처드가 말하는 방식이 마음에 안 든다 해도, 닐슨은 그의 확신을 완전히 무시할 수는 없었다.

닐슨은 더 깊은 곳까지 캐고 싶어 하는 이 약제사의 열광적인 흥분에 동조하지는 않았다. 프리처드만큼 진실에 대해 탐구하고 싶은 욕망은 없기 때문이었다. 프리처드는 천장이 낮은 약제실에서 끓이고 맛보는 만병통치약들, 흐린 색 병에 담아 사고파는 액체와 가루약 들 같은 자신의 열정적인 취미에 대해서 이야기할 때는 조금 이상해졌다. 이 남자는 어딘지 차갑고 냉혹하다고 닐슨은 생각했다. 이것은 그가 종종 자신의 불쾌감을 미적 혐오감으로 전환시키는 방법이었다.

마침내, 상대방의 주장이 자신이 이해할 수 없는 것일 때 항상 느끼는 불안감에 휩싸여 닐슨은 입에서 파이프를 빼고 말했다.

"음, 어쩌면 웰스가 준비은행에 연락책이 있었는지도 모르지. 킬러니라든지, 아니면 컴퍼니 사람이라든지……."

"아니야."

프리처드는 손가락을 쫙 펴고 책상을 내리쳤다. 그는 닐슨이 잘못된 추측을 하기만을 기다리고 있었기 때문에 반박의 말을 이미 준비해두었다.

"이건 중국인 짓이야. 내 전 재산을 걸 수 있어. 카와라우에 있는 중국인 신사에는 허가도 받지 않은 사람들이 가득해. 그들은 거기서 채굴권을 서로 공유하지. 아무도 그들을 구분하지 못하는데다가, 외국어로 쓰여 있으면 이 이름이나 저 이름이나 거기서 거기거든. 차이나타운에서 벌인 짓이 분명해. 이게 컴퍼니 짓이었다면 좀더……."

"말끔했을 거라고?"

닐슨이 희망적인 어조로 물었다.

"그 반대라네. 사람이 자기 흔적을 덮어야 하는 경우에는 — 자신이 흔히 드나드는 입구 대신에 배달원용 입구를 사용해야 한다면 — 준비를 하고 희생을 해야만 돼. 알겠나? 안에 있는 사람은 졸로 만족하는 수밖에 없어. 시스템의 모든 조각만 갖는 거지. 하지만 바깥에 있는 사람은 악마를 직접 상대할 수 있다네."

닐슨이 특히 싫어하는 것이 이런 종류의 표현이었다. 그는 다시 매매 영수증으로 시선을 내렸다.

"차이나타운 대장간. 내 추측을 잘 기억해두게. 거기서는 한 사람이 용광로 일을 도맡아 하지. 이름은 퀴야."

프리처드가 말했다.

"그 친구와 이야기를 할 생각인가?"

닐슨이 고개를 들고 물었다.

"실은 자네가 했으면 했다네. 난 지금 동양인들하고 약간 문제가 있거든."

"무슨 문제인지 물어봐도 되나?"

"아, 그냥 사업이 좀 꼬였다네. 거래상의 비밀이야. 아편에 관련해서."

프리처드는 손을 뒤집었다가 도로 무릎에 내려놓았다. 닐슨이 인상을 찌푸렸다.

"자네 아편을 중국에서 가져오나?"

"이런 세상에, 아닐세. 벵갈에서 가져오지."

프리처드가 잠시 머뭇거리다가 덧붙였다.

"실은 개인적인 다툼 이상의 문제야. 거의 죽을 뻔한 창녀 때문에 말이지."

"안나로군. 안나 웨더렐."

닐슨의 말에 프리처드는 인상을 찌푸렸다. 그는 그 여자의 이름을 말하고 싶지 않았다. 그래서 고개를 돌려 새시 창문 가장자리 아래 고이는 빗방울을 바라보았다.

그가 다시 말을 하기 전, 그 짧은 침묵 속에서 닐슨은 이 약제사가 그 여자를 사랑했을 수도 있다는 생각에 깜짝 놀랐다. 안나 웨더렐, 그 창녀를. 그는 그 가능성을 머릿속으로 따져보며 즐겼다. 그 여자는 대단히 눈에 띄었지만 — 병에 걸린 백조처럼, 따분하고 진력나는 듯이 무기력하게 움직였다 — 닐슨이 좋아하는 타입보다 성격이 훨씬 변덕스러웠다. 그리고 안나 웨더렐의 아름다움은(사실 닐슨은 안나 웨더렐이 아름답다고 말하지 않았다. 그 단어는 처녀와 천사 같은 존재를 위해서 아껴두었다) 그의 취향에 비해 너무 세련되었다. 게다가 계속해서 흐려지는 눈이라든지 끊임없이 피곤해하는 태도 등에서 드러나듯 그 여자는 아편중독자였다. 그리고 이런 중독 증상만으로는 모자란다는 듯이 이제는 예비 자살자로 올라섰다. 그래, 그 여자는 딱 프리처드가 빠질 만한 타입이었다. 그들은 어둠 속에서 만날 거고, 그들의 만남은 열렬하지만 불행해질 운명이리라.

중개상의 생각은 엉뚱한 곳으로 흐르고 있었다. 닐슨의 추측이란 항상 자기 멋대로였다. 그는 자신의 원칙에 잘 맞는 증거만을 선호했고, 가장 빨리 증거를 댈 수 있는 종류의 원칙을 고르곤 했다. 그는 종종 미덕에 대해 말해서 대단히 고무적이고 낙관적인 성격을 지닌 사람 같은 인상을 주었지만, 미덕에 대한 그의 신념은 낙관주의보다는 좀 융통성이 적은 쪽에 속했다. 흔히 말하는 '유죄가 증명될 때까지는 무죄'라는 것은 우연의 산물이고, 닐슨은 가설에 넘어가지는 않을 만한 지성을 가졌다고 자부했다. 그의 머릿속에서는 고등한 추상개념이라는 크리스털 주위로 보호유리 같은 것이 둘려 있었다. 크리스털을 보고 그 반짝임에 감탄하긴 하지만, 그것을 오크나무 받침대에서 끄집어내려서 손으로 만져보고 느껴볼 생각은 없는 것이다. 닐슨은 단순히 프리처드가 사랑에 빠졌다고 하는 것이 쉽게 핵심을 증명하고 표본을 관찰해서 자신이 항상 갖고 있던 믿음으로 되돌아올 수 있기 때문에 그런 결론을 내린 거였다. 그의 믿음이란 프리처드가 괴상한 작자고, 안나는 구제할 가치가 없는 여자고, 창녀를 사랑해서는 안 된다는 것이었다.

"그렇다네. 사실은 그 친구들이 굉장히 화가 났어. 카니에레에서 아편굴을 운영하는 그 황인종 친구 말이야 ─ 이름이 아 숙일 거야 ─ 그 친구가 창녀가 체포되고 나서 톰 발퍼에게 갔어. 당연하지만 굉장히 화가 나서 말이야. 톰에게 내 해운 기록을 보고 싶다고, 내 계정에 마지막으로 들어온 물건을 확인해야겠다고 했다더군."

프리처드가 말했다.

"왜 자네한테 곧장 가지 않은 거지?"

닐슨의 물음에 프리처드는 어깨를 으쓱였다.

"내가 뭔가 꾸미고 있다고 생각했던 거겠지."

"자네가 그 여자를 독살하려고 했다고? 그것도 일부러?"

"그래."

프리처드는 다시 시선을 돌렸다.

"그래, 톰은 뭐라고 했다던가?"

닐슨이 재촉했다.

"아 숙에게 내 기록을 보여줬다더군. 내가 깨끗하다는 걸 증명하기 위해서."

"자네 기록은 깨끗해?"

"그럼."

프리처드가 짧게 대답했다.

닐슨은 자신이 손님을 모욕했다는 사실을 깨닫고서 흉측한 쾌감을 느꼈다. 에머리 스테인스의 살인일지도 모르는 사건이 폭로된다면(폭로되었을 때) 그들이 똑같이 공모자 취급을 받을 수 있다는 이야기에 화가 난 것이다. 그가 보기엔 프리처드가 그 자신보다 이 일에 훨씬 더 연루되어 있었다! 닐슨은 아편에는 손도 댄 적이 없고 손댈 마음도 없었다. 아편이라는 건 독약이자 천벌 같은 것이고, 사람을 바보로 만드는 물건이었다.

"내 얘기 잘 듣게. 자네는 아 퀴라는 친구한테 가서 얘기를 해봐야 해. 내가 할 수만 있다면 직접 하겠지만, 아편굴에 갔더니 숙은 나를 보려고도 하지 않더군. 퀴는 괜찮아. 점잖은 친구야. 그 친구에게 금에 관해 물어보게. 그게 그 친구 금인지, 만약 그렇다면 왜 웰스의 집에서 나온 건지 말이야. 오늘 오후에 가보게."

이런 식으로 그가 명령을 내린다는 사실에 닐슨은 짜증이 났다.

"자네와 문제가 있는 상대가 아 퀴라는 친구가 아니라면, 왜 자네가 직접 이야기하러 갈 수 없는 건지 모르겠구먼."

"난 경매가 있어. 조용히 눈치 보는 중이라고 해두지."

닐슨은 속으로 그의 행동을 전혀 다르게 칭하고는 겉으로 말했다.

"이 중국 놈이 도대체 왜 나하고 이야기를 하겠나?"

그의 태도엔 불쾌한 빛이 역력했다. 그가 노란 영수증을 그에게서 끌어당겼다.

"최소한 자네는 중립이잖나. 그 친구들이 자네가 어떤 사람인지 판단할 일은 없었을 거 아닌가. 안 그래?"

"중국인들 말이야? 없었지."

닐슨은 파이프를 빨았다. 담뱃잎은 거의 다 탔다.

"이름 앞에 '아'를 붙여서 부르게. '아 퀴'라고. 그게 그 친구들 식의 경칭이거든."

프리처드는 잠깐 입을 다물고 상대방을 쳐다보다가 덧붙였다.

"이런 식으로 생각하게. 우리가 죄를 뒤집어쓰게 된다면, 그 친구도 마찬가지 입장이 될 거야."

그가 말하는 중에 문 두드리는 소리가 들렸다. 사무원이 조지 셰퍼드가 바깥 사무실에서 기다리고 있다는 메시지를 전했다.

"조지 셰퍼드라니, 교도소장 말이야?"

닐슨은 당황해서 황급히 프리처드 쪽을 보았다.

"왜 왔는지 말을 하던가?"

"상호 간에 이득을 얻을 수 있는 일이라고 하시던데요. 여기로 안내할까요?"

사무원이 대답했다.

"난 이만 가보겠네. 그 친구를 보러 갈 거지? 퀴 말이야. 보러 간다고 해주게."

프리처드가 즉시 일어서면서 말했다.

"카니에레까지 가라고?"

닐슨은 자신의 점심과 논파렐의 여종업원을 떠올렸다.

"걸어서 겨우 한 시간 거리야."

프리처드는 그렇게 말하고서 덧붙였다.

"정확한 사람을 찾아야 하네. 자네가 찾아야 하는 사람은 키가 제일 작고, 아주 마르고, 수염을 말끔하게 깎은 사내야. 용광로에 딸린 굴뚝을 보면 그 친구 집을 찾을 수 있을 걸세. 자네 연락을 기다리겠네."

그러고서 그는 나가버렸다.

Φ

닐슨의 사무실은 조지 셰퍼드가 들어와 당당하고 정중하게 허리를 굽혀 인사를 하자 너무 작게 느껴졌다. 중개상은 의자로 움츠러드는 기분이 들어서 대신 벌떡 일어나 손을 내밀고 큰 소리로 말했다.

"셰퍼드 소장님, 자, 자, 들어오시죠. 지금까지 소장님 일을 맡는 영광은 누리지 못했습니다만, 제가 해드릴 수만 있다면, 가까운 시일 내에 도움드릴 일이 있으면 참 좋겠습니다만. 자, 앉으시죠."

"물론 나도 선생을 안다오."

셰퍼드가 자리에 앉으면서 말했다. 닐슨의 파이프에 불이 붙어 있는 것을 보고 그도 주머니에서 자기 파이프를 꺼냈다. 닐슨은 책상 너머로 담뱃잎이 든 주머니와 성냥을 건넸고, 셰퍼드가 담배를 채우고 꾹꾹 다진 다음 불을 붙이는 동안 잠깐 침묵이 흘렀다. 그의 파이프는 얕고 브라이어로 만들어졌으며, 입으로 무는 부분과 대 사이에 호박 장식이 둘려 있었다. 그는 잎에 만족스럽게 불이 붙을 때까지 몇 번 빤 다음에야 의자에 기대 계산적인 눈으로, 마치 방 안의 사면에 각도를 딱 맞추려는 것처럼 우선 왼쪽을, 그다음에는 오른쪽을 보았다.

"평판은 많이 들었지."

그는 언제나 자신의 생각을 정리하고 나서 말을 마무리하는 유형의 사람이었다. 그가 연기를 뿜어내고서 말했다.

"방금 나간 친구 말이오, 그 친구 이름이 뭐더라?"

"조 프리처드입니다, 소장님. 조지프 프리처드요. 콜링우드가에서 약 가게를 하고 있지요."

"그렇군."

셰퍼드는 머릿속으로 할 말을 그리면서 잠시 침묵을 지켰다. 닐슨의 책상 위로 비스듬히 드리운 흐릿한 햇살이 그의 머리 위로 떠도는 파이프의 소용돌이 모양 연기를 붙잡았다. 원을 그리는 연기 가닥가닥이 광석 속에 얽혀 그대로 보존된 금맥처럼 허공에 멈춘 듯이 보였다. 닐슨은 기다렸다. 만약에 내가 체포된다면 이 남자가 내 교도관이 되겠지, 하는 생각이 문득 들었다.

조지 셰퍼드가 호키티카 교도소 소장으로 선임된 것에 대해 그의 사법권 내에 살며 광부 일을 하는 사람들은 별다른 이견이 없었다. 셰퍼드는 냉정하고 얕잡아볼 수 없는 성격을 지닌 사람으로, 넓은 어깨와 묵직한 팔을 계속해서 강조하는 것처럼 느릿하게 움직였다. 유유히 성큼성큼 걷고, 말을 할 때면(그럴 때가 드물긴 하지만) 굵고 낭랑한 베이스 톤으로 말했다. 유머감각도 없고 별로 호감이 가는 타입도 아니었지만 그런 직업의 사람에게는 엄격한 태도가 미덕으로 여겨지는 법이었고, 다행스럽게 유권자들도 그렇게 생각했다. 그래서 그는 선입견이나 편견을 지녔다는 비판을 들어본 적이 없었다.

셰퍼드가 쓸데없는 소문의 주인공이 되는 경우는 대부분 억측 때문이었고, 거의 항상 그와 부인의 개인적인 관계 때문이었다. 그들의 결혼생활은 완벽한 침묵 속에 이루어지는 것처럼 보였다. 그는 냉정하고 단호하게 행동했고, 부인은 겁에 질려 아무것도 못하는 것 같았다. 부인은 자신을 "조지 부인"이라고 불렀고, 이 말도 기어들어가게 했다. 부인은 하도 시달림을 당해서 우리가 없는데도 있는 듯 계속해서 움츠러드는 동물처럼 겁에 질린 모습을 하고 다녔다. 조지 부인은 감옥소 문 밖으로 거의 나오지 않았고, 드물게 마을에 나올 때면 셰퍼드 교도소장 뒤에서 상기된 얼굴로 레벨가를 따라 지나가곤 했다. 부부가 호키티카에 온 지 넉 달이 지나서야 사람들은 부인에게 마거릿이라는 이름이 있다는 것을 알게 되었다. 물론 조지 부인의 앞에서 이렇게 불렀다가는 무시무시한 폭행이라도 당한 것처럼 도망치는 모습을 보게 되곤 했다.

"난 사업상의 일로 찾아온 거요, 닐슨 씨."

셰퍼드가 파이프 대통을 손으로 감싸고 가슴에 댄 채 말했다.

"우리의 현재 감옥소는 울타리만 둘러놓은 축사와 다름없소. 조명도 흐리고, 공기도 제대로 들지 않지. 환기를 시키려면 문에 사슬을 걸어 열어놓고, 난 무릎에 소총을 얹은 채 문 앞에 앉아 있어야 하지. 도망친

다 해도 붙잡을 수가 없소. 우리는 더 노련한 범죄자들을 상대할 만한 수단이 전혀 없소. 더 교활한 범죄를 상대할 능력도. 특히 살인 같은 것 말이오."

"아니…… 아, 예, 그렇지요."

잠깐 침묵이 흐르고, 셰퍼드가 말을 이었다.

"내가 비관적이라고 생각할지 모르겠소만, 난 호키티카가 조만간 더 암울한 시기를 맞이할 거라고 믿소. 이 마을은 출발점에 서 있소. 광부법은 아직 시작 단계고 여기는, 아직은 캔터베리의 배후지에 불과하다고 해도 조만간 이 지역 최고의 마을이 될 거요. 웨스트랜드는 분열될 거고, 호키티카는 번창하겠지. 하지만 번성기를 맞으려면 그만큼 조화를 이루어야 하지."

"조화요……?"

"야만과 문명의 조화 말이오."

"원주민, 그러니까 마오리족을 말씀하시는 겁니까?"

닐슨이 살짝 들뜬 어조로 말했다. 그는 스스로 '부족 생활'이라고 부르는 것에 대해 낭만적인 열정을 지니고 있었다. 마오리족의 카누가 불러 골짜기를 따라 계속해서 나타났을 때 — 그는 멀리서 그것을 보았다 — 그는 경외심에 말을 잃었다. 전사들은 무시무시해 보였고, 여자들은 전혀 이해할 수가 없었으며, 그들의 문화는 두렵고 원시적이었다. 그가 꼼짝도 못했던 이유는 감탄해서라기보다는 두려웠기 때문이라고 할 수 있지만, 그것은 다시 한 번 느끼고 싶은 종류의 두려움이었다. 사실 닐슨은 사우스햄턴 근처의 길가 여관에서 유능한 선원을 만나고서 곧장 뉴질랜드행 배에 올라탔다. 선원은 남태평양에서 원시인들을 만난 이야기를 꽤나 자랑했던 것이다(알고 보니 말도 안 되는 허풍이었지만). 선원은 네덜란드인이었고, 엉덩이 위쪽까지 오는 짧은 재킷을 입고 있었다. 그는 코코아 콩과 쇠못을 바꾸었고, 섬의 여자들이 그의 가슴의 하얀 피부에 손을 대는 것을 허락하기도 했다고 말했다. 그리고 한번은 섬소년에게 매듭을 선물로 만들어주었다고 했다("어떤 매듭이었소?" 닐슨이 물었고, 선원은 투르크 머리 매듭*이라고 대답했다. 닐슨이 뭔지 몰라 하자 선원은 꽃 모양의 매듭을 허공에 그려주었다).

하지만 셰퍼드는 닐슨의 말에 고개를 흔들었다.

"나는 '야만'이라는 말을 그 의미 그대로 사용한 거요. 땅 그 자체를 의미하는 거지. 채광이라는 건 추악한 사업이라오. 사람들을 도둑처럼 생각하게 하지. 그리고 이곳은 상태가 아주 형편없어서 광부들이 더더욱 필사적이 되어가고 있소."

"하지만 채광도 문명적으로 할 수 있습니다만."

"그럴 수도 있을 거요. 강이 다 말라버린 다음에. 탐광자들이 둑과 준설기와 회사 광산들에 자리를 내주고 물러난 다음에. 숲이 다 깎여나가고 난 다음에. 그때는 그럴 수도 있겠지."

"법의 힘을 믿지 않으시는 겁니까? 웨스트랜드는 곧 의회에 의석도 갖게 될 텐데 말입니다."

닐슨이 인상을 찌푸리고 말했다.

"내가 명확하게 설명을 못한 모양이오. 처음부터 다시 시작해도 되겠소?"

"얼마든지 그러십시오."

---

* 터번 모양의 매듭

교도소장이 자세나 말투를 바꾸지도 않고서 즉시 말을 시작했다.

"두 가지 법률이 동시에 존재하고 있는 경우에, 사람은 언제나 하나를 갖고서 다른 것을 비난하게 마련이오. 어떤 사람이 자신의 창녀를 치안판사 재판소에 고발하는 것이 올바르고 정당한 일이라고 생각한다고 쳐봅시다. 법이 자신의 일을 잘 처리해줄 거라고 생각하고서 말이오. 하지만 고발은 기각되고 오히려 여자를 샀다는 혐의로 유죄 판결을 받는다고 해봅시다. 그러면 이자는 법률과 여자를 모두 비난하겠지. 법이 이자가 응당 받아야 한다고 생각하는 것을 받게 해주지 못했기 때문에 그는 자기 손으로 법을 집행하기로 하고 여자를 목 졸라 죽이게 되는 거요. 예전 같으면 다툼을 그 자리에서 주먹으로 해결했겠지. 그게 광부의 법이었으니까. 창녀가 죽을지 살지는 모르겠지만, 어느 쪽이든 자기 손으로 해치웠을 거요. 하지만 이제는 법적인 조처를 요구할 자신의 권리가 침해당했다고 생각하고서, 바로 그 부분에 반응을 하는 거요. 두 배로 화를 내고, 그 분노를 두 배로 휘두르지. 나는 이러한 본보기를 매일같이 보고 있소."

셰퍼드는 의자에 몸을 기대고 파이프를 다시 입에 물었다. 그의 태도는 침착했지만, 창백한 눈은 사무실 주인에게 뚜렷이 고정되어 있었다.

닐슨은 가설의 무결성을 시험할 기회를 그냥 넘겨본 적이 없었다.

"그렇군요. 하지만 소장님의 주장을 듣다보니 말입니다, 광부의 법을 더 선호하신다고 말씀하시는 건 아니시겠죠?"

"광부의 법은 속물적이고 천한 법이오."

셰퍼드 교도소장이 차분하게 말했다.

"우리는 야만인이 아니오. 문명인이지. 나는 법에 결함이 있다고 생

199

각하지는 않소. 그저 야만이 문명을 만날 때 어떤 일이 벌어지는지를 지적하려던 거라오. 넉 달 전에 내 감옥소에 있던 사람들은 주정뱅이와 좀도둑 들이었소. 그런데 이제는 자기들이 부당한 일을 당했다는 듯이 분노에 차서는 자기 권리를 주장하는 주정뱅이와 좀도둑 들을 상대하고 있소. 그들은 대단히 화가 나 있다오."

"하지만, 다시 한 번 정리해보자면, 창녀를 목 조른 뒤에는 말입니다, 광부의 분노가 다 소모된 뒤에는요, 그때는 법이 나서서 이 남자를 처벌하지 않겠습니까? 결국에 이 남자가 정당하게 벌을 받는 거 아닙니까?"

"그자의 동료들이 그를 감싸고, 채굴허가증을 지키려고 한다면 그럴 수 없을 거요. 자신의 규칙이 모욕을 받은 사람을 묶어놓을 수 있을 만한 법률은 없소, 닐슨 씨. 그리고 성난 남자들 무리보다 더 사나운 자들도 없고. 난 16년 동안 교도관 노릇을 해서 잘 안다오."

닐슨이 의자에 몸을 기댔다.

"그렇군요. 소장님의 말뜻은 알겠습니다. 이런 여명기에, 구세계와 신세계의 사이에서는 위험이 존재하는 법이죠."

"낡은 것들은 없애야 하오. 난 창녀를 참아주지 않을 것이고, 창녀들과 관계하는 자들 역시 참아주지 않을 거요."

셰퍼드의 자서전에는(만약에 이런 것이 나온다면 아마도 대단히 완고하고, 훈계조이고, 검약할 것이다) 젊은 주인공이 혈기에 차서 난봉을 부리는 내용은 전혀 없을 것이다. 결혼한 이래로 그는 조지 부인이 하는 일이상을 상상해본 적이 없었다. 그의 부인은 행동거지가 대단히 평이하고 규칙적이라서 그녀의 하루 일과를 보고 주머니 시계를 맞춰도 될정도였다. 그는 언제나 흠잡을 데 없는 행동만을 하기 때문에 남에게 감정이입을 거의 하지 못했다. 안나 웨더렐의 직업은 그에게 눈곱만큼도 관심을 일으키지 못했고, 그녀의 직업 같은 예민한 문제를 불쌍하게 여길 만한 어린 시절의 상냥함이나 부끄러움에 관한 기억도 전혀 없었다. 안나 웨더렐을 볼 때면 그는 오로지 경솔함과 변덕스러운 사고력, 희망에 대한 강렬한 갈망 같은 것만 볼 뿐이었다. 창녀가 자살을 시도하려 했을 수도 있다는 생각이 그에게는 딱히 놀랍거나 대단히 슬프게 느껴지지 않았다. 이 경우에는 차라리 죽는 편이 더 자비로울 수 있다고 생각했다. 웨더렐은 저능한 왕의 집사 역할을 하는 마약, 즉 아편에 좌지우지되는 삶을 살았고, 영원토록 그 왕위를 열성 신도처럼 보위할 테니까.

일곱 가지 미덕 중에서 셰퍼드 교도소장은 주요한 네 가지를 선호한다고 할 수 있을 것이다. 그는 기독교적 용서라는 교의에 대해서 잘 알고 있었지만, 그것은 연구하고 따라야 하는 강령일 뿐이었다. 셰퍼드의 종교적 믿음을 폄하하려는 것은 아니지만, 용서하는 법을 배우려면 우선 용서를 구해봐야 하는 법인데 그는 평생 한 번도 용서를 구해야 하는 상황에 처해본 적이 없었다. 그는 자신이 수감하고 있는 모든 사람과 마찬가지로 웨더렐 양의 영혼을 위해 기도했지만, 그의 기도는 희망을 표현하는 것이 아니라 의무일 뿐이었다. 그는 영혼이 몸에 깃들어 있으니만큼 몸을 더럽히는 것은 영혼 그 자체에 대한 공격이라고 여겼다. 이런 실재적 신학의 잣대를 들이댈 때 평범한 창녀는 별로 좋은 결과를 얻을 수 없는 법이고, 안나 웨더렐은 그가 본 다른 모든 창녀와 마찬가지로 못 먹고, 학대받고, 비참한 상황이었다. 웨더렐 양이 지옥에 떨어지기를 바라는 건 아니지만, 속으로 그는 안나 웨더렐이 구원받는 것은 불가능한 일이라고 믿었다.

웨더렐 양의 영적인 운명이나 그 여자가 지금껏 살아온 방식 같은 것은 그에게 전혀 중요치 않은 일이었다. 안나 웨더렐의 육체적인 장점에도 그는 관심이 없었다. 이런 면에서 셰퍼드는 지난 2주 동안(개스코인이 무디에게 약 일곱 시간 후에 언급하듯이) 웨더렐 양의 이야기만을 해댄 호키티카의 대부분의 남자들과는 동떨어져 있었다. 사람들은 안나 웨더렐의 영혼에 관한 이야기에 질리면 육체적인 이야기를 꺼내서는 한참이나 떠들어대곤 했다.

닐슨의 파이프 불이 꺼졌다. 그는 책상에 대통을 두드려 재를 털고서 다시 채웠다.

"알리스테어 로더백이 변화를 꾀할 생각인 것 같던데요. 물론 당선된다면 말입니다만."

그가 자유로운 손으로 담배 주머니의 끈을 풀면서 말했다.

셰퍼드는 즉시 대답하지 않았다.

"선거 연설을 하는 데 가본 적이 있소?"

주머니를 푸느라 바빴던 닐슨은 셰퍼드가 머뭇거리는 것을 알아채지 못했다. 처음 교도소장이 사무실에 들어왔을 때 닐슨은 겁이 나고 심지어는 약간 방어적이기까지 했지만, 그는 대체로 그리 오래 당황하는 타입이 아니었다. 셰퍼드의 법에 대한 관점은 그의 지성을 자극하고 즐겁게 만들었고, 그는 다시금 자신이 지적인 대가라는 기분에 젖었다. 파이프를 채우기 위한 이 공들인 의식이 — 낡아서 가늘어진 가죽 끈, 담배의 톡 쏘는 향기 — 그의 감각을 다시 제자리로 돌려놓았다. 그는 시선을 들지 않고 대답했다.

"물론이지요. 매일 연설문을 대단히 관심 깊게 읽습니다. 로더백이 지금 여기에, 호키티카에 있지 않습니까?"

"그렇지."

"그 사람이 분명히 당선될 겁니다. 『리틀턴 타임스』가 그 사람의 출마를 후원하고 있지요."

닐슨은 손가락으로 담배 한 줌을 문지르면서 말했다.

"선생은 그 사람이 그럴 만하다고 생각하시오?"

"터널과 철로, 그게 그 사람의 도구죠. 안 그렇습니까? 진보, 문명, 그 모든 것이 말입니다. 소장님의 사상이 로더백의 선거운동에 상당히 잘 어울릴 거라는 생각이 듭니다만?"

그가 성냥에 불을 댕겼다. 셰퍼드는 대답을 하려다가 조금 머뭇거렸다.

"난 먼저 요청을 받지 않는 이상 다른 사람 사무실에서 내 정치적 견해를 이야기하는 습관은 없소, 닐슨 씨."

"아, 기꺼이 듣고 싶습니다."

닐슨이 성냥을 흔들어 끄며 정중하게 말했다.

"선생이 허락하니, 이 이야기만 하겠소. 나도 로더백이 당선될 거라고 생각하오. 의원 자리에도, 주지사 자리에도 말이오. 그 사람은 대단히 눈길을 끄는 성격을 가진 사람이고, 법조계와 주 의회와의 연줄만 봐도 그 성격이나 능력을 잘 알 수 있소."

"그리고 이번이 재선이기도 하니까요. 눈에 익은 사람이죠."

남의 사무실에서 정치 얘기를 하는 경우가 굉장히 많은 닐슨은 잠시 자신이 상대방에게 이야기를 하라고 했음을 잊고 끼어들었다.

"본인 주변 사람들에게만 눈에 익었을 뿐이오. 그 사람은 캔터베리에 충실하고, 선생의 말을 빌리자면 '터널과 철로'는 리틀턴 터널과 크라이스트처치에서 더니든까지 이어지는 철도 계획이라오. 주치사로서 그 사람은 이 터널과 이 철로에 아직 투자되지 않은 자금을 전부 그쪽으로 다시 돌릴 거요. 그래야만 할 테지. 공약을 이행하기 위해서는."

"주지사 자리에 관해서는 소장님 말씀이 옳을 수도 있지만, 국회의원으로서는 웨스트랜드를 '대표'해야 하는 거니까 분명……."

"로더백은 선거에서만 웨스트랜드의 대표일 뿐이오."

셰퍼드가 말했다.

"그 사람의 흠을 잡으려는 게 아니오. 나 역시 그 사람을 뽑을 생각이니 말이오, 닐슨 씨. 하지만 그 사람은 광부의 삶에 대해서는 모르지."

닐슨이 다시 끼어들려는 것처럼 행동하자 셰퍼드는 목소리를 조금 높이고 말을 이었다.

"내가 선생을 만나러 온 이유는 사업 이야기를 하기 위해서라오. 경찰서에서 떨어진 마을 북쪽 해안단구 위에 새로운 교도소를 짓기 시작해도 된다는 경찰청장의 승인을 받았소. 처음 호키티카의 길을 닦은 것이 죄수들 무리였다는 것을 선생도 기억할 거요. 나도 같은 일을 할까 생각 중이오. 내가 데리고 있는 죄수들을 시켜서 시뷰에 감옥을 건설하려고 한다오."

이 계획은 닐슨의 징벌 개념에 딱 들어맞아서 그는 미소를 지었다.

"하지만 선생도 이미 알다시피 알리스테어 로더백의 관심은 교통에 쏠려 있소. 의회 연설에서 그는 죄수들의 노동력을 크라이스트처치로를 닦고 유지하는 데에 이용할 거라고 주장했지. 알프스를 넘어오는 길은 여전히 위험천만하오. 마차는 고사하고 말을 타고도 넘어오기 힘들 정도니까."

"주지사가 그 문제에 관한 결정을 내리는 겁니까? 소장님이 데리고 있는 죄수들은 소장님 재량으로 이용할 수 있는 게 아닌가요?"

닐슨이 물었다.

"불행히도 나는 그저 그들을 지키는 임무밖에는 없소."

사무원이 나무 쟁반에 커피를 받쳐들고 들어왔다. 닐슨에게 방문객이 오는 일이 자주 있는 게 아닌데다가 그 방문객이 프리처드(아편으로 유명한)나 셰퍼드(부인 일로 유명한)처럼 수수께끼 같은 평판을 지닌 사람들인 경우도 거의 없다보니 사무원은 상당히 흥분하고 있었다. 그는 커피 주전자와 받침 접시를 쟁반 위에 특히 신중하게 배열하고서 팔꿈치를 구부리고 등을 아주 꼿꼿이 펴고 높게 들고 들어왔다. 닐슨은 훌륭하다는 듯이 고개를 끄덕였다. 사무원이 고용주의 허락을 기다리는 것은 그들의 평소 관행이 아니었지만, 닐슨은 이런 행동이 손님에게 줄 인상을 생각하고 흐뭇해했다. 사무원은 쟁반을 서랍장 위에 내려놓고 커피를 따랐다. 그가 방에 있을 동안 두 사람이 대화를 재개하기를 기대하며 천천히 따랐지만, 경제적인 이유로 커피 가루에 섞은 치코리 가루가 표면에 뜨자 유감스러웠다. 이 보기 싫은 가루들 때문에 그의 예의 바른 행동이 허세였다는 것이 드러날 게 뻔했다.

그의 뒤에서 셰퍼드가 말했다.

"그러고 보니 말이오, 닐슨 씨, 에머리 스테인스에 대해 좀 아시오?"

잠시 침묵이 흘렀다.

"그 사람이 실종되었다는 건 압니다."

"실종이라, 그렇지. 거의 2주 동안이나 보이지 않는다는군. 대단히 이상한 일이오."

"전 그 사람을 잘 모릅니다."

"그러시오?"

"아는 사람이기는 하지만, 친구라고 할 수는 없는 사이라지요."

"아."

닐슨이 기침을 하는 듯하더니 버럭 소리를 질렀다.

"아직도 다 못했나, 앨버트?"

사무원이 커피 주전자를 내려놓았다.

"쟁반은 여기 놔둘까요, 사장님?"

"그래, 그래. 그리고 이만 좀 나가보게."

닐슨이 그렇게 말하고 그가 내미는 컵을 홱 낚아채는 바람에 받침 접시 위로 커피가 조금 넘쳤다. 닐슨은 덜그럭 소리가 나게 잔을 내려놓았고, 사무원은 셰퍼드에게 두번째 잔을 건넸다. 그는 그것을 건드리지 않고서 말없이 자신의 앞을 가리키기만 했다.

"솔직하게 이야기하겠소."

실망한 표정의 사무원이 등 뒤로 문을 닫고 나가자 셰퍼드가 말했다.

"난 선거 전에 당장에 교도소 건설을 시작할 생각이오. 그러면 로더백이 당선이 되었을 때 일이 이미 궤도에 올랐을 테니까. 이게 다른 사람들 눈에는 내가 고의적으로 그의 공약을 실패하게 만들려는 훼방으로 보일 수도 있다는 건 아오. 그래서 선생이 조용히 일을 처리해주기를 바라고 찾아온 거요."

"뭐가 필요하신 겁니까?"

닐슨이 신중하게 물었다.

"건설용 자재, 그리고 토대를 팔 유능한 사람을 열 명에서 스무 명 정도 구해주시오."

셰퍼드가 가슴 주머니에서 계획안을 꺼내며 말했다.

"선생의 표준시가에 맞춰 수수료를 지불하겠소. 장소는 이미 구매해서 승인을 받았고, 여기 건축가의 설계도도 있소."

"이게 원본인가요, 아니면 사본인가요?"

닐슨이 셰퍼드의 커다란 손에서 종이를 받아 펼쳤다.

"원본이오. 사본은 없소. 내가 항상 직접 이 서류를 들고 다닌다오."

"물론 그러시겠죠."

닐슨이 안경을 집어들며 말했다.

"내가 코크란이나 모리슨, 다른 경쟁업자들처럼 사업이 — 실례되는 말이지만 — 선생보다 현재 더 잘되는 사람들이 아니라 선생을 찾아온 이유는 오로지 선생이 대단히 유능하다는 평판 때문이오."

닐슨이 시선을 들었다.

"솔직하게 말하겠소. 이 문제 자체가 좀 상스럽긴 하지만, 그래도 최대한 신중하게 얘기를 해보려고 하오. 선생이 크로스비 웰스 씨의 자산을 처분하면서 수백 파운드에 달하는 수수료를 챙겼다는 소식이 내 귀에 들어왔소."

닐슨이 말을 하려고 했지만 셰퍼드가 한 손을 들어 그의 말을 막았다.

"내가 하려는 말부터 다 들은 후에 선생 생각을 이야기하시오. 내가 아는 바만 정확하게 이야기를 할 테니. 크로스비 웰스의 시체는 매장되기 전에 경찰서로 왔소. 그에 관한 이야기를 전할 가족이나 친구가 없었기 때문에 경찰서에서 밤을 보냈다오. 내가 시체를 살펴보았고, 의사가 손상의 흔적이 있는지 장기를 살펴보는 동안 함께 있었소. 길리스 의사는 사망 원인이 술 때문이라고 했지. 나는 그런 문제에 관해 지식이 짧다보니 그 사람의 판단에 동의할 수밖에 없었소. 길리스 의사는 죽은 남자의 위와 장에 있는 내용물을 신중하게 검사했고, 거기서 음식과 술뿐만 아니라 아편 팅크의 흔적을 발견했지. 의심을 불러일으킬 정도로 많은 양은 아니었지만 말이오. 크로스비 웰스는 술 외에 딱히 다른 것을 과용해 죽은 건 아닐 거라고 생각하오.

그런데 말이오, 죽은 지 하루도 지나기 전에 웰스의 땅과 제분소는 팔려나갔지. 선생도 알듯이 토지는 은행에서 회수했다가 거의 즉시 에드거 클린치 씨에게 팔렸소. 이 매매가 완벽하게 합법적이긴 하지만, 주인이 바뀐 속도는 꽤나 의문스러울 정도요. 그후에 선생에게 오두막을 정리하고 죽은 남자의 물건들을 팔아달라는 연락이 왔을 거요. 총액에 비례해서 수수료를 계산하기로 하고서. 선생은 이 건을 받아들였다가 곧장 숨겨져 있던 엄청난 양의 금을 발견하게 되었소. (어디더라, 밀가루통에 숨겨져 있었다고 했던가?) 총금액은 4천 파운드에 달하는 양이었고. 이 지역 사람들은 '고향으로 돌아가기 위한 귀향금'이라고 부르던가? 자, 닐슨 씨, 이제 선생은 상당한 수수료를 거머쥐고 물러날 수 있게 되었소만, 웰스 씨의 미망인이 해안에 도착해서는 자기 신분을 밝히며 모든 일이 좌절되어버렸지. 미망인은 장례에는 일주일 늦었지만, 자산의 매매나 그 판매로 인한 자금 이체를 가로막지 못할 정도로 늦지는 않았소.

말했듯이 나는 크로스비 웰스가 약물 과용으로 죽었다고 생각하지는 않는다오. 하지만 숨겨져 있던 금이 그 사람 것이라고도 생각하지 않소. 그 미망인은 말할 것도 없고. 웰스 미망인의 출현은 이미 내 취향에는 지나치게 수수께끼 같은 이야기를 더 꼬아놓는 요소일 뿐이오."

그가 잠시 말을 멈추었다가 이었다.

"지금까지 내가 선생 생각에 뭔가 잘못되었거나 사실이 아닌 걸 말한 바가 있소? 대답하기 싫으면 하지 않아도 괜찮소."

"저를 협박하시려는 겁니까?"

닐슨이 간신히 물었다.

"전혀 아니라오. 하지만 이런 논리적인 전개에 대해서는 선생도 동의할 거요."

"그렇습니다."

"나는 형사가 아니고, 그런 분야에 관해서는 직업적으로 전혀 관심이 없소. 나는 선생이 얼마나 알고 있는지 전혀 상관하지 않는다오. 하지만 나에겐 새 교도소가 필요하고, 우리 둘 다 이득을 얻을 만한 기회라는 생각이 드는군."

"계속 말씀하시죠."

"웰스 미망인이 죽은 남편의 유산을 되찾기 위해서 항소를 했잖소. 항소가 진행되는 데에는, 법적인 문제가 항상 그렇듯이 몇 달이 걸릴 거고, 그사이에 돈은 은행에 기탁되어 있을 거요. 결국에는 판매가 무효화될 거라고 생각하고, 대단한 계략 같은 게 드러나지 않는 이상 미망인이 귀향금을 차지하겠지. 우연히도 나는 지난 몇 달 동안 크로스비 웰스와 여러 번 대화를 나눈 적이 있는데, 그는 결혼했다는 이야기를 단 한 번도 한 적이 없소. 나에게도, 내가 이야기를 해본 다른 사람들에게도 말이오."

닐슨은 고양이가 조그만 쥐를 발톱을 숨긴 앞발로 이쪽저쪽으로 몰아가는 장면을 떠올렸다. 그는 죄를 짓지 않았지만 ─ 그는 잘못된 일을 전혀 한 바가 없었다 ─ 죄를 지은 것만 같은 기분이었다. 마치 잠을 자면서 끔찍한 일을 저질렀고, 깨어보니 덧베개가 피로 젖어 있는 것을 발견한 것 같은 그런 기분이었다. 이제 금방이라도 교도소장이 그를 세상에 폭로할 거라는 확신이 들었다. 하지만 도대체 무슨 죄로? 그걸 알 수가 없었다. 프리처드가 했던 말이 뭐더라? 관련되었다고 했던가. 그래, 딱 그런 기분이었다.

어린 시절에 닐슨은 사촌의 보물 상자에서 귀중한 단추를 하나 훔친 적이 있었다. 그것은 군복 재킷에서 떼어낸 소매 단추로 색깔은 청동색이고 늘씬한 여우가 입을 벌리고 귀는 납작하게 눕힌 채 달리는 모습이 새겨져 있었다. 단추는 반구형이고, 달고 있던 사람이 가장자리를 종종 손가락으로 쓰다듬었던 것처럼, 그래서 시간이 지나며 반짝임이 닳아서 사라진 것처럼 한쪽 면이 다른 쪽보다 좀더 짙은 회색이었다. 마그너스 사촌은 구루병이 있었고 밭장다리를 하고 걸었다. 곧 죽을 테니 마그너스는 다른 아이들과 자신의 장난감을 함께 갖고 놀 이유가 없었다. 하지만 닐슨은 그 단추가 굉장히 갖고 싶어서 어느 날 밤에 마그너스가 자고 있을 때 몰래 숨어들어가 상자를 열고 그것을 훔쳤다. 그는 단추를 만지작거리며 그 무게를 느끼고, 손가락으로 여우의 몸을 쓰다듬고, 손바닥의 온기에 청동이 따스해지는 것을 음미하며 한동안 어두운 육아실을 서성거렸다. 그러다가, 정확히 양심의 가책은 아니지만, 피로와 공허감 같은 것이 점차 치솟으면서 결국 원래 자리에 단추를 돌려놓았다. 마그너스 사촌은 그 일을 전혀 몰랐다. 아무도 몰랐다. 하지만 그후 몇 달, 몇 년, 심지어는 수십 년 동안, 마그너스 사촌이 죽고도 아주 오랫동안 도둑질은 그의 심장에 가시처럼 남았다. 매번 사촌의 이름을 말할 때마다 달빛이 비치는 육아실이 머릿속에 떠올랐다. 그는 어떤 일도 부끄러워하지 않았다. 하지만 가끔 그 기억이 떠오를 때마다 자신을 꼬집거나 욕설을 내뱉었다. 사람은 그 자신의 행동으로, 자신이 한 말과 행동을 바탕으로 평가를 받지만, 자기 자신을 평가할 때는 기꺼이 할 수 있는 일이나 하려고 했던 말, 하려고 했던 행동 같은 걸로 평가할 수도 있지 않나? 평가라는 것은 그 사람의 상상력의 범위와 한계, 그리고 계속해서 달라지는 의심과 자존심의 한도에 의해

바뀔 수도 있는데.

"최소한 4월은 되어야 판매가 완벽하게 무효화될 거라고 생각하오."

셰퍼드는 완벽하게 근엄한 어조로 계속해서 말했다.

"그동안에는―아니, 즉각―선생이 수수료 전액을 내 교도소를 건설하는 데 투자하라고 제안하고 싶소."

닐슨은 놀라서 눈썹을 치켜들었다.

"하지만 그 돈은 제 것이 아닙니다."

오늘 오후에 두번째로 그는 이 말을 했다.

"아직 사실상은 아니라고 해도, 이미 법률상 무효화된 돈입니다. 미망인의 항소가 인정되는 순간, 그리고 자산의 판매가 무효로 선언되는 순간, 저는 수수료를 전액 되갚아야 합니다."

"의회에서 선생의 대부금에 이자까지 전부 보증을 해줄 수 있을 거요. 교도소는 어쨌든 정부에서 자금 지원을 받으니 말이오. 선생의 수수료를 회수할 무렵이면 내가 준비은행에서 자금을 끌어와서 선생 돈을 다시 갚아줄 수 있을 거요. 계약서를 쓰고, 선생의 조건을 적어도 좋소. 선생의 투자금은 안전할 거요."

"정부에서 자금을 지원받는다면 왜 저한테 이런 제안을 하시는 겁니까? 이 4백 파운드가 왜 필요하신 거죠?"

닐슨이 물었다.

"선생 돈은 현금이고, 은밀하게 투자될 거요. 내 정부 자금은 승인은 났지만 아직까지 지불되지는 않았소. 내가 그 돈의 일부를 배당받아서 교도소 계좌에 입금하고 싶으면, 서른 명의 은행원들이 서른 개의 책상 위에서 내 계약서를 살펴보고 돌려보는 걸 기다려야 할 거요. 그러면 3월이나 4월은 되어야 할 거고, 그때면 선거는 이미 끝났겠지."

"그리고 로더백이 죄수들을 데려가고 말이죠."

닐슨이 말했다.

"그렇다오. 그리고 그자가 지역구의 예산을 더 많이 끌어갈 테지."

"잘 알겠습니다. 제가 이 일에 동의하고, 소장님이 교도소를 완성한다고 해보죠. 우리 둘 다 여기서 얻는 게 있을 거라고 하시지 않으셨습니까?"

"그렇소."

셰퍼드는 눈을 깜박이고서 말을 이었다.

"내가 선생을 고용하려는 거요. 선생은 노동자와 철강, 목재, 못, 모든 사소한 것들에 관해서 표준 수수료를 받게 될 거요. 합법적인 이윤이지. 그렇게 선생도 이득을 보게 되는 거요."

닐슨은 이 말에 반박할 수 없었지만(분명히 그가 이 정도의 수익을 얻을 만한 일을 수임한 것은 몇 주나 되었으니까) 셰퍼드의 제안 방식이 그를 불편하게 만들었다. 교도소장은 살인이라는 단어를 사용했고, 그 범죄가 '교활하다'고 말했다. 그는 앨버트가 증인으로 들어올 때를 기다렸다가 에머리 스테인스에 관해 물었고, 웰스 사건에 대해 이야기하면서 닐슨이 끼어드는 것을 단호하게 막았다. 마치 닐슨이 너무 많은 것을 말하거나 너무 서둘러 말하는 것을 막으려는 것처럼, 즉 그가 어떤 식으로든 관련되어 있다고 이미 가정하고 있는 것처럼 말이다. 셰퍼드는 상대방을 유죄인 것처럼 대하고 있었다.

닐슨이 말했다.

"제가 소장님의 제안을 거절하면, 그러면 어떻게 되는 겁니까?"

셰퍼드는 입술을 당기며 보기 드문 미소를 지었다. 그 효과는 꽤나 끔찍했다.

"이 제안을 협박으로 생각하기로 결심한 것 같구려. 왜 그런 식으로 생각하는지 나는 전혀 알 수가 없소만."

닐슨은 교도소장의 눈을 오래 바라볼 수가 없었다.

"소장님께 돈을 빌려드리고, 수수료를 받고 일도 해드리지요."

그가 마침내 대답했다. 그의 목소리는 낮았다. 그가 건축가의 설계 도를 자기 앞으로 끌어당겼다.

"소장님이 요구하시는 자재들을 기록하는 동안 잠시 좀 기다려주시 겠습니까?"

셰퍼드는 고개를 끄덕이고서 마침내 앞에 있는 탁자에서 식어가던 커피 컵을 들었다. 그는 받침 접시를 대단히 신중하게 집었다. 그의 커 다란 손에서 도자기 그릇은 굉장히 연약해 보였다. 그가 주먹이라도 움 켜쥐면 그 한 번의 동작에 컵이 가루가 되어버릴 것만 같은 느낌이었 다. 그는 커피를 마시고 닐슨의 책상 위에 이전과 똑같은 모양으로 내 려놓았다. 그러고서 파이프를 다시 입에 물고, 양손을 깍지 끼고, 기다 렸다. 닐슨의 펜이 불규칙적으로 움직이는 소리만이 사무실을 울렸다.

"월요일 아침에 수표를 끊어드리겠습니다."

닐슨이 마침내 총 합계액을 적고 나서 말했다.

"월요일 자 신문에 입찰 광고를 낼 수 있을 겁니다. 뢰벤탈 앞으로 쪽지를 보내겠습니다. 인부들은 여기, 경매장에서, 정확히 열 시에 만 나서 서명을 받는 게 좋을 것 같습니다. 그렇게 하면 사람들이 신문을 읽고 이야기를 퍼뜨릴 만한 여유가 생길 테니까요. 날씨만 괜찮으면, 월요일 정오에 현장에서 일을 시작할 수 있을 겁니다."

셰퍼드의 눈이 가늘어졌다.

"뢰벤탈이라고 했소? 벤 뢰벤탈? 그 유대인?"

"그렇습니다. 신문이 아니라면 광고를 낼 수가 없으니까요. 원하신 다면 전단지와 정기 간행지에 낼 수도 있습니다만, 모두가 『타임스』를 읽습니다."

닐슨이 눈을 깜박이며 대답했다.

"선생의 수수료를 투자했다는 것은 대단히 은밀한 문제라는 것을 이해해주기를 바라겠소."

"이해합니다, 소장님. 맹세하죠."

닐슨은 막판에 이렇게 덧붙였지만, 말을 하자마자 후회했다.

"어쩌면 우리 계약서에 그 조항을 집어넣어야 할지도 모르겠군. 마음의 평화를 위해서 말이오."

셰퍼드가 가볍게 말했다.

"제가 신중할 거라고 믿으셔도 됩니다."

닐슨이 다시 얼굴을 붉히며 말했다.

"진심으로 그러기를 바라오."

셰퍼드가 일어나서 손을 내밀었다. 닐슨 역시 일어섰고, 두 사람은 악수를 나누었다.

"셰퍼드 소장님."

셰퍼드가 나가려고 하는데 닐슨이 갑자기 말했다.

"아까 전에 말씀하신 거 말입니다. 야만과 문명, 구세계와 신세계에 관해서요."

셰퍼드는 냉정한 눈으로 그를 쳐다보았다.

"그런데?"

"그 생각의 흐름이 이 모든 것들, 자산과 귀향금, 웰스 미망인에게 어떻게 해당이 되는 건지 좀 궁금합니다만."

셰퍼드는 한참 동안 침묵을 지키다가 대답했다.

"고향으로 돌아가는 귀향금이라는 건 완전한 재창조의 기회요, 닐슨 씨. 금덩이를 찾으면 사람은 새로운 인생을 돈으로 살 수 있지. 그런 종류의 가능성이라는 건 문명 세계에서는 제공되지 않는 거요."

Φ

닐슨은 셰퍼드가 떠나고 한참 동안 혼자 사무실에 앉아서 머릿속으로 교도소장의 제안을 생각하고 또 생각했다. 가슴속에서 의심의 기운이 사라지지 않았다. 자신이 뭔가 연결 고리를 놓치고 있는 듯한 기분이었다. 오래된 조끼의 시계 주머니에 들어 있던 매듭을 묶어놓은 손수건을 발견했는데, 아무리 애를 써도 그 매듭으로 뭘 기억하려고 했던 건지, 어떤 용건, 어떤 임무였는지 전혀 생각이 안 나는 것 같은 기분이었다. 심지어는 손수건 가장자리를 묶어서 가슴주머니에 집어넣을 때 어디에 있었는지조차 생각이 나지 않는 그런 기분. 그는 손가락을 톡톡 두드렸다. 옷깃을 만지작거렸다. 비는 계속 창문을 두드렸다. 해가 구름 뒤로 사라지며 방 안의 회색 그림자는 위치를 바꾸었다.

갑자기 그가 벌떡 일어나 문으로 가서 문을 약간만 열고 틈새로 소리쳤다.

"앨버트!"

"네, 사장님."

앨버트가 바깥쪽 사무실에서 대답했다.

"크로스비 웰스 말이야, 죽은 남자."

"예."

"누가 시체를 발견했지? 잊어버려서 말이야."

"남자들 일행이었습니다."

"사건을 기억하나?"

"신문에 나왔는데요. 원하신다면 찾아드리겠습니다."

"그냥 기억하는 대로 말해봐."

"일행이 잠깐 쉬어가려고 들렀다가 웰스 씨가 막 죽은 것을 발견했다고 합니다. 제가 알기로는 그렇습니다. 식탁 앞에 앉은 채 죽어 있었다고 신문에 나왔습니다."

"이름은 모르나?"

하지만 닐슨은 이미 알았다. 그는 문틀에 머리를 기댔다. 현기증이 났다.

"웨스트랜드 의원으로 출마한 그 사람요. 캔터베리 출신. 지난주에 사장님도 스타에서 만나지 않으셨습니까? 알리스테어 로더백 말입니다."

Φ

10분쯤 후에 닐슨이 바깥쪽 사무실 문 앞에 나타났다. 실크 모자를 요란한 소리가 나게 펴는 바람에 사무원이 벌떡 일어섰다. 닐슨은 지팡이를 마치 곤봉처럼 휘두르려는 듯이 우악스럽게 자루의 중간쯤을 잡고 있었다. 얼굴은 대단히 창백했다.

"전화가 오면 논파렐 쪽으로 연결할까요?"

닐슨이 문으로 가는 뒤에서 앨버트가 외쳤다.

"아니, 그냥 둬. 기다리라고 해. 아니면 월요일에 다시 걸라고 하든지."

닐슨은 돌아보지 않고 고함을 질렀다. 그리고 수위실을 지나 부두를 따라 내려왔지만, 언제나 들르는 모퉁이의 파이집 앞에서 멈추지 않았다. 코트를 꼭 여미고서 내륙 쪽으로, 카니에레와 금광이 있는 방향으로 돌아서서 걸어갔다.

전갈자리의 심야 새벽

☾

약제사는 아편을 찾아 나선다. 우리는 드디어 안나 웨더렐을 만난다. 프리처드는 초조해지고, 총이 두 방 발사된다.

조지프 프리처드는 닐슨의 사무실을 나와서 콜링우드가에 있는 자신의 약제실로 즉시 돌아가지 않았다. 대신에 레벨가에서 가장 사람 많고 활기찬 지역을 따라 60개에서 70개쯤 있는 호텔 중 하나인 그리디론으로 향했다. 이 호텔은(샛노란 장식과 가짜 덧문 때문에 빗속에서도 전면부가 발랄해 보였다) 안나 웨더렐 양의 평소 거주지였다. 안나 웨더렐은 이런 시간에 방문객을 맞는 습성이 없었지만, 프리처드는 다른 사람의 일정에 맞추어 사업을 처리하는 버릇이 없었다. 그는 계단을 쿵쿵 올라가서 베란다 난간에 부츠를 기대고 일렬로 앉아 제각기 휘파람을 불거나, 손톱을 닦거나, 진흙에 담배를 뱉는 광부들에게 목례조차 하지 않고 문을 열었다. 광부들은 그가 음울하게 복도를 지나가는 것을 재미있는 표정으로 쳐다보았고, 그의 등 뒤로 문이 닫히고 나자 그야말로 뭔가를 바닥까지 파헤쳐보겠다고 단호하게 결심한 남자였다고 평가했다.

프리처드는 몇 주 동안이나 안나를 만나지 못했다. 그는 그녀가 자살을 시도했다는 이야기도 제삼자로부터, 딕 매너링을 통해서 들었다. 매너링은 카니에레에서 아편굴을 운영하는 중국인 아 숙에게서 들은 이야기를 전한 것이었다. 안나는 카니에레 차이나타운에서 정기적으로 거래를 했고, 그래서 흔히들 중국인의 앤이라고도 불렸다. 이런 이름은 어떤 무리에서는 그녀의 평판을 떨어뜨리는 것이지만, 어떤 사람들에게는 굉장히 높게 치부되었다. 프리처드는 그 어느 쪽에도 속하지 않았기 때문에 — 그는 다른 사람들의 사생활에 그다지 관심이 없었다 — 이 창녀가 아 숙이 특히 좋아하는 여자였다는 사실이나 매너링이 후에 전한 말에 따르면 안나가 죽을 뻔해서 아 숙이 거의 히스테리를 일으킬 뻔했다는 사실에 전혀 동요하지도, 혐오감을 느끼지도 않았다. (매너링은 광둥어를 하지 못했지만 금속, 원한다, 죽다 같은 몇 가지 단어를 포함해서 글자는 조금 알았다. 그래서 수첩에 있는 그림과 글자를 이용해 대충 대화를 할 수 있었다. 그의 수첩은 이제 글자와 그림 들이 빽빽해 앞쪽으로 넘겨서 옛날의 다툼이나 옛날의 협정, 옛날의 판매 내역만 손가락으로 짚으면 복잡한 수사학적인 비유까지도 할 수 있을 정도였다.)

안나가 직접 그에게 연락하지 않았다는 사실에 프리처드는 화가 났다. 그는 어쨌든 약제사였고, 최소한 그레이 강 남쪽에서는 웨스트 코스트 아편굴에 아편을 대는 유일한 공급자였다. 약물 과용 문제에 있어서 그는 전문가였다. 그러니 그의 조언을 구하기 위해서라도 연락을 해야 하는 거 아닌가! 프리처드는 안나가 자살하려 했다고 믿지 않았다. 믿을 수가 없었다. 아마 원하지 않는데 억지로 아편을 들이켜야 했던 게 분명하다. 그렇지 않으면 안나에게 해를 입히기 위해 누가 약을 바꿔놓은 게 분명했다. 그는 독약의 흔적이 있는지 확인하기 위해서 중국인들의 아편굴에 남은 덩어리를 달라고 요청했지만, 아 숙은 너무 화가 나서 요청을 받아주기는커녕 다시는 그와 거래를 하지 않겠다고 성을 냈다(고 매너링이 전했다). 프리처드는 위협에는 별로 신경 쓰지 않았지만—그는 호키티카에 고객이 아주 많았고, 아편 판매는 그의 수입에서 아주 적은 양을 차지할 뿐이었다—이 사건에 대한 직업적 호기심을 채우고 싶었다. 그러니까 이제 직접 그 여자에게 심문을 하는 수밖에 없었다.

프리처드가 그리디론 호텔 로비로 들어갔을 때 호텔 경영인은 없었고, 로비는 텅 비고 덜그럭거리는 느낌이었다. 프리처드의 눈이 어두컴컴한 빛에 익숙해지고 나니, 책상에 기대 오래된 『리더』의 글자를 한 줄 한 줄 손가락으로 따라가면서 동시에 입술로 웅얼거리고 있는 클린치의 사환이 보였다. 카운터 위에는 기름 먹인 헝겊이 있었고 그의 손가락이 움직인 자리에서는 나무가 반질반질 윤을 냈다. 그가 고개를 들고 지나치는 약제사에게 고개를 끄덕였다. 프리처드는 그에게 1실링을 던졌고, 사환은 그것을 정확하게 받아서 손등에 얹었다. 프리처드가 계단을 올라가는데 "앞이게요, 뒤게요?"라는 소년의 목소리가 들렸고, 프리처드는 피식 웃었다. 누군가가 그의 기분을 건드리면 얼마든지 잔인하게 굴 수 있는데, 지금 그런 상태였다. 복도는 조용했지만 그는 안나 웨더렐의 방문에 귀를 대고 잠시 소리를 듣다가 문을 두드렸다.

하랄 닐슨은 프리처드와 안나 웨더렐의 관계가 자신의 경우보다 좀 더 복잡할 거라고 맞게 추측했지만, 이 약제사가 안나를 사랑한다는 결론을 내린 건 착각이었다. 사실 프리처드의 여자 취향은 굉장히 전통적이었고, 심지어는 유치했다. 다시 말해 창녀를 사랑하느니 농장 하녀를 사랑하는 편이 나았다. 아무리 그 창녀가 매혹적이고, 하녀가 못생겼다 해도 말이다. 그는 순수함과 단순함, 평범한 드레스, 부드러운 목소리,

온순한 성격, 소박한 야심을 귀중하게 여겼다. 즉, 자신과 정반대의 여자를 좋아했다. 그의 이상적인 여자는 그 자신과 완벽하게 반대여야 했다. 그가 다른 사람들에게 수수께끼인 반면 여자는 알기 쉬워야 하고, 그가 차분하지 못한 반면 여자는 차분해야 했다. 그의 이상형은 일종의 닻 같은 존재여야 했다. 빛, 위안, 축복 그 자체여야 했다. 폭음에 아편 중독까지, 안나 웨더렐은 그 자신과 너무 비슷했다. 그렇다고 해서 그 여자를 싫어하는 건 아니었다. 그저 불쌍했다.

대체로 프리처드는 여자라는 주제에 대해서는 입을 다무는 편이었다. 그는 다른 남자들과 여자 이야기를 하는 것을 즐기지 않았다. 그가 보기에 이런 이야기는 항상 우스꽝스럽고 시끄러워지는 경향이 있었다. 그래서 침묵을 지켰고, 그 결과 그의 친구들은 그가 굉장히 교양 있다고 생각했고, 여자들은 그를 보면 수수께끼 같고 정중하다고 여겼다. 그는 못생긴 편은 아니었고, 장사도 꽤 잘됐다. 일을 조금 덜 하고 사람을 좀더 많이 만나고 다녔다면 꽤나 훌륭한 결혼 상대로 여겨졌을 것이다. 하지만 프리처드는 남녀 다수가 모여서 모든 남자가 남자라는 성을 대변하는 사절처럼 행동하며, 모든 사람의 눈길을 받으며 자신의 장점을 슬쩍 자랑하는 그런 자리를 질색했다. 사람이 많으면 그는 숨이 막히고 화가 났다. 그는 친한 친구들 쪽을 더 좋아했고, 친구가 몇 명 없었지만 그 친구들에게는 자기만의 방식으로 대단히 충성스러웠다. 안나에게 충성스러운 것 역시 마찬가지였다. 안나와 함께 있을 때 그가 느끼는 친밀감은 창녀에 관해 다른 남자와 이야기할 필요가 없다는 사실 때문이 컸다. 창녀란 은밀한 문제이고, 혼자 먹어야 하는 음식 같은 것이다. 그가 안나에게서 바라는 것이 이런 고독이었다. 안나는 그에게 고독을 즐기게 해주었고, 함께 있을 때면 그는 안나와 거리를 두었다.

프리처드는 평생 딱 한 번 진정으로 사랑을 해보았다. 하지만 메리 멘지스가 메리 퍼킨이 되어 면과 붉은 흙으로 이루어진 삶을 살기 위해, (프리처드가 상상하기에는) 모든 것이 느리고 부유하고 하늘에는 구름 한 점 없는 그런 곳을 찾아 조지아로 떠난 이래 16년이 흘렀다. 메리가 죽었는지, 퍼킨 씨는 아직 살아 있는지, 아이를 낳았는지 혹은 잃었는지, 나이를 보기 좋게 먹었는지 흉하게 늙었는지, 그런 것을 그는 알지 못했다. 그의 마음속에서 그 여자는 메리 멘지스였다. 마지막으로 보았을 때 메리는 스물다섯 살이었고, 잔가지 무늬의 모슬린 드레스에 머리는 정수리에서 한데 묶고, 손목과 손가락에는 아무런 장식도 달지 않은 모습이었다. 그들은 창가에 앉아서 작별 인사를 나누었다.

"조지프."

그녀는 이렇게 말했다. (그는 이 순간을 영원히 기억하기 위해서 나중에 수첩에 적어두었다.)

"조지프, 자기는 한 번도 좋은 걸 마음 편하게 받아들이지 못했어. 자기가 나와 사랑을 나누지 않았던 건 잘한 거야. 이제는 나를 애정을 담아서 기억할 테니까. 사랑을 나누었다면 그럴 수는 없었을 거야."

문 반대편에서 빠른 발소리가 들렸다.

"오, 당신이군요."

그게 안나의 유일한 인사였다. 다른 사람을 기대하고 있었는지 실망한 얼굴이었다. 프리처드는 아무 말 없이 안으로 들어가서 문을 닫았다. 안나는 창문 아래 빛이 드는 자리로 걸어갔다.

안나는 상복 차림이었지만, 드레스의 구식 스타일과(종 모양 치마, 딱 붙는 허리선) 바랜 옷감 색깔로 보아 새로 맞춘 옷이 아닌 것 같았다. 선물로 받았거나, 아니면 분명히 난파선 인양품일 것이다. 치마 밑단을 늘린 것이 눈에 들어왔다. 더 짙은 검은색 밑단이 5센티미터 정도 바닥에 닿아 있었다. 상복을 입은 창녀를 보는 것은 꽤 기묘했다. 멋 부린 성직자라든지 콧수염이 난 어린애처럼 굉장히 혼란스러운 느낌을 준다고 프리처드는 생각했다.

안나를 램프 불빛이나 달빛 아래가 아닌 곳에서 보는 건 굉장히 드문 일이라는 생각이 갑자기 떠올랐다. 피부가 반투명해서 거의 파르스름하게 보이고, 눈 아래는 짙은 자줏빛이었다. 마치 수채화로 그려놨는데, 종이가 물기를 버틸 만큼 단단하지 않아서 색이 흘러내리는 것 같은 느낌이었다. 그녀의 외모는, 프리처드의 어머니라면 각지게 생겼다고 말할 만한 타입이었다. 눈썹은 일직선을 그리고 턱은 뾰족했다. 코는 가늘고 기하학적으로 보였다. 조각가가 양쪽으로 한 번, 콧마루를 따라 한 번, 그리고 그 아래쪽을 한 번 파서 단 네 번 만에 완성시켜놓은 것 같은 모양이었다. 입술은 가늘었고, 눈은 원래 큰 편이었으나 세상을 의심스럽게 쳐다보곤 해서 별로 유혹적인 효과를 내는 일은 없었다. 뺨은 홀쭉하고, 북의 테가 드러나 보이는 것처럼 팽팽한 피부 아래로 턱뼈가 드러나 보였다.

작년에 안나가 아이를 가졌을 때는 뺨이 좀 볼록해지고 비쩍 마른 팔에도 살이 올랐었다. 프리처드는 그런 그녀가 좋았다. 둥근 배, 여러 장의 면과 명주천, 옷감 아래 감추어진 부푼 가슴이 그녀를 부드러워 보이게 만들고 활기를 주었다. 하지만 춘분이 지나고, 저녁 시간이 점점 더 길어지고 낮은 점점 더 밝아지고, 해가 저물기 전 몇 시간 동안 타스만 바다 위로 낮게 진홍색으로 걸려 있다가 마침내 붉은 바닷속으로 사라지던 그 무렵에 아이는 사망했다. 아이의 시체는 옥양목으로 싸서 시뷰 해안단구 위의 조그만 무덤에 묻었다. 프리처드는 안나에게 아이의 죽음에 대해서 말을 걸지 않았다. 딱히 평소보다 더 자주 그녀의 방에 들르지도 않았고, 들러도 아무것도 물어보지 않았다. 하지만 그 소식을 들었을 때 그는 혼자 조용히 울었다. 호키티카에는 아이들이 굉장히 적었다. 셋이나 넷 정도 될까. 낯익은 억양의 말을 듣거나 수평선 위의 근사한 배를 보고서 고향을 상기하는 것처럼, 다들 아이들을 보고 싶어했다.

그는 안나가 먼저 말하기를 기다렸다.

"여기 있으면 안 돼요. 전 약속이 있어요."

"오래 붙잡고 있지 않을 거야. 당신 건강은 어떤지 물어보러 왔어."

"아, 그 질문 정말 지겨워요. 정말로 지겹다고요!"

그는 그녀의 격렬한 반응에 깜짝 놀랐다.

"난 한동안 당신을 보러 오지 않았잖아."

"그랬죠."

"하지만 길가에서 당신을 봤어. 신년 직후에."

"작은 동네니까요."

그가 그녀에게 가까이 다가갔다.

"당신한테서 바다 냄새가 나."

"그럴 리 없어요. 몇 주나 바다엔 들어가지도 않았는걸요."

"그럼 뭔가 폭풍 냄새 같은 거. 눈을 뚫고 오면 몸에서 냉기의 냄새가 나는 것처럼 말이야."

"뭐하시는 거예요?"

"내가 뭘 하느냐고?"

"그런 식으로, 시적으로 말씀하시는 거요. 왜 그러시는 거죠?"

"시적이라고?"

(프리처드는 여자와 대화를 할 때에는 나쁜 습관이 있었는데, 질문에 질문

으로 대답하는 것이었다. 메리 멘지스가 오래전에 그 점에 대해 한번 불평한 바 있었다.)

"감상적이라고 할까, 몽상적이라고 해야 할까, 잘 모르겠어요. 상관없어요."

안나가 소매를 잡아당기며 말을 이었다.

"전 완전히 건강해졌어요. 그리고 그다음 질문은 안 하셔도 돼요. 전 자해를 하려던 생각은 전혀 없었어요. 언제나처럼 파이프를 좀 피우려다가 잠이 들었는데, 정신을 차려보니까 감옥에 있더군요."

프리처드는 모자를 옷장에 내려놓았다.

"그래서 그 이래로 계속 사람들의 다그침을 받는단 말이지."

"죽을 만큼요."

"불쌍하기도 하지."

"동정하는 건 더 끔찍해요."

"흠, 그렇다면 나까지 그러지 않도록 하지. 대신 당신에게 지독하게 대할까?"

"상관없어요."

안나가 동정과 기억상실에 대해서 이야기하는 것이 그를 화나게 만들었다. 화가 났다는 걸 드러낼까 했지만 그는 자신이 볼일을 보러 온 것임을 떠올렸다.

"고객이 누구지?"

대신 그는 그녀를 조롱하는 어조로 물었다. 안나는 창가에 서 있다가 놀라서 반쯤 돌아섰다.

"네?"

"약속이 있다면서. 누구지?"

"고객이 아니에요. 여자친구와 모자를 보러 갈 거예요."

그가 코웃음을 쳤다.

"창녀에게도 지킬 명예가 있다는 건가? 거짓말할 필요 없어."

안나는 둘 사이에 엄청난 거리를 둔 것 같은 눈으로 그를 보았다. 그가 수평선 위에 찍혀 있는 점 하나, 아주 흐릿하고 먼 얼룩 하나인 것 같은 눈이었다. 잠시 후 그녀가 어린애에게 말하듯이 천천히 말했다.

"아, 그렇군요. 당신은 모르시겠네요. 전 한동안은 창녀 일을 안 할 거예요."

그는 눈썹을 치켜들다가 놀람을 감추기 위해서 웃음을 터뜨렸다.

"정직한 여자가 되시겠다? 이제 와서? 모자를 쓰고 화분을 키우고? 길거리에선 장갑도 끼고?"

"애도 기간 동안에는요."

이 단순하고 조용한 대답에 웃음을 터뜨린 자신이 바보처럼 보일 거라는 생각이 들었고, 좌절감이 프리처드의 가슴에 들어차기 시작했다.

"딕이 거기에 대해서 뭐라고 했지?"

그는 안나의 고용주인 매너링을 이야기하는 거였다. 안나가 몸을 돌렸다.

"기뻐하진 않았어요."

"당연히 그렇겠지!"

"여기에 관해서 당신과 이야기하고 싶지 않아요, 조."

그가 예민하게 반응했다.

"그게 무슨 뜻이야?"

"뜻 같은 거 없어요. 딱히 특별한 건요. 그저 그 사람을 생각하는 게 지겨울 뿐이에요."

"그 친구가 당신에게 지독하게 굴었나?"

"아뇨, 그렇지는 않았어요."

프리처드는 창녀들에 대해 잘 알았다. 충격을 받은 척하며 요란한 고음으로 이야기하는 점잔 빼는 타입, 어느 계절이건 팔꿈치를 덮는 주름 소매 옷을 입는 토실토실한 타입, 그리고 '여편네'라고 불리는 주정뱅이에 탐욕스럽고 징징거리고 손가락 관절은 벌겋게 까진데다 눈은 짓무른 그런 타입도 있었다. 그리고 안나가 속한 수수께끼 같은 타입이 있었다. 조용하다가 어떤 때는 발랄하고, 행동거지가 너무도 비참하고 완벽하리만큼 불쌍해서 위엄 있고 온화해 보일 정도인 그런 여자들. 안나 웨더렐은 다크호스 이상이었다. 안나는 어둠 그 자체였고, 어둠에 푹 싸여 있었다. 그녀는 지혜가 아니라 사악함에 관해 잘 아는 말없는 현자라고 프리처드는 생각했다. 누군가가 아무리 끔찍한 일을 하거나, 말하거나, 혹은 목격했다 해도 안나는 분명 그보다 더 지독한 것을 보았을 것이다.

"왜 나한테 오지 않았어?"

마침내 그는 뭔가 비난을 하고 싶은 마음에 말을 꺼냈다.

"언제요?"

"아팠을 때."

"감옥에 있었으니까요."

"하지만 그후에는?"

"그때 가서 당신에게 간다고 무슨 소용이 있었겠어요?"

"많은 문제를 덜 수 있었을지도 모르지. 내가 검사를 해봤으면 그 아편에 유독 물질이 섞여 있었다고 증명할 수 있었을지도 몰라."

그가 무뚝뚝하게 말했다.

"그게 문제가 있다는 걸 알고 있었던 거예요?"

"그냥 추측한 거야. 달리 어떻게 알겠어, 앤? 만약에……."

안나가 다시 그에게서 등을 돌리고 이번에는 침대 머리판 쪽으로 가서 철제 장식을 손가락으로 쥐었다. 그녀가 움직이자 다시 향기가 났다. 바다 냄새. 그 강렬한 감각에 그는 조금 놀랐다. 그녀 쪽으로 따라가서 그녀의 향기를 들이켜고 싶은 충동을 억눌러야 했다. 소금기와 철 냄새, 흐린 날씨에서 풍기는 진한 금속성 맛이 느껴졌다…… 낮게 깔린 구름과 비의 냄새였다. 그리고 그냥 바다 냄새가 아니었다. 배의 냄새다. 타르를 바른 밧줄의 냄새, 표백한 티크나무의 습한 먼지 냄새, 기름 먹인 범포와 양초의 밀랍 냄새. 그의 입에 침이 고였다.

"독이라니, 누가 한 거죠?"

안나가 그를 힐끗 쳐다보며 물었다.

(어쩌면 그건 감각적 기억인지도 모른다. 갑자기 사람의 몸에 넘쳐났다가 순식간에 사라져버리는 우연한 공명 같은 것일지도. 그는 그 생각을 머릿속 깊은 곳으로 밀어놓았다.)

"당신도 그럴 가능성을 생각은 해봤겠지."

그가 인상을 찌푸리고 말했다.

"글쎄요. 하지만 전 아무것도 기억이 안 나요."

"전혀?"

"파이프를 들고 앉아 있었던 것밖에는요. 핀을 달구고, 그후로는 아무것도 모르겠어요."

"당신이 자살하려고 한 게 아니라는 걸 믿어. 자해할 생각이 없었다는 걸 말이야. 그건 믿어."

"아, 하지만 가끔씩 그런 생각을 하긴 하죠."

"물론 가끔은 그러겠지."

프리처드는 너무 급하게 말하고서는 자신이 멍청한 짓을 했다는 생각에 반 걸음쯤 뒤로 물러섰다.

"전 독에 대해서는 아무것도 몰라요."

"내가 남은 아편을 검사해볼 수만 있었으면 거기 다른 게 섞여 있었는지 어땠는지 말해줄 수 있었을 텐데. 그래서 여기 온 거야. 좀 살펴보게 당신한테서 살 수 있을까 하고 말이지. 아 숙은 나한테 단 1초도 시간을 내주려고 하지 않더라고."

그녀의 눈이 가늘어졌다.

"그걸 검사하려고요, 아니면 바꿔치기 하려고요?"

"그게 도대체 무슨 뜻이야?"

"당신 자취를 감추려고 그러는 걸 수도 있잖아요."

프리처드는 화가 나서 얼굴이 벌게졌다.

"무슨 자취?"

그녀가 아무 말도 하지 않자 그가 다시 말했다.

"무슨 자취 말이야?"

"아 숙은 당신이 거기 독을 섞었다고 생각해요."

"그래? 당신이 죽는 꼴을 보고 싶었다면 빌어먹게 번거로운 방법 아닐까?"

"당신이 원한 건 그 사람이 죽는 걸 보는 거였을지도 모르죠."

"그래서 그자의 사업이 망하라고?"

프리처드의 목소리가 낮아졌다.

"이보라고, 내가 그 작자들에게 딱히 형제애적인 감정 같은 걸 느꼈다는 건 절대로 아니지만, 난 그 동양인들과 다툰 적도 없어. 내 말 알겠어? 난 그자들이 안 좋은 일을 당하길 바랄 이유가 전혀 없다고. 전혀."

"그 사람 탄광 천막이 또 찢겼어요. 지난달에요. 누군가가 약도 전부다 못쓰게 만들어놨고요."

"그래서, 지금 그게 내 짓이라고 생각하는 거야?"

"아뇨, 아니에요."

"그럼 무슨 말을 하고 싶은 거야? 털어놓으라고, 앤. 뭐야?"

"그 사람은 당신이 암거래를 하고 있다고 생각해요."

"그래서 좁쌀눈 중국 놈들을 독살한다고?"

프리처드가 코웃음을 쳤다.

"네. 그리고 그건 그렇게 말도 안 되는 생각은 아니에요."

"그러신가! 지금 그자의 관점을 편드는 거야, 응?"

"그렇게 말하진 않았어요. 그리고 제가 그렇게 생각하는 게······."

"당신은 내가 성마른 늙은이라고 생각하지. 나도 알아. 난 성마른 늙은이지. 하지만 살인자는 아니야."

창녀의 확신은 들떴던 것만큼이나 빠르게 사라졌다. 그녀는 다시 몸을 움츠리고 창가로 슬그머니 다가가서 레이스를 떠서 만든 칼라를 손으로 만지다가 잡아뜯기 시작했다. 프리처드는 마음이 놓이는 것을 느꼈다. 그는 그 동작을 잘 알았다. 안나에게서 봤다기보다는 대부분의 여자들이 하는 그런 동작이니까.

"음, 어쨌든 뭐, 그런 거야."

그가 조금 분위기를 누그러뜨리기 위해서 말했다.

"당신은 그렇게까지 늙진 않았어요."

그는 그녀를 만지고 싶었다.

"그리고 아편 팅크 문제도 있어, 크로스비 웰스 사건. 그 문제 때문에 머릿속이 아주 복잡해."

"무슨 아편 팅크 문제요?"

"그 은둔자의 침대 아래서 아편 병이 나왔어. 그런데 그게 내 거더라고."

"코르크가 닫혀 있었어요, 열려 있었어요?"

"닫혀 있었어. 하지만 반만 들어 있더군."

그녀는 흥미가 동하는 표정이었다.

"당신 거라는 게 당신 개인 물건이라는 뜻이에요, 아니면 그냥 당신 가게에서 파는 거라는 말이에요?"

"가게 거였어. 하지만 크로스비한테는 판 적이 없어. 그자에겐 한 방울도 판 적이 없다고."

안나는 뺨에 한 손을 대고서 생각에 잠겼다.

"그거 희한하네요."

"그 크로스비 웰스라는 자는 살아생전엔 아무도 관심 한번 가진 적이 없었는데, 지금은 이렇단 말이지."

프리처드는 유쾌한 어조로 말하려고 노력했다.

"크로스비는⋯⋯."

안나는 뭔가 말하려고 하다가 갑작스럽게 울음을 터뜨렸다.

프리처드는 그녀 쪽으로 다가가서 팔을 벌리고 위로해주려는 행동은 전혀 하지 않았다. 그는 그녀가 소매 속에서 손수건을 꺼내는 것을 보며 등 뒤로 손을 깍지 낀 채 기다렸다. 그녀는 크로스비 웰스 때문에 우는 게 아니었다. 그 남자를 알지도 못하는데. 안나 웨더렐은 자기 자신 때문에 우는 거였다.

물론 소법정에서 자살을 시도했다는 혐의를 받고, 온갖 남자들에게 시달리고, 『타임스』에서 흥미거리로 이용되고, 남의 영혼이 공공재라도 되는 것처럼 아침식사 자리나 당구대 앞에서 남들의 입방아에 오르는 건 유쾌한 일은 아닐 것이다. 그는 그녀가 코를 풀고 가느다란 손가락으로 손수건을 움켜쥐고 치우는 것을 그저 쳐다만 보았다. 이건 그저 피곤하기 때문만은 아니었다. 뭔가 다른 종류의 슬픔 때문이 분명했다. 안나는 그렇게까지 힘이 들어 보이지는 않으니까.

"상관하지 마세요."

안나가 마침내 자제력을 되찾고서 말했다.

"저한테는 상관하지 마세요."

"난 그냥 그걸 한번 살펴볼 수만 있으면 돼."

"뭘요?"

"덩어리 말이야. 당신한테 내가 살게. 그걸 바꿔치진 않을 거야. 나한테 일부만 줘도 괜찮아. 덩어리를 통째로 다 줄 필요는 없어."

그녀는 고개를 흔들었고, 그 날카로운 동작에 프리처드는 그녀의 어떤 부분이 달라 보이는지를 알아챘다. 그가 세 걸음 만에 두 사람 사이의 거리를 좁히고서 그녀의 소매를 움켜잡았다.

"어디 있어? 아편 어디 있냐고."

그녀가 그에게서 팔을 빼냈다.

"내가 다 피웠어요. 꼭 아셔야겠다면, 어젯밤에 마지막 남아 있던 걸 다 피웠어요."

"거짓말 마. 그랬을 리가 없어!"

프리처드는 그녀를 따라가서 어깨를 잡고 홱 돌려세웠다. 엄지손가락을 그녀의 턱에 대고 고개를 들어올린 뒤 그는 그녀의 눈을 보았다.

"거짓말이잖아. 당신은 멀쩡해."

"내가 다 피웠어요."

안나가 반복해서 말하고 그에게서 몸을 빼냈다.

"숙에게 도로 줬어? 그자가 가져갔나?"

"내가 다 피웠어요. 언제나와 똑같이 말이죠."

"솔직히 말해, 앤. 거짓말하지 말고."

"난 거짓말쟁이가 아니에요."

"독이 섞인 아편 덩어리를 다 피우고도 눈이 새벽하늘처럼 깨끗하다고?"

그녀의 눈이 가늘어졌다.

"거기 독이 섞였다고 누가 그래요?"

"설령 그렇지 않다 해도……."

"거기 독이 섞여 있다는 걸 정말로 알아요? 정말 확신해요?"

"난 이 망할 놈의 사건에 대해서 정말이지 단 하나도 몰라. 그리고 당신 말투가 마음에 안 드는군. 난 그저 그놈의 물건을 조금만 구해서 살펴보고 싶을 뿐이라고, 맙소사!"

프리처드가 성난 어조로 말했다. 안나가 다시 발끈해서 말했다.

"누가 거기 독을 섞었죠, 조? 누가 날 죽이려고 한 거예요? 당신은 어떻게 생각하죠?"

프리처드가 한 팔을 흔들었다.

"아마 아 숙이겠지."

"당신을 비난한 사람을 비난하는 거예요? 그야말로 죄지은 사람이 할 법한 짓이군요."

그녀가 깔깔 웃었다.

"난 당신을 도우려고 이러는 거야! 도와주려고 이러는 거라고!"

프리처드가 격분해서 말했다.

"도와줄 건 아무것도 없어요! 아무도 못 도와줘요! 마지막으로 말하는데, 난 자살하려고 한 게 아니에요, 조지프. 그리고 독 같은 것도, 절대로, 없다고요!"

안나가 소리를 질렀다.

"그럼 왜 당신이 반쯤 죽은 상태로 크라이스트처치로 한가운데 있었는지 설명을 해봐."

"나도 설명 못해요!"

그날 처음으로 프리처드는 그녀의 얼굴에 진짜 감정이 떠오르는 것을 보았다. 두려움, 그리고 분노가.

"그날 밤에 평소와 똑같이 파이프를 피웠어?"

"보석금을 내고 나온 이래로도 매일 밤 똑같이 피웠어요."

"오늘은?"

"아뇨. 어젯밤에 마지막 남은 걸 다 피웠어요. 말했잖아요."

"어젯밤 몇 시에?"

"늦게요. 아마 자정쯤?"

프리처드는 침을 뱉고 싶었다.

"날 바보 취급 하지 마. 난 당신이 약에 취해 있을 때도 봤고, 깨는 중일 때도 봤어. 지금 당신은 수녀처럼 온전한 상태야."

그녀의 얼굴이 일그러졌다.

"내 말을 믿지 않을 거라면 가버려요."

"아니, 난 안 갈 거야."

"빌어먹을, 조 프리처드!"

"당신이나 빌어먹으라고."

그녀가 다시 울음을 터뜨렸다. 프리처드는 몸을 돌렸다. 어디다 숨겨놓은 거지? 그는 옷장으로 가서 문을 열고 안에 있는 것들을 뒤지기 시작했다. 가로대에 걸린 그녀의 속이 빈 드레스들, 페티코트들, 대부분 낡고 얼룩덜룩한 속바지들, 손수건, 숄, 코르셋, 스타킹, 단추 달린 부츠. 그것 말고는 아무것도 없었다. 그는 화장대로 가서 그 위에 놓인 금 간 도자기 접시로 받쳐놓은 알코올램프 ─ 이게 그녀의 아편용 램프일 것이다 ─, 그 옆으로 솜이 든 장갑 한 켤레와 빗, 바늘쿠션, 포장을 열어놓은 비누, 크림과 파우더가 든 병을 하나하나 집어들었다가 도로 아무렇게나 내려놓았다. 필요하면 방 전체를 다 뒤집어볼 생각이었다.

"뭘 하는 거예요?"

"당신이 그걸 숨기고 있잖아. 왜 그러는 건지 나한테 말도 안 하고서!"

"그건 내 물건이에요."

그가 웃었다.

"기념품인가? 소중한 추억의 기념품? 골동품처럼?"

그는 화장대 서랍을 열고서 바닥에 뒤집어 쏟았다. 잡동사니들이 우르르 쏟아졌다. 동전, 나무로 된 실패, 리본, 천으로 싼 단추, 재봉사용 가위, 회전식 샴페인 코르크 세 개, 남성용 면도솔. 면도솔은 어디선가 훔쳤을 것이다. 성냥, 옷 심지. 뉴질랜드행 배표, 옷감 조각, 은제 거울. 프리처드는 무더기를 헤집었다. 거기 안나의 파이프가 있었다. 그리고 가게에서 산 캐러멜처럼 밀랍 입힌 종이에 잘 싸놓은 아편 덩어리가 든 조그만 상자나 작은 주머니도 거기 함께 있어야 했다. 그가 욕설을 내뱉었다.

"당신은 짐승이야. 정말 끔찍해."

안나가 말했다. 그는 안나를 무시하고 파이프를 집었다.

대나무로 만든 중국제였고, 프리처드의 팔뚝 정도 길이였다. 파이프 대통이 끝에서 7센티미터 정도 위치에 있었다. 프리처드는 플루트 주자가 플루트를 들듯이 들고서 손으로 무게를 가늠해보았다. 그리고 냄새를 맡아보았다. 대통 가장자리에 검게 잔여물이 있었다. 그러니까 최근에 누군가가 이 파이프를 쓰긴 한 모양이다.

"이제 만족해요?"

"말조심해. 바늘은 어디 있어?"

"거기요."

그녀가 바닥에 쏟아진 가련한 물건 더미에서 옷감 조각을 가리켰다. 거기에 끝이 검은 기다란 모자 핀이 꽂혀 있었다. 프리처드는 핀의 냄새도 맡아보았다. 그런 다음 대통 틈새로 집어넣고 끝부분으로 원을 그리며 긁어냈다.

"그러다가 부러지겠어요."

"그러면 당신에게 잘된 거겠지."

(프리처드는 안나가 약을 갈망하는 것을 유감스럽게 생각했다. 하지만 왜? 그 자신도 수차례 아편을 피워봤는데. 사실 카니에레에서 아 숙과 함께, 소중한 램프 불꽃이 외풍에 흔들리지 않게 동양식 천을 걸어놓은 조그만 오두막에서도 피워보았다.)

마침내 프리처드는 파이프를 옆으로 던졌다. 그의 무심한 행동에 대통이 바닥에 부딪쳐 댕그렁 소리를 냈다.

"이 짐승."

안나가 다시 말했다.

"그래, 난 짐승이야."

그가 그녀를 향해 달려들었다. 정말로 그녀를 어떻게 할 생각은 아니고, 그저 어깨를 잡고 그에게 사실을 말할 때까지 흔들려는 것뿐이었다. 하지만 어설픈 동작에 안나는 옆으로 빠져나갔고, 그날 오후 세번째로 프리처드는 진한 바다의 소금물 냄새를 맡았다. 그리고 말도 안되는 일이지만, 냉기의 금속성 맛도 감돌았다. 마치 바람이 그의 얼굴을 후려치고 지나간 것처럼, 머리 위에서 돛이 펄럭이고, 폭풍이 몰려오는 것처럼. 그가 비틀거렸다.

"물러나요."

안나는 얼굴 앞으로 손을 들어올리고 반쯤 주먹을 쥐었다.

"진심이에요, 조지프. 난 거짓말쟁이라고 불릴 이유가 없어요. 물러나서 당장 나가요."

"당신이 빌어먹을 거짓말을 하고 있으니 난 얼마든지 거짓말쟁이라고 부를 거야."

"물러나요."

"어디다 숨겼는지 말해."

"물러나요!"

"어디 있는지 말하기 전에는 안 돼! 말하라고, 이 쓸모없는 망할 창녀야!"

그가 소리를 지르고서 자포자기 상태로 다시 그녀를 향해 달려들었다. 안나의 눈이 번쩍였고, 다음 순간 가슴으로 손을 넣고서 단발식 소형 권총을 꺼냈다. 그것은 아주 작아서 프리처드의 손가락 정도의 길이밖에는 되지 않았지만, 두 걸음 거리에서라면 그의 가슴을 완전히 부술 수도 있었다. 본능적으로 그는 양손을 들어올렸다. 권총이 거꾸로 되어 총구가 안나의 턱을 향하고 있는 터라 그녀는 손안에서 총을 돌리려고 했다. 하지만 그녀는 서두르고 있었고, 그 순간 세 가지 일이 동시에 일어났다. 프리처드가 뒤로 물러나다가 등나무 러그 가장자리에 발이 걸렸다. 그의 뒤에서 문이 벌컥 열리며 누군가가 소리를 질렀다. 그리고 안나가 그 소리에 반쯤 몸을 돌리고 앞으로 나오다가 자신의 가슴을 쏘았다.

조그만 총에서 나는 소리는 낮고 거의 알아챌 수 없을 정도였다. 마치 갑판 한참 위쪽의 중간 돛대 돛이 펄럭거리는 소리 같았다. 진짜 총은 한참 떨어진 다른 곳에서 쏘았고 이 소리는 그저 그 복제에 불과한, 메아리 같은 느낌이었다. 멍청하게 프리처드는 안나에게서 등을 돌리고서 문으로 들어온 사람을 보았다. 머릿속이 안개로 가득한 느낌이었다. 희미하게 그는 방금 들어온 남자가 치안판사 재판소의 새 서기 오베르 개스코인이라는 것을 깨달았다. 프리처드는 개스코인을 잘 몰랐다. 3주쯤 전에 서기가 그의 제조실로 찾아와서 장 관련 병에 관한 약을 찾았었다. 우스꽝스럽게도 지금 그게 떠올랐다. 프리처드는 자신의 약이 그에게 약속했던 것처럼 도움이 되었을까 궁금했다.

아주 잠깐 동안, 아무도 움직이지 않았다…… 어쩌면 시간이 멈춰 있었던 걸지도 모른다. 그러다가 개스코인이 벼락처럼 요란하게 욕을 하며 앞으로 튀어나와 창녀의 몸을 붙잡았다. 그는 여자의 머리를 뒤로 젖혔고, 권총이 옆으로 떨어졌다. 하지만 안나의 하얀 목에는 상처가 없었다. 피도 보이지 않았다. 그리고 그녀는 숨을 쉬고 있었다. 그녀의 손이 목으로 올라왔다.

"이 멍청이. 이 멍청이 같으니!"

개스코인이 소리를 질렀다. 그의 말투에는 울음기가 섞여 있었다. 그는 안나의 레이스 목깃을 양손으로 잡고 찢었다.

"총알이 비어 있었던 거지? 밀랍 탄환이었던 거야, 그렇지? 우리 모두를 겁이 나서 죽게 만들 생각이었어? 도대체 무슨 짓을 할 생각이었던 거야?"

안나의 손이 가슴 위로 올라왔고 손가락은 혼란스럽게 더듬거리며 떨렸다. 눈은 휘둥그랬다.

프리처드가 몸을 구부리고 총을 주웠다.

"비어 있었다고?"

총열은 뜨거웠고, 공기 중에서 화약 냄새가 났다. 하지만 빈 탄환 껍질도, 총알이 박힌 구멍도 전혀 보이지 않았다. 안나 뒤의 벽은 몇 초 전과 똑같이 매끄러운 회벽이었다. 두 남자는 벽, 바닥, 그리고 안나를 차례로 보았다. 창녀는 자신의 가슴을 내려다보았다. 프리처드는 권총을 바보처럼 검지로 대롱대롱 붙잡고 앞으로 내밀었고, 개스코인이 그것을 받았다. 그러고는 능숙한 솜씨로 총열을 열고 안쪽을 들여다보았다. 그리고 안나를 쳐다보았다.

"이걸 누가 장전한 거지?"

"내가 직접 했어요. 여분이 어디 있는지 보여줄 수 있어요."

안나가 멍하니 말했다.

"그래, 여분을 전부 다 내놔봐."

그녀는 힘겹게 일어나서 침대 옆 장식 선반으로 걸어갔다. 잠시 후 그녀가 양철 상자를 들고 왔고, 그 안에는 갈색 종이 위에 일곱 개의 총알이 있었다. 개스코인은 그것을 손끝으로 만져보았다. 그러고는 창녀에게 권총을 돌려주었다.

"당신이 했던 대로 다시 해봐. 고스란히 똑같이."

안나는 멍하니 고개를 끄덕이고 총열을 옆으로 돌린 다음 총개머리에 총알을 끼웠다. 그런 다음 총열을 제자리로 돌리고, 방아쇠를 젖히고, 장전된 권총을 다시 그에게 건넸다. 그녀는 겁에 질린 얼굴이었고, 아연해서 기계적으로 움직이는 것 같았다. 개스코인은 그녀에게서 권총을 받아 몇 걸음 뒤로 물러서서는 방아쇠를 제자리로 당긴 뒤 침대 머리판을 향해 쏘았다. 총소리는 아까 전과 똑같았고 — 이번에 프리처드는 아래층에서 놀란 말소리와 다급한 발소리를 들을 수 있었다 — 모두가 그가 쏜 부분을 보았다. 열기로 가장자리가 검에 변한 완벽한 구멍이 안나의 베개 한가운데 뚫려 있었다. 가는 깃털들이 베개에서 빠져나와 그들의 눈앞에서 얇은 거즈처럼 허공을 떠다녔다. 개스코인은 앞으로 걸어가서 베개를 옆으로 던지고 안나가 상처를 찾아 자기 목을 더듬었던 것처럼 손가락으로 침대 머리판을 더듬었다. 잠시 후 그가 만족스러운 소리를 냈다.

"거기 있나?"

프리처드가 물었다.

"긁혔다고 하기도 어려울 정도군요."

개스코인이 손끝으로 구멍의 깊이를 확인하며 말했다.

"이 소형 권총은 영 돈값을 못합니다."

"하지만 그럼……."

프리처드는 말문을 잃었다. 혀가 입안에서 두툼하게 부풀어올라 움직이지 않는 느낌이었다.

"첫번째는 어떻게 된 거냐고요?"

개스코인이 그의 말을 마무리했다. 모두가 두번째 총알을, 그의 손안에서 형태가 망가진 총알을 쳐다보았다. 그러다 개스코인이 안나를, 안나가 개스코인을 보았다. 어쩐지 두 사람 사이에 이해의 눈빛이 오가는 것 같았다.

자신의 창녀가 다른 남자와 눈빛을 교환하는 것을 보고 있어야 하다니, 이렇게 비참한 일이 또 있을까! 프리처드는 그녀를 경멸하고 싶었지만 그럴 수가 없었다. 그냥 멍하고, 심지어는 어리둥절했다. 귀에서는 여전히 소리가 울렸다.

안나가 그를 돌아보았다.

"아래층으로 내려가주시겠어요? 에드거에게 내가 총을 갖고 놀다가, 아니면 소제하다가 우연히 발사된 거라고 해줘요."

"그 친구는 책상 앞에 없었어."

"그럼 사환에게 말하세요. 누구에게든 미리 알려줘요. 누가 올라오는 건 바라지 않으니까요. 소동이 일어나는 건 원치 않아요. 제발 그렇게 해줘요."

"알겠어. 그러지. 그런 다음에……."

"그다음에는 가세요."

안나가 단호하게 말했다.

"난 여기 온 목적을 이뤄야 갈 거야."

그가 개스코인 쪽을 힐끗 보고서 낮게 말했다. 다행히 개스코인의 눈길은 신중하게 아래를 향하고 있었다.

"난 도울 수가 없어요, 조지프. 나한텐 당신이 원하는 게 없어요. 제발 가요."

그는 다시 그녀의 눈을 보았다. 그 눈은 초록색에 홍채 가장자리 쪽은 색이 더 짙었고, 동공 주변으로는 회색 반점이 약간 흩어져 있었다. 그녀의 눈에 색깔이 있는 걸 보는 건 몇 달 만이었다. 그가 본 그녀의 동공은 점처럼 조그맣게 축소되어 있거나 잠으로 흐릿한 검은색 원반 같을 때가 대부분이었기 때문이다. 그녀는 멀쩡한 정신이었다. 이것만은 의심의 여지가 없었다. 그러니까 그녀는 거짓말쟁이고, 어쩌면 도둑일 수도 있었다. 안나는 그를 속이고 있는 거였다. 그리고 약속 상대는 남자인 개스코인이고. 이것도 또 다른 비밀, 또 다른 거짓말이었다. 여자친구와 함께 모자를 보러 간다더니……!

하지만 프리처드는 도저히 분노를 되살릴 수가 없었다. 수치스러웠다. 마치 자신이 방해자인 것 같고, 창녀의 방에서 안나와 개스코인 사이의 은밀한 장면을 훼방놓은 사람인 것만 같았다. 프리처드가 느끼는 수치심은 대단히 조악하고 유치한 것이었다. 그것은 마치 쓴맛처럼 그의 목을 가득 채우고 솟아올랐다.

마침내 그가 몸을 돌리고 문으로 걸어갔다. 문가에서 그는 손잡이를 잡고 문을 닫았지만, 아주 천천히 닫으며 좁아지는 틈새로 두 사람을 보았다.

개스코인이 문이 닫히기 직전에 움직였다. 그가 안나 쪽으로 돌아서서 포옹을 하기 위해 팔을 벌렸고, 안나는 그의 품에 안겨 창백한 뺨을 그의 목덜미에 기댔다. 개스코인이 그녀의 허리에 팔을 꼭 감았고 안나의 몸에서 힘이 빠졌다. 그가 그녀의 발끝이 바닥에 겨우 닿을 정도로 그녀를 들어올렸다. 그리고 고개를 숙여 그녀의 머리카락에 뺨을 기댔다. 턱에는 힘이 들어갔고 눈은 뜬 상태였다. 그가 코로 크게 숨을 들이켰다. 프리처드는 문을 빤히 쳐다보며 외로움에 사로잡혔다. 그는 한 번도 사랑받은 적이 없고, 누구도 그를 사랑한 적이 없었다. 그는 가능한 한 부드럽게 문을 닫고 계단을 향해 걸어갔다.

Φ

"제가 잠깐 질문을 해도 괜찮을까요?"

"그러시게."

"웨더렐 양이 정확히 어떻게 권총을 쥐고 있었는지 보여주실 수 있을까요?"

"물론이네. 이런 식이었지. 손바닥 아래쪽을 바로 여기에 대고 있었네. 난 그 여자에게서 약간 비스듬히 있어서, 나를 기준으로 지금 매너링 씨가 앉아 있는 자리쯤에 있었고, 그 여자의 몸은 이런 식으로 반쯤 돌아서 있었지."

"만약 총이 예상대로 발사되었다면 웨더렐 양은 과연 얼마나 부상을 입었을까요?"

"운이 좋았으면 어깨를 긁히는 정도였을 걸세. 운이 나빴으면…… 그보다 더 아래였겠지. 심장이었을 수도 있고. 왼쪽이었으니까…… 정말로 흥미로운 건 말일세, 설령 총알이 비어 있었다고 해도 그녀가 최소한 빈 총알 껍질에 맞거나 화약으로 화상을 입거나 그을리기라도 해야 했다는 거야. 그에 대해서는 도저히 설명할 방법을 찾지 못했다네."

"감사합니다. 끼어들어서 죄송합니다."

"우리에게 하고 싶은 이야기가 혹시 있소, 무디 씨?"

"있습니다만, 나머지 이야기를 다 들은 후에 할까 합니다."

"이건 말을 해야 할 것 같은데, 자네 굉장히 몸이 안 좋아 보이는군."

"전 괜찮습니다. 부디 계속하시죠."

Φ

프리처드가 콜링우드가에 있는 자신의 약가게로 돌아왔을 때에는 아직 이른 오후였지만, 시간이 한참 더 된 기분이었다. 최소한 밤은 되었어야 이 피로감이 설명이 될 것 같았다. 그는 가게 안으로 들어와서 선반 구석에 있는 면도칼용 가죽줄을 똑바로 배열하고, 진열장 가장자리에 있는 병들이 나란히 서도록 정리하며 멍하니 시간을 보냈다. 그러다가 갑자기 참을 수가 없어서 가게 창문에 월요일에 다시 찾아달라는 간판을 내걸고, 문을 잠그고, 제조실로 들어가버렸다.

책상 위에는 처리해야 하는 주문이 몇 개 쌓여 있었지만 그는 그 내역을 제대로 읽지 않고 그저 멍하니 보았다. 재킷을 벗어 레인지 옆 옷걸이에 걸고, 습관적으로 허리에 앞치마를 둘렀다. 그런 다음 서서 허공을 쳐다보았다.

메리 멘지스의 말이 그를 위한 예언이자 저주처럼 머릿속에 박혀서 사라지지 않았다.

"자기는 한 번도 좋은 걸 마음 편하게 받아들이지 못했어."

그는 그 말을 기억했고, 적어놓기도 했었다. 그렇게 함으로써 그 말이 사실이 되게 만들었다. 그는 그녀에게 차인 남자가 되었다. 왜냐하면 그녀가 그를 찼으니까, 왜냐하면 그녀가 떠났으니까. 그리고 이제 그는 서른여덟이었고, 한 번도 사랑을 해본 적이 없었다. 다른 남자들에게는 정부가 있고, 아내가 있었다. 긴 손가락으로 프리처드는 앞에 있는 책상의 처방약병 손잡이를 건드렸다. 그녀는 열아홉 살이었고, 그의 마음속에서는 메리 멘지스였다.

아버지가 하셨던 말이 그의 머릿속에 떠올랐다. 개에게 나쁜 이름을 지어주면, 그 개는 평생 나쁜 삶을 산다는 말이었다. ("그걸 기억하렴, 조지프" 하고 한 손을 프리처드의 어깨에 얹고 다른 손으로 갓 태어난 강아지를 가슴에 안은 채 아버지는 말씀하셨다. 다음 날 프리처드는 새끼에게 크롬웰이라는 이름을 붙여주었고, 아버지는 고개만 한 번 끄덕이셨다.) 그 말을 떠올리고서 프리처드는 생각했다.

이게 내가 나 자신에게, 나 자신의 운명에 한 일인가? 아버지의 금언처럼 형편없는 이름을 지어준 개와 같았던 건가?

하지만 이것은 질문이 아니었다.

그는 자리에 앉아서 작업대에 손바닥을 아래로 해서 손을 올렸다. 생각이 다시 안나에게로 돌아갔다. 그녀 자신의 말에 따르자면 안나는 자살을 시도한 게 절대로 아니었다. 프리처드도 그 말은 진짜라고 믿었다. 안나의 삶이 비참하긴 하지만 그래도 즐거울 때도 있었고, 그녀는 폭력적인 타입도 아니었다. 프리처드는 자신이 그녀를 안다고 생각했고, 그녀가 자기 목숨을 포기하려고 하는 걸 상상할 수가 없었다. 하지만…… 그녀가 뭐라고 했더라? 가끔 그런 생각을 한다고 했었지. 그래, 가끔은 누구나 한다. 프리처드는 무거운 마음으로 생각했다.

안나는 경험 많은 아편 상용자였다. 거의 매일 아편을 피웠고, 아편이 몸과 마음에 미치는 영향에 익숙했다. 그녀는 그렇게 완전히 의식을 잃어서 열두 시간도 넘게 깨어나지 않은 적이 프리처드가 아는 한 한 번도 없었다. 그런 상황이 우연히 일어날 수 있을지 의문이었다. 음, 안나가 정말로 고의로 자살을 하려고 했던 게 아니라면 — 스스로 주장했던 것처럼 — 그럼 두 가지 선택지만이 남는다. 다른 사람이 뭔가 사악한 의도를 갖고서 그녀에게 약을 과용시킨 다음 크라이스트처치로에 내다버렸거나, 아니면 (프리처드는 천천히 고개를 끄덕였다) 그녀가 속임수를 쓰고 있는 것이다. 그래. 그녀는 아편 덩어리에 관해 거짓말을 했다. 그러니까 아편 과용에 대해서도 얼마든지 거짓말을 할 수 있을 것이다. 하지만 왜?

호키티카의 의사가 안나가 실제로 1월 14일 밤에 다량의 아편을 섭취했다고 확인을 해주었다. 의사의 진단은 안나의 재판이 있었던 다음 날 『웨스트 코스트 타임스』에 실렸다. 안나가 의사를 속였거나 의사에게 가짜 진단을 해달라고 설득했을 가능성이 있을까? 프리처드는 생각에 잠겼다. 그녀는 열두 시간이 넘게 감옥에 있었고, 그 시간 동안 사람들이 온갖 방식으로 찌르고 쑤셨으며 수십 명이 그녀가 정신을 잃은 것을 목격했다. 그 모든 사람을 속일 수 있었을 리는 없겠지. 진짜 의식 불명은 가짜로 연기할 수 있는 게 아니다. 아무리 창녀라도 그 정도로 연기력이 좋지는 않다고 프리처드는 생각했다.

좋아, 그럼 결국 아편에 독이 섞인 것이다. 프리처드는 손을 뒤집고서 거울에 비춘 것처럼 양손에 똑같이 있는 손가락의 소용돌이 문양을 응시했다. 손끝을 맞대고 누르면 자신의 이마를 거울에 갖다댄 사람처럼 완벽하게 모양이 일치할 것이다. 그는 몸을 기울이고 그 소용돌이 무늬를 쳐다보았다. 그 자신은 절대로 약을 건드리지 않았고, 진심으로 중국인 숙이 그랬을 거라고 생각하지도 않았다. 숙은 안나를 아꼈다. 그러니까 숙이 안나에게 해를 입힐 만한 일을 했다는 건 말이 안 된다. 그 말은 아편에 프리처드가 도매로 사기 전에 독이 섞였거나 아니면 안나가 집에서 흡입하기 위해서 아 숙에게 소량을 산 이후에 섞였다는 뜻이다.

프리처드가 온갖 종류의 아편제를 사들이는 상대는 프랜시스 카버라는 남자였다. 그는 이제 카버에 대해 생각해보았다. 그 남자는 전과

자였고, 그래서 당연히 평판이 좋지 않았다. 하지만 프리처드에게는 항상 예의 바르고 공정했기 때문에 카버가 그나 그의 사업에 해를 입히고 싶어 할 거라는 생각은 해본 적이 없었다. 카버가 중국인에게 안 좋은 의도를 가졌는지 어떤지까지는 알지 못했다. 하지만 카버는 중국인에게 직접 물건을 팔지 않았다. 프리처드에게만 단독으로 팔았다.

프리처드는 카버를 일곱 달쯤 전에 레벨가에 있는 도박장에서 처음 만났다. 프리처드는 예리한 도박사였고, 주사위 게임 중간에 잠깐 쉬면서 머릿속으로 자신의 손실을 계산하고 있었다. 그때 옆자리에 얼굴에 흉터가 있는 남자가 앉았다. 프리처드는 인사로 카드 게임을 좋아하는지, 어떻게 호키티카에 오게 되었는지를 물었고 곧 두 사람은 대화에 빠져들었다. 중간에 프리처드가 자신의 직업을 이야기하자 카버의 표정이 예리해졌다. 음료를 내려놓고 그는 자신이 벵갈에서 아편용 양귀비 재배 농장을 관리하는 전 동인도회사 남자와 오랜 관계가 있다고 이야기했다. 프리처드에게 아편이 필요하다면 카버가 비길 데 없는 품질의 상품을 무한정 공급할 수 있다는 것이었다. 당시 프리처드에겐 아편이 전혀 없고 돌팔이 의사에게서 산 묽은 아편 팅크만 조금 있었다. 그래서 망설이지 않고 그는 카버에게 고맙다고 말하고 악수를 나눈 뒤 다음 날 아침에 거래 계약서를 쓰러 다시 오기로 약속했다.

그 이래로 카버는 그에게 총 3파운드의 아편을 공급해주었다. 그는 한 번에 1파운드 이상의 아편은 공급해주지 않았다. 왜냐하면 (그가 솔직하게 설명한 것처럼) 프리처드가 아편을 통째로 다른 판매자에게 팔아 중간이득을 챙기지 못하도록 공급량을 빠듯하게 제한하기 위해서였다. (아편을 아 숙에게 팔며 프리처드는 당연히 중간이득을 챙겼지만, 카버는 호키티카에 거의 머무르지 않으므로 이 보조 계약에 대해서는 알지 못했고, 프리처드는 구태여 이야기하지 않았다.) 아편 덩어리는 종이에 싸여 차통과 비슷한 양철 깡통 안에 담겨왔다.

프리처드는 실험용 작업대에서 첫조각을 집어 손톱 아래 때를 긁어 내기 시작했다. 때는 점점 기다란 덩어리가 되어갔다.

카버가 정말로 시장에 아편을 도매로 팔기 전에 독을 섞은 걸까? 프리처드가 덩어리를 가루로 만들어 아편 팅크로 바꿀 수도 있었다. 그렇게 해서 아무 고객한테나 조금씩 팔 수도 있었다. 그 자신이 약을 사용할 수도 있었다. 카버가 안나와 안 좋은 과거를 가진 건 사실이었다. 그는 이전에도 그녀에게 심하게 해를 입힌 적이 있었다. 하지만 그가 아편 과용으로 안나를 죽이고 싶었다고 해도, 독을 탄 아편이 안나의 손에 들어가게 될 거라는 보장은 어디에도 없었다. 프리처드는 손톱 사이에서 때를 둥글게 뭉쳤다. 아니, 그렇게 불확실한 구석이 많은 계략을 짠다는 것은 말이 안 된다. 카버가 악당일지는 몰라도, 바보는 아니었다.

그 가설을 지워버리고 이제 약제사는 두번째 선택지를 고민해보았다. 안나 웨더렐이 아 숙에게서 아편을 사서 집에 가져간 이후에 독이 섞였다는 것이다. 어쩌면 누군가가 그리디론에 있는 그녀의 방에 몰래 들어가서 독을 섞었는지도 모른다. 하지만 다시금 문제는 여기로 돌아왔다. 대체 왜? 왜 아편에 독을 섞어야 한단 말인가? 왜 좀더 전통적인 방법, 그러니까 목을 조르거나, 얼굴을 베개로 누르거나, 아니면 구타해서 창녀를 죽이지 않고?

포기하고 프리처드는 본능적으로 사실이라는 걸 아는 문제로 생각을 돌렸다. 그는 안나 웨더렐이 1월 14일의 사건에 대해서 모든 진실을 말하지 않았다는 사실을 알았다. 누군가가 그녀가 방에 숨겨둔 파이프를 사용해서 최근에 아편을 흡입했다는 것도 알았다. 안나가 아편을 흡입하는 것을 그만뒀다는 것도 알았다. 그녀의 눈과 움직임으로 보아 그녀는 완벽하게 깨끗했다. 이런 확실한 사실들은 프리처드가 보기에 딱 하나의 결론으로 이어졌다.

"제길. 그 여잔 거짓말을 하고 있어. 그것도 다른 남자를 위해서 말이지."

그렇게 오후가 흘러갔다.

마침내 프리처드는 끝마치지 못한 주문서를 집어들고, 좀더 정신을 돌릴 만한 일을 하기 위해서 작업을 시작했다. 누군가가 제조실 문을 부드럽게 두드리는 바람에 현실로 돌아올 때까지, 그는 시간이 흐르는 걸 전혀 알아채지 못했다. 몸을 돌리고 그는 빛이 굉장히 가늘어졌고 어스름이 깔리기 시작했다는 사실을 깨닫고 조금 놀랐다. 닐슨의 하급 사무원인 앨버트가 숨이 가슴에 걸린 채 머뭇거리는 표정으로 문가에서 서성거리고 있었다. 그는 쪽지를 들고 있었다.

"아, 닐슨이 보낸 건가보군."

프리처드가 앞으로 다가오며 말했다. 오후에 닐슨과 나누었던 대화나 그에게 부탁했던 일을 까맣게 잊고 있었다. 금 제련사인 퀴를 찾아가서 크로스비 웰스의 집 안에서 발견된 제련한 금에 관해 물어보라는 것 말이다. 사실 크로스비 웰스나 그의 재산, 미망인, 사라진 스테인스 씨에 관해서 전부 잊고 있었다. 생각에 잠겨 혼자 있으면 세상이 얼마나 고요하게 흘러가는지 놀랍지 않은가!

프리처드는 앞치마에서 6펜스를 꺼냈다. 하지만 앨버트는 얼굴을 시뻘겋게 붉히면서 "아뇨, 선생님……" 하고 더듬거리며 양손을 들어 쪽지를 전하러 온 것만으로도 영광이고 자신에게는 충분하다는 것을 전하려 했다.

실제로 앨버트는 평생 오늘 오후만큼 흥분해본 적이 없었다. 30분쯤 전에 카니에레의 차이나타운에서 돌아온 그의 고용주는 굉장히 동요한 상태라 문을 경첩에서 떨어져나갈 정도로 열고 들어왔다. 그러고서 쪽지를 적어주었고 앨버트는 그것을 뮤즈를 만난 심포니 작곡가 같은 열정으로 들고 달려왔던 것이다. 닐슨은 쪽지를 봉하려다가 자기 손에 밀랍을 떨어뜨리고 욕을 하며 울퉁불퉁해진 쪽지를 앨버트에게 건네고 거친 목소리로 말했다.

"프리처드, 프리처드한테. 최대한 빨리."

제조실로 들어오기 전에 아무도 없는 약제사의 가게 안에서 앨버트는 편지 가장자리를 살짝 잡아 관 모양으로 말고서 끝부분을 살짝 들여다보았다. 그의 눈에 들어온 몇 개의 단어는 엄청난 비밀을 담고 있었다. 자신의 고용주가 안 좋은 일을 꾸미고 있다는 사실에 그는 흥분했다.

"그럼 알겠네. 고맙군. 그 친구가 답장을 보내라고 하던가?"

프리처드가 편지를 받아들며 물었다.

"답장할 필요는 없으십니다, 선생님. 하지만 사장님께서 선생님이 그걸 다 읽으시고 태우시는 걸 보고 오라고 하셨습니다."

프리처드는 피식 웃었다. 참으로 닐슨다웠다. 처음에는 불퉁거리더니 그다음에는 모든 일이 귀찮아졌다고 불평하고, 그다음에는 우물쭈물하고, 그러다 모든 책임을 다른 사람에게 떠넘기려고 한다. 하지만 일에 참여하는 순간, 자신이 중요하고 대단한 사람이라고 생각하는 순간, 모든 것이 음모로 가득한 연극이 된다. 닐슨은 그런 일에 대단히 능했다.

프리처드는 몇 걸음 물러서서(소년은 실망한 얼굴이었다) 봉인을 뜯고 편지를 제약용 책상 위에 펼쳤다. 내용은 다음과 같았다.

조.

자네 요청대로 퀴에게 다녀왔네. 금이 그의 작품이라는 자네 추
측은 옳았지만, 그는 어떻게 그 물건이 웰스에게 가게 되었는지 전
혀 모르겠다고 맹세하더군. 문제의 핵심 인물, 자네 말을 빌리자면
작가까지는 알 수 없지만, 그 창녀가 모든 걸 뒤섞어놓은 게 분명
하네. 자네는 이미 알고 있을지도 모르겠군. 모든 사람이 우리만큼,
그러니까 부수적으로 관련이 된 것 같아. 정리할 일이 너무 많다네.
회의를 하는 게 어떨까? 중국인들도 함께 말이야. '해질녘'에 '크라
운 호텔'의 안쪽 방에서 만나세. 아무도 우리의 회의를 방해하지 못
하게 해야 하니 말이야. 아무한테도 말하지 말게. 자네가 아무리 그
사람을 믿는다 해도 & 관계가 있다 해도 & 나중에 우리와 함께 피
고 자리에 선다 해도 말이야. 이 편지는 꼭 없애버리게.

H. N.

251

황소자리의 차오르는 달

☾

찰리 프로스트는 직감을 갖는다. 딕 매너링은 권총을 총집에 넣고, 우리는 강 상류의 카니에레 탄광으로 향한다.

그날 아침 토머스 발퍼가 뉴질랜드 준비은행에서 퍼부은 질문은 은행원의 호기심을 꽤나 높였고, 발퍼가 건물을 나가자마자 프로스트는 자기 나름대로 이것저것 알아보기로 했다. 그는 여전히 사라진 탐광자 에머리 스테인스가 소유하고 운영했던 오로라 금광의 할당금 내역서를 손에 쥐고 있었다. 가느다란 손가락으로 서류를 두드리며 프로스트는 생각엔 잠겼다. 오로라, 오로라. 최근에 그 이름을 어디선가 봤는데, 어디였더라? 잠시 뒤 그는 서류를 옆으로 치우고 의자에서 내려와서 칸막이 공간 맞은편에, 가죽 책등에 '분기별 보고서'라고 쓰인 서류철이 주르르 꽂혀 있는 서류보관함으로 걸어갔다. 거기서 전년도 3분기와 4분기 보고서를 갖고 책상으로 돌아와서 광산 기록을 살폈다.

찰리 프로스트는 별다른 평판이랄 게 없는 사람이었다. 평판이란 나서서 쟁취해야 하는 것인데 프로스트는 말수가 적고, 옷차림은 얌전하고, 성격은 온화했으며, 아무리 화가 나도 난동을 부리는 것은 사절이었다. 말을 할 때면 천천히, 신중하게 했다. 껄껄 웃는 일은 거의 없었고, 느긋하고 열의 없는 듯이 움직이긴 해도 다른 사람들이 더이상 지키지 않는 일종의 에티켓을 항상 염두에 두고 있는 것처럼 기민해 보이는 데가 있었다. 그는 자신이 뭘 좋아하는지 이야기하거나 사람들 앞에 나서서 말하는 것을 좋아하지 않았다. 사실 그는 이야기를 할 때 어떤 종류든 의견을 말하려 하지 않았다. 의견이 없거나 그가 좋아하는 것이 별로 없기 때문은 아니었다. 사실 그의 사생활에서는 많은 것들이 극단적일 만큼 규칙화되어 있었고, 굉장히 특별한 야심도 있었다. 다만 겉보기에는 겸손한 것처럼 행동하는 편이 낫다는 것을 알 뿐이었다. 그는 무명의 신분이 갖는 잠재된 힘을 잘 알았고(다른 사람들의 호기심을 불러일으키기 때문에 강력하다) 그것을 휘두르는 전략에 능했다. 하지만 대단히 신중하게 이런 능력을 감추었다. 낯선 사람들은 그를 처음 만나고서 항상 그가 능동적이기보다는 수동적인 사람일 거라는 인상을 받았다. 회사에서는 명령에 따르고, 여자에게 유혹을 받고, 모든 취미 생활을 할 때도 얌전하고 다루기 쉬운 사람일 거라고 말이다.

프로스트는 스물네 살의 뉴질랜드 태생이었다. 그의 아버지는 지금은 폐업한 뉴질랜드 컴퍼니의 상급 임원으로, 허트 강어귀에 상륙해서 나눠 팔 땅을 발견하자마자 곧장 집으로 사람을 보내 부인을 데려왔다. 프로스트는 자신의 태생을 자랑스러워하지는 않았다. 백인이 그런 식으로 시민권을 얻는 경우는 드물었기 때문에 그는 그것이 수치스럽다고 생각했다. 그래서 허트 골짜기의 늪지대에서 보낸 자신의 어린 시절에 관해서는 전혀 이야기하지 않았다. 성경 외에 가족이 갖고 있던 유일한 아버지의 낡은 책 『실낙원』을 읽고 또 읽은 이야기도 말이다. (여덟 살에 프로스트는 성부와 성자, 아담이 했던 모든 말을 읊을 수 있었지만,

사탄의 말은 시비조라서 외우지 않았고, 이브는 나약하고 지루하다고 생각해서 아예 관심도 갖지 않았다.) 불행한 어린 시절은 아니었지만, 프로스트는 그때를 떠올리면 불쾌해졌다. 영국에 대해서 말할 때면 그곳을 굉장히 그리워하고 당장에 돌아가고 싶은 투였다.

뉴질랜드 컴퍼니가 해산되고서 프로스트의 아버지는 완전히 파산하고 평판도 바닥으로 곤두박질쳤다. 그는 외아들에게 도움을 요청했다. 찰리 프로스트는 웰링턴에서 필사 일을 맡았고, 곧 램턴 지방 은행에 일자리를 잡게 되었다. 은행 일은 월급이 꽤 많아서 부모님을 비교적 편안하고 건강하게 모실 수 있었다. 그러다 오타고에서 금이 발견되자 프로스트는 개인 전신을 통해 매달 더 많은 돈을 집에 보내겠다고 약속하고서 로렌스 은행으로 자리를 옮겼다. 그는 약속을 한 번도 깨지 않았지만, 허트 골짜기에 있는 집으로는 한 번도 돌아가지 않았고 갈 마음도 없었다. 찰리 프로스트는 모든 인간관계를 이득과 보답이라는 면에서 생각했고, 자신의 의무를 다했다고 생각하면 상대방에 대해서 더이상 생각하지 않았다. 이제 호키티카에 머물며(로렌스에서 코스트 지역으로의 금광 열풍을 따라왔다) 그는 부모님께 매달 편지를 쓸 때를 제외하면 그분들 생각을 전혀 하지 않았다. 아버지의 편지는 퉁명스럽고 음울했고, 어머니의 편지에는 실망스러운 침묵만이 가득했기 때문에 답장을 쓰는 게 꽤 힘든 일이었고, 편지를 받을 때마다 기분이 상하곤 했지만 그건 잠깐이었다. 답장을 써서 부치고 나면 그는 부모님의 편지를 찢어 시가에 불을 붙이는 심지로 사용했다. 긴 면을 따라서 찢어 심지를 완벽하게 딱 맞추어 만들어서는 아무런 감정 없이 거기 불을 붙이곤 했다.

프로스트는 보고서 접책을 넘기다가 카니에레와 호키티카 골짜기에 관련된 부분을 찾았다. 기록은 알파벳 순서로 정리되어 있었고, 웨스트 코스트에서는 지나치게 낙관적인 이름인 '사시사철(All seasons)' 아래 '오로라(Aurora)'가 두번째로 기재되어 있었다. 프로스트는 책 위로 몸을 기울이고서 금액을 읽고는 다음 순간 감탄의 말을 웅얼거렸다.

광산을 처음 사들이고 바로 다음 달에 오로라 탄광은 백 파운드에 달하는 엄청난 이득을 냈다. 하지만 8월에는 이득이 급격하게 줄었다가—프로스트는 눈썹을 치켜들었다—0으로 떨어졌다. 지난 분기 오로라 탄광의 총 수입액은 겨우 12파운드였다. 일주일에 1파운드라니! 오로라 정도의 깊이와 가능성을 가진 광산치고는 굉장히 기묘한 일이었다. 주당 1파운드라니, 그건 경비나 간신히 감수할 정도일 텐데. 프로스트는 책 쪽으로 몸을 좀더 기울였다. 기록에 따르면 오로라에서는 딱 한 명이 일을 했다. 중국 이름이니까 인건비는 쌌을 것이다…… 하지만 그렇다 해도 광부에게 일당은 지불해야 할 텐데.

찰리 프로스트는 인상을 찌푸렸다. 할당금 내역에 따르면 에머리 스테인스는 전년도 늦가을에 오로라 금광을 처음으로 사들였다. 그리고 산 지 몇 주 만에 50퍼센트의 소유권을 악명 높은 프랜시스 카버에게 판 걸로 되어 있었다. 하지만 소유권을 팔자마자—기록에 나와 있듯이—광산이 갑자기 말라버렸다. 오로라가 갑자기 실제로 아무 가치가 없는 빈 탄광으로 판명되었거나 아니면 누군가가 그런 식으로 보이게 교묘하게 조작한 게 틀림없다. 프로스트는 접책을 덮고 잠시 그대로 서서 생각에 잠겼다. 그의 시선이 사람들 쪽으로 움직였다. 모자를 깊게 눌러쓴 광부들, 견장을 단 호위자들을 데리고 있는 투자자들. 갑자기 그 이름을 전에 어디서 봤는지 생각이 났다.

그는 자신의 칸막이에 창구가 닫혔다는 표지를 걸었다.

"오늘은 쉬려고?"

동료가 물었다.

"그래도 되겠군. 그건 생각을 못했었는데. 원래는 점심 먹고 돌아올 생각이었어."

프로스트가 눈을 깜박이고서 말했다.

"2시에 문을 닫을 거고 이번 차례 사람들만 끝나면 오늘은 더이상 구매가 없을 테니까."

동료 은행원이 말을 하고 등을 쭉 펴고서 자신의 배를 양손으로 두드렸다.

"월요일에 보자고, 찰리."

"그러세!"

프로스트는 갑자기 모자가 자신의 손에 있는 것에 당황한 것처럼 모자 정수리를 내려다보며 중얼거렸다.

"자네 정말로 친절하군. 정말 고맙네."

Φ

프로스트가 문을 두드렸을 때 딕 매너링은 사무실에 혼자 있었다. 문 두드리는 소리에 매너링의 콜리가 책상 아래서 신이 나서는 격렬하게 튀어나와 붉은 입을 벌리고 꼬리로 바닥을 두드리며 프로스트에게 달려들었다.

"찰리 프로스트! 자네를 보게 될 거라고는 생각도 못했어."

매너링이 의자를 뒤로 밀면서 외쳤다.

"들어와, 들어와. 문 닫고. 자네가 무슨 이야기를 하러 왔든지, 남이 들으면 안 되는 얘기라는 생각이 드는구먼."

"내려가렴, 예쁜아."

프로스트는 개의 주둥이를 잡고 눈을 똑바로 보며 귀를 문질러주었다. 만족한 개가 도로 바닥에 발을 내리고 주인에게로 돌아가서는 몸을 돌리고 바닥에 엎드려 앞발에 코를 얹고 눈썹 아래로 시무룩하게 프로스트를 쳐다보았다.

프로스트는 매너링의 말대로 문을 닫았다.

"어떻게 지내십니까, 딕?"

"어떻게 지내냐고?"

매너링이 양손을 벌렸다.

"난 호기심이 많아, 찰리. 자네도 아나? 요즘엔 호기심이 동하는 일 투성이야. 온갖 것들이 그래. 스테인스가 안 보인다는 거 알지? 어디서도 말이야. 심지어는 사냥개도 아닌데 골짜기에 우리 홀리도 데려가봤어. 손수건 냄새를 맡게 한 다음에 풀어놨지만, 아무것도 못 찾고 돌아오더군. 그래, 난 굉장히 호기심이 많지. 자네가 뭔가 새로운 소식을 가져왔으면 좋겠는데. 별다른 새 소식이 없다면 소문거리도 괜찮고. 정말이지 지난 2주는 굉장했다니까! 코트 벗게, 그래, 젖은 건 걱정 안 해도 돼. 비라고 해봐야 그냥 물이잖나. 그리고 이 동네에선 이제는 비에 익숙해질 만도 하지."

이런 격려의 말에도 불구하고 프로스트는 매너링의 코트에 닿지 않도록 신중하게 자신의 코트를 걸고, 코트걸이 아래쪽 신발걸이에 한 짝 한 짝 깔끔하게 걸린 채 검은색으로 예쁘게 반짝이는 구두 위로 물이 떨어지지 않게 정리했다. 그런 다음 모자를 조심스럽게 벗었다.

"날이 정말 궂군요."

"앉게, 앉아. 브랜디 한잔하겠나?"

"선생님이 드신다면 저도 마시겠습니다."

프로스트가 대답했다. 이것이 모든 음식과 음료에 대한 그의 방침이었다. 그는 자리에 앉아서 손바닥을 무릎 위에 얹고 상대를 쳐다보았다.

매너링의 사무실은 프린스 오브 웨일스 오페라 하우스 로비 위쪽에 있었고, 극장의 줄무늬 차양 너머로 풍광이 근사하게 보였다. 레벨가의 전경과 그 너머 대양까지 이어지는 주택들의 전면부가 푸르스름한 회색이나 가끔은 초록색 띠처럼 펼쳐졌고, 오늘은 빗속에서 희끄무레한 노란색으로 보였다. 비가 하늘의 색깔을 흐리게 만든 탓이었다.

사무실 안은 주인의 부를 증명하는 것처럼 꾸며져 있었다. 매너링은 오페라 하우스를 운영하는 것 말고도 창녀들의 포주이자 카드게임 사기꾼, 광산 주주이자 금광계의 거물로서 돈을 벌었다. 그리고 이 모든 직업에서 그에게는 다른 사람들이 끼어들지 못하는 방식으로 돈 냄새를 맡는 훌륭한 능력이 있었다. 이 방의 가구들이 그 사실을 분명하게 보여주었다. 사무실 벽엔 종이 벽지를 발랐고, 서류보관함에는 기름칠이 되어 있었다. 바닥에는 두툼한 터키산 러그가 있고, 로마식 세라믹 흉상이 찌푸린 얼굴로 북엔드 역할을 했다. 창문 아래에는 각각 어린애 손바닥 크기만한 세 마리의 검은 나비가 든 동물 표본 상자가 있었다. 매너링의 책상 뒤에는 금박 액자에 든 훌륭한 풍경 수채화가 걸려 있었다. 그림 속에는 높은 절벽과 비스듬하게 비치는 햇살, 자줏빛이 감도는 이파리 그림자, 그리고 멀리 구름에서 곡선을 그리며 나오는 희미한 무지개가 보였다. 찰리 프로스트는 굉장히 뛰어난 작품이라고 생각했고, 이는 매너링의 취향을 가장 호의적으로 칭찬하는 말이었다. 프로스트는 이 연상의 남자를 방문할 이유가 생길 때면 항상 기뻤다. 그러면 바로 이 의자에 앉아서 그림을 쳐다보며 어디 멀리 훨씬 더 근사한 곳에 있다고 상상할 수 있으니까.

"그래, 굉장한 2주였어."

매너링이 다시 말을 했다.

"그리고 이제는 내 제일 잘나가는 창녀가 갑자기 사라졌다가는 돌아와서 애도 기간이라고 그러지를 않나! 정말이지 골칫덩어리라니까. 정신이 좀 나가버린 게 아닌가 싶을 지경이야. 이건 재난이야. 제일 잘나가는 창녀인데! 정말로 재난이야. 그 계집이 에머리가 사라지던 밤에 그 친구와 함께 있었다는 거 아냐?"

"웨더렐 양이…… 스테인스 씨와 함께요?"

프로스트는 의자의 소용돌이무늬 팔걸이를 손으로 쥐고서 손끝으로 세공된 틈새를 쓰다듬었다.

찰리 프로스트에게 있어서 아름다움이란 세련미와 동의어라고 할 수 있었다. 그의 관점에서 이상적인 여자란 자신을 향상시키는 일에 전념하는 사람이었다. 자수, 피아노 치기, 꽃 말리기처럼 여성적인 기술을 익히고, 근사하게 노래하고, 조용히 글을 읽고, 모든 의견을 얌전히 받아들이는 여자, 매력적이고 대단히 희소한 여자, 무엇보다도 사랑받는 것을 가장 좋아하는 그런 여자 말이다. 안나 웨더렐에게는 그런 자질이 전혀 없었지만, 안나가 프로스트의 고귀한 환상의 이상형과 전혀 닮지 않았다고 해서 그가 그녀에게 상관하지 않는다든지, 다른 사람들처럼 그녀에게서 만족을 얻지 않는다든지 한다는 이야기는 아니었다. 안나와 스테인스가 함께 있는 장면을 상상하자 어쩐지 기분이 불편했다. 거의 혐오감에 가까운 느낌이었다.

"아, 그렇다네."

매너링은 디캔터에서 크리스털 마개를 뽑고 안에 든 액체를 흔들었다.

"하룻밤을 통째로 샀지. 그리고 경관이든 누구든 절대로 찾아오지 못하게 막아달라지 않나! 그것도 자기 집에서! 그 친구는 싸구려 호텔 따윈 안 가겠다 이거지! 게다가 아주 꼼꼼했다니까. 케이트도 안 되고, 리지도 안 되고, 꼭 안나여야 된다고 그러더군. 그러더니 다음 날 아침에 안나는 반쯤 죽은 채 발견되고 그 친구는 어디에서도 안 보이고 말이야. 난 정말이지 이해가 안 간다네, 찰리. 당연히 그 계집애는 도움이 안 돼. 자기는 감옥에서 깨어나기 전의 일은 단 하나도 기억이 안 난다고 그러더군. 그리고 그 멍청한 표정으로 보아 아마 사실일 것 같아. 그 계집애는 내 제일가는 창녀야, 찰리. 하지만 악마 같은 그 약물에 완전히 홀렸지. 완전히 넘어가버렸어. 시가 한 대 피우겠나?"

프로스트는 상자에서 시가를 집었고, 매너링은 몸을 굽혀 종이 심지를 석탄에 댔다. 하지만 심지가 너무 짧고 빨리 타버리는 바람에 손가락을 뎄다. 그는 종이를 벽난로에 떨어뜨리고 욕을 했다. 덕택에 압지를 꼬아 심지를 하나 더 만들어야만 했고, 두 명의 시가에 제대로 불이 붙기까지는 조금 시간이 걸렸다.

"하지만 자네가 겪고 있는 문제에 대해서는 아직 한마디도 안 했군 그래."

매너링이 다시 자리에 앉으며 말했다. 프로스트는 인상을 찡그렸다.

"말씀하신 제 '문제'라는 건 잘 통제되고 있습니다."

"그렇지 않다고 말해야 할 것 같은데. 목요일에 도착한 미망인 말이야. 이제 온 동네가 그 여자 이야기만 하고 있지! 내가 보기엔 어떤지 말해줄까? 자네가 금이 은둔자의 오두막에 숨겨져 있었다는 걸 알았고, 그 사람이 죽자 최대한 빨리 물건들이 판매되게 수를 쓴 것처럼 보인다고밖에는 말할 수가 없어."

"그렇지 않습니다."

프로스트가 대답했다.

"자네도 한 패거리인 것처럼 보인다니까, 찰리. 자네와 클린치 말이야. 두 사람이 완벽하게 동업자처럼 보여. 이건 분명히 법정으로 가게 될 거야. 고등법원에서 누군가가 나올걸. 이런 종류의 문제는 절대로 그냥 덮이지 않아. 우리 모두가 끌려들어가게 될 거야. 우리가 1월 14일 밤에 어디에 있었는지, 그런 모든 게 밝혀지겠지. 그러니까 그런 일이 생기기 전에 우리 이야기를 정리해두는 게 좋을 거야. 자네를 비난하는 게 아니야. 그저 내 눈에 보이는 대로 상황을 설명하는 것뿐이지."

매너링의 말투는 종종 왕의 연설 같은 구석이 있었다. 스스로가 어떤 일에도 흔들리지 않고, 권위적이고 전제적인 인물이라고 생각하는 것처럼 말이다. 그는 오로지 자신이 위에 서 있는 관점에서만 세상을 보았고, 연설하는 것을 좋아했다. 이런 면에서 그는 그의 맞은편에 앉은 방문객과는 완전히 반대였다. 매너링의 경우에는 그런 차이점이 짜증스러웠다. 물론 자신을 존경하는 사람에게 이야기를 하는 게 더 좋긴 하지만, 그가 관심을 쏟을 가치가 없는 사람이라는 생각이 들면 언짢아졌다. 그는 찰리 프로스트에게 대단히 관대했다. 언제나 술과 시가를 나눠주고, 최신 공연을 할 때면 극장표도 주었다. 하지만 종종 프로스트의 조용하고 차분한 태도가 그의 성질을 자극했다. 매너링은 자신의 추종자들에게 역할을 부여하고 별명을 붙이기를 좋아했다. 말하자면 직업 때문에 누군가를 '의사'라거나 '하사'라고 부르는 것처럼 말이다. 다만 그의 별명은 속으로만 생각하고 절대 입 밖으로 내지 않는 것으로, 오로지 상대방과 그 자신과의 관계에 의존해서 결정되었다. 그게 그가 마주하는 모든 사람을 보는 방식이었다. 훌륭한 그 자신과 얼마나 닮았고 얼마나 부족한지, 그게 기준이었다.

이미 이야기한 바처럼 매너링은 굉장히 뚱뚱했다. 20대 시절에는 탄탄해 보였지만, 30대가 되자 배가 상당히 나왔고, 40대가 되자 상체가 거의 구형으로 변하고 말았다. 덕택에 이제는, 개인적으로 혐오하는 일이지만, 말에 오르고 내릴 때 도움을 받아야만 했다. 자신의 배 둘레가 매일의 활동에 지장을 준다는 것을 인정하느니보다 매너링은 있지도 않은 통풍을 변명으로 삼았다. 통풍이라고 하면 어쩐지 귀족적으로 들리기 때문이었다. 그는 귀족이라고 오해받는 것을 대단히 좋아했다. 위가 좁고 아래로 퍼지는 구레나룻과 하얀 피부, 그가 즐기는 값비싼 옷가지 때문에 종종 일어나는 일이었다. 오늘 그의 넥타이는 금제 장식핀으로 고정되어 있고, 조끼는(단추 부분이 눈에 띄게 팽팽했다) 노치드 라펠*이었다.

"저흰 어떤 것도 함께한 적이 없습니다. 선생이 의미하시는 바를 잘 모르겠군요."

매너링이 고개를 흔들었다.

"자네는 곤경에 처했어, 찰리. 내 눈엔 보인다네! 자네와 클린치 둘 다 그래. 재판에 가게 되면 말이야 — 재판에 가게 될 수도 있어 — 자네는 왜 오두막의 판매가 그렇게 빨리 처리되었는지 설명해야 할 거야. 그게 결정적인 부분이 될 테니까. 자네가 동의할 수밖에 없는 부분이지. 위증을 하라는 게 아니야. 그저 자네의 이야기를 좀 정리를 해야 하

---

* 옷깃이 중간을 도려낸 것 같은 모양으로 현대 양복에서 일반적인 옷깃 모양.

지 않을까 할 뿐이라네. 자네는 뭐하러 온 건가? 도움이 필요한가? 알리바이가 필요해?"

"알리바이요? 무엇 때문에 말입니까?"

"자, 보라고."

매너링이 아버지처럼 손가락을 흔들면서 말했다.

"자네가 뭔가를 꾸미고 있지 않았다는 소리는 꺼내지도 말게. 판매가 얼마나 빨리 이루어졌는지 한번 보라고!"

프로스트가 브랜디를 한 모금 들이켰다.

"이렇게 아무렇게나 의논해서는 안 되지 않을까요? 다른 사람들도 관련되어 있는데 말입니다."

(이것은 그가 가진 또 하나의 방침이었다. 비밀을 폭로하는 것은 언제나 마뜩찮은 것처럼 행동하라는 것이다.)

"다른 사람들은 그냥 두라고. '해야 한다' '하면 안 된다' 같은 것도 놔두고! 이유가 뭐였나? 다 털어놔보게!"

"말씀드리겠습니다. 하지만 범죄적인 건 아무것도 없습니다."

프로스트가 약간 즐거운 기분으로 말했다. 자신은 비난을 받을 만한 일을 전혀 하지 않았다고 말했더라면 더 좋았겠지만 말이다.

"판매는 완벽하게 합법적이었고, 완벽하게 정상적이었습니다."

"그럼 그걸 어떻게 설명하겠나?"

"뭘 설명하라는 말씀이십니까?"

"이 모든 일에 관해서 말일세!"

"모두 완벽하게 설명이 가능합니다."

프로스트가 차분하게 말했다.

"크로스비 웰스가 죽었을 때, 벤 뢰벤탈은 거의 즉시 그 이야기를 들었습니다. 그 정치인이 마을에 오자마자 인터뷰를 하러 갔었기 때문이죠. 그리고 다음 날 아침에 신문에 특집 기사를 냈고요. 그리고 이 정치인은 ─ 로더백이라는 이름이었을 겁니다. 알리스테어 로더백 ─ 음, 이 사람은 막 웰스의 오두막에서 오는 길이었죠. 이 사람이 웰스가 죽은 걸 발견한 사람이었고 말입니다. 그래서 그는 뢰벤탈에게 그 이야기를 전부 다 했습니다."

"능력 있는 유대인 녀석 같으니. 항상 적시에 적당한 자리에 있단 말이지, 안 그런가?"

매너링이 재미있다는 듯이 말했다.

"그런 것 같습니다."

프로스트는 그 말에 이러쿵저러쿵 토를 달 생각이 전혀 없었다.

"어쨌든 제가 하려던 말은, 뢰벤탈이 웰스의 죽음에 대해서 누구보다도 빨리 알았다는 겁니다. 심지어는 검시관이 오두막에 도착하기도 전에요."

"하지만 그 녀석은 그걸 살 생각을 안 했잖나. 토지 말이야."

"네, 하지만 클린치가 투자할 곳을 찾고 있다는 걸 알고 있었기 때문에 그에게 호의를 베풀 겸 그 소식을 전했습니다. 그러니까, 웰스의 땅이 조만간 매물로 나올 거라고 말입니다. 클린치는 다음 날 아침 저금을 들고 그걸 사기 위해서 저한테 왔죠. 그게 전부입니다."

"아, 그럴 리가 없어."

매너링이 말했다.

"그것뿐이라고 제가 보장하겠습니다."

"난 행간을 읽을 수 있다네, 찰리. '호의를 베풀 겸'? 그 친구의 관대하고 선량한 마음에서 나온 행동이라고? 그럴 리가 있나. 뢰벤탈은 절대 그런 사람이 아니지! 그건 비밀 정보를 흘린 거야. 엄청난 금액의 금더미에 대한 비밀 정보 말이지. 뢰벤탈과 클린치, 그 둘이서 함께 작당한 기야. 내 모자라도 걸지."

"만약에 그렇다면, 저는 그에 관해서는 전혀 모릅니다. 제가 말씀드릴 수 있는 건 오두막의 판매는 완벽하게 합법적이었다는 것뿐입니다."

"은행원 입에서 합법이라는 소리가 나오다니! 하지만 자넨 아직 내 질문에 대답하지 않았어. 왜 그렇게 지독하게 빨리 처리를 했어야 했나?"

프로스트는 전혀 당황하지 않았다.

"그저 서류 작업이 필요 없었기 때문입니다. 크로스비 웰스에겐 아무것도 없었습니다. 빚도 없고, 보험도 없고, 해결해야 하는 문제가 아무것도 없더군요. 서류 한 장 없었습니다."

"서류 한 장 없어?"

"그 사람 오두막에는 아무것도 없었습니다. 출생증명서나 표 한 장, 면허 하나 없더군요. 아무것도요."

매너링이 손가락 사이에서 시가를 굴렸다.

"서류가 없었단 말이지. 자넨 그걸 어떻게 생각하나?"

"모르겠습니다. 아마 잃어버린 모양이지요."

"어떻게 자기 서류를 잃어버릴 수가 있을까?"

"모릅니다."

프로스트가 다시 대답했다. 그는 의견을 말해보라고 재촉받는 것을 좋아하지 않았다.

"어쩌면 누가 태워버렸을 수도 있겠군. 없애려고."

프로스트가 인상을 살짝 찌푸렸다.

"누가 말입니까?"

"그 정치인일 수도 있지. 로더백. 그자가 가장 먼저 현장에 도착하지 않았나. 그자가 이 사건과 연관이 있을 수도 있어. 어쩌면 그자가 뢰벤탈에게 오두막에 숨겨져 있던 재산에 관해서 말했을 수도 있지. 그자가 그 금 더미를 보고서 뢰벤탈에게 이야기를 하고, 뢰벤탈이 클린치에게 말한 거지! 하지만 이건 말도 안 되는 이야기야."

매너링이 자신의 가설에 곧장 퇴짜를 놓았다.

"그래봐야 그자에게 좋을 일이 하나도 없어, 안 그래? 그 유대인에게 득이 되는 것도 없고. 모두가 사건의 와중에 이득을 얻는 게 아닌 한은……."

"아무도 이득 같은 건 얻지 못했습니다. 재산은 은행에 조건부로 기탁되어 있으니까요. 아무도 거기 손대지 못합니다. 최소한 미망인 문제를 바로잡을 때까지는요."

"아, 그래. 미망인이 있었지."

매너링이 흥미로운 투로 말했다.

"자네한테는 엄청난 일이었겠군! 그 여자를 어떻게 생각하나? 그 여자는 사실 내가 아는 사람이야. 그냥 아는 정도지만. 처녀 때 성이 그린웨이지. 웰스 부인인 줄은 전혀 몰랐어. 나한테는 그저 그린웨이 양이었거든. 자네는 그 여자가 어떻던가, 찰리?"

프로스트는 어깨를 으쓱였다.

"그 여자는 자기 말을 뒷받침하는 서류를 갖고 있었습니다. 결혼증명서가 합법적인 걸로 판명이 나면 매매는 무효가 될 거고 재산은 그 여자 게 될 겁니다. 이제는 공무원들의 손에 달렸죠."

"하지만 자네는 그 여자를 어떻게 생각하느냐고 묻지 않았나?"

프로스트는 짜증스러운 얼굴이었다.

"몸매가 훌륭하더군요. 그리고 아주 근사해 보였습니다."

그는 시가를 입가에 물고서 끄트머리를 씹었다. 그 바람에 표정이 살짝 일그러져 보였다.

"꽤나 근사한 여자지. 그래, 그렇고말고! 남자를 피아노 치듯이 갖고 놀고, 무슨 짓이든 시킬 수 있지. 정말이야! 불쌍한 크로스비 웰스도 그렇게 된 게 분명해. 다른 남자들처럼 그 여자 손에 놀아난 거지."

매너링이 즐거운 어조로 말했다.

"그들의 관계가 전혀 이해가 되지 않습니다. 그런 근사한 여자는 고사하고 평범한 여자라 해도 크로스비 웰스 같은 늙은이가 무슨 매력이 있었을까요? 그 여자가 어디에 끌린 건지 모르겠습니다. 웰스가 어디에 끌린 건지야 상상이 갑니다만."

"자넨 그 사람의 재산을 잊고 있군."

매너링이 손가락을 흔들며 말했다.

"세상에서 제일가는 최음제지! 그 여자는 돈 때문에 늙은 크로스비와 결혼한 게 분명해. 그런데 그 늙은이가 그걸 감췄고, 여자는 웰스가 죽을 때까지 기다리는 수밖에 없었던 거지. 달리 어떻게 설명하겠나? 웰스가 죽자마자 그 여자가 그의 죽음을 꾸미기라도 한 것처럼 순식간에 나타난 거 말일세. 아, 리디아 웰스는 신중한 사람이지! 돈이란 돈에는 죄다 눈독을 들이고 손을 뻗지. 이득이 없으면 절대 자기 이름을 서명하지 않을 여자야."

프로스트는 즉시 대답하지 않았다. 매너링의 말에 자신이 여기 온 이유가 떠올랐기 때문이고, 용건을 이야기하기 전에 우선 생각을 좀 정리하고 싶었다. 하지만 잠시 후 매너링이 요란하게 웃음을 터뜨리고서 주먹으로 책상을 두드렸다.

"바로 그거야! 그럴 줄 알았지! 자네가 어떤 식으로든 곤경에 처해 있는 줄 알았어. 그리고 난 자네가 다 털어놓게 만들 수 있지! 자, 뭔가? 무슨 범죄를 저지른 거야? 문제가 뭐지? 이미 다 들통났어, 찰리. 자네 얼굴에 다 쓰여 있다고. 이 금 더미랑 관련이 있는 거지, 안 그런가? 크로스비 웰스와 관련이 있는 거야."

그가 굉장히 즐거운 어조로 외쳤다. 프로스트는 브랜디만 한 모금 마셨다. 그는 사실 어떤 범죄도 저지르지 않았다. 하지만 문제가 있는 건 사실이었고, 금 더미와 관련이 있는 것도 사실이었다. 크로스비 웰스와 관련이 있는 것도 사실이고. 그의 시선이 매너링의 어깨 너머 창문으로 향했고, 풍경을 바라보면서 그는 이 이야기를 어떻게 꺼내는 게 가장 좋을까 잠시 생각에 잠겼다.

웰스의 오두막에서 발견된 금 더미가 은행에서 가격이 매겨진 뒤, 에드거 클린치는 판매를 빠르게 처리해준 프로스트의 역할에 고마워하는 의미로 굉장히 좋은 선물을 보냈다. 총 30파운드의 은행권이었다. 이 은행권 영수증은 만날 일도 없고 사랑하지도 않는 부모님의 생활비로 대부분의 월급이 나가는 찰리 프로스트에게 갑자기 엄청난 도취감을 안겨주었다. 살아오는 동안 한 번도 겪은 적 없는 엄청난 흥분 속에서 프로스트는 이 돈을 당장에 다 쓰기로 결심했다. 예상치 못한 횡재를 부모님에게 알리지 않고 혼자 마지막 한 푼까지 다 써버릴 생각이었다. 그는 은행권을 반짝이는 서른 개의 파운드 금화로 바꾸고, 이걸로 실크 조끼와 위스키 한 통, 가죽 장정 역사책 한 세트, 루비로 된 옷깃용 핀, 수입산 고급 사탕 한 상자, 장미 무늬 위에 그의 이름을 수놓은 손수건 한 세트를 사들였다.

이 방탕한 충동이 지나가고 며칠 후에 호키티카에 리디아 웰스가 도착했다. 도착하자마자 그 여자는 즉시 준비은행으로 와서 죽은 남편의 오두막과 그에 딸린 재산의 판매 건을 무효화시킬 거라고 선언했다. 이 계약 철회가 이루어진다면 프로스트는 분명히 그 30파운드를 도로 돌려줘야만 할 것이다. 조끼는 다시 팔려고 해봐야 중고로밖에는 팔 수 없을 것이다. 책과 옷깃용 장식 핀은 저당을 잡힐 수 있겠지만 원래 가격의 일부밖에는 받을 수 없을 거고, 위스키 통은 이미 땄다. 사탕은 다 먹었고. 그리고 어떤 바보가 다른 사람 이름이 수놓여 있는 손수건을 사겠는가? 통틀어 그가 쓴 돈의 절반이라도 되찾을 수 있으면 다행이리라. 그러면 그는 호키티카의 수많은 고리대금업자 중 한 명에게 가서 대출을 부탁해야 할 것이다. 그러면 몇 달, 어쩌면 몇 년 동안 빚을 갚아야 할 거고, 더 끔찍하게도 부모님께 이 일을 말씀드려야 할 수도 있었다. 그 생각만으로도 몸이 오싹했다.

하지만 그는 자신의 수치스러운 행동을 고백하러 매너링에게 온 건 아니었다.

"전 곤경에 처하지 않았습니다. 하지만 다른 누군가가 그럴 가능성이 높다고 생각합니다. 저는 말입니다, 그 금 더미가 크로스비 웰스의 것이라고는 생각하지 않습니다. 훔친 거라고 생각합니다."

그는 몸을 기울여 시가의 재를 털고 끝부분이 흩어지는 모습을 보았다.

"흠, 누구한테서 말인가?"

매너링이 물었다.

"그게 바로 제가 이야기하고 싶은 겁니다."

젊은 은행원이 대답했다. 그의 조끼 주머니에 황린 성냥이 있었다. 그가 시가를 오른손에 들고 성냥을 꺼냈다.

"오늘 오후에 갑자기 생각이 떠올랐는데, 신생님과 의논을 하고 싶었습니다. 에머리 스테인스에 관한 겁니다."

"아, 그 친구가 이 일에 관련이 없을 리가 없지."

매너링이 도로 의자에 몸을 묻으면서 말했다. (프로스트는 두번째로 시가에 불을 붙였다.)

"바로 그날 사라졌으니까 말이야! 분명히 연관이 있어. 난 우리 친구 에머리를 다시 볼 거라는 희망은 별로 갖고 있지 않다네. 흔히들 그런 말을 하지 않던가. 너무 오래 운이 좋으면 불운이 생긴다고. 자네도 그 말을 들어봤나? 음, 에머리 스테인스는 내가 아는 사람들 중에서 가장 운이 좋은 남자였어. 남의 도움 하나 받지 않고서 그 청년은 가난뱅이에서 부자가 됐지. 난 그 친구가 살해됐을 거라는 데 내기라도 걸 수 있어, 찰리. 강이나 해안가에서 살해되었고, 시체는 떠밀려간 거지. 아무도 그 청년이 그렇게 부자가 된 걸 좋게 보지 않았거든. 서른 살도 되지 않았으니 말이야. 특히 그 재산이 정말 정직하게 벌어들인 거라면 더 그렇지. 누가 그 친구를 죽였든 간에, 정신연령은 그 친구보다 스무 살은 더 먹은 사람이라고 나는 확신하네. 최소한 스무 살 이상일 거야. 내기 한번 해보겠나?"

"죄송합니다."

프로스트는 고개를 살짝 흔들며 대답했다.

"아, 그래. 자넨 돈을 걸지 않지, 안 그래? 분별 있는 타입이니까. 지갑 말고는 아무 데도 돈을 안 던지겠지."

매너링이 실망한 투로 말했다.

프로스트는 그 말에 대답하지 않고, 자신이 최근에 방탕하게 써버린 30파운드를 속으로 불편하게 떠올렸다. 잠시 후 매너링이 소리쳤다.

"계속 기다리게 만들지 말라고!"

마지막으로 한 말이 자신이 의도했던 것보다 더 모욕적이었다는 생각에 당황한 듯이 그가 말을 이었다.

"털어놔봐! 자네 생각이 뭔데?"

찰리 프로스트는 자신이 그날 아침에 발견한 것, 프랜시스 카버가 오로라 금광의 절반을 소유하고 있고, 그와 에머리 스테인스가 모든 면에서 파트너였다는 사실을 설명했다.

"그래, 나도 거기에 대해서는 조금 알고 있는 것 같군. 하지만 긴 이야기고, 스테인스의 개인적인 일이니까. 그런데 왜 그 이야기를 하는 건가?"

매너링이 모호하게 말하고는 물었다.

"오로라 금광이 크로스비 웰스 사건과 연관이 있기 때문입니다."

매너링이 인상을 찌푸렸다.

"어떻게?"

"차근차근 말씀드리죠."

"해보게."

프로스트가 잠깐 시가 연기를 내뿜었다. 그러고는 마침내 말했다.

"웰스의 금 더미는 은행을 거쳤습니다. 저를 거쳤죠."

"그래서?"

딕 매너링은 다른 남자에게 무대를 오래 내주는 타입이 아니었고, 종종 끼어드는 경향이 있는데다가 대체로 이야기하는 사람에게 가능한 한 빨리, 간명하게 결론을 말하라고 다그치곤 했다.

하지만 프로스트는 전혀 서두르지 않았다.

"음, 기묘한 점이 있었습니다. 금이 이미 제련이 되어 있었는데, 컴퍼니 사람이 한 건 아니었다는 겁니다. 모양새로 보아 개인적으로 한 것 같더군요."

"이미 제련이 되어 있었다니! 그 이야기는 못 들었는데."

"그렇죠, 못 들으셨을 겁니다. 저희 카운터로 온 모든 금이 제련 과정을 거칩니다. 설령 이전에 이미 거쳤다 해도 말이죠. 이는 첨가물이 조금이라도 섞여 나가는 걸 방지하고, 단일한 품질을 보장하기 위한 거죠. 그래서 킬러니가 전부 다시 작업을 했습니다. 가격을 평가하기 전에 웰스의 금을 도로 녹여서, 누가 보기 전에 전부 다 금괴로 만들어 준비은행 인장을 찍었지요. 은행 사람들 말고는 아무도 이 금이 이전에 이미 제련된 거라는 사실을 알지 못합니다. 애초에 그걸 숨겼던 한 명을 제외하면 말이지만요. 아, 그리고 오두막에서 그걸 발견하고 은행으로 가져온 중개상도 빼고요."

"그게 누구였나? 코크란?"

"하랄 닐슨이었습니다. '닐슨&컴퍼니'의 사장 말입니다."

매너링이 인상을 찌푸렸다.

"왜 코크란이 아니었지?"

프로스트는 시가를 빨았다. 그리고 한참 만에 대답했다.

"모르겠습니다."

"다른 사람을 이 일에 끌어들이다니, 클린치가 무슨 짓을 한 거지? 본인이 직접 그 장소를 정리할 수도 있었을 텐데. 그 문제에 하랄 닐슨을 끌어들이다니, 대체 왜 그런 거야?"

"제가 보기에 클린치는 그 오두막에 값나가는 게 있을 거라고는 생각도 하지 않았던 것 같습니다. 금 더미가 나왔을 때 소스라치게 놀랐으니까요."

프로스트가 대답했다.

"소스라쳤다고, 그 친구가?"

"네."

"자네 말인가, 그 친구 말인가?"

"본인 말입니다."

"소스라쳤단 말이지."

매너링이 다시 중얼거렸다. 프로스트가 말을 이었다.

"음, 닐슨 씨에게는 굉장히 잘된 일이었지요. 그 사람은 오두막에 있는 물건 값에서 10퍼센트를 가져가기로 계약되어 있었으니까요. 행운의 날이었을 겁니다. 그 사람은 4백 파운드를 챙겼죠!"

매너링은 여전히 회의적인 표정이었다.

"음, 계속하게. 제련된 부분 말이야. 금이 제련이 되어 있었다고 말하고 있지 않나."

"그래서 전 그걸 살펴봤습니다. 저희는 제련을 하기 전에 항상 원광에 대해서 짧게 설명을 적어둡니다. 박편 상태인지, 크고 작은 알갱이가 섞여 있는지 등등 말입니다. 금이 이미 제련이 되어 있다고 해도 다르지 않습니다. 어쨌든 그게 들어왔을 때 어떤 모양인지 기록을 남겨야 되죠. 이유는……."

(프로스트는 말을 멈추었다. 원래는 '보안' 때문이라고 말하려고 했지만, 그건 사실 말이 되지 않았다.)

결국 그가 어색하게 말을 맺었다.

"……신중하기 위해서입니다. 어쨌든 전 킬러니가 도가니에 넣기 전에 그 네모난 금판들을 살펴보았고, 각 덩어리 아래 제련공이 — 누군지는 모르겠지만 — 글자를 새겨넣은 걸 발견했습니다."

그가 말을 멈추었다.

"그래, 그게 뭐였는데?"

매너링이 다그쳤다.

"오로라였습니다."

"오로라라."

"그렇습니다."

갑자기 매너링은 굉장히 경계하는 표정을 지었다.

"하지만 그러고 나서 이 금판들을 전부 다 다시 제련했단 말이지. 은행에 있는 자네 쪽 사람이 틀에 넣고 압연해버린 거지?"

프로스트는 고개를 끄덕였다.

"그후에 바로 그날 금고에 넣고 잠갔습니다. 중개상이 자기 몫을 챙겨가고, 재산에 대한 세금을 지불한 뒤에 말입니다."

"그러면 그 이름에 관한 증거는 없는 거군. 내 말이 맞지? 이름은 사라졌어. 이름까지 전부 다 녹아버린 거지."

"없어진 건 맞습니다. 하지만 당연히 제가 기록을 해뒀지요. 공식적으로 기록이 남아 있습니다. 말씀드린 것처럼 제 장부에 말입니다."

매너링은 잔을 내려놓았다.

"좋아, 찰리. 그 페이지 한 장이 사라지려면, 아니면 자네 장부가 통째로 사라지려면 얼마나 들겠나? 자네가 살짝 부주의해지려면 얼마나 들까? 물이 좀 쏟아진다든지, 살짝 불이 난다든지 하려면 말이야."

프로스트는 깜짝 놀랐다.

"무슨 말씀이신지 모르겠습니다."

"질문에 대답이나 하게. 그 페이지 한 장이 사라지게 할 수 있나?"

"할 수는 있습니다만, 그 글자를 본 건 저 한 명만이 아닙니다. 킬러니도 봤고, 메이휴도 봤습니다. 구매자 중 한 사람도 봤고요. 아마 잭

하먼일 겁니다. 지금은 그레이마우스로 갔을 겁니다만. 그 사람들 중 아무라도 다른 사람들에게 그 이야기를 할 수 있을 겁니다. 사실 그 글자는 꽤 눈에 띄었습니다. 쉽게 잊을 만한 건 아닙니다."

"제길. 제길, 제길, 제길."

매너링이 주먹으로 책상을 내리쳤다.

"하지만 전 이해가 안 됩니다. 대체 무슨 일인 겁니까?"

"자넨 도대체 뭐가 문젠가, 찰리?"

갑자기 매너링이 버럭 소리를 질렀다.

"이 문제를 나한테 가져오기까지 도대체 왜 빌어먹게 2주나 걸린 거냐고! 그동안 도대체 뭘 했나? 손가락이나 빨고 앉아 있었던 거야? 응?"

프로스트가 숨을 들이켰다.

"제가 오늘 온 건 이 정보가 스테인스 씨를 찾는 데 도움이 되지 않을까 해서였습니다. 이 돈이 크로스비 웰스의 것이 아니라 확실하게 스테인스 씨의 것이니까 말이죠!"

그가 위엄 있게 말했다.

"헛소리. 자넨 2주 전에 올 수도 있었어. 아니면 그 이래로 언제든지 올 수 있었지."

"하지만 오늘 아침에야 스테인스 씨와의 연결 고리를 발견했단 말입니다! 제가 오로라가 뭔지 어떻게 알았겠습니까? 전 모든 사람의 자금이나 광산 기록을 다 갖고 있지 않습니다. 그걸 찾아볼 이유도……."

"자네도 한몫 가졌지?"

매너링이 말을 끊고 끼어들며 손가락으로 프로스트를 가리켰다.

"자네도 그 금 더미에서 한몫을 떼어 받았어."

프로스트의 얼굴이 붉어졌다.

"그런 건 적절한 일이 아닙니다."

"크로스비 웰스의 금에서 한몫 떼어 받았나, 안 받았나?"

"음, 비공식적으로는……."

매너링이 욕설을 내뱉었다.

"그래서 그냥 얌전히 앉아 있었던 거야, 그렇지?"

그는 의자에 몸을 기대고 혐오스러운 듯 손목을 한 번 흔들어 시가 끄트머리를 난롯불 안으로 던졌다.

"미망인이 나타나서 곤란한 입장에 처할 때까지 가만히 있었던 거지. 그러다 지금 와서 자네 카드를 보이고 있는 거야. 마치 자선을 베푸는 척하면서! 거참, 어이가 없는 일이군, 찰리. 정말이지 어이가 한 톨도 없어."

프로스트는 상처받은 표정을 지었다.

"아뇨, 그래서 그런 게 아닙니다. 저도 오늘 아침에야 모든 조각을 맞출 수 있었기 때문입니다. 정말입니다. 톰 발퍼가 은행에 와서 프랜시스 카버에 대한 말도 안 되는 이야기를 꾸며서는 그 사람의 배당금 기록을 보자고 요구해서 그걸 보다가……."

"뭐?"

"……스테인스 씨가 오로라 광산을 산 직후에 카버가 거기 소유권을 공동으로 취득했다는 걸 발견했습니다. 오늘 아침 이전까지는 몰랐단 말입니다."

"톰 발퍼가 그 일과 무슨 상관인데?"

"발퍼 씨가 나간 후에 오로라 광산의 기록을 찾아보고서 오로라의 이익이 카버가 소유권을 얻은 직후부터 떨어지기 시작했다는 걸 발견했고, 그때 금판에 새겨져 있던 이름이 생각나면서 모든 게 이해가 되더군요. 정말입니다."

매너링이 녹소리를 높였다.

"톰 발퍼가 프랜시스 카버한테서 뭘 원하는 거야?"

"법의 심판을 받게 하고 싶어 하던데요."

프로스트가 대답했다.

"무엇 때문에?"

"카버가 다른 사람의 광산에서 금을 챙겼다고 하더군요. 뭐, 그 비슷한 식으로 암시했습니다. 하지만 조심스럽게 굴고 거짓말을 늘어놓더군요."

"흠."

"전 곧장 선생님께 온 겁니다."

프로스트는 여전히 칭찬을 바라며 말을 이었다.

"은행을 좀 일찍 나와서 바로 여기로 왔습니다. 모든 조각을 다 맞추자마자 말입니다."

"모든 거라고! 자넨 모든 조각을 갖고 있지 않아, 찰리. 조각 반쪽조차도 제대로 알아보지 못하는 주제에!"

매너링이 소리쳤다. 프로스트는 모욕을 당한 기분이었다.

"그게 무슨 뜻이죠?"

하지만 매너링은 대답하지 않았다.

"조니 퀴. 그 망할 조니 퀴 놈이야."

그가 갑작스럽게 일어서는 바람에 의자가 뒤로 넘어가 벽에 부딪쳤다. 콜리가 신이 나서 벌떡 일어나서는 헐떡거리기 시작했다.

"누구요?"

물어보고 나서야 누군지 생각이 났다. 퀴는 오로라에서 일하는 광부의 이름이었다. 그 이름이 은행 기록부에 쓰여 있었다.

"나의 중국발 문젯거리지. 이젠 자네의 문젯거리기도 하고 말이야."

매너링이 음울하게 말했다.

"자네는 내 편인가, 아니면 내 적인가, 찰리?"

프로스트는 시가를 내려다보았다.

"당연히 매너링 씨 편이죠. 구태여 그런 질문을 하시는 이유를 모르겠군요."

매너링은 방 안쪽으로 가서 서류보관함을 열고 카빈총 두 정과 다양한 권총들, 녹비 권총집 두 개와 가죽 술이 달린 커다란 허리띠를 꺼냈다. 그러고는 거대한 허리에 이 어울리지 않는 띠를 매기 시작했다.

"자네도 무장을 해야 할 거야. 아니면 이미 했나?"

프로스트의 얼굴이 조금 달아올랐다. 그는 몸을 기울여 시가를 눌러 껐다. 일부러 천천히, 재떨이에 뭉툭한 끝부분을 세 번을 누르고 그다음에 재가 까맣고 고운 먼지처럼 될 때까지 문질렀다.

매너링이 발을 굴렀다.

"이보게! 무장을 했나, 안 했나?"

"안 했습니다."

프로스트는 마침내 시가 꽁초를 내려놓았다.

"솔직하게 말씀드리자면 말입니다, 한 번도 총을 쏘아본 적이 없습니다."

"별거 아니야. 숨쉬기운동만큼 쉬워."

매너링이 서류보관함으로 돌아가서 진열대에서 작은 뇌관 발화식 권총 두 정을 골랐다.

프로스트는 그를 쳐다보며 차분하게 말을 하려고 노력했다.

"선생께서 무슨 문제로 다투셨는지 모른다면 저는 아무 도움도 되지 않는 보조가 될 겁니다. 그리고 저한테는 그 다툼을 끝낼 만한 방법도 없고요."

"걱정 말게, 걱정 마."

매너링이 권총을 점검하며 말했다.

"원래는 자네가 쓸 만한 콜트 아미 권총이 있다고 말하려고 했는데, 지금 생각해보니까…… 그놈의 물건은 장전하는 데 죽도록 오래 걸리고, 겨냥이나 화약 같은 데에 신경 쓰고 싶지도 않을 테지. 전에 쏴본 적도 없다면 말이야. 우린 해낼 거야. 해낼 수 있어."

프로스트는 매너링의 허리띠를 쳐다보았다.

"굉장하지 않나?"

매너링이 웃지도 않고서 말했다. 그러고는 권총을 권총집에 넣고 코트걸이 쪽으로 방을 가로질러 가서 나무 옷걸이에서 방한 코트를 들어 올렸다.

"걱정 말게. 코트를 입고 단추를 잠그면 아무도 그 아래 뭐가 있는지 모를 거야. 내 피가 끓고 있다네, 찰리. 그 썩어빠진 동양인 놈! 피가 끓어오르는구먼."

"전 이유를 모르겠습니다만."

"그 친구가 이유를 알아."

매너링이 말했다.

"잠깐만요. 그냥 저한테, 저기, 이것만 말씀해주십시오. 정확히 뭘 하실 계획이십니까?"

"우린 그 중국 놈에게 겁을 줄 거야."

매너링이 팔을 코트에 밀어넣으면서 대답했다.

"어떤 종류의 겁을요? 그리고 무슨 이유 때문에요?"

프로스트는 '우리'라는 대명사에 당황해서 물었다.

"이 중국인이 오로라에서 일을 하지. 이건 그 친구 짓이야, 찰리. 자네가 말한 그 제련된 금 말이야."

"하지만 왜 화를 내시는 겁니까?"

"화를 내는 게 아니라 유감스러운 거지."

"아! 설마 하니 그 사람이 스테인스 씨를 죽였다고 생각하시는 건 아니겠죠?"

프로스트가 갑자기 물었다. 매너링은 신음 소리처럼 들리는 초조한 소리를 내고서 프로스트의 코트를 옷걸이에서 집어들어 그에게 던졌다. 프로스트는 코트를 받았지만 입지는 않았다.

"가세. 시간이 흐르고 있어."

"이런 맙소사. 최소한 솔직하게 말씀은 해주셔야 하는 거 아닙니까? 망할 차이나타운에 쳐들어갈 생각이라면 제 이야기가 맞는지 정도는 알고 싶습니다!"

(프로스트는 이 말을 하자마자 후회했다. 그는 자신의 이야기가 옳건 그르건 간에 어떤 상황에서도 차이나타운에 쳐들어가고 싶지 않았기 때문이다.)

"시간이 없어. 가는 길에 얘기해주지. 코트 입게."

"싫습니다."

찰리 프로스트는 스스로도 놀랄 만큼 단호하게 대답하고 자신의 입장을 고수했다.

"선생님께선 급한 게 아니라 그저 신이 나신 겁니다. 지금 말씀해주시죠."

매너링은 모자를 손에 들고 어쩔 줄 모르겠는 듯이 주물렀다.

"이 중국인은 날 위해 일하지. 내가 오로라를 스테인스에게 팔기 전에 거기서 땅을 팠었지."

프로스트가 눈을 깜박였다.

"오로라가 선생님 것이었다고요?"

"스테인스가 그걸 샀을 때 중국 놈은 거기 남아서 계속 땅을 팠지. 계약서를 썼었는데, 이름이 조니 퀴였어."

"오로라가 선생님 것이었는 줄은 몰랐습니다."

"여기와 그레이 사이의 땅 절반은 언젠가 한 번쯤은 내 거였다네."

매너링은 가슴을 조금 내밀면서 말했다.

"하지만 그건 중요한 게 아니고. 스테인스가 나타나기 전에 퀴와 난 말다툼을 좀 했었지. 아니, 정확히 다툼은 아니야. 나는 내 식대로 일을 하고, 중국 놈들은 중국 놈들대로 일을 할 뿐이니까. 당시 상황은 이랬었네. 매주 나는 퀴의 금을 전부 가져와 가격을 매긴 다음에 도로 광산에 던져넣었지."

"뭘 하셨다고요?"

"그걸 광산에 도로 던져넣었다고."

"자기 땅에서 사기를 치고 계셨습니까!"

프로스트는 충격받은 표정으로 말했다.

찰리 프로스트는 인간 본성에 관해 그리 예리한 사람이 아니었기 때문에 종종 다른 사람들에게 배신당한 기분을 느끼곤 했다. 그가 말할 때 종종 풍기는 그 신비로운 전략적 분위기는 그가 고의로 만들어낸 게 아니었다. 그 자신도 그 효과는 익히 알고 있지만, 사실 그것은 자신의 외부에 존재하는 모든 경험에 무지하기 때문에 나오는 거라 할 수 있었다. 프로스트는 다른 사람 입장에서 생각하는 것을 잘 못했다. 다른 사람의 눈으로 세상을 보는 방법도 알지 못했다. 다른 사람의 본성을 자신과 비교해서 부러워하거나 불쌍하게 여기는 것 말고, 관찰하고 숙고하는 법 같은 건 전혀 몰랐다. 그는 자기 자신의 감각이라는 고치에 영원히 둘러싸여 자신이 이미 갖고 있는 것이나 아직 갖지 못한 것들만 계속 마음에 두는 은밀한 쾌락주의자나 다름없었다. 그의 자기 본위적 태도는 광범위하고 완벽했다. 그는 절대로 앞으로 나서지 않고 대중 앞에서 자신의 은밀한 동기에 대해 절대로 밝히지 않았다. 그래서 종종 공평하고 한결 같은 사고를 지닌 굉장히 객관적으로 생각하는 사람으로 평가되곤 했다. 하지만 이 모든 건 사실이 아니었다. 그가 지금 짓는 충격받은 표정에는 분노도, 어떤 식으로든 불만스러운 빛도 없었다. 그는 매너링이 부러운 수입과 가련한 건강을 가졌고, 항상 최상급 시가에 절대 술이 마르는 법 없는 술병을 가진 사람이라는 것 외에는 알아채지 못했다는 사실에 그저 당황한 거였다.

매너링이 어깨를 으쓱였다.

"내가 이윤을 보려고 한 최초의 사람도 아니고, 마지막 사람도 아닐 걸세."

"부끄러운 줄 아십시오."

하지만 매너링에게 부끄럽다는 감정은 오로지 실패했을 때에만 느껴지는 것이었다. 그는 자신이 보기에 실패한 게 아니라면 양심의 가책 같은 것은 느끼지 못했다. 그가 말을 이었다.

"좋아. 그래, 자넨 그렇게 생각한다 이거지. 하지만 사실은 이랬다네. 그 광산은 사실 아무 쓸모도 없었어. 무너져가는 쓰레기 더미나 다름없었지. 거길 산 다음에 난 20파운드치 정도 되는 제련하지 않은 금

광석들을 광산 안 여기저기에 묻고 쿼에게 파라고 지시했지. 당연히 쿼
는 그걸 찾아냈어. 그 주 주말에 그는 다른 광부들과 함께 광산 지역에
파견된 분소에 금의 무게를 재러 갔지. 이게 금 호송단이 생기기 전이
라는 걸 기억하게. 은행원들이 강을 따라 사무소를 설치하고, 구매자들
이 각자 일하던 시절 이야기야. 그래서 내 광산의 금의 무게를 잰 다음
은행원들은 나한테 그 자리에서 은행에 맡기겠느냐고 물었지. 난 아직
은 됐다고 말했어. 그리고 금광석을 도로 받아왔지. 난 그걸 일괄적으
로 해외로 수출하려고 하는 개인 구매자를 위해 보관해놓으려고 한다
고, 뭐 그 비슷하게 이야기를 지어냈어. 지금은 잘 기억이 안 나네. 음,
무게를 재고 가격을 기록한 다음 금을 도로 가져와서 어둠이 내리기를
기다려 광산으로 돌아가 두번째로 바닥 여기저기에 죄다 흩뿌렸지."

"믿을 수가 없군요."

"믿든 말든 자네 마음대로 하게. 어쨌든 그 중국인은 대단했어. 이
런 일을 네다섯 번쯤 했는데, 매주 나한테 정확히 똑같은 양의 금을 가
져오더군. 내가 아무리 바닥 여기저기에 흩어놔도, 아무리 깊이 사금을
묻어놔도, 날씨가 궂거나 뭔가 다른 문제가 있다 해도 상관없이 전부
다 찾아냈어. 엄청 부지런히 일하더군. 중국인에 대해서는 그거 하나는
인정해야 돼. 구식 노동에 관해서라면 절대로 흠잡을 데가 없지."

"하지만 그 사람에게 선생이 하신 일을 절대 말씀하진 않으셨겠죠."

매너링은 충격을 받은 얼굴이었다.

"당연하지. 내 죄를 고백하라고? 그럴 리가 있나! 어쨌든 겉으로 보
기엔 오로라 광산이 매주 20파운드씩 생산하는 거였어. 아무도 그게
똑같은 금 20파운드가 나오고 또 나오는 거라는 건 몰랐지! 그저 꾸준
히 금이 산출되는 좋은 금광처럼 보였던 거야."

매너링은 처음에는 격분한 어조로 이야기를 시작했지만, 곧 천부적인 이야기 솜씨가 살아나면서 자신의 천재성을 되짚어보는 내용이 점차 즐겁게 느껴졌다. 그는 차츰 긴장을 풀고 높다란 실크 모자 테두리를 다리에 툭툭 쳤다.

"하지만 곧 퀴가 눈치를 채기 시작했지. 몰래 감시를 했거나 아니면 그냥 혼자 알아낸 것 같아. 그래서 그자가 어쨌는지 아나? 교활한 여우 같은 놈! 매주 사금을 조그만 자기 도가니에서 제련하기 시작했어. 그러고는 광산 분소에 커다란 1파운드짜리 덩어리로 이미 제련된 금을 갖다 내밀었지. 그걸 광산 안에 도로 던져놓을 수는 없지 않나!

상관없다고 나는 생각했다네. 팔려고 내놓은 다른 광산도 많이 있었고, 다른 데서도 금은 잘 나오니까. 그걸 뒤섞으면 되는 거였지. 그래서 퀴의 금덩이를 '영국의 꿈(Dream of England)' 광산에서 나온 걸로 보관하고, 매주 오로라에는 전과 같이 금을 깔아놨어. 다만 오로라에서 나온 게 아니라 영국의 꿈에서 나온 금을 사용했지. 이해가 가나? 그때까지 오로라는 매주 20파운드의 금을 생산해냈어. 그러니 그 양을 유지하지 않으면 광산이 말라가는 것처럼 보였을 거야. 그러면 팔 때 내 이익을 제대로 챙길 수가 없겠지. 그런데 퀴가 그것까지도 눈치를 챘지."

매너링이 목소리를 높이면서 말을 이었다.

"그리고 그 망할 악마 놈이 자신의 조그만 금판에다가 오로라라는 이름을 새기기 시작한 거야. 그걸 영국의 꿈에서 나온 거라고 은행에 가져가면 사람들이 의심하지 않겠나, 안 그래? 자네라면 믿겠나? 그 뻔뻔한 동양 놈!"

"믿지 않지요."

프로스트는 여전히 배신당한 기분으로 대답했다.

"음, 어쨌든 상황이 그렇게 된 거야. 그리고 그때 에머리가 등장했지."

"그래서요?"

"그래서 뭐?"

"음, 그래서 어떻게 되었느냐고요."

"어떻게 되었는지 알잖나. 오로라를 그 친구에게 팔았지."

"하지만 그 광산은 비었다면서요!"

"그래."

"그 사람에게 텅 빈 광산을 파신 거잖습니까!"

"그렇지."

"하지만 그 사람은 선생님 친구였잖습니까."

찰리 프로스트는 그 말을 내뱉고서 속으로 후회했다. 정말이지 애처로운 이야기였다. 매너링 같은 남자에게 우정에 관해 꾸짖다니! 매너링은 인생의 정점에 있었다. 부유하고, 비싼 옷을 입고, 레벨가에 가장 크고 가장 근사한 건물을 소유하고 있었다. 그의 시곗줄에는 덩어리 금이 매달려 있었고, 그는 매 끼니마다 고기를 먹었다. 여자는 수백 명, 어쩌면 수천 명쯤 있을 것이다. 그런 사람이 친구에 대해 무슨 신경을 쓰겠는가? 프로스트의 얼굴이 달아올랐다.

매너링은 잠시 젊은 은행원을 바라보다가 말했다.

"중요한 건 이거라네, 찰리. 4천 파운드의 금이 — 제련되고, 판에 하나하나 오로라라는 글자가 찍혀 있는 — 죽은 남자의 집에서 나왔다는 거야. 우린 그 이유를 모르고, 어떻게 된 건지도 모르지만 누가 한 건지는 알아. 그 '누구'가 바로 카니에레에 있는 나의 오랜 친구 퀴지. 알겠나? 그래서 우리가 차이나타운에 가야 하는 거야. 가서 그 친구에게 한두 가지 물어봐야지."

프로스트는 매너링이 여전히 뭔가를 감추고 있다고 느꼈다.

"하지만 금 그 자체에 대해선 대체 어떻게 설명하실 겁니까? 오로라가 정말로 비었다면, 그 금은 다 어디서 나온 거죠? 그리고 오로라가 만약에 비지 않았다면, 그 광산이 아무 가치가 없는 것처럼 보이게 장부를 조작한 사람이 대체 누구죠?"

호키티카의 거물은 모자를 쓰고 엄지와 검지로 테를 쓸었다.

"내가 아는 건 말이야, 정리해야 하는 문제가 있다는 것뿐이야. 아무도 딕 매너링을 두 번씩 속이지는 못해. 그리고 내가 보기에 이 눈 찢어진 중국 놈이 그런 건방진 짓을 감히 하려고 들었단 말이지. 어서 오게. 아니면 나한테 겁이라도 먹었나?"

아무도 겁쟁이라는 말을 좋아하지 않는 법이다. 특히 실제로 겁을 먹고 있는 사람이라면 더더욱. 차가운 목소리로 프로스트가 대답했다.

"전혀 겁먹지 않았습니다."

"좋아. 그럼 안 좋은 감정 같은 건 없는 거겠지. 어서 가세."

프로스트가 코트를 걸쳤다.

"그저 싸움이 일어나지 않기만 바랄 뿐입니다."

"그건 두고 봐야지. 두고 보는 수밖에 없어. 이리 오렴, 홀리. 이리 와, 예쁜이! 일어나! 호키티카 골짜기에 일을 좀 보러 가야겠다!"

Φ

프로스트와 매너링이 프린스 오브 웨일스 오페라 하우스에서 나와 비를 막기 위해 모자를 눌러쓰고 있을 때, 토머스 발퍼는 남쪽으로 세 블록 떨어진 웰드가에 접어드는 참이었다. 발퍼는 지난 한 시간 반 동안 캠프가의 도이치 가스트 하우스에서 벽난로 앞에 앉아 사우어크라우트와 소시지, 갈색 그레이비를 가득 쌓아놓고 먹으며, 아무 방해 받지 않고 알리스테어 로더백과의 문제를 정리해볼 수 있었다. 머릿속이 맑아진 채 그는 가스트 하우스에서 나와 곧장 『웨스트 코스트 타임스』 사무실로 향했다.

커다란 유리창 안쪽으로는 셔터가 내려졌고 앞문은 닫혀 있었다. 발퍼는 손잡이를 흔들어보았다. 문은 잠겨 있었다. 호기심에 그는 건물 뒤로 돌아가서 신문 편집자인 벤자민 뢰벤탈이 사는 작은 아파트로 향했다. 잠시 문에 귀를 대보았지만 아무 소리도 들리지 않자 그는 조심스럽게 손잡이를 돌렸다.

문은 쉽게 열렸고, 발퍼는 탁자 앞에 앉아 무릎에 손을 내리고 있는 뢰벤탈 본인과 정면으로 마주보았다. 뢰벤탈은 마치 발퍼 때문에 혼수상태에서 깨어나기라도 한 것 같은 얼굴로 황급히 일어섰다.

"톰, 무슨 일인가? 뭐 문제라도 있나? 왜 노크를 하지 않았지?"

뢰벤탈이 앉아 있던 탁자는 원래 실험용 책상으로 표면이 옹이 지고, 닳고, 잉크와 화학물질 자국으로 가득했었다. 하지만 뢰벤탈이 사들인 후에 깨끗이 닦아내고 자수가 놓인 천으로 덮었고, 지금은 가운데 작은 접시에서 두툼한 초가 타고 있었다.

"아. 미안하네, 벤. 잘 지냈나? 미안, 미안. 자네 하던 일을 방해하려던 건…… 그러니까, 자넬 방해하려던 건 아니었네."

발퍼가 말했다.

"자네야 언제든 환영이지!"

뢰벤탈은 발퍼가 안 좋은 소식을 전하러 온 게 아니라 그저 이야기나 하려고 들른 거라는 걸 깨닫고서 말했다.

"비 맞지 말고 어서 들어오게."

"방해하려던 건……."

"아무것도 방해한 거 없네. 들어와, 들어와. 문 닫고!"

"사실 일 이야기를 하러 온 건 아닐세."

발퍼는 뢰벤탈에게 종교적 축일이 휴일이라는 것을 깨닫고서 사과의 의미로 말했다.

"그러니까, 업무 이야기는 아니라는 거야. 다른 얘기를 좀 하고 싶어서 왔다네."

"자네와 이야기하는 건 절대로 업무가 아니지."

뢰벤탈이 관대하게 말하고는 네번째로 덧붙였다.

"얼른 안으로 들어오게."

마침내 발퍼는 안으로 들어와서 문을 닫았다. 뢰벤탈은 다시 자리로 돌아가 손을 겹치고 앉았다.

"난 예전부터 유대인으로서 신문업이라는 게 완벽한 직업이라는 생각을 했었다네. 일요일 자는 없으니까 말이지. 그래서 안식일의 타이밍이 완벽하지. 내 경쟁자 기독교도들이 참 불쌍하다네. 그 친구들은 일요일에 활자를 맞추고, 잉크를 바르고, 월요일을 준비해야 하잖나. 쉴 수가 없어. 자네가 방금 들어왔을 때 난 그런 생각을 하고 있었다네. 자, 코트 걸고 좀 앉게."

"난 영국 국교도라서 말이야."

발퍼는 많은 영국 국교도 신자들과 마찬가지로 종교적 우상 같은 것들이 굉장히 불편했다. 그는 뢰벤탈이 고행용 수도복이라도 펼쳐놓은 것처럼 초를 불안하게 쳐다보았다.

"그래, 무슨 이야기를 하러 온 건가?"

벤자민 뢰벤탈은 주간 의식에 방해를 받았다고 해서 그리 불쾌해지진 않았다. 그의 종교적 믿음은 확고했고, 천성적으로 자기 회의에 빠지는 타입이 아니었기 때문이다. 그는 종종 소소한 방식으로 안식일의 계율을 깨곤 했고, 그렇다고 해서 자신을 질책하지 않았다. 그는 겁에 질려 지키는 의무와 애정에서 우러나와 행하는 의무의 차이를 잘 알았고, 자신의 예리한 인지력을 믿었다. 계율을 깰 때면 그럴 만한 이유 때문에 깨는 거라고 그는 생각했다. 또한 (이건 인정할 수밖에 없었다) 두 시간 동안 기도만 했더니 슬슬 초조해지던 찰나였다. 뢰벤탈은 활기찬 사람이었고, 그렇게 오랫동안 외부적 자극이 없다는 건 견디기가 꽤 힘들었다.

"내가 말이야, 에머리 스테인스에 관한 얘기를 들었네."

발퍼는 두 사람 사이의 탁자에 손을 올리고서 말했다.

"아니, 이제 와서? 어디 모래밭에 머릴 처박고 있기라도 했던 건가!"

뢰벤탈이 깜짝 놀라서 말했다.

"좀 바빴지."

발퍼는 대답을 하며 두번째로 초를 쳐다보았다. 어린 시절부터 그는 초 앞에만 앉아 있으면 불길 위로 검지손가락을 왔다갔다하며 손가락을 새카맣게 만든 다음, 밀랍이 녹아 뜨겁고 부드러워진 부분에 손끝을 푹 집어넣었다 재빨리 빼서 노르스름한 수지가 손가락을 감싸고 식어가며 팽팽해지는 느낌을 느끼고 싶어서 안달이 나곤 했다.

"뉴스도 못 읽을 만큼 바빴다고?"

뢰벤탈이 놀리듯 말했다.

"동네에 아는 사람이 왔어. 정치인 말일세."

"아, 그래. 존경스러운 로더백 말이지."

뢰벤탈이 의자에 몸을 기대고 말을 이었다.

"흠, 자네는 아니라 해도 그 사람은 내 신문을 읽었으면 좋겠군! 그 사람이 여러 차례 지면에 나왔으니까 말이야."

"그래, 여러 번 나왔지. 그런데 말일세, 벤, 질문을 하나 하려고. 오늘 아침에 은행에 들렀다가 누가 신문에 공고를 냈다는 이야기를 들었네. 스테인스 씨에 관해서 말이야. 돌아오라고 호소하는 글을 냈다던데. 누가 그걸 낸 건지 알려줄 수 있나?"

"물론이야. 공고는 공개적인 거니까. 어차피 광고 아래 사서함 번호를 남겼으니까 우체국에 가서 사서함만 확인해봐도 그 여자 이름을 알 수 있을 텐데, 뭐."

"여자라고?"

"그렇다네. 자네 아마 놀랄 거야. 밤의 여인 중 한 명이지! 누군지 짐작이 가나?"

"리지? 아이리시 리지?"

"안나 웨더렐일세."

"안나?"

"그래!"

뢰벤탈은 이제 활짝 웃고 있었다. 내부자의 감수성을 가진 그는 그 역할을 할 기회가 생기면 가장 즐거워했다.

"그건 짐작도 못했지, 안 그런가? 스테인스 씨가 처음 사라지고서 이틀도 안 되어 그 여자가 나를 찾아왔더군. 난 좀더 시간이 지날 때까지 기다려보라고 했지. 겨우 이틀 만에 사람 찾는 광고를 내는 건 낭비일 수 있으니까. 그냥 골짜기에 걸어서 갔거나 해변을 따라 그레이에 갔을 수도 있는 거 아니겠나? 내일이라도 돌아올 수 있다고 그 여자한테 그렇게 말했는데, 완고하더군. 스테인스가 어디로 간 게 아니라 사라졌다는 거야. 굉장히 분명하게 말하더군. 정확히 그 단어를 사용해서 말이지."

"사라졌단 말이지."

발퍼가 중얼거렸다.

"그 불쌍한 여자는 그날 아침에 법정에서 재판을 받았었지. 지난 1년 동안 참으로 운도 지독하게 없었어. 착한 여자라네, 톰. 굉장히 사랑스러운 여자지."

발퍼는 인상을 찌푸렸다. 그는 안나 웨더렐이 착한 여자라는 이야기가 별로 마음에 들지 않았다.

"난 상상도 안 되는군."

그가 고개를 흔들며 큰소리로 말했다.

"상상도 안 돼, 그 두 사람 말이야. 분필과 치즈처럼 겉은 비슷해도 속은 완전히 다르지 않나."

"분필과 치즈라. 누가 분필이지? 아마 스테인스겠지. 그 친구는 채광을 하니까!"

뢰벤탈은 외국의 관용구가 굉장히 재미있는 모양이었지만, 발퍼는 그의 말을 귀담아듣지 않고 말을 이었다.

"왜 스테인스에 관해 알아보고 다니는지 안나가 뭔가 이야기를 하던가? 내 말은, 왜……."

"당연히 그 사람과 연락을 하려고 하는 거였지. 하지만 그건 아마 자네가 묻는 내용이 아닌 것 같군."

"내 말은 그저……."

하지만 발퍼는 뒤를 잇지 않았다. 뢰벤탈이 미소를 지었다.

"딱히 놀라운 일도 아니라네, 톰! 스테인스가 그 여자에게 일말의 애정이라도 보였다면, 뭐 당연한 거 아니겠나."

"뭐?"

편집자가 혀를 차는 소리를 냈다.

"자네도 이건 인정해야 해. 스테인스 씨에 비하면 자네나 나는 완전 백발이 성성한 노인네들 아닌가."

발퍼는 인상을 찌푸렸다. 머리가 좀 셌다고 해서 그게 뭐? 흰머리는 남자의 위엄이었다.

"하나만 더 물어보세. 프랜시스 카버라는 남자에 관해서 뭘 아나?"

발퍼는 주제를 바꾸었고, 뢰벤탈은 눈썹을 치켜들었다.

"별로. 얘기는 이것저것 들었지. 그런 타입의 남자 이야기는 언제나 도는 법이니까."

"그렇지."

"카버에 대해서 뭘 아느냐……."

뢰벤탈은 질문을 머릿속으로 곱씹으며 생각에 잠겼다.

"음, 그 친구가 홍콩에 뿌리를 두고 있다는 건 알지. 아버지가 무슨 금융업자인가 그랬다더군. 도매무역이랑 관련된 그런 거였을 거야. 하지만 부모와 더이상 연락을 하지 않는다는 걸 보면 아버지와의 사이가 벌어진 거겠지. 지금은 1인업자지, 아마? 무역업을 하고. 감옥에 들어가고서 아버지와 사이가 벌어졌는지도 모르겠어."

"자네는 그 사람을 어떻게 생각하나?"

발퍼가 캐물었다.

"내가 받은 인상이 별로 좋은 건 아니었다고 해야겠군. 그 사람은 부잣집 아들이었고 그다음엔 죄수가 되었어. 어쩌면 그 반대일 수도 있겠군. 난 그 사람이 양쪽 세계의 최악의 면을 모두 보여준다고 생각하네. 악당이지만, 다른 사람들과 공모를 하지. 다른 식으로 말하자면, 그의 인생은 사치스럽지만, 또한 상스럽지."

(이런 성격 요약은 벤자민 뢰벤탈의 진수라고 할 수 있었다. 그는 항상 상반된 힘의 사이에서 설명을 도맡은 제삼자 입장에 서는 것을 좋아했다. 다른 사람들을 평가할 때 뢰벤탈은 우선 그들의 성격 면에서 근본적으로 맞지 않는 부분을 파악하고, 그다음에 이런 불균형의 특성을 이론상으로, 그리고 뢰벤탈 자신의 입장에서 어떻게 종합할 수 있는지를 설명했다. 그는 모든 것에 내재한 이중성을 파악하는 운명을 타고났고─심지어 모든 것의 이중성을 평가하는 그 자신에게도 이중성이 존재했다─그 결과 엄격한 개인적인 절대 규칙을 따라야만 했다. 이는 모순되고 변화하는 세상에서 그가 목격하는 것들에 대응하는 보호 수단이었다. 이 개인적인 규칙은 냉정하고, 재귀적이고, 대단히 원칙적이었다. 이 끊임없는 이중성을 바라보는 동안 그가 전적으로 의존할 수 있는 유일하게 고정된 자리라고 할 수 있었다. 그는 종종 일상 스케줄에서 한두 개를 빠뜨리기도 하고, 종교에서도 몇 가지는 가볍게 넘어가고, 사업에서도 융통성을 발휘하곤 했지만, 절대 규칙에 관해서는 절대로 실수하지도 않고 어기지도 않았다.)

"카버가 최근에 나를 곤란한 상황에 빠뜨렸지."

뢰벤탈은 말을 이었다.

"2주쯤 전에, 계획에 없이 정박지를 떠났어. 그것도 한밤중에. 일요일이라 해운 소식이 이미 토요일판에 인쇄가 되어 나갔단 말이지. 하지만 갓스피드 호가 그날 떠날 일정에 없었던데다가 해가 지고 한참 후에 떠나는 바람에 세관에 출발이 기록 안 됐어. 음, 아무도 **나한테** 그 얘기를 해주지 않아서 갓스피드 호의 출항은 신문에 결국에 실리지 않았지. 배가 아예 떠나지 않은 것처럼 말이야! 항만관리자가 굉장히 화를 냈었지."

"지난 일요일이었나? 그날은 로더백이 도착한 날인데."

발퍼가 말했다.

"아마 그랬을 거야. 14일."

"하지만 카버는 바로 그날 밤에 아라후라 골짜기에 있었어!"

뢰벤탈이 날카롭게 그를 쳐다보았다.

"누가 그러던가?"

"마오리족 청년이. 이름이 테이 어쩌고인가 그랬어. 꽤 젊고, 커다란 초록색 목걸이를 하고 있는 친구 말일세. 오늘 아침에 길거리에서 그 청년과 이야기를 했거든."

"믿을 만한 사람인가?"

발퍼는 테 라우 타우웨어와 크로스비 웰스가 친한 친구였고, 타우웨어가 은둔자가 죽던 날에 프랜시스 카버가 오두막에 들어가는 것을 보았다고 설명했다. 카버가 웰스가 죽기 전이나 후에 오두막에 있었는지 까지는 발퍼도 알지 못했지만, 타우웨어는 카버가 도착한 것이 로더백 보다 전이라고 단언했었다. 그리고 로더백은 은둔자가 죽은 직후에 오두막에 도착했다고 증언했다. 그가 들어갔을 때 주전자가 레인지 위에서 끓고 있었고 물이 아직 다 날아가지 않은 상태였기 때문이다. 그것은 합리적인 추측이었고, 그렇다면 프랜시스 카버가 크로스비 웰스가 죽기 전에 오두막에 있었다는 뜻이다. 어쩌면(발퍼는 이것을 깨닫고 소름이 끼쳤다) 웰스가 죽는 것을 봤을 수도 있다.

뢰벤탈은 콧수염을 쓰다듬었다.

"그거 참으로 흥미로운 이야기군. 갓스피드 호는 그날 밤 아주 늦게,

해가 지고 한참 후에 떠났다네. 그러니까 카버는 새벽이 오기 전에 아라후라 골짜기에서 호키티카로 곧장 돌아와서 바로 배에 타고 닻을 올리는 일까지 다 마쳤다는 거야. 굉장히 급한 출항이라고밖에는 할 수가 없군."

"내가 보기엔 수상해."

발퍼는 사라진 자신의 화물 상자를 생각하며 말했다.

"그리고 같은 시각에 스테인스가 사라졌다는 걸 생각해보면……."

"그리고 안나도."

발퍼가 그의 말을 자르고 끼어들었다.

"그게 바로 안나 웨더렐이 쓰러진 밤이었지. 로더백이 길가에서 그 여자를 발견했으니까. 자네도 기억하지?"

"아. 또 다른 우연이군."

"자네라면 좀 모자라는 사람들만이 우연이라는 걸 믿는다고 하겠지. 하지만 나는 말이야, 계속되는 우연은 우연일 수 없다고 생각해. 이렇게까지 계속되다니!"

"실로 그렇지."

뢰벤탈이 다른 생각에 빠진 듯이 말했고, 곧 발퍼가 다시 말했다.

"하지만 젊은 스테인스는 말이야, 정말이지 유감스러운 일이야. 돌려 말할 필요도 없을 것 같군. 그 친구는 살해당한 게 분명하네, 벤. 사람이 그냥 사라질 리 없어. 가난한 사람이라면 그럴 수도 있지. 하지만 그런 부자는 절대로 그럴 리 없어."

하지만 뢰벤탈은 스테인스에 관해 생각하고 있지 않았다.

"음, 난 카버가 아라후라에서 웰스와 뭘 하고 있었는지가 궁금해. 그리고 무엇 때문에 그렇게 달아났는지도 말이야."

그는 잠깐 더 생각하다가 말했다.

"그러니까 말이지, 로더백이 카버와 관계가 있는 건 아니겠지?"

발퍼는 길게 한숨을 내쉬었다.

"그거야말로 진짜 답을 알고픈 문제지."

발퍼는 굉장히 마지못해하며 덧붙였다.

"하지만 내가 그 얘기를 하면 로더백의 신뢰를 깨는 셈이 될 거야. 내 입으로 한 약속을 깨는 일이 되지."

그는 초 심지를 다시 쳐다보며 친구가 그래도 말해보라고 자신을 재촉해주기를 속으로 바랐다.

그러나 발퍼로서는 아쉽게도 뢰벤탈의 도덕적 규칙은 발퍼가 은근히 암시하는 그런 위반 행위를 납득하지 않았다. 발퍼를 잠깐 냉정하게 쳐다본 끝에 그는 의자에 몸을 기대고서 주제를 바꾸었다.

"내 사무실에 와서 신문 공고에 대해서 물어본 사람이 자네가 처음이 아니라는 거 아나? 에머리 스테인스에 관한 공고 말이야."

발퍼는 실망하면서도 동시에 놀란 표정으로 그를 보았다.

"무슨······ 누가 또 왔지?"

"주중에 어떤 남자가 왔었지. 수요일에. 아니면 화요일일 수도 있고. 아일랜드인이었어. 성직자인데, 가톨릭은 아니고 아마 감리교인 것 같아. 새 감옥의 교목이 될 예정이라더군."

"자유감리교도 말이군. 오늘 아침에 만났어. 좀 이상하게 생기고, 아주 보기 안 좋은 치열을 가진 친구 말이지. 이 문제에 대해서 무슨 관심이 있어서 온 거지?"

"그런데 이름은 기억이 안 난단 말이지."

뢰벤탈이 입술을 톡톡 두드리며 중얼거렸다.

"그 친구가 왜 스테인스에게 관심을 갖는 건데?"

발퍼가 다시 물었다. 그 역시 목사의 이름을 몰랐기 때문에 뭐라고 대답할 말이 없는 탓이었다.

뢰벤탈이 다시 손을 탁자 위에 겹쳐놓았다.

"음, 그게 좀 기묘했어. 크로스비 웰스의 시체를 가지러 검시관이랑 같이 오두막에 갔던 모양이더군."

"그래, 그리고 매장하는 데도 참석했다지. 무덤 파는 데 말이야."

발퍼가 고개를 끄덕였다. 뢰벤탈이 갑자기 탁자를 내리치며 말했다.

"데블린, 그게 그 사람 성이었어. 데블린. 하지만 이름은 기억이 안 나는군. 잠깐만 좀 기다려보게."

"하지만 어쨌든 내가 물은 것처럼, 그 친구가 스테인스와 대체 무슨 상관인데?"

"나도 정확히는 모르겠어. 잠깐 이야기해본 바에 따르면 굉장히 다급하게 스테인스 씨와 이야기를 해야 하는 것 같더군. 크로스비 웰스의 죽음에 대해서든, 아니면 크로스비 웰스의 죽음과 관련된 뭔가 다른 것에 대해서든 말이야. 하지만 그 이상은 나도 모르겠네. 물어보지도 않았고."

"안 물어봤다니 안타깝군그래. 미결 상태로 남아버렸으니."

"이런, 톰, 자네 마치 수사관처럼 말하는군!"

뢰벤탈이 갑자기 씩 웃으며 말했다. 발퍼는 얼굴을 붉혔다.

"그런 건 아니라네. 그저 상황을 좀 파악해보려는 거지."

"상황을 파악한단 말이지…… 자네에게 입 다물라고 약속을 받아낸 자네 친구 로더백을 위해서!"

발퍼는 성직자가 바로 그날 아침에 로더백의 이야기를 엿들은 것을 떠올리고서 즉시 경계심이 치솟는 것을 느꼈다. 정말로 허술했어. 그런 개인적인 문제를 그런 공공장소에서 이야기하다니, 로더백은 좀더 신중하게 행동했어야 했다!

"음, 기묘하지 않나? 이 친구, 데블린……."

"코웰 데블린. 그런 이름이었어. 떠오를 줄 알았다니까. 코웰 데블린. 그래, 보기 안 좋은 치열을 가진 남자였지."

"그 친구가 누구든 간에, 최소한 나는 한 번도 본 적 없는 친구야. 그런 자가 왜 난데없이 에머리 스테인스에게 관심을 갖지? 이상하다는 생각이 안 드나?"

"아, 굉장히 이상하지. 아주 이상해. 하지만 자네 점점 화를 내고 있는 것 같아, 톰."

뢰벤탈이 여전히 웃으면서 말했다. 발퍼는 실제로 굉장히 얼굴이 상기된 상태였다.

"로더백이 말이야……."

그가 말을 하려고 했지만 뢰벤탈은 고개를 흔들었다.

"아니, 됐네. 자네가 신뢰를 깨는 일을 하게 하진 않겠어. 그냥 놀린 거라네. 이제 주제를 바꾸지. 더이상은 얘기 안 할 테니까."

하지만 토머스 발퍼는 뢰벤탈이 '제발 좀' 물어봐줬으면 하고 있었다. 기꺼이 알리스테어 로더백과의 약속을 깨뜨릴 준비가 되어 있는데. 전직 주지사의 비밀을 폭로할 수 없는 입장인 척하면 뢰벤탈이 제발 알려달라고 애걸할 거라고 생각했었다. 하지만 뢰벤탈은 그런 종류의 게임은 하지 않는 모양이었다. (어쩌면 그러고 싶지 않은 것일 수도 있고, 어떻게 해야 하는지 몰라서 그럴 수도 있었다.) 발퍼는 답답했다. 자리에 앉자마자 처음부터 솔직하게 로더백이 협박당하고 복수를 다짐한 이야기를 전부 다 했으면 좋았을 것을. 이제는 뭔가 제대로 알아낸 것도 없이 그냥 일어나야 하게 생겼다. 뢰벤탈이 알고 싶지 않다고 했으니만큼 이제 와서 이야기를 늘어놓을 수는 없지 않은가!

여기서 잠깐 끼어들자면, 이것은 참으로 유감스러운 상황이었다. 만약에 발퍼가 로더백의 이야기를 전부 털어놓았다면, 1월 27일의 사건은 전혀 다른 방향으로 흘러갈 수도 있었기 때문이다. 그것도 여러 사람들에게. 로더백의 이야기 중 어떤 특정 부분에서 뢰벤탈은 몇 달 동안 떠올릴 이유가 없었던 사건을 떠올리게 되었을 것이다. 그 사건은 카버에 관한 조사에 엄청난 도움을 주고, 최소한 이 남자와 웰스라는 성 사이의 관계를 설명해주었을 것이다.

하지만 발퍼는 로더백의 이야기를 털어놓지 않았고, 뢰벤탈의 기억이 되살아나지도 않았으며, 이 순간 발퍼는 촛농이 떨어진 탁자에서 일어나 친구에게 감사와 작별 인사를 하는 수밖에 없었다. 그는 뢰벤탈과 마찬가지로 그들의 대화가 희망을 솟구치게 만들었다가 도로 좌절만 시킨 실망스러운 것이었다는 기분을 느끼고 있었다. 뢰벤탈은 다시 조용히 종교에 관한 고찰로 돌아갔고, 발퍼는 비에 젖은 레벨가로 나왔다. 3시 반을 알리는 종소리가 들렸다. 하루가 흘러가고 있었다.

바깥세상의 시간도 흘러가고 있었다. 지나간 과거 이야기를 늘어놓고 있는 현재의 시간도 계속 움직이고 있었다. 수많은 것을 암시하고 여러 번 같은 부분을 강조하며 그들은 월터 무디에게 이야기를 늘어놓았다. 그리고 역시나 크라운 호텔의 흡연실에 자리하고 있던 벤자민 뢰벤탈은 이야기의 이 부분을 처음 듣는 것이었다. 갑자기 그는 8개월쯤 전에 일어났던 일을 떠올렸다. 토머스 발퍼가 음료를 마시기 위해서 이야기를 멈추자 뢰벤탈이 당구대를 빙 돌아와서 끼어들고 싶다는 의미로 한 손을 들어올렸다. 발퍼는 그러라고 말했고, 뢰벤탈은 지금에야 떠오른 기억을 굉장히 중요한 소식을 전하는 사람처럼 진중하게 이야기하기 시작했다.

그의 이야기는 다음과 같았다.

1865년 6월의 어느 아침에 검은 머리에 뺨에 흉터가 있는 남자가 웰드가에 있는 뢰벤탈의 작은 사무실로 찾아와서『웨스트 코스트 타임스』에 공고를 실어달라고 부탁했다. 뢰벤탈은 펜을 꺼내고 남자에게 무슨 광고를 내고 싶으냐고 물었고, 남자는 개인적으로 굉장히 중요한 가치가 있는 물건이 든 화물 상자를 분실했다고 말했다. 상자를 찾아주면 20파운드의 보상금을 줄 것이고, 상자를 열지 않고 가져오면 50파운드를 지불하겠다는 거였다. 그는 상자 안에 있는 것이 개인적으로 중요한 것이라는 말 외에는 어떤 것인지 전혀 설명하지 않았다. 남자의 말투는 무뚝뚝했고, 굉장히 쉬운 단어를 사용했다. 뢰벤탈이 이름을 묻자 남자는 대답 대신 주머니에서 출생증명서를 꺼내 책상 위에 펼쳤다. 뢰벤탈은 그 이름을 적은 후―크로스비 프랜시스 웰스였다―마침내 남자에게 상자를 찾을 경우에 어디로 연락해야 하는지 주소를 물었다. 남자는 깁슨 부두의 주소를 댔다. 뢰벤탈은 이것을 적고, 영수증을 쓰고, 수수료를 받은 후 남자에게 잘 가라고 인사를 했다.

거의 8개월이나 지난 지금 와서 떠오른 기억이니만큼, 그리고 세세한 부분을 확인해볼 여유도 없었으니 정말 사소한 내용들까지 전부 확실한지 뢰벤탈에게 묻고 싶을지도 모르겠다(실제로 무디는 물어보았다). 첫째로 이 광고를 낸 남자의 뺨에 정말로 흉터가 있었는지, 둘째로 그 사건이 작년 6월에 일어난 게 맞는지, 셋째로 출생증명서에 쓰여 있었던 이름이 한 점의 의심도 없이 크로스비 프랜시스 웰스가 맞다고 정말로 확신할 수 있는지.

뢰벤탈의 대답은 정중했지만 꽤 길었다. 그는 무디에게 『웨스트 코스트 타임스』가 1865년 5월, 뢰벤탈이 뉴질랜드에 처음 도착하고 대략 한 달 뒤에 창간되었다고 설명했다. 처음 발간했을 때에는 겨우 스무 부만 찍어서 호키티카의 열여덟 개의 호텔에 각각 한 부씩 배치하고 새로 임명된 치안판사에게 한 부 보내고 뢰벤탈 자신이 한 부를 가졌다. (증기동력 인쇄기를 사고서 한 달 사이에 뢰벤탈의 신문 부수는 2백 부로 늘어났다. 그리고 1866년 1월 현재는 매일 거의 천 부씩 찍어내고 있고, 직원도 두 명 고용했다.) 구독자들에게 『타임스』가 호키티카 최초의 일간지라는 사실을 광고하기 위해서 뢰벤탈은 첫 호를 액자에 끼워 앞쪽 사무실에 걸어놓았고, 덕택에 액자에 든 이 첫 호를 매일 아침 보다보니 신문의 발행일을 정확하게 기억하고 있었다(1865년 5월 29일). 문제의 남자는 6월 중에 들렀던 게 분명했다. 왜냐하면 7월 1일에 뢰벤탈의 증기동력 인쇄기가 도착했기 때문에, 흉터가 있는 남자의 광고를 예전의 수동 기계로 인쇄했던 것을 기억하기 때문이다.

그의 기억이 어떻게 지금까지 이렇게 분명하느냐고? 음, 활자를 배치하면서 뢰벤탈은 5제곱센티미터의 공간에(광고란의 표준 크기이고 흉터 난 남자가 낸 돈에 걸맞은 크기이기도 했다) 내용이 다 들어가지 않는다는 사실을 알게 되었다. 기사란의 공간에 비해 한 단어가 많았던 것이다. 다른 공고들을 전부 다 옮기고 신문의 판형을 아예 바꾸지 않는 한, 인쇄업자들이 '과부'라고 부르는 것이 생길 수밖에 없었다. '과부'란 광고의 마지막 단어가(여기서는 '웰스'였다) 세번째 칼럼 위에 혼자 동떨어져 올라가서 독자들 눈에 거슬리고 심지어는 내용이 헷갈리게 만드는 것을 의미했다. 뢰벤탈이 이것을 깨달았을 무렵 흉터 난 남자는 이미 사무실을 나간 지 오래였고, 뢰벤탈은 그를 찾아 길거리를 헤매고 다닐 마음은 없었기 때문에 대신할 만한 단어를 찾다가 결국에 남자의 중간 이름인 프랜시스를 생략했다. 이 생략 덕택에 '과부'가 생기지 않았고, 신문의 판형도 망가지지 않을 수 있었다.

『웨스트 코스트 타임스』는 다음 날 아침 일찍 발행되었고 정오도 되기 전에 흉터 난 남자가 돌아왔다. 그는 ─ 이유는 밝히지 않았지만 ─ 자신의 중간 이름이 꼭 들어가야만 한다고 주장했다. 자신에게 알리지도 않고 광고를 바꾸었다고 남자는 뢰벤탈에게 굉장히 화를 냈고, 처음에 광고를 부탁할 때 사용한 그 투박하면서도 무뚝뚝한 말투로 불쾌감을 표했다. 뢰벤탈은 열심히 사과를 하고 다시 광고를 냈다. 그리고 남자가 일주일치 광고비를 냈기 때문에 다섯 번 더 광고를 내고서, 상황상 이 정도면 적절하다고 생각하고 남자에게 일곱번째 광고는 무료로 해주겠다고 말했다.

그렇기 때문에 자신이 사건의 날짜와 크로스비 프랜시스 웰스라는 남자의 이름 전체를 분명하게 기억하고 있을 수밖에 없다고 뢰벤탈은 무디에게 설명했다. 그 사건이 그의 머릿속에 확실하게 남아 있기 때문이었다. 모든 사업가에게 초창기에 일어난 첫번째 실수는 오래 기억에 남는 법이고, 자신의 사업을 진지하게 받아들이는 사람이라면 고객이 화를 내는 것은 쉽게 잊을 수 있는 일이 아닌 법이다.

이제 질문은 남자의 외모에 관한 것 하나가 남았다. 어떻게 문제의 남자가 실제로 뺨에 흉터가 나 있었다는 것을 뢰벤탈이 확실하게 알 수 있는가, 라는 것이었다. 프랜시스 카버라고 알려진 전과자는 분명히 흉터가 있고, 크로스비 웰스라는 은둔자에게는 흉터가 없었는데 말이다. 이 마지막 질문에 관해 뢰벤탈은 확실하게는 모르겠다고 인정했다.

어쩌면 사건을 떠올리면서 흉터 난 남자라는 다른 기억을 뒤집어씌웠을 수도 있었다. 하지만 그는 자신의 기억력이 대체로 굉장히 좋은 편이고, 머릿속에서 남자의 모습을 선명하게 떠올릴 수 있다고 덧붙였다. 남자는 중산모자를 들고 있었고, 말을 할 때 마치 모자를 천 한 장으로 압축시키고 싶은 것처럼 양손으로 누르곤 했다. 이런 세세한 묘사가 가짜일 리가 없지 않은가! 뢰벤탈은 자신이 기억하는 남자에게 분명히 뺨에 낫 모양 흉터가 있었다는 데에 돈이라도 걸 수 있다고 주장했다. 그리고 남자의 출생증명서에 쓰여 있던 이름이 크로스비 프랜시스 웰스였다는 것 역시 마찬가지였다. 하지만 뢰벤탈은 은둔자 크로스비 웰스는 살아생전에 한 번도 만난 적이 없으며, 그 남자의 사진이나 그림 같은 걸 본 적이 없기 때문에 죽은 남자의 외모를 상상한다는 것은 불가능하다고 말했다.

이 새로운 정보로 인해서 크라운 호텔의 흡연실에서는 온갖 감탄과 추측이 난무하기 시작했고, 이야기는 한참이나 중단되었다. 하지만 그들은 현재에 남겨두고, 우리는 과거에서 계속해서 나아가보도록 하자.

Φ

카니에레와 호키티카 강어귀를 오가는 나룻배는 궂은 날씨에 손님이 줄었음에도 불구하고 중단되지 않았다. 손님도 없고 딱히 할 일도 없는 뱃사공들은 부두에 붙은 널찍한 창고에 앉아서 담배를 피우며 휘스트 게임을 했다. 그들은 게임을 그만두고 빗속을 뚫고 가야 한다는 사실에 전혀 기뻐하지 않았고, 그 사실을 반영하는 값을 불렀다. 하지만 매너링은 그 가격에 즉시 동의했고, 뱃사공들은 어쩔 수 없이 카드를 내려놓고, 담배를 끄고, 수로를 따라 배를 가져오기 위해서 나갔다.

카니에레는 6킬로미터쯤 상류에 위치했다. 흐름을 거슬러 노를 저을 필요가 없는 귀로에서는 순식간에 올 수 있는 거리였지만, 올라갈 때에는 강의 흐름과 바람, 조수의 정도에 따라 족히 한 시간은 걸렸다. 카니에레와 호키티카 사이를 오가는 광부들은 대체로 마차를 타거나 걸어다녔지만, 마차는 이미 출발했고 날씨 탓에 별로 걷고 싶지는 않았다.

매너링은 뱃삯을 지불했고, 그와 프로스트는 색칠한 나룻배 고물에 (사실 그것은 난파선에서 건져낸 구명보트였다) 앉았고 콜리는 그들 사이에 자리를 잡았다. 정조수 자리의 노잡이들이 노로 배를 강둑에서 밀어낸 다음 강하게 저었고 곧 배는 상류를 향해 올라가기 시작했다.

고물에 등을 기대고 앉으니 프로스트와 매너링은 옷을 잘 입은 특대 덩치의 키잡이 한 쌍처럼 서로 마주보게 되었다. 매번 노잡이들이 몸을 앞으로 기울이고 노를 움직일 때마다 그들 사이의 거리가 좁아졌다. 그래서 두 남자는 노잡이들이 자신들의 비밀 이야기를 들을까봐 지금 하러 가는 일에 관한 이야기는 입도 벙긋하지 않았다. 대신 매너링은 날씨와 미국, 토양, 유리, 아침식사, 사금 채취, 토산 재목, 발트 해의 군사 지역, 광산촌에서의 삶에 대해서 끊임없이 계속 떠들었다. 뱃멀미를 하는 프로스트는 꼼짝도 하지 않고 앉아 가끔씩 모자 테두리 아래 고이는 땀만 훔쳤다. 그는 매너링의 잡담에 그저 입을 다문 채 동의하는 소리만 냈다.

사실 프로스트는 굉장히 겁이 났다. 그리고 배가 조금씩 조금씩 골짜기에 가까워질수록 점점 더 두려워졌다. 도대체 무슨 귀신이 씌었던 걸까? 뼛속까지 겁을 먹은 주제에 겁먹지 않았다고 말하다니. 은행으로 돌아가야 하는 척할 수도 있었을 텐데! 이제는 7센티미터 깊이의 갈색 물속에 앉아 흔들거리며 총 한 자루 없이, 아무 준비도 안 된 채 ─ 그를 싸움의 보조로 뽑은 건 큰 실수였다 ─ 뭘 하러 가는지조차 모른 채 앉아 있었다. 아 퀴라는 중국인과 대체 무슨 다툼을 한 걸까? 무슨 원한을 품고 있는 걸까? 그는 평생 단 한 번도 그 중국인을 본 적이 없었다! 프로스트는 손을 들어 모자챙을 닦았다.

호키티카 강바닥은 자갈로 이루어져 있고, 돌은 다 똑같이 둥글게 닳았다. 강둑에는 관목이 어둑하게 보이고 이파리는 비 때문에 더욱 어둡게 보였다. 그들 뒤쪽의 언덕에서는 구름이 피어올랐다. 누군가가 구름을 보고서 목적지까지의 거리를 가늠했다. 관목 사이에 솟은 키 큰 카히카테아 나무들은 전경에 있는 것들은 초록색으로 보이고 중간 거리에 있는 것은 파랗게, 언덕 꼭대기에서는 회색으로 보이다가 안개 속으로 묻혔다. 산맥은 가려졌지만 날씨가 좋을 때면 (매너링이 말한 것처럼) 하늘을 배경으로 깎아지른 듯 솟은 하얀 봉우리가 장관이었다.

배는 계속 나아갔다. 수염 난 측량사가 마오리족 안내원 두 명과 함께 탄 카누가 그들을 스치고 하류로 빠르게 내려갔다. 마오리족은 유쾌하게 모자를 들어 보였고, 매너링 역시 똑같은 동작을 했다. (프로스트는 차마 그런 동작을 할 수가 없었다.) 그후에는 아무 일도 없었다. 오로지 강둑만 스쳐가고 빗방울만 수면을 두드렸다. 강어귀에서부터 그들을 따라오던 갈매기들은 흥미를 잃고 되돌아갔다. 20분 정도가 흐르고 배가 모퉁이를 돌았다. 그러다 갑자기 램프가 사람 가득한 공간을 비추며 주변으로 온통 시끄러운 소리가 나고 사람들이 움직였다.

카니에레의 아영지는 호키티카와 내륙 광산 중간 지점에 있었다. 거주지 주변 땅은 전반적으로 평평하고, 겨자무늬로 도랑과 개울이 폐어

305

알프스에서 바다로 흘렀다. 흘러가는 물소리가 멀리서 파도가 철썩거리고 흐르다가 사방으로 부서져 튀는 것 같은 소리를 끊임없이 냈다. 초기의 어느 측량사가 말한 것처럼 코스트에서는 물이 흐르는 곳이라면 어디든 금이 있었다. 그리고 사방이 물이었다. 양치류에서 물이 떨어지고, 가지에 물방울이 맺히고, 물이 가지에서 늘어진 이끼를 살찌우고, 사람이 지나간 발자국에서도 물이 차올랐다.

프로스트의 눈에 카니에레 광산촌은 굉장히 황량해 보였다. 비뚜름하게 일렬로 선 광부들의 천막은 끊임없는 비의 무게로 낮게 휘어져 있었고 몇 채는 완전히 무너졌다. 천막들 사이로 이리저리 연결된 끈에는 깃발과 젖은 빨래가 가득했다. 천막 몇 채는 편암과 점토로 임시 판자벽을 세워놓아서 훨씬 튼튼하게 버텼다. 모험심 많은 사람들 몇 명은 위쪽 나무에 보조 겹덮개 역할을 하는 두번째 천을 걸어놓았다. 나무 밑동에는 온갖 놀이와 음료를 광고하는 간판이 못으로 박혀 있었다. (광산에 선술집을 만드는 데에는 천으로 된 지붕과 술 한 병만 있으면 되는 법이다. 물론 경찰에 걸리면 상당한 벌금을 물고 심지어는 감옥에 갈 수도 있지만 말이다. 이런 식으로 팔리는 술 대부분은 광산촌에서 밀조한 것이었다. 찰리 프로스트는 카니에레의 밀조주를 마셨다가 당장에 뱉어낸 적이 있었다. 술은 미끄덩하고 맛이 시큼했고 섬유질이 가득했다. 냄새는 마치 사진 감광제 같았다.)

프로스트는 비가 오는데도 광부들이 천막 안에 있기는커녕 전혀 풀이 죽은 것 같지 않다는 사실에 깜짝 놀랐다. 강가에 모여 몇 명은 무릎까지 물에 들어가서 체질을 하고 있고, 몇 명은 사금 채취 상자를 흔들고 있고, 또 다른 사람들은 그릇을 씻고, 목욕을 하고, 빨래를 하고, 노끈을 엮고, 해안에 앉아 옷을 꿰맸다. 모두가 무명과 서지, 능직으로 된 일반적인 광부복을 입고 있었다. 일부는 허리에 선홍색으로 물들인 허리띠를 해적 같은 스타일로 맸고, 대다수가 챙을 아래로 내린 늘어진 모자를 썼다. 그들은 비가 오는 것을 아예 알아채지도 못한 것처럼 일을 하며 서로를 향해 소리를 질렀다. 고함 소리 아래로 광산업계의 흔한 소음이 들렸다. 쿵쿵 울리는 도끼질 소리, 웃음소리, 휘파람 소리 같은 것들이었다. 허공에 파르스름한 연기가 피어올랐다가 느릿한 바람에 강 위로 흩어졌다. 아코디언 소리가 숲 안쪽에서 들려왔고, 어디선가 요란한 박수 소리가 울렸다.

"조용하지 않나? 일요일치고도 말이야."

매너링이 말했다. 프로스트는 여기가 조용하다고 생각하지 않았다.

"거의 한 명도 안 나와 있군."

프로스트의 눈에는 수십 명이, 거의 수백 명이 보였다.

그들 앞의 전경이 찰리 프로스트가 보는 카니에레의 첫인상이었다. 그리고 호키티카 모래톱을 건너온 이래 일곱 달 만에 호키티카의 전반적인 풍경에 대해 느낀 첫인상이기도 했다. 그는 한 번도 시뷰의 해안 단구를 넘어서 해안 더 위쪽의 내륙으로 올라와본 적이 없었다. 종종 자신의 좁은 세계에 대해 한탄하긴 했지만, 마음 깊은 곳에서는 자신이 모험에 어울리지 않는 타입이라는 걸 잘 알고 있었다. 이제 프로스트는 어떤 남자가 강 가장자리에서 조그만 모닥불로 나뭇가지를 가져와서 통째로 검은 잿더미 위에 올리는 바람에 연기가 훅 피어올라 이 세계에 그리 오래 있지 않은 사람 특유의 폐가 조여드는 듯한 격렬한 기침을 하는 모습을 보며 자신의 보수적인 성향이 옳았던 거라고 결론을 내렸다. 카니에레는 황량하고 신에게 버림받은 것 같은 곳이었다.

페리가 얕은 곳으로 올라가고 구명보트의 용골이 돌 위에 닿았다.

앞쪽의 노잡이들이 배에서 뛰어내려 매너링과 프로스트가 부츠를 적시지 않고 배에서 내릴 수 있게 보트를 물 바깥으로 끌어당겼다. 이미 그들의 부츠가 완전히 젖어 있다는 걸 생각하면 불필요한 호의였다. 콜리가 뱃전 끝에서 몸을 날려 배부터 물에 첨벙 빠졌다.

"이런 참."

매너링이 돌 위에 내려서고서 등을 쭉 폈다.

"바지를 갈아입고 왔어야 했는데. 좋은 옷을 입을 만한 날이 아니었어. 안 그런가, 찰리? 멋을 내는 게 바보짓인 날이군. 원 참!"

매너링은 프로스트가 기운이 없는 것을 알아채고 힘을 북돋워주려고 했다. 좀 난폭한 것을 보는 게 프로스트에게 크게 도움이 될 거라고 생각은 했지만(프로스트의 차분한 태도에는 매너링을 굉장히 화나게 만드는 건방진 구석이 있었다) 그래도 청년이 그를 좋게 봐주기를 바랐던 것이다. 매너링은 천성적으로 경쟁을 좋아했고, 매일같이 경쟁하는 수많은 가상의 트로피에는 그의 지인들 하나하나의 이름이 새겨져 있었다. 상대방을 우위에 놓는 것과 상대를 순종시키는 것 중 하나를 골라야 한다면 그는 당연히 무슨 수를 써서라도 상대의 순종을 얻어낼 것이다. 이미 나약하기 짝이 없는 프로스트에게 상냥하게 굴 마음도 없고 청년이 자신의 위치를 깨닫게 만들 생각이지만, 그렇다고 해서 친절의 손길을 내밀지 못할 정도로 거만하지는 않았다. 친절한 행동이 꼭 필요한 상황이기 때문이었다.

하지만 프로스트는 반응하지 않았다. 그는 남자 세 명이 나란히 누우면 꽉 찰 만한 크기의 A자 형태의 옥양목 천막에 '호텔'이라는 손수 쓴 간판이 붙어 있는 것을 보고 질겁한 얼굴이었다. 광부가 바지 단추를 풀고 동료들이 다 보는 강가에서 볼일을 보는 모습에는 더더욱 충격을 받은 것 같았다. 프로스트는 움찔 뒷걸음질을 치다가 웃음소리에 깜짝 놀랐다. 배가 도착한 곳에서 10미터도 떨어지지 않은 곳에 있는 나무로 골조를 만든 차양 아래 앉아 있던 광부 두 명이 구명보트가 다가오는 걸 보고 있었던 것이다. 그들은 프로스트의 끔찍해하는 표정이 재미있는 모양이었다. 그중 한 명이 모자를 살짝 기울였고 다른 한 명은 비웃듯 경례를 했다.

"한번 둘러보러 오셨나?"

"아냐, 밥. 강에서 빨래를 하러 온 게지. 문제는 우선 옷이 더러워져야 한다는 걸 잊어버렸다는 거야!"

남자들이 다시 웃어댔다. 얼굴이 벌게진 프로스트는 고개를 돌렸다. 그의 인생이 의무와 습관이라는 두 개의 쌍둥이 나침반에 따라서 돌고 있다는 건 사실이었다. 그가 여행을 별로 하지 않았고, 여러 가지를 추측하지 않는 것도 사실이었다. 그의 코트가 아침에 솔질한 것이고 조끼가 깨끗한 것도 사실이었고. 그는 이런 것들이 부끄럽지 않았다. 하지만 프로스트는 어릴 때 다른 아이들이 없는 곳에서 자랐기 때문에 놀림이라는 것을 이해하지 못했다. 다른 남자가 그를 조롱하면 어떻게 반응해야 하는지를 몰랐다. 얼굴이 달아오르고 목이 조여들었지만 그는 그저 부자연스럽게 웃기만 했다.

노잡이들이 구명보트를 물에서 완전히 들어냈다. 그들은 두 시간 후에 두 사람을 호키티카로 다시 데려다주기로 했고(두 시간이라니, 프로스트는 무거운 마음으로 생각했다) 누가 배와 함께 남을 건지 제비를 뽑았다. 불운한 남자는 실망해서 자리에 앉았고, 나머지는 동전을 찰그랑거리며 나무들 사이로 사라졌다.

맞은편의 두 남자는 여전히 웃고 있었다.

"저치한테 코담배 있냐고 물어봐."

첫번째 광부가 동료에게 말했다.

"저치한테 집에 얼마나 자주 편지를 쓰냐고 물어봐. 메이페어*에 말이지."

"저치한테 소매를 팔꿈치 위까지 걷어올릴 줄 아느냐고 물어봐."

"저치한테 부친 수입이 얼마냐고 물어봐. 아마 아주 좋아할걸."

정말이지 부당한 행동이라고 프로스트는 생각했다. 그는 메이페어에는 가본 적도 없었고, 그의 아버지는 가난한 사람이었고, 심지어 그는 뉴질랜더였다!(사실 뉴질랜더라는 말은 좀 우스꽝스러웠다. 아무도 '잉글랜더'라고는 안 하는데). 월급의 상당 부분을 매달 아버지에게로 보내드리는 통에 그 자신의 수입은 얼마 되지도 않았다. 옷으로 말하자면 지금 입은 것은 그 자신의 봉급으로 산 거였다. 그는 그날 아침에 직접 코트에 솔질을 했다! 그리고 종종 팔꿈치 위까지 소매를 걷기도 했다. 그의 소매에는 광부들의 옷과 똑같이 단추가 달려 있었고, 셔츠는 그들과 마찬가지로 호키티카 의상실에서 산 거였다. 프로스트는 이 모든 것을 말하고 싶었지만, 대신에 무릎을 구부리고 앉아 손바닥을 위로 해서 콜리에게 내밀었다. 개가 그의 손을 핥았다.

"이제 갈까요?"

그가 낮은 목소리로 매너링에게 말했다.

"잠깐만 기다리게."

지갑을 안쪽 주머니에 넣고 매너링은 이제 방한 외투의 단추와 씨름하고 있었다. 그는 권총을 빼기 쉽게 맨 아래 단추를 빼고 모두 잠글지,

---

* 런던의 고급 주택지.

아니면 권총이 잘 감춰지도록 맨 위 단추를 빼고 모두 잠글지 고민하는 중이었다.

프로스트는 차양 아래 있는 광부들의 눈길을 피한 채 긴장해서 주위를 둘러보았다. 페리를 끌어올린 자국이 나무 사이로 길게 나 있었다. 하나는 동쪽의 카니에레 호수로 향하고 있고 다른 하나는 남동쪽의 호키티카 골짜기 방향이었다. 남쪽 강둑 너머로는 여러 개의 광구와 광산 들이 줄지어 있고, 그중에는 오로라 금광도 있었다. 프로스트는 이런 것은 전혀 알지 못했다. 사실 누가 물어보면 북쪽이 어딘지도 제대로 가리키지 못할 것이다. 그는 차이나타운 방향을 알려주는 표지판을 찾아보았지만 그런 것은 없었다. 사람들 사이에서 중국인은 한 명도 보이지 않았다.

"이쪽일세."

매너링은 그의 생각을 들은 것처럼 동쪽으로 고갯짓을 하며 말했다.

"상류에 있어. 별로 멀지 않다네."

프로스트는 무릎 사이로 개를 잡았다. 이제 그는 개를 예뻐하기보다는 위안받기 위해서 개의 젖은 털을 쓰다듬기 시작했다.

"우선은 뭔가, 어, 계획 같은 걸 세워야 하지 않나요?"

그가 매너링을 힐끗 올려다보며 과감히 물었다.

"그럴 필요 없네."

매너링이 벨트를 좀더 높이 매면서 대답했다.

"계획이 필요 없다고요?"

"쿼에게는 권총이 없어. 나한테는 두 자루나 있지. 그게 나한테 필요한 유일한 계획이야."

프로스트는 그 말이 별로 위안이 되지 않았다. 그는 홀리를 풀어주고 ─ 녀석은 곧장 그에게서 물러났다 ─ 일어섰다.

"무장도 안 한 사람을 쏘시려는 건 아니겠죠?"

매너링은 윗단추로 결정을 내렸다.

"자, 이게 낫군."

그는 코트를 매만졌다.

"제 말 못 들으셨습니까?"

"들었네. 안달 그만하게, 찰리. 남들 시선만 끌 뿐이야."

"제 마음을 달래고 싶으시면 답을 해주시면 되지 않습니까."

프로스트가 꽤 날카로운 목소리로 말했다.

마침내 매너링이 그를 향해 돌아섰다.

"잘 듣게. 난 지난 5년 동안 중국인들에게 내 광산에서 일을 하라고 돈을 줬고, 내가 확실하게 말할 수 있는 게 있다면 바로 이거야. 그 동양인들은 모자장수가 창녀를 따라다니듯이 아편을 쫓아다니지. 예외 같은 건 없어. 토요일 이 시간이면 알프스 이쪽 편에 있는 모든 황인은 죄다 머리끝까지 아편에 취해서 뻗어 있다네. 등 뒤에 한 팔을 묶고도 차이나타운을 돌아다니며 그자들을 죄다 처리할 수 있어. 알겠나? 폭력적인 일은 없을 거야. 총도 사실은 필요 없어. 그냥 보여주기용이라고. 모든 게 다 우리에게 유리한 상태지, 찰리. 아편에 완전히 취한 사람은 아무 저항도 못해. 그걸 기억하게. 쓸모없는 어린애나 다름없어."

전갈자리의 태양

개스코인은 창녀와의 첫 만남을 떠올린다. 칼로 여러 개의 실밥을 딴다.
마침내 피로가 몰려들고, 안나 웨더렐은 부탁을 한다.

문틈으로 안나와 개스코인을 보면서 조지프 프리처드는 자신이 가장 갈망하던 것을 발견했다. 바로 사랑과 진정한 연민이었다. 프리처드는 외로웠고, 대부분의 외로운 사람들과 마찬가지로 눈만 돌리면 행복한 커플들이 보였다. 바로 그 순간, 안나가 개스코인의 가슴에 몸을 기대고, 개스코인이 그녀에게 팔을 두르고 들어올려 그녀의 머리카락에 뺨을 대는 모습에 차가운 문손잡이를 잡은 프리처드의 손에서 힘이 빠졌다. 그는 오베르 개스코인과 안나 웨더렐이 그저 아주 단순하게 친구 사이일 뿐이라고 자위할 수가 없었다. 외로움은 그렇게 낮추어 본다고 해서 위로가 되지 않는 법이다. 설령 우정이라 해도 프리처드에게는 유리창 너머의 만찬처럼 보였다. 약간의 자선으로 입술을 적신다 해도 결국에는 갈망만 심해질 뿐이었다.

개스코인에 대한 프리처드의 인상은 얼마 안 되는 만남을 바탕으로 한 것이었다. 정확히 말하자면 딱 한 번의 대화뿐이었다. 오만한 행동거지와 흠잡을 데 없는 옷차림으로 보아 프리처드는 개스코인이 치안 판사 재판소에서 꽤 영향력 있는 자리에 있을 거라고 생각했지만, 사실 서기가 하는 일은 얼마 되지 않았다. 그의 주된 임무는 매일 경찰서에 가 감옥에서 보석금을 받아오는 것이었다. 이 일 외에는 수수료를 기록하고, 채굴권에 대한 영수증을 관리하고, 불평을 처리하고, 가끔씩 주지사를 위해 심부름을 하는 것뿐이었다. 상당히 낮은 직위였지만 개스코인은 이 동네에 온 지 얼마 되지 않았기 때문에 일자리를 잡은 것만으로도 만족했고, 위로 올라가는 데 그리 오래 걸리지 않을 거라고 자신했다.

개스코인이 조지 셰퍼드의 감옥 바닥에 수갑을 차고 누워 있는 안나 웨더렐을 처음 만났을 때 그는 호키티카에 온 지 한 달도 채 되지 않았다. 안나는 벽에 등을 기대고 손은 무릎에 얹고 있었다. 눈은 뜨고 있었지만 열로 반짝거렸고, 머리는 핀에서 흘러내려 뺨에 축축하게 달라붙어 있었다. 개스코인은 그녀의 옆에 무릎을 꿇고 앉아 충동적으로 손을 내밀었다. 그녀는 그 손을 잡고 그를 더 가까이 당겨서 무릎에 소총을 얹고 문가에 앉아 있는 교도관에게서 몸을 숨기고 속삭였다.

"전 보석금을 낼 수 있어요. 돈을 구할 수 있어요. 하지만 제발, 그걸 어떻게 구했는지 저 사람한테는 말하지 말아주세요."

"누구 말이오?"

개스코인 역시 목소리를 낮추고 물었다.

안나는 그에게서 눈을 떼지 않은 채 교도소장 셰퍼드 쪽으로 고갯짓을 했다. 그녀가 손에 힘을 주어 그의 손을 자신의 가슴으로 끌어당겼다. 그는 깜짝 놀라서 손을 빼려고 했지만, 곧 그녀가 뭘 보여주려고 한 건지 깨달을 수 있었다. 옷 아래, 그녀의 갈비뼈 위에 뭔가가 숨겨져 있

었다. 마치 갑옷 같았지만, 개스코인은 사실 갑옷을 만져본 적이 한 번
도 없었다.

"금이에요. 전부 금. 코르셋 뼈대 위아래랑 안감 속에, 전부 다요."

검은 눈이 그의 얼굴을 애원하는 눈빛으로 바라보았다.

"금이요. 어떻게 이게 여기 있는지는 몰라요. 깨어보니 있었어요. 옷
안에 기워진 채로요."

개스코인은 상황을 이해하느라 인상을 찌푸렸다.

"금으로 보석금을 치르고 싶다는 거요?"

"빼낼 수가 없어요. 여기서는요. 칼이 없으면 안 돼요. 안감 속에 꿰
매어져 있거든요."

그들의 얼굴은 거의 맞닿을 정도였다. 그녀의 숨결에서 자두 향기
같은 아편의 달콤한 뒷맛이 느껴졌다.

"당신 거요?"

그녀의 얼굴에 초조한 표정이 스쳤다.

"뭐가 다르죠? 어쨌든 돈이잖아요. 안 그런가요?"

셰퍼드의 목소리가 한쪽 구석에서 울렸다.

"창녀가 귀찮게 구는 거요, 개스코인 씨?"

"아닙니다."

안나는 개스코인을 놓아주었고, 그는 몸을 펴고 그녀에게서 한 걸음
물러났다. 그가 아무렇지 않은 척, 뭔가 용건이 있는 척하고서 주머니
에서 지갑을 꺼내서는 손으로 무게를 가늠했다.

"웨더렐 양에게 보석금을 내겠다는 맹세 같은 건 받지 않는다고 전
하시오. 지금 당장 돈을 내든지, 아니면 다른 사람이 돈을 구해올 때까
지 여기 있어야 할 거라고 말이오."

셰퍼드가 말했다. 개스코인은 안나를 쳐다보았다. 여자의 청을 들어주거나 코르셋 아래로 느껴지는 단단한 판이 그녀의 주장대로 금이라고 믿어줄 만한 이유는 없었다. 그의 임무를 깜박 잊게 만들려는 그녀의 행동에 관해서 즉시 교도관에게 알리는 것이 마땅했다. 부츠에 갖고 다니는 사냥용 칼로 그녀의 코르셋을 찢어봐야 했다. 그녀의 몸에 정말로 금이 있다면, 그녀의 것이 아닐 게 분명하니까. 안나 웨더렐은 창녀였다. 그리고 길거리에서 아편에 취해 있다가 잡혀왔다. 드레스는 더럽고, 아편 냄새를 풀풀 풍겼으며, 눈 아래엔 자줏빛 그림자가 있었다.

하지만 개스코인은 그녀가 불쌍했다. 그의 마음 깊은 곳에는 기사도 정신이 살아 있었다. 그는 절망적인 상황에 처한 사람들에게 깊은 동정심을 느꼈고, 그녀의 애처로운 애원이 그의 동정심과 호기심을 동시에 자극했다. 개스코인은 정의가 자비와 동의어여야지, 양자택일이어서는 안 된다고 믿었다. 또한 자비로운 행동은 그 어떤 법보다도 우선해야 한다고 믿었다. 갑자기 가련한 마음이 치솟아서 — 그런 감정은 항상 물밀듯 밀려드는 식이었다 — 그는 여자의 애원을 받아들이고 그녀를 보호해주기로 결심했다.

"웨더렐 양, 당신의 보석금은 1파운드 1실링이오."

(그는 교도관이 말하기 전까지 그녀의 이름을 몰랐다.) 개스코인은 왼손에 지갑을 들고 오른손에는 장부를 들고 있었다. 그는 장부를 다른 손으로 바꿔드는 척하며 그것을 방패 삼아 지갑에서 동전 두 개를 꺼내 손바닥에 쥐었다. 그리고 지갑과 장부를 오른손에 바꿔들고서, 왼손 손바닥을 위로 하고 엄지를 손바닥 위로 교차한 채 앞으로 내밀었다.

"당신이 코르셋 안에서 보여준 돈이 그 정도가 될 것 같소?"

그는 멍청이나 어린애에게 말하는 것처럼 크고 분명하게 말했다.

잠깐 동안 그녀는 이해하지 못하는 것 같더니 곧 고개를 끄덕이고 손가락을 코르셋 뼈대 사이로 집어넣고서 빈손을 도로 꺼내 개스코인의 손바닥에 올렸다. 개스코인은 엄지를 들어올린 다음 거기 놓인 동전에 만족한 것처럼 고개를 끄덕이고, 장부에 보석금을 기록했다. 일부러 소리 나게 지갑에 동전을 넣은 뒤에 그는 다음 죄수에게로 넘어갔다.

조지 셰퍼드의 감옥에서는 굉장히 이례적인 일이었지만, 이런 친절은 개스코인에게는 그리 드문 일이 아니었다. 아이들이나 거지, 동물, 평범한 여자들과 잊힌 남자들 같은 하층계급과 우정을 키우는 것은 그의 취미였다. 그의 정중함은 언제나 정중한 태도를 기대하지 않는 사람들에게까지 미쳤다. 직급이 자신보다 낮은 사람과 만나도 그는 절대로 무례하게 행동하지 않았다. 하지만 더 높은 계급에 대해서는 거리를 두었다. 무례한 것은 아니지만, 지루하고 다른 생각을 하는 것 같고 심지어는 별다른 감흥이 없는 것 같은 태도였다. 일부러 그런 것은 아니지만 이런 행동거지는 사람들이 그를 대단히 존경하게 만들었고, 마치 처음부터 그의 자리였던 것처럼 재산 및 토지를 상속받은 부유한 상속자들 사이에서 자리를 잡을 수 있게 했다.

영국인 가정교사에게서 사생아로 태어난 오베르 개스코인은 파리의 집합주택 다락에서 항상 버려진 옷을 주워 입고 석탄통을 나르며 어린 시절을 보냈지만, 훈계와 무시를 적절히 사용하며 점차 계급의 사다리를 올라가서 어느 정도 존경받는 지위에 이르렀다. 그는 자신의 과거에서 도망쳤지만, 딱히 야심만만한 사람이나 굉장히 운 좋은 사람이라고 할 수는 없었다.

성격 면에서 개스코인은 상류층과 하류층이 흥미롭게 섞인 모습을 보여주었다. 그는 몸단장을 할 때와 똑같이 엄격한 훈련을 통해서 자신을 연마했다. 이 말은, 세련되었지만 약간 시대에 뒤떨어진 방식을 따랐다는 의미다. 그는 책을 굉장히 좋아했고, 독학을 통해서만 얻을 수 있는 지식에 열중했다. 하지만 그런 열정은 본질적으로 은밀하면서도 고결하기 때문에 종종 경건함과 냉소로 치우치는 경향이 있었다. 그는 기질적으로 과거를 굉장히 동경했다. 자신의 과거가 아니라 지난 시대를 동경하는 것이었다. 그는 현재에는 냉소적이고, 미래는 두려워했으며, 세상의 부패에 매우 유감을 느꼈다. 전체적으로 그는 편안하지만 분명하게 저물어가는 시대에서 온 굉장히 잘 보존된 나이 든 신사의 정신을 지니고 있었다(하지만 그는 겨우 서른네 살이었다). 그런 시대가 저물어간다는 것을 그 역시 잘 알고 있었고, 이 사실은 그의 기분에 따라 어떨 때는 재미있게 느껴지고 어떨 때는 우울하게 느껴지곤 했다.

개스코인은 굉장히 변덕스러운 편이었다. 안나를 위해서 거짓말을 하게 만들었던 동정심은 창녀가 풀려나자마자 순식간에 사라졌다. 그 기분은 자신의 도움이 결국에는 아무 쓸모가 없었다는 좌절감으로 변했다. 잘못된 사람을 믿었고, 틀렸고, 무엇보다도 이기적인 행동이었다는 생각이 솟구쳤다. 이기적인 행동은 개스코인이 가장 두려워하는 것이었다. 그는 경쟁심이 강한 사람이 자신의 이기적인 목표에 도달하는 것을 방해하는 모든 약점을 경멸하는 것처럼 자신의 이기적인 모든 징조를 혐오했다. 이것은 그가 굉장히 자랑스러워하는 성격이었고, 이런 면을 도덕적으로 고찰하는 것을 즐겼다. 이 모든 것에 대한 부조리함을 더이상 무시할 수 없는 지경이 되면, 그는 굉장히 이기적인 분노 발작을 일으키곤 했다.

안나는 감옥소에서 그를 따라 나왔다. 길거리에서 그는 퉁명스럽게 자신의 집으로 가서 조용히 상황을 설명해달라고 말했다. 그녀는 묵묵히 그의 말을 따랐고, 그들은 빗속을 함께 걸었다. 개스코인은 더이상 안나가 불쌍하지 않았다. 빠르게 타올랐던 그의 동정심은 이제 걱정과 자기 회의에 자리를 내주었다. 그녀는 어쨌든 자살에 실패하지 않았던 가. 그리고 그가 안나의 석방서에 서명할 때 교도소장이 경고했듯이, 좀 미쳤었는지도 모른다.

이제 2주가 지난 지금, 그리디론 호텔에서 그녀에게 팔을 두르고 그녀의 등 아래쪽에 손을 얹은 채, 그녀의 팔은 그의 가슴을 누르고 호흡이 쇄골을 적시는 동안 개스코인의 생각은 다시금 그녀가 두번째로 자살을 시도하려고 했던 게 아닐까 하는 방향으로 흘렀다. 하지만 그녀의 가슴에 박혔어야 할 총알이 어디로 갔단 말인가? 총구를 자기 목에 대고 방아쇠를 당길 때 그녀는 총이 그렇게 기묘한 방식으로 불발될 것을 알고 있었나? 어떻게 그걸 알 수가 있지?

"모든 남자는 자기 창녀가 불행하길 바라요."

안나는 감옥에서 풀려나던 밤에, 그를 따라 그의 집으로 와서 드레스를 식탁 위에 놓고 찢으며 그렇게 말했다. 비가 연신 쏟아지고 파라핀 램프의 불빛이 방구석을 부드럽게 비추고 있었다.

"모든 남자는 자기 창녀가 불행하길 바라요."

그가 그 말에 어떻게 대답했더라? 뭔가 퉁명스럽고 아마 쌀쌀맞은 말이었을 것이다. 그리고 이제 그녀는 자신을 쏘았다. 아니, 쏘려고 했다. 개스코인은 프리처드가 문을 닫고 나서도 한참이나 그녀를 꼭 껴안고 짭짤한 머리카락 향기를 맡았다. 그 향기가 마음에 위안이 되었다. 그는 수년을 바다에서 보냈기 때문이다.

그리고 결혼도 했었다. 아가스 개스코인, 아니 그가 처음 만났을 때에는 아가스 프리듀였고, 요정 같은 얼굴에 재치 있고 장난기 많고 폐

병이 있는 여자였다. 청혼을 할 때 그는 그녀에게 병이 있다는 걸 알았지만 당시에는 별로 중요하지 않은, 극복할 수 있는 일인 것 같았다. 점점 더 병이 심해질 거라기보다는 그녀의 섬세함을 보여주는 증거처럼 느껴졌다. 하지만 그녀의 폐는 낫지 않았다. 그들은 더 온화한 기후를 찾아 남쪽으로 옮겼지만, 그녀는 인도양 어디쯤, 바다 위에서 죽었다. 정확히 어딘지 모른다는 사실이 그에게는 끔찍하게 느껴졌다. 그녀의 몸이 바닷물에 풍덩 하고 빠지며 구부러졌다는 사실도 끔찍했다. 그녀는 기항지에 도착하기 전에 자신이 죽으면 관을 주문하지 말라고, 그 비슷한 것도 하지 말라고 약속을 받았다. 만약 자신이 죽게 되면 선원들이 하는 식으로 이중으로 박음질한 해먹에 싸서 수장을 해달라는 거였다. 해먹은 그녀의 것이었고, 이제 갈색으로 변해가고 있는 선홍색이었다. 그는 무릎을 꿇고 좀 섬뜩하게 느껴지긴 했지만 거기에 키스했다. 그런 후에 계속해서 배를 타고 갔고, 돈이 떨어졌을 때에야 멈추었다.

안나는 아가스보다 더 무겁고, 더 각이 지고, 좀더 실체가 있는 것처럼 느껴졌다. 하지만 죽은 사람 곁에 마음을 둔 사람보다 살아 있는 사람이 언제나 더 실체가 있는 것처럼 느껴지는 법이겠지(라고 그는 생각했다). 그는 그녀의 등을 따라 손으로 쓰다듬었다. 손가락으로 그녀의 코르셋 위를, 끈 구멍의 이중 박음질 자국을, 서로 얽힌 끈을 더듬었다.

감옥소에서 나온 뒤 그들은 치안판사 재판소에 들렀다. 개스코인은 금고에 보석금 지갑을 집어넣고, 보석금 기록을 제출하고, 아침에 일을 시작할 준비를 해두었다. 안나는 그가 이런 일을 하는 것을 인내심 있게, 별다른 호기심 없는 얼굴로 바라보았다. 그녀는 개스코인이 자신에게 엄청난 호의를 베풀었다는 것을 알고, 그 대가로 그의 말을 따르고 조용히 기다리는 데에 만족하는 것 같았다. 습관적으로 그녀는 길거리에서 그의 옆이 아니라 몇 미터 떨어져서 따라왔다. 법률 관계자와 만나도 개스코인이 그녀와 아는 사이라는 걸 인정할 필요가 없도록 그러는 거였다.

개스코인은 집에 도착해서(그는 주택 전체를 혼자 사용했다. 해변에서 몇백 미터 떨어진 곳에 자리한, 떡갈나무로 만들어진 방 하나짜리 작은 집이었지만 말이다) 안나에게 마당에서 불을 지필 통나무를 팰 동안 현관 차양 아래서 잠깐 기다리라고 말했다. 그는 안나의 검은 눈이 자신에게 고정되어 있는 것을 약간 의식하며 통나무를 쪼갰다. 땔감 안쪽까지 비에 젖기 전에 그는 쪼갠 나무들을 품에 안고 서둘러 문가로 걸어왔고, 안나는 그가 들어갈 수 있게 비켜섰다.

"대궐 같진 않을 거요."

그는 바보처럼 말했다. 하지만 호키티카 기준에서는 대궐이나 다름없었다.

안나는 말없이 상인방 아래를 지나 어두컴컴하고 퀴퀴한 오두막 안으로 들어섰다. 개스코인은 땔감을 난로에 내려놓고 도로 가서 문을 닫았다. 파라핀 램프에 불을 붙여 탁자 위에 놓고 쪼그리고 앉아 불을 피웠다. 그러는 내내 안나가 말없이 방 안을 둘러보고 있는 것을 의식했다. 가구는 별로 없었다. 유일하게 좋은 가구라고는 분홍색과 노란색 줄무늬가 있는 두툼한 천을 씌운 윙백 안락의자였다. 이것은 처음 이 집을 사고 스스로에게 준 선물이었고, 자랑스럽게 방 안 한가운데 있었다. 개스코인은 그녀가 어떤 생각을 할까, 그의 인생이라는 이 부족한 별자리에서 어떤 인상을 받을까 궁금했다. 좁은 매트리스 위에는 담요가 세 번 접혀 있었다. 침대 머리판 위쪽에는 못으로 아가스의 작은 초상화를 붙여놓았다. 창틀에는 조개 장식들이 줄줄이 놓여 있고, 레인지 위에는 양철 주전자가 있었으며 그의 성경은 시편과 사도서간을 제외하면 펼쳐본 흔적도 거의 없었다. 격자무늬 비스킷 깡통 안에는 어머니의 편지, 서류들, 펜이 꽂혀 있었다. 침대 옆에는 부러진 초와 심지에 엉겨붙은 밀랍 조각들이 상자에 가득했다.

"집이 참 깨끗하네요."

그게 그녀가 한 말의 전부였다.

"혼자 사니까."

개스코인은 침대 발치의 트렁크를 나무막대로 가리켰다.

"열어보시오."

그녀는 잠금쇠를 풀고 뚜껑을 들어올렸다. 개스코인이 시키는 대로 짙은 색 리넨 천 조각을 들어올리자 그녀의 무릎 위로 아가스의 드레스가 미끄러져 나왔다. 그가 정말이지 싫어했던 레이스 목깃이 달린 검은 드레스였다. ("사람들은 내가 금욕주의자라고 생각할 거예요. 하지만 검정은 소박한 색이에요. 누구나 소박한 드레스를 한 벌은 갖고 있어야 해요." 그녀는 유쾌한 어조로 이렇게 말했었다. 검정은 그녀의 소맷자락에 흩어진 피 얼룩을 감추어주었다. 그는 그것을 알고 있었지만 말은 하지 않았다. 그저 누구나 소박한 드레스를 갖고 있어야 한다고 커다란 목소리로 동의했다.)

"그걸 입으시오."

개스코인은 안나가 무릎 위의 천을 쓰다듬는 것을 보며 말했다. 아가스가 키가 더 작았으니 밑단을 좀 내려야 할 것이다. 그렇게 해도 발목이 7센티미터 정도는 보일 거고, 어쩌면 크리놀린 페티코트의 마지막 테까지 보일 수도 있었다. 끔찍하겠지만, 구걸하는 사람이 고를 수 있는 입장은 아니지. 개스코인은 그렇게 생각했다. 그리고 오늘밤 안나는 구걸자의 입장이었다. 그는 불로 몸을 돌리고 재를 퍼냈다.

그것은 개스코인이 아직까지 갖고 있는 아가스의 유일한 드레스였다. 장뇌향이 나는 삼목 상자에 싸놓았던 다른 드레스들은 증기선이 좌초되었을 때 없어졌다. 침대칸은 처음에는 약탈당했고, 그후 증기선이 옆으로 완전히 넘어지면서 물이 넘치고 파도가 밀려들어왔다. 개스코인에게 드레스가 없어진 것은 차라리 다행이었다. 그에게는 아가스의 초상화가 있었으니까. 그것 말고는 지키고 싶은 게 아무것도 없었다. 그녀의 추억을 기리기는 할 테지만 그는 아직 젊었고 여전히 혈기가 넘쳤다. 그래서 다시 시작할 생각이었다.

안나가 옷을 갈아입었을 무렵 불도 피어올랐다. 개스코인은 곁눈으로 드레스를 쳐다보았다. 죽은 아내가 입었을 때만큼 흉측해 보였다. 안나는 그가 바라보는 것을 알아차렸다.

"이제는 저도 애도를 할 수 있겠네요. 전에는 검은 드레스가 없었거든요."

개스코인은 그녀가 누굴 애도하는 건지, 죽은 지는 얼마나 되었는지 묻지 않았다. 그저 주전자에 물을 채우고 레인지 위에 올려놓았다.

오베르 개스코인은 다른 사람의 이야기와 박자에 맞추기보다는 먼저 대화를 시작하는 것을 더 좋아했다. 누군가와 함께 조용히 있으면서도 만족하긴 하지만, 이야기를 해야 한다는 생각이 들면 가만히 있을 수가 없었다. 안나 웨더렐은 창녀의 직감으로 개스코인의 이런 면을 알아챈 것 같았다. 그에게 이야기를 해보라고 다그치지 않고, 그가 초에 불을 켜고 담뱃갑을 채우고, 진흙 묻은 부츠를 벗고 실내용 신발로 갈아 신는 등 평범한 일을 하는 동안 그를 쳐다보거나 따라다니지도 않았다. 대신에 안감에 금을 넣어놓은 드레스를 집어들고 방을 가로질러

가서 개스코인의 탁자 위에 펼쳐놓았다. 드레스는 무거웠다. 금이 천의 무게에 5파운드(약 3킬로그램)쯤은 더한 것 같다고 안나는 생각했다. 그녀는 그 값어치를 따져보려고 했다. 정부에서는 금을 온스(약 31그램)당 3파운드에 사들였다. 그리고 무게 1파운드는 16온스고, 이것은 최소한 무게가 5파운드는 될 것이다. 그러면 도합 얼마지? 그녀는 머릿속으로 계산을 해보려고 했지만 숫자가 자꾸만 빙빙 돌았다.

개스코인이 밤에 대비해서 불을 지피고 여과기에 찻잎을 떠넣고 물에 담그려고 하는 동안 안나는 드레스를 살폈다. 거기에 금을 숨겨둔 사람이 누구든 간에 실과 바늘을 다뤄본 적이 있는 사람이 분명했다. 여자이거나 선원일 것이다. 그들은 세심하게 바느질을 하니까. 금은 코르셋 뼈대 위아래로 딱 맞추어 주름장식 안쪽에 꿰매여 있었고, 치맛단 주위로 고르게 분포되어 있었다. 크리놀린 페티코트가 바람에 위로 뒤집어지지 않도록 아래쪽에 납추를 넣는 경우가 많기 때문에 아까 전까지는 그 무게를 알아채지 못했다.

개스코인이 그녀의 뒤로 다가와서 사냥용 칼을 꺼내 코르셋을 뜯으려 했다. 하지만 그가 너무 고기 썰듯 칼을 놀리자 안나가 괴로운 신음소리를 냈다.

"제발요. 선생님은 어떻게 하시는지 몰라요. 제가 할게요."

그는 머뭇거리다가 그녀에게 칼을 넘기고 뒤로 물러났다. 안나는 드레스의 틀과 모양을 온전히 보존하고 싶어서 천천히 작업을 했다. 우선 치맛단을 뜯고 주름장식 하나하나를 따라 위로 올라가며 칼끝으로 실밥을 따고 솔기에서 금을 흔들어 꺼냈다. 코르셋에 도착하자 그녀는 각 버팀대 아래쪽에 살짝 칼집을 내고 손가락으로 그 안의 뼈대 사이사이에 판벽 널처럼 들어가 있는 금을 끄집어냈다. 바로 이 울퉁불퉁한 금판이 감옥소에서 개스코인에게 갑옷을 떠올리게 만든 것의 정체였다.

솔기 사이에서 나온 금은 아름답게 반짝였다. 안나는 그것을 탁자 한가운데로 모았다. 금 알갱이들이 통풍구로 날아가지 않도록 조심하면서 금 알갱이 한 줌, 금덩어리 하나씩을 꺼낼 때마다 그녀는 마치 그 빛을 쬐고 싶은 것처럼 금 더미를 양손으로 감쌌다. 개스코인은 그녀를 바라보았다. 그리고 인상을 찌푸렸다.

마침내 그녀가 금을 다 꺼냈고, 드레스는 완전히 비었다.

"여기요."

그녀가 대강 개스코인의 엄지 마지막 관절만한 크기의 금덩어리를 집어서 그가 있는 쪽으로 밀었다.

"1파운드 1실링요. 잊어버리지 않았어요."

"난 이 금에 손대지 않을 거요."

"그리고 애도용 드레스의 가격까지 더했어요. 전 자선은 바라지 않아요."

안나가 얼굴을 붉히며 말했다.

"바라야 할지도."

개스코인이 침대 가장자리에 앉아 가슴주머니에서 담배를 찾았다. 은제 담뱃갑을 열고 담배 한 개비를 꺼낸 다음 신중하게 불을 붙였다. 불이 붙은 다음에, 몇 모금 깊이 빨고 나서, 그제야 그는 그녀를 쳐다보고 말했다.

"누구 밑에서 일을 하지, 웨더렐 양?"

"그러니까…… 누가 여자들을 관리하느냐고요? 매너링이에요."

"난 그 사람을 모르오."

"보면 아실 거예요. 굉장히 뚱뚱하죠. 프린스 오브 웨일스의 소유주

325

고요."

"뚱뚱한 사람이라면 봤지."

개스코인이 담배를 빨아들이고서 물었다.

"그 사람이 공정한 고용주요?"

"성질이 조금 있긴 하지만, 조건은 대체로 공정해요."

"그 사람이 당신에게 아편을 줬소?"

"아뇨."

"당신이 아편을 한다는 건 아나?"

"네."

"누가 당신에게 그걸 팔지?"

"아 숙이에요."

"그게 누구요?"

"그냥 동양인이에요. 모자장수죠. 카니에레에서 아편굴을 운영해요."

"모자를 만드는 중국인이라는 거요?"

"아뇨. 이 동네 은어를 사용한 거예요. 모자장수라는 건 혼자서 금을 파내는 사람을 말해요."

개스코인은 잠시 질문을 멈추고 담배를 피웠다.

"이 모자장수라는 사람, 그 사람이 아편굴을 운영한다는 거지? 카니에레에서."

그가 곧 다시 물었다.

"네."

"그리고 당신은 그 사람에게 가고."

그녀의 눈이 가늘어졌다.

"네."

"혼자서."

그의 말투는 비난조였다.

"대체로는요. 가끔은 여분을 사서 집에 가져오기도 해요."

안나는 가늘어진 눈으로 그를 쳐다보며 대답했다.

"그 사람은 어디서 그걸 구하는 거지? 중국인가?"

그녀는 고개를 흔들었다.

"조 프리처드가 팔아요. 그 사람은 약제사예요. 콜링우드가에 약가게가 있어요."

개스코인이 고개를 끄덕였다.

"프리처드 씨는 나도 알지. 음, 그렇다면 궁금한 게 있는데, 왜 프리처드 씨에게 직접 사지 않고 중국인에게 가는 거요?"

안나가 턱을 살짝 들어올렸다. 아니면 그냥 몸을 떤 건지도 모른다. 개스코인은 확실히 구분할 수가 없었다.

"잘 모르겠어요."

"잘 모른단 말이지."

"네."

"카니에레는 아편 한 모금 빨자고 가기에는 꽤 먼 거리일 텐데."

"아마도요."

"그리고 프리처드 씨의 가게는, 대충 잡아도 그리디론에서 10분 정도 거리고. 좀 빨리 걸으면 그만큼도 안 걸릴 거고."

그녀는 어깨를 으쓱였다.

"왜 카니에레의 차이나타운에 가는 거요, 웨더렐 양?"

개스코인이 날카롭게 물었다. 질문에 대한 대답을 대충 짐작하고 있지만, 그녀가 말하는 걸 듣고 싶었다.

안나의 얼굴이 굳었다.

"제가 거길 좋아하나보죠."

"아. 당신이 거길 좋아하는가보군."

(이런 세상에! 대체 뭐에 쒼 거지? 창녀가 중국인과 거래를 하든 말든 그가 왜 상관한단 말인가? 창녀가 카니에레에 혼자 가든 누구랑 같이 가든 그가 무슨 상관인가? 안나 웨더렐은 창녀였다! 게다가 그날 저녁에 처음 만난 사이고! 당황스러운 기분이 몰려왔다가 순식간에 분노로 변했다. 그는 담배를 피우며 마음을 돌리려고 했다.)

"매너링 말이오. 그 뚱뚱한 남자. 그 사람을 떠날 수 있소?"

연기를 내뿜은 다음 그가 물었다.

"빚을 다 갚으면요."

"얼마나 빚졌소?"

"백 파운드요. 그보다 좀 많을 수도 있고요."

속이 빈 드레스가 늘어진 시체처럼 그들 사이에 놓여 있었다. 개스코인은 반짝이는 금 더미를 쳐다보았다. 안나도 그의 시선을 따라가서 금 더미를 보았다.

"당신은 당연하지만 재판을 받게 될 거요."

개스코인이 금을 쳐다보며 말했다.

"전 그저 길거리에서 취해 있었을 뿐인걸요. 벌금이나 매기겠죠."

"재판을 받게 될 거요. 자살을 시도한 혐의로. 교도관이 확인해줬소."

그녀가 그를 쳐다보았다.

"자살을 시도해요?"

"자살하려고 했던 게 아니오?"

"아니에요! 누가 그러던가요?"

그녀가 벌떡 일어나며 물었다.

"어젯밤에 당신을 데려온 당직 경찰이."

개스코인이 대답했다.

"그건 말도 안 돼요."

"이미 그렇게 기록이 되었을 거요. 어떤 식으로든 변호를 해야 할 걸."

안나는 잠깐 동안 아무 말도 하지 않다가 갑자기 소리쳤다.

"모든 남자가 자기 창녀가 불행하기를 바라요. 모든 남자가!"

개스코인은 연기를 가늘게 뿜어냈다.

"대부분의 창녀들은 실제로 불행하지."

그가 그렇게 말하고 덧붙였다.

"용서하시오. 하지만 난 단순한 사실을 말한 거요."

"저한테 물어보지도 않고 어떻게 자살을 시도했다는 혐의를 씌울 수가 있죠? 어떻게 그럴 수가 있는 거예요? 도대체 그건 어디 있죠? 그, 그……."

"……증거?"

개스코인은 불쌍한 눈으로 그녀를 쳐다보았다. 안나가 죽을 뻔했다는 사실은 그녀의 얼굴과 몸에서 고스란히 드러났다. 피부색은 납빛이고 머리카락은 떡이 진 채 늘어져 있었다. 그녀가 발작적으로 드레스 소매를 손가락으로 잡아당겼다. 개스코인이 바라보는 앞에서 안나는 파도치듯 온몸을 부르르 떨었다.

"교도관은 당신이 미쳤다고 생각하더군."

"전 호키티카에서 지내는 동안 단 한 번도 셰퍼드 교도소장과 이야기를 해본 적이 없어요. 전혀 모르는 사이라고요."

"그 사람이 당신이 최근에 아이를 잃었다고 하더군."

"잃다니!"

안나가 혐오감에 찬 목소리로 말했다.

"잃다니! 참으로 위생적인 말이군요."

"당신이라면 다르게 말할 거요?"

"네."

"당신 아이가 당신을 떠났다?"

안나의 얼굴에 차가운 표정이 스쳤다.

"제 자궁에서 걷어차였죠. 그것도…… 그것도 제 아비에 의해서요! 하지만 셰퍼드 교도소장은 그 이야기는 하지 않았을 테죠."

개스코인은 침묵을 지켰다. 아직 담배를 다 태우지 않았지만 그는 그것을 떨어뜨리고 구두 뒷굽으로 불을 끈 다음 새 담배에 불을 붙였다. 안나가 도로 앉아서 탁자 위에 펼쳐져 있는 드레스 위에 손을 올리고 쓰다듬었다. 개스코인은 서까래를, 안나는 금을 쳐다보았다.

그런 식으로 폭발하는 것은 굉장히 그녀답지 않은 일이었다. 안나는 천성적으로 웅변가 타입이라기보다는 관찰하고 수용하는 타입이고, 거의 자기 속내를 말하지 않았다. 좀 역설적이긴 하지만 직업상 그녀는 아주 정숙해야만 했다. 또한 연민을 발휘하거나 상냥하게 대할 필요가 없는 사람 앞에서도 상냥하게, 연민을 담아 행동해야 했다. 그녀가 일할 때 만나는 남자들은 그녀에게 거의 관심이 없었다. 이야기를 한다면 그건 잃어버린 옛사랑, 버리고 온 부인, 어머니, 누이, 딸, 피보호자 등 다른 여자에 관한 거였다. 그들은 안나를 보며 어느 정도는 이런 여자를 찾는 거였고, 대체로는 그들 자신을 찾는 거였다. 그녀는 빌려온 불빛이자 어둠을 비추는 존재였다. 그녀의 비참함이 그들에게는 굉장히 안심이 되었다.

안나는 금 더미에 있는 금덩어리 하나를 손가락으로 쓰다듬었다. 개스코인이 보석금을 내준 섯에 대해 전통석인 방법으로 감사를 표해야 한다는 건 알고 있었다. 그는 교도관에게 거짓말을 하고, 그녀의 비밀을 지켜주었으며, 그녀를 집까지 데려옴으로서 많은 위험을 감수했다. 개스코인이 뭔가를 기대하고 있는 것은 알 수 있었다. 기묘하게 안절부절못하고 있으니까. 그의 질문은 갑작스럽고 심지어는 무례했고 ― 그가 보상을 바라서 정신이 산란해져 있다는 확실한 징조였다 ― 그녀가 이야기를 할 때면 그녀를 힐끔 노려보다가 마치 그녀의 대답에 굉장히 화가 나는 것처럼 시선을 돌려버렸다. 안나는 금덩어리를 집어 손바닥 위에서 굴렸다. 금속을 용광로에서 녹이다 만 것처럼 표면에 조그만 구멍이 오글오글 뚫려 있었다.

"내가 보기에는 말이지, 누군가가 어젯밤에 당신이 파이프를 피우기를 기다리고 있었던 것 같소. 당신이 의식을 잃을 때까지 기다렸다가 이 금을 당신 드레스에 넣고 꿰맨 거지."

그녀는 인상을 찌푸렸다. 개스코인에게가 아니라 손바닥 위의 금덩어리를 보면서였다.

"왜요?"

"그건 나도 모르겠군. 어젯밤에 누구와 함께 있었소, 웨더렐 양? 그리고 그 사람이 얼마나 지불하려고 했지?"

안나는 그 질문을 무시하고 말했다.

"하지만 말이죠, 그 말은 누군가가 이 드레스를 저한테서 벗겨내 아주 신중하게 이 금을 다 넣고 꿰맨 다음, 금으로 가득한 옷을 도로 입혀서는 저를 길 한가운데 내버렸다는 이야기잖아요?"

"별로 그럴듯하지는 않은 이야기지."

개스코인도 동의하고는 전략을 바꾸었다.

"그러면 이걸 물어보지. 그 옷을 언제부터 갖고 있었소?"

"봄부터요. 탠크레드가의 상인에게서 난파 화물을 샀어요."

안나가 대답했다.

"다른 옷은 몇 벌이나 갖고 있지?"

"다섯…… 아뇨, 네 벌요. 하지만 다른 옷은 매춘용이 아니에요. 이게 제 매춘용 드레스예요. 색깔 때문에 말이죠. 해산용으로 다른 드레스가 있었는데, 망가졌어요. 그러니까, 아기가 죽을 때 말이에요."

잠깐 그들 사이에 침묵이 흘렀다.

개스코인이 잠시 후 말했다.

"전부 다 한꺼번에 꿰매어진 거요? 아니면 기간을 두고 순차적으로 한 건가? 아마 알 도리가 없겠지."

안나는 대답하지 않았다. 곧 개스코인이 시선을 들고 그녀의 눈을 마주보았다.

"어젯밤에 누구와 함께 있었소, 웨더렐 양?"

그가 다시 물었고, 이번에는 안나도 질문을 무시할 수가 없었다.

"스테인스라는 남자와 함께 있었어요."

그녀가 조용히 대답했다.

"난 그 사람을 모르오. 아편굴에서 함께 있었던 거요?"

"아뇨!"

안나는 놀란 것처럼 말했다.

"전 아편굴에 있지 않았어요. 그 사람 집에 있었어요. 그 사람의…… 침대에요. 파이프를 피우려고 밤에 나왔고요. 그게 제가 마지막으로 기억하는 거예요."

"그 사람 집을 나왔다고?"

"네. 그리고 제 물건들을 놔두는 그리디론으로 돌아갔어요. 좀 이상한 밤이었고, 기분도 묘했어요. 그래서 파이프를 피우고 싶었어요. 불을 붙인 건 기억이 나요. 그다음으로 정신을 차려보니 감옥이고, 대낮이었죠."

안나는 몸을 떨고서 갑자기 팔로 몸을 감쌌다. 그녀가 쾌락으로 인한 피로를 느끼는 사람처럼 말한다고 개스코인은 생각했다. 처음으로 사랑을 나눈 후, 닻을 잃고 무시무시한 조류에 휩쓸려 반쯤 익사하고 있는 것 같은 기분을 느끼는 사람 같았다. 하지만 중독은 사랑이 아니었다. 사랑일 수 없다. 개스코인은 그녀의 눈 아래 드리운 자줏빛 그림자, 허약한 팔다리, 말할 때 드러나는 몽롱하고 혼미한 상태를 낭만적으로 눈가림할 수가 없었다. 하지만 그렇다고 해도 아편으로 인한 몰락이 이렇게까지 사랑의 쾌락에 들뜬 모습과 똑같다는 사실이 꽤나 무시무시했다.

"그렇군. 그래서 자는 남자를 두고 나온 거요?"

그가 물었다.

"네. 제가 나갈 때 그 사람은 자고 있었어요, 정말로요."

"그리고 당신은 이 드레스를 입고 있었고."

그는 그들 사이에 있는 오렌지색 넝마를 가리켰다.

"이게 제 작업용 드레스니까요. 언제나 입는 옷이에요."

"언제나?"

"일할 때는요."

안나가 대답했다.

개스코인은 대답하지 않고 눈을 살짝 가늘게 뜨고 입을 꾹 다물었다. 머릿속에 질문이 있는데 품위 있게 물어볼 방법이 없어서 고민하는 표정이었다. 안나는 한숨을 쉬었다. 그녀는 전통적인 방법으로 고마움을 표하지 않기로 결심했다. 보석금은 돈으로 전부 갚을 것이다. 아침에.

"저기, 말씀드린 대로예요. 저흰 잠이 들었고, 전 깨어나서 파이프를 피우고 싶어 그 사람 집을 나가 제 집으로 돌아갔고, 파이프를 피웠고, 거기까지밖에 기억하지 못해요."

"돌아갔을 때 당신 방에서 뭔가 이상한 건 알아채지 못했소? 예를 들어 누가 들어왔었다는 흔적이라든지?"

"아뇨. 문은 언제나와 똑같이 잠겨 있었어요. 제가 열쇠로 열고 들어갔고, 문을 닫았고, 앉아서, 파이프에 불을 붙였어요. 그게 제가 기억하는 마지막 일이에요."

같은 이야기를 되풀이하다보니 피곤했다. 그리고 날이 밝고 에머리 스테인스 역시 그날 밤에 사라져서 그 이래로 아무도 보지 못했다는 사실을 알게 되면서 그녀는 점점 더 지치게 된다. 이야기를 하고 있는 지금 이 순간까지 안나 웨더렐은 계속해서 취조당하고, 심문당하고, 조롱받고, 누구의 신뢰도 얻지 못했다. 이야기를 하도 많이 반복해서 이제는 안나 자신의 귀에도 낯설고 스스로도 의심스러울 지경에 이르렀다.

개스코인은 호키티카에 온 지 얼마 안 됐기 때문에 스테인스를 몰랐지만, 안나를 보고 있으니 갑자기 그 남자에 대해서 강렬한 호기심이 솟구쳤다.

"스테인스 씨가 당신에게 해를 끼치고 싶어 할 수도 있을까?"

"아니에요!"

안나가 즉각 대답했다.

"그 사람을 믿소?"

"네. 마치……."

안나가 조용히 말을 하다가 무엇과 비슷한지는 말을 맺지 않고 입을 다물었다.

"그 사람이 당신 연인이오?"

개스코인이 잠깐 머뭇거리다가 물었다. 안나는 얼굴을 붉혔다.

"그 사람은 호키티카에서 제일가는 부자예요. 아직 그 사람 이름을 들어본 적이 없다면 곧 듣게 되실 거예요. 에머리 스테인스, 그 사람은 이 근방의 거의 모든 걸 소유하고 있어요."

다시금 개스코인의 시선이 탁자 위에서 반짝이는 금 더미로 향했다. 하지만 이번에는 날카로운 눈빛이었다. 호키티카 제일의 부자에게 이 정도는 분명히 사소한 것이리라.

"그 사람이 연인이오, 아니면 고객이오?"

그가 다시 물었다. 안나는 머뭇거렸다.

"고객요."

마침내 그녀가 대답했지만 훨씬 작은 목소리였다. 개스코인은 안나가 방금 그 남자가 사망했다고 말한 것처럼 정중하게 고개를 끄덕였다. 그녀가 다급하게 덧붙였다.

"그 사람은 탐광자예요. 금광으로 돈을 번 거죠. 하지만 저랑 마찬가지로 뉴 사우스 웨일스에서 왔어요. 사실 저희는 처음 여기 올 때 같은 배를 타고 타스만을 건너왔어요. '행운의 바람(Fortunate Wind)' 호요."

"그렇군. 음, 그 사람이 그렇게 부자라면 이 금도 그 사람 걸지 모르겠군."

"아니에요. 그 사람은 그럴 리 없어요."

안나가 경계하는 어조로 말했다.

"뭘 그럴 리 없다는 거요? 당신에게 거짓말할 리가 없다고?"

"그 사람은……."

"당신이 모르게 이 금을 운반하는 운반책으로 이용할 리가 없다?"

"어디로 운반해요? 전 떠나지 않는데요. 전 아무 데도 가지 않는걸요."

개스코인은 잠시 담배를 빨다가 다시 말을 이었다.

"당신은 밤에 그 사람 침대를 떠났잖소. 안 그런가?"

"전 돌아갈 생각이었어요. 자고 가려고요."

"그 사람에게 말도 안 하고 나왔을 테지, 아마도."

"하지만 돌아갈 생각이었다니까요."

"그 사람은 분명히 아침까지 함께 있기로 하고 당신에게 돈을 지불했을 텐데 말이지."

"전 잠깐만 나갔다 올 생각이었다고 말씀드리고 있잖아요."

"하지만 당신은 의식을 잃었지."

"기절한 걸지도 몰라요."

"당신도 그렇게 생각하지 않잖소."

안나는 입술을 깨물었다.

"아, 이건 말이 안 돼요!"

그녀가 잠시 후에 소리쳤다.

"이 금은 말이 되지 않아요. 아편도 말이 되지 않고요. 제가 어쩌다 그런 곳에 있게 된 거죠? 바깥에, 저 혼자, 아라후라까지 절반은 간 곳에 말이에요!"

"아편에 취한 상태에서 일어나는 일 대부분이 아마 말이 되지 않을 거요."

"네. 사실 그렇죠."

그녀가 대답했다.

"하지만 그 점에 대해서는 당신 말을 믿겠소. 난 아편을 건드려본 적
도 없으니까."

주전자가 날카로운 소리를 내기 시작했다. 개스코인은 입가에 담배
를 문 채 천으로 손을 감싸고 주전자를 레인지에서 들어올려 찻잎 위
에 물을 부으며 말했다.

"당신의 동양인은 어떻소? 그 사람이 아편을 건드리지 않았소?"

안나는 피곤한 어린애가 얼굴을 문지르듯이 어설프게 자신의 얼굴
을 문질렀다.

"어젯밤에는 아 숙을 만나지 않았어요. 말씀드렸잖아요. 전 집에서
파이프를 피웠어요."

"그 사람 아편이 가득한 파이프였잖소!"

개스코인이 주전자를 레인지 위의 받침대에 내려놓았다.

"네, 아마도요. 하지만 조지프 프리처드의 아편이라고 해도 될 거예
요."

안나가 말했다. 개스코인은 도로 자리에 앉았다.

"스테인스 씨는 당신이 한밤중에 갑자기 자신의 침대에서 떠나서는
돌아오지 않는 걸 보고 무슨 일인지 궁금했을 거요. 하지만 그 사람은
오늘 당신 보석금을 내러 오지 않았지. 그 사람도, 당신 고용주도 말이
오."

그는 안나를 피로에서 깨우기 위해 일부러 목소리를 높였다. 그러
고는 안나의 받침 접시를 땡그랑 소리가 나게 내려놓고 긁히는 소리를

내며 탁자 맞은편으로 밀었다.

"그건 제 문제예요. 전 가서 사과를 할 생각이에요. 우선은……."

"우선은 이 금 더미를 어떻게 할 건지 결정한 뒤에 말이지. 그래, 당연히 그래야 하고말고."

개스코인이 그녀 대신 말을 끝마쳤다.

개스코인의 기분은 다시금 바뀌었다. 갑자기 굉장히 짜증이 났다. 왜 안나의 드레스에 금이 가득한지, 어쩌다가 그녀가 의식을 잃었는지, 이 두 가지 사건이 어떤 식으로든 연관이 있는지 없는지 그 어떤 것도 명확하게 설명이 되지 않았다. 이걸 이해할 수가 없어서 짜증이 났고, 자신의 불쾌감을 달래기 위해서 조롱조의 태도를 취하게 되었다. 그러면 최소한 자신이 주도하고 있다는 생각이라도 할 수 있으니까.

"이게 얼마치쯤 될까요?"

안나가 다시 금 더미를 쓰다듬으면서 물었다.

"그러니까 대충 추정하자면요. 전 이런 걸 볼 줄 모르거든요."

개스코인은 접시 위에 담배꽁초를 눌렀다.

"내가 보기에 당신이 해야 할 질문은 얼마치가 아니라 누구 거고 왜 여기 있는가 하는 거라오, 아가씨. 그게 누구 금일까? 누구의 광산에서 나온 걸까? 그리고 원래 어디에 있었을까? 이런 것 말이오."

Φ

그 첫날밤에 그들은 금 더미를 숨기기로 합의했다. 누군가가 안나에게 왜 평소 입던 드레스를 훨씬 차분한 이런 걸로 바꿨느냐고 물어보면, 솔직하게 태어나지 못한 아이를 위해 뒤늦게 애도 기간에 들어가고 싶었다고 대답하기로 했다. 옷은 호키티카 곳에 쓸려온 트렁크에서 찾아낸 것이라고 설명하면 될 것이다. 이건 전부 사실이었다. 누군가가 그 오래된 드레스를 좀 보자고 하거나 그걸 어디에 놔뒀느냐고 물어보면 안나는 즉시 개스코인에게 알리기로 했다. 분명히 그 사람은 그녀의 치마 주름 사이에 금이 숨겨져 있다는 걸 아는 사람이고, 그 금이 어디서 나온 건지도 알 테니까. 그리고 만약에 그 금에 목적지가 있다면 그게 어딘지도 알지 모른다.

이렇게 전략을 세운 다음, 개스코인은 격자무늬 비스킷 통을 비우고서 금을 거기 넣고 담요로 통을 싸서 끈으로 묶어놓은 밀가루 포대 안에 통째로 넣었다. 더 많은 걸 알게 될 때까지 포대는 그의 집에, 침대 아래 숨겨두겠다고 개스코인은 말했다. 처음에 안나는 못 미더워했지만, 그는 자신이 갖고 있는 게 가장 안전하다고 그녀를 설득했다. 그를 찾아오는 방문자도 없고, 그의 오두막은 낮에는 잠가두고, 그에게 금더미가 있을 거라고 생각하는 사람은 아무도 없을 것이다. 어쨌든 그는 이 동네에 온 지 얼마 안 된 사람이고 적도, 친구도 없었으니까.

다음 2주 동안은 눈 깜짝할 사이에 지나갔다. 안나는 스테인스의 집으로 돌아갔다가 그가 완전히 사라진 것을 알게 되었다. 며칠 뒤 그녀는 크로스비 웰스가 죽었다는 이야기를 듣고, 그 사건 역시 그녀가 의식을 잃었던 시간에 일어난 것임을 알게 되었다. 그리고 그 직후에 출처를 알 수 없는 엄청난 금이 크로스비 웰스의 집에 숨겨져 있다가 호텔 경영인인 에드거 클린치가 그 집을 통째로 산 후에 발견되었다는 이야기를 들었다. 에드거 클린치는 에머리 스테인스가 소유하고 현재 안나 자신이 머무르고 있는 그리디언 호텔의 경영자였다.

개스코인은 이 사건들에 관해서 안나와 직접 이야기를 나누지는 않왔다. 그녀가 에머리 스테인스에 대한 어떤 이야기도 거부했고, 크로스 비 웰스에 대해서는 그 사람을 모른다는 걸 제외하고는 아무 할 말이 없었기 때문이다. 개스코인은 그녀가 스테인스가 사라진 것을 슬퍼하고 있다는 것을 알았지만, 그가 살았다고 믿는지 죽었다고 믿는지는 가늠할 수가 없었다. 그녀의 감정을 고려해서 개스코인은 절대 그 주제를 꺼내지 않았다. 대신에 다른 이야기를 나누었다. 그리디론 호텔 위층의 높다란 창문을 통해서 안나는 광부들이 빗속에서 레벨가를 따라 오가는 것을 볼 수 있었다. 그녀는 방 안에 틀어박혀 있었고, 아가스 개스코인의 검은 드레스를 매일 입었다. 어떤 남자도 안나의 옷이 바뀐 것에 대해서 물어보지 않았다. 어떤 남자도 그녀의 코르셋에 숨겨져 있다가 이제는 안전하게 개스코인의 침대 아래 보관되어 있는 금에 관해 안다는 암시를 주지도 않았다. 이유가 뭐든 간에 관련된 사람들은 앞으로 나와 자신을 밝힐 마음이 없는 것 같았다.

크로스비 웰스가 묻힌 다음 날, 안나는 개스코인이 예측한 대로 간이법정에서 자살 시도에 대한 재판을 받았다. 그녀는 변호를 거부했고, 결국에 중범죄에 대해 5파운드의 벌금형을 받았다. 그리고 치안판사의 시간을 낭비하게 만들었다고 혹독하게 꾸짖음을 당했다.

Φ

이 모든 것이 그리디론 호텔에 서서 안나 웨더렐을 품에 안고 그녀 등의 코르셋 구멍을 쓰다듬는 동안 개스코인의 머릿속을 스쳐갔다. 이런 식으로 아가스도 안곤 했었다. 정확히 이런 식으로, 한 손은 어깨뼈 아래 대고, 다른 손으로 어깨의 둥근 부분을 감싸고, 아가스는 마치 포옹하는 순간에 팔을 들어 자신을 방어하듯이 그의 가슴에 팔뚝을 댄 자세였다. 지금 그녀가 떠오르다니 참 기묘했다. 어떤 사람은 수천 명의 여자를 알기도 한다. 어떤 사람은 수년 동안 매일 밤 다른 여자를 취하기도 하고. 하지만 시간이 지나면서 새로운 연인은 그저 옛 연인의 기억을 떠올리는 장치에 불과해지고, 사람은 끝없이 비교하고, 영원히 실망하고, 영원히 과거만을 돌아보는 그런 추억의 미로에서 길을 잃고 헤매게 된다.

안나는 여전히 오발의 충격으로 떨고 있었다. 개스코인은 그녀의 호흡이 가라앉을 때까지 기다렸다가 ─ 프리처드의 발소리가 계단으로 사라지고 3, 4분 정도 지나서였다 ─ 그녀의 몸에 힘이 좀 돌아왔다고 느껴지자 마침내 물었다.

"도대체 무슨 생각을 했던 거요?"

하지만 안나는 그에게 기댄 채 고개만 흔들었다.

"공포였소? 가짜 총알이었나?"

그녀는 다시 고개를 흔들었다.

"당신과 그 약제사가, 분명히 두 사람이 뭔가를 고안한 거겠지."

그 말에 그녀가 정신을 차린 것처럼 손바닥으로 그를 밀어내고 혐오감 가득한 목소리로 말했다.

"프리처드하고 말이에요?"

비록 분노 때문이라고는 해도 그녀가 좀 밝아진 것을 보자 개스코인은 기뻤다.

"흠, 그렇다면 그 사람은 당신에게 뭘 원한 거요?"

안나는 그에게 사실대로 말할 뻔했다. 하지만 갑자기 부끄러워졌다. 개스코인은 지난 2주 동안 그녀에게 대단히 상냥했고, 그에게 아편이 어디로 사라졌는지 차마 말할 수가 없었다. 바로 어제 그는 그녀가 아편의 노예 생활을 끝냈다는 사실에 기쁨을 표했었다. 그녀의 용기에 감탄하고, 그녀의 맑은 눈을 칭찬하고, 그녀에 대해 찬탄했던 것이다. 당시에도 그의 착각을 바로잡을 용기가 없었고, 지금도 마찬가지였다.

"조 프리처드는 늙고 외로운 사람이에요. 단지 그뿐이에요."

개스코인은 담뱃갑을 꺼내다가 자신도 떨고 있음을 깨달았다.

"브랜디 남은 거 있소? 괜찮다면 난 잠깐 앉아야겠소. 나도 마음을 진정시켜야 할 것 같군."

그가 빈 권총을 신중하게 안나의 침대 옆 장식 선반에 올려놓았다.

"당신에게 자꾸만 일이 일어나는군. 당신이 설명할 수 없는 일이 말이오. 아무도 설명할 수 없는 것 같은 일이. 난 잘 모르겠어……."

하지만 그는 말을 마치지 않았다. 안나는 찬장으로 가서 브랜디를 꺼냈고, 개스코인은 침대에 앉아서 담배에 불을 붙였다. 그리고 잠시 동안 그들은 접시에 각인되어 장터에서 팔리는 고전 명작 그림 속 인물들처럼 가만히 있었다. 그는 무릎에 팔목을 걸치고, 고개를 수그리고, 손가락 사이에 담배를 낀 채로, 그리고 안나는 허리에 손을 올리고 한쪽 다리에 무게를 실은 채 술을 따르는 모습으로. 하지만 두 사람은 연인이 아니었고, 여기는 그들의 방도 아니었다.

개스코인이 담배를 깊게 빨아들인 다음 눈을 감았다.

그의 기운을 북돋우려는 의미에서 안나가 말했다.

"전 깜짝 선물을 굉장히 기대하고 있어요, 개스코인 씨."

사실 그녀가 조지프 프리처드에게 약속이 있다고 한 건, 여자친구와 모자를 보러 간다고 한 건 거짓말이 아니었다. 개스코인은 의상업계의 여자와 개인적인 면담을 잡아두었다. 사실 그는 자신을 위한 면담 약속을 잡은 거지만, 약속의 세세한 내용이나 여자의 정체는 깜짝 선물로 남겨놓았다. 안나는 한 번도 깜짝 선물을 기대하라는 얘기를 들어본 적이 없어서 흥분하면서도 동시에 겁이 났다. 하지만 이 프랑스 남자의 사려 깊은 행동에 아주 얌전하게 감사의 인사를 했다.

개스코인이 대답하지 않자 안나는 조금 더 그를 채근했다.

"여자분은 아래층에서 기다리고 있는 건가요?"

개스코인은 마침내 자신만의 생각에서 깨어나서는 한숨을 쉬었다.

"아니, 당신을 데리고 그 사람한테 가려고 온 거요. 그 사람은 여행자 호텔의 개인용 응접실에 있소. 하지만 10분쯤은 기다릴 수 있겠지. 이미 10분 기다렸으니까."

그가 한 손으로 얼굴을 문질렀다.

"당신 모자도 좀 기다릴 수 있을 거고."

"뭘 잘 모르겠다는 건가요?"

"음?"

"방금 그랬잖아요. '잘 모르겠어'라고요. 하지만 뭔지 끝까지 마무리는 안 해서 말이죠."

지난 2주 동안 그들은 시련을 같이 겪은 사람들이 그렇듯이 서로를 편안하게 대하게 되었다. 물론 안나는 그를 절대로 오베르가 아니라 언제나 개스코인 씨라고 불렀고, 개스코인도 그녀에게 좀더 격의 없이 부르라고 하지는 않았다. 그는 예의를 차리는 걸 좋아했고, 자신의 성을 들을 때마다 기분이 좋아지는 탓이었다.

"어떻게 그런 일이 일어난 건지 잘 모르겠다는 거였소."

개스코인이 마침내 대답하며 그녀에게서 술잔을 받아들었다. 하지만 마시지는 않았다. 갑자기 굉장히 슬퍼졌다.

오베르 개스코인은 다른 남자들보다 불안감을 훨씬 더 예민하게 느끼는 편이었다. 안나의 권총이 설명할 수 없는 오발을 일으키는 바람에 느끼는 이 기분처럼 불안하고 초조할 때면 그는 충격이나 좌절감, 분노, 슬픔처럼 더 강한 감정을 폭발시키는 경향이 있었다. 그의 불안감을 밖으로 표출하고, 마음속에서 느끼는 압박을 통제하는 방편이 될 만한 감정을 뭐든 붙들었다. 그는 위기 상황에서 강하고 분별력 있다는 평판을 얻고 있었지만─조금 전에 그랬던 것처럼─위기가 가라앉거나 터지고 난 다음에는 쌓인 감정을 터뜨리곤 했다. 창녀와의 포옹을 푼 다음에 시작된 초조한 떨림은 여전히 가라앉지 않았다.

"저 꼭 해야 할 이야기가 있어요."

안나가 말했다.

개스코인이 잔에서 브랜디를 흔들었다.

"얘기하시오."

안나는 찬장으로 돌아가서 자신의 몫의 술을 따랐다.

"방세가 밀렸어요. 석 달치가요. 에드거가 오늘 아침에 퇴거 경고를 했어요."

갑자기 그녀는 말을 멈추고 돌아서서 그를 쳐다보았다. 개스코인은 담배를 빨던 중이었다. 그는 숨을 크게 들이켜고서는 가슴이 부푼 상태로 멈춘 채 손으로 얼마냐는 의미를 전했다.

"일주일에 10실링이에요. 식사 포함이고, 일요일마다 목욕을 할 수 있고요."

안나가 대답했다. (개스코인은 연기를 내뿜었다.)

"석 달이면, 그러니까, 잘 모르겠어요…… 6파운드인 것 같아요."

"석 달이라."

개스코인이 중얼거렸다.

"벌금 때문에 돈을 다 썼어요. 치안판사에게 5파운드를 내야 했거든요. 그건 저한테는 한 달치 벌이였어요. 덕택에 돈이 한 푼도 없어요."

그녀는 기다렸다.

"당신 포주가 방세는 내주는 거 아니오?"

개스코인이 물었다.

"아니에요. 안 내요. 전 에드거에게 곧장 돈을 내요."

"집주인 말이지."

"네. 에드거 클린치요."

"클린치? 그 사람은 크로스비 웰스의 자산을 구입한 사람일 텐데."

개스코인이 고개를 들었다.

"그 사람 오두막을 샀죠."

"하지만 거기서 엄청난 금 더미가 나왔잖소! 그런데 왜 겨우 6파운드에 그렇게 신경을 쓰지?"

안나는 어깨를 으쓱였다.

"그냥 올리겠다고 그러던데요. 당장에요."

"법정에서 어떻게 될지 걱정하는 건지도 모르겠군. 항소가 먹히게 되면 전부 다 내놔야 할까봐 걱정되는 건가?"

"이유는 말하지 않았어요."

안나가 말했다. (그녀는 아직 목요일 오후에 웰스 미망인이 갑자기 도착했다는 이야기를 듣지 못했기 때문에 크로스비 웰스의 자산 매매가 무효가 될 수도 있다는 사실 역시 몰랐다.)

"하지만 이번에는 절 봐주지 않을 거예요. 그러지 않을 거라고 그랬어요."

"어떤 식으로든…… 그를 달랠 수는 없는 거요?"

개스코인이 물었다.

"'어떤 식으로든'이라고 덧붙이실 건 없어요. 전 애도 중이에요. 아이가 죽었고 애도하고 있다고요. 그런 일은 더이상 안 할 거예요."

안나가 도도하게 말했다.

"다른 일자리를 찾을 수도 있잖소."

"그런 건 없어요. 제가 할 줄 아는 건 바느질뿐인데, 이 동네에는 그런 수요가 없어요. 여자가 그 정도로 살지 않으니까요."

"수선 일도 있지. 양말이나 단추 같은 것, 떨어진 목깃이라든지. 광산촌에는 항상 수선할 게 있을 텐데."

"수선 일로는 돈벌이가 안 돼요."

안나가 다시 그를 보았다. 뭔가 기대하는 표정이라고 개스코인은 생각했다. 그리고 그 생각에 불끈 화가 났다. 그는 다시 한 번 담배에 의지했다. 그녀에게 돈이 없는 건 그가 책임질 일이 아니었다. 그녀는 감옥에서 나온 이래 2주 동안 한 번도 길거리로 나가지 않았고, 매춘이 그녀의 수입원이었다. 그러니까 돈이 없는 것이다. 창녀가 애도라니! 아무도 그녀에게 애도하라고 강요하지 않았다. 그녀가 정말 슬픔에 잠겨 있는 것도 아니었다. 아이는 죽은 지가 석 달이나 됐으니까. 드레스가 진짜로 장애가 되는 것도 아니었다. 평소 입던 오렌지색 드레스와 마찬가지로 아가스의 검은 드레스를 입고도 얼마든지 돈벌이를 할 수 있을 테니까. 그녀에게는 호키티카 지역에 단골 고객들이 있었고, 창녀들은 코스트에 그 수가 대단히 적었다. 어쨌든 드레스 색깔 같은 게 뭐가 중요하다고? 어둠 속에서는 아무도 색깔을 구분하지 못할 텐데.

짜증이 이렇게 치솟는 것은 그녀가 자비를 바라기 때문이 아니었다.

개스코인도 가난이 어떤 건지 잘 알았다. 어릴 때부터 그 역시 수차례 빚을 져봤으니까. 안나가 다른 방식으로 그의 도움을 부탁했다면 얼마든지 기꺼이 도와줄 수도 있었다. 하지만 극도로 예민한 사람들이 대부분 그렇듯이 개스코인은 다른 사람의 예민한 성격을 참아주지 못했다. 그는 누가 자신에게 부탁을 할 때에는 솔직하게, 단도직입적으로 말할 것을 바랐다. 특히 짜증이 나 있을 때에는 더더욱 상대가 확실하게 말하기를 바랐다. 안나 웨더렐이 자신이 원하는 것을 얻기 위해서 술수를 부리고 있는 게 빤히 보였고, 그게 술수라는 게 빤히 보이기 때문에 화가 났다. 그리고 안나가 뭘 부탁하는 건지 정확하게 알았기 때문에 더 화가 났다. 그는 연기를 훅 내뱉었다.

"에드거는 항상 저한테 굉장히 친절했어요."

개스코인이 아무 말도 하지 않으려는 게 확실해지자 안나가 말을 이었다.

"하지만 최근에는 꽤 성미가 격해져 있어요. 왜 그런지 모르겠어요. 그에게 애원해봤지만, 아무 소용도 없었어요. 혹시라도 제가……."

"안 돼."

"아주 조금이면 돼요. 그거면 충분해요. 금덩어리 딱 하나요. 골짜기나 아니면 길거리 구석에서 찾았다고 말하면 돼요. 아니면 금광석으로 화대를 받았다고 할 수도 있어요. 광부들은 가끔 그러거든요. 외국인이 줬다고 그럴게요. 전 거짓말을 아주 잘해요."

개스코인이 고개를 흔들었다.

"그 금에는 손대선 안 돼."

"하지만 언제까지요? 도대체 언제까지 안 되는데요?"

"누가 그걸 당신 코르셋에 꿰매놨는지 알아낼 때까지! 그 전에는 절대로 안 돼!"

개스코인이 마침내 화를 냈다.

"하지만 그사이에 제 방세는 어떻게 하고요?"

개스코인이 그녀를 날카롭게 노려보았다.

"안나 웨더렐, 당신은 내 피보호자가 아니오."

그 말에 그녀는 불쾌한 눈빛을 번뜩이며 입을 다물었다. 잠깐 그녀
는 정신을 돌리기 위해서 뭔가 할 일을, 일상적인 일을 찾다가 무릎을
구부리고 프리처드가 바닥에 쏟아버렸던 자신의 잡동사니를 주웠다.
화난 손길로 그것을 주워서는 빈 화장대 서랍에 도로 거칠게 던져넣
었다.

"당신 말이 옳아요. 전 당신 피보호자가 아니죠."

잠시 후에 그녀가 말했다.

"하지만 그 금이 당신 것도 아니잖아요. 당신 마음대로 그렇게 감추
고 통제하고 할 수 있는 게 아니라고요!"

"그 금이 당신 것도 아니잖소, 웨더렐 양."

"제 드레스에 있었어요. 제가 직접 갖고 있었다고요. 위험을 감수한
것도 저고요."

"그걸 쓰면 더 큰 위험을 감수하게 되는 거요."

"그래서 저더러 어쩌라는 거죠? 한번 창녀는 영원한 창녀라는 건가
요? 그게 저한테 남은 유일한 선택지인 것 같은데요!"

그들은 서로를 노려보았다. 당신이 나에게 매춘 일을 해주면 1파운드를
줄 수도 있소. 개스코인은 그렇게 생각했지만 겉으로는 이렇게 말했다.

"얼마나 여유가 있소?"

안나는 리본을 둥글게 뭉치고 나서 대답했다.

"그 말은 안 했어요. 돈을 모아오든지 아니면 나가라고만 했어요."

"내가 그 사람에게 가서 말을 해주길 바라오?"

개스코인이 그녀에게 미끼를 던졌다. 그녀가 원하는 게 그게 아니라는 걸 잘 알고 있었기 때문이다.

"무슨 말을 하시게요?"

안나가 몸을 돌리고 뭉친 리본을 서랍에 던지며 말했다.

"저한테 일주일 더, 아니면 한 달 더, 한 분기 더 여유를 주라고 부탁하려고요? 그런들 뭐가 달라져요? 그래도 어쨌든 간에 그 사람한테 돈을 내야 하는 건데요."

"그게 빚의 속성이라는 거요."

개스코인이 차가운 어조로 말했다.

"당신이 이런 종류의 빚쟁이라는 걸 2주 전에 알았더라면 좋았을 텐데. 그랬으면 당신 도움은 절대로 받지 않았을 거예요."

안나가 비난조로 말했다.

"당신 기억이 좀 잘못된 모양이군. 당신이 도와달라고 했기 때문에 내가 도와준 거라는 걸 상기시켜줘야겠소?"

"이거요? 이 낡아빠진 드레스요? 이걸 '도움'이라고 하는 거예요? 이 드레스 따윈 당장에 돌려주고 차라리 금을 도로 가져오겠어요!"

"난 개인적으로 엄청난 위험을 무릅쓰고 당신을 감옥에서 빼줬소, 안나 웨더렐. 그리고 당신이 모를까봐 하는 말인데, 그 드레스는 내 죽은 아내의 것이었소."

개스코인은 바닥에 담배를 떨어뜨리고 발뒤꿈치로 꽁초의 흔적도 남지 않을 때까지 짓밟았다. 안나가 대답을 하려고 입을 열었지만 그가 먼저 큰 소리로 말했다.

"당신은 내 깜짝 선물을 맞을 만한 온전한 상태가 아닌 것 같군."

"흥, 전 완벽하게 온전하답니다."

개스코인이 좀더 목소리를 높이고서 말했다.

"내가 당신을 위해서 준비한 깜짝 선물은 순수하게 박애와 선의로 마련한 거고……."

"개스코인 씨……."

"……그걸로 당신이 잠깐이나마 즐거운 시간을 보내고 기분이 나아질 거라고 생각했던 거였소. 하지만 숙녀분에게 당신의 기분이 저조해서 오지 못할 거라고 알리도록 하겠소."

개스코인의 얼굴은 대단히 창백했다.

"제 기분은 저조하지 않아요."

"내가 보기엔 그런 것 같군."

개스코인이 잔을 비운 다음 한가운데 여전히 검은 구멍이 뚫려 있는 안나의 베개 옆 탁자 위에 내려놓았다.

"난 이만 가보겠소. 당신 총이 당신이 의도한 대로 발포되지 않아 유감이오. 당신의 생활 방식이 당신이 벌 수 있는 금액을 넘어서는 것도 유감이고. 브랜디 고마웠소."

중천점 / 천저점

C☪

개스코인은 안나의 빚 문제를 제기하고, 에드거 클린치는 그에게 비밀을 털어놓지 않는다.

개스코인이 그리디론 호텔의 로비를 지나가고 있는데 문이 열리고 호텔 경영인인 에드거 클린치가 성큼성큼 들어섰다. 개스코인은 두 남자가 지나치게 가까이 스치지 않도록 걸음을 늦추었다. 하지만 클린치는 이런 머뭇거림을 오해한 모양이었다. 그가 문으로 가는 길 중간에 갑자기 멈춰서 개스코인의 앞을 가로막았다. 그의 뒤로 문이 쿵 닫혔다.

"도움이 필요하신가?"

"아뇨, 괜찮습니다."

개스코인이 정중하게 말했다. 그리고 클린치가 문 앞에서 비켜서서 상대와 어깨를 스치지 않고 나갈 수 있도록 잠깐 동안 기다렸다.

하지만 문이 쾅 닫히는 소리에 사환이 정신을 차린 모양이었다.

"이봐요, 당신!"

그가 계단 아래에 있는 자기 자리에서 나와 개스코인을 향해 소리쳤다.

"그 권총 소리는 도대체 무슨 일이에요? 조 프리처드가 저승사자처럼 계단을 쫓아내려오던데. 마치 유령이라도 본 것처럼."

"실수였소. 그냥 실수지."

개스코인이 무뚝뚝하게 말했다.

"권총 소리?"

에드거 클린치가 문가에서 꼼짝도 하지 않고서 물었다.

클린치는 키가 크고, 마흔세 살에, 모랫빛 머리카락과 상냥하고 순해 보이는 인상을 한 사람이었다. 코 아래 기른 황제수염은 끝에 기름을 발랐고, 머리카락과 달리 은빛으로 변하지 않아 멋진 장식이 되어주었다. 머리 역시 기름을 발라 가운데에서 갈라 넘기고 귓바퀴 높이에서 잘랐다. 뺨은 사과처럼 둥글고, 코는 불그스름하고 뭉툭했다. 눈은 얼굴에 깊게 자리하고 있어서 웃으면 완전히 감기는 것처럼 보였다. 눈가의 주름이 증명하듯이 그는 자주 웃는 편이었다. 하지만 지금 이 순간에는 인상을 찌푸리고 있었다.

"전 여기 책상 앞에 있었습니다. 이 남자는 거기 있었어요. 이 사람이 봤을 겁니다. 고함 소리가 나는 걸 듣고 뛰어올라가더니, 이 남자가 들어가고 나서 총소리가 났어요. 그 뒤에 또 한 번, 두번째로 소리가 났고요. 제가 올라가서 확인을 하려는데, 조 프리처드가 내려와서 저한테 걱정하지 말라고 했습니다요. 창녀가 총을 닦다가 사고로 쏜 거라면서요. 하지만 그 설명은 첫번째 총소리에만 해당되는 거잖아요."

에드거 클린치가 개스코인 쪽으로 눈길을 돌렸다.

"두번째 총소리는 제가 쏜 겁니다."

개스코인은 짜증을 감추지 못하는 어조로 말했다. 그는 자기 뜻에 반해 지체되는 것이 영 못마땅했다.

"첫번째 발포에 문제가 있었다는 걸 확인하기 위해서 제가 시험 삼아 총을 쐈습니다."

"고함 소리는 그럼 뭐였나?"

호텔 경영인이 말했다.

"그 문제는 이제 해결됐습니다."

"조 프리처드, 그자가 그 여자를 때린 건가?"

"여기서 듣기로는 그렇게 들렸습니다요."

사환이 말했다.

개스코인은 사환에게 불쾌하다는 눈길을 던진 다음 다시 클린치를 돌아보았다.

"창녀에게는 어떤 폭력 행위도 일어나지 않았습니다. 완벽하게 안전하고, 상황도 이제는 방금 이야기한 대로 해결되었습니다."

클린치의 눈이 가늘어졌다.

"청소하는 중에 얼마나 많은 총이 오발을 하는지 혹시 아나? 신사가 함께 있는데 총을 청소해야겠다고 생각하는 창녀는 또 얼마나 많이 있으며, 내 호텔에서 그런 일이 얼마나 많이 일어나는지는 아나?"

"그 문제에 대해서 저는 별로 드릴 말씀이 없군요."

개스코인이 말했다.

"있을 것 같은데."

에드거 클린치가 발을 조금 넓게 벌리고서 가슴 위로 팔짱을 꼈다.

개스코인은 한숨을 쉬었다. 그는 호텔 경영인의 이런 완고한 태도를 받아줄 기분이 아니었다.

"무슨 일이 있었던 거지? 안나에게 무슨 문제라도 있었나?"

"그 사람에게 직접 물어보면 우리 둘 모두의 시간을 아낄 수 있을 겁니다. 어렵지도 않잖습니까? 그 사람은 바로 위층에 있으니 말입니다."

"내 호텔에서 바보 취급 당하는 게 마음에 들지 않는군."

"제가 선생을 바보 취급 하고 있는 줄은 몰랐습니다만."

클린치의 콧수염이 위험스럽게 꿈틀거렸다.

"무엇 때문에 다투었지?"

"딱히 다툰 일은 없는 것 같습니다만. 선생은 누구와 다투셨습니까?"

개스코인이 물었다.

"프리처드."

그가 그 이름을 날카롭게 내뱉었다.

"그럼 저한테 이러시면 안 되죠. 프리처드는 저와 아무 관계 없는 사람입니다."

개스코인은 덫에 걸린 기분이었다. 이미 마음을 정한 사람을 설득하려고 해봐야 아무 소용도 없는 법이고, 에드거 클린치는 보아하니 싸움을 하려는 태도였다.

"그건 사실입니다."

사환이 개스코인을 도우려는 듯이 말했다. 그 역시 자신의 고용주가 통제 불가능한 상태라는 걸 알아챈 것 같았다. 클린치의 얼굴은 시뻘겋고, 발에 몸무게를 싣고 흔드는 것처럼 다리가 움찔거렸다. 화가 났다는 분명한 신호였다. 사환은 달래는 어조로 개스코인이 프리처드와 안나의 말다툼을 막으려고 했을 뿐이라고 설명했다. 그는 처음부터 그 자리에 있지 않았다고.

클린치는 지금처럼 싸우려는 자세를 취하고 있어도 그리 위협적인 인물은 아니었다. 그는 무시무시하기보다는 초조해 보였다. 그가 화가 났다는 건 분명해 보이지만, 그게 오히려 그를 더 무력해 보이게 했다.

그는 자신의 감정을 통제하는 것이 아니라 거기 휘둘리는 하인일 뿐이었다. 그를 보며 개스코인은 주먹다짐에 대비하는 투사가 아니라 성질을 부리려는 어린애를 떠올렸다. 물론 자극을 받았을 경우에 어린애 쪽도 위험하기는 매한가지지만 말이다. 클린치는 여전히 문을 막고 있었다. 그가 이성적인 상태가 아니라는 것은 분명했다. 하지만 어쩌면 좀 진정시킬 수 있을지도 모른다.

"프리처드가 선생에게 뭘 했습니까?"

개스코인은 클린치에게 말을 할 기회를 주면 분노가 완전히 타올라서 마침내 진정이 될지도 모른다는 생각에 물었다.

클린치는 목이 졸린 듯한 소리에 불분명한 발음으로 소리쳤다.

"안나에게 한 거지! 안나를 죽일 뻔한 그 약을 먹였잖나! 그걸 팔았고!"

그걸로는 전부 다 설명이 되지 않았다. 뭔가가 더 있을 것이다. 그를 달래기 위해서 개스코인이 가볍게 말했다.

"그렇죠. 하지만 누군가가 취했다고 선생은 술집을 비난하시겠습니까?"

클린치는 이 수사학적인 말을 무시했다.

"조지프 **프리처드**, 그자는 어린애에게 젖을 먹이는 것처럼 안나에게 그 약을 먹일 거야. 그자는 그런 짓을 할 거라고. 자네도 나한테 동의해야 하네, 개스코인 씨."

"아, 절 아시는군요!"

개스코인이 안도한 어조로 말하고서는 덧붙였다.

"제가 동의해야 합니까?"

"어제 자 『타임스』에 실린 자네의 사설을 봤지. 정말이지 훌륭한 주장이었다네. 정말로 끝내줬지."

클린치가 말했다. (청찬을 하면서 그의 마음이 조금 진정되는 것 같았지만, 곧 얼굴이 다시 어두워졌다.)

"그자도 그걸 읽어봤어야 해. 자네는 그자가 그걸 어디서 얻었는지 아나? 그 더러운 쓰레기를? 아편 덩어리를? 자네 아나? 바로 프랜시스 카버한테서 얻은 거야!"

개스코인은 어깨를 으쓱였다. 그는 그 사람이 누군지 전혀 몰랐다.

"망할 놈의 프랜시스 카버 말이야. 안나를 차고, 말 그대로 발로 걷어차고, 때린 놈! 자기 아이였으면서! 그 여자 뱃속에 있었던 건 그놈의 애였어! 제 자식을 죽였다고!"

클린치는 거의 고함을 지르다시피 했고, 개스코인도 갑자기 굉장히 흥미가 동했다.

"방금 뭐라고 하셨죠?"

그가 앞으로 다가섰다. 안나는 그에게 태어나지 못한 아이가 제 아비에게 죽었다고 말했다. 그리고 이제는 바로 그 남자가 그녀를 거의 죽일 뻔했던 아편과 관련이 있는 것 같았다!

하지만 클린치는 자신의 사환 쪽으로 돌아섰다.

"너! 프리처드가 다시 들렀을 때 내가 없으면 네가 그자를 쫓아내야 할 거다. 내 말 알겠지?"

그는 굉장히 화가 나 있었다.

"프랜시스 카버가 누굽니까?"

개스코인이 물었다.

클린치가 기침을 하고 바닥에 침을 퉤 뱉었다.

"더러운 악당 놈이지. 살인자에 악당이야. 조 프리처드가 그냥 신에게 버림받은 불쌍한 놈이라면 카버는, 그놈은 악마 그 자체야. 그놈이 바로 악마라고."

"두 사람이 친구입니까?"

"친구는 아니야. 친구는 아니지."

그가 사환을 향해 손가락을 흔들었다.

"내 말 들었지? 조 프리처드가 이 계단에 한 발이라도 올리면, 제일 아래 계단에라도 발을 들이면 당장에 쫓아내라고!"

호텔 경영인은 더이상 개스코인을 위협으로 여기지 않는 것 같았다. 문가에서 나와 머리에서 모자를 홱 잡아챘으니까. 이제는 얼마든지 나갈 수 있었다. 하지만 개스코인은 움직이지 않았다. 대신에 클린치가 더 설명을 해주기를 기다렸다. 호텔 경영인은 손바닥으로 머리카락을 쓸어 넘기고 모자를 모자걸이에 걸고 나서야 다시 말을 이었다.

"프랜시스 카버는 마약 거래상이지. 갓스피드 호가 그놈의 배야. 아마도 정박되어 있는 걸 자네도 봤을 걸세. 돛 세 개짜리 바크선이지."

"그 사람이 프리처드와 무슨 관계가 있죠?"

"당연히 아편이지!"

에드거 클린치가 조급하게 말했다. 그는 질문을 받는 걸 그리 좋아하지 않는 모양이었다. 다시금 개스코인을 보고 인상을 찌푸렸고, 온몸에서 새롭게 의심하는 기색이 펑펑 솟았다.

"자네는 안나의 방에서 뭘 하고 있었지?"

개스코인은 예의 바르면서도 조금 놀란 듯이 말했다.

"안나 웨더렐을 클린치 씨가 고용하고 있는 줄은 몰랐습니다."

"내가 보살피고 있지."

클린치가 두번째로 머리를 쓸어 넘기면서 말했다.

"안나는 여기서 머무르고 있어. 계약의 일부지. 그러니까 내 건물에서 일어나는 일이고, 특히 권총이 관련되었다면 그녀가 뭘 하고 있었던 건지 알 권리가 있어. 넌 가도 좋아. 10분 주겠어."

마지막 말은 사환에게 한 것이었다. 사환은 점심을 먹으러 황급히 식당으로 달려갔다.

개스코인이 옷깃을 손으로 쓸면서 말했다.

"여기 살면서 선생이 보살펴주고 계시니 안나 웨더렐은 아주 운이 좋은 여자라고 생각하시겠군요."

"아니, 틀렸네. 난 그렇게 생각하지 않아."

개스코인은 놀라서 머뭇거리다가 신중하게 말했다.

"안나 웨더렐 같은 여자들을 많이 보살피십니까?"

"지금은 셋뿐이야. 딕, 그 친구가 보살피고 있지. 그 친구는 최고만을 취급해. 절대 기준을 낮추지 않아. 언제나 유지하지. 1실링짜리 창녀를 원한다면 클랩 뒷골목으로 가봐. 그러면 찾을 수 있을 거야. 딕에게는 그런 푼돈을 들고서는 못 가지. 파운드가 아니면 절대 상대도 해주지 않아. 그 친구가 자네를 안나에게 보냈나?"

딕이라는 것은 안나 웨더렐의 고용주인 딕 매너링일 것이다. 개스코인은 대답 대신 대충 얼버무리는 소리를 냈다. 그와 안나가 어떻게 만나게 되었는지 자세히 설명하고 싶지는 않았다.

"음, 다른 아이들을 건드려보고 싶거든 그 친구에게 가야 할 거야. 케이트는 통통한 애지. 살은 고수머리고, 리지는 주근깨가 있는 애야. 나한테는 물어봐야 소용없어. 난 예약이고 뭐고 전혀 안 하니까. 그 애들은 그냥 여기서 자는 거야."

그는 자신의 단어가 다른 사람들에게는 엉뚱한 생각을 심어줄 수 있다는 것을 깨닫고서 황급히 덧붙였다.

"잠만 잔다는 거지. 내 말 알겠나? 난 이중적인 의미로 말하는 게 아니야. 난 매춘 영업은 안 해. 그랬다간 허가증을 잃을 거라고. 밤새 애들을 데리고 있고 싶으면 직접 하라고. 자네 집에서 말이야."

"여긴 굉장히 훌륭한 건물입니다."

개스코인이 손을 흔들면서 정중하게 말했다.

"내 게 아니야. 난 빌렸을 뿐일세. 이 길거리에 있는 거 전부, 웰드가에서 스태포드가까지 전부 다 세를 놓고 있는 거지. 여긴 스테인스라는 친구 거야."

클린치가 비웃는 표정으로 말했다. 개스코인은 깜짝 놀랐다.

"에머리 스테인스 말입니까?"

"우습지 않나? 내 나이의 절반밖에 안 되는 친구에게서 호텔을 빌리다니. 하지만 이게 현대적인 방식이지. 우리 모두, 자기 힘으로 상황을 바꿔놓을 수 있는 거야."

개스코인이 보기에 클린치의 말투에는 뭔가 억지스러운 데가 있었다. 남의 말을 빌려와서 부자연스럽게 읊고 있는 것 같은 그런 말투였다. 그의 말투는 방어적이고 심지어는 초조하게 들렸고, 개스코인의 어설픈 의견에 대항해 자신을 변명하는 것 같았다. 하지만 별로 성공적이지는 않았다. 저 사람은 날 믿지 않는군, 개스코인은 그렇게 생각하다가 어깨를 으쓱였다. 뭐, 나도 저 사람을 믿지 않으니까.

"스테인스 씨가 돌아오지 않으면 이 호텔은 어떻게 되는 겁니까?"

그가 목소리를 내어 물었다.

"난 계속 머무를 거야. 어쩌면 내가 여길 살 수도 있겠지."

그가 책상 아래서 서랍을 더듬다가 말했다.

"이보게, 다시 물어서 자네가 좀 지겨울지 모르겠지만 말이야, 안나의 방에서 뭘 하고 있었던 거지?"

그는 거의 애원하는 얼굴이었다.

"돈에 관해서 이야기를 좀 나누었습니다. 안나는 돈이 한 푼도 없습니다. 선생은 이미 알고 계시겠죠."

"돈이 없다고! 그럴 리가 있나! 감춰둔 돈이 충분히 있을 거라고."

클린치가 코웃음을 쳤다.

이건 혹시 안나의 드레스에 꿰매어져 있던 금에 관한 은근한 암시일까? 아니면 그저 안나 웨더렐의 직업에 대해서 노골적으로 언급하는 걸까? 개스코인은 갑자기 신경이 곤두섰다.

"제가 왜 안나의 말보다 선생 말을 믿어야 합니까? 그녀 스스로 한 푼도 없다고 말했는데 말입니다. 하지만 선생은 그녀에게 6파운드나 되는 돈을 당장에 내놓으라고 해도 된다고 생각하셨더군요!"

클린치의 눈이 커졌다. 그러니까 안나가 빚진 방세 이야기를 개스코인에게 한 모양이었다. 클린치에 관해서, 아마 저 프랑스 남자의 호전적인 말투로 보아 영 안 좋게 불평을 늘어놓은 거겠지. 그 생각만으로도 마음이 아팠다. 클린치는 안나가 다른 남자들에게 자신에 관한 이야기를 한다는 게 마음에 들지 않았다. 그가 조용히 대답했다.

"그건 자네가 상관할 일이 아닐세."

"그렇지 않습니다. 안나가 그 일에 저를 끌어들였으니까요. 저에게 애원을 하더군요."

"뭐? 대체 왜?"

"아마도 저를 믿기 때문이 아닐까 싶습니다."

개스코인이 약간 냉혹한 어조로 말했다.

"내 말은, 자네에게 애원을 해서 무슨 소용이 있다고?"

"제가 도와주기를 바란 거겠죠."

"하지만 왜 자네지?"

클린치가 다시 물었다.

"그게 무슨 뜻입니까? 왜 저냐뇨?"

클린치는 거의 고함을 질러댔다.

"도대체 왜 안나가 자네한테 그런 부탁을 했느냐는 거야!"

개스코인의 눈이 번뜩였다.

"선생이 우리 두 사람 사이의 관계가 정확히 어떤 건지 묻고 계신 것 같군요."

"그런 건 물어볼 필요도 없어. 대답을 뻔히 아니까 말이야!"

클린치가 거친 웃음을 터뜨리면서 말했다. 개스코인은 분노가 치솟는 것을 느꼈다.

"당신은 정말이지 뻔뻔한 사람이군요, 클린치 씨."

"뻔뻔하다고! 누가 뻔뻔한데? 그 창녀는 지금 애도 중이야. 그건 자네라도 부인하지 못하겠지!"

"애도 중이기 때문에 지금 세를 지불하지 못하는 겁니다. 그런데도 계속 그녀를 학대하고 있지 않습니까."

"학대라고!"

"안나가 댁을 굉장히 두려워하는 것 같더군요."

개스코인이 차갑게 말했다. 물론 그것은 사실이 아니었다.

"안나는 날 두려워하지 않아."

클린치는 충격받은 얼굴로 말했다.

"선생한테 6파운드가 뭐 그렇게 중요합니까? 안나가 내일 돈을 내든

내년에 내든 뭐가 중요합니까? 선생은 얼마 전에 귀향금을 찾지 않았습니까. 은행에 수천 파운드가 들어 있는데 지금 여기서 런던 빈민가의 사채업자처럼 창녀의 방세를 갖고 왈가왈부하는 겁니까?"

클린치가 벌컥 화를 냈다.

"빚은 빚이야."

"허튼소립니다. 원한을 품은 쪽에 더 가깝겠죠."

"그게 도대체 무슨 뜻으로 하는 소리지?"

"아직은 저도 모르겠습니다. 하지만 안나를 위해서 생각을 해볼 참입니다. 무슨 원한인지 제가 찾아낼 겁니다."

클린치의 얼굴이 다시 시뻘게졌다.

"나한테 감히 그런 식으로 말하다니. 그것도 내 호텔에서! 감히!"

"댁이 무슨 그 여자의 보호자라도 되는 줄 압니까! 오늘 오후에 안나가 위험했을 때 댁은 어디 있었습니까?"

개스코인은 점차 무모해지는 기분이었다.

"그리고 안나가 크라이스트처치로 한가운데서 거의 죽어가는 상태로 발견되었을 때는 어디 있었죠?"

하지만 이 비난에 클린치는 전에도 당해봤던 것처럼 조금도 위축되지 않았다. 대신에 더욱 냉정해진 얼굴로 턱에 힘을 주고 개스코인을 쳐다보았다.

"나한테 안나를 어떻게 다루라고 훈계하지 말게. 자넨 그 여자가 나한테 어떤 존재인지 몰라. 난 그런 훈계 따윈 듣지 않을 걸세."

두 남자는 구덩이 안의 투견 두 마리처럼 서로를 응시했다. 그리고 각각 상대를 인정한다는 표정을 짓고, 자신이 딱 맞는 라이벌을 만났다는 사실을 암묵적으로 받아들였다. 개스코인과 클린치는 성격 면에서 그렇게 다르지 않았고, 심지어는 서로의 차이까지도 어느 정도 조화를 이루었다. 개스코인이 더 맑고 분명하고 높은 톤의 목소리를 낸다면, 클린치는 낮게 울리는 베이스 톤인 것처럼 말이다.

에드거 클린치는 약간 순환적인 성격의 소유자였다. 그는 배려가 넘치면서도 자기 회의에 빠지는 성격이었다. 이 두 성격이 서로 상반되기 때문에 그는 끊임없이 초조한 상태가 되곤 했다. 그는 사랑하는 사람들에게는 모든 보살핌을 아끼지 않았다. 하지만 그 대가를 요구하는 것은 부끄러웠다. 자신의 행동이 갖는 뉘앙스에 예민했고, 그 행동이 가치가 있는지 의심스러웠기 때문이다. 그 결과 그는 요구는 하지 않고 보살핌만 더욱 쏟게 되었고, 그 바람에 인정을 받고 싶은 욕구가 더 강해지기만 했다. 이런 식으로 여자들이 달의 주기에 따라 끊임없이 기분이 오락가락하는 것처럼, 그 역시 계속해서 태도가 오락가락하곤 했다.

그와 안나 웨더렐의 관계는 이런 식으로 시작되었다. 안나가 처음 더니든에 도착했을 때, 클린치는 완전히 사로잡혔다. 안나는 그가 본 여자들 중에서 가장 심각하고 드문 곤란을 겪는 사람이었고, 그는 그녀가 사랑받을 때까지 절대로 멈추지 않겠다고 맹세했다. 그는 제일 좋은 방을 그녀에게 주었고, 할 수 있는 모든 방법으로 그녀를 보살펴주었다. 하지만 그의 노력을 그녀가 알아주지 않자 굉장히 상처를 받았다. 그리고 그녀가 그의 상처 역시 알아채지 못하자 화가 나기 시작했다. 그의 분노는 별로 오래가지 않았고, 그의 에너지를 북돋우지도 못했다. 어떤 남자들은 분노에서 힘을 얻기도 했지만, 그는 아니었다. 대신 분노는 그를 힘 빠지게 만들고 더 텅 빈 기분만 느끼게 했다. 그 결과 더더욱 누군가에게 사랑을 쏟고 싶어졌다.

안나는 처음 호키티카에 도착했을 때 아이를 가진 채였다. 아직 배가 나오지도 않았고, 몸매가 변하지도 않아서 상태가 드러나지는 않았지만 말이다. 바크선 갓스피드 호가 앞바다로 몇백 미터쯤 떨어진 곳에 닻을 내리고 거룻배가 안나를 깁슨 부두로 실어나를 때 클린치는 바로 그 부두에 있다가 그녀를 만났다. 날씨는 맑고 화창하고 추웠다. 강어귀는 눈부시게 반짝였고, 허공에서는 새들이 지저귀었다. 지금도 클린치는 그날의 모든 것을 세세하게 떠올릴 수 있었다. 안나가 쓴 보닛의 넓은 챙, 바람에 하늘거리던 리본의 끝부분이 눈앞에 선하고, 발목 높이의 부츠와 단추 달린 장갑, 손가방도 떠올릴 수 있었다. 보랏빛이 돌던 드레스도 선명하게 기억이 났다. 나중에야 알았지만 그것은 극장 소유주 딕 매너링이 안나가 자기 드레스를 살 돈을 벌 때까지 일일 대여료를 받으며 빌려준 것이었다. 그 화려한 색깔은 그녀에게 어울리지 않았다. 그녀의 피부색을 창백하게 만들고 눈에서 생기를 앗아갔다. 에드거 클린치는 그녀가 화사하다고 생각했다. 활짝 웃으며 그는 그녀의 가는 손을 자신의 두 손으로 잡고 격렬하게 흔들었다. 호키티카에 잘 왔다고 말하며 팔을 내밀고 잠시 걷자고 말했고, 그녀는 받아들였다. 짐꾼들에게 그녀의 트렁크를 그리디론 호텔로 싣고 가라고 지시한 다음 클린치는 가슴을 내밀고 여왕을 호위하는 대공처럼 안나 웨더렐과 함께 레벨가를 걸었다.

당시에 에드거 클린치는 호키티카에 온 지 채 한 달도 되지 않았다. 딕 매너링의 이름을 들어보긴 했지만 어떤 사람인지는 몰랐다. 그는 그날 오후에 동네의 거물이나 창녀와 어떤 사전 협약도 없이 안나의 배를 맞이했던 거였다. (매너링은 더니든에서 일이 지체되어 그다음 주까지 호키티카에 오지 못했다. 어쨌든 그는 범선보다는 증기선을 타는 것을 선호했다.) 날씨가 좋은 날이면 클린치는 종종 곳에 서서 모래사장에 내리는 광부들을 환영했다. 그들과 악수를 나누고, 미소를 지으며 남자들에게 그리디론 호텔에 여장을 풀라고 말하곤 했다. 지금 호텔에 묵는다면 굉장히 할인된 가격으로 해주겠다고 말하면서, 이 제안은 딱 30분만 유효하다고 덧붙였다.

깁슨 부두에서 내려오는 짧은 산책 동안 클린치는 안나의 손이 그의 팔꿈치를 잡는 그 섬세한 손길을 예민하게 의식했다. 그리디론 호텔의 정문에 도착할 무렵 그는 완전히 그 느낌에 사로잡혀 있었다. 그는 젊은 여인에게 식당에서 점심을 대접하겠다고 거의 애걸했다. 그녀가 받아들이자 그는 갑자기 미안한 기분이 솟구쳐서 결국에 가장 크고 가장 좋은 방을 내주고 말았다.

안나는 방값을 딕 매너링에게서 받은 약속어음으로 지불했고, 클린치는 갑자기 관대해져서 아무 의심 없이 그것을 받았다. 그녀가 오래된 직업군의 일원이라는 사실을 깨달을 무렵 그의 애정은 이미 돌이킬 수 없을 정도로 확고하게 자란 상태였다. 일주일 뒤 매너링이 호키티카에 도착해서 클린치에게 안나의 고용주라고 인사를 하고는 일주일의 방세에 더해 지내는 동안 보호와 신중한 감시를 받고, 하루 두 끼의 식사, 매주 한 번씩의 목욕을 제공받는 대가로 창녀가 얼마나 내야 할지 협상을 하려 했다. 목욕은 굉장히 비싼 사치고 (매너링이 몰래 설명한 바에 따르면) 창녀가 마을에서 자리를 잡는 대로 중단할 수 있었다. 하지만 고용되고 처음 몇 주 동안은 여자의 기분을 맞춰주고 취향을 충족시켜주어야 할 필요가 있다는 것이었다.

클린치는 대단히 귀찮은 일임에도 매주 일요일마다 구리 욕조를 기꺼이 쓰게 해주었다. 그는 안나가 젖은 머리에 깨끗한 모습으로 계단참을 지나가는 모습을 보는 게 좋았다. 일요일 저녁에 식당에서 그녀를 스쳐갈 때 그녀에게서 풍기는 비누 냄새를 맡는 것도 좋았다. 먼지로 부예진 다 쓴 목욕물을 길 가장자리에 있는 수로 쪽으로 버리고 희끄무레한 물이 사라지는 것을 보면서 안나가 위층 창문으로 자신을 내려다보기를 바랐다.

클린치가 느끼는 사랑은 언제나 모성애 같은 것이었다. 사람은 천성적으로 자신이 가장 받고 싶은 것을 보여주려고 하게 마련이고, 에드거 클린치가 가장 바라는 것은 어머니였기 때문이다. 그의 어머니는 출산 중에 죽었고, 그 이래로 그의 마음속에서 빛나는 미덕의 상징 같은 존재로, 안개 낀 밤에 창문으로 내다보는 것처럼 흐릿한 얼굴을 지닌 여신 같은 존재로 자리했다. 하지만 그가 사랑이라는 이름으로 쏟는 노력에는 좋은 결과가 나오기 어려운 구석이 있었다. 사랑의 대상이 클린치 자신은 갖지 못한 섬세한 직관을 갖고 있어야만 하기 때문이었다. 에드거 클린치는 가망 없을 만큼 낭만적이었지만, 일반적인 관점에서는 아무도 알아줄 수가 없었다. 그가 매일같이 노력하고 있음에도 불구하고 안나 웨더렐은 이 호텔 경영인이 외롭고 절망적인 온 마음을 다 담아서 자신을 사랑한다는 것을 전혀 알지 못했다. 그에게 예의 바르게 행동하고 방도 깨끗하게 정리해두었지만, 그녀는 절대로 그와 함께 시간을 보내지 않았고 그들의 대화도 굉장히 사소한 내용으로 한정했다. 말할 것도 없이 그녀의 무심한 행동은 이 남자의 집착에 기름을 부을 뿐이었다. 기름을 철철 부어서 불길은 더 오래, 더욱 뜨겁게 타올랐다. 매너링이 한 달 후에 안나의 사치스러운 주간 목욕이 더이상 필요하지 않다고 말했을 때, 클린치는 안나의 월세 명세서에서 그냥 그 이름만 빼버렸다. 그리고 매주 일요일마다 이전처럼 구리 욕조를 설치하고, 리넨을 깔고, 물을 채웠다.

처음 몇 달 동안 어떤 것도 안나에 대한 클린치의 애정을 무너뜨릴 수 없을 것만 같았다. 그는 안나가 직업 때문에 종종 해를 입을 수도 있다는 사실에 괴로워하긴 했지만, 그런 직업을 가졌다고 혐오하지는 않았다. 그녀가 아편중독자이고 거의 매일 아편을 피운다는 것을 알았을 때에도 역시나 질색하기보다는 슬퍼하고 그녀가 다칠까봐 걱정할 뿐이었다(그는 아편이 굉장히 유행이고, 그 자신도 잠이 오지 않을 때면 아편 팅크를 사용한다는 사실로 합리화했다. 팅크로 만든 아편이나 연기로 피우는 아편이나 다를 게 뭐 있단 말인가?). 안나의 인생에서 비참한 부분은 클린치를 그녀로부터 멀어지게 만드는 것이 아니라 그저 그를 슬프게 할 뿐이었고, 그 결과 그는 더더욱 그녀가 행복해지기를 바랐다.

하지만 안나가 다른 남자의 아이를 가졌다는 사실이 명백해지자 클린치의 슬픔은 얼마간 놀람으로 바뀌었다. 그는 이제 자신의 감정을 그녀에게 알려야 하지 않을까 생각하게 되었다. 어쩌면 청혼을 해야 할지도 모른다. 아기가 태어나면 자신의 아이로 입양하고 보살펴줄 수 있을지도 몰랐다. 어쩌면 그들이 정말 가족이 될 수도 있을 것이다.

한겨울의 어느 날 오후에 클린치가 이 생각을 곱씹고 있는데 호텔 베란다 쪽에서 쿵 소리와 낮은 비명 소리가 들렸다. 그는 새시 창을 열고(그는 위층 방들에 불을 때고 있었다) 안나가 현관으로 이어지는 낮은 계단에서 쓰러지는 것을 보았다. 그가 보는 동안 그녀가 한 팔을 천천히 들어올려 난간을 더듬더듬 찾았다.

클린치는 계단을 내려가 로비를 가로질러 그녀를 위해 문을 열었다. 안나는 막 몸을 일으키고 베란다를 가로지르고 있었다. 클린치가 나오자 손잡이를 잡으려고 손을 내밀던 그녀가 그에게로 쓰러졌고, 넘어지지 않으려고 손을 올려 무거운 팔로 그의 목을 감았다. 그녀가 그의 목깃으로 고개를 돌리자 코와 입술이 그의 목덜미에 닿았다. 그녀는 그에게로 축 늘어진 것 같았다. 클린치는 놀라서 뭐라고 웅얼거리다가 꼼짝도 않고 그대로 서 있었다. 뭔가 말을 하면, 너무 빨리 움직이기라도 하면 이 순간이 깨지고 안나가 도망칠 거라는 느낌이 들었다. 그는 그녀의 어깨 너머를 보았다. 햇살이 흐리지만 맑은 일요일 오후였고, 길거리는 조용했다. 아무도 그들을 볼 수 없었고, 아무도 보지 않았다. 클린치는 손으로 안나의 허리를 감싸고는 숨을 들이켜고, 다시 한 번 들이켰다. 그런 다음 재빠른 동작으로 안나를 껴안아 들어올리고서 그녀의 뺨에 입술을 눌렀다. 그는 한참이나 그렇게 그녀의 턱에 입술을 누르고 서 있었다. 그러다가 그녀를 좀더 높이 들어올리고 로비로 들어와서 발로 문을 닫고 자물쇠를 돌린 다음, 위층으로 올라갔다.

안나의 욕조가 계단참 맞은편 방에 준비되어 있었다. 벽난로 옆쪽 선반에는 물이 든 철제 양동이가 식지 않게 뚜껑이 덮인 채 놓여 있었다. 클린치는 여전히 안나를 품에 안은 채 욕조 옆 소파에 앉았다. 심장이 빠르게 쿵쿵 뛰었다. 그는 몸을 조금 뒤로 빼고 그녀를 보았다. 눈은 감겼고 팔다리는 축 늘어져 있었다.

안나가 딕 매너링에게 보라색 드레스를 돌려주고 자신에게 더 어울리는 다른 드레스를 여러 벌 산 지도 몇 달이 지났다. 하지만 오늘은 습관적으로 그녀의 직업을 광고하는 버슬 장식의 오렌지색 드레스를 입고 있지 않았다. 호키티카의 창녀들은 일을 할 때면 밝은색 옷을 입었고, 아닐 때에는 차분한 색의 옷을 입었다. 오늘 그녀는 크림색 옥양목 드레스 차림이었다. 상체는 승마용 재킷 같은 스타일로 목까지 단추를 채우고 있었다. 어깨에는 파란색 삼각형 숄을 둘렀다. 이런 차림새와 그녀가 아편의 영향으로 인사불성이라는 점을 고려하면 차이나타운에 다녀왔다는 결론이 나왔다. 거기 갈 때면 그녀는 차분한 색의 옷을 입고 남들 눈을 피해서 움직였다.

떨리는 손으로 클린치는 안나의 어깨에서 숄을 벗기고 바닥으로 떨어뜨렸다. 그런 다음 그녀의 드레스 등쪽 끈을 풀고 천천히, 차근차근 코르셋 끈을 느슨하게 풀었다. 그의 손가락이 싸개단추를 여미고 있는 고리를 하나하나 풀었다. 그녀는 그의 품에 고분고분하게 안겨 있었고, 드레스를 어깨에서 내리려고 하자 어린아이처럼 팔을 들어올렸다. 그 다음에는 그녀의 크리놀린 페티코트를 풀고 그녀를 위로 들어올려 페티코트가 쇠줘와 나무 덩어리로 바닥에서 무너지게 놔두었다. 그녀를 다시 소파에 내려놓고 ― 그녀는 이제 슬립만 입고 있었다 ― 숄을 도로 몸에 둘러준 다음 그는 일어나서 욕조를 채웠다. 그녀는 손등에 뺨을 대고 완전히 잠이 들었다. 가슴이 오르락내리락했다. 물을 다 채운 후에 클린치는 그녀에게 돌아가서 달래는 말을 중얼거리면서 슬립을 그녀의 머리 위로 벗기고, 벌거벗은 몸을 안은 채 무릎을 구부려 그녀를 욕조 안에 넣었다.

안나는 몸에 물이 닿자 나직하게 가릉거리는 소리를 냈지만, 눈을 뜨지는 않았다. 클린치는 구리 욕조 테두리가 그녀의 목 뒤쪽에 편안하게 닿되 그녀가 미끄러져서 물에 빠지지 않도록 자세를 바꾸어주었다. 그런 다음 그녀의 뺨에서 머리카락을 걷어내고 엄지로 턱을 쓰다듬었다. 그녀를 물에 담그느라 그의 옷소매가 어깨까지 젖어 있었다. 클린치는 이제 뒤로 물러나서 물이 뚝뚝 떨어지는 팔을 든 채 그녀를 내려다보았다. 굉장히 외로우면서도 동시에 굉장히 만족스러웠다.

잠시 후 호텔 경영인은 무릎을 구부리고 옥양목 드레스를 바닥에서 집었다. 옷을 펼쳐서 소파 뒤쪽에 걸쳐놓을 생각이었지만, 옷은 그가 예상한 것보다 무거웠다. 크리놀린을 떼어내고 속바지와 페티코트도 벗어버렸으니까 그저 옥양목과 실일 뿐인데 어째서! 도대체 왜 이렇게 무거운 거지? 그는 천을 손가락으로 집어보다가 안쪽에 뭔가 이상한 게 느껴지는 것을 깨달았다. 그는 드레스를 뒤집었다. 솔기 안쪽에 무게추 같은 거라도 넣어놓은 건가? 마치 자갈을 우르르 넣어놓은 것 같았다. 그는 실땀 아래로 손가락을 넣어 뜯어낸 다음 엄지와 검지로 치맛단 안쪽을 헤집었다. 뭔가가 안에 들어 있는 것 같았다. 그것을 꺼내고서 그는 깜짝 놀랐다. 금덩이였다.

안나는 여전히 욕조 가장자리에 뺨을 대고 자고 있었다. 클린치는 심장이 달음박질치는 상태로 드레스 솔기를 따라, 그리고 주름장식을 지나 상의까지 더듬어보았다. 천 안쪽으로 수 온스가, 어쩌면 수 파운드의 금이 숨겨져 있었다. 게다가 전부 다 제련하지 않은 금광석이었다! 안나는 차이나타운에서 대체 뭘 하는 거지? 아편에 반쯤 취한 채 드레스 안에 금덩이를 넣어가지고 돌아오다니! 어디론가 금을 옮기고 있는 게 분명했다. 아마도 밀수를 하는 거겠지. 이걸 차이나타운으로 가져가는 건가? 아니, 그건 말이 되지 않았다. 거기서 가지고 나온 것이리라. 분명히 아편과 맞바꾼 거겠지! 클린치의 머리가 빠르게 움직였다. 옷 솔기 안에 금을 숨기는 것이 세관의 단속을 피하는 흔한 방법이라는 사실이 떠올랐다. 물론 위험한 일이었다. 걸리면 무거운 벌금을 물뿐만 아니라 감옥에 갈 수도 있기 때문이다. 하지만 안나는 광부가 아니니까—그녀는 여자였다, 맙소사!—그녀의 것일 리가 없었다. 누군가가 안나의 옷에 이 금을 숨길 정도로 그녀를 믿는 것이다. 그리고 안나도 위험을 무릅쓸 만큼 이 남자를 믿는 거고.

갑자기 생각이 났다. 매너링. 딕 매너링은 카니에레의 중국인을 거의 다 고용하고 있었다. 그들 모두가 월급이라 할 만한 것을 받고 그의 광산에서 일했다. 매너링은 또한 안나의 고용주이기도 했다. 그래, 그런 게지! 매너링은 지저분한 거래자로 유명했다. 포주가 다 그렇지 않은가? 그리고 안나 웨더렐이 최고의 창녀라고 거듭해서 말하지 않았던가?

클린치는 안나를 돌아보았다가 그녀가 눈을 뜨고 그를 쳐다보고 있는 것에 깜짝 놀랐다.

"물은 어떻지?"

그는 손안의 금 알갱이를 감추기 위해서 드레스를 털면서 멍청한 어조로 물었다.

그녀는 기분 좋은 듯한 소리를 냈다. 하지만 수줍은 듯 무릎을 세우고 양팔로 가슴을 가렸다. 그녀의 부푼 배는 완벽한 구형이었고, 들통안의 사과처럼 부연 물 위로 드러나 보였다.

"카니에레에서 여기까지 걸어서 온 거야?"

클린치가 물었다. 설마 6킬로미터를 그냥 걸어온 건 아니겠지. 고개를 제대로 가누지도 못하는 상태로! 몸도 제대로 가누지 못하는 상태로!

그녀는 아니라는 의미로 두 음절로 음음 하는 소리를 냈다.

"그럼 어떻게 왔지?"

"딕이 지나가던 길이었어요."

그녀의 말은 입에 당밀이라도 든 것처럼 웅얼웅얼 나왔다.

클린치가 좀더 가까이 다가갔다.

"딕 매너링이 차이나타운을 지나가던 길이었다고?"

"음."

그녀는 다시 눈을 감았다.

"당신을 여기까지 데려다준 건가?"

하지만 안나는 대답하지 않고 도로 잠이 들었다. 머리가 욕조 가장
자리로 넘어가고 팔짱을 끼고 있던 팔이 가슴 아래로 내려가 물에 부
딪치고 아래로 가라앉았다 다시 떠올랐다.

클린치는 여전히 손가락 사이에 금 알갱이를 쥐고 있었다. 조심스
럽게 그는 드레스를 의자 등받이 위에 걸쳐놓고 금 알갱이를 주머니에
넣은 다음 스튜에 소금을 넣는 것처럼 가루를 털기 위해 엄지와 검지
를 비볐다.

"당신이 목욕할 수 있도록 난 나가지."

그가 그렇게 말하고 방을 나왔다.

하지만 아래층으로 돌아가는 대신에 그는 빠른 걸음으로 복도를 지
나 안나의 방으로 가서 마스터키를 자물쇠에 넣고 돌렸다. 그리고 안으
로 들어가 그녀가 드레스를 넣어두는 옷장으로 향했다. 안나에게는 드
레스가 다섯 벌 있었고, 전부 다 모래톱에서 좌초한 화물선에서 건져낸
구조 화물 중에서 구입한 거였다. 클린치는 제일 먼저 매춘용 드레스를
살폈다. 재빠르게 손가락을 움직여 그는 솔기를 하나하나 더듬어보고
버슬 안쪽을 만져보았다. 옥양목과 마찬가지로 여기에도 확실하게 금
이 가득 들어 있었다. 그는 다음 것, 그다음 것, 또 그다음 것을 살폈다.
모든 드레스가 똑같았다. 이 다섯 벌의 드레스에 든 금을 머릿속으로
전부 계속해보니 안나 웨더렐에게는 엄청난 재산이 있다는 결론이 나
왔다.

그는 그녀의 침대에 주저앉았다.

안나는 차이나타운에 오렌지색 드레스를 입고는 절대 가지 않았지
만─그건 확실하게 아는 사실이었다─그 드레스에도 다른 드레스와

마찬가지로 금이 가득 들어 있었다. 그러니까 이건 그가 처음 생각했던 것처럼 동양인들과의 협정은 아닌 것이다! 차이나타운의 경계를 넘어서는 계획임이 분명했다. 어쩌면 호키티카의 경계까지도 넘어서는 계획일지도 몰랐다. 누군가가 1급 강도질을 꾸미고 있는 거였다.

클린치는 다른 용의자를 생각해보았다. 매너링이 안나가 **모르게** 골짜기 밖으로 금광을 **빼내기** 위해서 그녀를 운송책으로 쓰는 걸까? 사실 그건 별로 어려운 일이 아닐 것이다. 그녀에게 아편 파이프를 쥐여주고 그녀가 잠들기를 기다렸다가 드레스 안에 한 번에 조금씩 금을 넣고 꿰매기만 하면 되니까. 어쩌면…… 아니, 그럴 리가 없다. 아무것도 모르는 창녀가 그걸 들고 도망치는 엄청난 위험을 무릅쓰고 매너링이 그런 일을 한다는 건 말도 안 되는 이야기였다. 창녀가 자기 몸에 수백 파운드어치의 금을, 어쩌면 수천 파운드어치의 금을 갖고 있는 거라고, 맙소사. 그러니 창녀에게도 분명히 동의를 받아야 할 것이다. 매너링은 돈에 관한 한 어리석지 않았다. 안전책도 없이 평범한 창녀에게 그런 재산을 맡기지는 않을 것이다. 안나가 그에게 뭔가 담보물을 제공한 게 분명했다. 빚이라든지, 아니면 어떤 채무 같은 게 있는지도 모른다. 하지만 그녀가 대체 금의 안전을 보증할 수 있을 만한 어떤 걸 매너링에게 줄 수 있을까?

갑자기 화가 나서 클린치는 손바닥으로 이불을 내리쳤다. 매너링! 안나가 클린치의 지붕 아래 살면서 클린치의 식탁에서 밥을 먹고 있는데 이런 교활한 수작을 부리다니, 철면피 같은 놈! 당직 경관이 찾아왔으면 어쩔 뻔했나? 그들이 그녀의 방을 수색이라도 했다면? 그때는 누가 그 책임을 지겠는가? 최소한 클린치 자신이 이윤의 일부라도 받아야 하는 거 아닌가? 이야기 정도는 해줬어야지! 중국인들도 이 일에 한몫

하고 있는 게 분명했다. 그 생각만으로도 짜증이 치솟았다. 어쩌면 호키티카 사람들 전부가 아는지도 모르지. 클린치는 욕설을 내뱉었다. 딕 매너링, 지옥에서나 썩어버릴 놈 같으니라고.

옆방에서 물 튀는 소리가 들렸고―안나가 일어선 모양이었다―그는 옷장에서 드레스를 전부 가져갈까 잠깐 생각해보았다. 매너링을 상대로 그걸 볼모로 삼을 수도 있을 것이다. 안나가 정신을 차리기를 기다려 이 문제에 관해 물어볼 수도 있었다. 사실대로 털어놓게 만들거나…… 사과를 요구할 수도 있었다. 하지만 그럴 만한 용기가 없었다. 에드거 클린치는 항상 부정적인 기분이 들면 꼼짝할 수가 없었다. 아무리 슬프다고 해도 그 슬픔이 마음속의 소리 없는 감정을 표현할 수 있을 만큼 커지는 법은 없었다. 무거운 마음으로 그는 안나의 방을 나와서 아래층으로 내려가 로비 문의 자물쇠를 풀었다.

"진심으로 사과드립니다."

개스코인의 말에 클린치가 눈을 깜박였다.

"뭘 말인가?"

"선생이 웨더렐 양을 진심으로 잘 보살펴주려 하시는 게 아니라는 듯이 말했던 것 말입니다."

"아. 음, 그래, 고맙네."

"그럼 이만."

개스코인이 말했다. 클린치는 이 작별 인사에 조금 실망감을 느꼈다. 그는 개스코인이 좀더 머물러주기를, 최소한 사환이 점심을 먹고 올 때까지는 함께 있으면서 이 문제에 관해서 이야기를 나눌 수 있기를 바랐던 것이다. 그는 언제나 대화가 정중하지 않은 분위기로 끝나면 마음에 걸렸고, 사실 안나의 빚 문제에 관해 개스코인이 처음에 아무리

호전적으로 나왔다 해도 좀더 이야기를 해보고 싶었다. 아까 오후에 안 나에게 화를 낼 생각은 아니었다. 하지만 그녀의 옷장 안에, 드레스 안에 수백 파운드, 어쩌면 수천 파운드가 들어 있다는 걸 아는데 한 푼도 없다고 그에게 거짓말을 하지 않았던가! 드레스는 여전히 그대로였다. 금이 없어지지는 않았는지 그가 정기적으로 확인해보고 있었던 것이다. 그녀에게 그런 엄청난 재산이 있는데 왜 그가 그녀의 일상생활비를 처리해줘야 한단 말인가? 그녀가 그를 상대로 수작을 부리고, 심지어는 면전에 대고 거짓말을 하는데 왜 그가 그녀의 문제를 해결해줘야 한단 말인가? 몇 달간의 침묵은 그를 모질게 만들었고, 이런 독기가 이제는 완전한 악의로 무르익고 말았다.

그가 앞으로 나와서 개스코인이 가는 것을 붙잡으려고 손을 내밀었다. 그에게 가지 말라고 애원하고 싶었다. 갑자기, 절망적일 만큼 혼자 있기가 싫었다. 하지만 개스코인을 붙잡기 위해서 어떤 이유를 대야 할까? 시간을 끌기 위해서 그가 물었다.

"어디로 가는 건가?"

그 질문에 개스코인은 화가 버럭 났다. 개척지의 생활이 얼마나 울적한지! 모든 사람이 개인적인 문제를 털어놓아야 할 것 같은 분위기였다. 어딜 가도 혼자라는 사치스러운 기분을 느낄 수 있는 파리나 런던과는 달랐다. 거기서는 정말로 혼자 있을 수 있는데.

"약속이 있습니다."

그가 무뚝뚝하게 말했다.

"누구와 약속이 있는데? 무슨 약속인가?"

개스코인은 한숨을 쉬었다. 질문을 받는 게 지겨워졌다. 클린치는 개스코인이 떠나는 것에 화가 난 것처럼 불퉁해 보였다. 아니, 그들이 만난 지 10분밖에 되지 않았는데!

"숙녀분과 함께 모자를 보러 갈 겁니다."

처녀자리의 북교점

퀴 룽은 세 번 방해를 받는다. 찰리 프로스트는 입장을 고수하고, 숙 용 승은 모두가 놀랄 만한 용의자를 댄다.

개스코인이 에드거 클린치를 두고 그리디론의 정문을 무례하게 쾅 닫고 나오던 바로 그 순간, 딕 매너링과 찰리 프로스트는 카니에레의 강둑 바위 위에 댄 나룻배에서 내리고 있었다. 중개상 하랄 닐슨 역시 빠르게 그쪽으로 걸어가고 있었다. 그는 막 정착지까지 0.8킬로미터 남 았다는 나무 표지판을 지났고, 이 사실에 기운이 나서 길가의 젖은 풀 들을 지팡이로 휘저으며 더욱 빠르게 걸었다. 세 남자 모두의 목표지는 물론 카니에레 차이나타운이었고, 거기서 중국인 금 제련사 퀴 룽과 이 야기를 할 생각이었다. 퀴 룽은 현재 예상치 못한 손님의 도착에 깜짝 놀란 상태이고, 잠시 후에 또다시 놀라게 된다.

'차이나타운'은 카니에레 광산에서 강 상류로 백 미터 정도 떨어진 곳에 자리한 몇 개의 천막과 석조 오두막을 부르는 이름이었지만, 약간 오해의 소지가 있었다. 거기 있는 모든 남자가 광둥에서 출발했고, 대 부분이 광저우 출신이었으나 그들이 딱히 동네를 이루고 사는 건 아니

377

었기 때문이다. '차이나타운'엔 당시 겨우 중국인 열다섯 명이 머물고 있을 뿐이었다. 이 작은 집단 속에서 퀴 롱의 집은 구운 점토로 만든 근사한 굴뚝 때문에 돋보였다. 이 굴뚝과 연결된 벽돌 가마는 소형 용광로 대용으로 만들어진 것으로, 높게 만들어놓은 점토 선반 아래 무쇠로 된 내실을 만들고 그 안에 가마를 넣었다. 이것은 오두막의 유일한 방안 한가운데 자리하고 있었고, 높이 만든 이 점토 선반 위에서 퀴 롱은 잠을 잤다. 낮의 열기를 품고 있는 벽돌 덕택에 따뜻하기 때문이었다. 일주일치 금을 제련하는 동안에는 석탄으로 화실을 채웠다. 석탄이 비싸긴 하지만 코크스보다 더 뜨거운 열을 냈다. 하지만 오늘은 그의 도가니와 풀무를 옆으로 치워두고 화실에는 천천히 타는 나무를 격자 형태로 꽉 채워놓았다.

퀴 롱은 덩치가 좋고 가슴이 통처럼 불룩한데다가 힘이 센 남자였다. 눈은 동그란 편이었지만 뺨은 날카로웠다. 얼굴은 거의 네모난 형태였다. 웃을 때면 굉장히 빈 데가 많은 치열이 드러났다. 송곳니 두 개가 전부 없는데다가 아래턱의 첫번째 어금니도 없었다. 웃을 때 드러나는 그 빈 구멍을 보면 젖니가 빠진 어린애가 떠올랐다. 퀴 롱 자신도 이런 비유를 종종 하곤 했다. 그는 눈이 예리하고, 영리한데다가, 종종 신랄하고 자기 비하적인 겸손을 보이기 때문이었다. 그는 자신에 대해서 이야기할 때면 굉장히 멍청한 사람처럼 묘사했다. 재미있으라고 하는 행동이었지만, 어쨌든 굉장히 스스로에 대한 가치를 폄하하게 만드는 경향이 있었다. 퀴 롱은 개인적으로 완벽한 기준에서 자신의 행동을 평가했고, 이런 기준에 따라서 일을 했다. 그 결과, 그는 자신이 기울이는 노력이나 결과에 대해서 절대로 만족하지 못했고, 패배주의적인 태도를 지니게 되었다. 퀴 롱과 겨우 80마디나 백 마디 정도 말을 나눠본 정부 관계자들은 그의 이런 성격을 알아채지 못했지만, 동료들에게 퀴 롱은 그 냉소적인 유머감각과 우울한 성향, 완벽한 이상을 향한 열렬한 인내심으로 유명했다.

그는 계약을 하고서 뉴질랜드로 건너왔다. 광저우로 돌아가는 삯을 버는 대가로 퀴 롱은 금광에서 벌어들이는 돈의 대부분을 법인의 몫으로 넘기는 조건에 동의했다. 퀴 롱은 융통성도 없고 자비롭지도 않은 계약서상의 조건 때문에 굉장히 가난해졌다. 하지만 그래도 그는 성실하게 일을 했다. 그의 꿈은 — 사실상 불가능할 것 같지만 — 768실링을 갖고서 광저우로 돌아가는 거였다. 그때까지는 열심히 일을 하겠다고 그는 결심했다. (이 특정한 금액은 행운의 상징으로 선택된 것이었다. 이것을 광둥어로 읽으면 '영원한 부'와 같은 발음이 되기 때문이다. 또한 퀴 롱은 만족시켜야 하는 목표가 있으면 더욱 열심히 일을 하기 때문에 정한 것이기도 했다.)

퀴 롱의 아버지인 퀴 주앙은 도시 경비로 광저우에서 일했다. 그의 업무는 도시의 외성을 따라 경비를 돌고, 문이 열리고 닫히는 것을 감독하고, 인부들의 교대가 정확하게 이루어지는지 확인하는 일이었다. 판에 박힌 일이긴 하지만 어쨌든 굉장히 중요한 직업이었기 때문에 소년 시절에 퀴 롱은 아버지의 지위를 굉장히 자랑스러워했다. 하지만 근래의 무역전쟁으로 인해서 퀴 주앙의 직업적인 위신은 많이 떨어졌다. 1941년 광저우에 외세가 습격하며 도시는 다급하게 방어에 들어갔다. 그러나 영국 군인들이 청의 군사력을 압도하는 숫자로 성채마다 상륙했고, 청의 방어군은 순식간에 무너졌다. 영국이 도시를 점령하고 퀴 주앙은 수백 명의 동료들과 함께 사로잡혔다가 광저우가 무역항을 여는 조건에 동의하면서 석방되었다.

퀴 룽이 고향이 계속해서 항복하는 것을 보며 느낀 수치심은(광저우는 이후 20년 동안 영국군에게 네 번 이상 점령된다) 아버지를 생각하면 백 배쯤 강해졌다. 퀴 주앙은 자신이 겪은 치욕에도 완전히 무너지지 않았다. 그는 2차 전쟁이 끝난 직후에 사망했지만, 사망할 때까지 영국군의 소총 총구 앞에 세 번이나 섰다.

퀴 룽은 아버지가 지금의 자신을 보고 어떻게 생각하실지 상상하고 싶지 않았다. 퀴 주앙은 영국의 불합리한 요구로부터 중국을 지키는 데 자신의 명예와 생명을 바쳤다. 그리고 아버지가 돌아가시고 채 8년도 지나지 않아 퀴 룽은 여기, 뉴질랜드에서 아버지와 그의 조국이 막으려 했지만 실패했던 바로 그 상황에서 이윤을 얻고 있었다. 그는 외국 땅에서 잠을 자고, 금을 캐고(은이 아니라 금을!), 매일 버는 돈을 그는 절대로 들어갈 수 없는 계급이 지배하는 영국 소유의 회사에 상당 부분 넘겼다. 이런 배신을 생각할 때마다 그가 느끼는 불편함은 자식으로서의 부끄러움이라기보다는 전반적인 권리의 박탈에서 기인하는 것이었다. 그 자신의 삶이라는 기나긴 갈림길을 돌이켜보면(그가 보기에는 자신의 자아라는 것이 선택의 눈금 위에서 균형을 잡고 있는 것처럼 느껴졌다. 하지만 이런 상반된 감정에는 진정한 시작도 없고, 인지할 수 있는 끝도 없기 때문에 어떤 선택을 해야 하는지는 그도 알지 못했다) 퀴 룽은 오로지 모든 것으로부터 분리되었다는 기분만을 느꼈다. 그 자신의 일로부터, 아버지의 바람으로부터, 그의 조국이 처한 상황으로부터, 그리고 가족으로부터 분리되었고, 예전에는 그것이 수치스러웠다. 하지만 지금은 어떤 기분을 느껴야 하는지 알 수가 없었다.

하지만 퀴 룽이 아버지의 뒤를 확고하게 따르는 것이 하나 있었다. 그는 절대로 아편을 하지 않았고, 자신의 앞에서 다른 사람이 하는 것도, 그가 사랑하는 사람이 하는 것도 두고 보지 않았다. 퀴 롱에게 아편은 자국의 문명에 대해 서구권이 가한 용서할 수 없는 야만적 행위를 보여주는 상징이자, 이윤과 탐욕이라는 서구권의 활력 없는 목표에 대해 중국 문화가 보여주는 경멸 그 자체였다. 아편은 중국의 경고였다. 그것은 서양의 확장 정책에 따르는 그림자이자 양을 보완하는 음으로서 음울한 보충제였다. 퀴 롱은 종종 과거를 기억하지 못하는 사람은 미래를 예측하지 못한다고 말하곤 했다. 그리고 자신이 이 경구를 전에도 여러 번 말했고, 앞으로도 단어 하나 바꾸지 않고 계속해서 말할 거라고 익살스럽게 덧붙이곤 했다. 손에 파이프를 든 중국인이라면 퀴 롱의 눈에는 모두가 배신자이자 멍청이였다. 카니에레의 아편굴을 지날 때마다 그는 고개를 돌리고 땅에 침을 뱉었다.

그러니까 퀴 롱이 지금 대화를 나누는 상대가 다름아닌 숙 용승이라는 사실은 꽤나 놀라울 수밖에 없었다. 카니에레의 아편굴을 운영하고, 지금부터 딱 2주 전에 안나 웨더렐을 거의 죽일 뻔한 아편 덩어리를 판 바로 그 사람 말이다. (퀴 롱의 아편에 대한 엄격한 규칙은 안나 웨더렐에게만은 예외였다. 안나는 카니에레 아편굴에서 파이프를 피운 다음 약에 취해 나른해진 몸으로 종종 그를 찾아와서는 신음만 하곤 했다. 하지만 퀴 롱은 아편의 영향은 확실하게 볼 수 있어도 그것을 피우는 도구는 한 번도 보지 못했다. 그녀가 그의 앞에서 아편을 꺼냈다면 아마 그녀의 손에서 그것을 빼앗았을 것이다. 최소한 그는 그렇게 생각했다. 이 모호한 주장 아래에는 또 다른, 좀더 불분명한 믿음이 자리하고 있었다. 안나의 가련한 중독에 관해서, 우주적 정의가 어떤 식으로든 이루어질 거라는 믿음이었다.)

숙 용승과 퀴 롱은 친구가 아니었다. 그날 오후 숙 용승이 금 제련사의 집 문을 두드리고 동포의 도움과 호의를 요청했을 때, 퀴 롱은 굉장히 당황하면서 그를 맞이했다. 퀴 롱이 보기에 두 사람에게는 딱 세 가지 공통점밖에 없었다. 출생지와 언어, 그리고 서양인 창녀에 대한 호감이었다. 퀴 롱은 숙 용승이 이야기하고 싶은 것이 바로 세번째에 관한 것임을 직감했다. 최근 수없이 떠도는 이런저런 이야기와 추측의 주제가 바로 안나 웨더렐이었기 때문이다. 그래서 숙 용승이 두 남자에 관한 이야기를 하려 한다고 말했을 때 그는 깜짝 놀랐다. 한 명은 프랜시스 카버이고, 다른 한 명은 크로스비 웰스였다.

숙 용승은 퀴 롱보다 열 살 정도 어렸다. 눈썹이 굉장히 가늘고, 항상 좀 놀란 것 같은 모양으로 기울어져 있었다. 눈은 크고, 코는 펑퍼짐하고, 입술은 큐피드의 화살처럼 섬세한 곡선형이었다. 이야기할 때에는 굉장히 활기차지만, 다른 사람의 이야기를 들을 때에는 눈썹 하나 까딱하지 않는 경향이 있었다. 이런 습관 때문에 사람들은 그가 현명하다고 생각하곤 했다. 수염은 지나치게 말끔하게 깎았고, 뒷머리는 땋아 내렸다. 사실 숙 용승은 만주 문화에 굉장히 반감을 갖고 있었고, 청나라에 거의 관심이 없었다. 그의 머리 모양은 호감의 상징이 아니라 어린 시절부터 이어져온 습관일 뿐이었다. 그는 집주인과 마찬가지로 회색 면 장삼과 단순한 바지를 입고 위에는 검은색 모직 코트를 걸쳤다.

퀴 롱은 프랜시스 카버나 크로스비 웰스에 대해서 들어본 적이 없었지만 근엄하게 고개를 끄덕이고 옆으로 물러나 숙 용승을 집 안으로 들였다. 그리고 상석인 불 바로 앞자리를 권하고, 가진 음식 중 가장 좋은 것들을 내오고, 주전자에 찻물을 채우고, 대단한 걸 내오지 못해서 미안하다고 사과했다. 아편 상인은 집주인이 이런 일을 마칠 때까지 말없이 기다렸다. 그런 다음 고개를 숙여 아 퀴의 관대함을 칭송하고, 앞에 차려진 음식을 하나하나 맛보고 칭찬을 늘어놓았다. 이런 격식을 모두 치른 다음에야 숙 용승은 자신이 방문한 진짜 이유를 설명하기 시작했다. 언제나처럼 생기 넘치고, 시적으로 과장되고, 비유로 강조하고, 문장 자체는 굉장히 아름답지만 의미가 그리 분명하지는 않은 방식의 이야기였다.

예를 들어 그는 커다란 나무에는 항상 죽은 가지가 있게 마련이라는 말로 이야기를 시작했다. 최고의 군인은 결코 호전적이지 않고, 좋은 땔감이라 해도 화덕을 망가뜨릴 수 있다고. 딱히 적당한 상황 설명도 없이 이런 비유가 줄줄이 이어지는 바람에 퀴 롱은 조금 당황했다. 자신의 재치를 보여주지 않으면 안 될 것 같아서 퀴 롱은 대저울이 항상 무거운 쪽으로 기울어지게 마련이라는 약간 빈정거리는 말로 맞받았다. 이는 그를 찾아온 손님이 일관성 없는 이야기를 하고 있음을 암시하는 비유였다.

그러니까 이쯤에서 우리는 숙 용승의 이야기를 그의 이야기 방식이 아니라 그가 이야기하고 싶어 하는 정확한 사건 순서에 따라서 풀어보도록 하겠다.

Φ

아 숙은 호키티카를 제대로 돌아다녀본 적이 없었다. 그는 주로 카니에레에 있는 자신의 오두막에 머물렀다. 집은 살롱처럼 꾸며져서 벽마다 소파침대가 있고, 쿠션이 여기저기 널려 있으며, 파이프와 아편을 데우는 접시, 알코올램프가 있고, 화덕에서 나오는 짙은 연기가 밖으로 나가지 못하게 하려고 천을 걸어놓았다. 아편굴에는 좁은 공간에 따뜻한 연기가 가득해서 함부로 들어올 수 없을 것 같은 분위기가 흘렀다.

아 숙은 그런 분위기에서 위안을 느꼈다. 하지만 지난 2주 동안 그는 강어귀까지 대여섯 번은 다녀왔다.

1월 14일 아침에(안나 웨더렐이 거의 죽을 뻔했던 사건에서 약 열두 시간 전) 아 숙은 조지프 프리처드에게서 오랫동안 기다렸던 아편이 마침내 약가게에 도착했고 이제 살 수 있다는 연락을 받았다. 아 숙의 아편은 거의 떨어진 상태였다. 그는 모자를 쓰고 즉시 호키티카로 향했다.

프리처드의 약가게에서 그는 0.5파운드의 아편 덩어리를 구입하고 금광석으로 계산했다. 종이로 싼 덩어리를 안전하게 가방 안쪽 깊이 넣고 길거리에서 그는 호키티카의 아침에서 거의 느끼기 어려운, 여름이 오는 듯한 분위기를 느꼈다. 햇살이 환하게 빛나고 타스만의 바람에는 짭짤한 향기가 어려 있었다. 길거리의 사람들은 굉장히 즐거워 보였고, 하수구를 넘어가는데 지나가던 광부가 모자를 기울이고서 그를 보고 미소를 던졌다. 이런 우연한 인사에 기운이 나서 아 숙은 카니에레로 조금 이따가 돌아가기로 결심했다. 한 시간 정도 자신을 위한 특별 선물로 탠크레드가의 난파 화물을 좀 살펴볼 것이다. 그런 다음에 정육점에서 고기를 한 덩이 사서 집에 가서 수프를 만들어도 좋겠지.

하지만 탠크레드가 모퉁이에서 그는 우뚝 멈췄다. 즐거운 기분이 순식간에 사라졌다. 길거리 끝에 있는 남자는 아 숙이 10년 넘게 보지 못했고, 지금까지 다시는 볼 일이 없을 거라고 믿었던 사람이었다.

그의 오랜 지인은 마지막으로 봤을 때에 비해 굉장히 변했다. 거만하던 얼굴은 아주 추해졌고, 10년 동안의 감옥살이가 가슴과 팔에 근육을 좀 붙여준 모양이었다. 하지만 그 자세만큼은 낯익었다. 그는 어깨를 살짝 구부리고, 예전처럼 손등을 허리에 대고 서 있었다. (몸매가 바뀌고, 나이가 들고, 세월이 흘러도 자세만큼은 그대로라는 사실이 참 희한하다고 아 숙은 나중에 생각했다. 마치 몸은 꽃이고 자세가 그것을 담고 있는 진짜 그릇, 즉 화병인 것처럼 말이다. 엉덩이를 살짝 앞으로 내밀고, 어깨를 구부리고 선 자세는 철저하세 프랜시스 카버나웠다. 다른 사람이라면 굉장히 초라해 보일 법한 이 자세가 카버의 음울하고 어둡고 위압적인 분위기 덕택에 다른 지극히 평범한 사람들이 남들 눈앞에서 감수해야 하는 규칙을 무시할 수 있게 만들었다.) 카버는 반쯤 몸을 돌리고 길거리를 눈으로 훑고 있었고, 아 숙은 재빨리 시야 바깥으로 물러섰다. 식료품점의 거친 소나무 판벽에 기대 그는 심장박동이 가라앉을 때까지 잠시 기다렸다.

퀴 롱은 숙 용승과 프랜시스 카버의 과거사에 대해 모든 걸 알지 못했지만, 아 숙은 지금은 그 모든 이야기를 전부 설명하지 않았다. 집주인에게 그저 프랜시스 카버가 살인자이고, 자신은 그에 대한 복수로 카버의 목숨을 빼앗겠다고 맹세했다는 부분만 털어놨을 뿐이다. 그는 적에게 복수를 맹세하는 것이 굉장히 흔한 일인 것처럼 무심하게 말했지만, 사실 이런 무심함은 고통으로 인한 것이었다. 그는 과거의 불행한 사건을 오래 생각하고 싶지 않았다. 아 퀴는 지금이 끼어들 때가 아니라는 것을 알아채고 그저 고개만 끄덕였다. 하지만 관련된 사실들을 나중에 떠올리기 위해서 머릿속 한구석에 기억해두었다.

아 숙은 이야기를 계속했다.

그는 몇 초 동안 식료품점의 거친 벽 위에 이마를 기대고 기다렸다. 그러다가 호흡이 차분해지자 건물 모퉁이로 살금살금 다가가서 다시 카버를 찾아보았다. 복수심 넘치는 꿈속에서 떠올리곤 했던 얼굴을 마침내 제대로 보는 것은 굉장히 드물고 엄청나게 기쁜 일이었다. 지난 15년 동안 아 숙은 거의 매일 밤 카버의 얼굴을 떠올리곤 했다. 이 남자에 대한 증오는 새롭게 되새길 필요도 없었지만, 카버를 보자 낯설고 통제할 수 없는 격한 분노가 솟구쳤다. 지금 이 순간처럼 누군가를 증오해본 적이 없었다. 그에게 권총이 있었다면 그 자리에서 등을 쏘아버렸을 것이다.

카버는 젊은 마오리족 남자와 이야기를 하고 있었지만, 자세로 보아 두 사람은 별로 친하지 않은 것 같았다. 친구라기보다는 그저 좀 아는 사이인 것처럼 서로 떨어져 서 있었다. 이야기 내용은 들리지 않았지만 빠른 스타카토 음으로 보건대 말다툼을 하는 게 분명했다. 마오리족 남자는 굉장히 단호하게 손짓을 하고, 계속 고개를 흔들었다. 마침내 가격에 합의를 했는지 카버가 지갑을 꺼내 동전 몇 개를 마오리족 남자 손에 쥐여주었다. 이제 마오리족 남자가 굉장히 과장된 동작으로 길게 이야기를 하는 걸 보니 카버는 정보 같은 것을 산 모양이었다. 그는 그 정보를 외우려는 듯이 따라 말했고, 마오리족 남자는 좋다는 듯이 고개를 끄덕이고 조금 더 말을 했다. 그런 다음 그들은 악수를 나누고 헤어졌다. 마오리족 남자는 산맥이 있는 동쪽으로, 카버는 강어귀와 부두 방향인 서쪽으로 향했다.

아 숙은 안전하게 거리를 두고 카버를 쫓아갈까 생각했지만 곧 그 생각을 지웠다. 확실히 준비가 되기 전까지는 그와 다시 만나고 싶지 않았다. 지금 그에게는 무기가 없었고, 카버에게는 최소한 칼이라도 있을 것이다. 어쩌면 총도 갖고 있을지 모른다. 불리한 상황에서 그 남자에게 다가가서 말을 거는 건 바보 같은 짓이었다. 그래서 아 숙은 대신 마오리족 남자를 뒤쫓았다. 남자는 호키티카 건어물상에서 튼튼한 낚싯줄 몇 미터와 부숴서 미끼로 쓸 조그만 비스킷 한 덩어리를 산 다음 새덫을 설치하러 아라후라 골짜기로 돌아가는 길이었다.

아 숙은 다음 블록에서 남자를 따라잡고 그의 소매를 붙들었다. 그리고 카버와 무슨 이야기를 했는지 알려달라고 부탁하며 필요하다면 돈을 지불하겠다고 동전을 꺼내서 보여주었다. 테 라우 타우웨어는 알 수 없는 표정으로 그를 잠시 쳐다보다가 어깨를 으쓱이고, 동전을 챙긴 다음, 설명을 했다.

몇 달 전에 프랜시스 카버는 크로스비 웰스라는 남자의 소식이라면 어떤 내용이든 보상금을 주겠다고 했다. 이런 제안을 하고 얼마 안 되어 카버는 더니든으로 돌아갔고, 타우웨어는 그레이마우스로 갔다. 두 남자는 다시 만나지 못했다. 하지만 우연하게도 타우웨어는 카버가 찾던 바로 그 남자와 만나게 되었고, 크로스비 웰스는 그 이래로 그의 아주 친한 친구가 되었다. 웰스 씨는 아라후라 골짜기에 살고 있다고 타우웨어는 덧붙였다. 그는 전직 탐광자였고, 최근에는 제재소를 짓는 데에 전력을 쏟고 있었다.

(타우웨어는 천천히, 굉장히 손짓을 많이 하면서 이야기를 했다. 손과 표정으로 의사소통을 하는 데 익숙한 게 분명했고, 종종 멈춰서 자신의 말을 제대로 이해하고 있는지 확인했다. 두 사람 다 영어가 모국어가 아니었지만, 아 숙은 그의 말뜻을 똑똑히 이해할 수 있었다. 그는 아라후라 골짜기, 테 라우 타우웨어, 크로스비 웰스 같은 이름을 혼자서 되뇌었다.)

타우웨어는 바로 그날 아침, 그러니까 1월 14일 아침까지 카버를 다시 보지 못했었다고 말했다. 그러다가 30분 전에 호키티카 부둣가에서 카버와 마주쳤고, 몇 달 전에 이 남자가 제안했던 것을 떠올리고 쉽게 돈을 벌 기회라고 생각했다. 그래서 카버에게 접근해 그의 제안이 아직도 유효하다면 크로스비 웰스에 대한 소식을 팔겠다고 말했다. 제안은 여전히 그대로였고, 두 사람은 가격에 합의했다. (2실링이었다.) 돈을 먼저 받은 다음에야 타우웨어는 크로스비 웰스가 어디에 살고 있는지를 말해주었다.

타우웨어의 이야기 속에 아 숙에게 당장 필요한 정보는 없어 보였다. 하지만 그는 남자에게 굉장히 정중하게 이야기해줘서 고맙다고 인사를 한 뒤 작별 인사를 했다. 그러고 나서 카니에레로 돌아왔다가 안나 웨더렐이 현관 너머 햇빛이 들어오는 자리에 앉아 그를 기다리고 있는 것을 발견했다. 갑자기 마음이 약해지는 것을 느끼며(아 숙에게 과거에 그가 겪었던 고난을 상기시키는 일들은 현재에 속죄하고 싶은 마음을 불러일으키곤 했다) 그는 그날 아침 프리처드에게서 사온 새 아편 덩어리에서 반 온스를 잘라 그녀에게 선물로 주었다. 그녀는 선물을 네모난 치즈 천에 싸서 모자 띠 안쪽에 넣었다. 아 숙은 램프에 불을 붙였고, 두 사람은 나란히 누워 있다가 해가 저물고 공기가 차가워질 때에야 깨어났다. 안나는 그의 집을 떠났고, 아 숙은 저녁을 준비하기 시작했다.

이 장황한 이야기를 듣고 있던 금 제련사 아 퀴는 손님에 대한 인상을 금세 바꾸게 되었다. 아 퀴는 언제나 아편 연기 냄새가 묻어나는 옷을 입고, 다른 사람과의 접촉을 피하고, 얼마 안 되는 수입을 도박장에서 탕진하고, 말없이 주사위를 굴리고서 바닥에 아무렇게나 침을 뱉는 아 숙에 대해서 별로 좋은 인상을 갖고 있지 않았다. 하지만 지금 아 숙을 보면서 아 퀴는 이 모자장수의 성격을 완전히 잘못 생각하고 있었다는 결론을 내렸다. 그의 앞에 앉아 있는 남자는…… 뭐랄까, 고결하다? 절조가 있다? 그 어떤 단어도 정확하게 느껴지지 않았다. 그의 말투는 열렬했고, 이 열정에는 순수함에 가까운 그런 신선함이 있었다. 아 퀴는 놀랍게도 그가 별로 싫지 않다는 사실을 깨달았다. 아 숙이 그날 오후에 자신을 찾아왔다는 사실에 — 그에게 비밀을 털어놓으러 왔다는 사실에 — 자부심이 솟았고, 이런 기쁨은 상대에 대한 호의로 이어졌다. 게다가 그는 아직 상대방이 찾아온 목적을 알지 못했고, 그래서 그의 이야기에 더더욱 사로잡혔다. 잠깐 동안 그는 상대방의 직업에 대한 혐오감이나 아 숙의 옷에, 머리카락에, 온몸에 묻어 있는 달콤한 아편 향기에 대해 완전히 잊었다.

아 숙은 두부를 한 입 먹느라 이야기를 멈추었다. 두번째로 그는 요리를 칭찬한 다음 이야기를 이었다.

1월 14일 밤에, 프랜시스 카버가 크로스비 웰스와 만나고서 곧장 갓스피드 호는 닻을 올렸다. 이것은 아 숙이 며칠이나 모르고 있던 사실이었다. 그는 앞으로 저지를 범죄에 관한 계획을 세우느라 카니에레에서 꼼짝도 하지 않았다. 그는 의례에 집착하는 편이었고, 카버의 죽음이 적절한 방식으로 이루어지기를 바랐다. 하지만 그에게는 권총이 없었고, 그가 아는 한 그의 동포들 아무한테도 총은 없었다. 몰래 하나 사서 쏘는 법을 배울 수도 있을 것이다. 하지만 프리처드의 약가게에서 아편을 사느라 갖고 있던 금을 다 써서 수중에 돈이 없었다. 동료 중 누군가에게 돈을 빌려야 할까? 이 문제에 대해서 고민하고 있는데 호키티카에서 예상치 못했던 소식이 들려왔다. 안나 웨더렐이 자살을 하려다가 실패했다는 것이었다.

아 숙은 이 소식에 굉장히 충격을 받았다. 하지만 조금 생각을 해보고 나니 그게 사실이라고 믿을 수가 없었다. 대신에 프리처드가 판 최근의 아편에 독이 들었던 거라는 결론을 내렸다. 안나의 몸은 아편에 대단히 익숙했기 때문에 1온스도 안 되는 아편 때문에 그녀가 몇 시간이나 의식을 잃고 거의 죽을 뻔했다는 것은 말이 되지 않았다. 아 숙은 다음 날 아침에 호키티카로 돌아가서 프리처드의 해운업자인 토머스 발퍼와 당장에 면담을 요구했다.

바로 그날 아침이(1월 16일) 발퍼가 알리스테어 로더백의 개인 물품이 든 화물 상자가 호키티카 부두에서 없어졌다는 것을 발견한 날이었다. 그 결과 해운업자는 퉁명스럽고 굉장히 정신이 산란했다.

"그렇다네, 발퍼 해운이 프리처드와 계약을 맺은 것은 사실이지만, 우리는 화물 그 자체에 대해서는 어떤 일도 하지 않아. 프리처드의 공급업자를 찾아가보는 편이 어떻겠나? 약간 악당처럼 생긴데다가 덩치가 크고, 뺨에 흉터가 있고, 태도가 난폭한 사람이지. 프랜시스 카버라고 하던가. 혹시 그 사람과 아는 사이인가?"

아 숙은 충격을 최대한 억누르고 카버와 프리처드가 언제부터 사업상의 파트너였는지 물었다. 발퍼는 자신은 잘 모르지만 카버가 전년도 봄부터 호키티카에 가끔씩 얼굴을 내민 것으로 보아 두 사람의 관계가 최소한 그 정도는 되었을 거라고 대답했다. 아 숙이 카버와 아는 사이임에도 한 번도 만난 적이 없다는 게 참 신기하다고 발퍼는 말했다. (아숙의 표정 때문에 그 사실은 숨기려고 해도 숨길 수가 없었다.)

"하지만 카버가 내륙에는 거의 들어오지 않고, 자네는 마을에 거의 내려오지 않으니 그리 이상한 일도 아니겠지, 광둥에 있던 시절에 카버와 알게 된 건가? 그런가? 음, 그렇다면 서로 놓쳐서 굉장히 아쉽겠군 그래! 그래, 놓쳤지. 카버는 최근에 출항을 했거든. 이틀 전에 말이지. 이렇게 안타까울 데가! 아마도 광둥으로 갔을 테니까 호키티카에 다시 오려면 한참 시간이 걸릴 거야."

아 숙이 여기까지 이야기를 했을 때 주전자가 끓기 시작했다. 아 퀴는 레인지에서 주전자를 들어 차에 물을 부었다. 아 숙은 찻잎이 그릇 바닥으로 모이는 모습을 바라보며 잠시 침묵을 지키다가 곧 다시 이야기를 재개했다.

발퍼의 추측이 — 카버가 호키티카를 떠나 광둥으로 가서 몇 달간 돌아오지 않을 거라는 — 사실이라고 생각하고 아 숙은 다시 카니에레로 돌아가서 자신의 다음 수를 고민했다. 마오리족 청년 타우웨어로부터 프랜시스 카버가 떠나기 전에 크로스비 웰스라는 남자에 대한 소식을 구하고 있었다는 얘기를 들었으니까 이 크로스비 웰스라는 남자를 찾아가서 물어보는 방법도 있었다. 타우웨어와의 짧은 대화에서 그는 웰스가 해안에서 상류 쪽으로 몇 킬로미터 떨어진 아라후라 골짜기에 산다는 것을 알아냈었다. 그는 거기로 갔다가 더더욱 실망스럽게도 오두막이 비었다는 사실을 알게 되었다. 은둔자는 죽었다.

이후 일주일 동안 아 숙은 웰스의 금 더미에 대한 소식에 자세하게 귀를 기울였다. 은둔자의 죽음이 카버의 출항과 어떤 식으로든 관계가 있을 거라고 그는 믿었다. 이 작업에는 8일가량 걸렸다. 바로 그날 아침, 그러니까 1월 27일에 그는 굉장히 놀라운 사실 두 가지를 발견하게 되었다.

아 숙이 방문한 이유를 마침내 설명하려고 하는데 권총 쏘는 소리가 울려퍼졌고 — 그는 놀라서 주위를 보았다 — 아 퀴의 문 바깥 공터에서 고함 소리가 들렸다.

"이리 나와, 이 썩어빠진 중국 놈! 당장 나와서 남자답게 맞서라고!"

아 숙의 눈이 아 퀴에게로 향했다. '누구요?' 그가 소리 없이 물었고 아 퀴는 혐오감에 입가를 찡그리고 대답했다.

"매너링."

하지만 그의 눈에는 두려운 빛이 떠올랐다.

다음 순간 삼베 커튼을 옆으로 홱 젖히고 매너링이 문가에 들어섰다. 그는 권총을 손에 들고 있었다.

"용광로 앞에 앉아서 지금 무슨 작당들을 하고 있는 거지? 그것도 둘이서 말이야! 네놈이 이럴 줄 알았어야 했는데, 조니 숙! 이런 식으로 지저분한 짓을 할 줄 알았어야 했어! 누런 쓰레기들 같으니라고, 맙소사!"

그가 오두막 안으로 들어와서— 그가 바라던 것만큼 위협적이지는 못했다. 천장이 아주 낮아서 몸을 구부려야만 했기 때문이다— 팔로 강하게 아 퀴의 몸을 감고 스미스 & 웨슨 권총 총구를 남자의 관자놀이에 댔다. 아 퀴는 곧장 움직임을 멈추었다.

"좋아. 이제 말을 해봐. 크로스비 웰스와 대체 무슨 짓을 한 거지?"

잠깐 동안 아 퀴는 꼼짝도 하지 않았다. 그러다가 총구가 머리를 누르고 있다는 사실을 의식하면서 아주 조금 고개를 흔들었다. 그는 크로스비 웰스라는 남자를 알지 못했다. 아 숙이 방금 이야기한 것처럼 그 남자가 은둔자이고, 아라후라 골짜기에 살고, 최근에 죽었다는 정도밖에는. 매너링의 뒤로 창백한 얼굴의 찰리 프로스트가 방 안으로 들어왔고, 잠시 후에는 콜리인 홀리가 뒤를 따라 들어왔다. 홀리의 털은 완전히 젖어 있었다. 개는 조그만 방 안을 돌아다니며 숨을 헐떡거리고 몇 번 낮게 짖어댔지만, 아무도 조용히 하라고 말할 겨를이 없었다.

"좋아."

아 퀴가 대답하지 않자 매너링이 말했다.

"다른 방법으로 묻도록 하지, 알겠어? 이 질문에 답을 해봐, 조니 퀴. 크로스비 웰스가 오로라의 금 4천 파운드어치를 갖고서 뭘 하고 있던 거지?"

아 퀴는 혼란스러운 소리를 냈다. 오로라의 금? 오로라의 금 같은 건 없었다! 오로라는 빈 광산이었다. 누구보다도 매너링이 그 사실을 잘 알지 않는가!

"밀가루통 안에 들어 있고, 풀무 안에 숨겨져 있고, 찻주전자 안에, 고기 저장고 안에 숨겨져 있던 그 금 말이야. 내 말 알아들어? 4천 파운드어치의 순금!"

아 퀴는 인상을 찌푸렸다. 그가 아는 영어는 굉장히 제한적이었지만 '금'과 '오로라'는 알았고, '천'이라는 단어도 알았다. 그리고 매너링이 뭔가 없어진 것을 찾으러 왔다는 것은 분명히 알 수 있었다. 안나의 드레스에 있던 금을 이야기하는 거라고 아 퀴는 생각했다. 어느 날 오후에 그가 그녀의 치마 주름장식을 들어 올리다가 거기에 무거운 광석들이 가득 들어 있다는 것을 발견하고서 찾아낸 그 금. 그가 몇 주에 걸쳐 안나가 바로 이 레인지 위의 벽돌 침대에 누워 있는 동안 한 번에 한 솔기씩 실을 뜯고 빼내서 모은 그 금을. 그녀가 숨을 쉴 때마다 새하얀 반구형의 배가 오르락내리락했고, 바늘이 피부를 찌를 때에만 알아들을 수 없는 말을 중얼거리곤 했다. 그는 그 금을 찾아낸 뒤 몇 주 동안, 몇 달 동안 제련해서 자신이 계약된 광산의 이름을 ─ 오로라 ─ 찍고서 카니에레의 광산촌 분소로 가져갔다.

"4천 파운드라고!"

매너링이 소리를 질렀다. (홀리가 짖기 시작했다.)

"오로라는 텅 빈 쓰레기야. 찌꺼기밖에 없는 곳이라고! 난 알아! 스테인스도 알고! 오로라는 바싹 말랐고 항상 그랬어. 그러니까 당장 진실을 말해. 오로라에서 대박을 터뜨린 거야? 광맥을 찾았어? 광맥을 찾아서 금을 제련해서는 크로스비 웰스의 오두막에 숨겼나? 말하라고, 제기랄! 조용히 해, 홀리! 조용히 해!"

아 퀴가 독점으로 계약되어 있는 곳이 바로 오로라 광산이었다. 계약서상 그는 그 땅에서 나온 광물이 아니면 어떤 이득도 챙길 수가 없었다. 안나의 드레스에서 나온 금을 제련하고 제련된 금판에 **오로라**라는 글자를 새긴 후 그는 금을 들고 광산촌 분소로 가서 보관을 맡기고 무게를 달았다. 하지만 오로라의 분기별 소득이 1월 첫주에 신문에 실렸을 때, 아 퀴는 놀랍게도 그 광산에서 나온 금이 은행에 보관되지 않았다는 것을 알게 되었다. 누군가가 분소 금고에서 그것을 훔쳐간 것이다.

매너링이 아 퀴의 관자놀이에 총을 찔러대며 다시금 말하라고 외쳤다. 그의 입에서는 차마 여기 적기 어려운 욕설들이 연신 튀어나왔다.

아 퀴는 입술을 적셨다. 그는 모든 것을 고백할 만큼 영어를 잘하지 못했다. 그래서 자신이 아는 몇 안 되는 영어 단어로 말했다.

"불운하다."

그가 마침내 말했다.

"아주 불운하다."

매너링이 소리를 질렀다.

"당연히 불운하시겠지. 그리고 더더욱 불운하게 될 줄 알아!"

그가 아 퀴의 뺨을 권총 개머리판으로 내리치고서 총구를 다시 그의 관자놀이에 눌렀다. 아 퀴의 머리가 아플 정도로 옆으로 돌아갔다.

"네 운에 대해서 잘 생각을 해보는 게 좋을 거야, 조니 퀴. 네 운이 어떤 식으로 바뀔지 잘 생각을 해보라고. 난 널 쏠 거야. 네놈 머리에 구멍을 뚫어줄 거라고. 이 두 명을 증인으로 두고 말이야. 분명히 쏠 거야."

하지만 정작 말을 한 것은 찰리 프로스트였다. 그는 굉장히 흥분한 상태였다.

"이제 그만하시죠."

"조용히 해, 찰리."

"조용히 하지 않을 겁니다. 그 총 내려놓으세요."

"절대로 안 되지."

"그 사람이 매너링 씨 말을 못 알아듣잖습니까!"

"헛소리."

"정말이에요!"

"난 이놈이 알아들을 수 있는 유일한 말을 하고 있어."

"수첩 있으시잖습니까!"

그 말은 사실이었다. 잠시 후에, 마치 큰 양보라도 하는 것처럼 매너링이 아 퀴의 관자놀이에서 총을 뗐다. 하지만 권총을 총집에 도로 넣지는 않았다. 잠깐 망설이며 손으로 총의 무게를 가늠하다가 도로 들어올려서 신중하게 겨누었다. 다만, 이번에는 아 퀴가 아니라 두 남자 중에서 영어를 좀더 잘하는 아 숙 쪽을 겨누었다. 아 숙의 얼굴에 총구를 똑바로 겨눈 채 매너링이 말했다.

"오로라에서 노다지가 터진 건지 어떤 건지 알아야겠어. 진실을 알아야겠다고. 물어봐."

아 숙은 아 퀴에게 광둥어로 매너링의 질문을 되풀이했고, 아 퀴는 길게 대답을 했다. 금 제련사는 오로라 금광에 관한 모든 역사를, 매너링의 사기와 스테인스의 구매까지 전부 말했다. 왜 자신이 처음에 주간 수입을 제련하게 되었고 그후에는 자신이 계약된 광산의 이름을 금판에 새겼는지도 설명했다. 그는 아 숙에게 자신이 아는 한 오로라에는 금이 한 푼도 없다고 확실하게 말했다. 6개월치 경비를 대지도 못할 정도라고. 매너링은 이 발 저 발로 무게중심을 옮기며 인상을 찌푸렸다. 그동안 홀리는 입을 헤벌리고 웃는 표정으로 방 안을 돌아다니며 꼬리를 계속 흔들었다. 찰리 프로스트는 개가 핥을 수 있도록 손을 내밀었다.

"금덩어리는 없다."

아 퀴가 말을 마치자 아 숙이 통역을 했다.

"노다지 없다. 아 퀴는 오로라가 빈 광산이라고 말한다."

"그럼 그놈은 빌어먹을 거짓말쟁이야."

매너링이 말했다.

"딕! 당신 입으로 오로라가 사기라고 그러지 않으셨습니까!"

"당연히 그렇지! 하지만 그러면 그 금은, 이 더러운 이교도 놈이 바로 이 방에서 제련한 금은 죄다 어디서 나온 건데? 크로스비 웰스와 한패인가? 물어봐!"

그가 아 숙을 향해 권총을 흔들었고, 아 퀴의 대답을 들은 뒤 아 숙이 말했다.

"그는 크로스비 웰스 모른다."

아 숙은 얼마든지 매너링에게 자신이 아는 바를 말할 수도 있었지만ㅡ오늘 오후에 아 퀴가 아 숙의 충고를 바라고 찾아오게 만든 바로 그 정보를ㅡ그는 매너링의 취조 방식이 마음에 들지 않았고 이 호키티카의 거물이 도움되는 답을 들을 자격이 없다고 생각했다.

"그럼 스테인스는?"

매너링의 분노는 거의 절망적인 지경에 이르고 있었다.

"에머리 스테인스는? 아하, 그 이름은 아는군. 그렇지, 조니 퀴? 당연히 알겠지! 계속해봐. 그 친구는 어디 있지?"

아 숙은 아 퀴에게 이전처럼 질문을 반복해주었다.

"그는 모른다."

아 퀴가 답을 마치자 아 숙이 다시 말했다.

매너링의 분노가 폭발했다.

"몰라? 모른다고? 모르는 것도 참 많군, 조니 숙, 안 그래?"

"그런 식으로 물어보면 대답을 하려다가도 안 하겠어요!"

프로스트가 소리쳤다.

"자넨 입 다물어, 찰리."

"다물지 않을 겁니다!"

"이건 자네 일이 아니라고, 제기랄. 자네는 방해만 하고 있어."

"피라도 튀게 되면 제 문제가 되겠지요. 그 총 좀 내려놓으세요."

프로스트가 말했지만 매너링은 다시 한 번 아 숙 쪽으로 총을 겨누었다.

"자! 얼굴에서 그 멍청한 표정 지우지 않으면 내가 직접 지워주겠어. 이번엔 네놈에게 물어보지. 저놈, 조니 퀴 말고. 너한테 묻는 거야, 숙. 스테인스에 대해서 뭘 알지?"

아 퀴의 눈이 그들 사이를 왔다갔다했다.

"스테인스 씨는 아주 좋은 사람이다."

아 숙이 상냥하게 말했다.

"좋은 사람이라고? 그 좋은 사람이 어디로 사라졌는지 한번 말해보겠나?"

"떠났다."

아 숙이 말했다.

"그래? 그냥 떠났다고? 자기 광산을 그냥 다 남겨두고서? 자신이 아는 모든 사람을 두고 떠났다고?"

"그렇다. 신문에 있었다."

아 숙이 대답했다.

"이유를 말해. 왜 그 친구가 그러는데?"

"나는 모른다."

"그런 식으로 멍청이처럼 굴겠다 이거지…… 너희 둘 다."

매너링이 말을 이었다.

"한 번만 더 묻겠어. 너희가 이해할 수 있게 아주 천천히 말해주지. 엄청난 금 더미가 최근에 나타났어. 죽은 사람 집에 숨겨져 있던 게. 부스러기 하나까지 전부 다 제련된 그것들에는 **오로라**라는 글자가 찍혀 있었지. 그건 여기 있는 내 오랜 친구 퀴의 서명이고 그걸 부인한다면 지옥에서 썩게 해주겠어. 자, 내가 알고 싶은 건 이거야. 그 금이 정말로 오로라에서 나온 건가, 아닌가? 그걸 물어봐. 네, 아니오 둘 중 하나로."

아 숙은 이 질문을 아 퀴에게 전달했고, 상황의 위중함을 고려하고 아 퀴는 정직하게 대답하기로 했다. 그렇다, 그는 노다지를 발견했다, 아니, 그건 오로라에서 나온 게 아니다, 그가 그걸 제련해서 오로라의 이름을 찍긴 했지만 그건 그 금을 일부라도 돌려받기 위해서였다. 그러고서 그는 좀 기묘한 이야기 같지만 안나 웨더렐의 드레스 솔기 안쪽에 들어 있던 금을 찾아낸 거라고 설명했다. 6개월쯤 전에 처음 발견했고, 조금 생각을 해본 끝에 안나가 다른 사람을 위해서 그걸 밀수하고 있는 거라고 추측했다. 그는 안나 웨더렐이 매너링의 창녀라는 걸 알고 있었고, 매너링이 전에도 자신의 재정 기록을 조작했다는 걸 알고 있었기 때문에, 매너링이 은행에 내야 하는 세금을 피하기 위해서 골짜기 밖으로 금을 운송하는 데 안나 웨더렐을 이용하는 거라는 결론을 내렸다.

"그놈이 뭐라고 하는 거야? 뭐라고 대답했어?"

매너링이 물었다.

"엄청나게 길게 얘기하고 있는데요."

프로스트가 말했다. 사실 그랬다. 그리고 아 숙은 그 이야기에 완전히 빠져들었다. 안나 웨더렐이 노다지를 숨기고 있었다고? 도둑맞을까봐 매너링이 지갑도 못 들고 다니게 하는 바로 그 안나가? 믿을 수가 없었다!

아 퀴는 이야기를 계속했다.

그는 딕 매너링에게 품은 불만을 쉽게 지워버릴 수가 없었다. 그가 텅 빈 광산에 꽁꽁 매여 있는 이유가 바로 딕 매너링 때문이었고, 이 금을 통해서 복수를 하고 자유를 얻을 수 있는 기회를 동시에 찾았다. 아 퀴는 안나 웨더렐을 매주 자신의 오두막으로 초대했다. 물론 언제나 아편에 취해 있을 때였다. 아 숙의 오두막에서 나올 때면 그녀는 항상 굉장히 잠에 취해 있고 멍청했기 때문이다. 대체로 그녀는 오두막에 들어오면 아 퀴의 화덕 열기에 빠져들어 몇 분 안에 잠이 들었다. 그것은 아퀴에게 딱 좋았다. 안나가 편안하게 화덕 위 벽돌침대에 자리를 잡으면, 그는 바늘과 실을 들고 그녀의 드레스를 뜯었다. 그는 치맛단 안에든 조그만 금덩어리들을 납추로 바꿔 넣어 그녀가 잠에서 깨도 갑자기 드레스가 가벼워졌다는 걸 알아채지 못하게 했다. 그녀가 자다가 뒤척이면 그는 강한 술을 그녀의 입에 대주고서 마시라고 부추겼다.

아 퀴는 금이 안나의 드레스 주름장식 안에 어떻게 숨겨져 있었는지 설명하려고 했지만, 매너링의 팔이 여전히 그의 몸을 붙잡고 있어 동작으로 설명을 보충할 수가 없어서 금이 그녀의 코르셋과 버슬 주위에 들어 있는 모양을 다른 데에 비유했다. '꼭 갑옷을 입은 것처럼', 그렇게 말했고 언제나 시적인 표현을 좋아하는 아 숙은 미소를 지었다. 안 나에게는 드레스가 네 벌 있었고 하나하나에 대충 천 파운드가량의 금 이 들어 있는 것 같다고 아 퀴는 계산했다. 그는 각 드레스가 텅 빌 때 까지 금을 끄집어내고, 가루 하나까지 전부 다 녹여서 특유의 금판으 로 제련하고, 하나하나에 그가 매여 있는 광산의 이름을 찍었다. 마치 그것을 정직하게, 합법적으로 오로라 갱도 밑에서 파낸 것처럼 말이다. 한동안 그는 굉장히 행복했다. 보증금을 다 갚고 나면 마침내 아주 부 유해져서 광저우로 돌아갈 수 있을 테니까.

매너링이 초조함에 발을 구르며 아 숙을 향해 말했다.

"자, 그래서 대답이 뭐야? 뭐라고 하는 거야?"

하지만 아 숙은 통역자로서의 역할을 잊었다. 그는 경탄의 눈으로 아 퀴를 보았다. 이 이야기는 정말 믿을 수가 없었다! 수천 파운드라 니…… 안나가 자기 몸에 몇 달이나 수천 파운드어치 금을 숨기고 다 녔다니! 그것은 최소한 열두어 명의 남자가 은퇴해서 사치스럽게 살 수 있을 정도의 금액이었다. 그 정도 돈이면 안나는 해안가 전체를 살 수도 있었을 것이다…… 그러고도 돈이 남았을 것이다! 그런데 이제는 그 돈이 다 어디로 간 거지?

다음 순간 아 숙은 상황을 이해할 수 있었다.

"세이 친."

그가 숨을 들이켰다. 그러니까 아 퀴가 안나의 드레스에서 끄집어 낸 금이 어떤 변덕이나 착오로 은둔자 크로스비 웰스의 소유로 넘어간 것이다. 하지만 이런 착오가 대체 어떻게 생긴 걸까…… 누구 책임인 거지?

"영어로 말해! 영어로 말을 하라고, 이런 빌어먹을!"

매너링이 소리를 질렀다.

갑자기 대단히 흥분해서 아 숙은 아 퀴에게 어떻게 금 더미가 웰스의 오두막에 숨겨지게 된 거냐고 물었다. 아 퀴는 씁쓸하게 잘 모르겠다고 대답했다. 그는 오늘 오후까지 크로스비 웰스라는 이름을 들어본 적도 없고, 그가 아는 한 제련된 금을 마지막으로 건드린 사람은 오로라의 현재 소유주인 에머리 스테인스뿐이라고 말했다. 그리고 스테인스는 지금 어디서도 찾을 수가 없고. 아 퀴는 매달 말에 광산촌 분소에서 준비은행으로 오로라의 소득을 가져가는 사람이 스테인스라고 설명했다. 그런데 그렇게 하지 않은 게 분명했다.

"내 귀에는 시끄러운 헛소리만 계속 들리고 있어. 이게 다 무슨 내용인지 당장에 말을 하지 않으면 말이야, 조니 숙…… 내가 말하는데……."

"얘기를 마무리하고 있잖습니까. 조금만 기다려보세요."

프로스트가 매너링의 말을 막았다.

아 숙은 인상을 찌푸렸다. 에머리 스테인스가 정말로 자신의 금고에서 금을 훔쳐서 제련된 금덩이들을 20킬로미터 떨어진 은둔자의 오두막에 숨겨놓은 건가? 그럴 이유가 뭐가 있는데? 왜 스테인스가 자기 금을 훔쳐서 다른 사람에게 선물로 줘야 하지?

"다섯을 세겠어."

매너링이 외쳤다. 그의 얼굴은 이제 자줏빛이었다.

"다섯!"

아 숙은 마침내 매너링을 쳐다보고 한숨을 쉬었다.

"넷!"

"이제 말한다."

아 숙이 양손을 들어올리고 말했다. 하지만 말할 내용은 너무 많고…… 그가 아는 단어는 이걸 다 설명하기에는 지극히 부족했다! 그는 아 퀴가 사용한 시적 비유를 유지하고 싶어서 영어로 '갑옷'이 뭐였는지 떠올리려고 노력하다가 마침내 목을 가다듬고 입을 열었다.

"노다지 오로라 아니다. 안나가 금으로 된 비밀 갑옷 입었다. 퀴 롱은 안나가 입은 비밀 금 갑옷 찾았다. 퀴 롱은 금 갑옷을 오로라 금으로 보관하려고 했다. 그런데 스테인스가 퀴롱에게서 훔쳤다."

딕 매너링은, 이런 상황에서 당연하게도 이 말을 엉뚱하게 이해했다.

"그러니까 노다지는 오로라에서 나온 게 아니란 말이지. 에머리가 다른 곳에서 노다지를 찾았는데 그걸 비밀로 한 거야. 퀴가 그걸 발견할 때까지. 그래서 퀴가 에머리의 금을 오로라의 것으로 보관을 하려고 한 거지. 스테인스 씨가 도로 가져갈 수 있도록."

이야기가 완전히 뒤섞였다! 아 숙은 아 퀴에게 광둥어로 빠르게 말했고, 매너링은 당연하게도 이것을 동의의 뜻으로 받아들였다.

"스테인스는 지금 어디 있나? 다른 질문은 그만해. 그걸 물어보라고. 스테인스 씨는 지금 어디 있지?"

얌전하게 아 숙은 말을 중단하고 질문을 반복했다. 이번에 아 퀴는 괴로움에 가까운 어조로 대답했다. 12월 이래로 에머리 스테인스와 이야기를 나눈 적이 없고, 자신도 그와 꼭 만나고 싶다는 거였다. 1월 초에 오로라의 분기별 소득이 신문에 실린 것을 보고서야 그 역시 자신이 사기를 당했다는 것을 알았기 때문이다. 그가 안나의 드레스에서 발견한 금 더미는 그가 의도한 것처럼 오로라 광산에서 나온 것으로 예치되지 않았고, 아 퀴는 스테인스가 이런 착오에 책임이 있다고 확신했다. 하지만 그가 이 모든 것을 깨달았을 무렵, 스테인스는 사라졌다. 그가 어디로 사라졌는지에 대해서는 아 퀴도 전혀 알지 못했다.

아 숙은 매너링을 쳐다보고 두번째로 말했다.

"그는 모른다."

"저 말 들으셨죠, 딕? 모른다잖아요."

찰리 프로스트가 구석에서 말했다.

매너링은 그를 무시하고 권총을 아 숙의 얼굴에 계속 겨눈 채 말했다.

"나한테 정직하게 대답하지 않으면 널 쏴버리겠다고 저놈한테 말해."

그가 자신의 말을 강조하듯이 총을 흔들었다.

"저놈한테 말하라고. 조니 퀴가 말을 하지 않으면 조니 숙이 죽는다고 말이야. 그렇게 말해. 당장!"

아 숙은 의무적으로 이 위협을 아 퀴에게 되풀이했고, 아 퀴는 아무 대답도 하지 않았다. 잠깐 동안 모두가 다른 누군가가 말을 하기를 기다리는 것처럼 침묵이 흘렀다. 그러다 갑자기 매너링이 오른손을 홱 내리쳐서 아 퀴를 앞으로 밀어내고는 그의 땋은 머리를 움켜잡고 머리를 도로 거칠게 뒤로 잡아당겼다. 권총은 여전히 아 숙을 겨냥하고 있었다. 아 퀴는 소리를 내지 않았지만 눈에는 금세 눈물이 고였다.

"아무도 중국인 따윈 찾지 않아."

매너링이 아 숙을 향해 말했다.

"특히나 호키티카에서는 더 그렇지. 여기 있는 자네 친구가 주지사에게 뭐라고 설명할 것 같아? '불운하다'라고 하겠지. '숙 죽었다. 골짜기 불운하다.' 그러면 주지사는 뭐라고 할까?"

매너링이 아 퀴의 땋은 머리를 사납게 당기고서 말을 이었다.

"주지사는 이러겠지. '조니 숙? 아편을 피우는 그 모자장수 말이지? 오후 내내 아편에 취해서 늘어져 있는 그 동양인. 째진 눈들이랑 쓸모

없는 창녀들에게 독극물을 파는 그 작자. 그놈이 죽었어? 아, 그렇구먼! 그런데 도대체 왜 내가 신경을 써야 하지?'"

이런 독설은 한 번도 나온 적이 없었다. 매너링과 아 숙은 항상 동등한 관계였기 때문이다. 하지만 아 숙의 얼굴에는 화가 났거나 불쾌한 기분이 전혀 드러나지 않았다. 그는 그 멍한 표정으로 매너링을 쳐다보며 눈 한번 깜박이지 않았다. 시선을 돌리지도 않았다. 여전히 목이 뒤로 꺾여 있어서 목 근육이 피부 아래로 드러나 보이는 아 퀴 역시 꼼짝하지 않았다.

"독 없다. 나는 안나에게 독 주지 않았다."

아 숙이 잠시 후에 말했다.

"내가 단언하는데, 네놈은 매일같이 안나에게 독을 먹이고 있는 거야!"

"딕, 그건 지금 요점이 아니잖습니까……."

프로스트가 필사적으로 말했다.

"요점이라고?"

매너링이 고함을 지르고는 아 숙의 머리에서 30센티미터쯤 떨어진 곳에 대고 총을 쏘았다. 탕 소리가 나고 — 아 숙이 충격을 받아 비명을 지르며 팔을 퍼덕거렸다 — 구멍에서 돌가루가 떨어지며 후드득 소리가 났다.

"이게 바로 요점이야! 안나 웨더렐은 저놈의 지저분한 집구석에서 — (그는 권총으로 아 숙을 가리켰다) — 일주일에 엿새는 뻗어 있지. 이놈은 — (그는 아 퀴의 머리를 다시 한 번 사납게 당겼다) — 스테인스에게 도둑이라고 했어. 스테인스가 분명히 금이랑 관계된 어떤 비밀을 발견한 거야. 노다지와 관련된 비밀을. 난 에머리 스테인스가 사라지던 밤에 안나 웨더렐과 함께 있었다는 사실을 확실하게 알고 있다고. 그리고 바로 그날이 말이야, 노다지가 아주 이상한 곳에서 발견되고 안나는 빌어먹을 정신을 잃었던 날이었지! 빌어먹을, 찰리, 나한테 요점이 어쩌고 하는 소린 꺼내지도 마!"

다음 순간 네 명의 남자가 한꺼번에 말을 했다.

"리 고 시 하이 응 위어……."

"오로라에 대해서 그렇게 확신을 한다면……."

"응 고 모 조우 초 예……."

"누군가가 크로스비 웰스에게 금을 줬어!"

그때 찰리 프로스트의 뒤에서 또 다른 목소리가 들렸다.

"도대체 여기서 무슨 일이 벌어지고 있는 거야?"

중개상 하랄 닐슨이었다. 그가 오두막의 낮은 상인방 아래로 고개를 숙이고서 놀란 눈으로 그들을 쳐다보았다. 홀리가 그를 향해 달려들어 재킷 밑단과 소매 냄새를 킁킁 맡았다. 닐슨은 손을 내밀어 개의 귀 뒤를 긁었다.

"대체 무슨 일이야? 맙소사, 딕! 자네 목소리가 50보 떨어진 데서도 들렸어! 중국인들이 죄다 창밖으로 고개를 내밀고 있다고!"

매너링은 아 퀴의 땋은 머리를 잡은 손에 힘을 주었다.

"하랄 닐슨! 이 기소에 대한 증인이 되어주게! 자네가 딱 도움이 될 만한 사람이지."

"좀 조용히 하게."

닐슨은 홀리를 바닥에 앉히고 개의 머리에 손을 얹어 달랬다.

"조용히 하라고! 그러다 금방이라도 경관이 오겠어. 뭘 하는 건가?"

"자네가 크로스비의 오두막에 갔었지."

매너링은 목소리를 낮추지 않은 채 계속 말을 했다.

"자네가 거기 제련된 상태로 있던 금을 봤어, 안 그런가? 이 누런 악마 놈이 우릴 갖고 놀고 있다고!"

"그래."

상황에 어울리지 않게 닐슨은 대답을 하며 코트에서 빗방울을 털어내려는 듯 손으로 문질렀다.

"금이 제련되어 있는 걸 봤어. 실은 그래서 나도 여기에 온 거야. 하지만 조용히 좀 물어볼 순 없었나? 듣는 사람들이 있잖아!"

"자, 봐! 네놈의 입을 열기 위해서 또 한 명이 왔지! 네놈 머리에 총을 겨눌 사람이 하나 더 늘었다고!"

매너링이 아 퀴를 향해 말했다.

"저기 말이야, 나는 누구의 머리에도 총 같은 건 겨누지 않을 거야. 그리고 자네가 뭘 하고 있는 건지 다시 한 번 묻고 싶은데. 보기가 영 안 좋다고."

"딕은 이성적인 말은 듣지를 않습니다."

프로스트는 이 흉측한 상황에 말려들고 싶지 않아서 초조한 기분으로 말했다.

"그 친구가 말을 하게 좀 놔두게! 도대체 무슨 일이야?"

닐슨이 화가 나서 외쳤다.

이 질문에 대한 매너링의 대답은 지면에서 생략하도록 하겠다. 올바르지도 않고, 선동적이기 때문이다. 또한 이어진 대화에서 매너링과 닐슨이 차이나타운까지 오게 된 이유가 똑같은 것임을 알게 되고, 중개상이 웰스의 자산 매매에 관해 의심을 품고 있다는 것을 직감한 프로스트는 부루퉁하게 침묵을 지켰다는 부분도 생략하겠다. 이 모든 것을 밝히는 데에 대략 10분 정도가 흘렀고, 마침내 대화는 여전히 불편하고 모욕적인 자세로 목을 붙잡혀 있는 금 제련사 아 퀴에게로 다시 돌아갔다. 매너링은 이 문제가 얼마나 다급한지 알려주기 위해서 남자의 땋은 머리를 잘라버리자고 말하며 아 퀴의 머리를 잡아당겼다. 그는 마치 전리품을 만지작거리는 것처럼 그의 머리를 당기는 데에서 큰 즐거움을 누리고 있는 것 같았다. 하지만 닐슨은 다른 사람에게 도덕적으로 수치를 주는 걸 용납하지 않았고, 미적으로는 흉한 걸 받아들일 수가 없었다. 다시금 그는 매너링과 말다툼을 하며 상황이 마뜩찮다는 태도를 드러냈고, 그 탓에 아 퀴는 계속해서 붙잡혀 있어야만 했다. 홀리는 통제 불가능할 정도로 신이 나서 날뛰었다.

마침내, 지금까지 대단히 훌륭하게 무시되고 있던 찰리 프로스트가 중국인들이 매너링의 질문을 이해하지 못하는 것일지도 모른다는 의견을 내놓았다. 그러니까 아 숙에게 말 대신 글로 질문을 해보는 게 어떻겠느냐는 것이었다. 그렇게 하면 통역하는 과정에서 대화가 빠질 우려도 없으니까 말이다. 닐슨은 이 아이디어가 그럴듯하다고 생각하고 찬성했다. 매너링은 못마땅했지만, 그의 의견이 소수인 만큼 결국엔 찬성하는 수밖에 없었다. 그는 아 퀴를 놓아주고, 권총을 총집에 도로 넣고, 중국어로 질문을 만들기 위해 조끼에서 수첩을 꺼냈다.

매너링의 수첩은 그가 자부심을 느끼는 것도 무리가 아닌 물건이었다. 페이지마다 알파벳 입문서처럼 중국어 글자와 영어로 된 해석이 적혀 있었다. 매너링은 글자들을 어떻게 배치하면 더 긴 단어를 만들 수 있는지 알려주는 색인도 만들었다. 발음까지는 적혀 있지 않았기 때문에 수첩은 종종 상황을 더 혼란스럽게 만들기도 했지만, 전반적으로 굉장히 영리하고 도움이 되는 대화 도구였다. 매너링은 글을 읽거나 쓸 때면 항상 그러듯이 혀끝을 입가에 댄 채 수첩을 넘기기 시작했다.

하지만 매너링이 질문을 찾기도 전에 아 숙이 대답을 했다. 모자장수는 앉아 있던 용광로 옆자리에서 일어나 — 아 숙까지 일어서자 오두막 안은 굉장히 좁게 느껴졌다 — 목을 가다듬었다.

"나는 크로스비 웰스의 비밀을 안다."

이것이 그가 카니에레에서 그날 아침에 발견한 사실이었다. 그것 때문에 아 퀴의 오두막에 의논하러 온 것이었고.

"뭐? 뭔데?"

매너링이 물었다.

"그는 던스탄에 있었다. 오타고 광산."

아 숙의 말에 매너링은 실망해서 축 늘어졌다.

"그게 뭐가 중요해? 그게 무슨 비밀이냐고! 크로스비 웰스가 던스탄이 있었다! 언제 던스탄에 있었는데? 2년이나 3년쯤 전에! 내가 어떻게 아느냐고? 나도 던스탄에 있었으니까! 모든 호키티카 사람이 다 던스탄에 있었어!"

닐슨이 매너링을 보고 물었다.

"그럼 거기서 웰스를 만난 적이 없는 건가?"

"없어. 알지도 못했어. 하지만 그 부인은 알았지. 더니든 시절에."

닐슨은 깜짝 놀랐다.

"부인을 알았다고? 미망인을?"

"그래."

매너링은 그에 대해 부연 설명을 하지 않고서 수첩만 넘겼다.

"하지만 크로스비는 몰랐어. 둘은 별거 중이었거든. 이제 다들 조용히 해. 너무 시끄러워서 내가 무슨 생각을 하는지조차 모르겠다고."

Φ

"던스탄이라고요."

월터 무디는 엄지와 검지로 턱을 쓰다듬으면서 중얼거렸다.

"오타고 광산이지."

"중부 오타고야."

"던스탄의 전성기는 이미 지났어. 요즘은 회사 준설기들만 가득하지. 하지만 한때는 정말 대단했었어."

"이 광산 이름이 언급된 게 오늘 저녁에 두번째인 것 같은데요. 맞습니까?"

무디가 물었다.

"자네 말이 맞네, 무디 군."

"잠깐만. 왜 그 말이 맞지?"

"로더백을 협박하는 데 사용된 금이 던스탄 광산에서 나온 거였어. 로더백이 그렇게 말했지."

"로더백이 분명히 그렇게 말했죠."

무디가 말했다. 상대는 고개를 끄덕였다.

"저는 이 로더백이란 사람이 오늘 아침에 발퍼 씨에게 그렇게 아무렇지 않게 금광의 이름을 언급한 것에 대해서 믿어도 좋을까 좀 의문입니다."

"그게 대체 무슨 뜻인가, 무디 군?"

"그를 믿지 않는 건가? 그러니까 로더백 말일세."

무디가 대답했다.

"제가 로더백 씨를 믿지 않는다 해도 그리 불합리한 일은 아닙니다.

저는 그 사람을 한 번도 만나본 적이 없으니까 말입니다. 저는 이 이야기에 얽힌 사실들이 저에게는 한 다리 건너서 전달되고 있다는 걸, 어떤 경우에는 두 다리 건너 전달되고 있다는 걸 유념하고 있습니다. 예를 들어 던스탄 광산에 대한 얘기도 말입니다. 프랜시스 카버가 로더백 씨에게 광산 이야기를 했고, 로더백 씨가 그 만남에 관해 발퍼 선생에게 이야기를 했고, 선생은 오늘밤 저에게 그 이야기를 되풀이하셨지요! 그러니 제가 발퍼 선생의 말이 백 퍼센트 사실이라고 받아들이는 게 멍청한 행동이라는 데 모두들 동의하실 겁니다."

하지만 무디는 모여 있는 관객들을 잘못 보았다. 사실이라는 예민한 주제에 대해 의문을 제기하자 방 안 전체에서 분노의 고함이 터져나왔다.

"뭐라고? 자네는 사람이 본인 이야기를 하는 걸 안 믿는다는 건가?"

"이게 모두 사실이라고 내가 보장하는 바야, 무디 군!"

"다른 사람에게 들은 이야기를 할 수 없다면 도대체 무슨 이야기를 하겠나?"

무디는 깜짝 놀랐다.

"여러분의 이야기가 일부 바뀌었거나 생략되었다고 생각하는 건 아닙니다."

그가 이번에는 좀더 신중하게 말하며 한 명 한 명의 얼굴을 보았다.

"그저 다른 사람이 진실이라고 하는 것을 의문 없이 받아들여서는 안 된다는 뜻을 표하고 싶었을 뿐입니다."

"왜 그런가?"

여러 명이 한꺼번에 같은 질문을 던졌다.

무디는 잠깐 생각을 하느라 뜸을 들이다가 마침내 대답했다.

"법정에서 증인은 진실만을 말하겠다는 맹세를 합니다. 물론 그것은 그 자신의 진실이지요. 증인은 두 가지 조건에 동의를 합니다. 그의 증언이 모든 진실을 포함해야 하며, 진실만을 말해야 한다는 것이죠. 이 중 두번째 조건만이 진정한 한정 요소가 됩니다. 첫번째는 굉장히 많은 부분이 자유재량에 달려 있죠. 모든 진실이라고 하면 정확히 말해서 문제와 관련된 모든 사실과 자신이 받은 인상까지를 의미하는 겁니다. 사건에 관계가 없는 것들은 중요하지 않고, 대부분의 경우에는 고의로 오도되기도 하죠. 신사 여러분, ─ (방 안에 여러 계층의 사람들이 있다는 것을 생각하면 이런 집단명사는 조금 기묘했다) ─ 저는 모든 진실이라는 것이 존재하지 않고 오로지 사건과 관련된 진실만이 있다고 말하겠습니다. 그리고 관련이 있다는 것은 언제나 관점의 문제라는 것에 여러분도 동의하실 겁니다. 오늘밤 여러분 중 누군가가 어떤 식으로든 위증을 했다고 생각하지는 않습니다. 여러분은 진실을, 오직 진실만을 말씀하고 계실 거라고 믿습니다. 하지만 각자의 관점은 굉장히 다양하기 때문에 여러분의 이야기 내용만이 전부라고 제가 믿지 않는 것을 이해해주셨으면 합니다."

이 말에 잠시 침묵이 흘렀고, 무디는 자신이 그들을 모욕했음을 깨달았다. 그가 좀더 조용히 덧붙였다.

"물론 제가 성급하게 말한 걸 수도 있습니다. 여러분들이 아직 이야기를 끝마치지 않으셨으니 말입니다."

그가 남자들을 차례로 쳐다보았다.

"제가 끼어들지 말았어야 했던 것 같군요. 다시 말씀드리지만 어떤 분도 무시해서 그런 것은 아닙니다. 부디 계속하시지요."

찰리 프로스트는 호기심 어린 얼굴로 아 숙을 쳐다보았다.

"왜 그렇게 말했죠, 숙 씨? 왜 크로스비 웰스에 관한 비밀을 안다고 말한 겁니까?"

아 숙은 프로스트 쪽으로 시선을 돌리고 그를 관찰했다.

"크로스비 웰스는 던스탄에서 큰 성공 했다. 큰 금덩이 많다. 아주 운 좋은 사람이다."

닐슨이 고개를 돌렸다.

"크로스비 웰스가 노다지를 발견했다고?"

매너링 역시 고개를 들었다.

"뭐? 노다지? 어느 정도나 되는?"

"던스탄에서."

숙 용승은 여전히 프로스트를 쳐다보며 다시 말했다.

"아주 운 좋다. 큰 노다지. 아주 부자다."

닐슨이 앞으로 나섰다. 프로스트는 좀 짜증이 났다. 질문의 방향을 새롭게 돌린 건 그 자신이었는데 닐슨과 매너링은 둘 다 프로스트가 거기 있다는 사실조차 잊어버린 것 같았다.

"얼마나 됐지? 언제 발견한 거야?"

닐슨이 물었다.

"둘."

아 숙이 손가락을 두 개 들어올렸다.

"2년 전이라고!"

매너링이 외쳤다.

"얼마나 되지? 어느 정도 금액이야?"

"수천."

"얼마나 되지? 4천? 4천이야?"

닐슨이 손가락을 네 개 들어 보이며 물었다. 아 숙은 어깨를 으쓱였다. 그도 알지 못했다.

"이걸 어떻게 아는 겁니까, 숙 씨? 웰스 씨가 던스탄에서 귀향금을 발견했다는 걸 당신이 어떻게 알죠?"

"호송에게 물어본다."

아 숙이 대답했다.

"은행을 믿으면 안 된다니까! 찰리, 어떻게 생각하나? 은행이라는 것들은 믿을 수가 없어!"

매너링이 말했다.

"어떤 호송 회사지? 길리건? 아니면 그레이스우드 앤드 스피어?"

닐슨이 물었다.

"그레이스우드 앤드 스피어."

"그러니까 크로스비 웰스가 던스탄에서 노다지를 발견했고, 그 노다지를 광산에서 실어 내오는 데에 그레이스우드 앤드 스피어를 고용했다는 건가요?"

프로스트가 물었다.

"그렇다. 아주 좋다."

"그럼 웰스는 그동안 내내 엄청난 재산을 쥐고 있었던 거로군! 그 돈은 그 사람 본인 거였어! 아무도 안 믿었는데 말이지."

닐슨이 고개를 설레설레 흔들었다. 매너링이 아 퀴를 가리켰다.

"저놈은 어떻지? 이 일에 대해서 알고 있었나?"

"아니다."

아 숙이 대답했고, 매너링이 분노를 터뜨렸다.

"그러면 도대체 이게 다 무슨 상관이 있어? 이건 저놈이 작업한 거라고. 기억하고 있어? 크로스비의 오두막에 있었던 건 저놈 거야! 조니 퀴가 제 손으로 제련한 거라고!"

"어쩌면 크로스비 웰스와 한편이었는지도 모르죠."

프로스트가 말했다.

"그런 건가?"

닐슨이 아 퀴를 가리키고서 물었다.

"저 친구가 크로스비 웰스랑 한편이었던 건가?"

"그는 크로스비 웰스 모른다."

아 숙이 대답했다.

"아, 하나님 제발 좀."

매너링이 중얼거렸다. 하랄 닐슨은 중국인 두 명을 차례로 쳐다보았다. 그들의 표정에서 뭔가 공모의 증거라도 나올 것처럼 빤히 살폈다. 닐슨은 중국인들을 개인적으로 전혀 알지 못했기 때문에 굉장히 수상쩍다고 생각했다. 그의 의심은 경험적 증거에 기반하고 있는 것이 아니라서 반증이 나오는 경우가 훨씬 더 많았지만, 그렇다고 해서 그가 마음을 바꾸지는 않았다. 그는 오래전에 중국인들이 표리부동하다는 판단을 내렸고, 아무리 많은 반증을 마주한다 해도 마음을 바꿀 생각이 없었다. 지금, 아 퀴를 쳐다보면서 닐슨은 문득 아까 낮에 조지프 프리처드가 이야기한 음모론을 떠올렸다.

'만약에 우리가 함정에 빠진 거라면, 그 사람도 그럴지 모르지.'

"누군가 다른 사람이 뒤에 있는 거야. 다른 사람이 관련된 거라고."

닐슨이 말했다.

"그렇다."

아 숙이 대답했다.

"그게 누군데?"

닐슨이 간절하게 물었다. 매너링이 빈정거렸다.

"그놈에게서 제대로 된 말은 단 한마디도 들을 수 없을걸. 내가 장담
하는데, 기운 낭비야."

하지만 모자장수는 대답을 했고, 그 대답에 방 안에 있던 사람들 모
두가 깜짝 놀랐다.

"테 라우 타우웨어."

전갈자리의 금성

☾⋆

미망인은 재산에 대한 생각을 털어놓는다. 개스코인의 희망은 무너지고,
우리는 크로스비 웰스에 대한 새로운 것을 알게 된다.

그리디론을 나와서 오베르 개스코인은 곧장 여행자 호텔로 건너갔
다. 툭 튀어나온 둥근 막대에 연결된 짧은 사슬 두 개에 걸린 간판에는
그 이름이 눈에 띄게 쓰여 있었다. 딱히 광고 문구 같은 건 없었지만 대
신에 남자가 턱을 높게 들고, 팔꿈치를 구부리고, 어깨에는 짐 꾸러미
가 매달린 기다란 막대를 걸치고 걸어가는 실루엣이 그려져 있었다. 실
루엣의 말끔한 선으로 보아 여기가 남성 전용 숙소라고 생각해도 크게
잘못이 아닐 것 같았다. 사실로 베란다의 청동 타구와 뒷골목의 달개
지붕 옥외변소, 커튼이 없는 창문 등을 볼 때 건물 전체에서 여성을 전
혀 고려하지 않았음이 드러났다. 하지만 이것은 규칙이라기보다는 그
저 돈을 아끼느라 그런 것뿐이었다. 여행자 호텔은 남녀를 딱히 구분하
지 않았다. 이곳은 숙박객에게 아무것도 묻지 않고, 아무것도 제공하지
않으며, 하룻밤 묵는 데 대해서 굉장히 싼 가격을 부른다는 엄격한 방
침을 갖고 있었다. 이런 조건이다보니 여기서 묵는 사람은 굉장히 많은

것을 감수할 준비가 되어 있어야 했다. 최소한 현재의 숙박객인 리디아 웰스 부인은 그렇게 판단했다. 그녀 역시 검소함에 관해서는 누구보다 잘 아는 사람이기 때문이다.

리디아 웰스는 언제나 화려한 태도로 행동하는 사람이었기 때문에, 누가 다가오면 깜짝 놀란 척하며 웃음을 터뜨리곤 했다. 여행자 호텔 응접실에서 개스코인은 그녀가 소파에 몸을 쭉 뻗고 머리는 쿠션에 기대고, 한 팔은 넓게 벌리고, 발에서는 슬리퍼를 달랑거리고 있는 것을 발견했다. 다른 한 손에는 주머니에 들어가는 크기의 소설책을 들고 있었다. 마치 책이 기절하는 데 필요한 액세서리라도 되는 것 같은 모양새였다. 붉게 칠하고 꼬집어서 혈색을 준 뺨은 개스코인이 들어오기 직전에 한 것이었지만, 개스코인은 그 사실을 몰랐다. 그 모습은 개스코인이 보기에, 리디아 웰스가 의도한 대로 그녀가 푹 빠져 있는 소설의 내용이 굉장히 음란한 것임을 암시하는 것 같았다.

개스코인이 문틀을 두드리자(문은 열려 있었으니 예의상 두드린 것이었다) 리디아 웰스가 눈을 크게 뜨고 일어나서는 까르르 웃음을 터뜨렸다. 그녀는 책을 탁 소리가 나게 덮고서 표지와 제목이 남자의 눈에 들어오게 오토만 의자 위에 내려놓았다.

개스코인은 허리를 굽혀 인사를 했다. 몸을 편 다음 그는 잠시 그녀의 모습을 즐겁게 감상했다. 리디아 웰스는 대단히 아름다운 여인이자 눈이 즐거운 상대였기 때문이다. 그녀는 대략 마흔 살 정도였지만 성숙해 보이는 서른 살이나 혹은 젊어 보이는 쉰 살이라고도 착각할 만한 외모였다. 그녀는 정확한 나이를 절대로 밝히지 않았다. 그녀는 그 모호함 때문에 더욱 사람의 시선을 끄는, 나이를 구분하기 어려운 중년기에 접어든 상태였다. 소녀처럼 행동하면 나이 때문에 그 소녀스러움이 더욱 눈에 띄고, 현명하게 행동하면 그런 젊은 나이에 그만한 지혜를 갖고 있다는 사실이 더욱 인상적으로 보이기 때문이었다. 그녀의 얼굴에는 약간 심술궂게 보이는 구석이 있었다. 눈이 살짝 치켜 올라간 데다가 코도 위로 들려서 눈치가 빠르고 호기심 많은 타입이라는 인상을 주었다. 입술은 도톰하고, 이를 드러내면 섬세한 모양에 고르게 나 있는 것을 볼 수 있었다. 머리카락은 밝은 구릿빛으로 남자들은 '빨갛다'고 하고 여자들은 '갈색'이라고 부르는, 움직일 때마다 불꽃처럼 군데군데 어둡게 보이는 그런 색이었다. 현재 그 머리는 땋아서 말아올려 목덜미와 정수리를 정교한 모양으로 장식하고 있었다. 옷은 회색 실크로 만든 줄무늬 드레스였다. 차분한 색깔이면서도 딱히 상복이라고 하기는 어려운 옷이었다. 리디아의 표정이 성인 여자의 표정도 아니고, 그렇다고 소녀의 표정도 아닌 것과 비슷했다. 드레스에는 목까지 높게 단추가 달려 있고, 주름장식 버슬과 양의 다리 같은 모양의 퍼프소매에 풍만한 가슴을 강조하는 풍선 모양 상의가 허리로 가며 좁아졌다. 거대한 소매 끝에 나와 있는 그녀의 손은 ─ 지금은 개스코인이 문가에 서 있는 것을 보고 솟구친 기쁨을 전달하려는 듯이 서로 겹쳐져 있었다 ─ 마치 인형의 손처럼 상대적으로 아주 작고 아주 여려 보였다.

"무슈 개스코인, 혼자 오셨군요!"

그녀가 그의 이름을 부드럽게 음미하듯 부르며 말했다.

"유감스러운 말씀을 드려야겠습니다."

개스코인이 말했다.

"유감스러운 말뿐만 아니라 유감스러운 일을 저지르고 오신 게 분명하군요. 제가 맞춰보죠. 두통인가요?"

리디아가 그를 위아래로 살피며 말했다.

개스코인은 고개를 흔들고 안나의 총이 손에서 오발한 사건을 간략하게 이야기했다. 그는 사실대로 말했고, 리디아는 놀란 듯한 감탄사를 내뱉으며 그에게 꼬치꼬치 캐물었다. 그는 정직하게 대답했지만 떨리는 목소리가 그의 깊은 피로감을 드러냈다. 마침내 그녀는 그를 불쌍히 여기고서 앉으라고 말하고 음료를 권했다. 그는 기꺼이, 안도감을 느끼며 두 가지 제의를 모두 받아들였다.

"있는 게 진뿐이에요."

그녀가 말했다.

"물을 탄 진이면 충분합니다."

개스코인은 소파 바로 옆에 있는 안락의자에 앉았다.

"지독한 물건이에요. 그냥 웃으면서 참고 마셔야 할 거예요. 더니든에서 뭐든 한 통 가져왔어야 했는데. 돌이켜보니 참 바보 같은 짓이었어요. 이 동네에서 아직까지 제대로 된 술을 단 한 방울도 발견하지 못했답니다."

리디아가 흥겨운 어조로 말했다.

"안나의 방에 스페인산 브랜디가 한 병 있죠."

"스페인산이라고요?"

리디아가 흥미를 보였다.

"헤레스 데 라 프론테라산입니다. 안달루시아 지방이죠."

"스페인산 브랜디라면 정말로 훌륭할 테죠. 어떻게 그런 걸 구했는지 궁금하군요."

"그녀가 여기 와서 직접 대답하지 못해서 참으로 유감이군요."

개스코인이 반쯤 기계적으로 말했다. 하지만 리디아가 도로 슬리퍼를 신느라 스타킹을 신은 통통한 종아리가 드러날 정도로 치마를 들어올리자 개스코인은 실은 별로 그렇게 유감스럽지는 않다고 생각했다.

"그래요. 우린 아마 굉장히 즐거운 시간을 보낼 수 있었을 텐데 말이죠. 하지만 탐험은 나중에라도 할 수 있어요. 함께 나갈 날을 기다리고 있을게요. 아니면 오베르 씨가 안나 대신 함께 쇼핑을 가시겠어요? 어쩌면 여자의 모자에 굉장한 열정을 갖고 계실지도 모르겠군요!"

"열정이 있는 척 가장할 수는 있습니다."

개스코인의 말에 리디아가 다시 웃었다.

"열정이라는 건 가장할 수 있는 게 아니랍니다."

리디아가 낮은 목소리로 말하고 소파에서 일어나 벽 앞의 탁자로 향했다. 거기에는 나무 쟁반에 평범한 술병과 잔 세 개가 놓여 있었다.

"사실 전 별로 놀라지 않았어요."

그녀가 잔 두 개를 뒤집어 똑바로 세우고 세번째 것은 그냥 놔둔 채로 말했다.

"그러니까…… 권총에 관해서 말입니까? 그녀가 다시 자기 목숨을 버리려 한 데에 놀라지 않으셨다고요?"

"어머나, 세상에! 그거 말고요. 오베르 씨가 여기 혼자 온 걸 보고 놀라지 않았다는 뜻이었어요."

리디아가 술병을 손에 든 채 조금 뜸을 들이다가 말했다. 개스코인의 얼굴이 붉어졌다.

"전 웰스 부인께서 요청하신 대로 했습니다. 이름을 이야기하지 않고 그저 깜짝 선물이라고만 했죠. 여자분과 함께 모자를 보러 가는 거라고 말입니다. 그녀는 그 이야기에 기뻐했습니다. 오려고 했었죠. 다만 권총과 관련된 일 때문에, 크게 놀란 것 같습니다. 그 뒤로는 온전한 상태가 아니었습니다."

쓸데없는 소리를 주절거리고 있는 것 같은 기분이었다. 웰스 미망인이 얼마나 근사한 여자인지! 주름장식 버슬은 또 얼마나 세련되게 몸매를 강조하고 있는지!

"제 바보 같은 행동을 그렇게 상냥하게 받아주셔서 정말로 고마워요."

리디아 웰스가 그를 달래듯이 말했다.

"여자가 제 나이쯤 되면 가끔씩 요정 대모 노릇이 하고 싶어지는 법이랍니다. 마술봉을 흔들어 젊은 여자들을 더 근사하게 만들어주는 마법을 쓰고 싶은 거예요. 아뇨, 아뇨…… 오베르 씨가 제 깜짝 선물을 망친 게 아니라는 거 알아요. 전 안나가 오지 않을 거라는 예감이 들었어요. 저한테는 가끔 예감이라는 게 느껴진답니다, 오베르 씨."

그녀가 개스코인에게 잔을 건네자 갓 자른 레몬의 톡 쏘는 향이 진하게 느껴졌다. 그날 아침 레몬즙으로 피부와 손톱을 희게 했던 것이다.

"약속드렸던 것처럼 부인의 비밀은 절대로 누설하지 않을 겁니다."

개스코인이 말했다. 이유는 모르겠지만 그는 그녀에게 계속 인정받고 싶었다.

"물론이죠. 오베르 씨라면 당연히 지켜주실 거라고 봐요!"

"하지만 상대가 부인이라는 걸 안나가 안다면 분명히……."

"순식간에 달려올걸요!"

"금세 달려오겠지요."

(개스코인은 그리 자신감 있게 말하지 않았지만, 이런 확신은 자신과 안나가 한때 아주 친한 친구였다는 리디아의 반복된 주장으로 인한 것이었다. 이런 강력한 주장 때문에 개스코인은 두 여자가 다시 만나 그들의 우정을 새롭게 키울 수 있도록 리디아의 '깜짝 선물' 자리를 마련하는 데 동의했던 것이

다. 개스코인으로서는 꽤나 일반적이지 않은 행동이었다. 그는 다른 사람들이 스스로 얼마든지 할 수 있는 일을 대신 해주는 경우가 드물었고, 어떤 종류든 사교적인 행위는 그를 불편하게 만들었기 때문이다. 그는 먼저 나서기보다는 남이 다가오기를 기다리는 쪽이 더 좋았다. 하지만 개스코인은, 곧 확실하게 드러나겠지만, 리디아 웰스와 어느 정도 사랑에 빠진 상태였다. 이것은 자신의 성격에 반하는 일을 하게 할 뿐만 아니라 성격 그 자체를 바꾸려 하게 할 정도로 강력하고 우둔한 감정이었다.)

"불쌍한 안나 웨더렐. 그 아이는 불운의 상징이라고 해도 과언이 아니죠."

리디아 웰스가 말했다.

"셰퍼드 교도소장은 그녀가 제정신이 아니라고 생각하더군요."

"셰퍼드 교도소장! 그분이야 그런 주제에 관해서는 공인된 전문가죠. 아마도 그분 말이 맞을 거예요."

리디아 웰스가 즐거운 듯이 웃으며 말했다. 개스코인은 셰퍼드 교도소장에 대해서는 별다른 생각이 없었다. 교도소장도 잘 모르고, 그의 정신 나간 부인은 아예 만난 적도 없기 때문이다. 그의 생각이 다시 안나에게로 돌아갔다. 그는 이미 그리디론 호텔방에서 그녀에게 그렇게 날카로운 어조로 말했던 걸 후회하고 있었다. 개스코인은 그리 오래 분노를 유지하지 못하는 편이었다. 아주 잠깐 분노를 발산하는 것도 언제나 결국에는 자책을 불러일으켰다.

"불쌍한 여자죠. 부인 말이 맞습니다. 안나는 가련함 그 자체죠. 방세를 내지 못해서 호텔 경영인이 그녀를 쫓아내려고 하는 중입니다. 하지만 길거리로 돌아가는 건 애도 기간에 해서는 안 되는 일이라 그러진 않을 겁니다. 그런 식으로 죽은 불쌍한 아이의 추억을 훼손하지는 않을 거예요. 거기다가 그녀는 아시다시피 지금 곤경에 처해 있지요. 참으로 가련한 여자입니다."

개스코인은 경탄과 동정심이 가득한 어조로 말했다.

리디아가 벌떡 일어났다.

"오, 그 애는 저와 함께 살면 돼요. 그래야만 해요!"

그녀는 방금 생각한 것이 아니라 마치 한동안 개스코인을 설득하고 있었던 것 같은 말투로 말했다.

"자매처럼 내 침대에서 함께 자면 돼요. 어쩌면 그 애한테 정말로 어디 멀리 자매가 있을지도 몰라요. 자매가 그리운지도요. 오, 오베르 씨, 그 애는 꼭 와야 해요. 그 애한테 가서 간청을 해보세요."

"안나도 그걸 원할 거라고 생각하십니까?"

"불쌍한 안나는 저를 아주 좋아했답니다. 저희는 굉장히 친한 친구였어요. 한 쌍의 비둘기 같았죠…… 최소한 작년에 더니든에 있을 때에는요. 하지만 시간과 거리는 진정한 애정 앞에서는 아무 의미도 없어요. 우린 다시 한 번 서로를 찾게 될 거예요. 그렇게 되어야만 돼요. 그러니 그 애를 꼭 여기로 오게 만들어야만 해요."

리디아가 단호하게 말했다.

"부인의 관대함은 정말이지 존경스럽습니다. 하지만 조금 과도한 게 아닐까 싶기도 하군요."

개스코인은 관대하게 미소를 지어 보이면서 말했다.

"부인도 안나의 직업을 아실 겁니다. 망가진 평판에 더불어 그 일까지 여기로 끌고 올지 모릅니다. 게다가 그녀에게는 돈도 한 푼도 없고요."

"오, 쓸데없는 소리예요. 돈이야 금광에서 항상 나오는 거죠. 그 애는 제 밑에서 일하면 돼요. 안 그래도 하녀가 필요했거든요. 숙녀들이 말하듯이 **말동무**가 필요해요. 3주 안에 광부들은 그 애가 창녀였다는 사실을 싹 잊어버릴 거예요! 제 마음을 바꾸실 순 없답니다, 오베르 씨. 절대로요! 전 마음을 정하면 굉장히 고집스러워질 수 있고, 이 일에 관해선 이미 마음을 정했어요."

"그러시군요. 그럼 제가 길을 도로 건너가서 그녀에게 물어보고 오는 게 좋으시겠습니까?"

개스코인이 지친 기분으로 술잔을 내려놓고 물었다. 리디아는 가르랑거리듯 말했다.

"진심으로 바라지 않으신다면 그러실 필요 없어요. 제가 직접 갈 수도 있답니다. 오늘밤에 가야겠어요."

"하지만 그러면 깜짝 선물이 아니지 않습니까. 놀라게 해주길 바라지 않으셨던가요?"

리디아가 그의 소매를 잡았다.

"아뇨. 그 불쌍한 아이는 이미 놀랄 만큼 놀랐을 거예요. 이젠 좀 마음을 놓을 때도 되었어요. 보살핌을 받을 때도 되었고, 제가 그 아이를 품어줄 거예요. 그 아이의 응석을 모두 받아줄 거고요!"

"부인께선 주변 사람 모두에게 이렇게 상냥하신가요?"

개스코인이 미소를 지으며 물었다.

"부인의 모습이 상상이 가는군요. 램프를 들고, 이 침대 저 침대로 돌아다니면서 상냥함을 쏟아부어주는……."

"그 말 참 잘하셨어요."

"상냥함 말입니까?"

"아뇨, 상상요. 오, 오베르 씨, 이 소식을 말하고 싶어서 가슴이 터질 것 같아요."

"유산에 대한 소식이 이렇게 금방 온 건가요?"

개스코인은 리디아 웰스와 죽은 남편 크로스비 사이의 관계가 어땠는지 잘은 알지 못했다. 두 사람이 수백 킬로미터나 떨어져서 살았다는 것도 좀 이상했다. 리디아는 더니든에, 크로스비는 리디아 웰스가 지금까지 단 한 번도 와보지 않았던 아라후라 골짜기 깊은 곳에 살고 있었다는 게 말이다. 리디아는 남편이 죽고도 2주나 지나서야 이곳에 처음 오지 않았던가. 예의라는 참으로 가벼운 이유 때문에 개스코인은 리디아에게 결혼생활에 관해 직접적으로 묻지 못했지만 사실 궁금했고, 리디아는 남편의 죽음을 겉보기에는 전혀 슬퍼하는 것 같지 않았다. 크로스비의 이름이 나올 때마다 그녀는 모호하고 잘 이해하지 못하는 듯이 행동했다.

리디아가 고개를 흔들었다.

"아뇨, 아뇨, 아뇨, 그런 게 아니에요! 마지막으로 오베르 씨를 만난 후에 뭘 했는지 물어보셔야죠…… 제가 바로 오늘 아침에 뭘 했는지 말이에요. 오베르 씨가 물어봐주기만을 기다리고 있었답니다. 아직까지 그걸 묻지 않으시다니 말도 안 돼요."

"그럼 어서 말씀해보시죠."

리디아가 몸을 똑바로 세우고 회색 눈이 반짝거릴 정도로 아주 커다랗게 뜨고 말했다.

"전 호텔을 샀어요."

"호텔을! 어떤 호텔을 말입니까?"

개스코인이 놀라서 물었다.

"여기요."

"여기……?"

"제가 변덕스럽다고 생각하시는군요!"

그녀가 손뼉을 치면서 말했다.

"저는 부인이 굉장히 유쾌하고, 용감하고, 아주 아름답다고 생각합니다. 그 외에도 수많은 생각을 하지요. 왜 이 호텔을 통째로 사신 겁니까?"

"여길 바꿀 생각이에요! 제가 세속적인 여자라는 건 아시죠? 전 더 니든에서 거의 10년 동안 사업을 했고, 그전에는 시드니에서 했어요. 제겐 꽤나 사업가 자질이 있답니다, 오베르 씨! 아직 제 천성을 발휘하는 걸 못 보셨죠. 보면 아마 굉장히 재미있다고 생각하실 거예요."

개스코인이 주위를 둘러보았다.

"어떤 이야기를 하시려는 겁니까?"

"마침내 제 '상상' 이야기까지 왔네요."

리디아가 몸을 앞으로 기울이고 말했다.

"오늘 아침 신문에 강령회 광고가 실린 거 보셨나요? 아직 시간과 장소가 정해지지 않았더군요."

"오, 제발, 안 돼!"

리디아가 눈썹을 치켜들었다.

"오 제발 안 돼? 뭐가요?"

"원탁에 둘러앉아 유령을 부르는 거 말인가요? 강령회라는 건 유쾌한 사기극일 뿐, 절대로 사업이 아닙니다! 응접실의 속임수 따위에서 이득을 얻으려고 하시면 안 되지요. 정직하게 번 돈을 사기당했다고 생각하면 사람들이 굉장히 화를 낼 겁니다. 게다가 교회에서도 승인하지 않을 거고요."

개스코인이 미소를 지으며 말했다.

"이런 기술이 기술이 아니라는 듯이 말씀하시는군요! 마치 모든 게 다 협잡에 지나지 않는다는 듯이요."

교회의 승인 같은 것에는 신경도 쓰지 않는 리디아가 말했다.

"초자연적인 세계는 속임수가 아니에요, 오베르 씨. 영기(靈氣)도 사기가 아니고요."

"자, 제발. 부인이 이야기하는 건 예언이 아니라 오락거리일 뿐이에요. 초자연적인 세계 같은 이야기는 그만두죠."

"오베르 씨는 냉소적인 사람이었군요! 그럴 거라고는 전혀 눈치채지 못했는데. 환멸하거나 불신하는 정도라면 모르지만, 그 아래에는 상냥한 마음이 있을 거라고 생각했는데 말이에요."

"제가 냉소적이라면, 아마 통찰력 있는 냉소주의자겠지요. 저도 여러 번 강령회에 참석해봤습니다, 웰스 부인. 제가 그걸 멍청한 미신이라고 말하는 건 억측하는 게 아닙니다."

그녀는 머뭇거리다가 통통한 손을 내밀어 그의 소매를 잡았다.

"하지만 제가 좀 무례하게 행동했군요. 부인께서는 이 주제에 꽤나 빠져 계시는 것 같으니 말입니다."

개스코인이 자신의 입장을 떠올리고서 말했다.

"그런 게 아니에요."

리디아는 그의 소맷자락을 잠시 만지작거리다가 재빨리 손을 내렸다.

"저를 웰스 부인이라고 부르지 마세요. 이제는 그러지 않을 때도 되었어요."

개스코인이 고개를 깊이 숙였다.

"처녀 적 성으로 불러드리는 편이 좋을까요?"

그는 속으로 만약 그러길 바란다면 굉장히 부적절한 바람일 거라고 생각했다.

"아뇨, 아뇨."

리디아는 입술을 깨물고 있다가 몸을 기울이고서 속삭였다.

"전 곧 결혼할 거랍니다."

"결혼요?"

"네, 그래도 되자마자 곧장요. 하지만 비밀이에요."

"비밀이라…… 저한테 말입니까?"

"모든 사람에게요."

"그럼 상대가 누구인지도 알려주실 수 없는 겁니까?"

"네. 오베르 씨에게든, 다른 누구에게든 전부요. 이건 은밀한 관계랍니다."

리디아는 그렇게 말하고서 키득키득 웃었다.

"절 좀 보세요. 애인과 야반도주를 준비하는 열세 살짜리 여자아이 같지 않나요? 전 그이의 반지조차 낄 수가 없어요…… 아주 근사한 반지인데요. 던스탄 금반지에 던스탄 루비를 끼운 거죠."

"축하의 말을 드려야 할 것 같군요."

개스코인은 성심성의껏 말했지만, 이런 새로운 사실에 그의 희망은 꺾이고 말았다.

가능성의 문이 완전히 닫힌 기분이었다. 불이 꺼지고, 문은 쾅 닫혔다. 처음 리디아 웰스를 보자마자 개스코인은 그녀가 언젠가 자신의 연인이 될 거라는 상상을 했다. 자신의 오두막에서 그녀의 모습을 상상하고, 침대 옆에서 그녀가 적갈색 머리를 풀어내리는 모습을 그리고, 아침에 플란넬 로브만 입고 그의 레인지에 불을 지피는 모습을 꿈꾸었다. 가슴 뛰는 그들의 초기 연애를 상상하고, 그들이 함께 살 집을 짓고, 세월이 흐르는 것을 생각했다. 이 모든 것을 생각하며 한 점 부끄러움이나 거북함을 느끼지 못했고, 자신의 생각이 그런 방향으로 흐르고 있다는 것조차 의식하지 못했다. 그것은 굉장히 자연스럽게 느껴졌다. 그녀는 미망인이고, 그는 홀아비였으니까. 두 사람 다 낯선 동네에 처음 왔고, 마음이 통하는 지인이 되었다. 그러니까 그들이 사랑에 빠지는 게 그렇게 불가능한 일은 아니었다.

하지만 이제 리디아 웰스가 약혼했다는 걸 알았으니 그런 환상은 접어둬야만 했다. 그리고 환상을 접어두기 위해서는 그것을 인지하고 그게 얼마나 멍청한 꿈이었는지를 인정해야만 했다. 처음에는 자기 자신이 불쌍하게 느껴졌지만, 이 슬픔에 관해 조금 생각을 해보니 그 얕디얕은 감정에 웃음이 나올 지경이었다.

"전 행복 그 자체랍니다."

리디아의 말에 개스코인은 미소를 지었다.

"웰스 부인이라고 부를 수 없다면 제가 뭐라고 부르는 게 좋을까요?"

"어머, 오베르 씨. 저희는 아주 좋은 친구 사이잖아요. 그런 걸 물어보실 필요는 없어요. 그냥 리디아라고 부르세요."

(잠깐 끼어들어 말하자면, 오베르 개스코인과 리디아 웰스는 아주 좋은 친구 사이가 아니었다. 사실 그들은 서로 안 지 사흘밖에 되지 않았다. 개스코인은 목요일 오후에 미망인이 남편의 유산을 요구하러 치안판사 재판소에 들렀을 때 처음 만났다. 다른 남자가 찾아내어 은행에 예치한 바로 그 재산 말이다. 개스코인은 오두막의 매매를 취하해달라는 웰스 부인의 요청을 기록했고, 두 사람은 잠시 이야기를 나누었다. 미망인은 금요일 아침에 재판소에 다시 왔고, 그녀가 드러내는 명백한 관심에 대담해진 개스코인이 그녀에게 점심을

429

함께하자고 말했다. 그녀는 애교스럽게 놀란 표정을 지으며 그 청을 받아들였고, 개스코인은 그녀의 양산을 들고 함께 대로를 지나 맥스웰 호텔 식당으로 들어가서 보리 수프 두 그릇과 식당에서 파는 가장 하얀 빵, 드라이 쉐리 작은 병을 주문했다. 그런 다음 그녀를 가장 상석인 창문 옆에 앉혔다.

리디아 웰스와 오베르 개스코인에게 이야깃거리가 굉장히 많고 공통점도 많다는 사실은 금세 드러났다. 웰스 부인은 죽은 남편 사건 이후에 무슨 일이 벌어졌는지에 대해 굉장히 호기심을 보였고, 그 주제는 자연스럽게 안나 웨더렐이 카니에레 도로에서 죽을 뻔했던 기묘한 사건으로 이어졌다. 리디아 웰스는 이 이야기에 더욱 놀랐다. 그녀의 설명에 따르면 그녀가 안나 웨더렐과 아는 사이이기 때문이었다. 안나는 작년에 호키티카로 돈을 벌기 위해 옮겨오기 전에 더니든에서 그녀의 숙박업소에 몇 주 동안 머물렀고, 그사이에 두 사람이 굉장히 친해졌다고 말했다. 이 시점에서 리디아는 '깜짝 선물' 이야기를 꺼냈다. 점심을 다 먹자마자 그녀는 개스코인을 그리디론으로 보내서 안나 웨더렐에게 그날 오후 2시에 정체불명의 쇼핑 여행을 가게 될 거라고 전하게 했다.)

"약혼자도 있고, 새로운 사업도 하신다면 호키티카에 머무르시는 시간이 짧지는 않을 거라는 희망을 가져도 될까요?"

개스코인이 물었다.

"희망은 언제나 가져야죠."

리디아 웰스는 이런 식으로 수사학적인 말을 끊임없이 던졌고, 그 말을 한 다음에는 의미심장하게 잠시 침묵을 지키곤 했다.

"이 투자가 약혼자의 도움으로 이루어진 거라고 생각해도 되겠습니까? 그렇다면 분명히 굉장히 부유한 분이겠군요!"

하지만 미망인은 웃을 뿐이었다.

"오베르, 그런 식으로 비밀을 캐내려고 해도 안 될 거예요!"

"제가 물어보기를 바라신다고 생각했습니다만."

"그렇긴 해요. 하지만 물어보는 건 괜찮아도 정말 알아내서는 안 된답니다!"

"굉장히 여성 특유의 논리로군요."

"그럴 수도 있겠지요. 하지만 우리는 성별에 따라 사람을 차별하잖아요. 그리고 저는 오베르 씨가 그 외의 방식으로 행동할 거라고는 절대로 생각하지 않아요."

미망인은 살짝 웃으면서 대답했다.

이후에 이어진 서로에 대한 노골적인 칭찬은 미망인과 홀아비 두 사람 모두 능숙한 게임이었고 서로 쌍벽을 이룰 정도였다. 이 감상적인 대화를 일일이 적기보다는, 이 프랑스 남자가 성격적으로 심각한 결함이 있다고 착각할 수도 있는 부분에 대해서 좀더 상세하게 설명을 해볼까 한다.

개스코인은 리디아 웰스에게 완전히 사로잡혔고, 이 여인의 말투와 행동거지의 세련된 화려함에 경탄을 금할 수가 없었다. 하지만 그녀를 신뢰하지는 않았다. 그는 안나 웨더렐의 비밀을 털어놓지도 않았고, 안나의 이야기를 리디아에게 할 때에도 지난주에 안나의 오렌지색 드레스에 들어 있었고 지금은 밀가루 봉투로 싸서 그의 침대 아래 넣어둔 금에 대해서는 언급도 하지 않았다. 개스코인은 또한 1월 14일의 사건에 대해서 그 역시 안나가 자살을 시도했다고 믿는 것처럼 이야기했다. 더 나은 해명을 찾을 때까지는 그날 밤의 수많은 수수께끼에 대해서 주목을 끌지 않는 편이 분별 있는 행동이라는 생각이 들었던 것이다. 그는 안나가 그날 밤 시간이 어떻게 흘러갔는지 전혀 모른다는 걸 잘 알고 있었고 — 다른 방식으로 말하자면, 누가 그 시간을 훔쳐간 건지 모른다고 할 수도 있겠다 — 그녀를 위험한 입장으로 내몰고 싶지도 않았다. 그래서 개스코인은 안나가 자살을 하려고 했다가 정신을 잃고 가련한 상태로 길가에서 발견되었다는 '공식적인' 이야기를 전했다. 다른 사람들과 그 사건에 대해 이야기할 때에도 똑같은 관점을 견지했기 때문에 여기서 그렇게 말하는 것에 별로 어려움은 없었다.

개스코인이 리디아 웰스에게 푹 빠져서 그녀의 수많은 변덕에 대해 즉시 의심을 품지 않았다는 것은 우리가 쉽게 변명해줄 수 없는 부분이다. 그는 심지어 리디아가 재판소에 온 이유를 알기도 전에 그녀에게 사로잡혔다. 좀더 정확히 말하자면 미망인이 자기 이름을 이야기하기도 전에 시작된 감정이었다. 하지만 이제 개스코인은 리디아가 죽은 남편과 굉장히 설명하기 어려운 관계를 유지했다는 것을 알고 있었다. 그리고 죽은 남자의 오두막에서 발견된 정체불명의 재산이 현재 소송 상태라는 것 역시 알았다. 그녀를 신뢰해서는 안 된다는 것도 알았고, 그녀와 함께 있을 때면 가슴 가득 순수한 숭배의 마음이 차오른다는 사실 역시 알고 있었다. 이성이란 욕망에 비길 바가 아니었다. 순수하고 강력한 욕망이 치솟을 때면 그 자체가 일종의 이성이 되어버린다. 리디아에게는 드문 구세계적인 매력이 있었다. 그리고 개스코인은 마치 그 사실이 논리적으로 증명이라도 된 것처럼 잘 알았다. 그녀의 고양이 같은 맵시 있는 행동거지는 더 오래되고 근사하던 시절로부터 내려온 것이었다. 그녀의 손목과 발목 모양은 비견할 데가 없을 정도이고, 그녀의 목소리는…….

우리가 하려던 말은 이미 다 한 것 같다. 그러니까 현재의 상황으로 다시 돌아가자.

개스코인은 술잔을 내려놓았다.

"결혼하시게 된 건 참 잘된 일이라고 생각합니다. 미망인으로 지내기엔 너무 매력적이시니 말입니다."

"하지만요, 혹시 제가 다른 남자의 아내로 살기에도 너무 매력적이라고 생각하진 않으시나요?"

"그렇지 않습니다. 다른 남자의 아내가 되실 만큼 매력적이라는 거죠. 리디아 당신 같은 분들 덕에 남자가 결혼을 할 수 있는 겁니다. 결혼이라는 일을 참아낼 수 있게 해주니까요."

개스코인이 대답했다.

"오베르, 당신은 아첨꾼이에요."

"제가 무심코 얕잡아보는 결례를 범한 당신의 전문 분야에 대해서 좀더 이야기를 해달라고 부탁을 드리고 싶군요. 자, 리디아. 영혼과 영기의 힘에 대해서 저에게 설명을 좀 해주시죠. 전 최대한 순진하고 기대 가득한 태도로, 절대로 회의적인 기분을 드러내지 않고서 귀를 기울이겠습니다."

옅은 오후의 햇살이 베일처럼 어깨를 덮고 있는 그녀의 모습이 얼마나 사랑스러운지! 그녀의 입술 아래 옴폭 파인 부분을 채우는 그림자는 또 얼마나 근사한지!

리디아 웰스가 몸을 조금 세우고서 말했다.

"우선 오베르 씨는 평범한 사람들이 점쟁이의 말을 듣자고 돈을 내지는 않을 거라는 착각을 하고 계세요. 남자들은 판돈이 높을 때에는 굉장히 미신을 따르고, 광산이란 엄청난 위험과 엄청난 보상이 공존하는 곳이죠. 광부들은 언제나 충고의 말에 많은 돈을 내요. '운'이라는 말이 거의 매일 그들의 입에 오르내리는걸요! 그들은 광산에서 덕을 볼 수 있다고 생각하면 어떤 것에든 운을 시험해보려고 한답니다. 그리고 독특한 옷을 입은 집시만한 투기꾼이 어디 있겠어요?"

개스코인이 웃음을 터뜨렸다.

"많은 투기꾼이 그런 비교를 달가워하지 않을 것 같은데요. 하지만 당신이 하려는 말은 알겠어요, 리디아 양. 남자들은 언제나 충고에 기꺼이 돈을 내죠. 하지만 그들이 당신의 충고가 효과가 있을 거라고, 그러니까 실질적인 효과가 있을 거라고 믿을까요? 당신이 입증이라는 무거운 책임에 짓눌리지는 않을까 걱정이 됩니다! 그들 중 누군가가 충고를 잘못 받아들이지 않을 거라고 어떻게 확신하지요?"

"참으로 따분한 질문이로군요. 오베르 씨는 이 주제에 관한 저의 애정을 의심하시는 것 같군요."

사실로 그랬지만, 개스코인은 예의라는 가면 아래 의심을 감추었다.

"의심하지는 않습니다. 그저 제가 무지할 뿐이죠. 그래서 궁금한 겁니다."

"전 10년 동안 도박장을 운영했어요. 그동안에 제 도박장의 룰렛 판에서는 딱 한 번의 잭팟이 나왔는데 그건 모래알 때문에 선회축에 핀이 껴서 그런 거였어요. 전 잭팟에 가까운 상금의 위치가 언제나 바늘과는 반대편으로 가도록 회전판의 무게를 조종하죠. 그리고 부차적인 예방책으로는 숫자 양옆의 못에 기름칠을 해둬요. 그러면 마지막 순간에 바늘이 미끄러지게 되어 있어요. 물론 아주 감질나게, 아주 살짝이라서 남자들은 결국 입을 다물고 다음 판에 다시 돈을 걸게 되어 있지요."

"이런, 리디아 양. 그건 아주 불공평한 일이 아닙니까!"

"전혀 그렇지 않아요."

"아니, 그렇습니다! 그건 속임수예요!"

"그럼 이 질문에 대답을 해보세요. 식료품 상인이 가장 좋은 사과들은 카트 뒤쪽에 넣어두고 결함이 있는 과일을 먼저 골라가게 만드는 걸 사기라고 하나요?"

리디아 웰스가 물었다.

"두 가지는 비교가 되지 않습니다."

"말도 안 돼요. 이건 완벽하게 비교가 가능해요. 식료품 상인은 자신의 수입을 확보하려는 거죠. 좋은 사과를 앞에 내놓으면 결함이 있는 것들은 팔리지 않아서 썩을 거고, 그러면 그냥 버려야 하니까요. 상인은 손님들에게 약간, 아주 약간 흠이 있는 과일을 사도록 부추겨서 자신의 수입을 확보하려는 것뿐이에요. 저도 사업을 유지하려면 수입을 확보해야 하기 때문에 똑같은 방식으로 일을 하는 거고요. 도박꾼이 아주 약간, 예를 들어 5파운드 정도 따고서 아주 아슬아슬하게 대박을 놓쳤다고 생각하며 집으로 돌아간다면, 그건 흠이 좀 있는 사과를 갖고 집에 가는 것과 똑같은 거예요. 적당히 수입을 잡았고, 즐거운 밤을 보냈다는 기분 좋은 추억이 생겼고, 아주 근사한 것을 거의 이룰 뻔했다는 기분까지 누리죠. 그 사람도 아주 행복하고, 저 역시 행복해요."

개스코인이 다시 웃었다.

"하지만 도박은 악덕입니다. 흠이 있는 사과는 악덕이 아니죠. 따분하게 만들고 싶지는 않습니다만, 리디아 양의 예시는 룰렛의 회전판과 마찬가지로 리디아 양 쪽에 굉장히 치우쳐 있는 것 같군요."

"물론 도박은 악덕이에요."

미망인이 비웃는 어조로 말했다.

"아주 끔찍한 죄악이고, 불행을 불러오는 도구이고, 남자들과 온 세상을 망가뜨리죠. 제가 그런 데에 신경을 써야 하나요? 식료품 상인에게 사과에 신경을 쓰지 않는다고 비난하는 것과 다름없어요! 아마 상인이라면 이렇게 말할걸요. 그런 사과라도 좋다고 말하는 사람은 세상에 얼마든지 있다고 말이죠!"

개스코인은 그녀에게 군대식으로 경례를 했다.

"리디아 양의 설득력에 감복했습니다. 당신은 무시할 수 없는 강한 힘을 갖고 있군요! 잭팟을 딴 그 불쌍한 친구가 안타깝습니다. 그 뒤에 당신에게 가서 자신의 몫을 달라고 요구해야 했을 테니 말입니다."

"아, 그래요…… 하지만 전 절대로 주지 않았죠."

리디아 웰스가 말했다. 개스코인은 회의적으로 쳐다보았다.

"자신의 가게에서 나온 잭팟에 대한 돈을 지불하지 않았다는 겁니까?"

그녀가 고개를 뒤로 젖혔다.

"제가 언제 지불하지 않았다고 했나요? 그저 그 사람에게 두번째 선택권을 주었을 뿐이에요. 순금 백 파운드를 가져가든지 아니면 절 가질 수 있다고 말해줬죠."

개스코인의 표정을 보고서 그녀가 덧붙였다.

"창녀가 아니라 부인으로 말이에요, 바보 같은 분. 그게 크로스비였어요. 그 사람은 선택을 했죠. 그리고 어느 쪽을 선택했는지는 오베르 씨도 아시겠죠!"

개스코인의 입이 떡 벌어졌다.

"크로스비 웰스란 말입니까?"

"네. 저희는 그날 밤이 지나기 전에 결혼했어요. 룰렛이 대박을 터뜨리는 쪽으로 돌아갈 거라고는 생각도 안 했었거든요. 그런 일이 절대로 없도록 제가 무게를 조정해놨으니까요! 하마터면 큰일 날 뻔했어요. 전 완전히 몰락했을 거예요. 파산하고 말이죠. 그런 일에 **충격**을 받진 않으시겠죠!"

"솔직히 좀 충격을 받았다고 말해야겠군요."

개스코인이 말했다. 하지만 그의 충격은 존경에 가까운 감정이었다.

"그럼, 어, 그 사람과 조금이라도 친밀한 사이였습니까?"

"전혀요. 오베르 씨는 참으로 현대적인 사고방식을 갖고 계시는군요."

리디아 웰스가 대답했다. 개스코인의 얼굴이 붉어졌다.

"그런 의미는 아니었습니다."

그렇게 말하고서 그가 황급히 덧붙였다.

"물론 말씀하신 것처럼 리디아 양이 경제적인 곤란을 막기 위해서 그러신 거라면……."

"저희는 끔찍하게 안 어울렸고, 한 달 안에 서로를 보는 것조차 견딜 수가 없게 되었죠. 당연한 일이었어요. 네, 상황을 고려하면 그 정도였다는 게 그나마 다행이죠."

개스코인은 이 부부가 왜 이혼을 하지 않은 걸까 생각해보았지만, 모욕적이지 않은 방식으로 이 질문을 할 방법이 떠오르지 않아서 그저 고개만 끄덕였다.

"전 그 부분에 관해서는 굉장히 현대적인 여자랍니다. 이혼보다 별거를 주장했으니 제가 얼마나 신중했는지 개스코인 씨도 아마 동의하시겠죠! 당신도 결혼하신 적이 있지 않나요?"

그의 성을 부르는 그녀의 요염한 말투를 알아채고서 그는 미소를 지었다.

"물론입니다. 하지만 과거 이야기는 하지 말죠. 그보다는 현재와 미래, 우리 앞에 펼쳐진 것들에 대해서 이야기를 하십시다. 이 호텔을 어떻게 바꿀 생각인지 이야기해주시죠."

리디아는 그의 제안이 굉장히 반가운 것 같았다. 자리에서 일어나 합창을 하듯 양손을 모아쥐고, 오토만 의자를 빙 돌아 앞으로 나왔다. 반대편으로 돌아서서 그녀는 응접실의 방사상 창살이 달린 창문과 얇은 회벽, 난파선에서 건져낸 게 분명한, 창문을 마주보는 벽에 세로로 붙여놓은 너덜너덜한 영국 국기를 둘러보았다.

"물론 이름부터 바꿀 거예요. 더이상 '여행자(Wayfarer)'가 아니라 '여행자의 운수(Wayfarer's Fortune)'라고 말이죠."

"꽤 음악적인 이름이군요."

그 말에 그녀는 만족스러운 표정을 짓고 소파에서 몇 걸음 걸어나와 양팔을 벌렸다.

"커튼을 달 거예요. 전 커튼이 없는 방에는 있고 싶지도 않아요. 그리고 현대적인 스타일로 한쪽 등받이가 높은 긴 소파도 갖다놓을 거예요. 객실에는 살롱 문을 달아서 고해실처럼 칸막이 공간을 설치할 거예요. 딱 고해실처럼 말이죠. 앞쪽 응접실은 일종의 대기실로 만들 거고요. 강령회는 물론 여기서 치를 거예요. 아, 전 온갖 아이디어를 갖고 있어요. 운수를 봐주고, 별자리 점을 치고, 타로 카드도 읽고요. 위층에서는…… 아, 이런 이야기는 해서 뭘 한담. 오베르 씨는 여전히 회의적인데 말이죠!"

"전 더이상 회의적이지 않습니다! 제 말을 철회하겠습니다."

개스코인이 손을 내밀어 그녀의 손을 잡으며 말했다. 사실 그렇게 한 이유는 반쯤은 웃음을 참기 위해서였다(그는 마음 깊은 곳까지 지극히 회의적이었고, 그녀가 타로라고 발음을 굴리는 걸 들으며 웃음을 터뜨리지 않기가 어려웠다). 그녀의 손을 꼭 쥐면서 그가 덧붙였다.

"제 말을 철회한 데 대해서 보상을 받고 싶은 기분입니다만."

"이 문제에 관해서는 제가 전문가고 오베르 씨는 문외한이에요. 그걸 기억하셔야 해요. 설령 다른 세계에 대한 지극히 보잘것없는 의견이라 해도 말이죠."

그녀는 반지에 입맞춤을 바라는 숙녀처럼 그의 앞으로 한 팔을 내밀었고, 개스코인은 그 손을 붙잡아 키스하고 싶은 충동을 억눌렀다.

"리디아 양의 말이 옳습니다. 옳고말고요."

그가 그녀의 손을 다시 꼭 쥐었다가 놓아주었고, 그녀는 벽난로 선반 쪽으로 걸어갔다.

"오베르 씨에게 보상으로 진실을 하나 알려드리죠. 하지만 제 말을 진지하게 받아들이신다는 조건하에서만이에요. 다른 남자들의 말을 들을 때처럼 진지하게 말이에요."

"물론입니다."

개스코인은 엄숙한 표정을 짓고 의자에 몸을 기댔다.

"자, 제가 말하려는 건 이거예요. 다음 한 달은 달이 없는 달이 될 거예요."

"이런 세상에!"

"제 말은, 완전한 보름달이 뜨지 않을 거라는 뜻이에요. 2월은 짧은 달이죠. 1일이 되기 직전에 보름달이 뜰 거고, 28일이 지난 후에 보름달이 뜰 거예요. 그러니까 2월에는 보름달이 없는 거죠."

개스코인은 그녀를 보고 미소를 지었다.

"그런 일이 매년 일어나는 겁니까?"

"아니에요. 이런 현상은 아주 드물죠."

리디아가 회반죽 몰딩을 손가락으로 쓰다듬으며 말했다.

"드물다는 건 귀중하다는 의미인가요? 아니면 위험하다는 건가요……?"

"이런 일은 20년에 한 번씩만 일어나요."

리디아가 휴대용 시계를 바로잡으면서 말했다.

"그렇다면 달이 없는 달은 어떤 것을 예언하죠, 리디아 양?"

리디아 웰스가 그를 돌아보고 허리에 양손을 올렸다.

"저한테 1실링을 주시면, 말씀해드리죠."

개스코인이 웃었다.

"아직은 안 됩니다. 리디아 양이 전문가라는 증거가 아직 없지 않습니까. 돈이나 또는 이쪽 세계에 속한 어떤 것을 리디아 양에게 넘기기 전에 우선은 시험을 해봐야겠습니다. 오늘밤에는 구름이 낄 겁니다. 하지만 월요일 신문을 보고, 조수를 확인하고서 답을 알 수 있겠지요."

미망인은 불가해한 눈으로 그를 바라보았다.

"전 실수하지 않아요. 저한텐 연감(年鑑)이 있고, 전 그걸 읽는 데에는 전문가예요. 달이 구름 위에서 이제 차오르고 있어요. 월요일 밤에는 보름달이 될 거고, 화요일부터는 이지러지겠죠. 다음 달은 달 없는 달이 될 거예요."

삭(朔)

*안 좋은 인상이 바뀐다. 초청이 늘어나고, 과거가 진행되어 현재의 시각
과 만난다.*

코웰 데블린 목사는 오후 중반이 될 때까지 팰리스 호텔 식당에 앉
아 있었다. 머리가 무겁고 느리게 움직이는 것 같고 더이상 읽는 것이
이해가 되지 않을 정도가 되어서야 그는 신선한 공기가 필요하다고 생
각하고 커피잔을 비운 다음 소책자를 챙겼다. 돈을 지불하고, 비를 막
기 위해 옷깃을 세우고서 그는 밖으로 나와 해안가를 따라 북쪽으로
향했다. 오후의 해는 구름 위로 환하게 떠서 바다를 푸른빛이 아니라
은빛으로 빛나게 만들고 모래사장을 군데군데 하얗게 비추었다. 빗방
울은 허공에서 반짝거리고, 바다 쪽에서 차갑게 불어오는 바람에는 기
분 좋은 쏠쏠한 냄새가 실려 있었다. 이 모든 것이 데블린의 멍한 머리
를 다시 깨워주었고, 금세 그는 뺨이 빨개져서 미소를 띤 채 손바닥으
로 챙이 넓은 모자를 머리에 꾹 눌렀다. 그는 동네를 한 바퀴 돌아본 다
음 시뷰의 높은 해안단구를 통해서 호키티카로 돌아가기로 했다. 미래
의 호키티카 교도소 자리이자 데블린 자신의 거주지가 될 장소를 둘러

보고 싶었다.

언덕 꼭대기에 올라와서 그는 숨을 약간 헐떡이다가 누군가가 뒤따라오고 있는 것을 발견하고 깜짝 놀랐다. 능직 셔츠와 바지만 입은 젊은 남자가 빠른 걸음으로 해안단구를 향해 올라오고 있었다. 옷은 젖어서 남자의 몸에 철썩 달라붙은 상태였다. 머리를 숙이고 있어서 누군지 금세 알 수는 없었다. 20미터쯤 앞까지 왔을 때에야 데블린은 그가 누군지 깨달았다. 그는 바로 아라후라 골짜기에 있던 남자였다. 죽은 크로스비 웰스의 친구라는 마오리족 청년.

코웰 데블린은 선교사 교육을 받은 적이 없었고 그런 목적으로 뉴질랜드에 온 것도 아니었다. 사실 그는 그가 오기 20년쯤 전에 신약성경이 마오리족 언어로 번역되었다는 사실을 알고서 꽤 놀랐다. 심지어는 더니든의 조지가에 있는 서적상에서 아주 합당한 가격으로 번역서 보급판을 살 수 있다는 사실에 더더욱 놀랐다. 번역본을 넘겨보며 데블린은 성스러운 말씀이 어떻게 단순화될 수 있는지, 어떤 대가를 치렀을지 궁금했다. 알파벳을 음차해서 적어놓은 낯선 단어들엔 꼭 어린애가 써놓은 것처럼 알 수 없는 음절이 계속 반복되었고, 어린애 낙서처럼 전혀 이해할 수가 없었다. 하지만 다음 순간 데블린은 자신을 꾸짖었다. 그 자신의 성경 역시 일종의 번역서가 아니던가? 이런 식으로 경솔하고 오만하게 행동해서는 안 된다. 말없는 의심에 대한 참회로 그는 수첩을 꺼내 마오리어 성경의 핵심 구절 몇 개를 신중하게 적었다. 히 아로하 테 아투아. 이 아로하 아나 타토우 키 아 이아, 노 테 에아 코 이아 쿠아 마투아 아로하 키 아 타토우. 코 아하우 테 후아라히, 테 포노, 테 오라. 호네 14:6. 그는 이것을 적은 다음 '파오라의 사도서간'이라는 부분을 보고 깜짝 놀랐다. 역자가 이름까지도 바꿔놓은 것이다.

마오리 청년이 고개를 들고 데블린이 위쪽 봉우리에 서 있는 것을 발견하고 몇 미터 앞에서 걸음을 멈추었다. 그들은 아무 말도 하지 않고 서로를 쳐다보았다.

갑자기 바람 한 줄기가 불어와서 데블린이 서 있는 언덕을 휩쓸고 그의 관자놀이 머리카락을 반대로 넘겼다.

"안녕하신가요."

그가 말했다.

"안녕하다."

남자가 눈을 살짝 가늘게 뜨고 말했다.

"우리 두 사람 모두 궂은 날씨에 전혀 굴하지 않는 것 같군요!"

"그렇다."

"다만 풍경이 좀 흐린 것이 유일하게 아쉬운 부분입니다."

데블린은 그들의 뒤쪽으로 안개에 가린 풍경을 향해 팔을 내저으며 덧붙였다.

"구름이 걷히고 나면 우리는 세상의 다른 곳에 있을지도 모르지요. 그렇게 생각하지 않습니까? 저는 구름이 걷히고 나면 전혀 다른 장소에 있을지도 모른다는 상상을 하곤 하지요!"

시뷰 단구는 딱 어울리는 이름이었다. 이 높이에서는 오로지 바다만이 가리는 것 하나 없이 단색으로 쭉 펼쳐져 있었고, 하늘이 그보다 약간 밝은 색깔을 띠고 있었다. 해안선은 아래 있는 가파른 절벽 때문에 단구에서는 보이지 않았다. 가장자리가 갑자기 자갈과 점토로 변해버려 가까이 갈 수도 없었다. 땅과 물, 하늘로만 이루어지고 그 사이를 가로막는 나무 한 그루 없고 육지의 윤곽을 누그러뜨릴 만한 형체 하나 없는 이런 텅 빈 풍경을 보다보면 사람은 바다에서 등을 돌리고 대신

동쪽의 산맥을 봐야만 할 것 같은 두려움을 느끼게 되었다. 산맥은 오늘 하얀 구름이 커튼처럼 덮여 있었다. 단구 아래로는 호키티카의 주택 지붕이 옹기종기 이어지다가 호키티카 강둑의 너른 갈색 평원과 휘어진 회색 곶으로 바뀌었다. 해안선은 남쪽으로 이어지다가 멀어질수록 점차 흐릿해져서 결국에는 안개 속으로 완전히 사라졌다.

"좋은 위치다."

마오리 청년이 말했다.

"정말 그렇지요. 이 나라에서 제 마음에 들지 않는 풍경은 아직껏 본 적이 없다고 말해야겠지만요."

데블린이 몇 걸음 내려와서 손을 내밀었다.

"내 이름은 코웰 데블린입니다. 청년의 이름은 미안하지만 기억이 안 나는군요."

"테 라우 타우웨어."

"테 라우 타우웨어. 이렇게 만나게 되어 반갑습니다."

데블린이 차분하게 말했다.

타우웨어는 이런 표현에 익숙하지 않아서 잠깐 동안 고민하며 서 있었다. 그사이에 데블린이 말을 이었다.

"내가 기억하기로는 크로스비 웰스와 아주 친한 친구 사이였지요?"

"그의 유일한 친구다."

타우웨어가 그의 말을 고쳐주었다.

"아, 하지만 친한 친구는 한 명만 있어도 행운이라고 할 수 있지요."

타우웨어는 이 말에 즉시 대답하지 않고서 잠깐 침묵을 지키다가 말했다.

"그에게 코레로 마오리를 가르쳤다."

데블린은 고개를 끄덕였다.

"당신의 언어를 알려줬군요. 당신 민족의 이야기를 알려주고 말이죠. 그런 종류의 반석 위에서 이루어진 우정은 아주 훌륭하죠."

"그렇다."

"크로스비 웰스를 당신의 형제라고 했었죠? 기억이 납니다. 경찰서에서 그날 밤에. 그 사람 시체를 매장하기 전날 밤에 정확히 그렇게 말했었어요."

"그건 비유적 표현이다."

"네, 그렇죠. 하지만 그 말에 내재된 감정은 굉장히 강했어요. 왜 그저 그 사람을 아낀다거나 당신의 동족처럼 사랑한다고 말하지 않았던 거죠? '형제'라는 건 사랑의 다른 말이라고 저는 생각합니다. 우리가 기꺼운 마음으로 주기를 선택하는 그런 사랑인 거죠."

타우웨어는 그 말을 잠시 생각해본 다음 말했다.

"어떤 형제는 선택할 수가 없다."

"아, 맞는 말입니다. 우리의 혈육은 선택할 수가 없죠, 안 그런가요? 우리의 가족도 선택할 수가 없고요. 네, 아주 훌륭한 차이점을 지적했군요. 아주 훌륭합니다."

"그리고 가족 안에서도 두 명의 형제는 아주 다를 수 있다."

타우웨어는 이 칭찬에 고무되어 계속해서 말했고, 데블린은 웃음을 터뜨렸다.

"그 말 역시 맞습니다. 형제는 아주 다를 수도 있죠. 나에게는 누이만이 있습니다. 네 명이죠. 모두 다 나보다 나이가 위입니다. 누이들은 나를 굉장히 귀여워했지요."

그는 타우웨어 역시 자신의 가족 이야기를 할 차례라는 의미로 잠깐 말을 멈추었지만, 타우웨어는 자신의 통찰력에 아주 기쁜 것처럼 형제에 관한 말을 다시 한 번 되풀이하기만 했다.

"괜찮다면 말입니다, 테 라우, 크로스비 웰스에 대해서 뭘 좀 물어보고 싶은데요."

데블린이 갑자기 말했다.

그는 아침에 팰리스 호텔의 식당에서 엿들은 이야기를 잊지 않았던 것이다. 정치인 알리스테어 로더백은 이유는 잘 모르겠지만 죽은 크로스비 웰스와 협박범인 프랜시스 카버가 형제라고 확신하는 것 같았다. 두 사람은 성도 다른데 말이다. 하지만 왜 그렇게 믿는지 로더백은 설명하려 하지 않았다. 어쩌면 웰스의 친한 친구였던 타우웨어가 뭔가 알고 있을지도 모른다.

타우웨어는 인상을 찌푸렸다.

"나에게 금에 대해 묻지 마라. 나는 금에 대해서 아무것도 모른다. 치안판사와 경찰과 교도소장이 이미 나에게 질문을 했다. 나는 다시 한 번 대답을 말하고 싶지 않다."

"오, 아닙니다. 나는 금에 대해서는 관심이 없어요. 나는 카버라는 남자에 대해서 묻고 싶을 따름입니다. 프랜시스 카버요."

타우웨어의 몸이 굳었다.

"왜인가?"

"그 사람이 웰스 씨의 오랜 지인이라는 이야기를 들었습니다. 두 사람 사이에 분명히 해결되지 않은 문제가 있는 것 같아서요. 뭔가 범죄에 관련된 일 같은 게요."

타우웨어는 아무 말도 하지 않았지만 눈이 조금 가늘어졌다.

"혹시 이 문제에 관해서 아는 게 있나요?"

데블린이 물었다.

1월 14일 아침에, 2실링을 받고 크로스비 웰스가 어디에 사는지 프랜시스 카버에게 말을 할 때만 해도 테 라우 타우웨어는 친구를 위험으로 몰아넣는다고는 전혀 생각하지 않았었다. 제안 자체는 딱히 특이한 것도 아니었고, 표현 방식도 마찬가지였다. 사람들은 금광에서 사라진 사람들에 대한 소식에 종종 보상금을 걸었다. 형제뿐만 아니라 아버지, 삼촌, 아들, 채무자, 동업자, 동료 들에 관한 소식을 다들 알고 싶어했다. 신문에 실종자 페이지가 있긴 했지만, 모든 광부가 다 글을 읽을 수 있는 것도 아니고, 매일 신문을 읽을 만한 시간이나 취미가 있는 사람은 더 적었다. 대신 정보에 보상금을 제시하는 편이 더 싸고 때로는 효과적이었다. 타우웨어는 행복하게 2실링을 받아 챙겼고, 바로 그날 밤에 카버가 웰스의 오두막으로 다가가서 문을 두드리고 안으로 들어가는 걸 보았을 때에도 수상하게 생각하지 않았다. 그는 카버와 웰스가 조용히 재회를 즐길 수 있도록 덤불 옆에서 잠을 자기로 했었다. 그는 웰스가 더니든에서 지내던 시절에 카버를 알게 되었던 거라고 추측했고, 그 이상의 생각은 해보지 않았었다.

하지만 다음 날 아침에 웰스가 죽은 채 발견되었다. 그의 장례식 날, 침대 아래에서 아편 팅크 병이 나왔고, 카버의 배 갓스피드 호는 1월 14일 밤에 예정에 없이 어둠을 틈타 출항해버렸다는 사실도 드러났다. 타우웨어는 끔찍했다. 모든 증거가 프랜시스 카버가 은둔자의 죽음에 관여했다는 사실을 가리키는 것 같았다. 그리고 그게 사실이라면 웰스가 어디 있는지 가르쳐준 테 라우 타우웨어가 죽일 방법을 가르쳐준 것이나 다름없었다! 더 끔찍한 사실은 그가 배신의 대가로 돈까지 받았다는 것이다.

타우웨어의 자기 이미지에서 빠뜨릴 수 없는 부분인 자제력은 '모르고 그랬다'는 행동을 용납하지 않았다. 돈 때문에 친구를 배반했다는 생각은 정말이지 수치스러웠고, 이런 수치심은 혐오와 분노가 되어 내외부를 향해 동시에 터져나왔다. 그는 웰스의 장례식 후 며칠이나 음울한 기분으로 이를 갈고 앞머리를 당기며 끊임없이 프랜시스 카버를 욕했다.

데블린의 질문은 이런 음울한 기분을 다시금 일깨웠다. 타우웨어의 눈이 번뜩이고 턱이 위로 올라갔다.

"두 사람 사이에 해결되지 않은 문제가 있었다면, 이제는 끝났다."

그가 성난 어조로 말했다. 데블린이 그의 성질을 달래려는 것처럼 양손을 들어올렸다.

"물론입니다. 하지만 우연히도 두 사람이 형제라는 소문을 듣게 됐어요. 크로스비 웰스와 카버. 당신이 말했던 것처럼 비유법일 수도 있지만, 확실히 하고 싶어서요."

타우웨어는 이 말에 어리둥절했다. 하지만 그 혼란을 감추기 위해서 더욱 험상궂게 인상을 찌푸리고 교목을 보았다.

"혹시 이 사실에 관해서 아는 게 있나요?"

"없다."

타우웨어는 딱 한마디를 날카롭게 내뱉었다.

"웰스가 카버라는 사람 이야기를 한 번도 한 적이 없나요?"

"없다."

타우웨어의 기분이 불쾌하다는 것을 깨달은 데블린은 다른 방법을 시도해보았다.

"크로스비 웰스의 실력은 어땠었나요? 마오리어 실력요."

"내 영어만큼 잘하지 않았다."

"그건 의심하지 않습니다. 당신의 영어 실력은 굉장히 훌륭해요."

타우웨어가 턱을 들어올렸다.

"나는 측량사들과 여행을 많이 했다. 많은 사람을 산맥을 넘어 데려가주었다."

데블린이 미소를 지었다.

"나는 당신과 굉장히 마음이 잘 맞을 것 같은 기분이 들어요, 테 라우. 우리가, 나와 당신이 그리 많이 다르지 않다고 생각해요. 우리의 이야기를 다른 사람에게 해주고, 언어를 알려주고, 다른 사람과 형제가 되니까 말이지요. 우리는 아마 그리 다르지 않을 거예요."

데블린은 통찰력을 갖고서 말하는 게 아니라 충동적으로 말하는 거였다. 사제로서 지낸 세월은 그에게 아직 상대방과 관계가 없을 때에 처음 마음을 연결하고 우정을 형성하게 해주는 것은 겸손한 태도라는 것을 가르쳐주었다. 이런 행동이 딱히 거짓은 아니었지만, 누군가가 캐묻는다면 솔직히 데블린은 일반론 이상으로 이러한 공통점에 대해 세세하게 설명하지는 못할 터였다.

"나는 신의 사람이 아니다."

타우웨어가 인상을 찌푸리고 말했다.

"하지만 당신의 안에도 신이 계시지요. 나는 당신에게 기도하는 본능이 있다고 생각합니다, 테 라우. 오늘 여기에 온 걸 보면 말이지요. 친애하는 친구의 무덤에 경의를 표하고, 기도를 하러 온 게 아닙니까?"

타우웨어는 고개를 흔들었다.

"나는 크로스비를 위해 기도하지 않는다. 나는 그를 기억한다."

"괜찮습니다. 그것도 아주 좋아요. 상대를 기억하는 게 아주 훌륭한 시작점이죠."

살짝 미소를 지으며 그는 양손 손가락을 서로 맞대고 바깥쪽으로 기울였다. 그의 성직자 자세였다.

"기도는 종종 추억에서부터 시작됩니다. 우리가 사랑했던 사람을 기억하고, 그들을 그리워하면서 자연스럽게 그들이 어디에 있든 간에 안전하고 행복하기를 바라게 되죠. 그런 바람이 소망이 되고, 소망을 표현할 때마다, 설령 소리 내어 말로 하지 않는다고 해도, 그게 기원이 됩니다. 우리가 누구에게 말하는 건지는 모를 수도 있어요. 누가 듣고 있는지도 알지 못한 채, 심지어는 듣는 사람이 존재한다는 것조차 믿지 않으면서 탄원을 할 수도 있지요. 하지만 나는 이런 것도 아주 훌륭한 시작이 된다고 생각해요. 사랑하는 사람들을 기억하는 습관을 들이는 거죠. 다른 사람을 애정을 갖고서 기억할 때 우리는 그들이 건강하고 행복하게 지내며 그들에게 좋은 일만 있기를 바라게 됩니다. 이런 것이 기독교도에게는 기도예요. 기독교도는 바깥을 보지요, 테 라우. 다른 사람을 우선 사랑하고, 자신을 두번째로 사랑한답니다. 그래서 기독교도에게는 형제가 그렇게 많은 거예요. 비슷한 사람이든 다른 사람이든 형제가 될 수 있지요. 집단적인 관점에서 볼 때 우리 중에 특별히 다른 사람은 없어요. 여기에 동의하지 않나요?"

(이런 집단적인 관점에서 보자면 테 라우 타우웨어와 코웰 데블린은 실로 굉장히 많은 부분에서 비슷하다고 할 수 있다. 하지만 가장 중요한 공통점은 두 사람 다 주변을 주시하지 않고 인지지도 않는다는 점이다. 두 사람은 모두 상대방의 거만한 냉정함을 깨뜨리거나 상대의 진정한 모습을 밝힐 정도로 호기심을 갖고 있지 않다. 한 명은 자신을 표현하는 행위 그 자체로서, 다른 한 명은 그 증거로서 지극히 근접한 위치에 존재한다.)

"기도가 물론 언제나 기원이어야만 하는 건 아니에요. 어떤 기도는 기쁨의 표현이기도 하죠. 어떨 때는 감사의 표현이기도 하고요. 하지만 과거를 떠올리게 만드는 감정이라 해도, 좋은 감정에는 항상 희망이 깃들어 있어요, 테 라우. 기도를 많이 하는 사람, 선량한 사람에겐 언제나 희망이 가득하죠. 그들은 언제나 낙관주의자고요. 기도에 의해서 희망이 깃드는 거예요."

의심스럽게 이 설교를 듣던 타우웨어는 그저 고개만 끄덕였다.

"현명한 말이다."

그는 속으로 이 설교자를 불쌍하게 여기면서 그렇게 대답했다.

대체로 타우웨어가 생각하는 기도란 대단히 의식화되고 웅변적인 것이었다. 연설과 의례로 이루어진 모든 의식이 그렇듯이 화이코레로*의 정해진 경의의 표현은 혼자서는 만들어낼 수 없고 그리고 싶지도 않은 구심성과 차분함을 불러일으켰다. 그 감정은 가족에게 느끼는 사랑처럼 가슴속이 은밀하게 뛰는 것과는 전혀 달랐고, 아무도 자신에게 상대가 되지 않고 감히 상대로 나서지도 못한다는 고양된 확신이나 억눌린 흥분처럼 스스로에게 느끼는 자부심과도 달랐다. 그의 어머니가 해안에서 홍합의 껍질을 까서 미끌거리는 속살을 입구가 넓은 아마(亞麻) 바구니에 넣는 것을 바라보며 자신이 느끼는 사랑이 선량하고 대단히 순수하다는 것을 깨닫는, 그런 자연스러운 선량함보다도 훨씬 더 깊은 것이었다. 하루 온종일 루아 쿠마라**를 채우거나, 즉 목재를 끌거나, 손가락 끝이 따끔거리고 벗겨질 때까지 하라케케***를 꼬고서 느끼는 고결한 피로보다도 더 깊은 것이었다. 테 라우 타우웨어는 사랑을 표현

* 마오리어로 '연설'이라는 뜻.
** 마오리어로 '고구마 저장 구덩이'라는 뜻.
*** 마오리어로 '뉴질랜드삼'이라는 뜻.

하는 행위가 진정한 종교이고, 이 종교의 제단은 어떤 우상으로도 만들 수 없다고 믿는 사람이었다.

"우리 함께 무덤으로 갈까요?"

데블린이 말했다.

크로스비 웰스의 무덤을 표시하는 나무 묘비는 이미 해안의 기후에 항복한 상태였다. 은둔자가 죽은 지 2주 만에 나무 명패는 습기에 불었고 표면에는 검은 곰팡이가 군데군데 피어 있었다. 통장이가 새긴 글자도 희미해졌고, 얇게 칠한 페인트는 하얀색에서 탁하게 누르스름한 회색으로 변해 무덤 주인이 오래전에 죽은 것 같은 인상을 주었다. 거기쓰인 사망 연도를 읽는다 해도 그 인상은 별로 달라지지 않았다. 무덤에는 아직 풀이나 이끼가 자라지 않았고, 비가 오고 있음에도 불모지같은 모습이었다. 최근에 땅을 파냈기 때문이 아니라 도로 덮었고, 다시는 파지 않을 것이기 때문이었다.

이 동네에서 가장 많이 쓰이는 비문은 주로 마태복음에 나오는 팔복이나 시편에서 자주 인용되는 문구였다. 하지만 만 킬로미터쯤 떨어진 나라의 관목과 자갈로 꾸민 교회당에서 종종 사용되는 평화롭게 잠들라는 말은 여기서는 별로 위안이 되지 않았다. 크로스비 웰스가 영원한 휴식에서 벗 삼은 사람들은 실종되거나 수장되었기 때문이다. 시뷰의 묘지에는 묘비가 몇 개밖에 없었고, 글래스고 호, 시티 오브 더니든 호, 뉴질랜드 호처럼 대부분이 난파되었거나 바다에서 실종된 배들을 기리는 것이었다. 이름을 보고 있으면 마치 도시나 나라 전체가 해안으로 다가오다가 좌초되어 난파했거나 사라진 것만 같았다. 은둔자의 오른쪽에는 브리간틴선 오크 호의 기념비가 있었다. 푸르스름한 돌에는 무시무시한 전조처럼 호키티카 강어귀에 처음 좌초되었다는 사실이 새

452

겨져 있었다. 웰스의 왼쪽에는 명패보다 아주 조금 큰 나무 묘비에 이름 대신 출처도 없는 시구만이 쓰여 있었다. "나의 시간은 당신의 손안에 있다." 묘지에서 별로 떨어지지 않은 곳에 조지 셰퍼드의 미래의 교도소 부지가 있었다. 토지는 이미 다듬고 측량했고, 부지 주위로 하얀색 납 페인트로 구획을 표시해두었다.

억수 같은 비 속에서, 몇 안 되는 형식적인 참석자를 놓고 치러진 웰스의 장례식 이래로 타우웨어가 시뷰에 올라온 것은 처음이었다. 상황도 그렇고 전통적인 추도의 말을 낭독하던 속도도 그렇고, 웰스의 장례식은 모든 사람에게 귀찮고 불쾌한 일이었다. 말할 필요도 없지만 테라우 타우웨어는 이런 과정에 조금도 참여할 수가 없었다. 사실 조지 셰퍼드는 큼직한 손가락을 기분 나쁘게 흔들면서 목사가 '아멘'이라고할 때 외에는 입을 다물고 있으라고 딱 잘라서 명령했다. 데블린의 조문 기도는 쏟아붓는 비에 삼켜져서 들리지 않았고, 타우웨어는 남들이 "아멘"이라고 말할 때 한마디도 하지 않았다. 하지만 웰스의 관을 진흙 구덩이 속으로 내릴 때, 그후에 젖은 흙을 서른 번, 마흔 번, 쉰 번 삽으로 퍼서 구덩이에 던질 때에는 도와도 된다는 허락을 받았다. 타우웨어로서는 혼자 하는 편이 더 나을 것 같았다. 그가 보기에는 모든 것이 너무 서둘러 끝났던 것이다. 사람들은 순식간에 구덩이를 채웠고, 그런다음 귀 위까지 옷깃을 세우고, 코트 단추를 여미고, 흙 묻은 도구를 챙기고, 일렬로 진흙길을 따라 밝고 따스한 호키티카 시내로 향했다. 숙소로 돌아가서 그들은 방한 외투를 벗고, 얼굴을 닦고, 젖은 부츠를 실내화로 갈아 신었다.

타우웨어는 말없이 친구의 무덤으로 향했고 데블린은 손을 겹친 채 편회로운 얼굴로 그 뒤를 따랐다. 타우웨어는 나무 묘비에서 2미터쯤 떨어진 곳에 멈춰 문가에서 임종의 자리를 바라보는 것처럼, 마치 그 방 안으로 들어서는 것이 두려운 사람처럼 묘지를 바라보았다.

타우웨어는 아라후라 골짜기 외에서는 크로스비 웰스를 본 적이 없었다. 창공 한가운데 자리한 이 황량한 해안단구에서는 더더욱 본 적이 없었다. 웰스는 수십 번이나 적막한 아라후라에서 생을 마치고 싶다고 하지 않았던가? 그가 여기에, 형제도 아닌 사람들과 함께, 자신이 일한 곳도 아니고 사랑하지도 않는 땅에 묻혔다는 것은 말이 되지 않았다. 그가 사랑한 오래된 오두막은 텅 빈 채 수십 킬로미터 떨어진 곳에 버려져 있는데! 그는 바로 그 땅에 묻혔어야 했다. 바로 그 땅이 그의 죽음을 비옥한 새 생명으로 탈바꿈시켰어야 했다. 바로 그 땅, 아라후라에 그가 묻혔어야 했다고 타우웨어는 생각했다. 공터 가장자리에…… 아니면 그의 작은 정원에…… 또는 오두막에서 북쪽을 바라보는 햇살이 드는 자리에.

테 라우 타우웨어가 좀더 가까이, 가상의 방 안에, 가상의 침대 발치로 다가갔다. 죄책감이 강렬하게 그를 휩쌌다. 어쩌면 목사에게 고백을 해야 하는지도 모른다. 그가, 타우웨어 자신이 크로스비를 죽게 만든 거라고. 그래, 고백을 해야 했다. 그리고 데블린은 기독교도에게 하듯이 그를 위해서 기도해줄 것이다. 타우웨어는 웅크리고 앉아서 크로스비의 심장을 덮은 축축한 흙에 조심스럽게 손바닥을 올리고서 가만히 있었다.

"저녁에는 울음이 깃들일지라도 아침에는 기쁨이 오리로다."

데블린이 말했다.

"와투 응가롱가로 히 탕가타, 토이투 히 웨누아."

"주께서 그와 함께 계시기를. 우리가 그를 위해 기도할 때 주께서 우리와 함께 계시기를."

타우웨어의 손바닥이 흙 위에 자국을 남겼다. 그것을 보며 그는 손을 조금 들어올리고 손끝으로 흙을 쓸어 자국을 지웠다.

Φ

웰드가에 있는 『웨스트 코스트 타임스』 사무실에서 벤자민 뢰벤탈의 안식일은 끝을 맞이하는 중이었다. 찰리 프로스트는 부엌 식탁에 앉아 저녁을 막 다 먹은 그를 발견했다.

뢰벤탈은 오후에 토머스 발퍼를 봤을 때와 달리 프로스트를 보고는 별로 반가워하지 않았다. 프로스트가 크로스비 웰스의 유산에 관해 이야기하러 왔다고 추측했기 때문이고, 실제로 그랬다. 뢰벤탈은 오래전에 이 주제에 질려버렸지만 그래도 예의상 프로스트를 부엌으로 들이고 젊은 은행원에게 앉으라고 권했다.

프로스트는 뢰벤탈의 예배를 방해한 것에 대해서 사과하지 않았다. 별로 세상사에 밝지 않아 그게 예배라는 것을 몰랐던 것이다. 그는 잉크 얼룩이 있는 탁자 앞에 앉아서 뢰벤탈이 혼자 먹을 거면서 이렇게 공들여 식사를 차린 것이 참으로 희한하다고 생각할 따름이었다. 켜놓은 초도 기묘했다. 그는 그쪽을 딱 한 번밖에 쳐다보지 않았다.

"유산에 관한 겁니다."

그의 말에 뢰벤탈은 한숨을 쉬었다.

"그럼 안 좋은 소식이겠군. 그럴 거라고 예상했어야 했는데."

프로스트는 그날 오후 차이나타운에서 드러난 사실들에 대해서 짤막하게 요약하고, 아 퀴에 대한 매너링의 불만에 대해서도 어느 정도 설명을 했다.

"그래서 안 좋은 소식은 뭔가?"

프로스트가 말을 마치자 뢰벤탈이 물었다.

"안됐지만, 선생님 이름이 나왔습니다."

프로스트가 조심스럽게 말했다.

"어떤 상황에서?"

프로스트는 더욱 조심스럽게 말했다.

"이 로더백이라는 사람이 14일 밤에 뢰벤탈 씨를 자기 졸로 이용한 게 아닌가 하는 이야기가 나왔습니다. 솔직하게 터놓고 말씀드리자면, 은둔자가 죽던 밤에 선생님께 그 사람이 모든 이야기를 했던 거 말입니다. 어쩌면, 이건 그저 가능성이긴 합니다만, 그 사람이 일종의 계획 같은 것을 갖고서 선생님께 왔을 수도 있습니다."

"말도 안 되는 소리. 내가 곧장 에드거 클린치에게 갈 거라는 걸 로더백이 어떻게 알았겠나? 난 그 사람에게 에드거 이름을 꺼내지도 않았는데…… 그리고 나한테 딱히 특별한 이야기는 아무것도 하지 않았어."

프로스트가 양손을 펼쳤다.

"음, 저희는 용의자 명단을 만들고 있을 뿐입니다. 그리고 로더백 씨도 거기 올라 있지요."

"명단에 또 누가 있는데?"

"프랜시스 카버라는 사람입니다."

"아…… 그리고 또?"

"물론 웰스 미망인도 있죠."

"그렇겠지. 그리고?"

"웨더렐 양과 스테인스 씨입니다."

뢰벤탈의 표정은 그 의미를 알 수가 없었다.

"꽤나 폭이 넓은 명단이군. 계속하게."

프로스트는 밤이 되면 사람들 몇 명이 크라운 호텔에 모여서 정보를 모으고 이 문제에 대해서 상세하게 의논을 할 계획이라고 설명했다. 여기에는 오늘 오후에 퀴 롱의 오두막에 있던 사람들 전부와 웰스의 유산을 사들인 에드거 클린치, 웰스가 죽은 뒤 오두막에서 발견된 아편의 주인인 조지프 프리처드가 포함될 것이다. 하랄 닐슨이 프리처드의 신분을 보증했고, 프로스트 자신은 클린치에 대해서 보증을 섰다.

"자네가 클린치에 대해 보증을 섰다고?"

프로스트는 고개를 끄덕인 다음 뢰벤탈 역시 거기에 참석하고 싶다면 자신이 기꺼이 그의 신분을 보증하겠다고 말했다.

뢰벤탈은 의자를 밀어냈다.

"나도 참석하겠네."

자리에서 일어나서 그는 문 옆 선반에 있는 성냥갑을 가져왔다.

"하지만 내 생각에는 거기에 참석해야 하는 사람이 또 있는 것 같아."

프로스트는 경계하는 표정을 지었다.

"그게 누굽니까?"

뢰벤탈은 성냥을 고른 다음 문틀에 대고 그었다.

"토머스 밸퍼."

그가 성냥을 기울여 조그만 불길이 성냥의 몸통을 타고 올라가는 모습을 보았다.

"우리가 의논할 문제에 관해서 그의 정보가 아주 귀중할 거라고 생각한다네. 물론 그가 기꺼이 이야기를 털어놓을 경우에 한해서 말이지만."

그는 성냥을 조심스럽게 내려 탁자 위의 촛대에 불을 붙였다.

"토머스 발퍼라고요."

프로스트가 중얼거렸다.

"해운업자 토머스 발퍼 말일세."

그는 구멍을 넓히기 위해서 눈금판을 돌렸다. 쉭 소리가 나며 불길이 오렌지색으로 타올랐다.

"오늘 아침에 그 친구가 자네를 찾아가지 않았던가? 은행에서 자네를 만났다고 그랬던 것 같은데."

프로스트가 인상을 찌푸렸다.

"네, 그랬습니다. 하지만 굉장히 기묘한 질문을 했었고, 솔직히 말해서 저는 그 사람의 목적이 뭔지 전혀 알 수가 없더군요."

뢰벤탈이 성냥을 흔들어 껐다.

"바로 그거야. 이 모든 사건에는 또 다른 측면이 있고, 톰은 거기에 대해서 알고 있지. 오늘 오후에 나에게 알리스테어 로더백이 비밀을 갖고 있다고 그러더군. 뭔가 큰 비밀을 말이야. 물론 그 친구는 로더백의 신뢰를 깨고 싶어 하지 않았지만(내 앞에서는 비밀을 털어놓지 않았네) 이 회합에서 그 문제를 꺼낸다면…… 아마 자신이 옳다고 생각하는 쪽으로 결정을 내릴 걸세. 자기 생각대로 행동할 수 있는 친구니까. 다른 사람들이 전부 각자의 이야기를 하고 나면 그 친구도 이야기할 마음이 들지도 모르지."

"이야기를 한단 말이죠. 알겠습니다. 하지만 이런 이야기를 들어도 입을 다물고 있을 만한 분입니까?"

뢰벤탈은 엄지와 검지로 불에 탄 성냥을 잡으며 잠깐 침묵을 지켰다.

"내가 착각했다면 바로잡아주게. 하지만 나는 자네의 말에서 이 회합이 어떤 범죄자나 공모자, 음모가 들의 모임이 아니라 무고한 사람들의 만남이라고 생각했네만."

"그렇습니다. 하지만 그렇다고 해도……."

"그런데도 톰이 이런 이야기를 들어도 입을 다물고 있을 만한 사람이냐고 묻는단 말이지. 설마 자네가 고발당할 만한 정보를 가지고 있는 건 아닐 테지? 공통의 이유를 갖고 모인 무고한 사람들 속에서 기꺼이 말할 수 없을 만한 그런 걸 알고 있는 건 아닐 테지?"

프로스트의 얼굴이 붉어졌다.

"물론 아닙니다. 하지만 그래도 신중하게 행동을 해야……."

"신중?"

뢰벤탈이 성냥을 장작더미 위에 떨어뜨린 다음 양손 끝을 비볐다.

"자네의 관심사가 어떤 건지 갑자기 의심이 드는군, 프로스트 군. 이게 일종의 음모 같은 건 아닌지 의문이 들기 시작했어."

그들은 한참이나 서로를 바라보았지만, 프로스트의 의지력은 뢰벤탈에게 비할 바가 아니었기에 결국 그는 뺨이 달아오른 채로 고개를 숙이고 한 번 끄덕였다.

"발퍼 씨를 초대하셔야지요. 당연한 일입니다. 당연하고말고요."

뢰벤탈이 혀를 찼다. 자신의 도덕적 규칙에 대해 공격을 받으면 그의 태도는 굉장히 학교 선생처럼 변했다. 그의 질책은 언제나 아주 엄격하고, 아주 효과적이었다. 그는 이제 굉장히 비통한 표정으로 젊은 남자를 바라보았고, 프로스트는 책을 망가뜨리다가 들킨 어린 학생처럼 얼굴을 더욱 시뻘겋게 붉혔다.

자신의 체면을 되찾기 위해서 프로스트는 조금 무모하게 말했다.

"하지만 오두막의 매매에 대해서 아직 사람들에게 알려지지 않은 사실이 몇 가지 있습니다. 그러니까, 클린치 씨가 공공연하게 알리고 싶어 하지 않는 사실이요."

뢰벤탈의 얼굴에 분노가 끓어오르는 것 같은 표정이 떠올랐다.

"하나 확실하게 해두겠네. 내가 자네의 신중함을 믿고, 자네도 나의 신중함을 믿고, 우리 두 사람 다 클린치 씨의 신중함을 믿지. 하지만 신중하다는 것은 비밀을 엄수하는 것과는 완전히 다른 이야기야, 프로스트 군. 우리 중 누구도 법적인 의미에서 정보를 감추고 있어서는 안 될 것 같은데. 안 그런가?"

무심한 척하는 목소리로 프로스트가 대답했다.

"음, 클린치 씨도 선생의 생각에 동의하기만을 바라는 수밖에요."

이는 뢰벤탈의 설명을 칭찬함으로서 그의 환심을 사려는 다소 바보 같은 행동이었고, 뢰벤탈은 고개를 흔들었다.

"프로스트 군, 자네는 경솔하군. 별로 좋은 행동이 아니야."

벤자민 뢰벤탈은 하노버 출신으로, 그곳은 그가 유럽을 떠날 때까지 프로이센이 지배하고 있던 곳이었다. (덥수룩한 콧수염에 머리선이 꽤나 뒤로 물러난 뢰벤탈은 오토 폰 비스마르크와 조금 닮은 구석이 있었지만, 이는 그가 비스마르크를 따라했기 때문은 아니었다. 누군가의 스타일을 따라한다는 것은 뢰벤탈이 아예 생각조차 해본 적 없는 일이었다.) 그는 직물상인의 맏아들이었고, 아버지의 평생의 야망은 오로지 아들들에게 훌륭한 교육을 시키는 데에 집중되어 있었다. 아버지로서는 대단히 기쁘게도 이 꿈은 이루어졌다. 하지만 아들들의 공부가 끝난 직후에 부모님 두 분 모두 독감에 걸렸고, 유대인들이 하노버 공국에서 공식적으로 해방된 바로 그날 돌아가셨다고 뢰벤탈은 나중에 전해 들었다.

이 사건이 젊은 뢰벤탈에게는 분수령이 되었다. 미신을 믿는 것도

아니고, 이 사건들이 동시에 일어났다는 사실이 딱히 대단한 게 아니라
는 것을 알고 있었음에도 이 사건들은 그의 머릿속에서 하나로 연결되
었다. 그는 두 사건이 같은 날 일어났다는 사실 때문에 양쪽 모두에 굉
장한 거리감을 느꼈다. 당시 그는 튀링겐 주의 일메나우에 있는 '디 헨
네'에서 신문사 수습생 자리를 제안받았다. 그의 부모님이라면 당장에
잡으라고 부추기셨을 만한 자리였다. 하지만 튀링겐 주가 아직 공식적
으로 유대인들을 해방하지 않았기 때문에 그는 그것을 받아들이는 것
이 부모님의 추억을 짓밟는 일이라고 여겼다. 그의 마음은 양쪽으로 갈
라졌다. 뢰벤탈은 격변을 굉장히 두려워했고, 혼자만의 생각을 과도하
게 분석하는 경향이 있었다. 자신의 행동에 대한 이유는 언제나 수두룩
했고, 극단적일 만큼 합리화를 거듭했다. 그러니 이유 부분은 그냥 넘어
가고, 뢰벤탈이 일메나우로 가는 것도, 하노버에 남는 것도 선택하지 않
았다는 것만 말해두겠다. 부모님이 돌아가신 직후에 그는 아예 유럽을
떠나 다시는 돌아가지 않았다. 그의 형제 하인리히가 하노버에 있던 아
버지의 사업을 물려받았고, 벤자민 뢰벤탈은 학위만 갖고서 대서양을
건너 미국으로 갔다. 그리고 몇 달, 몇 년, 몇십 년 동안 스스로에게 바로
이 과거를, 정확히 이 단어를 사용해서, 정확히 이런 식으로 이야기했다.
　반복만큼 어떤 것을 강하게 만드는 것은 없다. 시간이 흐르며 과거
에 대한 뢰벤탈의 기억은 고정되었고 (고정된 것의 특성상) 변화할 수
없이 굳어졌다. 결국에 그는 자신의 삶을 이미 정해진 방식 외의 다른
관점에서는 얘기할 수 없게 되었다. 그가 도덕적인 사람이고, 모순에
부딪혔으며, 올바른 일을 했을 뿐이라는 것이다. 그는 언제나 올바른
일을 해왔고, 앞으로도 그럴 것이다. 그의 모든 선택은 그 자신의 눈에
는 도덕적 선택이었다. 그는 개인적인 취향과 도덕적 책임을 구분하기

를 그만두었고, 그런 구분이 가능하다는 생각도 하지 않게 되었다. 이런 논리의 결과로 그가 지금 이렇게 마음껏 찰리 프로스트를 질책하는 것이었다.

프로스트는 눈길을 내리깔고 조용히 말했다.

"저도 신중할 수 있습니다. 제 걱정은 하지 않으셔도 됩니다."

"내가 직접 톰에게 가서 이야기를 하겠네."

뢰벤탈은 두 걸음 만에 방을 가로질러 와서 은행원에게 가보라는 듯이 문을 열어주었다.

"초대해줘서 고맙네. 오늘밤 크라운 호텔에서 보세."

Φ

딕 매너링은 카니에레에서 돌아와서 곧장 그리디론 호텔로 향했다. 에드거 클린치는 개인 사무실에서 책상 앞에 혼자 앉아 있었다. 호키티카의 거물은 초대의 말도 기다리지 않고 들어와 자리에 앉아 오후에 일어났던 일에 대해 한참 설명을 늘어놓고, 아주 빠르게 그날 저녁에 열릴 회의에 대해 이야기했다. 조심하기 위해서 남자들은 중립 지역에서 모이기로 했고, 호키티카에서 가장 인기 없고 흉한 곳인 크라운 호텔의 흡연실이 모든 참석자에게 딱 적절한 선택지로 보였다. 매너링은 비밀회의라는 것이 굉장히 마음에 들었기 때문에 장황하게 이야기를 늘어놓았다. 그는 언제나 뭔가 비밀스러운 역사를 갖고 있고, 봉건적인 계급이 있으며, 규칙이 존재하는 그런 모임의 회원이 되기를 바라왔다. 하지만 지금 이 호텔 경영인은 그의 말을 귀기울여 듣는 것 같지 않았다. 클린치는 바람 속에서 균형을 잡는 것처럼 양손 손바닥을 책상에 대고, 매너링이 한참 이야기를 하는 내내 전혀 자세를 바꾸지 않고 초조하게 방 안만 이쪽저쪽으로 쳐다보았다. 평소 혈색 좋은 얼굴이 지금은 굉장히 창백해 보였고, 콧수염이 움찔거렸다.

"자네 뭔가 고민거리가 있는 것 같은데. 내 눈엔 그렇게 보이는군."

마침내 매너링이 조금 퉁명스러운 어조로 말했다. 클린치가 무슨 생각을 하고 있든 자신이 차이나타운에서 보낸 오후나 아주 부유한 남자의 실종에 얽힌 수수께끼를 의논하기 위한 비밀회의만큼 흥분되는 일일 리가 없지 않은가.

"미망인이 여기 왔다 갔어."

에드거 클린치가 멍하니 말했다.

"안나와 할 얘기가 있다면서 말이야. 그러고는 위층으로 올라가더니, 30분도 지나지 않아서 안나를 달고 도로 내려오더군."

"리디아 웰스 말인가?"

"리디아 웰스 말일세."

클린치가 대답했다. 그는 그녀의 이름을 욕설처럼 내뱉었다.

"언제?"

"방금 전에. 자네가 들어오기 직전에 함께 떠났다네."

클린치는 다시 침묵에 잠겼다. 매너링이 조급하게 말했다.

"내가 얘기해달라고 애원이라도 해야 되나?"

"둘이 서로 아는 사이였어! 리디아와 안나가, 둘이 서로 안다고! 친한 친구 사이라는군!"

이 소식은 더니든의 '수많은 소원의 집'을 정기적으로 드나드는 매너링에게는 별로 새로울 것 없는 이야기였다. 거기서 두 여자가 함께 있는 걸 전에도 봤으니까. 사실 매너링이 처음 안나 웨더렐을 고용한 것도 '수많은 소원의 집'에서였다.

"좋아. 그게 뭐가 문제지?"

"한 쌍의 도둑처럼 죽이 맞더군. 그래, 도둑이지. 내가 하려던 말이
바로 그거야. 한 쌍의 도둑들."

클린치가 애처로운 어조로 말했다.

"누가 도둑이라는 건가?"

"둘이서 한 패였던 거야!"

클린치가 고함을 질렀다. 클린치는 화가 나면 꽤나 사람을 진력나게
만드는 데가 있다고 매너링은 생각했다. 도대체 이해할 수 없는 행동을
하기 때문이다. 매너링이 그를 향해 물었다.

"이거 미망인의 항소 이야기인가?"

"내가 무슨 이야기를 하는지 자네는 알잖아. 알고 있으면서!"

"뭐? 이거 금 더미 이야기인가? 그런 거야?"

"웰스의 금 이야기가 아니야. 다른 금 이야기지."

"무슨 다른 금 말인가?"

"자네는 알잖아!"

"그럴 리가. 나는 무슨 이야기인지 도통 모르겠군."

"난 안나의 드레스에 대해서 이야기하는 거야!"

이 말은 지난겨울에 안나의 드레스에서 발견한 금에 대해 처음으로
언급하는 거였다. 클린치가 안나를 위층으로 데려가 욕조에 넣은 다음,
드레스를 들어올렸다가 솔기를 따라 늘어지는 무게에 치맛자락을 뜯
고 손가락으로 반짝이는 금을 조금 집어냈던 그 사건 이래로 아무한테
도 말한 적이 없었는데. 오랫동안 감추고 있던 압박감이 지금 그를 거
의 미친 듯이 날뛰게 만들었다. 그는 여전히 매너링이 세운 일종의 계

획이라고 생각하고 있었다. 이 계획이 뭔지는 정확하게 알아내지 못했지만 말이다.

하지만 매너링은 그저 의아한 표정이었다.

"뭐? 그게 도대체 무슨 이야기인가?"

클린치가 인상을 찌푸렸다.

"멍청한 척하지 말라고."

"미안하지만 나는 그러고 있는 게 아니야. 무슨 이야기를 하는 건가, 에드거? 창녀의 옷차림이 무슨 가치가 있다는 건지 모르겠군."

매너링을 쳐다보며 에드거 클린치는 갑자기 회의가 들었다. 매너링의 당황한 표정은 진짜처럼 보였다. 계획을 들킨 사람 같은 태도가 아니었다. 저게 그가 안나의 드레스에 숨겨진 금에 대해 전혀 모른다는 의미일 수 있을까? 안나가 매너링의 등 뒤에서 다른 남자와 공모했을 수도 있을까? 클린치 역시 헷갈리기 시작했다. 그래서 그는 주제를 바꾸기로 했다.

"난 그 상복에 대해서 말한 거였어. 지난 2주 동안 그녀가 입고 있던 그 멍청한 목깃이 달린 드레스 말이지."

그가 어설프게 말했다. 매너링이 한 손을 흔들었다.

"종교에 잠시 의탁하고 있는 거야. 여유를 좀 주라고. 금방 끝날 테니까."

"난 잘 모르겠군. 지난주에 길거리에 나가는 걸 그만두기 전에 우선 빚을 갚으라고 말했어. 그리고 몇 마디 나눴지. 내가 좀 화를 냈던 거 같아. 그래서 호텔에서 내쫓겠다는 협박을 했어."

"그게 리디아 웰스와 무슨 관계가 있나? 자네가 이성을 좀 잃었다 치자고. 그게 대체 무슨 상관이지?"

매너링이 조급한 듯이 말했다.

"리디아 웰스가 안나의 빚을 다 갚았네."

클린치가 말했다. 마침내 그가 책상에서 손을 뗐다. 손바닥 아래에는 그의 손에 눌려 약간 축축해진 빳빳한 은행권이 놓여 있었다. 적힌 금액은 6파운드였다.

"안나는 여행자 호텔로 옮겼네. 완전히. 새 직업을 가질 거라고 그러더군. 창녀라는 호칭에는 더이상 대답하지 않을 거라면서."

매너링은 은행권을 쳐다보면서 잠시 아무 말도 하지 않았다. 그러다가 마침내 입을 열었다.

"하지만 그건 자네에게 진 빚이지. 그냥 방값일 뿐이지 않나. 나한테 진 빚은 백 파운드도 넘어! 버는 돈도 완전히 적자인데다가…… 목까지 빚으로 가득차 있다고…… 나한테는 대답을 해야 할걸, 제기랄! 자네도 아니고, 그 망할 리디아 웰스도 절대로 아니지! 하지만 방금 뭐라고 그랬지? 창녀라는 호칭에는 대답하지 않을 거라고?"

"딱 그렇게 말했네. 창녀 일은 그만둘 거라고. 그렇게 말했어."

매너링의 얼굴이 자줏빛으로 변했다.

"자기 일을 그냥 그런 식으로 관둘 순 없어. 그게 창녀든 도살업자든 망할 제빵업자든 간에 마찬가지야! 그냥 관둘 수는 없다고…… 빚이 이렇게 엄청난 상태에서는 불가능하지!"

"그건……."

"애도 중이라고 그러더니!"

매너링은 벌떡 일어나며 고함을 질렀다.

"잠깐이라고 그랬던 주제에! 하나를 양보해주면 백 개를 원한다니까! 내가 두 눈 시퍼렇게 뜨고 있는 한은 안 되지! 그 계집애한테 백 파운드가 걸려 있는 한은 안 돼! 절대로 안 되지!"

클린치는 호키티카의 거물을 냉정하게 쳐다보았다.

"오베르 개스코인이 당신에게 줄 돈을 갖고 있다고 전하라고 하던데. 그 친구 침대 아래 숨겨져 있다고 전하라더군."

"오버 개스콘? 그게 대체 누구야?"

"치안판사 재판소의 서기야. 크로스비 웰스의 유산에 대한 미망인의 항소를 접수했지."

"아하! 그러니까 다시 그 얘기로 돌아왔군그래, 응? 염병할 노릇이야!"

"또 다른 문제가 있어. 오늘 오후에 개스코인 씨가 안나의 방으로 올라갔고, 총이 발사되었어. 두 방. 나중에 그 사람에게 뭐냐고 물어봤는데, 빚 이야기로 되받아치더군. 내가 올라가서 살펴봤어. 안나의 베개에 구멍이 나 있었어. 딱 한가운데에. 속이 다 튀어나와 있었고."

"구멍이 두 개였나?"

"하나뿐이었어."

"그리고 미망인도 그걸 봤겠군."

매너링의 말에 클린치가 고개를 저었다.

"아니, 그 여자는 나중에 왔어. 하지만 개스코인 씨가 떠나면서 여자와 만나러 간다는 이야기를 하더군…… 그러고는 두 시간 뒤에 그 여자가 나타났고."

"다른 금 이야기는 뭐지? 다른 금이 있다고 하지 않았었나?"

매너링이 갑자기 물었다.

"내가 생각하기에……"

클린치가 시선을 내리깔고 다시 말했다.

"아니. 중요하지 않아. 내가 착각을 했어. 잊어버리라고."

매너링이 인상을 찌푸렸다.

"리디아 웰스에게 무슨 의무가 있어서 안나의 빚을 갚아준 거지? 그렇게 해서 무슨 이득을 본다고?"

"나도 모르겠어. 하지만 오늘 오후에는 두 사람이 굉장히 친밀해 보이던데."

"친밀하다는 건 이득이 아니야."

"나도 모르겠네."

클린치가 다시 말했다.

"서로 팔짱을 끼고 있던가? 기분이 좋아 보였어? 응?"

"그래. 서로 팔꿈치를 걸고 팔짱을 끼고 있더군. 미망인이 이야기를 하니까 안나가 몸을 기울이고."

그는 그 기억을 떠올리며 침묵에 잠겼다. 그때 갑자기 매너링이 소리를 질렀다.

"그래서 안나를 그냥 보냈단 말이야? 나한테 물어보지도 않고, 연락도 하지 않고 그냥 보냈어? 그 애는 내 최고의 창녀야, 에드거! 내가 말하지 않아도 그 정도는 알잖나! 다른 여자들은 안나의 발뒤꿈치도 못 따라와!"

"내가 안나를 붙잡을 수는 없잖나. 내가 어떻게 해야 하는데? 방에 가둬? 게다가 자네는 카니에레에 있었다면서."

클린치가 시무룩한 얼굴로 말했다. 매너링이 의자에서 벌떡 일어났다.

"그러니까 중국인의 앤은 이제 누구의 앤도 아닌 거로군!"

그가 다리에 모자를 내리쳤다.

"그 계집은 전부 다 아주 간단한 것처럼 행동하고 있어, 안 그런가?

일을 그만두다니! 어느 날 아침에 일어나서 그냥 그렇게 마음만 먹으면 되는 것처럼……!"

하지만 에드거 클린치는 이런 수사학적인 이야기에 귀를 기울일 마음이 없었다. 그는 우울하게 내일은 일요일이고 몇 달 만에 처음으로 안나의 목욕물을 준비하지 않아도 되는 일요일이라는 사실을 곱씹고 있었다. 그가 마침내 말했다.

"자네는 가서 개스코인 씨에게 돈에 관해 물어보지 그러나."

"내가 왜 화가 나는지 아나, 에드거? 남에게 얘기를 전해 들으면 나는 화가 나. 다른 사람에게 주워들으면 화가 난다고. 이 모든 걸 자네에게 듣고 있어야 한다는 게 화가 나. 안나는 내가 어쩌기를 바란 거지? 알지도 못하는 사람을 찾아가라고? 가서 뭐라고 할까? '이보시오, 선생, 당신 침대 아래 엄청난 돈이 있는 것 같고 안나 웨더렐이 나한테 그 돈을 빚졌소.' 이럴까! 그건 무례한 짓이야. 아주 무례하다고. 아니, 내가 아는 한 그 계집은 여전히 내 밑에서 일하는 거야. 여전히 창녀고, 여전히 나한테 진 빚은 갚지 않은 거라고."

클린치가 고개를 끄덕였다. 그는 이미 기운이 빠져서 그저 혼자 있고 싶었다. 그가 은행권을 집어서 반으로 접어 지갑 안에, 심장 위쪽에 넣었다.

"오늘밤에 이 모임이 몇 시라고 그랬었지?"

"해질녘. 그 전이나 후에 오도록 하게. 그래야 다들 한꺼번에 우르르 들어가지 않지. 몇 명은 이 모임에서 모든 책임을 질 사람을 찾을 수 있을 거라고 생각하는 모양이야."

"난 크라운 호텔을 별로 좋아하지 않아. 거긴 술을 정량보다 적게 부어주는 것 같아. 전면 창문은 더 커야 했어…… 그리고 현관 위쪽에도 지붕이 있어야 했고."

"뭐, 조용하잖나. 그게 중요한 거야."

"그렇지."

매너링이 모자를 썼다.

"만약에 지난주에 이 모든 난리법석에 대한 책임이 누구에게 있느냐고 나한테 물어봤다면, 난 그 유대인이라고 했을 거야. 어제 물어봤다면 미망인이라고 했겠지. 오늘 오후에 물어봤다면 중국인이라고 했을 거고. 그런데 지금은? 글쎄, 그 창녀에게 망할 놈의 돈이라도 걸겠어. 내 말 잘 기억해두게. 안나 웨더렐은 왜 그 돈이 크로스비 웰스의 오두막에서 나왔는지 분명히 알고 있고, 에머리 스테인스에게 무슨 일이 생긴 건지도 알고 있어…… 성급하게 말하는 걸지도 모르지만, 그 친구의 영혼이 편히 쉬기를. 자살 시도라니, 웃기지도 않는 소리. 상복? 웃기지 말라고 해. 그 계집은 확실하게 리디아 웰스와 한패거리야. 그리고 둘이서 뭔가를 꾸미고 있다고."

Φ

숙 용승과 퀴 롱은 똑같이 챙이 넓은 펠트 모자를 쓰고, 모직 망토를 두르고, 범포로 된 덧신을 신은 채 카니에레로를 터벅터벅 걸어 호키티카로 향하고 있었다. 어스름이 내리고 기온이 빠르게 떨어져서 길가에 고인 물이 갈색에서 번들거리는 파란색으로 변했다. 앞에 있는 도시의 온기와 불빛을 향해 말을 탄 사람이나 수레가 가끔 지나가는 것 말고는 길이 한적했다. 아직도 3킬로미터는 족히 남았지만 벌써 희미하고 단조로운 파도 소리가 들리기 시작했고, 그 위로는 가끔씩 빗소리보다 좀더 크게 바닷새 울음소리가 바람에 실려왔다.

두 남자는 광둥어로 대화를 나누고 있었다.

"오로라에는 금이 없어."

아 퀴가 말했다.

"정말 확실합니까?"

"그 광산은 비었어. 땅을 이미 전부 파뒤집은 것 같은 곳이라네."

"파뒤집은 흙에서도 놀라운 게 나올 수 있죠. 저는 흙더미를 뒤져서 먹고사는 사람들을 많이 압니다."

아 숙이 대답했다.

"흙더미를 뒤져서 먹고사는 중국 사람들을 많이 아는 거겠지. 그리고 눈이 그만큼 예리하지 않은 사람들이 그들을 구타하고, 심지어는 죽이기까지 하지 않나."

"돈이란 짐입니다."

그것은 그가 종종 읊는 경구였다.

"가난한 사람들이 더욱 날카롭게 느끼는 짐이지."

아 퀴가 함께 있는 남자를 곁눈질로 쳐다보고는 덧붙였다.

"자네의 사업도 최근에 좀 침체되어 보이던데."

"그렇습니다."

아 숙이 덤덤하게 대답했다.

"창녀가 아편에 관심을 잃은 모양이야."

"네. 왜 그런지 모르겠습니다."

"어쩌면 다른 공급자를 찾았는지도 모르지."

"그럴지도요."

"자넨 그렇게 생각하지 않는구먼."

"어떻게 생각해야 할지 모르겠습니다."

"약제사를 의심하고 있는 게지?"

"네. 물론 다른 사람들도 의심하고 있습니다만."

아 퀴가 잠깐 생각을 하고서는 말했다.

"난 내가 찾아낸 금이 안나의 것이라고는 생각하지 않아."

"아닐 가능성이 높겠지요. 어쨌든 도둑맞았다는 이야기를 한 번도 하지 않았으니까요."

아 퀴가 아 숙을 힐끗 보았다.

"내가 한 일이 도둑질이라고 생각하나?"

"어르신의 명예를 손상시킬 마음은 없습니다."

아 숙이 말을 하다가 잠시 머뭇거렸다.

"하지만 자네의 말은 자네의 마음과는 따로 노는구먼, 숙 용승."

아 숙이 고개를 숙였다.

"용서하십시오. 저는 무지하고, 제 무지는 제 의도보다 더 쉽게 드러나곤 합니다."

"무지한 사람이라 해도 자기 의견은 있는 법이지. 말해보게. 자네는 내가 도둑이라고 생각하나?"

아 퀴가 물었다.

"도둑질의 핵심은 비밀로 하려는 마음입니다."

모자장수가 마침내, 약간 서투르게 말했다.

"그렇게 말함으로써 자네는 나보다 훨씬 더 많은 사람의 명예를 손상시키는구먼."

"제가 틀린 말을 했다면 취소하겠습니다."

아 숙의 말에 아 퀴가 날카롭게 쏘아붙였다.

"물론 틀린 말이야. 광산에서 금을 찾은 사람은 그걸 광고하고 다니지 않아. 숨기고, 사람들에게는 아무 말도 하지 않겠지. 여기 금광에서는 모든 사람이 비밀로 하려는 마음을 갖고 있어. 바보만이 자신이 발견한 걸 떠들고 다니지. 만약에 자네가 금을 발견한다 해도 별로 다르지 않을 거야, 숙 용승."

"하지만 어르신께서 말씀하시는 금은 광산에서 발견된 게 아니지 않습니까. 어르신께선 여자의 주머니에서 금을 찾으셨죠. 땅에서 파낸 게 아니라 여자의 몸에서 끄집어내셨지요."

"그 여자는 자신이 뭘 갖고 있는지 몰랐어! 금이 가득한 강가에 자리를 잡고서는 아무것도 보지 못하고 의심하지도 않는 그런 사람과 똑같았지."

"하지만 강에 있는 금은 누구의 것도 아니지요. 강에 속한 것도 아니고 말입니다."

"자네도 자네 입으로 그 금이 안나의 것일 리 없다고 하지 않았나!"

"안나의 것은 아니죠. 하지만 재봉사의 것이라면요? 그런 엄청난 금액을 여자의 드레스 주름 안에 숨기다니, 무슨 생각이었을까요?"

"나는 재봉사에 대해서는 전혀 모르네. 자네는 은화를 주우면 누가 그걸 주조했는지 물어보나? 아니지. 누가 그걸 마지막으로 건드렸는지 물어보겠지! 잃어버린 걸 주웠다고 해서 내가 도둑이 되는 건 아니야."

"잃어버렸다고요?"

"잃어버린 거지. 아무도 그 금의 소유주라고 나서지 않았어. 내가 찾기 전에 도둑을 맞았고, 그 이래로 아무도 찾지 못했던 게 분명해."

"죄송합니다. 제가 틀렸던 것 같습니다."

아 숙이 말했다.

"창녀는 첩이 아니야."

아 퀴가 말했다. 그는 점점 흥분하고 있었다. 꽤 한참이나 이 문제에 관해서 변명을 하고 싶던 모양이었다.

"창녀는 존경받는 입장이 될 수 없어. 부자가 될 수도 없지. 모든 특권과 이득은 창녀가 아니라 포주에게 돌아가는 법일세. 그래, 안나가 일을 해서 진짜로 이득을 보는 유일한 사람은 그녀의 뒤에서 한 손에는 지갑을 들고, 다른 손엔 권총을 든 그 남자뿐이야. 나는 안나한테서 돈을 훔친 게 아닐세! 어떻게 훔칠 수가 있겠나? 안나가 소유한 건 아무것도 없는데. 그 금은 절대로 그 여자의 것이 아니야."

뒤쪽에서 말발굽 소리가 들려서 두 사람은 뒤를 돌아보았다. 말을 탄 사람 두 명이 안장에 몸을 바싹 붙인 채 느린 구보로 호키티카를 향해 가고 있었다. 말 두 마리 모두 땀에 젖었고 기수들은 더 빨리 가라고 채찍을 계속 휘둘렀다. 중국인들은 그들이 지나갈 수 있게 옆으로 비켰다.

그들이 사라지고 나자 아 숙이 말했다.

"용서하십시오. 제가 실수했습니다. 어르신께서는 도둑이 아닙니다."

그들은 다시 걷기 시작했다.

"스테인스 씨가 진짜 도둑이지."

금 제련사가 말했다.

"그 사람은 고의로 훔쳤고, 양심의 가책도 느끼지 않고 도망쳤어. 그런 자를 믿었다니 내가 멍청했지."

"스테인스는 프랜시스 카버와 한패입니다. 오로라의 기록이 그걸 증명하고 있지요. 그런 자와 협력했다는 사실만 봐도 스테인스의 정직성이 의심스러울 수밖에 없습니다."

아 퀴는 함께 걷고 있는 아 숙을 힐끗 보았다.

"나는 프랜시스 카버는 모르네. 그 사람 이름은 오늘 처음 들었어."

"그는 무역상입니다. 저는 소년 시절에 광저우에서 그자를 알았습니다. 그는 저희 가족을 배신했고, 저는 그자를 죽이겠다고 맹세했습니다."

아 숙이 무표정한 얼굴로 말했다.

"그 얘기는 이미 들었어. 그 이상을 알고 싶은데."

"처량한 이야기입니다."

"그럼 나도 측은지심을 갖고 듣겠네. 내 동향 사람을 배신하는 건 나를 배신하는 거나 다름없어."

아 숙이 이 말에 인상을 찌푸렸다.

"배신당한 건 저고, 복수하는 사람도 접니다."

"나는 그저 우리가 서로를 도와야 한다는 의미로 말했을 뿐일세, 숙용승."

"왜 '도와야 한다'고 하신 겁니까?"

"중국인의 목숨이 이 나라에서는 싸구려이기 때문이지."

"금광에서는 모든 사람의 목숨이 싸구려입니다."

아 퀴가 고개를 저으며 말했다.

"자네 생각은 틀렸어. 오늘 자네는 나를 치고, 내 머리를 잡아당기고, 나를 모욕하고, 죽이겠다고 협박하는 남자를 봤을 거야. 그런 짓을 했어도 아무런 대가도 치르지 않았지. 그리고 앞으로도 대가 같은 건 없을 거야. 호키티카의 모든 사람이 나보다는 매너링의 편을 들 테니까. 그 이유가 뭘까? 난 중국인이고 그자는 아니기 때문이야. 자네와 나는 서로를 도와야만 하네, 아 숙. 그래야만 해. 법은 우리의 반대편에 있다네. 그러니 우리는 법에 대항해서 협력해야만 해."

아 퀴의 말에는 밖으로 표출하는 걸 한 번도 본 적 없는 그런 감정이 담겨 있었다. 아 숙은 잠깐 동안 아무 말 없이 그 말을 생각했다. 아 퀴는 모자를 벗어 손바닥에 몇 번 내리쳤다가 도로 머리에 올려놓았다. 근처 덤불 속에서 방울새가 요란하고 낭랑한 소리로 울었다. 울음소리가 다른 새의 울음으로 이어지고 또 다른 새가 울면서 잠깐 동안 주변의 숲에서 노랫소리가 요란하게 퍼졌다.

숙 용승이 혼자 살고 일하는 것은 그럴 수밖에 없어서가 아니라 그가 그 편을 좋아하기 때문이었다. 그는 무뚝뚝한 성격이 아니라서 사람을 사귀는 것이 별로 어렵지 않았고, 한번 사귀면 우정이 깊어지는 것도 거부하지 않았다. 그저 남의 명령을 받는 게 싫을 뿐이었다. 그는 책임감이라는 짐이 질색이었고, 특히 그런 책임을 져야만 하거나 강요받는 상황일 경우에는 견디지 못했다. 그리고 우정이라는 것은 그의 경험상 거의 항상 빚과 죄책감, 기대 같은 것으로 변화하게 마련이었다. 그가 친하다고 부르는 사람들은 아무것도 요구하지 않고, 많은 것을 주는 사람들이었다. 그 결과 아 숙의 과거에는 관대한 사람들이 여럿 있었고, 그는 그중 단 몇 명만을 아주 소중하게 생각했다. 그는 사회적 선구자 같은 감수성을 지니고 있었다. 다시 말해 어디에 얽매이지 않고, 확신으로 가득하며, 그 자신의 견해는 대부분의 사람들에게 이해를 받지 못하는 그런 타입이었다. 세상 사람들에게 계속해서 경시된다는 기분은 시간이 지나며 일종의 은밀한 선동으로 바뀌었다. 그는 자신이 생각하는 광범위한 미래 예측에 확신을 가졌고, 자신의 견해를 다른 사람들에게 설명할 이유를 별로 느끼지 못했다. 대체로 그의 믿음은 더 단순하고 나은 세상을 투영하는 것이었고, 그는 환상 속에서 이 세계에 머무는 것을 좋아했다. 즉 다른 사회적 의무를 챙기기보다는 흠잡을 데

없는 고독 속에 머무는 것을 더 좋아했고, 다른 사람들과 함께 있을 때에도 거리를 두곤 했다. 이런 경향 때문에, 그리고 자신을 계속해서 돌아보는 타입이었기 때문에 그는 대단히 열렬히, 관조적으로 자신을 선반적으로 분석하곤 했다. 하지만 예언자가 자신의 기묘한 환상을 분석하듯이 자신의 생각을 분석했다. 다시 말해 그는 자신이 우주적 존재 의미, 또는 전 세계적인 계획의 고지자가 될 운명이라고 항상 생각했다.

그가 마침내 말했다.

"저와 프랜시스 카버의 과거는 많은 사건으로부터 시작합니다. 하지만 그 끝은 오로지 하나이기를 바랄 뿐입니다."

"한번 얘기해보게."

아 퀴가 말했다.

Φ

하랄 닐슨은 부둣가 사무실의 문을 닫고 책상 앞에 앉아 모자나 코트도 벗지 않고서 조지프 프리처드에게 황급히 쪽지를 썼다. 그의 문구는 다급하고 심지어는 산만했지만, 닐슨은 고치려고도 하지 않았다. 쓴 글을 다시 한 번 읽어보지도 않고서 그는 잉크를 한 번 찍어낸 뒤 종이를 접어 봉랍에 '닐슨 & 컴퍼니'의 둥근 모양 인장을 찍었다. 그런 다음 앨버트를 불러 쪽지를 콜링우드가에 있는 프리처드의 약가게에 급행으로 전하라고 지시했다.

앨버트가 떠난 뒤 닐슨은 모자를 벗고 비에 젖은 코트를 마른 옷으로 갈아입은 다음 파이프를 집었다. 하지만 담배에 불을 붙인 다음에도, 자리에 앉아 발을 올리고 발목을 교차하고서도, 여전히 마음이 놓이지 않았다. 등골이 서늘했다. 피부는 축축하고 심장박동은 느렸다. 그는 평소대로 파이프를 입가로 물고서 관심을 불안의 원인으로 돌렸다. 그것은 그날 낮에 호키티카 교도소의 소장인 조지 셰퍼드에게 한 약속 때문이었다.

닐슨은 입을 다물겠다는 약속을 깨고 셰퍼드의 제안을 오늘밤 모임에서 밝혀야 할까 고민스러웠다. 이 문제는 크로스비 웰스의 재산에 관한 수수료와 관련된 것이니만큼 그들이 의논하기로 한 내용과 분명히 관계가 있었다. 또한 닐슨은 셰퍼드가 정치인 로더백에게 반감을 갖는 것이 그저 죄수 노동이나 교도소, 길 문제 때문만은 아니라고 생각했다. 정치인인 알리스테어 로더백이 처음 크로스비 웰스의 시체를 발견했다는 사실을 고려하면…… 흠, 셰퍼드 교도소장도 다른 사람들만큼 크로스비 웰스 음모에 얽혀 있는 게 분명하다고 닐슨은 생각했다. 하지만 셰퍼드가 뭘 얼마나 알고 있을까? 그리고 그 자신의 이득 외에 누구를 위해서 움직이고 있는 걸까? 그가 크로스비 웰스의 오두막에 감추어진 금 더미에 대해 알고 있었을까? 로더백은 그 문제를 알고 있었을까? 생각에 잠긴 채 닐슨은 발목을 반대로 교차하고 파이프를 고쳐 물고 엄지손가락의 두툼한 살과 검지 안쪽의 구부러진 부분으로 대통을 감쌌다. 어느 쪽으로 보든 조지 셰퍼드가 말한 것 이상을 알고 있다는 사실은 부정할 수 없을 거라는 생각이 들었다.

하랄 닐슨은 사람들의 관심을 끌고, 재치와 열변, 익살맞은 행동을 적절히 이용해서 자신의 위신을 세우는 데에 익숙했다. 이유가 뭐든 간에 그는 사람이 많은 곳에서 가장자리로 밀려나게 되면 순식간에 지루해졌다. 그의 허영심은 계속해서 자극을 해주어야 했고, 그가 주도적으로 계속해서 자신의 개성을 발휘하고 있다는 증거를 필요로 했다. 그래서 자신이 바보 취급을 당했다는 생각에 짜증이 치밀었다. 그가 그런 대우를 받을 이유가 없다고 생각하기 때문이 아니라(닐슨은 자신이 감수성이 예민한 타입이라는 걸 잘 알고 있었고, 종종 그걸 농담으로 삼기노 했다) 셰퍼드가 그를 그런 식으로 대한 이유를 알 수가 없어서였다.

그는 연기를 내뿜으며 절벽 위에 지어질 교도소와 보호소, 교수대 발판을 상상해보았다. 이 모든 것이 그의 수수료로 지어질 것이다. 셰퍼드 교도소장을 끌어들이는 거야, 갑자기 그 생각이 떠올랐다. 그는 셰퍼드의 비밀을 지킬 의무가 전혀 없었다. 사실 뭐가 비밀인지조차 알지 못했다! 오늘 저녁에 셰퍼드의 요청을 사람들에게 이야기하고, 그 남자에 대한 자신의 의심까지도 털어놓을 수 있을 것이다. 아직까지 계약을 맺지 않았으니까 침묵을 지킬 의무도 없다. 어떤 서류에도 서명을 하지 않았잖아? 게다가 그게 뭐가 중요한가? 교도소는 개인 소유물이 아니었다. 호키티카 전체에 속한 거였다. 교도소는 정부가 짓는 것이다. 법을 신봉하는 사람들을 지키기 위해서 말이다.

곧 바깥쪽 사무실 문이 열렸다 닫히는 소리가 들렸다. 그는 벌떡 일어섰다. 조지프 프리처드의 약가게에 다녀오는 앨버트였다. 재킷이 푹 젖었고, 닐슨의 사무실로 들어오는 그에게서 축축한 비 냄새가 났다.

"그 친구가 편지를 태웠나? 태우는 걸 봤어? 거기 갖고 있는 건 뭐지?"

"프리처드 씨의 답장입니다."

앨버트가 접힌 종이를 내밀었다.

"답장은 필요 없다고 말했잖아! 내가 분명히 말했는데!"

"네, 저도 그렇게 말했습니다. 하지만 그분이 쓰셨습니다."

닐슨은 앨버트가 들고 있는 종이를 쳐다보았다.

"최소한 내 편지는 태웠겠지?"

"네."

앨버트는 대답하고서 잠깐 머뭇거렸다.

"뭐야? 왜?"

"음, 편지를 태우셔야 한다고 했더니 그분이…… 웃으시던데요."

닐슨의 눈이 가늘어졌다.

"왜 웃은 거지?"

"모르겠습니다. 하지만 그러셨다는 걸 말씀드려야 할 것 같아서요. 어쩌면 중요한 일은 아닐지도요."

닐슨의 눈 아래 근육이 움찔거리기 시작했다.

"편지를 읽으면서 웃었나? 그 글을 읽으면서 웃었어?"

"아뇨. 그전에 웃으셨습니다. 제가 편지를 태워야 한다고 말씀드렸을 때요."

"그게 재미있다고 생각한 거로군, 그렇지?"

"그걸 태워야 한다고 말씀하신 게 재미있으셨던 것 같습니다."

앨버트가 고개를 끄덕이며 대답했다. 그가 손으로 편지 가장자리를 만지작거렸다. 이 모든 소동이 무엇 때문인지 사장에게 물어보고 싶어 안달이 날 지경이었지만, 혼쭐이 나지 않으려면 어떻게 물어봐야 할지 알 수가 없었다. 결국 그가 말했다.

"답장을 읽으시겠습니까?"

닐슨이 손을 내밀었다.

"이리 줘봐. 네 녀석이 읽어본 건 아니겠지, 응?"

"아닙니다. 봉인이 되어 있는걸요."

앨버트는 상처받은 표정으로 말했다.

"아, 그래, 그렇군."

닐슨은 앨버트의 손에서 쪽지를 받아들고 뒤집어본 다음 손으로 봉인을 뜯었다.

"뭘 기다리고 있는 거야? 가봐."

편지를 펼치기 전에 그가 말했다.

"집으로요?"

앨버트는 굉장히 안타까운 듯한 어조로 말했다.

"그래, 집으로 가라고. 이 멍청한 녀석. 그리고 가기 전에 책상 위에 열쇠는 놔두고 가."

하지만 청년은 머뭇거렸다.

"돌아오는 길에 프린스 오브 웨일스를 지나는데 오늘밤에 새 쇼를 시작한다고 되어 있었어요. 외국에서 온 볼거리라나봐요. 매너링 씨가 초연 기념으로 표를 무료로 준다고 해서 제가 사장님 걸 한 장 받아왔습니다."

앨버트는 이 모든 이야기를 굉장히 빠르게 늘어놓았다. 그러고는 인상을 찡그리고 시선을 돌렸다.

닐슨은 아직까지 프리처드의 편지를 펼치지 않았다.

"뭐라고?"

"〈동양의 센세이션〉이래요. 앞쪽 중앙의 특별석 표예요. 제일 좋은 거죠. 제가 특별한 걸로 달라고 했습니다."

"네가 써. 네가 보러 가. 난 극장표 같은 건 필요 없으니까. 가서 봐."

청년이 신발로 바닥을 문질렀다.

"제 것도 받아왔어요. 제 생각엔…… 토요일이니까…… 그리고 경마도 연기되었으니까……"

닐슨이 고개를 흔들었다.

"오늘밤에는 극장에 못 가."

"어, 왜요?"

"기분이 안 좋아."

"1막만 보세요. 샴페인도 나올 거래요. 기분이 안 좋을 땐 샴페인이 제격이죠."

"헨리 풀러를 데리고 가."

"배우 전용문 안쪽으로 양산을 쓴 아가씨도 봤어요."

"헨리를 데려가라니까."

앨버트가 서글픈 어조로 말했다.

"일본인이었어요. 화장해서 그런 게 아니라 진짜 일본인 같았어요. 헨리 풀러는 해변에 갔어요. 사장님은 왜 안 가시는데요?"

"난 굉장히 몸이 안 좋아."

"별로 그래 보이지 않으시는데요. 담배도 피우시잖아요."

"데려갈 만한 다른 사람이 있을 거야. '스타'에 가서 표를 흔들어봐. 그러면 되잖아."

닐슨은 점점 짜증이 치미는 것을 느끼며 말했다. 앨버트는 잠시 나무 바닥을 내려다보다가 입술을 우물거렸다. 그러다 마침내 한숨을 쉬고서 말했다.

"그럼 월요일에 뵙겠습니다, 닐슨 사장님."

"그래, 그러자고, 앨버트."

"안녕히 계세요."

"잘 가게. 쇼에 대해서 나중에 다 말해줘. 알겠지?"

"나중에 같이 가실 수도 있을 거예요. 하지만 표가 오늘밤용이라서.

하지만 나중에 또 갈 수도 있겠죠."

"그래. 다음 주쯤 가든가. 내가 몸이 좀 낫고서 말이지."

닐슨은 실망한 부하 직원이 방을 가로질러 가서 문을 조용히 닫을 때까지 기다렸다. 그런 다음에 프리처드의 편지를 펼치고 좀더 밝은 창가 쪽으로 걸어갔다.

H, 알겠네. 하지만 오늘 오후에 안나의 방에서 이상한 일이 있었어. 권총과 관련된 일이야. 나중에 직접 만나서 설명하지. 재판소 서기인 AG가 목격했어. 형사 노릇이 하고 싶다면 그 친구에게 물어보게. 안나가 무슨 일에 얽혔든 간에 AG가 알고 있을 거야. 자넨 그 친구를 믿나? 나는 별로야. 흔히 하는 말대로 아직은 추이를 보고 있다네. 이 편지는 없애게!

— JSP

Φ

토머스 발퍼는 오후 늦게 팰리스 호텔로 돌아왔다. 그날 아침 로더백과의 대화를 엿들었던 바로 그 교목, 코웰 데블린을 찾을 생각이었다. 아까 전의 무례한 행동을 사과하고 동시에 (좀더 중요하게) 목사에게 사라진 탐광자 에머리 스테인스와의 관계에 대해서 물어보려는 것이다. 데블린이 『웨스트 코스트 타임스』 사무실에 들렀던 일이 크로스비 웰스 사건과 뭔가 관련이 있을 거라는 확신이 들었다.

하지만 데블린은 팰리스 호텔에 없었다. 주방 직원이 발퍼에게 목사가 몇 시간 전에 식당을 나갔다고 알려주었다. 목사는 해변가의 천막에도, 경찰서 감옥에도, 교회에도 없었다. 가게나 당구장에도 없고, 부두에도 없었다. 발퍼는 몇 시간 동안 호키티카를 돌아다니다 낙담해서 포기하고 집으로 가려다가 마침내 데블린을 발견했다. 목사는 모자와 코트가 흠뻑 젖은 상태로 레벨가를 걸어가고 있었다. 그의 옆에는 훨씬 키가 크고 덩치가 좋은 남자가 함께 걷고 있었다. 발퍼는 길을 건너가며 상대를 향해 팔을 흔들다가 데블린과 함께 있는 사람이 누군지 깨달았다. 역시나 그날 오전에 이야기를 나누었고, 역시나 그가 굉장히 무례하게 대했던 마오리족 청년이었다.

"안녕하신가, 데블린 목사. 믿을 수 있겠나? 바로 자네를 찾던 중이었다네! 안녕한가, 테드. 자네도 다시 만나니 반갑구먼."

타우웨어는 인사를 받아주지 않았지만 데블린은 미소를 지었다.

"제 성을 알아내신 모양이군요. 하지만 저는 아직도 선생의 성을 모릅니다만."

발퍼가 한 손을 내밀었다.

"톰 발퍼라네."

그가 활짝 웃었고 두 사람은 악수를 나누었다.

"그래, 『타임스』에서 벤 뢰벤탈을 만나고 왔는데, 자네 이야기가 나왔어. 실은 지난 몇 시간 동안 자네를 찾아다녔다네. 뭐 좀 물어볼 게 있어서."

"그러면 저희가 만난 게 굉장한 우연이로군요."

"에머리 스테인스에 대한 거야. 자네가 그 사람에 관해 묻고 다녔다는 이야기를 들었네. 누가 신문에 그 사람을 찾는다는 광고를 냈는지 알아봤다면서? 벤이 자네가 들렀다고 그러더군. 왜 그 사람을, 그러니까 스테인스를 찾고 다니는 건지, 그 사람과 무슨 관계가 있는 건지 알고 싶은데."

코웰 데블린은 망설였다. 물론 그 이유는 크로스비 웰스가 죽은 다음 날, 은둔자의 레인지 재통에서 발견한 증여권에 쓰인 세 개의 이름 중 하나가 에머리 스테인스였기 때문이다. 하지만 그는 그 증서를 아무한테도 보여주지 않았고, 관련된 사람들에 대해 좀더 알기 전까지는 보여줄 생각도 없었다. 발퍼에게 거짓말을 해야 하나? 그는 순전한 거짓말을 좋아하지 않았기 때문에 진실을 약간 말해야 할 것 같았다. 그는 입술을 깨물었다.

발퍼는 목사가 머뭇거리는 것을 알아채고 이것을 비난으로 착각했다. 그가 양손을 들어올렸다.

"내 말 좀 들어보게. 이런 날씨에 길거리에서 이야기를 하다보면 몸이 점점 더 젖을 걸세! 그러니까 말이야, 함께 식사를 하면 어떨까? 뭔가 따뜻한 걸로. 밖에 서서 이야기할 이유가 없지 않나. 우리 양옆으로 따뜻한 호텔이 있고, 훌륭한 음식이 있는데 말이지."

데블린은 타우웨어를 힐끗 보았고, 타우웨어는 발퍼는 싫지만 식사 생각에 기분이 굉장히 밝아졌다.

발퍼가 기침을 하고서 움찔거리며 주먹으로 가슴을 두드렸다.

"오늘 아침에는 내가 좀 평소답지 못했어. 약간 상태가 안 좋았지. 미안하게 생각한다네. 그리고 보상을 할 생각이야, 두 사람 모두에게 말이야. 내가 식사를 전부 다 살 테니까, 함께 술도 한잔하자고. 친구로서 말이야. 이리 오게. 미안하다고 사과할 기회를 달라고."

세 사람은 곧 맥스웰 호텔의 구석진 자리에 앉았다. 관대한 주최자 노릇 하는 것을 언제나 대단히 반기는 발퍼는 맑은 수프 세 그릇과 빵한 덩어리, 큼직한 블랙 푸딩, 단단한 치즈, 정어리 절임, 버터에 구운

당근, 굴 스튜 한 대접, 그리고 흑맥주 반통을 주문했다. 그는 두 청년이 음식과 술을 배부르게 먹을 때까지 크로스비 웰스나 에머리 스테인스 이야기는 나눌 수 없을 거라고 예상하고 대신 세 사람 모두가 낭만적으로 생각하고 할 말도 많은 고래잡이에 대해서 말을 꺼냈다. 45분 후에 벤자민 뢰벤탈이 그들을 발견했을 때, 그들은 아주 즐겁게 이야기를 나누는 중이었다.

"벤! 예배는 어쩌고 여기 온 건가?"

뢰벤탈이 다가오는 것을 보고 발퍼가 소리쳤다. 그는 그날 두번째로 얼근히 취해 있었다.

"첫별과 함께 끝났지."

뢰벤탈이 짧게 대답하고서 타우웨어를 향해 말했다.

"우리는 아직 서로 인사를 나눈 적이 없는 것 같군. 나는 벤자민 뢰벤탈일세.『웨스트 코스트 타임스』를 발행하지."

"테 라우 타우웨어."

마오리 청년이 대답하고서 그의 손을 단단히 잡고 흔들었다.

"테드라고도 한다네. 크로스비 웰스와 아주 친한 친구였지."

발퍼가 말했다.

"그랬나?"

뢰벤탈이 타우웨어에게 물었다.

"정말로 훌륭한 친구였죠."

데블린이 덧붙였다.

"형제보다 더 가까웠어."

발퍼가 다시 말했다.

"음, 그렇다면 내 일에 세 사람 모두 관계가 있을 것 같군."

벤자민 뢰벤탈은 크라운 호텔에서의 모임에 데블린과 타우웨어까지 초대할 수 있는 권한이 없었다. 하지만 우리가 이미 봤듯이 뢰벤탈은 자신의 도덕률을 건드리는 일을 굉장히 싫어했고, 잘리 프로스트가 그날 오후에 크라운 호텔의 모임이 한정된 소수만으로 이루어져야 한다고 말하면서 그의 심기를 건드렸다. 뢰벤탈은 프로스트의 도덕적 과실로 여겨지는 부분을 바로잡아야 한다고 생각하고서 그를 나무라는 방편으로 타우웨어와 데블린까지 모임에 초대했다.

"자본가 양반, 자리에 앉으시게."

발퍼가 말했다. 뢰벤탈은 자리에 앉아서 손바닥을 맞대고 낮은 목소리로 그날 저녁 모임의 목적에 대해서 설명했다. 발퍼는 이를 즉시 받아들였고, 타우웨어는 근엄하게, 코웰 데블린은 한참 동안 현명하게 고민한 끝에 받아들였다. 목사는 은둔자의 화덕에서 건져 지금은 성경의 구약과 신약 사이에 끼워놓은 증여권을 생각하고 있었다. 그는 오늘 저녁 모임에 성경을 들고 가서 기회가 되면, 그리고 타이밍이 적당하면 증서를 꺼내놔야겠다고 마음먹었다.

Φ

개스코인의 굴뚝에서는 연기가 피어오르고 있었다. 매너링이 문을 두드리자 문이 즉시 열리고 개스코인이 밖을 내다보았다. 그는 방금 불을 붙인 담배를 들고, 외출용 재킷은 벗어둔 채 셔츠에 모직 조끼만 입고 있었다.

"무슨 일입니까?"

"자네가 돈을 좀 갖고 있다는 확실한 정보를 들었네. 그 돈은 내 거고, 그걸 찾으러 왔다네."

딕 매너링이 말했다.

오베르 개스코인은 그를 쳐다보다가 담배를 입술에 대고 한 모금 빤 다음 매너링의 어깨 너머 빗속으로 연기를 뿜어냈다.

"그 확실한 정보의 출처는 누굽니까?"

그가 부드럽게 물었다.

"안나 웨더렐 양일세. 에드거 클린치 씨를 통해서 들었고."

개스코인이 문틀에 몸을 기댔다.

"안나 웨더렐 양은 에드거 클린치 씨를 통해서 선생이 이 확실한 정보를 듣고 뭘 할 거라고 생각했던 겁니까?"

"나한테 수작 부릴 생각 하지 말게. 그러지 마. 딱 한 번만 말하겠어. 나는 머리 굴리는 짓을 아주 싫어해. 안나가 자네 침대 밑에 돈이 숨겨져 있다고 했네."

개스코인이 어깨를 으쓱였다.

"흠, 내가 만약 안나 대신 돈을 보관하고 있다면, 대신 보관해주겠다는 약속을 한 거겠지요. 그 약속을 깨고 다른 사람에게 돈을 넘겨야 하는 이유를 모르겠습니다만. 단지 그 사람이 그 돈이 자기 거라고 주장했다고 해서 말이지요. 안나는 나에게 손님이 올 거라고 이야기하지도 않았습니다."

"그건 내 거야."

"이유는?"

"빚이니까. 안나는 나한테 빚을 졌어."

매너링이 말했다.

"빚은 개인적인 문제입니다."

"빚은 아주 쉽게 공공연한 문제가 될 수 있지. 자네가 백 파운드가 넘는 금을 갖고 있다는 이야기를 내가 퍼뜨리면 어떻게 될 것 같은가? 내가 말해주지. 자정 무렵에 누가 자네 문을 부수고 들어갈 거고, 새벽녘에 도둑은 50킬로미터는 도망을 갔을 거고, 내일 이 시간쯤에 자네는 죽어 있을 거야. 그보다 더 쉬운 일도 없지. 자네한테는 도움을 청할 만한 상대도 없고, 혼자 살고 있으니까 말이야."

개스코인의 표정이 어두워졌다.

"내가 그 금의 보관인이긴 하지만, 웨더렐 양의 허락 없이는 건네지 않을 겁니다."

매너링이 미소를 지었다.

"그걸 유죄를 인정하는 걸로 받아들이겠네."

"나는 그걸 선생이 논리적 사고력이 떨어진다는 증거로 받아들이지요. 잘 가십시오. 안나가 돈을 원한다면 직접 오라고 전하시지요."

그가 문을 닫으려고 했지만, 매너링이 앞으로 나와 손을 내밀어 그를 막았다.

"이상하지 않나?"

개스코인이 인상을 찌푸렸다.

"뭐가 말입니까?"

"평범한 창녀가 갑자기 자신이 진 빚 전부를 갚을 정도의 금을 찾아냈다는 게 말이야. 그러고는 호키티카에 온 지 얼마 되지 않아서 간신히 그녀의 이름이나 들었을까 싶은 남자의 침대 아래 그걸 전부 숨겨놓았다니."

"굉장히 이상하군요."

"아무래도 내 소개를 해야 할 것 같군."

"선생이 누군지 알고 있습니다. 뭘 하는 양반인지도 알고."

매너링이 코트 단추를 풀고 양옆의 권총을 드러냈다.

"이게 뭔지 아나? 뭐 하는 물건인지는 알고?"

"압니다. 뇌관 발화식 권총이고, 6초 만에 각각 여섯 발씩을 쏠 수 있지요."

개스코인이 냉정하게 말했다.

"실은 일곱 발이지. 스미스&웨슨의 두번째 제품이야. 각각 일곱 발씩 쏠 수 있지. 하지만 6초라는 건 맞아."

개스코인이 담배를 다시 한 번 빨아들였다.

매너링은 총집에 손을 올리고서 미소를 지었다.

"날 집 안으로 초대해주지 그러나, 개스코인 씨?"

프랑스 남자는 대답하지 않았지만, 잠시 후 담배 끄트머리를 문틀에 문지른 다음 떨어뜨리고 옆으로 물러나 과장된 동작으로 매너링에게 들어오라는 뜻을 표했다. 매너링은 방구석을 살펴보고 날카로운 눈으로 개스코인의 침대를 쳐다보았다. 개스코인이 등 뒤로 문을 닫자 매너링은 곧장 집주인 쪽으로 돌아서서 물었다.

"누구에게 충성하는 거지?"

"무슨 뜻인지 모르겠군요. 내 친구들 명단이라도 적어주기를 바라는 겁니까?"

매너링이 그를 노려보았다.

"내 질문은 이거야. 안나의 뜻을 지키려는 건가?"

"그렇습니다. 물론 어느 정도까지만 말이지요."

개스코인은 줄무늬 윙백 안락의자에 앉았지만, 손님에게는 앉으라는 손짓도 하지 않았다.

매너링이 등 뒤로 손을 깍지 꼈다.

"그렇다면 안나가 뭔가에 연루되어 있는 걸 알아도 나한테는 말을 안 하겠군그래?"

"음, 그건 물론 상황에 달렸지요. '뭔가'라는 게 뭘 말하는 겁니까?"

"안나를 위해서 거짓말을 할 건가?"

"나는 그녀를 위해서 돈을 감추기로 했고, 그래서 침대 아래 숨겼습니다. 하지만 그건 이미 다 아는 거 아닙니까? 그러니 그 질문에 대한 대답은 '아니오'라고 해야겠군요."

"왜 그 여자의 뜻을 지키려고 하는 거지? 어느 정도까지 말이야."

팔걸이 위에 놓인 개스코인의 팔목에서 힘이 빠졌다. 그는 왕좌에 앉은 왕처럼 편안한 자세를 취했다. 그러고서 안나가 2주 전에 감옥에서 풀려날 때 도움을 주었고, 그래서 그녀의 우정을 얻었다고 설명했다. 그는 누군가가 그녀를 안 좋게 이용하려 했다고 생각해서 동정심을 느꼈다고 말했지만, 그녀와 특별히 친밀한 관계를 맺은 적은 없으며 돈을 주고 그녀의 시간을 산 적도 없다고 이야기했다. 검은 드레스는 그의 죽은 아내의 것이었고, 감옥에서 머무는 중에 매춘용 드레스가 망가졌기 때문에 자선의 의미로 창녀에게 준 것이었다, 그녀가 드레스가 생겼다고 해서 애도 기간을 가질 줄은 생각도 못했고, 사실 그녀가 여성으로서 대단히 아름답다고 생각했기 때문에 이런 상황에 꽤 실망했다, 그 역시 전통적인 방식으로 즐거움을 얻고 싶었기 때문이다, 이런 이야기를 줄줄이 늘어놓았다.

"자네 이야기에는 침대 아래에 있는 금 설명이 빠졌군."

매너링이 말했다.

개스코인은 어깨를 으쓱였다. 그는 굉장히 피곤했고, 거짓말을 하기 싫을 정도로 화가 나 있었다.

"크로스비 웰스가 죽은 다음 날 아침에 안나는 몸에 엄청난 양의 금을 지닌 채 감옥에서 정신을 차렸습니다. 코르셋 안에 금판이 꿰매여 있더군요. 안나는 그런 돈을 어떻게 갖게 된 건지 전혀 몰랐고, 그래서 겁을 먹고 나에게 도움을 청했습니다. 나는 누가, 어떤 의도로 그 금을 그녀의 몸에 숨겨놓은 건지 알 수 없으니만큼 그걸 계속 감춰두는 게 좋겠다고 생각했지요. 아직 가치를 평가해보지는 않았지만, 대충 보아도 총액이 백 파운드는 넘을 겁니다…… 어쩌면 훨씬 더 많을 수도 있고. 이게 모든 진실입니다, 매너링 선생. 최소한 내가 아는 한은 말이지요."

매너링은 침묵을 지켰다. 이 설명은 그에게는 전혀 이해가 되지 않았다. 개스코인이 덧붙였다.

"선생은 내 무고함에 관해서 물어보지도 않고 유죄라고 판단하는 지극히 무례한 행동을 했습니다. 그런 호전적인 태도로 내 시간과 사생활에 끼어든 것에 대해서 난 굉장히 불쾌한 상태고 말입니다."

"그런 이야기는 접어놓으라고. 호전적이라니! 내가 총으로 자네 얼굴을 겨누기라도 했나? 폭력으로 자네를 위협하기라도 했어?"

"그러지는 않았지만, 총집을 풀어놓으면 훨씬 기분이 나아질 것 같군요."

"풀어놓으라고?"

매너링이 경멸하는 표정으로 그를 쳐다보았다.

"그러고는 아마 탁자 한가운데 놔두라고 하겠지. 우리 두 사람에게 동등한 거리에 놔두라고. 그러고는 자네가 그걸 낚아챌 생각이겠지? 내가 훨씬 느릴 테니까. 그런 속임수에 넘어가지는 않아. 전에도 그런 수작을 본 적이 있지."

"그러면 다른 요청을 하지요. 내 집에 최대한 짧게 머물러주길 바랍니다. 더 질문이 있으면 지금 빨리 하시지요. 하지만 난 금에 대해서 내가 아는 걸 전부 다 말했습니다."

"잘 듣게. 난 우리 사이가 안 좋게 시작되길 바란 건 아니었어."

매너링이 단호하게 말했다. (사실 그는 자신이 이렇게 금세 우위를 잃었다는 사실에 당황하고 있었다.)

"아니, 그걸 바랐던 거잖습니까. 지금은 후회하는지 모르지만, 원래는 그럴 생각이었지요."

매너링이 욕설을 내뱉었다.

"난 아무것도 후회하지 않아! 어떤 것도 후회하지 않는다고!"

"그게 선생의 차분한 태도를 설명해주는 것 같군요."

"내가 자네에게 이거 하나 말해주지."

매너링이 말을 하려고 했지만, 중간에 끊기고 말았다. 바로 그 순간에 빠르게 문을 두드리는 소리가 들렸기 때문이다.

개스코인은 즉시 일어섰다. 매너링은 갑자기 경계하는 기색으로 몇 걸음 물러나서 총집에서 권총을 한 자루 뽑았다. 그는 그것을 허벅지에 대고 문에서 보이지 않는 곳으로 몸을 감춘 다음 개스코인에게 문을 열라고 고갯짓을 했다.

문 앞에는 약간 멋 부리는 각도로 지팡이를 짚고서 모자를 눈썹 위쪽으로 올려 쓴 하랄 닐슨이 서 있었다. 그가 인사를 한 다음 막 개스코인에게 자기소개를 하려다가 집주인의 어깨 너머로 딕 매너링이 한 팔을 옆구리로 내린 채 어색한 자세로 서 있는 것을 발견했다. 닐슨이 웃음을 터뜨렸다.

"이거 참, 내가 자네보다 두 걸음쯤 뒤처진 기분이군, 딕. 오늘 내가 어딜 가든 자네가 먼저 와 있질 않나! 안녕하시오, 개스코인 씨. 내 이름은 하랄 닐슨이라오. 선생과 만나게 되어서 참으로 기쁘군. 내가 뭔가를 방해한 게 아니라면 좋겠는데."

개스코인의 표정은 여전히 냉담했지만, 최소한 정중하게 인사는 했다.

"그런 건 아닙니다. 들어오십시오."

"선생과 안나 웨더렐 이야기를 하려고 온 거요. 하지만 막판에 선수를 친 사람이 있는 것 같군!"

닐슨이 부츠를 닦으면서 쾌활하게 말했다. 개스코인은 문을 닫고 물었다.

"안나에 대해 무슨 이야기를 하려는 겁니까?"

동시에 매너링도 물었다.

"설명을 해보게, 닐슨."

닐슨은 개스코인 쪽을 향해 대답했다.

"음, 이건 약간 기묘한 이야기인데 말이지. 모두가 들을 만한 이야기는 아닌 것 같은데, 저기, 두 사람 일을 방해하고 싶지 않으니까 다른 일이 없을 때 내가 다시 들르는 게 어떻겠소?"

"아니, 그럴 거 없습니다. 매너링 선생은 막 가려던 참이니. 방금 본인이 그렇게 말하고 있던 참입니다."

이런 식으로 쫓겨나는 것에 매너링은 짜증이 났다.

"이게 다 무슨 일이지?"

그가 닐슨에게 물었다. 닐슨은 살짝 고개를 숙여 보였다.

"굉장히 신중을 요하는 상황이라서 말이야. 내 사과하지."

"신중 따윈 집어치워. 나한테 뭔가를 감출 필요는 없잖나, 맙소사.

우린 이 일에 함께야! 이거 미망인에 대한 건가? 아니면 금에 대한 거야?"

매너링이 소리쳤지만 닐슨은 이해하지 못하는 얼굴이었다.

"웰스 금 말인가?"

그가 개스코인을 쳐다보았다.

"자네도 그럼 그것과 관계가 있는 거야?"

개스코인은 갑자기 굉장히 즐거운 얼굴이었다.

"갑자기 사방에서 한꺼번에 취조를 당하고 있는 것 같군요. 닐슨 씨, 그쪽도 총을 차고 있습니까? 그렇다면 그렇다고 말을 하는 편이 좋을 겁니다."

"난 총은 없다네."

닐슨이 대답하고 매너링을 돌아보았다가 그의 손에 들린 권총을 발견했다.

"그건 왜 들고 있는 거야? 뭘 하고 있는 거야?"

하지만 매너링은 대답하지 않았다. 그는 잠깐 동안 닐슨에게 숨기고 싶은 모든 것과 개스코인에게 숨기고 싶은 모든 것에 관해 생각하던 중이었다. 그는 미망인과 금에 대해서 말을 꺼내지 말았어야 했다고 생각하며 머뭇거렸다.

"매너링 선생은 나한테 2차 스미스 앤드 웨슨을 보여주고 있었습니다. 저 탄창에는 일곱 개의 총알이 들어가는 모양이더군요."

개스코인이 스스럼없이 말했다.

"허, 그걸 왜 보여준 거지?"

닐슨은 여전히 의심스러운 표정이었다.

다시금 매너링의 목에서 대답이 막혔다. 그는 닐슨에게 개스코인의 침대 아래에 금이 숨겨져 있다는 걸 가르쳐주고 싶지 않았다…… 하지만 개스코인이 크로스비 웰스 소동이나 아 퀴, 아 숙, 아편, 그날 저녁에 크라운 호텔에서 의논할 예정인 모든 것에 대해서 아는 것도 바라지 않았다.

"신중을 요하는 상황이라서 말입니다."

개스코인이 매너링 대신 대답을 하며 닐슨 쪽으로 몸을 기울였다.

"내가 할 수 있는 말은 여기 매너링 선생이 안나 웨더렐 양에게서 아주 확실한 정보를 얻었고, 그 정보가 에드거 클린치 씨를 통해서 전해진 거라는 것뿐입니다."

"그 정도면 됐어."

매너링은 마침내 목소리를 되찾고서 말했다.

"닐슨, 안나에 대한 이야기는 뭐지? 자네는 뭐하러 온 거야?"

하지만 닐슨은 매너링이 개스코인 앞에서 그냥 이야기를 하라고 압박하는 거라고 그 의도를 착각했다. 그는 프리처드의 편지에 권총과 안나, 그리고 간접적으로 에드거 클린치에 관해 언급되어 있던 것을 떠올렸다. 정확히 말하자면 그날 오후에 그리디론 호텔의 안나 방에서 기묘한 사건이 일어났다고 말했었다. 그렇군! 갑자기 닐슨은 깨달았다. 그들의 '신중을 요하는 상황'은 같은 것임이 분명했다.

"저기 말이야, 우리가 같은 문제에 대해서 이야기를 하고 있는 것 같은데. 개스코인 씨가 비밀로 하고 싶어 한다면, 회의에 모두가 모일 때까지 기다렸다가 거기서 우리 이야기를 하는 게 어떨까? 두 번 이야기하는 수고를 덜 수 있잖나. 두 사람 다 크라운 호텔에서 만나게 되는 거지?"

매너링이 콧김을 내뿜었다. 개스코인이 잠시 후에 말했다.

"나는 비밀을 갖고 있지 않은데다가, 크라운 호텔의 회의 같은 데에 초대된 적도 없다는 말을 해야 할 것 같군요."

침묵이 흘렀다. 개스코인은 닐슨을 보고, 그다음에 매너링을 보았다. 매너링은 개스코인을 보고, 닐슨을 보았다. 닐슨은 매너링만 쳐다보았다. 그는 굉장히 미안한 표정을 짓고 있었다.

"결국 저질렀군."

호키티카의 거물이 말했다. 그는 욕설을 내뱉고, 권총을 집어넣은 다음 손가락으로 개스코인을 가리켰다.

"좋아. 어쩔 수가 없으니까…… 자네를 환영한다는 말은 절대로 못하겠지만, 오늘밤이 끝날 때까지, 그다음에도 자네를 절대로 내 눈 밖으로 내놓지는 않을 거야. 코트 챙겨 입으라고. 자네도 같이 가는 거야."

궁수자리의 수성

☾⋆

월터 무디는 당면한 수수께끼를 곰곰이 생각한다. 우리는 더니든에서 출발한 그의 여행에서 무슨 일이 있었는지 알게 되고, 사환은 예상치 못한 소식을 가져온다.

크라운 호텔 흡연실에는 침묵이 흘렀다. 잠깐 동안 모든 사람의 호흡까지 멎게 만들고, 파이프와 담배, 여송연, 시가에서 피어오르는 연기마저 멈추게 만드는 것 같은 침묵이었다.

시간은 자정이 넘었다. 어둠이 방 구석구석마다 똬리를 틀고, 알코올램프에서 나오는 원뿔형의 빛은 이전까지는 흐리고 차가웠다면 이제는 환하고 따스해 보였다. 토요일 밤의 분위기가 길거리에서 흘러들어 왔다. 아코디언 소리, 멀리서 울리는 고함 소리, 가끔씩 섞이는 환호와 말발굽 소리. 비는 그쳤지만 구름은 아직 걷히지 않아서 철월(凸月)이 낮은 하늘에서 흐릿한 빛 덩어리처럼 보였다.

"이게 전부야. 여기까지지. 이렇게 우리가 여기 모인 거야."

토머스 발퍼가 말했다.

무디는 눈을 깜박이고서 주위를 둘러보았다. 산만하고 혼란스럽긴 했지만 어쨌든 발퍼의 이야기는 방 안에 모인 모든 사람의 존재를 설명해주었다. 창가에는 마오리족 조각가 테 라우 타우웨어가 있었다. 크로스비 살아생전에 충실한 친구였지만 마지막 순간에 자신도 모르게 그를 배반했던 바로 그 사람이다. 방에서 가장 멀리 떨어진 구석에는 웰스의 집과 땅을 매매에 부친 은행원인 찰리 프로스트가 있었고, 그 맞은편에 있는 사람은 사망 소식을 겨우 몇 시간 만에 전해 들은 신문사 운영자 벤자민 뢰벤탈이었다. 웰스의 자산을 구매한 에드거 클린치는 당구대 옆의 소파에 앉아 엄지와 검지로 콧수염을 쓰다듬는 중이었다. 불가에는 포주이자 극장주, 에머리 스테인스와 친밀한 사업 동료였던 딕 매너링이 있었다. 그의 뒤에는 그와 적이라고 할 수 있는 아 퀴가 있었고, 손에 큐를 든 사람은 크로스비 웰스의 오두막에서 엄청난 금 더미뿐만 아니라 반쯤 빈 코르크 마개의 아편 팅크 병을 발견한 중개상 하랄 닐슨이었다. 아편 팅크 병을 판 약가게의 주인 조지프 프리처드는 물론 무디와 가장 가까운 곳에 앉아 있었다. 무디의 반대편에는 최근에 사라진 화물 상자의 주인인 정치인 로더백의 심복 토머스 발퍼가 있었다. 발퍼의 옆에 있는 윙백 안락의자에 앉은 사람은 안나 웨더렐의 보석금을 내주고, 그녀의 오렌지색 매춘 드레스 안에서 또 다른 약간의 금을 발견한 오베르 개스코인이었다. 그의 뒤에는 아편 판매인이자 카니에레 아편굴의 주인이고 바로 그날 오후에 크로스비 웰스가 한때 부자였다는 사실을 알아낸, 프랜시스 카버의 예전 동료 아 숙이 있었다. 그리고 마지막으로 가슴 위에 팔짱을 끼고 당구대에 몸을 기대고 있는 사람은 시뷰 해안단구에서 은둔자의 시체가 영면에 드는 의식을 진행했던 목사 코웰 데블린이었다.

무디가 보기에는 굉장히 피상적인 모임이었다. 열두 명의 남자는 안나 웨더렐이 죽을 뻔했고, 크로스비 웰스가 죽었고, 에머리 스테인스가 사라졌고, 프랜시스 카버는 출항했으며 알리스테어 로더백이 마을에 도착한 1월 14일 밤의 사건들과 관련되어 있다는 이유만으로 모인 거였다. 게다가 모두가 모인 것도 아니라는 생각이 문득 들었다. 감옥을 관리하는 교도소장 셰퍼드도 없고, 교활한 미망인 리디아 웰스도 없었다.

또 다른 생각이 떠올랐다. 1월 14일 밤은 무디 자신이 처음으로 뉴질랜드 땅에 발을 내디딘 날이기도 했다. 리버풀에서 더니든까지 실어다준 증기선에서 내려 그는 하늘을 올려다보면서 처음으로 자신이 도착한 곳의 기묘함을 몸으로 느꼈다. 하늘이 거꾸로 되어 있고, 별자리도 낯설었다. 북극성은 그의 발아래, 땅 밑에 있을 것이다. 처음에 그는 멍청하게 소년 시절에 종종 그랬듯이 북극성을 찾아 팔을 들어올려 그 각도를 통해 자신의 위도를 파악하려고 했었다. 지구 반대편에서! 그는 오리온이 거꾸로 뒤집혀 있는 것을 발견했다. 화살통은 아래로 가 있고 칼은 벨트인 큰개자리에서 위쪽으로 향하고 있어서 마치 푸줏간 갈고리에 걸린 죽은 개 같았다. 굉장히 슬픈 장면이라고 무디는 생각했다. 고대의 별자리가 여기서는 아무 의미도 없는 것만 같았다. 마침내 그는 남십자성을 찾아내고 북극을 찾는 규칙을 떠올리려고 노력했다. 여기, 지구 반대편의 밤하늘에서는 모든 것이 뒤집히고 모양이 망가져 있어서 북극을 알려주는 지침별이 없기 때문이었다. 남십자성의 가로대를 사용했던가? 아니면 세로선이던가? 기억이 나지 않았다. 뭔가 공식이 있었는데. 손가락 관절 길이를 사용하는 그런 공식이 있었다. 몇 센티미터 정도 가는 거였는데. 북극을 알려주는 별이 없다는 사실에 그는 굉장히 마음이 불편해졌다.

무디는 한참 전에 석탄이 재가 되어버린 벽난로를 바라보았다. 토머스 발퍼는 이야기를 완벽하게 시간 순으로 하지 않았고, 거기다 중간중간 끝없는 끼어들기와 해명, 되풀이 등이 뒤얽혀서 결국 모든 것이 꼬리에 꼬리를 물고 계속해서 돌아가는 원처럼 이어졌다. 그야말로 빙글빙글 도는 사건이었다. 그래서 전체를 보는 것이 너무도 어려웠다! 무디는 오늘 저녁에 들은 모든 것을 머릿속에서 곱씹었다. 그리고 생각나는 사건들을 실제 일어난 순서에 따라 정리해보려고 노력했다.

대략 오늘부터 9개월 전에 전과자인 프랜시스 카버가 알리스테어 로더백을 속여서 그의 배 갓스피드 호를 얻어냈다. 그후 어느 시점에, 정확히 상황은 모르지만, 그가 정치인에게 억지로 보여주었던 화물 상자가 사라졌다. 화물 상자 안에는 약 4천 파운드어치의 금덩이들을 안감 안쪽에 넣고 꼼꼼하게 꿰매놓은 다섯 벌의 드레스가 들어 있었다. 재봉사는 리디아 웰스라는 여자로 현재 프랜시스 카버의 아내라고 주장하고 있다.

4천 파운드는 엄청난 돈이니, 카버는 당연히 상자가 사라진 것을 발견하고 그걸 찾으려고 했을 것이다. 그는 화물이 실수로 호키티카로 배달되어왔다고 생각하고는 이쪽으로 와서 『웨스트 코스트 타임스』에 광고를 내고 화물이 안전하게 돌아오는 데에 큰 보상금을 걸었다. 그리고 그 전후로 계속 프랜시스 카버라는 이름으로 알려져 있었음에도 광고에는 크로스비 프랜시스 웰스라는 이름을 달았다—출생증명서가 이 이름을 확인해주었다—. 왜 카버가 로더백을 협박하고 나서 가명을 사용해야만 했는지(또는 사용하고 싶어 했는지) 그 이유는 아직 알 수 없었다. 또한 크로스비 웰스의 출생증명서가 진짜였다면 어떻게 당시에 카버가 갖고 있었던 건지 역시 알 수 없었다.

진짜 크로스비 웰스는(아니, '또 다른' 크로스비 웰스라고 무디는 생각했

다) 호키티카 북쪽으로 몇 킬로미터 떨어진 아라후라 골짜기에서 혼자 살고 있었다. 웰스는 딱히 악명 높은 사람이 아니었고, 지인의 수도 적었다. 죽기 전에는 호키티카에 거의 알려지지도 않았고, 그를 아는 사람들조차 그가 딱히 부유하거나 대단한 사람이라고는 생각하지 않았다. 9개월 후 그의 죽음에 대한 상황을 조사하고서 웰스가 몇 년 전에 던스탄 광산에서 수천 파운드어치에 이르는 노다지를 발굴했다는 사실을 알아낸 것은 아 숙이었다. 이유는 모르겠지만 웰스는 이 사실을 비밀로 하고 싶던 모양이었다.

프랜시스 카버는 6월 초에 『타임스』에 광고를 냈다(벤자민 뢰벤탈이 그 정확한 날짜를 확인해주었다). 호키티카에 있는 동안 그는 크로스비 웰스라는 남자에 관해 어떤 소식이든 전하면 보수를 주겠다고 테 라 우 타우웨어에게 말했다. 타우웨어는 그런 이름이나 인상착의의 남자를 몰랐고, 화물은 찾지 못했다. 결국 카버는 빈손으로 더니든으로 돌아갔다.

안나 웨더렐 역시 갓스피드 호를 타고, 새 고용주인 딕 매너링이 빌려준 보라색 매춘 드레스를 입고서 호키티카에 도착했다. 도착하고 몇 주 뒤 난파선에서 여자 드레스가 든 트렁크를 건져올렸다는 소식에 그녀는 다섯 벌을 모두 구입했다.

안나가 드레스 안에 들어 있던 금이나 그 출처에 대해서 전혀 몰랐다고 생각해도 딱히 틀리진 않을 것이다. 그녀는 숨겨진 금에 대해서 누구한테도 이야기하지 않았고, 그것을 꺼내려는 시도도 하지 않았다. 무디는 이 점을 고민해보았다. 정말로 그렇게 전혀 모른다는 게 가능한가? 아편중독자이니 그녀가 맑은 정신이었다면 알아챘을 만한 옷의 무게감을 깨닫지 못했을 수도 있다. 하지만 개스코인이 증언한 바에 따르면 그녀는 리디아 웰스와 알던 사이였고, 그러니 리디아의 옷을 알아봤을 수도 있다. 어느 쪽이든 간에 안나는 9월에서 10월 사이에 임신 중기를 넘어서면서 분만용으로 만들어진 드레스를 입고 지낸 한 달을 제외하면 계속 그 엄청난 금이 들어 있는 — 물론 한 벌당 조금씩이지만 — 옷을 입고 다녔던 것이다.

안나의 숙소 주인인 에드거 클린치는 드레스에 숨겨진 금을 발견하고 포주인 딕 매너링이 안나를 이용해 은행에 세금을 내지 않기 위해 금광에서 원광을 밀반출하는 거라고 생각했다. 이런 공모에 클린치는 굉장히 마음이 아팠지만, 어느 쪽에든 이 문제를 캐물을 이유가 딱히 없어서 물어보지 않았다.

클린치만 안나의 드레스에 숨겨진 금을 알아챈 것은 아니었고, 그 의미를 착각한 사람도 클린치 혼자만은 아니었다. 광부인 퀴 롱 역시 안나의 드레스 솔기 안쪽에 숨겨진 비밀을 발견하고 — 사실 거의 같은 시기였다 — 클린치와 똑같은 결론을 내렸다. 아 퀴는 매너링이 얼마든지 사기를 칠 사람이라는 걸 경험으로 알고 있었다. 그 자신이 이미 매너링에게 속아본 적이 있었기 때문이다. 아 퀴는 매너링을 그 자신이 벌인 게임에서 무너뜨리기로 하고 안나의 드레스에서 금을 조금씩 빼내 알갱이 금을 금판으로 만들어 하나하나에 오로라 광산의 이름을 찍어넣었다. 그렇게 하면 그가 일하는 광산에서 나온 수익으로 저축이 될 테니까 말이다. 그 광산은 현재 에머리 스테인스라는 젊은 탐광자가 사들인 상태였다.

안나의 드레스에서 금을 빼내는 작업은 몇 달이 걸렸다. 안나는 카니에레 차이나타운에 있는 아 퀴의 오두막을 방문할 때마다 항상 인사불성이 될 만큼 아편에 취해 있었다. 그래서 아 퀴는 그녀가 자는 동안 몰래 바늘과 실을 갖고 금을 빼낼 수 있었다. 안나는 차이나타운에 갈 때에는 오렌지색 매춘용 드레스를 입지 않았다. 그래서 아 퀴가 다른 네 벌의 드레스에서 금을 전부 빼내고 나서도 오렌지색 드레스에는 금이 남아 있었던 것이다.

아 퀴가 제련한 금이 광산촌의 은행 분소 금고에서 어떻게, 왜 도난 당한 건지는 아무도 알지 못했다. 지금 현재 나온 정보에서 가장 유력한 범인은 사라진 탐광자 스테인스였지만, 그에게는 그럴 만한 이유가 전혀 없었다. 젊은 탐광자는 어마어마한 부자였고, 최소한 사람들의 의견에 따르자면 어마어마하게 운이 좋았다. 그런 사람이 왜 자신이 계약을 맺은 노동자에게서 금을 훔치려 한단 말인가? 그리고 왜 그 금을 자신의 광산에서 한참 떨어진 다른 사람의 오두막에 숨긴단 말인가? 음, 스테인스의 이유가 뭐든 간에 최소한 하나는 확실하다고 무디는 생각했다. 스테인스는 절대로 아 퀴의 금을 법적인 의무에 따라 오로라 광산의 이름으로 은행에 보관하지 않았다는 것이다. 이것은 굉장히 난감한 상황이었다. 제련한 금을 은행에 입금했다면 오로라 금광은 텅 빈 광산에서 하룻밤 사이에 귀향금이 가득한 곳으로 탈바꿈하는 셈이니까.

에머리 스테인스는 또한 코웰 데블린이 크로스비 웰스의 화덕에서 발견한 증여권에 따르면 굉장히 기묘한 일에 관련된 것 같았다. 증서에는 그의 서명은 없었지만, 이름은 있었다. 이 증서는 에머리 스테인스와 크로스비 웰스가 일종의 동료였고, 오두막에 보관된 금이 이유는 모르지만 에머리 스테인스가 안나 웨더렐에게 선물로 준 것이라는 의미를 담고 있었다. 하지만 이것은 더더욱 어리둥절한 일이었다. 어떻게 보든 간에 이 금은 스테인스가 함부로 줄 수 있는 것이 아니기 때문이다!

안나는 호키티카에 도착하기 전부터 아이를 — 카버의 아이 — 갖고 있었고, 봄 무렵에는 그 사실이 드러나기 시작했다. 하지만 그녀는 아이를 출산하지는 못했다. 10월 중순에 카버가 호키티카로 돌아와서 안나를 만나 그녀를 심각하게 구타했기 때문이다. 뱃속의 아기는 이 구타에서 살아남지 못했다. 나중에 에드거 클린치에게 이 사건을 설명했던 안나의 은근한 암시에 따르면 카버는 냉혹하게 아이를 죽였다고 한다.

무디는 이 불운한 사건을 생각하느라 시간 순으로 되짚던 것을 잠시 멈추었다. 오늘밤에 아이의 죽음에 관한 이야기가 여러 차례 언급되긴 했지만, 이 자리에 있는 어떤 남자도 이 치명적인 말다툼이 어떻게 시작된 건지는 모르는 것 같았다. 예민한 주제이기 때문에 무디는 사람들에게 더 아는 것이 없느냐고 물어보지 않았지만, 이제는 안나와 카버의 관계가 전반적으로 이 이야기에서 어떻게 적용되는지 궁금해졌다. 아이의 죽음이 정말로 의도된 것이었는지, 만약 그렇다면 프랜시스 카버가 왜 그런 끔찍한 짓을 저지른 건지가 궁금했다. 현재 이 자리에 있는 열두 명의 남자는 물론 제각기 객관적인 확신을 갖고 이 질문에 대답을 할 것이다. 그들은 자신들이 들은 이야기가 사실이라고 말할 게 분명하다.

(이 자리에 없는 사람들의 생각이란 얼마나 알 수 없는 것인지! 그리고 동기라는 것은 얼마나 파악하기 어려운 것인지! 프랜시스 카버가 아이를 거부해서, 혐오한다는 의미로, 끔찍한 피임법의 일종으로 아이를 죽였을 수도 있고, 어쩌면 완전히 사고였을 수도 있다. 당사자에게 직접 묻지 않는 한 알 수 없는 일이었다. 심지어는 카버가 살인자라고 주장한 안나 웨더렐도 거짓말을 할 만한 이유가 많이 있었다.)

이것을 돌이켜본 다음에 무디는 다시 생각을 계속했다.

테 라우 타우웨어는 1월 14일 아침에 우연히 카버와 만나서는 그가 작년에 제안했던 것을 떠올렸다. 2실링을 받고 타우웨어는 카버에게 크로스비 웰스가 어디 사는지 알려주었다. 두 남자는 악수를 나누고, 타우웨어는 방향을 알려주고, 카버는 바로 그날 아라후라 골짜기에 나타났다. 웰스의 마지막이 된 그 밤에. 어쩌면 카버가 은둔자의 죽음을 목격했을 수도 있고 그전에 먼저 떠났을 수도 있지만, 어느 쪽이든 간에 그가 크로스비 웰스의 사후에 뱃속에서 발견된 아편 팅크가 들어 있던 병을 오두막에 가져왔다는 것만은 분명했다. 이 만남 후에 카버는 호키티카로 돌아가서 갓스피드 호에 올라 닻을 올리고 새벽이 되기 한참 전에 떠났다. 호키티카에서 카버는 광둥으로 간 게 아니라 (발퍼가 짐작했던 것과 달리) 더니든으로 향했다. 이것은 무디 자신이 증언할 수 있는 부분이었다. 무디가 12일 뒤에 포트 찰머스에서 탄 배가 바로 그 배였기 때문이다.

카버가 떠난 직후에 웰스의 오두막에 도착한 알리스테어 로더백은 은둔자가 식탁 앞에 앉아 팔에 머리를 묻은 채 죽은 것을 발견했다. 그는 호키티카로 내려와서 신문 편집자 벤자민 뢰벤탈과 면담을 했다. 뢰벤탈은 『타임스』 월요일 자에 정치 특집을 실을 예정이었다. 로더백에게서 크로스비 웰스가 죽었다는 소식을 듣고서 뢰벤탈은 웰스의 유산이 매매품으로 나올 거라고 추측했다. 다음 날 아침 그는 이 추측을 호텔 경영인 에드거 클린치에게 알렸다. 클린치가 땅 투자를 할 만한 곳을 찾고 있다는 걸 알았기 때문이다. 클린치는 즉시 은행의 잔고를 빼냈고, 은행원 찰리 프로스트는 죽은 남자의 재산 매매가 빠르게 이루어지도록 처리해주었다.

클린치는 그후에 죽은 남자의 오두막을 정리하고 동산을 처리하기 위해서 하랄 닐슨을 고용했다. 닐슨은 집을 정리하다가 놀랍게도 오두막의 단칸방 여기저기 숨길 수 있는 곳이라면 어디든 엄청난 금이 숨겨져 있는 것을 발견했다. 은행에서 제련을 한 금은 4천 파운드를 넘는 가치를 가진 것으로 밝혀졌다. 닐슨에게 10퍼센트의 수수료를 주고 나니 3천 6백 파운드가 조금 넘게 남았다. 그리고 거기서 사망 세금과 수수료, 은행원 찰리 프로스트에게 선물로 30파운드가 나갔다. 나머지는—여전히 상당한 금액이었다—현재 준비은행에 조건부 기탁이 되어 있는 상태였다. 하지만 클린치는 그 돈을 한 푼도 만질 수 없을 것이다. 은둔자의 장례식 며칠 뒤에 더니든에서 수수께끼처럼 도착한 리디아 웰스가 은둔자의 토지와 재산이 법적으로 자신의 것이라며 클린치의 구매를 취소해달라는 항소를 냈기 때문이다.

물론 크로스비의 오두막에서 발견된 금이 현재 이 문제에 얽혀 있는 금 전부는 아니었다. 아 퀴는 안나의 드레스 다섯 벌 중에서 겨우 네 벌만을 털어냈을 뿐이니까. 안나의 오렌지색 매춘 드레스 주름 안에 들어 있던 마지막 금은 겨우 2주 전에 아편 과용의 위기 다음 날 감옥에서 정신을 차린 안나 자신이 찾아냈다. 그녀는 누군가가 바로 전날 밤에 자신의 옷에 금을 넣어놓은 거라고 추측했고, 그것은 나름 합리적이었다. 그녀는 체포될 때까지의 열두 시간 동안의 기억이 없었고, 굉장히 혼란스러운 상태였으니까. 그녀는 개스코인에게 도움을 구했고, 두 사람은 함께 오렌지색 드레스에서 금을 끄집어내 밀가루 포대에 넣어 개스코인의 침대 아래 숨겼다.

그후 안나는 개스코인의 죽은 부인의 것이었던 검은 드레스 차림으로 그리디론 호텔로 돌아왔고, 에드거 클린치의 오랜 의심이 되살아났다. 그는 안나가 옷을 바꿔 입은 것이 숨겨진 금과 관계가 있는 게 분명하다고 생각했고 — 이번엔 맞는 의심이었다 — 그녀의 오렌지색 매춘 드레스가 사라졌다는 사실에 분노를 느꼈다. 그녀에게 엄청난 재산이 있다는 걸 알고 있는데 그녀가 빚을 갚을 돈이 없다고 말하자 그는 굉장히 화가 났고, 그 화를 참지 못해 잔인한 말을 퍼부으며 그녀에게 퇴거 통보를 했다.

하지만 클린치의 위협은 그가 예상한 결과를 가져오지 못했다. 안나 웨더렐이 그에게 빚을 전부 갚았기 때문이다. 드레스에 들어 있던 금이나 그녀가 합법적으로 번 돈이 아니라 크로스비의 미망인 리디아 웰스가 빌려준 6파운드로 바로 그날 오후에 갚았다. 그녀가 매너링에게 진 빚은, 매너링 본인의 계산에 따르면 백 파운드가 넘지만 그녀와 개스코인이 오렌지색 드레스에서 꺼낸 금으로 충분히 갚을 수 있는 금액이었다. 안나는 그후 그리디론을 영원히 떠났다. 그녀는 리디아 웰스와 함께 여행자의 운수에서 머물라는 제안을 받았고, 더이상 창녀 일도 하지 않을 거라고 단언했다.

리디아 웰스는 카버의 사라진 화물 상자가 호키티카로 흘러왔고, 그 드레스들을 안나가 구입했으며, 크로스비 웰스의 오두막에 있던 금이 카버가 약 열 달 전에 정치인 로더백을 협박하는 데 사용했던 바로 그 금이라는 것을 알고 있었을까? 그 질문의 답은 전적으로 안나에게 달려 있었다. 안나는 이 순환적 사건에서 자신이 수행한 역할에 대해 얼마나 알고 있을까? 그리고 리디아 웰스에게 얼마나 이야기를 할 생각일까? 안나가 그 드레스가 한때 리디아의 것이었음을 모를 가능성도 굉장히 컸다. 그렇다면 웰스 부인 역시 그 사실을 모를 것이다. 안나는 개스코인의 죽은 부인 것이었던 검은 드레스를 여전히 입고 있고, 한동안 애도 기간을 가질 거라고 맹세했으니까. 물론 안나가 미망인 앞에서 옷장 문만 열어도 미망인은 그 드레스를 알아보았으리라…… 하지만 드레스에 금 제련사 퀴가 교란용으로 납추들을 넣어놓았으니 웰스 부인은 첫눈이나 첫 손실에선 원래의 금덩이들이 쓸모없는 모조품으로 바뀌었다는 것을 알아채지 못할 것이다. 클린치도 여기에 이미 속았었다. 무디는 미망인이 그날 오후에 안나의 빚을 대신 지불해준 것이 이런 가짜 보증 때문은 아니었을까 생각했다.

안나가 다섯 벌의 드레스가 원래 리디아 웰스의 것이었다는 걸 알았다면, 그럼 분명히 거기 감추어진 금에 관해서도 내내 알고 있었을 것이다. 그렇다면 열 달 전에 일어난 로더백의 협박과 갓스피드 호의 억지 매매 사건도 알고 있어야 한다는 뜻이다. 이런 면에서 보면 안나의 아기가 갑자기 살해된 상황은 당면한 수수께끼와는 전혀 관계가 없을 것이다. 안나와 리디아의 사적인 관계처럼, 프랜시스 카버와의 관계 역시 여기 모인 남자들은 전혀 모르는 것이기 때문이다.

무디는 손가락으로 멍하니 잔 가장자리를 쓸었다. 이 모든 것이 단순히 비슷해 보이는 우연이라는 것보다 더 나은 해명이 있어야 했다. 몇 시간 전에 발퍼가 뭐라고 했더라? '계속되는 우연은 우연이 아니다'라고 했던가? 그리고 아직 설명할 방법이 없는 연속된 사건들이라는 것이 우연이 아니고 뭐란 말인가?

"이게 최소한 우리가 한 일이라네."

발퍼는 사과하는 듯한 어조로 덧붙였다.

"별로 크게 대답이 되지는 못할 거야, 무디 군. 하지만 우리가 왜 오늘밤에 여기 모였는지는 설명이 되지. 우리 모임의 목적 말이야."

"저 친구가 기대한 것 이상일지도 몰라."

딕 매너링이 말했다.

"사실이라는 건 언제나 그런 법이지."

발퍼가 대답했다. 무디는 사람들의 얼굴을 차례로 보았다. 아무도 '무고하다'고 할 수 없긴 하지만, 그렇다고 진짜 '유죄'라고 할 만한 사람은 없었다. 그들은…… 연루되었다? 말려들었다? 뒤얽혔다? 무디는 인상을 찌푸렸다. 그들의 상호 관계를 설명할 수 있는 적당한 말이 떠오르지를 않았다. 프리처드는 '공모'라는 단어를 썼지만…… 그 말은 각각의 사람들이 대단히 우발적으로 말려들었고, 문제의 사건과의 관계가 각기 대단히 다른 상황에서는 별로 적합하지 않은 단어였다. 아니, 진짜 관계자, 진짜 공모자 들은 이 자리에 없는 사람들 중에 있었다. 숨기려고 노력하는 비밀을 지닌 바로 그 사람들 중에!

무디는 불참자들에 대해서 생각해보았다.

그날 밤 여러 차례 이야기가 나온 프랜시스 카버는 분명히 뭔가 '꿍꿍이'가 있었다. 최소한 로더백의 설명으로 볼 때 카버는 협박하는 경향이 있는 상습적인 음모가가 분명했다. 게다가 그는 크로스비 웰스가 죽던 날 그를 방문했고, 어쩌면 죽는 것을 보았을지도 모른다. 이런 추측을 잊어버려서는 안 되지만, 그렇다고 거기에 너무 많은 비중을 두어서도 안 된다고 무디는 생각했다. 카버가 한꺼번에 모든 것을 꾸몄을 리 없고, 열두 명의 남자를 동시에 고발할 수 있을 정도로 복잡한 계획을 짜냈을 리는 절대로 없으니까.

그리고 웰스와 카버 두 사람 모두의 아내라고 여겨지고 있으며 이전에는 알리스테어 로더백의 정부이기도 했고 지금은(최근에 개스코인에게 고백한 바에 따르면) 이름 모를 누군가의 은밀한 약혼녀라는 리디아 웰스가 있었다. 카버와 마찬가지로 웰스 부인은 대단히 냉혹한 협박꾼 기질과 대단히 정교한 거짓말을 할 능력이 있음을 보여주었다. 또한 전에도 카버와 협력했던 적이 있었다. 크로스비 웰스의 유산이 자기 거라는 그녀의 주장의 정당성은 시간이 흐르면 법적으로 판결이 나올 것이다…… 설령 그녀의 소유권이 적법하다고 해도 그것을 주상하는 방식이 대단히 무례할 뿐만 아니라 냉혹하기 짝이 없다고 무디는 생각했다. 그는 프랜시스 카버보다도 리디아 웰스에게 훨씬 더 신뢰가 가지 않았다. 물론 그는 그 여자를 만난 적도 없고 얼굴 한 번 본 적이 없으니 이건 비합리적인 생각이긴 했다. 그는 오로지 남들의 이야기로만, 그것도 굉장히 뒤죽박죽되고 잡스러운 이야기로만 그 여자를 알 뿐이었다.

무디는 이제 다른 커플, 안나 웨더렐과 에머리 스테인스 쪽으로 생각을 돌렸다. 안나가 의식을 잃고 에머리가 사라지기 몇 시간 전에 두 사람은 함께 있었다. 그날 밤에 실제로 어떤 일이 일어났고, 그들이 크로스비 웰스 사건에서 고의든 우연이든 간에 어떤 역할을 했던 걸까? 피상적으로 보자면 에머리 스테인스에게 모든 행운이 쏠리고 안나에게는 전혀 운이 없는 것 같았다. 하지만 안나는 죽음의 문턱에서 살아남았고, 스테인스는 아마도 그러지 못한 것 같았다. 문득 무디는 이 방 안에 있는 모든 사람이 각자의 방식으로 스테인스를 굉장히 부러워하고, 안나를 굉장히 질투하고 있다는 사실을 깨달았다. 탐광자로서 스테인스의 운은 아무도 나누어 가질 수 없는 것이었고, 광산촌의 창녀로서 안나는 모두가 나누어 가질 수 있는 공유재산이었다.

이제 정치인과 교도소장이 남았다. 무디는 두 사람을 한꺼번에 생각해보았다. 알리스테어 로더백은 그 반대자라 할 수 있는 조지 셰퍼드처럼 대부분의 경우 다른 사람을 시켜서 충동을 해결하기 때문에 자신의 행동이 가져온 결과를 책임지지 않아도 되는, 위임자라고 할 수 있었다. 다른 유사점도 있었다. 로더백은 곧 웨스트랜드 의원으로 선출될 거고, 셰퍼드는 시뷰 해안단구에 자신의 교도소와 보호소를 짓기 시작할 것이다. 로더백은 도박장에서 리디아 웰스를 정부로 삼았던 과거가 있고, 셰퍼드는 프랜시스 카버를 시드니 교도소에서 자신의 죄수로 두었던 과거가 있었다.

머릿속으로 무디는 이런 외부 인물들을 세 쌍으로 배치해보았다. 미망인과 밀수업자, 정치인과 교도소장, 탐광자와 창녀. 이것을 깨닫자 기분이 좋아졌다. 무디는 질서정연한 것을 좋아했고, 어떤 것이든 패턴을 찾으면 마음이 편해졌기 때문이다. 충동적으로 그는 자기 자신이 이 기묘한 연합 관계에서 어떤 역할을 하고 있는지 생각해보았지만, 아직 답은 나오지 않았다. 그 자신에게도 반대자가 있는지 궁금했다. 크로스비 웰스일까? 그에게 대응하는 상대는 죽은 남자일까? 무디는 갑자기 바크선 갓스피드 호의 유령을 떠올리고서 자신도 모르게 몸을 부르르 떨었다.

"무슨 생각을 하고 있나?"

하랄 닐슨이 물었고, 무디는 방 안의 모든 남자가 그가 이야기하기를 한동안 기다렸음을 깨달았다. 그들 모두가 꽤나 희망과 기대에 찬 표정으로 그를 쳐다보고 있었다. 각자의 성격에 따라서 누군가는 저도 모르게, 누군가는 자제하며, 누군가는 노골적으로 그 감정을 드러내고 있었다. 그러니까 내가 해결 담당자로군. 형사인 거야. 그게 내가 맡은 역할이었어. 무디는 그렇게 생각했다.

"저 친구를 재촉하지 말라고."

하랄 닐슨이 방 안의 사람들을 향해서 덧붙였다. 그 자신이 무디에게 침묵을 깰 것을 종용했으면서 말이다.

"여유를 갖고 말하게 좀 기다려들보게."

하지만 무디는 할 말이 없었다. 사람들의 얼굴을 차례로 보는 동안 아무 할 말도 생각나지 않았다.

잠시 후에 프리처드가 몸을 기울여 무디의 의자 팔걸이에 긴 손가락을 올렸다.

"이보게. 자네가 갓스피드 호의 화물에서 뭔가를 발견했다고 하지 않았던가? 배의 목적이 별로 정직한 것이 아니라는 의심이 가는 걸 발견했다고 말이야. 그게 뭐였지?"

"혹시 화물 상자였나?"

발퍼가 물었다.

"아편? 아편이랑 관계된 건가?"

매너링이 물었다.

"재촉하지 말라니까. 저 친구가 자기 나름대로 대답하게 좀 놔두게."

월터 무디는 그날 저녁에 더니든에서 시작된 자신의 여정에서 무슨 일이 있었는지 말할 생각이 전혀 없는 상태로 흡연실에 들어왔었다. 다른 사람들이 이해할 수 있게 이야기하는 것은 고사하고 자신이 본 걸 그 스스로도 잘 납득하지 못하는 상태였다. 하지만 방금 들은 이야기들을 고려하자 그가 최근 겪은 일이 어느 정도 설명이 되는 것 같았다.

"신사분들, 오늘밤 저는 여러분들의 비밀을 함께하는 영광을 누렸고, 이야기를 해주신 데 대해 무한한 감사를 드립니다. 그 보답으로 저도 이야기를 해드리겠습니다. 제 이야기에 여러분들의 관심을 끄는 부분이 몇 가지 있을 거라는 생각이 들고, 여러분들의 질문을 다른 방향으로 바꾸게 되지 않을까 싶기도 합니다."

"그래, 그래. 무대에 서보라고, 무디 군. 어서."

발퍼가 말했다.

그 말에 따라 무디는 일어나서 난로에서 등을 돌리고 섰다. 하지만 그러고 나니까 갑자기 굉장히 바보가 된 것 같은 기분이 들어서 그냥 앉아 있을걸 하는 후회가 들었다. 그는 등 뒤로 손을 깍지 끼고서 몸을 앞뒤로 천천히 흔들다가 마침내 입을 열었다.

"우선 말씀드리고 싶은 것은 제가 에머리 스테인스에 대한 소식을 알려드릴 수 있을 것 같다는 겁니다."

"좋은 건가, 나쁜 건가? 그 친구가 살아 있나? 자네가 봤나?"

매너링이 물었다.

오베르 개스코인은 매너링이 입을 열 때마다 점점 더 불쾌해지는 것 같은 표정이었다. 그는 아직까지 그날 오후에 호키티카의 거물이 저지른 무례한 행동을 용서하지 않았고, 그럴 마음도 없었다. 개스코인은 수치를 참는 것을 굉장히 어려워했고, 아주 오랫동안 원한을 품는 타입이었다. 이런 식으로 이야기에 끼어드는 것을 보고 그는 비난하듯 잇새로 날카롭게 혓 소리를 냈다.

"확실하게 답해드릴 수는 없습니다. 제가 경고드리겠습니다만, 매너링 씨, 그리고 다른 분들도 마찬가지입니다, 제 이야기에는 (뭐라고 하면 좋을까?) 저 자신도 합리적인 결론을 내리지 못한 부분이 몇 군데 있습니다. 오늘 저녁에 미리 제 여행 이야기를 처음부터 끝까지 말씀드리지 못한 것은 용서해주시길 바랍니다. 솔직히 저 자신도 그게 어떻게 된 일인지를 이해하지 못하고 있어서 말입니다."

방 안이 굉장히 고요해졌다.

"더니든에서 코스트까지 오는 여정이 굉장히 힘겨웠다고 말씀드린 건 아마 기억하실 겁니다. 그리고 제가 다급하게 구입한 표가 제대로 된 객실을 제공하는 것이 아니라 선미 쪽에 아주 작은 공간만을 내주는 표였다는 것도 아마 기억하시겠지요. 이 공간은 굉장히 어둡고, 악취가 나고, 사람이 앉아 있을 만한 곳이 절대로 아니었습니다. 폭풍이 몰아칠 때 저는 여행 내내 그랬듯이 삽반 위에 있었습니다.

처음에 폭풍은 그저 바람과 비가 좀 몰아치는 궂은 날씨에 불과했습니다. 하지만 점점 비바람이 강해지면서 저는 점점 더 불안해졌습니다. 웨스트 코스트의 바다가 굉장히 거칠다는 경고를 들었고, 금광으로 가는 모든 여정에서 죽음이 악몽의 여신과 함께 주사위 놀이를 한다는 이야기도 들었지요. 저는 점차 두려워졌습니다.

저는 제 짐가방을 함께 갖고 있었습니다. 그것을 화물칸에 도로 갖다놓고 싶었습니다. 그러면 제가 배에서 휩쓸려나가도 제 서류는 살아남을 거고, 그러면 제 진짜 이름으로 적절한 장례 절차를 치를 수 있을 테니까요. 선창에 있던 수부들에게 제가 가짜 이름을 댔다는 걸 기억하고 계시지요? 저는 그들에게 다른 사람 것인 신분증명서를 보여주었습니다. 제 장례식에서 가짜 이름이 낭독된다는 건 생각만 해도……."

"끔찍했겠지."

클린치가 말했다. 무디는 고개를 끄덕였다.

"이해하시는군요. 음, 저는 갑판 위에서 짐가방을 붙든 채 앞쪽 승강구 뚜껑을 열기 위해서 애를 쓰고 있었습니다. 바람이 휘몰아치고 배는 사방으로 흔들렸습니다. 저는 마침내 승강구를 열고서 안으로 짐가방을 던졌습니다…… 하지만 겨냥이 엉망이라 걸쇠가 아래층 갑판 가장자리에 부딪쳐서 가방이 열리고 내용물이 다 쏟아졌죠. 제 소지품들은 이제 화물들 사이에 온통 흩어져 있었고, 저는 사다리를 타고 내려가서 그걸 챙기는 수밖에 없었습니다.

사다리를 내려가는 데에는 시간이 좀 걸렸습니다. 화물칸이 굉장히 어두웠거든요. 하지만 배가 이쪽저쪽으로 기우뚱거릴 때마다 열린 승강구를 통해서 빛이 가끔씩 비쳤습니다. 정말이지 끔찍한 냄새가 풍겼고, 끈과 사슬로 묶인 짐들이 그야말로 지옥에서 날 법한 소리를 냈습니다. 화물칸에는 거위들이 든 상자도 여러 개 있었고, 염소도 굉장히 많았습니다. 이 불쌍한 동물들은 온갖 방법으로 자신들의 괴로움을 표현하는 울음소리를 시끄럽게 냈지요. 저는 이 장소에 필요 이상으로 오래 있고 싶지 않아서 최대한 효율적으로 제 소지품을 챙겼습니다. 하지만 그 난리법석 속에서 제 귀에 다른 소리가 들렸습니다.

제 바로 옆에 있는 화물 상자 속에서 계속해서 두드리는 소리가 나는 겁니다. 그 소음 속에서도 들릴 정도로 요란하고 거센 노크 소리였죠."

발퍼는 대단히 경계하는 기색이었다. 무디는 말을 이었다.

"마치 누군가가 그 안에 갇혀서 온몸으로 상자를 두드리는 것 같은 소리였습니다. 저는 누구냐고 외치면서 그쪽으로 비틀거리며 다가갔고—배가 엄청나게 흔들렸던 탓입니다—상자 안에서 단 하나의 이름만 계속해서 들려왔습니다. 막달레나, 막달레나, 막달레나 하고 말입니다. 그제야 저는 안에 있는 것이 쥐나 다른 짐승이 아니라 사람이라는 걸 알았습니다. 전 최대한 빨리 상자 뚜껑을 고정한 못을 뽑으려고 했고, 마침내 뚜껑을 지렛대로 들어올릴 수 있었습니다. 이게 아마도 오후 2시쯤이었을 겁니다."

무디는 약간 강조해서 말했다.

"호키티카에 도착하기 네다섯 시간쯤 전이었거든요."

"막달레나. 그건 안나야."

매너링이 말했다. 개스코인은 격분한 얼굴이었다.

무디가 매너링을 보았다.

"죄송합니다만, 저는 잘 이해가 안 됩니다. 막달레나가 웨더렐 양의 중간 이름인가요?"

"그건 창녀에게 주는 이름이라네."

매너링이 설명했다. 무디는 여전히 이해가 안 된다는 의미로 고개를 흔들었다.

"모든 개는 바둑이라고 하고, 모든 고양이는 나비라고 하지 않나."

"아, 그렇군요. 이해했습니다."

무디는 속으로 매춘업계에 있는 사람답게 예시도 참으로 어울리는 것만 골라서 한다고 생각했다.

"아마도 말이야, 그 화물 상자 안에 있던 사람이 — 이건 합리적인 의심이라고 생각하는데 — 에머리 스테인스였던 게 아닐까 싶은데."

벤자민 뢰벤탈이 천천히 말했다.

"그 친구는 안나에게 특별히 애착이 있었던 것 같으니까 말이지."

매너링도 동의했다.

"스테인스는 카버가 출항하던 바로 그날 사라졌어! 그리고 같은 날에 내 화물도 사라졌고! 그래, 당연한 거였어! 스테인스가 그 상자에 들어갔고 — 카버가 상자를 훔쳤고 — 그러고는 배를 타고 떠나버린 거야!"

발퍼가 의자 앞으로 당겨 앉으며 말했다.

"하지만 도대체 무슨 이유로 그런 짓을 한단 말인가?"

프리처드가 물었다.

"혹시라도 선적표는 보지 못했나? 화물의 명세표 말이야."

"아뇨, 못 봤습니다."

무디가 짤막하게 대답했다. 그는 아직 이야기를 마치지 않았고, 말하는 중간에 방해를 받는 것을 싫어했다. 하지만 방 안의 열띤 청중들은 그날 밤 수십번째로 제각기 흩어져서 한 사람 한 사람이 자신의 추측을 이야기하고 놀람을 드러내며 시끌시끌하게 떠들고 있었다.

"에머리 스테인스가…… 카버의 배에 있었다니!"

매너링이 말했다.

"문제는 말이야, 그 친구가 제 발로 몰래 올라탄 건가 하는 거야. 그 것도 가능한 일이니까. 아니면 우연히 거기 타게 되었을 수도 있어. 이 것도 또 다른 가능성이지. 아니면 카버가 그를 붙잡아서는 그가 누군지 알면서 상자에 가두었을 수도 있지. 이게 세번째 가능성이야."

닐슨이 고개를 흔들었다.

"하지만 저 친구 말을 들었잖나. 뚜껑에 못이 박혀 있었다고! 그건 안에서는 할 수 없는 일이라고!"

"그건 관이라고 해도 될걸. 대체 거기서 어떻게 숨을 쉬었지?"

"소나무 판벽에 약간…… 틈새가…….."

"그걸로는 숨쉬는 데에는 모자라잖나!"

"톰, 자네의 화물 상자 말이야. 그게 성인 남자가 들어갈 수 있을 만큼 공간이 넓나?"

"대체 화물 상자라는 게 얼마만한 크기야?"

"카버와 스테인스가 동업자라는 걸 잊어버리지 마시게."

"짐마차에 실리는 정도의 크기지. 자네들도 부두에서 실어나르는 상자를 봤을 거 아닌가. 성인 남자도 그 안에 편안하게 들어가서 누울 수 있어."

"빈 광산의 동업자잖아!"

"하지만 이상한 건 그 친구가 더니든으로 '돌아오는' 길에 상자 안에 있었다는 거야. 그게 이상하지 않나? 카버가 그가 거기 있는 걸 몰랐던 것 같다는 사실을 지적하지 않을 수가 없군."

"무디 군이 이야기를 끝까지 하게 좀 기다려야 할 것 같은데."

"그게 바로 동업자를 다루는 방법이지. 상자에 가둬 죽이는 거 말이야!"

이 시끄러운 추측의 향연에 끼지 않은 사람들은 두 명의 중국인, 퀴롱과 숙 용승뿐이었다. 그들은 의자에 꼿꼿하게 앉아서 엄숙하게 무디에게만 시선을 고정하고 있었다. 사실 오늘 저녁 내내 그랬다. 무디는 아 숙의 시선을 마주보았고, 표정이 딱히 달라지지는 않았지만 그가 마치 무디의 초조한 감정을 아주 잘 이해한다는 듯이 동정의 뜻을 전하는 느낌이 들었다.

공용어 실력이 부족한 탓에 아 숙은 오늘밤 모임에서 프랜시스 카버와의 관계에 대해 모든 이야기를 다 설명하지 못했고, 그 결과 영어 사용자들은 카버가 살인을 저질렀고 아 숙이 그 복수를 하려 한다는 사실을 제외하면 이 두 사람 사이의 일에 대해서 거의 알지 못했다. 무디는 이제 아 숙의 검은 눈을 자신의 창백한 눈으로 마주보며 두 사람 사이에 무슨 일이 있었던 걸까 생각했다. 아 숙은 소년 시절에 카버를 알았다고 말했을 뿐이다. 그 이상의 이야기는 하지 않았다. 무디는 아 숙을 마흔다섯 살 정도라고 추측했고, 그 말은 그가 20세기 초반에 태어났다는 뜻이다. 어쩌면 그와 카버가 중국 전쟁 때 서로 알게 되었는지도 몰랐다.

"무디 씨, 질문을 하나 해도 괜찮을까요? 선생은 화물 상자 안에 있던 남자가 에머리 스테인스였을 거라고 생각하나요?"

코웰 데블린이 물었다. 방 안이 즉시 조용해졌다.

"저는 스테인스 씨를 만난 적이 없으니, 그분을 알아볼 수 없지요."

무디가 경직된 어조로 말했다.

"하지만 네, 저는 그렇게 추측합니다."

프리처드는 머릿속으로 뭔가를 계산하는 것 같았다.

"만약에 카버가 더니든으로 떠날 때부터 스테인스가 그 화물 상자 안에 쭉 있었다면, 물이나 공기도 없이 13일이나 버틴 셈이야."

"불운한 숫자로군."

누군가가 중얼거렸고, 무디는 13이 현재 이 흡연실 안에 모인 사람의 숫자이기도 하다는 사실을 문득 깨달았다. 그 자신이 바로 열세번째 사람이었다.

"그런 게 가능한 겁니까? 13일이라니."

개스코인이 말했다.

"물도 없이? 아주 간신히. 하지만 공기가 없으면…… 불가능하지."

프리처드가 턱을 문지르며 대답했다.

"하지만 호키티카를 떠나고서 내내 그 안에 갇혀 있지는 않았을 수도 있어. 더니든에서 상자에 들어간 걸지도 모르지 않나. 자기 발로 그랬든, 아니면 강제로 그렇게 되었든 간에 말이야……."

발퍼가 지적했다.

"아직 제 이야기는 끝나지 않았습니다."

무디의 말에 매너링이 반색했다.

"그래, 그렇지! 저 친구는 아직 이야기를 다 안 했어. 다들 조용히 하라고."

추측이 멈추었다. 무디는 다시 몸을 흔들다가 잠시 뒤에 이야기를 계속했다.

"상자 안에 있는 것이 사람이라는 결론을 내린 뒤에 저는 그 사람을 꺼내려고 했습니다. 그건 굉장히 힘들었습니다. 그 사람은 아주 허약했고, 거의 숨도 쉬고 있지 않았거든요. 상자를 누드리는 데 모든 힘을 다 쓴 것 같았습니다. 저는 그 남자의 목깃을 풀어주었는데 — 크라바트를 매고 있더군요 — 그 와중에 그 사람 가슴에서 피가 흐르기 시작했습니다."

"자네가 그 사람을 칼로 베기라도 했나?"

닐슨이 물었다. 하지만 이번에 무디는 대답하지 않았다. 그는 몽환 상태에 빠진 사람처럼 눈을 감은 채 계속 말했다.

"피가 고여서는 펌프에서 나오는 것처럼 울컥울컥 흘러나왔습니다. 남자는 피를 막으려고 가슴을 움켜잡고는 계속해서 막달레나, 막달레나 하고 흐느꼈습니다…… 저는 공포에 질린 채 그 모습만 바라보았습니다. 말을 할 수가 없었죠. 그 목소리가……."

"상자에 어딜 긁혔던 건가?"

닐슨이 끈질기게 물었다.

"피는 분명히 남자의 몸에서 솟고 있었습니다."

무디가 눈을 뜨고서 대답했다.

"그건 절대로 긁힌 상처 정도가 아니었습니다. 제겐 그 사람을 긁을 만한 게 아무것도 없었습니다. 손톱이라면 혹시 또 모르지만, 저는 여러분들도 보시다시피 손톱을 굉장히 짧게 깎고 다닙니다. 그리고 다시 말씀드리건대 피는 그 사람이 상자에서 나와 똑바로 앉고 나서 한참 후에 솟기 시작했습니다. 저는 그 사람의 크라바트에 넥타이핀이라도 있었나보다 생각했습니다만, 넥타이핀도 없었습니다. 크라바트는 그저 활 모양으로 묶여 있었습니다."

프리처드가 인상을 찌푸렸다.

"그렇다면 분명히 그전에 이미 상처가 나 있었을 거야. 자네가 상자를 열기 전에 말이지. 어쩌면 자네가 그 자리에 오기 전에 상처를 입었을 수도 있다네."

"그럴 수도 있지요…… 이 사건에 대해서 저는 좀…….'"

무디가 확신 없는 어조로 중얼거렸다.

"좀 뭐가?"

무디가 마음을 다잡은 것처럼 대답했다.

"그러니까, 이렇게 말씀드리지요. 그 상처는…… 자연적으로 보이지 않았습니다."

"자연적이지 않았다고?"

매너링이 물었다. 무디는 난처한 표정이었다. 그는 이성의 분석적인 특성을 신뢰했다. 논리를 확고하게 믿었으며 자신의 논리력 역시 믿었다. 진실이란 그에게 완벽해질 수 있는 것이고, 완벽한 진실은 언제나 대단히 아름답고 분명하게 마련이었다. 무디에게 종교가 없다는 이야기는 이미 언급한 바 있다. 그렇기 때문에 그는 불가사의한 일, 설명할 수 없고 이해하기 어려운 일, 호키티카의 하늘을 뒤덮은 진짜 구름처럼 사람의 과학적 인지력을 가리는 안개 속에서 진실을 감지하지 못했다.

"굉장히 기묘한 말이라는 건 압니다. 하지만 저는 화물 상자 안에 있던 그 사람이 살아 있긴 했던 건지도 잘 모르겠습니다. 짐칸 안의 빛 때문에…… 그리고 그림자 때문에…….'"

그는 말끝을 흐렸다가 좀더 거칠어진 목소리로 다시 말했다.

"솔직히 말해서 저는 그걸 사람이라고 불러야 하는지조차 잘 모르겠습니다."

"달리 뭐였겠나? 사람이 아니라면 말이야."

발퍼가 물었다.

"유령이나 일종의 환영 같은 것, 귀신, 그런 거였을지도 모르죠. 굉장히 어이없는 말이라는 건 저도 압니다. 어쩌면 리디아 웰스가 저보다 훨씬 잘 설명할 수 있을지도 모르겠군요."

잠깐 짧은 침묵이 흘렀다.

"그 뒤에 어떻게 되었나요, 무디 씨?"

프로스트가 물었다. 무디는 은행원 쪽을 쳐다보고 말했다.

"제 다음 행동은 불행히도 대단히 겁쟁이 같은 것이었습니다. 저는 몸을 돌리고, 제 손가방을 집어들고서 사다리 쪽으로 달려갔습니다. 그 사람을, 여전히 피를 흘리는 채로 거기 그냥 놔두고 말입니다."

"혹시 선적표를 보지는 못했겠지? 상자에 붙어 있는 거 말이야."

발퍼가 다시 물었지만 무디는 그의 질문에 대답하지 않았다.

"그게 그 사람을 마지막으로 본 거였나?"

뢰벤탈이 물었다.

"그렇습니다."

무디가 무거운 어조로 말을 이었다.

"저는 짐칸에 다시 내려가지 않았습니다…… 그리고 호키티카에 도착한 다음 승객들은 해안까지 거룻배를 타고 이동했고요. 문제의 남자가 진짜였다면, 그 사람이 정말 에머리 스테인스였다면, 저희들이 이야기를 하고 있는 지금도 여전히 갓스피드 호에 있을 겁니다…… 물론 프랜시스 카버도 마찬가지고 말입니다. 두 사람 다 강어귀 직전의 바다 위에서 조수가 바뀌기만을 기다리고 있을 겁니다. 하지만 실은 제가 상상한 걸지도 모르죠. 남자, 피, 모든 걸 말입니다. 저는 한 번도 환각을 겪어본 적이 없습니다만…… 에, 여러분도 제가 확신하지 못하는 게 보이실 겁니다. 하지만 당시에는 제가 유령을 봤다고 믿어 의심치 않았습니다."

"그랬던 건지도 모르지요."

데블린이 말했다. 무디가 고개를 숙이며 대답했다.

"그럴지도요. 확고한 증거가 있다면 저도 그 해석을 사실이라고 받아들이겠습니다. 하지만 죄송하게도 제가 보기에는 그 해석이 환상에 지나지 않는다는 생각이 듭니다."

"유령이든 아니든 우리가 마침내 해답이라 할 만한 것을 눈앞에 두고 있는 것 같은데."

굉장히 피곤해 보이는 얼굴의 뢰벤탈이 말했다.

"내일 아침에, 무디 군이 짐가방을 찾으러 부두에 가면……."

뢰벤탈의 말이 거기서 중단되었다. 흡연실의 문이 갑자기 거세게 열려 벽에 쾅 부딪치는 바람에 방 안의 모든 남자가 깜짝 놀랐던 것이다. 그들은 동시에 돌아보았고, 문가에는 매너링의 사환 꼬마가 옆구리를 움켜쥐고 숨을 헐떡이고 있었다.

"불빛이요."

소년이 헐떡거리며 말했다.

"그게 뭐? 무슨 불빛? 무슨 일이야?"

매너링이 몸을 일으키면서 물었다.

"모래톱에 불빛이요."

아이는 여전히 옆구리를 움켜쥐고 있었고, 헐떡거리는 가운데 숨이 밭게 흘러나왔다.

"그게 뭐!"

"제가 아직……."

아이가 기침을 하기 시작했다.

"도대체 왜 뛰어온 거야? 네 녀석은 바로 이 앞에 서 있기로 했었잖아! 가만히 서 있으라고 했는데, 이 망할 녀석! 야밤의 산책을 하라고 네놈에게 내가 돈을 주는 게 아니야!"

매너링이 소리를 질렀다.

"갓스피드 호요."

소년이 간신히 말을 했다.

갑자기 방 안이 멈춘 듯이 조용해졌다.

"갓스피드 호? 그게 왜? 말을 해, 이 멍청한 놈아!"

매너링이 눈을 부릅뜨고서 고함을 쳤다.

"모래톱의 선박 불빛이요. 그게 나갔어요…… 바람 속에서요…… 그리고 조수가……."

"대체 무슨 일이 있었던 거야?"

"갓스피드 호가 암초에 부딪쳤어요. 모래톱에서 침수됐어요…… 배가 회전했어요. 10분도 안 됐어요."

아이가 헐떡거리며 말을 이었다.

"주돛대가 부러졌어요…… 그리고 다시 회전하고…… 파도가 승강구 위를 덮치고서 배를 집어삼켰어요. 완전히 끝장났어요, 나리. 완전끝장이에요. 갓스피드 호가 가라앉았어요."

2권으로 이어집니다.

옮긴이 김지원

서울대 화학생물공학부와 동대학원을 졸업하고 서울대 언어교육원 강사로 재직 중이며 전문 번역
가로 활동하고 있다. 『다크마우스』『녀가 섹시해지는 책』『바이오코드』『잘못은 우리 별에 있어』
『일곱 번째 내가 죽던 날』『탑 시크릿』『손 안에 담긴 세계사』 등을 우리말로 옮겼고, 『바다기담』과
『세계사를 움직인 100인』 등의 책을 엮었다.

루미너리스 1

초판 1쇄 발행 2016년 2월 15일
초판 3쇄 발행 2016년 3월 20일

지은이 엘리너 캐턴
옮긴이 김지원
펴낸이 김선식

경영총괄 김은영
사업총괄 최창규
책임편집 김정현 **책임마케터** 이상혁
콘텐츠개발2팀장 김현정 **콘텐츠개발2팀** 백상웅, 문성미, 김정현, 윤세미
마케팅본부 이주화, 정명찬, 이상혁, 최혜령, 양정길, 박진아, 김선욱, 이승민
경영관리팀 송현주, 권송이, 윤이경, 임해랑
외부스태프 디자인 이경란 교정·교열 김필균

펴낸곳 다산북스 **출판등록** 2005년 12월 23일 제313-2005-00277호
주소 경기도 파주시 회동길 37-14 3, 4층
전화 02-702-1724(기획편집) 02-6217-1726(마케팅) 02-704-1724(경영관리)
팩스 02-703-2219 **이메일** dasanbooks@dasanbooks.com
홈페이지 www.dasanbooks.com **블로그** blog.naver.com/dasan_books
종이 한솔피엔에스 **출력·인쇄** 갑우문화사 **후가공** 이지앤비

ISBN 979-11-306-0727-6
    979-11-306-0726-9 (04840)

이 책에 쏟아진 찬사

"소설의 정석을 보는 듯 기본에 충실한 완벽한 구성. 그것이 바로 심사위원들이 만장일치로 이 작품을 선정한 이유다. 방대한 세계를 그리면서도 전혀 흐트러짐이나 불필요한 부분이 없다." —맨부커상 심사위원장 로버트 맥팔레인

정교한 구조에 중독성 있는 스토리로 탐욕의 세계를 그려낸 장엄한 작품.
—맨부커상선정위원회

세심하게 짜여졌고, 가차없이 영리하며, 금세 읽힌다.
금이라는 허상을 좇는 인간의 헛된 희망과 그 바닥, 날조된 거짓을 날카롭게 그려낸다.
—이코노미스트, 올해의 책 선정 위원회

몸을 웅크리고 단숨에 읽어내리게 하는 소설. 빅토리안 시대를 배경으로 한 세라 워터스의 소설만큼이나 흥미진진하고 지능적이다. —가디언

이 작품으로 엘리너 캐턴은 단숨에 줄리언 반스나 마거릿 애트우드와 같은 거장의 반열에 올랐다. —인디펜던트

엘리너 캐턴은 19세기 소설의 살아 있는 패러디로 21세기 스타일의 완전히 새로운 작품을 창조해냈다. —뉴욕타임스

마치 그 시대 사람들과 똑같은 영혼을 지니고 쓴 듯 당시가 놀랍도록 생생하게 느껴진다. 이야기에 빠져들다보면 엘리너 캐턴이 그려낸 캐릭터와 부드러운 위트를 만끽하고 있는 자신의 모습을 발견하게 된다. 맨부커 심사위원단이 진정한 문학계의 황금을 발견해냈다. —선데이 익스프레스

읽을수록 눈이 부신 작품이다. —옵서버

중독성 강한, 놀랍도록 영리한 작품이다. —타임스

매혹적이고 능수능란하며 강렬하다. -텔레그래프

당혹스러울 정도로 빠져들고 무시무시하게 정교하다. -이브닝 스탠더드

정교하게 얽힌 플롯에서 숨 막히게 어마어마한 미스터리가 펼쳐진다. -데일리 메일

놀라운 성취를 이룬 대작이다. 엘리너 캐턴은 복잡하게 얽힌 구조에 섬세하게 구성한 장면들을 엮어 아주 세심하고 지능적인 글을 써냈다. -스코츠먼

한번 읽기 시작하면 단숨에 읽어내려가게 될 것이다.
읽고 나면 이 소설이 얼마나 거대하고 지능적인지 알게 된다.
-인디펜던트 온 선데이, 올해의 책 선정위원회

엘리너 캐턴이란 작가는 어마어마하다는 정도로 다 표현할 수가 없다. 올해의 맨부커상 수상작인 그녀의 소설은 자그마치 828페이지에 달하는 대작이지만 믿기 힘들 정도로 정교하고 능숙하게 엮어간다. -선데이 타임스

미스터리를 원하는가? 이 책을 읽어라. 훌륭한 작품을 원하는가? 이 책을 읽어라. 책에 정신없이 빠져들길 원하는가? 이 책을 읽어라.
-독자 John K. Danenbarger

호기심을 불러일으키고, 아름다우며, 위트 있고, 똑똑하고, 슬프며, 행복감을 준다.
-독자 jessica

아름답게 쓰인 놀랍도록 빠져드는 소설이다.
-독자 Melissa J. Aldenhoven